Dalton's Treasure

After a run of good fortune, Dalton rests up in Sawyer Creek, blissfully unaware of troubles to come. Convinced his bad luck won't end he challenges the crooked Obediah Bryce to a game of cards and, just like that, he loses everything.

Forced out of town by Marshal Walsh and imprisoned at the ghost town of Randall's Point, Dalton patiently plots his revenge. Surrounded by enemies, Dalton must trust the unlikeliest of allies if there is any hope to escape Randall's Point and recover the treasure which is rightfully his.

Dalton's Treasure

Ed Law

A Black Horse Western

ROBERT HALE · LONDON

© Ed Law 2015
First published in Great Britain 2015

ISBN 978-0-7198-1577-5

Robert Hale Limited
Clerkenwell House
Clerkenwell Green
London EC1R 0HT

www.halebooks.com

Typeset by
Derek Doyle & Associates, Shaw Heath
Printed and bound in Great Britain by
CPI Antony Rowe, Chippenham and Eastbourne

CHAPTER 1

'Your ten dollars, and I'll raise you fifty,' Dalton said.

As the house rules limited raises to ten dollars, the two poker-players who had thrown in their cards groaned, but Dalton's opponent Obediah Bryce licked his lips, suppressing a smile. Then he fingered his chips as he mulled over his response.

They had been playing for two hours and Dalton reckoned he now understood Obediah's reactions, so he expected him to take the bait. More importantly, Dalton had been dealt the best poker-hand he'd ever received and he'd never forgive himself if he didn't risk more.

They were playing two-down, three-up and Dalton was showing a queen and two tens, while his face-down cards were another two queens. Obediah was showing two fives and a jack, suggesting he might have three of a kind or a full house, both of which wouldn't defeat Dalton's superior full house.

The only hand that could defeat Dalton was if Obediah had both fives. After a run of good luck,

Dalton didn't feel that his luck would change tonight.

Recently, he had helped out a decent family in the town of Lonetree and he'd been rewarded with five hundred dollars. So he'd abandoned his original plan of heading to Wilson's Crossing in search of work and he'd taken the opportunity to visit Sawyer Creek, a small town with a large saloon.

The Lucky Break saloon provided a safe environment for gamblers, with customers being frisked for guns on entry, the dealers working for the house, and guards on duty to slap down potential trouble. Accordingly, the dealer glanced at the bar and within moments two gun-toting guards approached and stood on either side of the table.

Obediah eyed the men with approval and then picked up a five-dollar chip.

'I understand that the house rules limit raises,' Obediah said, looking at the dealer, 'so I can refuse that raise and call at five dollars?'

'You can,' the dealer said.

Obediah considered Dalton before looking at their cards again. Then he nodded and held up the five-dollar chip.

'In that case I accept your raise; if you'll accept that, this chip is now worth fifty dollars.'

Dalton smiled. 'I'll do that.'

Obediah pushed the chip into the pot. Then he stacked up ten more chips and pushed them forward.

'And I'll raise you five hundred dollars.'

Even the dealer groaned at that, but Dalton didn't hesitate for a moment before he matched the bid.

'I'll pay to see what you have,' he said.

Obediah glanced at the gunmen standing on either side of the table as if to remind Dalton not to cause trouble – not that Dalton needed to when Obediah turned over his two cards to reveal two jacks.

'Full house, jacks over fives,' he declared with confidence.

Dalton raised an eyebrow. Then, enjoying the moment, he glanced around taking in the other players, the customers who had stopped their business to watch this hand and, finally, he looked at Obediah.

'That's just about the best hand I've ever seen at the poker-table,' he said. He paused for effect. 'The trouble is – it's not the best one I've ever seen.'

Dalton waited until Obediah gulped and then he flipped over his cards. A gasp went up from the customers while Obediah lowered his head in defeat.

As Dalton dragged the chips towards him, the guards tensed, seemingly more attuned to understanding reactions at the poker-table than Dalton was. Sure enough, when Obediah raised his head he pointed an accusing finger at Dalton.

'I've just been cheated,' he muttered.

Dalton shook his head, but he didn't need to respond when the dealer turned to Obediah.

'I dealt the cards,' he said. 'So if you accuse Dalton of cheating, you're accusing the house.'

The guards moved in to flank Obediah. One man slapped a heavy hand on Obediah's shoulder and bodily dragged him out of his chair while the other man stood back with his gun drawn and aimed at Obediah's chest.

'I'm not accusing the house of cheating,' Obediah shouted as the guard moved to drag him away from the table.

The dealer raised a hand making the guard release Obediah, who righted himself and stood defiantly. He straightened his jacket as he clearly chose his next words carefully.

'I'm an honest man of good-standing, as you can see from my attire, but that man's clothes are dust-caked and trail dirty. I don't reckon he had five hundred dollars to make that bet.'

'Then you shouldn't have accepted his bid,' the dealer said. 'We play with chips for a good reason and the moment you ignored the house rules, you bought this problem on yourself.'

Obediah snorted. 'You should have insisted that he prove he had the money, or else you can't claim that this saloon is a safe place for everyone to play poker.'

To Dalton's surprise several customers murmured in support of this view and with the prevailing opinion starting to sway in Obediah's favour, the dealer raised himself to look at the bar. A message was relayed and a few moments later the owner Virgil Tweed came out from a back room and he was quickly apprised of the situation.

Dalton let the debate play out, figuring that the more people who were involved the worse this would look for Obediah. Presently, Virgil moved around the table to consider Dalton.

'An accusation has been levelled that you made a bet you couldn't cover,' he declared. 'If you can prove that's a lie, the pot is yours and I'll take great pleasure in running your accuser out of town.'

Dalton nodded and stood up. Then, with a fixed smile on his face, he slipped his hand slowly into his inside jacket pocket towards his money.

His smile died when his hand closed on air. He rooted deeper into his pocket and then, feeling foolish, he tapped his other pockets before opening up his jacket.

By the time he'd found the neat hole cut into the bottom of the inside pocket the guards had moved away from the smirking Obediah and were advancing on him.

'Wait!' Dalton shouted, and this time the guards halted and adopted the postures they'd taken when Obediah had been given one chance to explain himself. 'I had five hundred dollars, but I've been robbed.'

Virgil shrugged. 'That's not my problem.'

Dalton thought quickly, but he couldn't think of how he could talk his way out of this situation.

'If I had to prove I had the money, so should he,' Dalton said, offering this lame comment until he could come up with something more persuasive.

Virgil sighed with a weary air and then turned to Obediah.

'If you would be so kind as to comply. Then we can finally end this matter.'

Obediah nodded and, mimicking Dalton's earlier action, he slipped his hand slowly into his inside jacket pocket. Even before the hand emerged, Dalton groaned, knowing what he was about to see.

Sure enough, clutched in Obediah's hand was a wad of bills. It even had the same green string tied in a heavy knot with which Dalton had secured his money before he'd come into the saloon.

He couldn't remember seeing Obediah before he'd met him at the poker-table, but then again a skilled thief only needed a moment to separate a man from his money. Dalton figured he'd struggle to convince Virgil of what had happened and so, before turning to the door, he limited himself to giving Obediah a warning glare that promised him this matter wasn't over.

The guards moved in to flank him and ensure he left, but Obediah hadn't finished with the humiliation.

'I had the money to cover my bet, but he hadn't,' he shouted after him. 'That means he still owes me five hundred dollars.'

Dalton stomped to a halt and stared straight ahead

at the door. His mind remained blank for a way to argue his way out of the situation and, with his anger rising by the moment, he whirled round.

Both guards lunged for him, but their hands only brushed Dalton's back as he broke into a run. He took two long strides and leapt onto the poker-table before launching himself at Obediah.

His outstretched arms grabbed the trickster around the shoulders before both men went tumbling to the floor. They slid along the floor, scattering customers in their wake before they turned a half-circle and fetched up against the bar.

Dalton got in two short-armed punches to Obediah's stomach. Then he raised himself and delivered a satisfying uppercut to Obediah's chin that made his head thud back against the bar, but then the guards pounced on him.

He shook the first man off and then came up quickly to hammer his shoulders into the second man's stomach. He lifted him off the floor and let him tumble off his back. Then he swung round towards Obediah, aiming to mete out some more punishment before he was overwhelmed.

Obediah was crawling away and Dalton advanced on him, but then several new guards came at him from all directions. One man shoved him in the side, knocking him to his knees while two other men secured his arms behind his back.

Dalton struggled without effect, but when they pulled him to his feet he made the guards fight for every step as they dragged him away. Their efforts knocked over the table and barged customers aside, adding to the consternation, but inexorably he was dragged on.

Five paces from the door a newcomer came into the saloon, making the guards stop. Dalton noted the star on the man's jacket and he sighed with relief, assuming that this was the town marshal Brett Walsh.

'Marshal,' he said, 'I've been cheated, robbed, and then cheated some more.'

Walsh ignored him and looked past him at Virgil.

'What's he done?' he asked.

'He ignored the house rules,' Virgil said.

Walsh nodded. 'What are you planning to do with him?'

'My men are running him out of town.'

'You're not doing that.'

Silence reigned for several seconds giving Dalton hope he'd get a fair hearing.

'I'm pleased I'm finally talking to someone with sense,' he said. 'So I'd welcome the chance to tell my side of the story.'

For several more seconds Walsh continued looking at Virgil before turning his cold gaze on Dalton.

'I've got bad news for you, mister,' he said. 'The only reason Virgil's men aren't running you out of town is because that's my job.'

CHAPTER 2

Two men were already sitting in the back of the open wagon awaiting their punishment. Walsh directed Dalton to sit between them and then headed around to the seat at the front.

'Has anyone got anything to say in their defence?' he asked when he'd settled down.

Dalton started to complain, but his two companions spoke over him, their grievances clearly having stewed for longer than his had. The first man claimed he'd only been defending himself after being attacked by several other men, and the second man reckoned he'd been apprehended because the marshal was scared of the men who had robbed him.

Walsh let them speak for a few moments and then raised a hand. After a few more grumbles, both men fell silent.

Walsh pointed at each man in turn. 'I should have mentioned first that if I don't have complete silence, you'll all lose your boots. The next time anyone speaks, you'll all lose your pants. So I ask again: has anyone got anything to say in their defence?'

Walsh put a hand to his ear and waited. Wisely, everyone stayed quiet, making him smile.

'Well, if you're not going to explain yourselves, I'd better run you out of town.'

Walsh shook the reins and, as they moved off, the three men in the back stayed silent although they exchanged aggrieved glances.

The first man had cuts and scuffed marks on his face, and he was rubbing his ribs ruefully, suggesting that he'd come off worst in the fight he'd been involved in. The fact that nobody else had been apprehended for the incident gave credence to his claim that he'd been on the receiving end of some rough justice.

The second man was portly and he sat hunched over looking at the other two men with scared eyes. His nervous manner suggested he hadn't caused any trouble, but he had sure been on the receiving end of some.

They trundled on into the darkness, after a few miles joining the creek that gave the town its name, after which they rode along beside the water. Although the three men heeded the marshal's warning, with shrugs, hand gestures and mouthed comments they exchanged opinions among themselves.

Dalton gleaned his companions were Lawrence Jervis and Abraham Shaw. Lawrence had no idea where they would be taken while Abraham did know – and the prospect terrified him.

Abraham's mounting apprehension made the other two men adopt his posture of sitting hunched in the wagon, but his nervousness did at least let them know they were approaching their destination. So Dalton was prepared when a building emerged from out of the darkness.

When Walsh drew up, Dalton raised himself and saw rail tracks stretching away to either side, showing that they had stopped before a station house.

'Randall's Point,' Walsh declared. 'The town here was abandoned last year and the train only stops to take on water from the creek, but nobody will complain when you ride the rails.'

'You can't just leave us here,' Dalton said.

'Quit complaining! You're luckier than some I've left here. The train comes every other day, but the next one is due tomorrow morning. Get on it and don't ever come back to Sawyer Creek.'

'Except I have to! I got robbed back in your town and I reckon so did Abraham, and Lawrence got beaten for no good reason.'

Lawrence murmured that this was the case while Abraham cast sideways glances at the dark station house.

'Be thankful that I've dumped you somewhere where you can move on easily.' Walsh chuckled. 'But if you ever show your face in my town again, I won't be so lenient. I'll stand back and let Virgil's men take care of you. They aren't as soft-hearted as I am.'

Walsh tipped his hat and with it being clear that complaining wouldn't help them, Dalton and the others clambered down from the wagon. When they moved aside, Walsh wasted no time before turning the wagon in a short arc and then trundling away into the darkness back towards Sawyer's Creek.

The sky was overcast, but the moon was up and providing enough illumination to allow Dalton to see that the station house was derelict and lacking a roof. So, unless the other buildings were in a better condition, they faced an uncomfortable and cold night.

He and Lawrence moved across the tracks, but Abraham stayed where he was.

'Come on,' Lawrence said. 'We need to talk and plan what we're doing next.'

'I'm not going no further,' Abraham said.

Lawrence waved an exasperated hand at him.

'If you want to stand around in the cold, that's your choice.' He clambered up on to the platform and got Dalton's attention. 'I don't, so let's find somewhere to rest up.'

Dalton nodded and they moved on, but then his earlier thought that Abraham knew where they were being taken came back to him and he turned round. Abraham was still where they'd left him, but now he was using jerking movements of the head and body as he attempted the impossible of looking in all directions at once.

'Do you know more about this place than we do?' Dalton called.

Abraham didn't reply immediately, but he stopped his frantic movements to stare at a spot down the tracks. Then with a shiver he appeared to accept he'd be safer with the two men than alone, so he scurried across the tracks and then on to the platform.

'I sure do,' he said, his voice high-pitched and petrified. 'Randall's Point is a real ghost town. It's haunted.'

'Haunted?' Dalton and Lawrence said together.

'It sure is,' Abraham declared, seemingly having failed to hear both men's incredulous tones. 'Nobody who has ever come here has ever returned to Sawyer Creek.'

Abraham's eyes were wide and staring and, despite his obvious fear, Dalton couldn't help but laugh. Lawrence then laughed, but Abraham ignored them and returned to glancing around frantically.

'Calm down, Abraham,' Dalton said. He slapped both hands on his shoulders and tried to hold him steady, but that made Abraham flinch as if he'd been shot. 'It's an obvious point to make, but perhaps people don't ever return to Sawyer Creek because the marshal warned them off.'

'It's not just that. People have seen things here that don't make no sense and they've heard terrible screams in the night that couldn't have been made by no living man.'

'These would be people who came here and saw

and heard these scary things, and then returned to Sawyer Creek to tell everyone about how nobody who has ever come here gets to return?'

'That's right.'

Dalton waited for Abraham to note the major flaw in his argument, but if anything Abraham had spooked himself even more and he started trembling.

'You need to take your mind off the things those people have told you.' Dalton put an arm around Abraham's shoulders to shepherd him to the station house while casting Lawrence a glance that asked him to resist the urge to make fun of him. 'So, tell us what happened to you.'

In a faltering voice Abraham described an incident in which he'd been forced to sell his horse to pay a debt incurred in the Lucky Break saloon. But his horse had gone missing and so had all his property. Walsh hadn't accepted his story, but he had deemed the unpaid debt important enough to send him here.

Lawrence provided a supportive groan and then described how he'd been thrown out of the Lucky Break saloon earlier in the evening after arguing with another customer. He'd been followed out of the saloon by several men who had administered a beating.

As with Abraham, Walsh had viewed Lawrence to be the one at fault. Dalton then provided his story, making both men nod.

The similarity of their hard-luck stories depressed Dalton, but their conversation appeared to take Abraham's mind off his immediate fear as he stopped trembling and constantly looking around.

They explored the derelict station house, finding nothing of interest. Only one corner was robust enough to shelter them from the wind, so they moved on in search of somewhere more hospitable. Unfortunately, there were only another five derelict buildings on either side of a short main drag, and from the outside none of them showed any obvious signs of recent habitation.

'Randall's Point sure is a ghost town,' Lawrence said, and then flinched when he realized what he'd said. But Abraham didn't appear to have heard him as he peered at the building facing them.

Dalton noted this was the most substantial building in town, looking as if it had once been a stable.

'We should seek shelter there,' Dalton said, getting a grunt of support from Lawrence. 'Which will then only leave us with the question of what we do next.'

Lawrence sighed. 'I hate accepting being beaten for no good reason, but I reckon going back to Sawyer Creek won't get me nothing other than another beating. I'll move on tomorrow.'

'I agree with the sentiment, but Obediah Bryce stole my money and I had to leave behind everything I owned.'

'So did I, but the way I look at it, we didn't lose

19

everything. We're still alive and, from what Abraham said, it sounds as if nobody risks returning to Sawyer Creek.'

The mention of his name made Abraham turn to them.

'They can't return,' he said. 'They all die here.'

Dalton frowned, now bored with Abraham's ravings.

'Perhaps it will be too risky to return to town unarmed,' he said, ignoring Abraham. 'But the way I figure it, Obediah can't stay in town for ever. When he leaves, I'll be waiting for him.'

Lawrence nodded, but Abraham backed away for a pace, barging into both men. He didn't appear to notice as he pointed at a building on the edge of town.

'You won't get to find that man,' he said, gloomily. 'We're all about to die.'

Abraham continued to back away, making both men move aside. Dalton narrowed his eyes as he peered into the gloom, trying to see what had spooked Abraham.

It may have been a trick played by the poor light, but beside the building that had worried Abraham something was moving, although it didn't appear large enough to be human. As Abraham moved away from them, he turned to Lawrence, who stared at the building until he snorted a laugh.

'That's no ghost,' he said. 'A rag's caught on a dangling piece of timber and it's flapping in the wind.'

Dalton joined Lawrence in laughing, but Abraham dismissed the explanation with a muttered oath. Then he turned on his heel and hightailed it away across the main drag. They watched him until he skirted around the station house.

'I wonder,' Dalton said, 'if he'll be joining you tomorrow when—'

Dalton broke off when an agonized scream rent the air coming from behind the station house. No matter how spooked Abraham had been, Dalton wouldn't have expected him to make that much noise.

He and Lawrence broke into a run and they were ten paces from the spot where Abraham had disappeared from view when Abraham came back around the corner of the station house.

Both hands clutched his stomach and his mouth was wide open. He took a pace towards them and then stopped.

'I told you,' he said, gasping out each word. Then he keeled over.

The movement revealed the spike that was sticking out of his back. When Abraham hit the ground and rolled to the side, Dalton saw that the bar had been driven all the way through his body leaving two feet of metal protruding out of both sides.

Abraham twitched once and then stilled, making Dalton accept there was nothing they could do for him, but he moved forward cautiously while looking at the corner of the building. Then Lawrence got his attention with a murmured grunt of alarm.

Cassidy turned round to see that earlier Lawrence had been wrong in identifying the movement on the edge of town as being a rag. He could now see that a man was walking towards them, while from beside other buildings more men were coming into view.

The men moved into the centre of the main drag, their forms just hulking outlines in the poor light. When they came closer stray twinkles of light gleamed off the variety of weapons they were brandishing.

They were armed with knives and metal bars, and their intention was clearly to herd Dalton and Lawrence towards the station house. When Dalton had turned fully around, the man who had killed Abraham arrived.

He planted a foot on Abraham's back and with a sickening lunge he dragged the spike out of his body. Then he advanced on them while swishing the spike, sending glistening globules of red showering from side to side.

'Any ideas?' Dalton asked as he joined Lawrence in backing away from the killer.

'Abraham had the right idea,' Lawrence said. 'Run!'

Dalton turned hurriedly on the spot, but they were almost surrounded. The only route now to possible safety would require them to run past a number of buildings, suggesting these paths were being kept open because other men were lying in wait in the darkness.

'Running won't help us,' Dalton said. 'So we fight.'

CHAPTER 3

Lawrence moved to stand behind Dalton's back where he faced the men advancing down the main drag, leaving Dalton to face the man brandishing the spike.

'I don't reckon any of them have guns,' Lawrence said. 'So we need to get a weapon off one of them and then we might be able to break through.'

'Forget about running,' Dalton said. 'These people thrive on fear, so we just have to work out which one is the leader and we go for him.'

Lawrence grunted with approval of this plan, but before Dalton could start working out who their leader might be, the surrounding men came charging towards them. Dalton didn't see who gave the order to attack, but he put that concern from his mind and moved on to confront the spike-wielding man.

The man drew back his arm to swing the metal

spike at Dalton's head, so Dalton rushed in, seemingly oblivious to the danger. The moment he came within his opponent's range, the spike came hurtling round, but Dalton expertly ducked beneath it.

While the bar sliced through the air above his shoulders, he thudded a low punch into his opponent's side and then moved on. He heard a grunt of effort as the man attempted a second swipe at him, and so he turned round quickly to find his opponent off-balance with the end of the spike resting on the ground after his ineffective lunge.

Dalton took two long paces and hammered a punch into the man's cheek that made him stumble to the side, and then followed through with a second punch that bent him double. The man didn't fight back, taking the punches with grim resilience, and so Dalton hurled back his fist, aiming to flatten him with a haymaker of a punch.

A moment before he launched the punch he registered the malevolent gleam in the man's eyes and he checked his intended blow while raising his other hand. His foresight paid dividends when the man raised the spike and jabbed it forward, aiming to skewer Dalton, perhaps in the same way that he'd killed Abraham.

Dalton arched his back while dancing back for a pace, letting the bar whistle past his chest and then, with only a short movement of the arms, he grabbed the spike. The slick metal slipped through his fingers until his left hand fetched up against his opponent's hand.

He gathered a hold of the spike with one hand and, after a moment spent feeling the metal with his other hand, he found a dry spot. Then, with both men gripping the spike using two hands, they strained for supremacy.

His opponent kicked at Dalton's ankles, trying to knock Dalton over while Dalton shoved forward, trying to push the man over on to his back. Both attempts failed.

Dalton stayed far enough back for his opponent's intended blows to only kick dirt while his assailant had planted one foot firmly on the ground and Dalton couldn't tip him over. Their scrambling efforts while gripping the spike between them moved Dalton to the side, letting him see how Lawrence was faring.

Five men were surrounding him, but he had secured a knife from a man who was now lying on the ground. Lawrence was swishing the knife from side to side while crouching forward, seeking to deter anyone from moving in.

Even as Dalton watched, one man stepped forward, drawing Lawrence closer, but that had been only a feint and he moved away quickly as another man came at Lawrence from behind. Lawrence was aware of the potential attack as he spun on a heel and slashed at the man's side, forcing his attacker to scramble away hastily.

The rest of the group edged back for a pace and

after his initial success Lawrence snarled at them. Heartened by Lawrence's determined defence, Dalton locked his arms and drove forward.

His opponent countered, putting so much effort into his attempt to dislodge the spike from Dalton's hands that spit drooled from the corner of his mouth. They strained without moving, but then from the corner of his eye Dalton saw two men make a coordinated assault on Lawrence, who managed a wild slash with the knife and a punch before they bundled him to the ground.

With Dalton distracted, his assailant took advantage and twisted the spike to the side. Dalton tried to counter, but both his hands moved along the metal for a few inches and they met a slick length, making him lose his grip.

The spike went hurtling to the side clearly with greater speed than his opponent had expected as he followed it. The spike jabbed down into the ground with the man standing bent over beside it.

Quickly, before the man could recover, Dalton kicked out. His raised foot hit the spike high up, making it pivot down and thud into the man's forehead.

The man went down on his rump, leaving the spike still impaled in the ground and so Dalton followed through with a second kick that crunched into the man's chin, pole-axing him. Dalton yanked the spike from the ground and turned to Lawrence's fight, where he found that his colleague had already been overcome.

Two men were holding him down with one man sitting on his chest and the other man clutching the knife that Lawrence had been brandishing earlier. They were not paying attention to Dalton's fight and with a slow and cruel movement the knife-wielder brought the knife down towards Lawrence's neck.

Lawrence strained to move away from the knife, but he was being held firmly and, with only moments to act, Dalton swung back the spike, aiming to hurl it at Lawrence's assailants. Then he stayed his hand and converted the motion into one in which he swung the spike round to hold it over his defeated adversary's neck.

'Wait!' he shouted. 'Kill him and I'll kill your leader.'

Dalton did not know if he had made a correct assumption, but the group of men swung round to face him. The man holding the knife tensed as he weighed up the situation and then moved the weapon so that the point was aimed at Lawrence's neck, mimicking Dalton's threat.

'Do that and your friend dies a moment before you do,' he snarled.

The group of men spread apart, but they didn't come any closer, giving Dalton heart that he had rattled them.

'I know that you'll try, but it won't happen because you won't force me to spike him. You'll all back away.'

Everyone glanced at each other, their slowness in making a decision reinforcing Dalton's opinion that he had captured their leader. With nobody making an aggressive move, the supine man stirred.

'Just do what he says,' he said, groggily.

With that, Lawrence bucked the man sitting on his chest, who didn't resist letting Lawrence scramble away from under him. Then he secured his assailant's knife without trouble and hurried along to join Dalton.

By this time the men were backing away and so Dalton and Lawrence combined forces to ensure the stand-off developed in their favour. Lawrence took over the duty of threatening their captive by holding the knife to his neck while Dalton dragged the man to his feet and secured him from behind with the spike held across his chest.

'Who are you?' Dalton asked, as the men continued to back away.

'I'm Cyrus McCoy,' the man said, 'and these are my trusted men.'

'Why did you attack us?'

'Anyone who comes here is ripe pickings.'

'Then you'd have been disappointed. We were thrown out of Sawyer Creek with only the clothes we were wearing.'

Cyrus shrugged. 'To men who have nothing, you have plenty.'

'You're well-clothed, you have weapons – you don't look starving to me.'

'That's because we scavenge from the train, too. We're no threat to nobody who's not a threat to us.'

'We were no threat to you.'

'Everyone who comes here is either with us or against us.'

Dalton couldn't think of an appropriate reply to someone who responded so aggressively to any comment and so, when Cyrus's men had melted into the darkness, he escorted him away. Dalton figured they would have to find somewhere to hole up until the train arrived, and so the station house was the most convenient place.

Even so, he didn't welcome the prospect of keeping Cyrus's men at bay until then with their only advantage being their hostage. When they reached the station house, they stood in the doorway and in the poor light Dalton searched for a secure position they could defend.

Lawrence considered their prisoner and then moved round to face him.

'Are you saying that Marshal Walsh once ran you scavengers out of town?' he asked.

'Sure,' Cyrus said. 'He told us to leave on the train and never return to Sawyer Creek. We did one of those, except he doesn't know we're still here.'

'Some people have worked out that something is amiss out here. The man you killed had heard rumours that this place is haunted.'

'Why do you think we killed him?' Cyrus laughed. 'We have ears everywhere in town. We heard him talking. He can't go spreading rumours like that.'

Lawrence gripped his knife tightly, looking as if he'd jab the point into Cyrus's neck. But, as if suddenly changing his mind, he jerked the knife away and turned to look down the main drag. When his consideration of the quiet town reached Abraham's hunched-over body he shook his head sadly and turned back to Dalton.

'This place is open and we can see anyone coming,' he said. 'But prevailing won't be easy.'

Dalton nodded and raised the metal spike to hold it across Cyrus's throat. He looked again at the interior of the derelict station house, not relishing what the rest of the night would bring.

In a sudden decision he swung the spike away from Cyrus's neck and pushed him aside.

'It won't,' he said. 'So we'll try something else.'

'You want to let him go?' Lawrence asked.

Cyrus murmured the same sort of question while fingering his throat, but then he nodded knowingly, suggesting to Dalton that this might be their only option that would work.

'It seems only fair after they let you go,' Dalton said, and then turned to Cyrus. 'We're not threatening you now. All we want is to leave this place, but if you come for us again, we'll more than threaten you.'

Cyrus walked up to Dalton, his face set in a sneer, making Lawrence tense, but Dalton didn't react and, after making eye contact with him, Cyrus snorted and turned on his heel.

'Pleasant dreams,' he called as he walked away slowly.

'You reckon that was a good idea?' Lawrence said when Cyrus reached the main drag.

'No,' admitted Dalton, eyeing Cyrus's receding form. 'But if we'd kept him hostage, his men were sure to come. This way there's at least a chance they'll stay away.'

Lawrence sighed. 'So what do we do now?'

Dalton slipped into the station house and picked out the most sheltered corner.

'We do what Cyrus said and have pleasant dreams.'

Something nudged Dalton's shoulder, making him come awake suddenly. But to his relief, Lawrence was shaking him and, even better, it was light. They had taken it in turns to sleep while the other man had kept watch, but as it had turned out the night had passed without reprisals.

Dalton joined Lawrence in leaving the station house and they looked along the main drag. Worryingly, in the night Abraham's body had been dragged away without either of them hearing anything, but nobody was visible now.

'Now that you've seen how much trouble is out here,' Lawrence said, 'are you joining me on the train?'

'No, but I'll stay with you until the train arrives,'

Dalton said. 'Then I'm going in search of Obediah Bryce.'

'I know you want to make him pay for what he did to you, but the marshal won't be pleased if he finds you.'

'He won't, but that won't matter none because I plan to find him. Somebody needs to tell him what happens to the people he dumps here. Hopefully, he'll accept my excuse for returning to town and while I'm there, I can settle my differences with Obediah.'

Lawrence nodded and then they reverted to silence as they resigned themselves to waiting. They judged the passage of time from watching the rising sun but, as they didn't know when the train would arrive, time passed slowly.

Dalton judged that the sun was approaching its highest point when Cyrus's men stirred. They moved to the building nearest to the station house, a mercantile.

They disappeared from view quickly, although, when Cyrus arrived he stood beside the platform and tipped his hat to them while smiling. Dalton returned the gesture and then for a long moment Cyrus faced them before he joined his men.

'What do you reckon that meant?' Lawrence asked.

'He was telling us he'll let us leave, but that we're not to warn the train.'

Lawrence shrugged. 'They only scavenge from the

train so I guess that's fine, and the more important point is the train must be due.'

A few moments later Dalton caught sight of the approaching engine and so he bade Lawrence good luck. Lawrence returned the sentiment along with handing over his knife, figuring that Dalton had a greater need for it.

As they reckoned there was nothing to be gained by being secretive, they stood openly on the platform. The train didn't carry passengers and aside from two engineers only one other man was on board to guard the freight.

While the engineers dealt with taking water from the creek, the guard came down and considered them.

'You're the first people who have been waiting here for a while,' he said. 'Marshal Walsh must be keeping Sawyer Creek under control.'

'Either that or someone else is getting to them first,' Dalton said.

Lawrence flashed him a warning glare, but the guard frowned.

'I've always thought that Virgil Tweed was more in control of that town than the marshal was.'

With the guard reaching the wrong conclusion, Dalton said no more and so the guard directed Lawrence to one of the cars. While he slipped inside and slid the door closed, Dalton noted Cyrus's men moving into position to begin their latest scavenging mission.

Two men scurried beneath the train to disappear into hiding on the other side while another man took up a position at the back. When the guard returned, Dalton engaged him in small talk while trying to work a warning into the conversation that would tell him this place was unsafe yet avoiding escalating the situation beyond petty robbery.

He had yet to find a way when a warning cry went up on the other side of town. Dalton wondered if this was a distraction to aid Cyrus's activities, but he saw nobody move near the train and the guard viewed that this was the right time to leave.

He got the engineers' attention and in short order they returned to the train. Dalton couldn't see anyone else making a move and so he assumed Cyrus had abandoned his mission.

The cry came again and this time there was no mistaking that it came from someone in distress. Dalton headed back to the station house. Lawrence's knife was tucked into his belt, but he still collected the spike before he moved on into the main drag.

He could not see anyone and he could not work out where the cry of alarm had come from. Wondering if this was a trap, he began to think that he would be better served in leaving town now, when suddenly a man backed out of an alley between two buildings with his hands raised in a warding-off gesture.

Behind Dalton the train lurched into motion making the man turn around, his brisk motion suggesting he was minded to leave on it. Then he saw Dalton and he came to a sudden halt.

Dalton stopped in surprise, too.

The man was Obediah Bryce.

CHAPTER 4

Dalton moved towards Obediah purposefully, making Obediah look over his shoulder at whoever was behind him and then again at the train. The engine had now moved beyond the station house and so Obediah broke into a run, cutting across the main drag and aiming for the endmost car.

Dalton moved to intercept him and as he was nearer to the tracks than Obediah was, Obediah skidded to a halt. Obediah wavered for a moment and then ran diagonally down the main drag aiming for the stable.

Dalton followed him at a cautious pace and so Obediah was twenty paces ahead of him when he rounded the corner of the stable. Dalton took a wider berth to ensure he could see what was ahead and his caution paid off when he found that Obediah had stopped.

Ahead of Obediah stood Cyrus McCoy. He'd gathered up another spike and was brandishing it at

Obediah, who looked over his shoulder at Dalton before with a resigned shrug he raised his hands in surrender.

Cyrus laughed and with quick steps he advanced on Obediah and then jerked the spike forward. At the last moment Obediah registered Cyrus's intent and he stepped away while lurching to the side, but he was too slow to avoid the pointed end of the bar hammering into his ribs.

From two feet away both men looked at each other. Cyrus grinned while Obediah leaned forward with his hands rising to clutch the spike.

Then Obediah keeled over sideways to lie curled up, leaving Cyrus gripping the bloodied spike. Cyrus eyed the spike in Dalton's hands and then, in an obvious challenge, he swung the bar up to hold it in two hands as he had done last night when they'd tussled.

'You shouldn't have done that, Cyrus,' Dalton said, advancing on him.

'Have I just killed another friend of yours?' Cyrus asked.

'Nope.' Dalton approached steadily until he was five paces from Obediah, who was keening pitifully as his life blood spilled on to the ground. 'This man was the reason I got run out of town.'

'Then you'll be pleased you got to see him die before I kill you.'

'Our deal last night was to stay out of each other's way.'

'It was, but the train's leaving town – and you're still here!'

Dalton swung the spike hand over hand as he accustomed himself to its weight.

'I bested you last night. I can best you again.'

'Maybe, but today I have the advantage of knowing your weaknesses.'

'As do I yours. I was watching the train and you and your scavengers got nothing from it.'

'Maybe that's what it looked like to you and the train guard, but we got three boxes off the train.' Cyrus chuckled. 'We're skilled at sneaking up on people without them noticing.'

Dalton was about to reply. Then he caught the inference in Cyrus's taunt and he stepped to the side while turning, his quick action saving him from the man who had been sneaking up on him from behind with a knife held high.

The man slashed the knife backhanded at Dalton's chest, who in an instinctive reaction sought to parry the knife with the spike. He missed the knife, but he delivered a stinging blow to the man's knuckles, making him cry out while the knife went spinning from his hand.

The man hurried away, but behind him other men who had attacked him last night stepped into view. Dalton brandished the bar two-handed while he moved to put the stable at his back so he could limit the directions from which he could be attacked.

Cyrus stayed where he was while the other men

moved round to form an arc around Dalton, ensuring they could block him if he tried to flee. Aside from Cyrus there were six men, three armed with knives and three with cudgels.

They edged towards Dalton slowly while Dalton stood impassively with the spike held before him. He figured that, despite their overwhelming superior numbers, their cautious behaviour would mean they would test him by attacking him one at a time.

Sure enough, the first man to come at him lunged forward with his cudgel and then backed away quickly. Even though Dalton didn't move, he grinned and the second man to come at him carried out the same movement, again without provoking a reaction.

The third man was wielding a knife. When he stepped forward, he crouched down and tossed the weapon from hand to hand.

On the second throw Dalton swiped the bar around and fortuitously caught the knife as it landed in the man's hand, knocking it aside. He followed through with an upwards flick of the spike that clipped the point of the man's chin, cracking his head back and tumbling him over.

'That's enough,' Cyrus muttered. 'Take him!'

The men surged forward and in desperation Dalton swung the bar wildly in an arc. He caught one man's arm a glancing blow and thudded the spike against a second man's chest, but that took all the momentum out of the swing.

Two men joined forces to grab the spike and then yank it from his hands, so Dalton drew the knife from his belt. Even as he raised his hand someone grabbed his wrist and then shoved him backwards while another man ran into his side and bundled him over.

He landed on his knees, losing his knife in the process, but he saw clear space ahead. With only moments to act before he was overcome, he kicked off from the ground and ran.

He managed three paces before someone leapt on his back. He jerked an elbow backwards, dislodging the man, but his assailant still kept a hold of his jacket and by the time he'd freed himself the others had regrouped and cut off his escape route.

Dalton swung round to again put the stable at his back, but he no longer had a weapon and the men facing him were all armed. Then they moved in.

One man swung a cudgel at Dalton's head, forcing him to duck and, as the weapon thudded into the stable wall, Dalton ran at the nearest man. He didn't reach him as someone thrust out a leg, tripping him up and he went all his length.

He twisted over quickly, but it was to find the men had formed a circle around him. None of them moved, but that was only to let Cyrus come closer and, with a cry of triumph, he raised the blood-soaked spike high above his head.

Dalton prepared himself to leap aside, but then a gunshot blasted, making Cyrus tense. Dalton looked around the group, but none of them had a gun and the men must have had the same thought as they all spun round.

Dalton scrambled up to his knees to find that his friend Lawrence Jervis was standing out on the main drag with a gun clutched in two hands and aimed at the group.

'Step away from him or I start firing,' he demanded.

The men ignored his command, so Lawrence advanced, but that only made them turn away from Dalton and edge towards him. With it looking as if they were preparing to rush Lawrence, Dalton got to his feet quickly, barged two men aside, and looked for his knife.

He couldn't see it and, worse, Cyrus raised the spike, clearly planning to hurl it at Lawrence, who was aiming at the nearest man.

'Watch out!' Dalton shouted, making Lawrence flinch and look around the group of men.

Before Lawrence could turn his gun on Cyrus, the group parted to give Cyrus a clear sighting of his target and he hurled the spike. Lawrence was alert enough to leap aside and as he hit the ground, the spike flew past his right shoulder.

The spike stuck down into the ground five yards past him while the men followed through by charging Lawrence, but Lawrence recovered quickly and jerked up his gun, making them check their movement. For long moments the stand-off dragged on until, with a grunt of disgust, Cyrus turned on his heel and broke into a run.

His men followed him and Lawrence hurried them on their way with two quick shots that peppered dirt at their heels. Within moments the men reached the corner of the stable and they ran from view, leaving Dalton to move on and join Lawrence, who removed a second gun from his belt and held it out.

'Take this,' he said.

'Obliged! And I sure am glad to see you again,' Dalton said as he took the offered gun. 'I thought you'd left on the train.'

'I almost did,' Lawrence said with a smile, 'but then I heard the commotion and I figured you'd get involved. As you saved my life last night, I reckoned I should repay you.'

Dalton smiled and then joined Lawrence in hurrying on to the corner of the stable. By now Cyrus's men were scurrying into hiding beyond the last building in town.

Dalton moved to follow them while aiming at their fleeing forms, but Lawrence shook his head.

'Now that we have guns we have to end this quickly,' Dalton said.

'We don't. We have to leave town quickly. A whole heap of guns was in one of the crates they dragged off the train. They hadn't examined the contents and so I threw the rest of them into the scrub.'

'All the more reason to get to them before they get to the guns.'

'I figure they know this place better than we do and once they work out I got the guns from somewhere they'll go looking for them.'

Dalton conceded Lawrence's view with a nod, but he bade Lawrence to keep a look out for Cyrus while he checked on Obediah. The man was still and Dalton assumed that he was dead, but when he rolled him on to his back, Obediah looked up at him with pained eyes.

'Hurt bad,' he murmured, clutching his bloodied stomach. 'Need help.'

'You are and you do,' Dalton said, 'but you wouldn't hesitate to leave me if our situations were reversed.'

Obediah waved a hand weakly towards a pocket.

'I can pay.'

'With my money!'

Dalton still reclaimed his money and then looked Obediah over while shaking his head. Then, having gained a twinge of satisfaction from Obediah's predicament, he gestured for Lawrence to join him.

'I gather the wounded man's still alive,' Lawrence said while glancing cautiously at the main drag.

'Yeah,' Dalton said. 'So I'll have to try to get him back to Sawyer Creek.'

'I guess that means we will have to try.' Lawrence sighed. 'The next train doesn't come by for another two days and, besides, we have to make sure Abraham is the last one Cyrus kills out here.'

Dalton nodded and then considered Obediah,

who was now breathing shallowly and showing no sign that he was aware his fate was being discussed. He doubted that the injured man would be able to walk, never mind cover the dozen or so miles to Sawyer Creek, so he and Lawrence would have to carry him.

He wondered what they could use to fashion something to move him, and his gaze fell on the spike Cyrus had left and also the spike he'd used to defend himself.

'See if you can find some canvas,' he said. 'Perhaps we can make a stretcher.'

He gathered up the spikes, but when he turned round Lawrence was kneeling down to peer at Obediah.

'Is this the man who cheated you at the poker-table?' he asked.

'Sure,' Dalton nodded. 'What's the problem?'

'He's the man I argued with in the Lucky Break saloon.' Lawrence looked at Dalton until Dalton raised an eyebrow in surprise. 'Then I got thrown out of the saloon and some men followed me. They beat me and the marshal ran me out of town.'

'Two men crossed Obediah and both times the marshal sided with Obediah.' Dalton looked aloft as he considered whether this was a coincidence or connected in some way. He decided on the latter when a thought hit him. 'And perhaps it was even three men?'

Lawrence nodded. 'Abraham incurred a debt in

45

the Lucky Break saloon, but then his property was stolen. He didn't know who took it, but it sounds suspiciously similar to what happened to you.'

Dalton hunkered down on Obediah's other side. Obediah had closed his eyes, either to avoid their questions or because he really was too injured to summon the energy to respond.

Dalton leant over him. 'Sadly, the only way we'll get answers is to get this good-for-nothing varmint back to Sawyer Creek.'

Lawrence grunted that he agreed and, with that, they directed their efforts into making a quick departure. Lawrence had heard Dalton's earlier suggestion after all, as he hurried off to the stable and returned quickly with a huge sack.

'I've got even better news than finding this sack,' he said. 'Obediah came here on a wagon.'

Dalton smiled, but they still used his idea of poking the two spikes through the corners of the sack. They then rolled Obediah on to the stretcher.

Obediah groaned quietly to himself as they carried him to the stable. They were able to hoist him up on to the back of the wagon without difficulty and, even better, the wagon was hitched up and ready to leave, suggesting that Obediah had been ambushed as soon as he had arrived in the deserted settlement.

Dalton took the reins and, with a few back and forth movements, he oriented the wagon to the door and then moved out on to the main drag. Lawrence knelt on the seat so he could look in all directions, but Cyrus and his men had gone to ground, so they wasted no time before trundling out of town.

They headed past the station house and then over the tracks towards the creek. Lawrence pointed out where he had thrown the guns, but the area was between the tracks and the town, and Dalton judged that they should not waste time that Obediah might not have by trying to find the weapons.

Instead, they moved on at a brisk pace beside the creek with Lawrence looking back to town.

'Any sign of trouble?' Dalton asked after ten minutes.

'Nobody has followed us,' Lawrence said, 'but Obediah looks in a bad way.'

As they were far enough away from town that he doubted Cyrus could now attack them, Dalton drew the wagon to a halt.

'Keep watch! I'll see to him!'

Lawrence knelt on the seat and watched out for trouble while Dalton clambered into the back.

Lawrence was right and Obediah didn't look as if he'd survive the journey back to town. He was twitching weakly and murmuring in pain while fresh blood was pooling beneath him.

Dalton opened up Obediah's shirt to reveal the raw wound and then looked around for something to stem the blood loss. Tucked into a corner of the wagon was a bag, which he upturned revealing a shovel, tools, rope, a rolled-up parchment, and a gun.

Seeing few other options, Dalton gathered up the rope and then unfurled the parchment, which turned out to be a painting of a woman reclining on a bed. He smiled and raised it so Lawrence could see, making Lawrence whistle under his breath.

'She must have been important to him if he took her with him.' Lawrence leaned forward when Dalton turned the picture round. 'What was she wearing?'

Dalton considered the painting. 'A smile.'

The picture was a typical saloon-room painting and markings were all over the back so even if Obediah had viewed it as being important, he didn't think it was valuable enough to endanger Obediah's life by not using it. He folded the picture over, wrapped it around his chest, and then secured it in place with the rope.

When he drew the rope tight, Obediah groaned, but Dalton figured the wrapping had stemmed the blood flow and so he joined Lawrence on the seat at the front of the wagon.

'Hopefully, he'll live until we reach town,' Lawrence said as they moved off.

'And if he doesn't provide us with some answers,' Dalton said, 'then we'll have to kill him all over again.'

Dalton looked over his shoulder at Obediah, who mustered a thin smile, and then he hurried the wagon on.

CHAPTER 5

'Will he live?' Dalton asked.

'It could go one of two ways,' Doctor Wainwright said, as he peeled back the wrapping. He considered Obediah's wound and frowned. 'But with the look of that hole, one way is more likely than the other.'

Dalton didn't need to ask for more details and so he and Lawrence backed away across the surgery to give the doctor some room. They had already thought Obediah had died earlier when they had stopped a mile out of town to discuss how they could slip back into Sawyer Creek unseen.

Obediah had been lying still and only when Dalton had climbed into the back of the wagon and shook him had he stirred, and then he'd only murmured quietly before returning to lying still. As blood had soaked through the painting, Dalton had discarded it and bound his wound with Obediah's own shirt.

As he had worked, he had noted that the wound

no longer bled profusely, but he had not thought this was a good sign. While they had ridden into town Obediah had not stirred again, and neither had he acknowledged them as they had carried him from the wagon to the surgery.

Accordingly, they watched Wainwright work while shaking their heads. Then they told the doctor they would be back later to see how Obediah was faring.

The doctor was working intently and he didn't respond, so they moved on to the surgery door where they debated their next actions. They had been lucky so far in getting into town and finding help for Obediah without anyone paying them attention, but Dalton doubted their luck would hold for long.

'I reckon we've got nothing to hide,' Dalton said. 'So we should find the marshal before he finds us.'

Lawrence shook his head. 'It looks as if the marshal threw three men out of town who'd had a run-in with Obediah. There's something going on here, and I don't reckon he'll welcome us asking him what it is.'

Dalton gave a reluctant grunt and then peered outside as he put his thoughts to how they could stay out of sight until they found out if they could get any answers out of Obediah. He had yet to come up with a plan when a shadow fell across the doorway a moment before Marshal Walsh stepped into view.

'Your friend here speaks more sense than you do,' he said, looking at Lawrence. Then he beckoned them to join him in heading to the law office.

Walsh maintained a stern expression until they were all inside. Then he leaned back against his desk and raised an eyebrow, inviting them to explain themselves.

'You'll have already heard some of the reason why we returned to town,' Dalton said. 'Obediah Bryce headed out to Randall's Point. He got attacked by Cyrus McCoy and a bunch of scavengers who have made the ghost town their home. They killed Abraham and it's yet to be seen if we saved Obediah.'

As Dalton related their tale, Walsh's expression changed from scepticism to surprise. When Dalton finished, he tipped back his hat.

'I ran Cyrus out of town six months ago. I didn't know he'd stayed there.'

'It seems he joined up with other men who reckoned they'd suffered rough justice. If what happened to Abraham was typical, the others who you abandoned there might have been unlucky, too.'

Walsh winced. 'I'll take care of Cyrus before I send anyone else out that way.'

'Be careful. When we came up against them they were armed with knives and clubs, but they might have guns now.'

Walsh nodded. 'I'll bear that in mind, but before I deal with Cyrus, I have the problem of what I do with you.'

Dalton rubbed his jaw as he considered how best to respond, but the delay let Lawrence air his grievance.

'You heard us talking before so you'll know we reckon you should just do your duty.'

Walsh shrugged. 'I did that when I ran you out of town, but I don't reckon Obediah was behind all your problems. I don't know who stole Abraham's property. It was Virgil Tweed who reckoned you were being aggressive, and it looked as if Dalton here cheated at poker.'

'So you're saying you're siding with Virgil and Obediah, not us, and you're not investigating no further?'

'I'm siding with whoever looked to be in the right, which wasn't you, and I intend to carry out my promise. Now you've returned I'll let Virgil deal with you.' Walsh beckoned them to the window and pointed at a man loitering outside the surgery. 'Your return has already been noted. That's one of Virgil's men and he's watching the law office.'

'One man won't cause us no problems,' Dalton said.

'Virgil himself is standing outside the Lucky Break saloon. Another one of his men is beside the stable and another one has moved out of sight beside the law office.' Walsh smiled and gestured for them to leave. 'I reckon in the next few minutes you'll get all the justice you can cope with.'

Dalton glanced at Lawrence, who gave a resigned shake of the head as he moved for the door, but Dalton stayed to face the marshal.

'I understand you now,' he said. 'You're making it

appear you're siding with Virgil, but really you're hoping someone will get riled enough to take him on.'

'Get out of my office,' Walsh said, levelly. 'I have more problems to deal with than you two.'

Dalton smiled, assuming Walsh's lack of a denial meant he'd been close to the truth. Then he joined Lawrence in moving on to the doorway to survey the scene.

Their arrival made the man standing by the surgery tense and edge forward. Then they saw him nod to someone out of Dalton's line of sight.

'Do we brazen this one out?' Lawrence asked.

'I came back for answers and I've had enough of running,' Dalton said. 'It's time to fight back.'

He looked at Lawrence until he received a supportive grunt in reply and then they moved out on to the boardwalk. He glanced at the four men Walsh had mentioned, noting they had taken up positions that covered the four corners of a rough square.

As Virgil was the most likely man to provide answers, Dalton set off for the saloon. With Lawrence at his side, he walked diagonally across the main drag at a brisk pace.

When they were a few paces off the boardwalk their direction became clear and so the men to Dalton's left and right peeled away from their positions. As they moved towards them, Lawrence glanced over his shoulder and confirmed the third man was following them away from the law office.

Virgil called into the saloon before moving forward to stand between them and the door.

'What's the plan?' Lawrence asked.

'I don't have one,' Dalton said.

Lawrence laughed. 'That's always the best kind of plan!'

Then he joined Dalton in glaring at Virgil while maintaining a pace that meant the men moving in to intercept them could not reach them before they arrived at the saloon.

'It seems you ignored my warning,' Virgil called when they were ten paces away.

Dalton did not reply immediately as he walked up on to the boardwalk and then kept advancing. At the last moment Virgil registered that Dalton was going to confront him, but by then it was too late.

Dalton grabbed Virgil's elbow and twisted the arm while yanking it up behind his back. Then he slipped behind him to place Virgil before the advancing men, who slowed when they noted this development.

'I reckon you're the one who should heed my warning,' Dalton said in Virgil's ear.

The approaching men moved their hands towards their holsters and so Lawrence stepped up close to Virgil. He used the motion to disguise him drawing his gun and, by the time his action became obvious, he had already pressed the gun into Virgil's side.

A moment later Dalton jabbed his gun into the underside of Virgil's chin. Virgil gestured at his men to stop, although he then turned his head to glare defiantly at Dalton.

'You've only made this harder on yourself,' he muttered. 'Before, you'd have got a beating. Now, you'll wish you'd only got a beating.'

'You've done enough to us already, but we've done nothing to you – yet.'

'Lies like that won't help you and, if he survives whatever misfortune befell him, it won't help your partner Obediah, either.'

'You found out plenty in a short time, but you got the most important detail wrong: Obediah is no friend of ours.'

'I know about everything that happens in my town, and I don't believe you.'

Virgil's irritated tone sounded genuine and so Dalton loosened his grip of Virgil's arm.

'Explain.'

Virgil glanced around. Aside from his men few people were about and so he gestured at the door with his free hand.

'Not out here.'

Dalton released Virgil's arm, but then planted a firm hand on his shoulder. He directed him towards the door by pressing his gun into the small of his back.

'Keep an eye on our friends out here,' he said to Lawrence. 'I'll be back shortly.'

Virgil bristled at his treatment, but with a shrug of his shoulders he gathered as much dignity as he could and let Dalton direct him. At the door he glanced over his shoulder at Dalton's gun arm and, remembering Virgil's policy of not allowing his customers to be armed, Dalton holstered his gun.

Virgil accepted this compromise with a curt nod and they moved on. Inside, only a few customers were nursing drinks at the bar. The fact that they paid them no attention suggested the reason why Virgil had not sought to escalate their confrontation.

Virgil signified that they should head into the room behind the bar where he had been the previous evening when Obediah and Dalton had played poker. The room turned out to be an unoccupied office, so Dalton removed his hand from Virgil's shoulder and closed the door behind them.

Virgil moved on into the centre of the room and spread his hands, as if that answered everything. When Dalton shrugged, Virgil waved an angry hand at the wall behind his desk.

'Are you claiming you had nothing to do with that?' Virgil asked.

'Nothing to do with. . . ?' Dalton trailed off when he saw what had concerned Virgil. An empty picture frame was behind the desk with shreds of canvas showing that a picture had been cut away. 'Are you saying Obediah stole your painting?'

'I'm saying that last night you and he created a diversion so he could sneak into my office and steal it.'

Dalton laughed. 'The woman's smile was that important to you, was it?'

Virgil glared at Dalton, but then he conceded he had a right to be amused with a snorted laugh.

'Of course the picture isn't valuable, but I assume the diversions you, Obediah and Lawrence created last night didn't last for long enough. So Obediah didn't have enough time to find what he was looking for and he panicked and stole the first thing that came to hand.'

'Obediah created diversions for his own purposes with no help from anyone. All that was on my mind was that he stole my money. All that was on my friend Lawrence's mind was that he got beaten for no good reason.'

Virgil shook his head. 'You two brought Obediah back to town.'

'Only because saving his life is the only way we'll find out the truth. As I promised him, if he lives, we'll make him wish he'd died.'

Virgil looked Dalton up and down and then with a sigh he offered him a thin smile.

'You'll have to get to him before I do.'

Dalton returned the smile. 'I'm pleased we finally understand each other.'

'We don't, but it'd seem only Obediah can confirm your story.' Virgil gestured at the door. 'Stay out of my way, but don't leave town until he has.'

Dalton rubbed his jaw as he considered various choice retorts, but then with a nod he let Virgil make the last threat.

'Until Obediah recovers,' he said levelly, and

turned to the door.

When he left the saloon, Dalton collected Lawrence, who was still holding Virgil's men at gunpoint. Lawrence was tense, suggesting the stand-off had been fraught and he accepted Dalton's suggestion that they move on eagerly.

The Double Eagle was the only other saloon in town, and it was a small and quiet establishment situated at the far end of the main drag. They headed there, although Lawrence repeatedly glanced over his shoulder to check they weren't being followed. Only when he'd drank two whiskeys did he start relaxing.

'What did Virgil say?' Lawrence asked.

'He accused us of working with Obediah to steal from him,' Dalton said. 'I told him we were as much victims as he was, but Virgil was sceptical. In the end the only way we'll prove we weren't in league with Obediah is if Obediah recovers and tells him the truth.'

'Neither of those sound likely.'

'They're not, but even if he dies we still have some hope. The only thing that Obediah stole was that painting, so with luck Virgil isn't as annoyed as he claims he is. As long as we don't cause no more trouble, we might walk away from this unscathed.'

Lawrence sighed with relief. 'So we just have to sit it out and see what develops.'

'We could do that, but I've never liked doing nothing and besides, I reckon we should leave town before Obediah gets his strength back and talks to Virgil.' Dalton waited until Lawrence raised an intrigued eyebrow and then leaned towards him. 'You see, Virgil has got it into his head that the picture Obediah stole wasn't valuable – except it is.'

Lawrence flinched back while shaking his head.

'That picture of a woman with a smile was no different to plenty of paintings I've seen hanging up in saloons.'

Dalton swirled his whiskey. 'It did seem similar, which is the mistake Virgil made. He was too busy admiring her smile to turn the painting over and see what was on the other side.'

'We threw it away because there's nothing on the other side now except Obediah's blood. . . .' Lawrence frowned and considered his drink as he thought back. 'But if I remember it right, there were some markings scrawled on the back.'

'At the time I didn't look too carefully, either, but I remember there were lines and markings and the outlines of objects.'

Lawrence shrugged. 'You mean like a map?'

'Exactly, and in the centre of that map there was a large cross.'

Lawrence glanced around to check nobody was listening to them.

'So, Obediah stole a map with a cross on it from Virgil's office and went to Randall's Point loaded down with a shovel and other tools.'

'That's the way it looks.' Dalton chuckled. 'And

59

when you get your hands on a map with a cross on it, you're honour-bound to find out what's underneath that cross!'

CHAPTER 6

'Are you sure this is where we stopped yesterday?' Lawrence asked, after an hour of fruitless searching.

'We're right beside our wagon tracks, so we're broadly in the right place,' Dalton said. He looked around for familiar landmarks, but when he'd tended to Obediah's injury yesterday he had not paid attention to the terrain. 'I tossed the picture over the side, changed Obediah's dressing, and we moved on.'

Lawrence sighed. 'Then it must have blown away.'

Dalton sighed, unwilling to admit defeat, but when he tried to judge where the wind could have taken the picture and looked further afield, he noted a bigger problem. Two men were watching them, presumably Virgil's men.

Last night they had complied with Virgil's demand to give him a wide berth by spending a quiet night in the Double Eagle saloon. Then they had taken rooms in a cheap hotel where, after getting little sleep the previous night, they'd enjoyed a restful night.

In the morning they had seen the marshal leave town and head towards Randall's Point with two stern-looking deputies, so they had visited the surgery, where the doctor reported that Obediah had survived the night. His surprised expression confirmed that this had been by no means expected, but Obediah was now sleeping and unable to answer questions.

When they left him, one of Virgil's men had watched them leave the surgery, but he had not followed them, confirming that his instructions were to wait for Obediah to regain consciousness. By noon, Dalton and Lawrence were confident that Virgil would honour his offer to do nothing until he had spoken with Obediah, and so they had taken Obediah's wagon out of town to search for the discarded painting.

'We've been here for a while,' Dalton said, pointing out the two men who were loitering on a rise and looking down at them. 'We must be looking suspicious now.'

Lawrence glanced at the men and shrugged.

'Perhaps, but I reckon they're only making sure we don't leave town, and we'll look even more suspicious if we stop looking.'

Dalton agreed with this sentiment, but when he resumed searching he kept one eye on the men. Another half-hour passed before Lawrence got

Dalton's attention.

Dalton joined him and noted Lawrence had planted a foot on the blood-stained painting.

'Now we just have to examine it without being noticed.'

Lawrence nodded. 'It looks badly marked, but hopefully there's enough details left.'

Dalton returned to wandering around as if he were still searching. He moved towards the rise, ensuring that the men's attention was on him, and when he returned Lawrence had used the distraction to slip the painting under his jacket.

They headed back to the wagon. When they rode off, Dalton steered a course that passed across the base of the rise and he saluted the watching men, but they ignored him and headed for their horses.

Then they followed them back to town. Lawrence watched the riders until the terrain took them out of sight and then spread the painting out on his lap. He peered at it from various angles as he tried to decipher the markings.

'Is it a map?' Dalton asked as he kept a cautious eye on the scene behind them.

'I reckon so, and it depicts the place we thought and feared it would.' Lawrence turned to him and frowned. 'It's of Randall's Point.'

Dalton considered the markings that were barely visible beneath the encrusted blood, but with Lawrence's help he made out a wavy line that represented the creek and a hill that overlooked the town.

Several square shapes represented buildings, with the cross being inside one of them.

Dalton had not spent enough time in town to work out which building this one was, although intriguingly neither the station house nor the rail tracks were marked, suggesting this was an old map.

'We shouldn't worry about returning to Randall's Point unduly,' Dalton said. 'The lawmen will deal with Cyrus and his scavengers.'

'The lawmen haven't returned yet,' Lawrence said. 'Hopefully that means Walsh is now pursuing Cyrus, and if we return to Sawyer Creek to wait for news, Virgil might ask too many questions about what we were looking for out here.'

Dalton considered Lawrence's eager expression and he had to admit that he wanted to find out what was buried out there without delay, too, but he shook his head.

'I reckon if we double back to Randall's Point now, we'll struggle to throw off the men who are following us, and when we go there to find out what this cross means we don't want distractions. So I reckon we act calmly and choose our moment to sneak away.'

Lawrence provided a resigned nod and with that he slipped the map out of sight. With both men in pensive mood they moved on back to town.

Dalton's hope that a delay on acting on their discovery would avoid drawing unwanted attention to their activities appeared to work as when they sat by the window in the Double Eagle saloon, Virgil's men returned to the Lucky Break saloon.

Dalton reckoned he and Lawrence would struggle to keep their curiosity under control once the lawmen had dealt with Cyrus, but the afternoon passed quietly without the marshal returning. Later, one of Virgil's men hurried into the Lucky Break saloon and he came out quickly with Virgil.

'News about Marshal Walsh?' Lawrence asked.

'No. I reckon Obediah might have woken up.'

Both men winced. If this were true and Obediah told Virgil why he had stolen the painting, they would have to leave town without delay, and so they watched Virgil carefully.

Sure enough, Virgil headed to the surgery. They moved to the door to get a clear view, but as it turned out only two minutes later Virgil came back out of the surgery. The two men watched as he headed back to his saloon at a brisk pace.

'With the speed he came back out I doubt Obediah told him anything,' Lawrence said.

'Hopefully not,' Dalton said, and then beckoned Lawrence to join him in heading to the surgery. 'But if Obediah didn't respond to threats, perhaps he'll respond to encouragement.'

Lawrence gave him a sceptical look, as did Doctor Wainwright a moment later in the surgery, but he didn't object to them speaking to Obediah. The reason soon became apparent when they sat on either side of the sick man's bed. Obediah was paler than the white sheet that had been laid over him and he didn't register their presence at all.

'Perhaps we should wait until later,' Lawrence said.

'He only has to listen,' Dalton said, and then leaned over Obediah to place his mouth beside his ear. 'I reckon Virgil threatened you, which means we could be the only people who can save you from him. Think about that and when we return, tell us what you know about the map on the back of the painting.'

Dalton moved to leave, but Obediah snapped his eyes open to consider him.

'What have you done with it?' he murmured, his voice weak but still conveying surprise.

'I thought that might get your attention,' Dalton said. 'I bound your wound with it and saved your life. With luck it might save your life again.'

Obediah winced. 'If you have the map, you don't need me.'

'We do, because if we're going to return to Randall's Point, we want to know that it'll be worth the risk.'

'It will be.' Obediah looked at both men in turn, his eyes pained but lively. 'What's the deal you're offering?'

'Help us, and we'll get you out of town and away from Virgil's clutches.'

'What assurance do I have?'

'None.' Dalton gave Obediah a stern look and then offered a thin smile. 'Except you should recall that even though you stole everything I had, I got you out of Randall's Point when I could have left you to enjoy Cyrus McCoy's tender care.'

Obediah closed his eyes, exhaustion seemingly getting the better of him, but then he nodded and considered them.

'I needed to distract Virgil to get into his office and so I picked an argument with Lawrence. That failed, so I worked on you.'

'We'd gathered that much, but why were you so eager to get hold of the map?'

'Because it shows the location of Thurmond Bryce's secret treasure hoard.'

'I've never heard of him.' Dalton considered Obediah's greying hair. 'I assume he's your son?'

Obediah nodded and then wheezed several times, but he had only been gathering his strength and he beckoned them to help him lie higher up in the bed. The manoeuvring made him wince, but once he was propped up he appeared more relaxed.

'Tell us in your own time,' Lawrence said, encouragingly.

'I gather that last year Thurmond rode into Randall's Point when everyone was abandoning the town. He bought the saloon because he said he'd always had a hankering to own one. Everyone said he'd fail and they were right. Within a month he was the only person left there.'

'We saw that it's now a ghost town,' Dalton said. 'I doubt any one man could stop that happening.'

'Thurmond reckoned he could and when he failed, he just shrugged and said his only mistake was

67

not to have been ambitious enough. He started afresh on a new site and built the Lucky Break saloon. Nobody thought he'd succeed, but he attracted big gamblers and soon others settled here and the town grew up around the saloon.'

Obediah took deep breaths after his long speech and so Dalton prompted him.

'Where does his treasure come into this?'

'Nobody knew how Thurmond got the money to build the saloon and he got a reputation for covering any bet no matter how large it was.'

Obediah mustered a wan smile inviting Dalton to fill in the gaps.

'You're saying he bought the saloon in Randall's Point because he knew that a secret treasure hoard had been buried nearby and he used that money to finance his business?'

Obediah nodded. 'We hadn't spoken in years, but he did once tell me he had heard a rumour about buried treasure, and it seems he found it and then used it to make even more money.'

'How did you find out where it was?'

'Apparently, he often pointed at the painting that hung behind the bar, saying the woman in the picture had bought him luck. He said a woman like her was sitting on a fortune, and everyone thought that was a joke. But I knew he was a man who didn't make jokes.'

Obediah glanced away, his troubled eyes suggesting a long history between himself and Thurmond that he would not divulge.

'Your son isn't around no more, so what happened to him?'

Obediah frowned. 'One day Virgil Tweed came here and over a poker-hand playing against the house, the stakes rose ever higher. Virgil wouldn't back down and finally Thurmond bet his saloon.'

Dalton nodded, now seeing where this story was headed.

'And Thurmond lost?'

'No. Thurmond had a full house, fives over tens, while Virgil had only a nine-high straight. But Virgil didn't bat an eyelid. He just claimed that now Thurmond had put a price on his saloon, he'd make him an offer for it. Thurmond accepted and since then Virgil has run the Lucky Break saloon.'

Dalton shot a worried look at Lawrence, who also furrowed his brow before he asked the obvious question.

'I can believe Thurmond built his saloon using money he dug up, but why do you reckon some of it is left?'

'I don't know for sure, but I do know that Thurmond often visited Randall's Point and I reckon that was to collect more money from his secret hoard. After Virgil bought the saloon, he was never seen again.'

'You're saying Virgil had him killed?'

Obediah gulped, his eyes watering. 'That would be likely, wouldn't it?'

Lawrence nodded. 'And presumably Virgil doesn't know about the treasure and he doesn't know you're Thurmond's father?'

'No. My son took after his mother, not me. He was a man with vision and ability. I'm just a card shark.'

Lawrence turned to Dalton. 'What do you reckon?'

'Virgil didn't appear to know that the painting was important or that it had a map on the back,' Dalton said. 'Then again, he's clearly suspicious of our activities.'

Both men turned to Obediah, but with his story told and with the fate of his son presumably on his mind, he was looking drawn, so they helped him to lie back down on the bed.

'Now that you've heard the story,' the sick man whispered, 'what are you going to do?'

'Virgil's watching us and Marshal Walsh doesn't trust us,' Dalton said. 'So the best plan is to do nothing for a while and let them both relax.'

Lawrence nodded. 'And that'll give the marshal time to deal with Cyrus McCoy.'

Dalton turned to Obediah, who considering him sternly.

'I didn't mean that,' he said. 'What are you going to do with me?'

'Despite what you did to us, we'll cut you in on whatever we find out there and we'll do what we said and get you away from Virgil. For your part, you need to alleviate his concerns.'

'I reckon I can appear too weak to talk.' Obediah raised his head and flopped it down on the pillow, but when that made both men offer supportive laughs, he raised his head again. 'But remember, if you don't keep your side of the bargain, I can tell him everything.'

'We're aware of that,' Dalton said, levelly.

With that agreement made, they left Obediah and sought out the doctor, who considered them benignly.

'I heard plenty of talking going on,' he said. 'Obediah must have enjoyed talking to you more than he enjoyed talking to Virgil.'

'We did all the talking. Obediah was too weak to say a word, and I reckon that'll be the case for a while.'

'Caring for a man that sick will take a lot of my time.' Wainwright looked out the window at the Lucky Break saloon.

Dalton smiled and then withdrew twenty-five dollars from his pocket.

'This should cover his care,' he said, counting the money into Wainwright's hand. Then he added another twenty-five dollars. 'And this is for your trouble in keeping Virgil away from him.'

Wainwright provided a knowing smile and so they moved on. Outside, they made a point of not looking at the Lucky Break saloon as they headed to the Double Eagle saloon.

'If we're lucky, Virgil won't have noticed how long

we spent in the surgery,' Lawrence said. Then he pointed out of town. 'And then we just need our luck to continue.'

When Dalton saw what had interested Lawrence, he joined him in stopping outside the law office. The marshal and his two deputies were returning to town, and they were alone.

'You were right about what's been going on at Randall's Point,' Walsh said when he'd pulled up. He dismounted and joined them. 'We found several bodies, all of men I'd once run out of town. But Cyrus had gone to ground and we couldn't flush him out.'

'He clearly knows the town well,' Dalton said. 'But he has to be stopped.'

'I don't need you to explain my job to me. We've just come back to get what we need.'

Walsh smirked, clearly wanting Dalton to ask for more details.

'What's that, exactly?'

'We're resting up for an hour and getting some food and liquor in us. Then we're heading out to Randall's Point armed with dynamite. By sundown we'll have wiped that town off the map.'

CHAPTER 7

'Walsh sounded serious in his intent,' Dalton said when the marshal and his deputies had moved into the law office. 'He's going to destroy Randall's Point.'

'And hopefully wipe out Cyrus McCoy in the process,' Lawrence said, 'or at least ensure he's no longer got a hide-out.'

With people milling around outside, both men said no more as they moved on down the main drag. When they reached the Double Eagle saloon too many people were close by, and so Lawrence silently asked the obvious question with a raised eyebrow while Dalton replied with a shrug.

Even if they dared to talk openly, Dalton would not have said much as like Lawrence he had no idea whether whatever was buried in Randall's Point would survive the marshal's planned destruction of the town. One thing was certain though and that was his barely contained curiosity and so, when Lawrence met his gaze and smiled, he returned the smile.

Without discussion they headed to their hotel, but when Lawrence glanced around and reported that nobody was paying them any attention they walked past it. Then they skirted round the back of the buildings to the stable.

Ten minutes later they were riding out of town on Obediah's wagon. They looked straight ahead, trying to avoid drawing attention upon themselves by acting naturally, and hoping that the news of the marshal's plan would be spreading and distracting everyone.

Only when they reached the spot where they'd found the painting did they look back. They saw no sign of anyone following them out of town, so they moved on beside the creek at a brisk pace.

Whenever they had a clear view of the terrain behind, they checked they were still not being followed. But when they caught their first sight of Randall's Point they stopped worrying about what was behind them and concentrated on what was ahead.

They approached using the same route that the marshal had used. This would let them move past the station house with the minimum of fuss and with the maximum chance of remaining unseen, if Cyrus McCoy was still here.

When they'd crossed over the rail tracks Dalton stopped. Lawrence raised himself to survey the scene, and when he reported that he couldn't see anyone in town they moved on.

When they reached the main drag Lawrence used

the map to confirm that the marked building was beside the stable and it had once been a saloon, adding further credence to Obediah's tale. The windows and door had been boarded up. Dalton judged it would take them a while to remove the boards and gain access, which decided their next course of action.

Dalton directed the wagon between the stable and saloon, passing over the scene of their last fight with Cyrus McCoy. He pulled the wagon up behind the saloon where he was pleased to see a back door that hadn't been blocked off.

'If we'd stopped on the main drag and Cyrus's still here, he'd have been sure to see us,' he said, 'but there's a chance we won't be noticed back here.'

'I'll keep watch outside,' Lawrence said. 'You check inside.'

Dalton nodded and so, in short order, he jumped down off the wagon and headed to the door. Lawrence took up a position beside the door where he could call to him readily.

The moment Dalton slipped inside the rank odours of human habitation assailed him and so he moved on cautiously, but the short corridor opened up on to the saloon room and it was unoccupied. With his back to the wall he sidled along to the nearest door where he listened. But on hearing nothing he backhanded the door open to find nothing inside other than dust.

He judged that this had once been a store room,

and so he moved on to explore the two other rooms. These looked like they had been used as living quarters: the living room was packed with boxes and crates that had presumably been scavenged from the train, while the other room had bedding along the far wall. Dalton returned to the outside door.

'Cyrus holed up in here and he's been using this place to store the things they've stolen,' he said.

'Hopefully, that's good news,' Lawrence said. 'If this is where he usually stays, he must have moved on.'

Dalton smiled at this optimistic take on the discovery and he returned to the saloon room where he stood before the bar. He held the map up to a thin stream of light slipping between two boards in the window and oriented it to the walls.

He judged that the cross had been placed to the left-hand side of the building where the bar stood. On the other hand, the box on the map that represented this building was as big as his thumb fingernail so he couldn't be confident that the cross marked a specific place in the saloon.

Even so, this felt like a place where something could have remained hidden and so he hurried behind the bar. On his knees he crawled from one end of the bar to the other, but he failed to see any breaks in the floorboards that would indicate a trap-door.

He stood up and, leaning on the bar, he looked around the saloon room. It contained only a few pieces of broken furniture; nothing untoward – but then again, he shouldn't expect to see anything obvious.

If he could trust Obediah's story, his son had bought this saloon to gain access to treasure buried beneath this building – treasure the owner had never found. Thurmond had then returned to dip into this fortune and since his apparent demise Cyrus McCoy had holed up here, and he also had failed to notice anything untoward.

He roamed around the room, but was unsure what he was looking for and so, after pacing back and forth a dozen times, he hurried off to collect Lawrence.

'We have less than an hour before Walsh arrives,' he warned. 'I'm not going to find it in that hour. I need your help.'

'If I help, Cyrus could sneak up on us,' Lawrence said. 'On the other hand, with Walsh due, if Cyrus does come here, we'll only have to fight him off for a short time.'

Dalton nodded and so they headed to the saloon room where Lawrence considered the scene and then provided a sour look that said he had as little idea about where to look as Dalton had. He did as Dalton had done and considered the map, which led him to face the bar.

Dalton let him work through the problem in his own time and he was glad he had when Lawrence suddenly turned on his heel to face him, sporting a beaming smile. Then he turned the map over to present the painting.

When Lawrence looked at him eagerly, Dalton shrugged.

'I don't see what's excited you,' Dalton said.

Lawrence took the painting behind the bar and looked around until he found a clear spot on the wall where a painting, presumably this one, once stood.

'The picture was on the wall here,' he said. He held the painting up and stepped to one side. 'But perhaps the picture gives us the answer and not the map.'

Lawrence's tone had become uncertain, confirming he had not thought his idea through, but Dalton moved round so he could see the painting and the saloon room.

'The map told Thurmond Bryce that the treasure was in the saloon somewhere, but I agree that he'd have needed more clues to know where in the saloon it was buried.' He pointed. 'The woman is looking over there.'

Lawrence laughed. 'And perhaps she's smiling because she's looking at the hidden treasure!'

Her gaze was set on the door, which did not feel like a promising place to look, but then Dalton remembered something Obediah had told him, and he smiled as broadly as Lawrence had smiled earlier.

'Obediah told us that Thurmond said the woman in the picture was sitting on a fortune, and everyone had assumed it was a joke – except it wasn't!'

Lawrence removed the picture from the wall and considered it. He punched the air with delight and then turned round quickly.

'She's lying on a bed,' he said. 'So we just have to find where that bed is.'

Dalton nodded and then hurried to the last room he had searched. Cyrus and his men had slept in here and so Dalton didn't feel optimistic, but Lawrence appeared undaunted.

Lawrence considered the room and then picked out a cleaner rectangle on the floor where a bed had probably once stood. Several blankets covered some of the floor and when Lawrence kicked them aside he revealed a raised area that looked as if it'd been hammered into the floorboards to reinforce a weak spot.

Dalton and Lawrence knelt down on either side of the area and began experimentally tapping it.

'This is the best possibility so far,' Dalton said.

'And if the treasure is below this spot,' Lawrence said, 'that'll mean Cyrus probably slept over it every night.'

With that thought cheering Dalton, he peered at the raised area, finding a thin gap between it and the floorboards. The light was poor – certainly not good enough to see through the gap – but when he placed his eye close to it, air blew dust at him making him blink and giving him a feeling that there was space beyond.

'We need Obediah's tools to get under here,' he said.

Without comment Lawrence hurried off and, with the possibility of success spurring them on, Dalton followed him through the saloon. At the outside door they paused, but nobody was visible and so they hurried on to the wagon.

Dalton grabbed the shovel while Lawrence took Obediah's bag. Before returning to the saloon they again looked around cautiously and this time Dalton felt uneasy.

He glanced at Lawrence, who returned a concerned look, and they hunkered down while listening. A few moments later Dalton identified his concern when the sounds of a distant commotion came to him, perhaps of several people moving quickly and approaching the main drag on the other side of the saloon.

'Cyrus or the marshal?' Lawrence asked.

'Whatever the answer,' Dalton said, 'we need to hurry.'

Lawrence nodded and so they jumped down from the wagon and scurried into the saloon. With only a glance at each other they decided their next course of action.

Lawrence took the shovel and placed it on top of the bag of tools. Then he hurried into the back room while Dalton ran to the window. He peered through a gap between two boards and then moved around until he could see most of the main drag.

The situation was as he had feared: two riders were crossing the rail tracks, flanking an open wagon. The low sun was at their backs and so it took Dalton a few moments to confirm that it was the marshal and his two deputies.

He figured this was a better result than Cyrus McCoy arriving and he didn't need to continue watching the lawmen. He called out the good news to Lawrence and when he joined him in the back room, Lawrence had jammed the shovel into the gap and he was trying to prise up the raised area.

He was straining without any discernible effect and so Dalton upended the bag. He rooted through the tools there and picked out a crowbar with a curved end that appeared as if it had been designed for the task in hand.

He moved two paces to Lawrence's side and jammed the crowbar into the gap. Then he joined Lawrence in pushing down.

With his help wood creaked and the gap opened up, encouraging Dalton to strain harder. Then, with a crunch and loud snapping of wood, the raised area flexed up and then thudded down while Lawrence dropped to his knees cursing.

Dalton took a moment to register that it was Lawrence's shovel that had broken under the strain, and not the raised area. He gave his friend a supportive slap on the shoulder before rummaging through the tools again.

While he looked for something else that Lawrence could use, raised voices sounded outside – and they were approaching the saloon. Although he couldn't make out the words, he heard Walsh deliver an order, and a few moments later clattering sounded beyond the front windows.

'It sounds as if we've run out of luck and time,' Lawrence said. 'Walsh's come straight here, which must mean he knows Cyrus made the saloon his base.'

'And so he'll destroy this building first,' Dalton said, completing the thought.

'This is over. We have to let him know we're here and then hope whatever is under here survives.'

Dalton hammered the crowbar on the raised area in frustration before jamming it into the gap again and straining.

'We've still got a few minutes and besides, we need to come up with a good excuse for being here.'

That thought made Lawrence wince. With industrious noises sounding at the front of the saloon as the lawmen presumably worked on laying dynamite, he did a quick circuit of the room as he searched for another way to get beneath the floorboards quickly.

Lawrence's furrowed brow showed the pressure of time was not forcing him to have any good ideas. Then Dalton flinched and looked at the door.

'I don't hear anything,' Lawrence said.

'Neither do I,' Dalton said. 'That's the problem.'

They both cast one last look at the offending section of floorboards and then made for the door. They had reached the saloon room when Walsh uttered a loud cry outside.

Thinking he had just given the order to light the dynamite, both men put their heads down and sprinted for the back door. They had yet to reach the short corridor when the unmistakable rattle of gunfire sounded.

Another volley of gunshots cracked, accompanied by another loud cry.

'Cyrus McCoy,' Lawrence and Dalton said together.

CHAPTER 8

With Lawrence hurrying off to check the back door, Dalton risked going to the nearest window. First, he peered downwards.

He noticed a stick of dynamite that had been propped up against a corner post, but it had not been lit and neither had the two other sticks he could see along the front of the saloon. Then he looked further afield.

Walsh and his two deputies were scurrying for cover beside the station house. The position they had chosen gave Dalton a clue as to where Cyrus had launched his assault, and he looked at the abandoned mercantile beside the station house.

Cyrus had gone to ground there prior to scavenging from the train and, sure enough, two of his men were moving to the corner of the building. Although they were too far away for Dalton to be confident of hitting them, they were clearly visible from the main drag, suggesting that they were unaware that Dalton and Lawrence were hiding in the saloon.

Dalton resolved to still his fire until he could take full advantage of the element of surprise. He slipped across the room and informed Lawrence of the situation, and then took up a position behind the window that was nearest to Cyrus's men.

In the short time that he had been away, more of Cyrus's men had revealed their positions and they were now scattered around the mercantile. As Dalton had feared, they were all armed.

Walsh's two deputies hunkered down at the corners of the station house while Walsh slipped into the derelict building. Dalton caught fleeting glimpses of him over low sections of the wall, but he figured he was aiming to take up a position by the door.

'There's no sign of anyone at the back,' Lawrence called as he came into the saloon room. 'I figure I can be more use in here.'

Dalton beckoned him to take the window on the other side of the door and, after some darting around, Lawrence found a position where he could fire through a gap while watching the scene.

'Wait until Cyrus's men get overconfident and make their move,' Dalton said.

Lawrence grunted his agreement. Then they set in to await developments. They didn't have to wait long.

Cyrus came into view for the first time when he led three men in running for the station house. Dalton couldn't see the side wall of the station house and so they moved quickly out of sight, but Cyrus's other men edged forward, confirming they were preparing to attack.

The deputies were aware of the growing danger as they made the first move in edging around their respective corners. Then they loosed off a couple of shots, making Cyrus's men throw themselves to the ground.

That action appeared to be all the encouragement Cyrus needed as rapid gunfire tore out. Unfortunately, the shots were fired on the other side of the station house and Dalton could only judge what was happening from the nervous reaction of the deputy at the far corner who beckoned the other deputy to join him.

That man checked nobody was making a move on his side of the house, and then hurried off. He had covered only half the distance along the wall when the other deputy cried out and keeled over clutching his chest.

His colleague hurried along and went to his knees beside him. A brief shake of the head confirmed he couldn't help him, and then he had problems of his own to deal with when a man came round the corner and loomed over him.

The deputy had enough time to blast off a quick shot that clattered into the wall and that was enough to spook his assailant into retreating. His success didn't encourage the deputy as he leapt to his feet and pressed his back to the wall while looking to either side as he tried to work out where the next attack would come from.

In the saloon, Dalton slapped the boards over the window in frustration at not being able to help the lawmen. He glanced at Lawrence, who acknowledged with a sorry shake of the head that the situation was dire and they were unlikely to be effective.

Then, without discussion, they took aim at the station house. Both men fired at the building, more in the hope that gunfire from an unexpected direction would worry Cyrus's men into making a mistake rather than to hit anyone.

Their intervention had the opposite effect, making the surviving deputy direct a worried glance at the saloon. Then, presumably thinking that he was surrounded, he blasted off a wild shot at the saloon and then moved on to the gap in the wall that Walsh had used earlier.

He clambered up on to the low wall just as a gunman came round the corner. Dalton and Lawrence fired at this man, but their shots sliced into the wall several feet away from him.

Worse, their intervention did not deter the gunman and he blasted a low shot into the deputy's side, making him double over before tumbling from view into the house. The gunman then looked at the saloon before leaping out of sight.

'Failed again,' Lawrence muttered, unhappily.

'And now we've been spotted,' Dalton said.

Sure enough, a few moments later two gunmen appeared at the corner and peered at the saloon. One man pointed and the other man nodded before they both moved back.

Gunfire rattled and then a gunman appeared at the other corner of the station house. He faced the saloon and fired two shots at the doorway before moving back.

His action suggested Walsh might have been overcome, but then a ferocious burst of gunfire tore out inside the station house. A moment later, Walsh vaulted over a low stretch of wall.

He fired into the station house and ducked down. With his back to the wall he cast a worried look at the saloon, confirming that news of their presence had spread.

Dalton and Lawrence made their allegiances clear by shooting at the corner where they had last seen the gunman. Walsh nodded and then, heartened, he turned his back on the saloon and moved away from the station house.

He kept his gun trained on the low wall that he had climbed over, so Dalton aimed at the left-hand corner of the house while Lawrence took the right-hand side. When Walsh had covered a quarter of the distance to the saloon, he turned so he could walk sideways, and then he speeded up.

To join them, he would have to skirt around the outside of the saloon where they would no longer be able to cover him, and so Dalton glanced at

Lawrence. He was already pulling at the boards over the window, but they didn't move and so, with a grunt, he agreed to head outside through the back door.

Lawrence took only two paces and then muttered in irritation, making Dalton turn around.

A gunman had sneaked into the saloon and was now edging down the short corridor at the back of the saloon room. The moment the man saw that he had been discovered he snapped up his gun arm, but he was a fraction too slow.

Dalton and Lawrence fired at the same time and two gunshots hammered into the man's chest, making him snap upright before he keeled over.

'I'll make sure he's the only one,' Lawrence said, breaking into a run.

The gunfire inside the saloon initiated a volley of gunshots outside, so Dalton turned back to the window. When he peered outside Walsh was running for the saloon while firing over his shoulder.

Dalton picked out a gunman scooting around the right-hand side of the station house and blasted two rapid shots at him. Both shots sliced into the wall before the man, but they did at least make him slide to a halt and duck down.

Dalton took more careful aim at him, but then he noticed where the bigger danger to Walsh would come from. Three gunmen bobbed up over the shortened length of wall and, with calm efficiency, they sighted Walsh.

The lawman was five paces from the saloon. So he stopped firing at Cyrus's men and thrust his head down so he could sprint to safety.

As Walsh sped from view, Dalton helped him by firing at the low wall. With his first shot he tore lead into the left-hand man's chest, making his head crack back before he dropped.

His shots didn't deter the other two gunmen, who hammered out a rapid volley of shots before ducking down. Dalton fired, but then he had to stop and use valuable moments reloading.

He trained his gun on the station house, but he had only the wall to aim at and nobody emerged. By now Lawrence ought to be outside and in a position to cover Walsh, but he heard no more shooting.

He hoped this meant Walsh had already reached safety, but then the lawman walked back into sight. His stride was faltering and he was clutching his bloodied side.

Walsh stood before the saloon and, with grim defiance, he raised his gun to aim at the station house. Then his strength gave out and he keeled over on to his chest.

Dalton watched him, but he didn't dare move. So he swung his gun from side to side, aiming along the length of the station house as he waited for someone to show.

Long moments passed in silence. With Dalton not knowing what Lawrence was doing, the feeling grew that Cyrus was now in control of the situation and was already planning his next move.

Dalton figured he shouldn't give him enough time to act and so he turned away from the window. He winced on seeing Lawrence hurry into the saloon, his wide-eyed expression telling Dalton everything he needed to know.

'Surrounded already?' Dalton asked.

'The men attacking the station house weren't the only ones in town.' Lawrence uttered a forlorn sigh. 'It's just us two against around ten men.'

Lawrence hunched his shoulders and kicked at a heap of old rags on the saloon floor. As Dalton watched, the excitement about what they might find here clearly deserted his friend to leave a hollow shell that would rapidly fill with despair.

Dalton knew that in such a state of mind men could give in and find ways to make their worst fears materialize. So he fixed Lawrence with his most confident gaze and walked across the saloon room slowly until he stood before him.

'Then I reckon that's bad news for the ten men!'

Dalton stared at Lawrence until he mustered a thin smile. Then he slapped him on the back and directed him to watch what Cyrus was doing at the front of the saloon while he hurried to the back door.

He glanced outside and confirmed Lawrence had been right and several men were moving into position on either side of the saloon. The sun was about to set and Dalton reckoned his confident comment to Lawrence would hold true if they could hold out until nightfall.

Then they could sneak away from the saloon under the cover of darkness and, as they knew the lie of the land outside town, they might find somewhere to hole up. So he settled down beside the door where he could shoot at anyone who came too close and then directed Lawrence to do the same on his side of the saloon.

Lawrence nodded and peered through the gap Dalton had been using. He considered the scene and then flinched back.

Lawrence pointed at the boarded door and a moment later a thud sounded. Then the boards peeled away from the doorway on one side.

Lawrence pressed his face close to the boarded window trying to see what Cyrus's men were doing outside, but clearly he wasn't able to see them as he didn't fire.

A second thud made the boards topple over to leave the doorway open. Then someone thrust a gun through the door and fired blindly.

The shots splayed around the saloon room, at least confirming that the gunman didn't know where Lawrence and Dalton were. But Dalton reckoned it wouldn't be long before the gunmen came inside. Sure enough, gunfire splattered around the back door with such intensity that Dalton couldn't risk slipping into the doorway to return fire.

In a coordinated move two men came through the front door and hunkered down behind the fallen boards that had come to rest against a table. They both fired at Dalton and, lacking any cover, Dalton could only leap to the floor to lie on his chest.

Neither man noticed Lawrence and he made them pay when he splayed gunfire at them from the side. Lead hammered into the boards and wall, but one shot caught the nearest gunman with a deadly blow to the neck, making him cry out before he staggered to the side and keeled over.

The second gunman turned to Lawrence while outside another gunman fired through the doorway. Faced with danger from several directions Lawrence took flight and he skirted around the saloon room with lead hammering into the wall behind his fleeing form.

At the back of the saloon Dalton got up on to his haunches, but he couldn't get a clear sighting of either gunman, so he beckoned Lawrence to join him and make a stand.

Lawrence nodded and so Dalton laid down covering fire around the entrance, but before Lawrence could reach him a ferocious burst of gunshots came pounding in through the open doorway.

In self-preservation Lawrence skidded to a halt and then leapt through the nearest door into the room in which they had been searching earlier. The gunfire from the front of the saloon petered out, but that appeared to be deliberate when a volley of shots rattled in through the back door.

Dalton glanced over his shoulder and saw men

scurrying towards the door with guns brandished. Seeing no other choice, he followed Lawrence in running for the makeshift bedroom. As he slipped into the room, Lawrence slapped him on the back and then the two men considered each other.

'Trapped,' Lawrence said, unhappily.

'And surrounded,' Dalton said.

In the saloon room, footfalls sounded as Cyrus's men moved closer.

CHAPTER 9

Dalton and Lawrence hunkered down on either side of the doorway. Then, on the count of three, they edged forward, aiming to pick out targets. But before either man could fire, a rapid volley of shots sliced through the doorway of the room, forcing them to back away.

Dalton slapped the floor in frustration and then, with a sorry shake of the head, he shoved the door closed.

'That won't help none,' Lawrence said.

'Someone'll have to open the door and we can at least make that man suffer,' Dalton said. 'Hopefully, that might give us some time to think of something else.'

Lawrence sighed, but he put aside his misgivings and looked around the room. There were no windows or doors, and so their only chance of finding a way out rested with the unresolved mystery of what lay beneath the raised area.

'You watch the door,' Lawrence said. 'I'll work on this.'

With renewed vigour Lawrence attacked the gap using the broken shovel and he made enough wood splinter away to suggest he would break through. Dalton no longer hoped that he might uncover Thurmond Bryce's treasure, but he did hope that they might find a way out down there.

Beyond the door shuffling sounded as the gunmen got into position, and then Cyrus spoke up.

'You're making a lot of noise in there,' he said. 'These buildings may be in a poor state, but you won't break out.'

Dalton was minded not to respond to the gloating, but he figured that if he could goad Cyrus into acting recklessly that might earn them an advantage.

'We're not looking to break out,' he called. 'We've found what we came here for.'

Lawrence shot Dalton a bemused look, and so Dalton mouthed that he was trying to buy time. Lawrence muttered in support of this plan and, as it turned out, Cyrus did not respond immediately, thus giving Lawrence enough time to hammer away at the wood until he had created a six-inch-wide hole.

Then he put the shovel aside and stuck the second most useful tool – the crowbar – into the hole. He pivoted downwards and raised the area by several inches along most of its length, accompanied by creaking and snapping sounds.

'So you came back here to steal from us,' Cyrus

said, finally. 'You must be desperate.'

'Scavengers can't complain when they get beaten by better scavengers.'

Cyrus snorted. 'Now I know you're lying. What did you really come here for?'

'I'm not explaining nothing to someone who's threatening us.' Dalton waited for Cyrus to take the bait, but he didn't reply. 'All you need to know is that despite knowing you'd got your hands on a crate of guns, we still came back.'

Lawrence slipped the shovel under the gap to keep it open. Then he moved along to a corner where, with the crowbar, he tried to expand the gap along a tighter section.

Near to the door shuffling sounded along with murmured comments, giving Dalton the impression the gunmen were planning to move in – although curiously he also heard someone hurry across the saloon room to the door.

'There's nothing in this town that's worth the risk of taking me on,' Cyrus said, his voice coming from somewhere in the middle of the saloon room.

Lawrence broke off from straining to direct a hopeful glance at Dalton. Then he returned to pressing down on the crowbar and the break had an immediate effect when a loud crack sounded and the raised area flexed along two sides.

'There's nothing you know about, or you'd have found it, but I reckon we can come to a deal here.'

Cyrus murmured to someone and Dalton tried to

gauge his mood by the tone of his voice, but the cracking resumed, masking his voice. In a rush the raised area came free and it went swinging upwards until it was some three feet off the floor.

With a reverberating thud the area slammed back down on the floor, landing in a different position than before, showing that it was no longer nailed down. Better still, it revealed a space beneath the floor.

Despite their desperate situation Lawrence and Dalton exchanged intrigued smiles. Then Lawrence got down on his knees and opened up the space so he could peer down.

'There's no way out,' Lawrence whispered. ''But there's a large chest under here.'

'What are you doing in there?' Cyrus shouted.

'I'll answer that when you accept we can make a deal,' Dalton said as Lawrence pushed the raised area aside to reveal the chest.

With time pressing Lawrence jumped down into the space and swung up the lid. He peered inside and then, with a groan, he leaned over to rummage inside.

'We can't make no deal,' he said, letting the lid thud back down.

Dalton winced and closed his eyes for a moment in disappointment.

'Empty?'

'Worse!' Lawrence kicked the chest and then clambered back on to the floor. 'The only thing in there is a body.'

'Why would there be a. . . ?' Dalton trailed off and then joined Lawrence in groaning. 'Thurmond Bryce, I presume?'

Lawrence waved a document that presumably identified the body.

'Sure – and I presume that means Virgil Tweed followed Thurmond here and killed him.'

The two men faced each other, Lawrence's hunched shoulders confirming that he was as bereft of ideas as Dalton was.

'Make the deal a good one and I'll hear you out,' Cyrus called from the saloon room.

'We might have been allowed to leave town by letting him have the treasure,' Lawrence said. 'But the only thing he'll do now is make sure there's two more bodies in that chest.'

Dalton sighed. Then, with a shrug and a smile, he tried to appear confident.

'Try to convince yourself that this is what we wanted to find.' He raised a hand when Lawrence started to object. 'Then we'll try to convince Cyrus of the same thing.'

He waited until Lawrence provided a sceptical frown. Then he aimed his gun at the ceiling and faced the door.

Lawrence moved on to join him where he matched his posture. Dalton nodded and then raised his voice.

'We heard about a hidden stash of treasure,

Cyrus,' he called. 'We had to come here to confirm where it is. We've done that now.'

Snorts of derision sounded in the saloon room.

'Come out and tell me about it,' Cyrus said, using a sarcastic tone. 'Then you can leave.'

With a deep breath Dalton moved on to the door and kicked it open. Cyrus's men were spread out around the saloon room with their guns trained on the door.

Cyrus stood in their centre with an eager grin on his face, but that didn't deter Dalton from taking a long pace forward.

'The money was found by a man called Thurmond Bryce and he built the Lucky Break saloon.' Dalton paused to let that information sink in and, promisingly, Cyrus nodded. 'Last year Virgil Tweed killed him and dumped his body through there.'

Cyrus glanced past Dalton. 'We never saw that and we've been sleeping in there.'

'If you don't believe me, take a look for yourself,' Dalton snapped, feigning indignation so that the one provable element of his story would sound more convincing.

Cyrus gestured at one of his men, who slipped past Dalton and Lawrence. The man paced across the room and then came out sporting a surprised look.

'The dead man has helped your credibility,' Cyrus said. 'Now explain how that confirms where the money is.'

'You were in Sawyer Creek, so you'll know that

100

Virgil Tweed is a rich man and you'll have heard the rumours that he didn't get his money honestly.'

Dalton didn't know if anyone other than Obediah had doubts about Virgil. But he figured that, like him, Cyrus had been run out of town after getting into trouble, and it was more than likely that the trouble had happened in the Lucky Break saloon.

'I can believe that Virgil is dishonest.' Cyrus spread his hands. 'So tell me where the money is.'

Dalton matched Cyrus's more casual stance by lowering his gun to aim it down at the floor. Lawrence matched his action, giving Dalton time to think of his response, one that would determine whether they would walk out of the saloon or have to fight their way out.

'It was buried through there, but when Thurmond tried to leave town with it, Virgil claimed it and took the money back to Sawyer Creek.'

Cyrus narrowed his eyes. 'How do you know all this?'

'Because Thurmond's father Obediah Bryce told us.' Dalton sneered. 'He's the man you spiked here yesterday, which means that wasn't the most sensible thing you've ever done as by now he'd have got his hands on the money.'

Cyrus pointed an angry finger at him, and for a long moment Dalton could not tell if his taunt would goad him into violence or make his story sound more valid. Then Cyrus offered a sly smile.

'If Obediah had got to the money quicker, I might

not have spiked him.'

Cyrus raised an eyebrow, making a silent but obvious offer and so Dalton nodded.

'We can still get to it.'

'Then do it,' Cyrus snapped, raising his voice so it echoed in the room.

Cyrus stepped to the side and held a hand out indicating the door.

'We will,' Dalton said.

He had not expected he could talk their way out of the situation so easily and so he moved cautiously, giving Cyrus a wide berth as he looked out for deception.

Sure enough, long shadows played on the ground beyond the saloon door, although when he moved forward he was surprised to see three of Cyrus's men were dragging the shot lawmen to the saloon, presumably acting on Cyrus's loud order. They came in backwards and unceremoniously dumped the bodies in a line before the door.

Dalton had thought the three men had been killed, but the marshal's eyes were open and one of the deputies was murmuring in pain. Cyrus moved over to stand so the bodies were between him and Dalton.

'I believe your story,' he said, 'but if I were to let you go in search of this treasure, you'd flee. But as you're men who saved Obediah's life when you didn't need to, these men are my insurance that you won't run.'

'So what's the deal here, Cyrus?'

Cyrus tapped a boot against the side of the first deputy to be shot, without response, before moving on to repeat the action with the other two lawmen and receive grunted complaints.

'I'll exchange the treasure for these three men.' Cyrus looked along the line of lawmen and smiled. 'One's dead, one's half-dead, and one will die if he doesn't get help soon – so I reckon you should hurry!'

CHAPTER 10

It was dark when Dalton and Lawrence rode back into Sawyer Creek. On the back of the wagon was the chest in which they had found Thurmond Bryce's body.

Cyrus had let them leave the saloon with his threats ringing in their ears. He had promised them that unless they returned with the chest filled with money, the lawmen would die. On the way back to town they discussed their options, but they decided that anything they tried would be sure to end badly.

Their only option was to find the money Virgil had stolen from Thurmond Bryce and return it to Randall's Point. Cyrus might still double-cross them, but they would face that problem only if they resolved their first problem.

People were gravitating towards the Lucky Break saloon, but when Dalton and Lawrence left the wagon beside the stable, they headed to the surgery.

As they had no idea what Virgil might have done with the money, they sat down next to the bed of the one man who might have an idea. Unlike earlier, Obediah was agitated and now, worryingly, sweat slicked his brow.

'Don't stay for long,' Wainwright said in a grave tone when Obediah didn't acknowledge them.

'What's wrong with him?' Dalton asked.

'It's too early to be sure, but he could have a fever. That spike couldn't have been none too clean.' Wainwright considered his patient with a sorry shake of the head. 'The next few hours will be crucial.'

'I guess having a metal spike jammed into the guts is about as bad as taking a gunshot,' Dalton said.

'It sure is. Without care any man will probably die; and even with it, he still mightn't survive.'

Wainwright then left them and so with that sobering thought spurring him on, Dalton leaned over Obediah and ran through the events of the last few hours. Obediah didn't respond, even to the shocking revelation of his son's demise.

'So now that you know your son is lying where the treasure was once buried,' Dalton said, completing the story, 'where do you think the money is now?'

Obediah continued wheezing, appearing as if he hadn't heard the story and that he wouldn't respond, but then slowly he opened an eye and considered Dalton.

'Virgil has it,' he said, quietly.

'We assume so,' Dalton said, patiently, 'but where

would Virgil take it?'

'Nobody but us knows about it, so he's kept it secret.'

Dalton waited for more, but Obediah didn't continue. He looked at Lawrence, who shook his head.

'He clearly doesn't know where the stolen money is,' Lawrence said. 'But he's talking sense. For so few people to have even heard about this treasure, Virgil must have dealt with it on his own.'

'And then stamped down ruthlessly on anyone who found anything out,' Dalton said.

They both turned to Obediah, but they got no reply and so Lawrence produced the painting and waved it before Obediah's face in the hope it might make him focus.

'Maybe I shouldn't have stolen this painting,' Obediah said under his breath, as if he were talking to himself as he looked the picture over. 'All that time and effort, and I stole the wrong thing. I should have acted like a man for once. I should have hid in the office and shot up Virgil.'

This line of thought made him murmur in distress and he started twisting around on the bed. Figuring they'd get no help from him, Dalton and Lawrence called Wainwright back into the room.

When the doctor arrived, he shooed them away. Lawrence left the painting beside his bed, and then they did as requested.

At the door Dalton stopped to glance back at Obediah, feeling that this would probably be the last time he saw him alive. Then he joined Lawrence outside.

Lawrence considered the Lucky Break saloon while shaking his head, but Dalton smiled.

'Obediah might not have said much,' he said, 'but I reckon he had the right idea. Virgil was worried about Obediah's intent when he sneaked into his office and he was relieved when he only stole the painting.'

Lawrence nodded. 'So the money must be in his office.'

'That's my assumption.'

'Which only leaves us with the small problem of how we get into an office at the back of a saloon when the owner warned us not to step foot in there again.'

Dalton shrugged and then patted the wad of bills in his pocket.

'We have money now, so perhaps we should just walk up to the door and go in. He might have forgiven us by now.'

Lawrence laughed and with that optimistic thought they moved on towards the saloon. They timed their approach so that they mingled in with a boisterous group, but any hope that they could slip in unseen fled as the two guards who had followed them yesterday were at the door checking entrants for weapons.

They let everyone in the group enter without delay, but the moment Dalton moved to follow them, the guards closed ranks.

'You know you're not welcome here,' one man said.

'That was yesterday,' Dalton said. 'Today we hoped Virgil might have changed his mind.'

'You two like to push your luck. Go away while you can still walk.'

Dalton figured they had to win this argument or anything they tried later to get into the saloon would fail, but Lawrence got his attention and beckoned him to give up. Dalton stayed for long enough to tip his hat to the guards, and then joined him in leaving.

'That might have been our best chance to get in,' Dalton said.

'It was about to be our last attempt. One of the guards gave a signal to someone. I reckon reinforcements would have arrived within moments.'

Dalton glanced over his shoulder at the saloon. The guards had returned to checking entrants and they didn't appear to be paying attention to them, but he trusted Lawrence's judgement and so they moved on towards the Double Eagle saloon to discuss their next move.

As they walked both men looked around cautiously, but nobody followed them. They were approaching the saloon and Dalton was starting to think they'd avoided whatever trouble the guards were planning when two men stepped out of the alley beside the saloon.

Dalton and Lawrence stopped, and both groups

appraised each other. Dalton reckoned they could best these men and so he nodded to Lawrence, but before they could move off footfalls sounded behind them.

Dalton turned as another two men stepped out of a doorway and, using the element of surprise, these men seized one man apiece. The other two men moved in quickly and in short order they bundled Dalton and Lawrence into the alley and then along it.

Both men struggled and they made their captors fight for every step, but they were moved on inexorably. When they reached the back of the saloon, another two men were waiting for them sporting lively grins and bunched fists.

Lawrence gave Dalton a sorry look that said this was what had happened to him prior to Marshal Walsh running him out of town. Then, with calm efficiency that spoke of the many times these men had meted out punishment, they were disarmed, thrown against the wall, and held securely.

'Virgil gave you a warning,' one man said. 'You ignored it. Now we're giving you a beating. Don't ignore it.'

Dalton tensed in preparation of trying to throw his captor aside, but that encouraged another man to move in on him. With hands pressing against his arms and body, the men combined forces and pinned him to the wall.

Two short-armed punches thudded into his side,

but with the men standing close to him they landed without much force and, accordingly, the leader grunted an order to spread out.

Dalton struggled and his captors continued to bustle, but then another man muttered an oath and consternation broke out. A loud crunch sounded that rattled the saloon wall and the men holding Dalton looked away from him.

For a moment the captors parted and let him see that he wasn't causing them problems, but Lawrence was. Urged on by a desire to avoid being beaten again, he was fighting back with berserk energy.

The crunch had come from him throwing off the man who had been holding his arms and then, with his head down, he charged at the leader. He caught this man in the stomach with a leading shoulder and carried him down the alley until the man slipped and went over on to his back.

Lawrence went down with him where he slammed quick punches into the man's side before leaping to his feet to confront the others. Heartened by his success Dalton redoubled his efforts to throw aside his captors.

With Lawrence's success distracting them, he freed his right arm and delivered a swinging punch to one man's jaw that knocked him into the other man. He shoved both men away and then with rapid blows he pummelled anyone he could reach.

He got in four firm punches before his assailants retaliated by knocking him to the side in an attempt to topple him. Using quick-footed movements he kept his balance.

The leader got to his feet while two men moved purposefully towards Lawrence as they prepared to reverse his initial success.

Dalton reckoned with their superior numbers their captors would probably best him this time, and so he continued moving and used his momentum to slam into the leader's back. The man keeled over and Dalton leapt over his body to join Lawrence, but then he had to jerk aside when Lawrence aimed a wild punch at him.

At the last moment Lawrence checked the punch and offered Dalton an apologetic smile. Then, with a shake of the head, he came to his senses.

'I reckon we've done enough damage,' he said. 'Now, run!'

Dalton took one look at the six men closing in on them and then ran for the widest gap. He barged two men aside and, with Lawrence at his heels, he kept running.

He had reached the back of the saloon before he registered that they were running away from the main drag.

Muttered recriminations broke out behind them and when Dalton looked over his shoulder a straggling line of men was hurrying after them. They were far enough away for Dalton to slow down and let Lawrence draw alongside.

'I don't reckon they're used to anyone fighting

back,' Dalton said.

'Then hopefully they'll think twice before attacking us again.'

Dalton liked this optimistic thinking and they took the shortest route back to the main drag. Then they hurried back towards the Lucky Break saloon, figuring that it would be safest to stay in the busiest part of town just then.

By the time the saloon came into sight, the leading bunch of pursuing men were slowing to a halt to let the stragglers catch up with them. The group shared opinions and then moved on slowly.

Dalton figured they were waiting for a suitable moment to accost them again. With most of the people who were outside in the early evening gravitating towards the saloon, it was just a matter of time before the main drag was deserted and they got that chance.

'We can't go in the saloon,' Dalton said, unhappily, 'and we can't stay outside.'

He looked at Lawrence for an idea, but Lawrence shook his head. Then a new man spoke up from the shadows behind them.

'You should follow my lead,' the man said.

Dalton turned to be confronted by the surprising sight of Obediah Bryce walking towards them. He was moving gingerly with an arm pressed across his wounded chest and, despite the evening chill, his brow was damp.

'From the look of you less than an hour ago, the

only place you were going had pearly gates.'

Obediah offered a pained smile. 'I still probably will, but Wainwright gave me something for the pain and that helped me to get out of bed. I figured I might have only the one chance to pay Virgil back for what he did to my son, and I have to take it while I still can.'

'We're obliged for your help. What's your plan?'

'I intend to do the only thing I'm good at,' Obediah said, and with that, he set off for the saloon.

CHAPTER 11

With Obediah leading the way at a slow and pained pace, they headed toward the saloon. The guards at the door looked past him to consider Dalton and Lawrence with surprise.

Dalton tipped his hat to them to reinforce the fact that they had not been beaten and so the guards gave Obediah only a cursory glance before closing ranks to bar their way. Obediah stopped and gestured at Dalton and Lawrence.

'They're with me,' he said.

'Then you're barred from the saloon as well,' one guard said.

'My money was good enough the last time I was here.'

One of the guards narrowed his eyes and then whispered to the other. Then they both considered him with bemusement.

'You're the man who was so ill Doctor Wainwright said you probably wouldn't last the day.'

'He could be right, so I'd be obliged if you'd let me enter while I can still stand.'

One guard continued appraising him while the other hurried away. He returned with Virgil Tweed in tow and when Virgil considered the delegation, he matched his guards' bemused expressions before glaring at Obediah.

'If you've come to explain yourself, you can come in,' Virgil said. 'If you haven't, my guards will get that explanation out of you.'

Obediah shrugged. 'I've come to play poker.'

For long moments the two men considered each other until with a small, knowing nod, Virgil stood aside. When Obediah moved on, Dalton and Lawrence followed on close behind before he could change his mind.

Virgil stayed back at the door to whisper instructions to the guards and so Obediah caught Dalton's attention.

'Watch for a distraction,' he said, before moving on to the main poker table where only a few days ago he had cheated Dalton out of everything he had.

As the distraction he had provided that night had been a good one, Dalton beckoned Lawrence to join him at the bar. The guards stayed at the door where one man dealt with newcomers while the other man watched Obediah.

A third guard made his way across the room and stood at the end of the bar, from where he watched Dalton and Lawrence. Only then did Virgil head to the table where he beckoned the players to move aside to let him and Obediah sit.

His action encouraged the customers to turn to the table and so when Obediah gingerly lowered himself into his chair, everyone in the saloon was watching him. Once he was sitting, he breathed a sigh of relief although he kept a hand pressed to his chest.

Virgil gestured for the dealer to give him the cards. Then he dealt them both five cards face down.

'Straight poker, one set of discards?' he asked.

'Agreed,' Obediah said.

'What's the bet?'

'You'll bet everything you took off Thurmond Bryce – my son.'

Virgil flinched back in his chair. 'So that explains your misguided presence here.'

'It does.' Obediah slipped the hand that was pressed against his chest into his jacket and withdrew the folded-over painting. 'And I bet this painting.'

Obediah tossed the picture into the middle of the table where it opened up to reveal a painting that was barely visible through the bloodstains. Virgil glanced at it and then sneered.

'Even if it wasn't worthless, I wouldn't bet everything I own, because you stole this painting off me.'

Obediah shook his head. 'The painting is worthless, but the picture is the most valuable thing my son owned.'

He beckoned Virgil to look at the other side and

so with his brow furrowed Virgil drew the painting closer and raised it.

Nearby, customers who had been watching this exchange with lively interest edged forward to see what was so important about the painting, but Virgil slammed it back down on the table before anyone could see the map on the back.

'This would have provided an interesting bet if I didn't know that you're bluffing.'

'I know that, and so my bet is one that my son would approve of, wherever he may be.'

Virgil nodded and leaned back in his chair, his posture acknowledging that he had now worked out that Obediah knew he had got to the treasure and that he had killed his son Thurmond.

'I assume that if I win, I get the painting and its secret?'

'You do. And if I win, I get the painting's secret.'

This cryptic conversation made the customers bustle and murmur to each other as they edged even closer to the table. Even the guards adopted intrigued expressions, suggesting they didn't know that Obediah had offered to keep the truth that Virgil had killed Thurmond a secret in return for a chance to win Thurmond's fortune.

'Then let's play,' Virgil said.

As the players shuffled up to the table, the customers edged closer to form a ring blocking Dalton's view of them. He craned his neck, but then Lawrence nudged him in the ribs and, when he had got his attention, he beckoned Dalton to join him in slipping into the crowd.

From the corner of his eye Dalton had noted that the guard assigned to watch them had now edged forward to mingle in with the crowd and, although he would glance at them periodically, the poker game held his attention more and more. Dalton glanced at Lawrence, who smiled and so, not questioning their luck, they lowered their heads and then moved cautiously back to the bar.

The guard stayed with the customers while the bartender had moved to the other end of the bar to watch the game, and so Dalton and Lawrence ducked down.

Moving quickly, they shuffled behind the bar with their heads down and then slipped into the corridor that led to Virgil's room. Dalton glanced over his shoulder to confirm nobody was following them and then they hurried on into the office.

Dalton was sure that within a few minutes the guard would notice they had gone, and so they moved around the office quickly as they looked for a safe. After peering under tables and tapping the walls, Lawrence found it in a cupboard in the corner.

The safe was both four feet high and deep, suggesting it was large enough to contain the missing fortune. The combination lock on the door was their next problem, but Lawrence still gave the door a tug before stepping back shaking his head.

'It's too big to move and unless you have a skill you

haven't mentioned before, it'd need some of that dynamite Marshal Walsh took to Randall's Point to open it.'

Dalton shrugged and then took hold of the lock.

'I haven't had much luck recently, so maybe it's time for that to change.'

The dial had numbers up to ten and so he turned it to 'five' three times and then all the way round twice.

'Randomly turning the dial won't work. We need a number sequence that means something to Virgil.'

'That was a sequence. When Virgil played Thurmond Bryce at poker, Thurmond won with a full house, fives over tens.'

This line of thinking made Lawrence nod approvingly and then they both smiled before Dalton took the dial again. This time he used Virgil's losing hand of the numbers five through to nine.

With a satisfying click the safe door swung open to reveal neatly stacked rows of bills. While Dalton knelt down to see how far back the money stretched, Lawrence hurried off to search the rest of the cupboards.

The chest that Cyrus wanted them to fill was on the wagon, but thankfully Lawrence found several saddle-bags piled up in a corner cupboard. Within a minute they had emptied the safe and filled three bags.

Dalton hefted a bag finding that it was bulky but not heavy and so, with him hanging a bag over each shoulder and Lawrence taking the other one, they turned their thoughts to escape. The room had no windows and the only door led back to the saloon room.

'Hopefully, Obediah is still distracting everyone,' Lawrence said.

Dalton frowned, but he couldn't see that they had a choice other than to hope their luck held. With Lawrence leading they headed to the door, but they had yet to reach it when rapid footfalls sounded a moment before the guard burst in.

The man turned rapidly as he scanned the room, his furrowed brow showing that he'd only just noticed that they'd gone missing and he was not even sure if they'd be in here.

Lawrence took advantage of his surprise and, with a lithe movement, he swung a saddle-bag off his shoulder and caught the man with a swiping blow to the jaw that knocked him to the side.

Dalton let his saddle-bags drop to the floor to free his arms and he delivered a more substantial punch to the man's cheek that sent him teetering across the room until he slammed into Virgil's desk. He went sprawling over it, and when he righted himself it was to meet two men and two swinging punches that knocked him one way and then the other.

The final blow bent him over and thudded his head into the desk after which he went limp. Dalton wasted no time in confirming the man was unconscious and then he claimed his gun while Lawrence picked up the three bags.

They headed back to the door, but Dalton's fear that someone might have heard the altercation fled when he heard excited chatter in the saloon room. They moved cautiously down the corridor until they came out behind the bar.

'You cheated when you first came into my saloon,' Virgil was saying, his voice rising above the hubbub. 'And you cheated again.'

'You dealt the cards,' Obediah said, his voice low and barely audible. 'How could I have fixed the hands so that I'd win?'

'A thief who stole this painting could find a way.'

'Then you shouldn't have taken my bid in front of all these people.'

Dalton reckoned this was the ideal time to make their entrance and so, with a nod to Lawrence, they moved out from behind the bar.

'As it seems that Obediah won,' Dalton called, 'we'll help him leave with his winnings.'

The customers swung round to face them and so, figuring that moving quickly while being surrounded by people would give them the best chance of brazening this situation out, Dalton and Lawrence moved into their midst.

They made for the door and they were five paces away from it before they emerged from the tight press of customers. The two guards were still at the door and they eyed the saddle-bags draped over Lawrence's shoulders with surprise before their gazes lowered to the gun that Dalton held low.

'You don't get to walk out of here,' one man said.

'I thought poker-players were treated fairly in the Lucky Break saloon,' Dalton said.

He spoke loudly in the hope that the customers might support him in the same way that the prevailing mood had worked against him on his first night here. Sure enough, murmured discontent sounded and, with everyone seemingly happy that they had seen Obediah win a fair game, Virgil spoke up.

'Let them leave,' he said. 'Everyone must know that when they play poker in my saloon, they can be assured of their safety.'

The guards peered at Virgil. Then they both provided knowing nods and stepped aside.

Obediah moved back from the table and with slow paces and his shoulders hunched he headed to the door. Dalton and Lawrence spread apart to flank him and then without catching anyone's eye they headed outside.

When they were standing on the boardwalk, Obediah's strength gave out. He flopped against Dalton, who held him upright until the cool, night air gave him some strength and he righted himself and stood on his own.

'I didn't expect that Virgil would let us leave,' Lawrence said, making Dalton murmur that he agreed.

'He did that only because leaving the saloon was the easy part,' Obediah said. 'Now we have to stay alive for long enough to leave town.'

CHAPTER 12

'How did you defeat Virgil when he was the one who dealt the cards?' Dalton asked as they moved away from the saloon.

'I had planned to cheat, but I didn't get the chance,' Obediah said. He laughed. 'As it turned out, I won that hand fairly.'

Lawrence and Dalton both laughed before they turned their thoughts to the serious matter of leaving town with their winnings. They figured that acting quickly was the best plan and so they headed to the stable where they had left the wagon.

Dalton didn't expect they would get far before Virgil's guards followed them, but the first sign of trouble came from the men they'd confronted before going into the saloon. These men had congregated around the wagon and they were leaning back against the sides with casual stances as if they were merely wasting away the evening with idle chatter.

The moment they saw the three men, they stopped talking and spread apart to face them. Dalton slowed down and glanced around for other options, but he saw none.

Few other people were outside to see this confrontation and worse, when he looked over his shoulder, Virgil was now standing in the saloon doorway with his two guards flanking him. Then they moved out on to the boardwalk and walked purposefully towards them.

'We're trapped from both directions already,' Dalton said.

'I can barely walk,' Obediah said. 'Leave me to face Virgil and make a run for it.'

'We're not leaving you.'

'I wasn't offering for your benefit. Virgil wants the money back. My only chance of surviving this is if you run.'

Dalton reckoned he was probably right, but Virgil was closing quickly and, with Lawrence loaded down with the saddle-bags, he doubted they could outrun them. So he moved ahead of the others towards the wagon.

The waiting men closed ranks to confront him, but despite their superior numbers Dalton maintained a strong pace, making them cast cautious glances at each other. Only when Dalton rested his hand beside his holster did they register that he had re-armed himself.

The leader threw his hand to his holster, the men

to either side of him following his lead a moment later, but Dalton was already drawing his gun. He blasted a shot into the leader's chest making him keel over before planting a second bullet in the right-hand man's neck.

As this man stumbled into the men nearest the wagon, Dalton turned his gun on the third man. This man had already drawn his gun, but from behind him Lawrence hurled one of the saddle-bags.

Seemingly unsure of the nature of the missile coming towards him, the man flinched away. Even though the bag only thudded ineffectually against his chest, it gave Dalton enough time to slice a shot into the man's side, downing him.

The other men didn't reach for weapons and so Dalton assumed they weren't armed. He aimed at the nearest man and while still advancing he gave him a narrow-eyed look that promised him he had no qualms about dispatching him, either.

The man met his gaze for two paces and then turned on his heel. His capitulation encouraged the other two men to follow him and in short order they moved away from the wagon.

By the time Dalton reached the wagon they were scooting away into town while looking over their shoulders with the same nervous looks that Dalton and Lawrence had provided earlier when they'd been fleeing. When Lawrence joined him he rescued the thrown saddle-bag and threw it and the other two into the back of the wagon.

Obediah was still making his slow way towards them while Virgil was advancing at a pace that would reach him before he reached the wagon. Dalton reloaded quickly and then swung round to face Virgil.

'You made a bet with Obediah,' he said. 'Keep to your side of the bargain and so will we.'

'Bargains are worthless when the participants meet later at the end of a gun.' Virgil chuckled and stopped to let his guards join him. 'That's something Thurmond Bryce learnt the hard way.'

Obediah's step faltered, but he kept moving on.

'Your secret's safe with us,' Dalton said. 'We have no desire to tell Marshal Walsh about it.'

'The marshal is clearing out outlaws from Randall's Point, which means for the moment I deliver justice in Sawyer Creek.'

Obediah stopped his slow journey towards the wagon and with small steps he turned on the spot to face Virgil, who considered him placidly, as if he was prepared to give him one last chance to relent.

'Thurmond's fortune is now mine,' he said. 'You still have the saloon.'

Virgil shook his head and then jerked up a hand. The signal made the guards draw quickly and they both aimed at Dalton, but Dalton had been prepared and so he already had his gun in hand.

He thrust up his gun and slammed a shot high into the chest of the man on the right, downing him. He swung the gun past the unarmed Virgil to aim at the man on the left, but then found that Obediah was in the way.

He couldn't tell if the weak Obediah had stumbled to the side or if he had deliberately placed himself between him and the gunman, but the result was the same. A bullet from Virgil's guard tore into his stomach, making him double over and giving Dalton a clear shot at his shooter.

He fired and his bullet caught the guard in the centre of the forehead, felling him. Dalton stood still while looking around cautiously, but he didn't see anyone else looking their way.

Lawrence followed his lead in glancing around and confirmed with a relieved grunt that the men who had tried to beat them earlier had all fled into the night. Then he hurried on to Obediah.

Dalton kept his gun on Virgil while Virgil glared at him with his upper lip curled back as if promising him that this matter wasn't over. Bearing in mind that the men lying around him had died at Virgil's behest, Dalton was tempted to deliver justice and end Virgil's chance of mounting a reprisal, but by now the gunfight had drawn a crowd of people out of the saloon.

Doctor Wainwright, hurrying from the surgery, was the first to approach them. He waved Lawrence away and knelt over Obediah.

'You don't want to waste all my good work, do you?' he said.

Obediah mustered a smile and Dalton couldn't

help but smile, too, as it seemed that every time he'd assumed this man had been killed somehow he'd managed to survive. He moved over to join Wainwright.

'You'll have to stay here while we deal with the money,' he said, kneeling down beside Obediah.

'The doctor will take good . . .' Obediah broke off, his gaze darting up to look past Lawrence.

Dalton looked up to find that Virgil had taken advantage of the distraction to claim a gun off one of his guards. The moment he saw that he'd been noticed he snapped the gun up to aim at the group and, so with little other choice, Dalton fired.

He was kneeling down and so his shot caught Virgil only a glancing blow to the arm giving Virgil enough time to fire. His group was close together and Dalton couldn't tell who Virgil had aimed at, but the shot caught Obediah in the side.

Virgil raised his gun a mite higher, but this time Dalton had him in his sights. He fired and a deadly shot to the chest made Virgil grunt in pain, his gun falling from his hand. Then he fell over to slam down on the boardwalk.

Lawrence hurried over to Virgil. He kicked away the guns Virgil and his men had used and then checked they were dead, leaving Dalton to consider Obediah. But already his eyes were closing and Wainwright was shaking his head.

'I reckon he cheated death enough times for one lifetime,' Wainwright said.

'I reckon he cheated everyone and everything enough times,' Dalton said. 'But I reckon he'll be pleased that Virgil didn't get away with what he did to his son.'

'And I have better news,' Lawrence called. He was leaning over Virgil, who was murmuring something to him.

Lawrence nodded and then moved away from Virgil who, having said whatever it was he wanted to say, flopped down to lie still. Lawrence hurried to Obediah and shooed the other men away so that he could talk to him.

He knelt beside Obediah and whispered something in his ear, and his comment made a brief smile twitch at the corners of Obediah's mouth, giving Dalton hope that he would liven up. But then, with a rattling gasp, his head rolled to the side and Obediah lay quietly on the boardwalk.

Dalton turned to Wainwright, who shook his head and then edged away from them.

'I came to help my patient and I won't stop you from doing whatever it is you're doing,' he said, 'but when Marshal Walsh returns I will tell him what happened here.'

Dalton smiled. 'Actually, now that we have Virgil's undeserved fortune, I hope you'll be prepared to speak to the marshal a lot faster than that.'

Wainwright gave him an odd look, but before Dalton could explain, Lawrence's sorry shake of the head drew his attention.

'We need to reconsider our plans,' Lawrence said, sadly.

Dalton winced. 'Because of Virgil's last words?'

'Sure. They helped Obediah, but they don't help us.' Lawrence pointed at the saddle-bags in the back of the wagon. 'Apparently, the money we took from the safe is counterfeit. It's all worthless.'

CHAPTER 13

'Why would the money being fake help Obediah?' Dalton asked when they were a mile out of town.

'It meant his son didn't make the Lucky Break saloon a success only because he found buried treasure in Randall's Point,' Lawrence said. 'He was just a damn fine businessman.'

Dalton glanced into the back of the wagon at Doctor Wainwright, who was sitting between the chest and the saddle-bags filled with worthless money. Despite the perilous situation they were riding into, the doctor had insisted that he join them so he could tend to the lawmen quickly.

Cyrus had ordered them to return alone, but Dalton hoped Wainwright would provide a calming influence on what would surely be a tense confrontation.

'And I guess that means Virgil Tweed was an astute businessman, too, although I don't see why he kept the money.'

'He told me that the money is almost worthless. It came from banks that no longer exist mixed in with good forgeries. Perhaps he hoped he could one day find a use for it – and presumably a dishonest use.'

Dalton nodded and then drew the wagon to a halt.

'In that case, in the dark the bills might look authentic enough to satisfy Cyrus – with a little encouragement.'

Dalton waved the wad of money Obediah had stolen off him. Getting his meaning, Lawrence joined him in clambering into the back.

They opened the chest and emptied the saddle-bags into it. Then Dalton arranged the authentic money on top of the pile of counterfeits so Cyrus would see the good money before he came across the worthless bills.

Wainwright watched them while shaking his head, but he didn't object. So when they had replaced the lid, they resumed their journey.

They rode in silence and Dalton tried to foster a confident demeanour, figuring that acting as if they believed the money was real would give them their best chance of pulling off the deception.

'What's the plan?' Lawrence asked when the wagon approached the rail tracks.

'I don't have one,' Dalton said. 'I just hope this visit will be third time lucky.'

'And hopefully this will be the third and last time I ever come to this place,' Lawrence said.

Dalton uttered a supportive laugh and then concentrated on watching the scene ahead.

Lawrence's reminder of the previous disastrous visits here made Dalton take a cautious route into town. He took the wagon across the rail tracks earlier than his previous visits and then swung round to head down the centre of the main drag.

As usual Cyrus stayed out of sight, and so Dalton drew up outside the saloon.

'We've completed our side of the bargain, Cyrus,' he hollered. 'It's time for you to complete yours.'

The three men looked at the saloon, but when movement came it was from the station house. A gunman stepped out onto the platform with his gun pointed at the wagon.

His arrival appeared to be the cue for other gunmen to make their presence known. One man moved into the stable doorway and another moved onto the main drag from the mercantile.

Lawrence looked over his shoulder and winced, confirming that gunmen were moving into position behind them, too. When they had been surrounded by a ring of steel, Dalton saw movement in the saloon, but that was only through the gaps in the boards over the windows.

'You're armed and I reckon you're preparing to deceive me,' Cyrus said from behind the door. 'Put those thoughts from your mind, or you and your lawmen friends won't leave here alive.'

'You're hiding in there and looking as if you're preparing to deceive us,' Dalton said levelly. 'Put those thoughts from your mind, or I'll make sure you don't enjoy Thurmond Bryce's hoard.'

'I'm pleased we understand each other.'

Dalton didn't wait for Cyrus to provide instructions on how the trade-off would proceed, figuring that taking the lead would ensure it developed in the safest way for them. He beckoned Wainwright to get down off the wagon and then he and Lawrence clambered into the back.

Wainwright let down the tailboard and Dalton shoved the chest to the edge of the wagon. They still had the makeshift stretcher made from two spikes and a sack that they had used to move Obediah, and thus they dragged the chest on to the sack.

Dalton looked at the saloon. He detected movement inside and a few moments later a man came through the doorway supporting Marshal Walsh. The marshal struggled to walk and so he had to be dragged across the boardwalk.

Wainwright moved towards him, but Cyrus followed them out of the saloon and waved a warning hand at him to stay back. Then he glanced at the treasure chest before fixing his gaze on Dalton's gun.

Although he hated being powerless he had to admit that they were surrounded and whether he had a gun or not, if he chose to, Cyrus could cut him down within moments. Moving slowly he tipped out the gun on to the ground, as did Lawrence.

Cyrus beckoned them to back away from the guns. Then he directed his man to take the marshal around the wagon.

When he was facing Dalton, the man stopped and released Walsh, who, without support, dropped to his knees. Nevertheless, the marshal defiantly raised his head to provide Dalton with a brief smile.

'The other man now,' Dalton said.

'He didn't make it,' Cyrus said as he moved along the side of the wagon to join the others. 'You clearly weren't quick enough.'

'And you clearly didn't take good enough care of him. I hope—'

'Dalton,' Walsh muttered, interrupting him. 'I don't want to spend my last moments listening to you two posturing.'

Dalton nodded. Then he slapped the lid of the chest and faced Cyrus.

'I'll hand over the money and at the same time you'll hand over the marshal. Then we can both move on.'

'We'll do that,' Cyrus said, 'but you don't get to move on straight away. The marshal can leave on the wagon with the doctor, but you'll stay here, for now.'

Dalton had not intended to use the wagon to pursue Cyrus as Wainwright needed to get Walsh back to town quickly, but if that was Cyrus's main concern he saw no reason to argue. He nodded to Lawrence and they jumped down from the wagon.

They gripped the spikes on either side of the chest and the gunman drew Walsh to his feet. So they swung the stretcher down and deposited the chest on the ground in front of the advancing men before throwing the spikes back into the wagon.

Then they stepped away from the chest and held out their arms to take control of the marshal. The gunman passed Walsh to them without comment and then moved on to the chest.

Dalton stopped looking out for deception and, with Lawrence's help, they led Walsh to the wagon. Wainwright moved in and gave Walsh a cursory glance before declaring him fit enough to travel.

By the time they had worked out how to get him on to the back of the wagon, the gunman had opened the chest. His whoop of delight was enough to convince Cyrus that he had got what he wanted and so, when Dalton raised the tailboard, he had hurried on to join the gunman in counting the wads of bills inside.

'There's more than enough for you in there,' Dalton said, hoping to distract Cyrus before he examined the contents too carefully.

Cyrus removed a wad and waved it at Dalton.

'Your wagon can leave,' he said. 'You'll stand there where I can watch you.'

Wainwright didn't need any further encouragement and, with a glance at Dalton, who offered him a brief smile, he hurried around to the seat. Within moments the wagon was heading out of town.

On the back, Walsh raised himself on to an elbow to glare at Cyrus, warning him that this matter wouldn't end here. But Cyrus didn't notice as he enjoyed the sight of all the money in the chest. So Walsh flopped back down on his back and, as Dalton watched the wagon leave town, he didn't raise himself again.

When the wagon moved out of sight beyond the last building, he turned to Lawrence and, without discussion, they backed away from Cyrus.

They were still surrounded by gunmen, but Dalton figured that avoiding Cyrus as best as they were able would give them their best chance of avoiding another confrontation.

Dalton assumed that Cyrus had horses nearby. Sure enough, when he had enjoyed gloating over the money, Cyrus ordered the man who had brought Walsh out of the saloon to head out of town and fetch them. Then he considered Lawrence and Dalton.

'You did well,' Cyrus said. 'I can see that giving you the motivation of saving someone's life inspired you to do the right thing.'

Dalton shrugged, avoiding this obvious attempt to provoke them, and then glanced at the chest.

'Now that you're pleased with the result, are you going to show your gratitude?'

Cyrus chuckled and then glanced over Dalton's shoulder. The lively gleam in his eye made Dalton tense a moment before a gunshot rang out.

He turned quickly to find that the man in the stable doorway had fired the gun. Then Lawrence groaned and stumbled to the side, showing him who

137

the target had been.

As Lawrence dropped to one knee while clutching his bleeding thigh, Dalton moved closer and grabbed his shoulders, stopping him from falling over.

'I hope that's enough gratitude,' Cyrus said. 'I had planned to shoot you both.'

'Why?' Dalton murmured. 'We did everything you asked and we weren't planning to double-cross you.'

'As with the marshal, saving your friend's life will make you keep your side of the bargain. By the time you've got Lawrence back to Sawyer Creek, we'll be long gone.'

Dalton started to snap back a retort, but even with his support Lawrence pressed against him as he struggled to stay upright. His leg was bleeding profusely and so, acting quickly, Dalton let him drop to the ground.

He ignored Cyrus as he removed Lawrence's belt and wrapped it around his upper leg. With a quick lunge he tightened the belt as strongly as he could, making Lawrence screech in pain, but within moments his actions had stemmed most of the bleeding.

Dalton looked out of town, but the wagon had gone and Lawrence looked to be in too much pain to walk any distance. He reckoned he would have to come up with another way to move him, as he had planned to do with Obediah Bryce, so his first priority was to let Lawrence rest for a while.

The nearest building was the saloon and so he got

Lawrence's attention and pointed at it. Lawrence mustered a weak nod and then with a deep breath he raised a hand for Dalton to help him move.

Dalton slipped a hand around Lawrence's waist and Lawrence gripped his shoulder, but when he raised him Lawrence didn't have the strength to hold on and he slipped back down to the ground.

Cyrus laughed at their predicament, but when they ignored him and tried again, he gestured in all directions to his men. From the corner of his eye Dalton noted that the gunmen moved from their positions around town, so presumably the man who had left to fetch their horses would arrive soon.

On the second attempt Dalton raised Lawrence on to his one good leg. Then they took slow and faltering steps towards the saloon.

They managed four steps before Lawrence stumbled to the side, taking Dalton with him, after which he halted and stood upright.

'Just take a moment and we'll try again,' Dalton said.

'I'm not resting,' Lawrence whispered. ''I'm only one more step away from our guns.'

Dalton glanced down to see that Lawrence had been right. The guns were lying near Lawrence's feet. If Lawrence stumbled in that direction again, he should be able to claim one of them, but instead he gathered a firmer grip of Lawrence's waist.

'Cyrus has done his worst. We just need to get you to safety now.'

'If he examines the money carefully, do you trust him not to do anything else to us?'

Lawrence gave Dalton a long look and in response Dalton nodded. Then Lawrence flexed his good leg and took a cautious pace forward before stumbling to the side again, this time deliberately.

Dalton released his hold to let Lawrence drop down on to his good knee while looking around for the guns. One gun was another pace away and the other was beneath Lawrence's leg that he was holding out awkwardly.

Dalton resisted the urge to check he wasn't being watched as this would only make their activities look suspicious, and he bent over for the nearest gun. His outstretched fingers were inches from the weapon when gunfire rattled.

Lawrence slumped against him. Dalton couldn't support his weight and they both went down on their sides, falling away from the guns.

'I knew you'd try to double-cross me,' Cyrus said from behind, his tone animated.

Lawrence had fallen over Dalton's right arm, ensuring he couldn't even try to reach the gun. Dalton struggled to roll him aside and then with a heavy heart he noted Lawrence's glazing eyes.

He glanced down and confirmed Lawrence had been shot again and this time he had been holed in the chest. With his free hand Dalton shook Lawrence, but there was no response.

Dalton lowered his head in apparent resignation,

but he used the motion to flex his trapped arm and then draw it free.

He was ten paces from the saloon doorway and even though gunmen were moving in from either side, they wouldn't be able to intercept him before he reached the doorway. He put his freed hand to the ground and moved for the gun, making Cyrus fire.

The slug sliced into the hardpan between Dalton and the gun, but Dalton's attempt had been only a feint. He withdrew his hand and kicked off from the ground.

Then, with his head down, he ran for the saloon. Gunfire kicked at his heels and Cyrus chortled with delight, letting him know that he was toying with him, but Dalton didn't mind if it let him reach a place where he could shelter.

He pounded across the boardwalk before throwing himself through the doorway. Then he skidded to a halt and confirmed that he was the only one in the saloon room.

He skirted around the wall so that he wouldn't be seen through the doorway, but even before he had reached the back door, he saw that it had been blocked off.

He figured that by the time he had torn away the wood that had been placed over the door, Cyrus would have sent men round to the back to intercept him.

Even if he could get out that way, there was

nowhere close by he could hole up.

He turned away from the door, deciding his best chance was to stay here and, if Cyrus wanted to kill him, someone would have to come inside to do it.

Accordingly, he searched for the best place to hide, noting that the bar offered the only substantial cover. Then, following his policy of trying to second-guess Cyrus, he picked a less obvious place to go to ground.

The boards that had been covering the doorway had been dropped beside the door and so he propped them up over the remnants of a broken table. Then he hunkered down behind them.

To be effective he would have to move quickly the moment anyone came through the door, and so he settled his weight on his toes. Long moments passed without Cyrus making a move, although he heard a wagon trundling closer.

Dalton couldn't hear anyone close to the saloon and so he risked glancing through a gap in the boards over the window. Lawrence was lying where he had fallen while Cyrus was standing over the chest with his men lined up to either side.

Only two men were casting casual glances at the saloon while the rest watched the wagon draw up. Almost as if Cyrus had detected Dalton's bemusement, he turned to the saloon.

'You'll have seen by now that I blocked off the back door,' Cyrus called. 'Now you'll be wondering what I have in store for you.'

For several moments Cyrus faced the saloon, but when it became clear that he had not goaded Dalton into replying, he shrugged and nodded to the nearest gunman.

This man raised his gun to aim at the saloon, although as he was aiming at a spot several yards from where Dalton was standing, Dalton didn't take cover and he continued to watch him.

The man fired, the shot slamming into the saloon wall. Then he fired twice in rapid succession.

The other gunmen laughed and with good cheer they slapped each other on the back while encouraging the shooter, who settled his stance and fired again.

He shook his head and this encouraged the other men to raise their guns. Intrigued now, Dalton moved position so that he could see down the length of the wall.

When he saw what they were aiming at, Dalton couldn't help but wince.

The sticks of dynamite with which Walsh had planned to destroy the saloon were still where he had left them. They were lying on the boardwalk – and the gunmen were taking aim at them.

CHAPTER 14

Dalton watched a gunshot make a stick of dynamite kick up into the air without mishap, and then he groaned as he saw how it fell back down, propped up against a corner post, giving the gunmen a clear shot at the fuse.

He counted three other sticks lying along the front of the saloon. Dalton reckoned lighting a fuse this way would be hard, but the gunmen were enjoying their sport and, if they tried for long enough, one of them was sure to get lucky.

'Keep firing!' Cyrus shouted. 'When we leave, I want everyone in Sawyer Creek to see this place burn.'

The gunfire increased in intensity as everyone joined in. The gunmen spread out as they adopted a variety of angles and, with their attention all being on the dynamite, Dalton noted the position of the two guns lying beside Lawrence's body.

He figured that he wouldn't cover even half the

distance before the gunmen transferred their attention on to him, and so he gathered up two of the boards and held them together.

The makeshift shield wouldn't deflect the bullets, but it would mask his exact position.

He waited until there was a lull in firing, hoping this would be when several men were reloading, and backed away from the door for several paces to get a run-up. Then, with his head down, he set off at speed so by the time he surged through the door he had already built up a decent pace.

In two strides he left the boardwalk and embarked on the ten paces that would get him to the guns. He covered the first three paces before gunfire erupted and then, to his delight, from the corner of his eye he saw that the target had still been the dynamite.

Another two shots tore out before someone fired at him. The shot tore through the wood a few inches from his right ear, making him flinch away – an action that saved him when two more shots sliced through the wood grouped around that spot.

Dalton figured the next round was sure to at least wing him and so, with a roar of effort, he hurled the boards towards the gunmen. Two more shots clattered into the boards while they still blocked his view of the gunmen, and then they tumbled end over end, revealing the men along with the guns lying ahead.

Dalton lowered his head until he was so doubled over that he was in danger of falling, and then he dived to the ground. He slid along the dirt on his stomach with his arms outstretched as he reached for the nearest gun, but as he closed on it an accurate shot from one of the gunmen skittered the gun away to the side.

When Dalton came to rest both guns were still out of reach and so he moved to get up and leap again, but then found that Cyrus had trained his gun on him and he was shaking his head.

'Get back to the saloon,' Cyrus said. 'I want to see you die in there.'

Dalton rolled his shoulders as he prepared to leap towards the gun anyhow, but then he saw movement behind Cyrus. He looked away before Cyrus noticed his surprise and fixed Cyrus with his firm gaze.

'I got bored sitting around in there waiting for your men to hit the fuse,' he said.

'They'll hit one just as soon as you move back to where you belong.'

Dalton shook his head. 'They clearly don't know how to use dynamite. Perhaps you need a demonstration from someone who knows what they're doing.'

Cyrus sneered, thankfully not understanding Dalton's taunt, although unfortunately Dalton's timing proved to be poor as long moments then dragged on in silence. Cyrus jutted his jaw, his patience clearly reaching its limit until, with a shake of the head, he raised his gun slightly to aim it at Dalton's chest.

Then the station house blew up.

Dalton had been prepared for this to happen and so he shook off his shock quickly and leapt for the gun. He gathered up the weapon, rolled over a shoulder, and then used his momentum to gain his feet.

He put aside any thoughts of launching an immediate assault on Cyrus and his men and, while they were still shocked by the unexpected turn of events, he ran for the saloon.

Prior to the blast he had seen Marshal Walsh shuffling out of the station house and making his way to the mercantile, leaving behind several sticks of fizzing dynamite. Dalton had hoped the lawman would then launch an assault on Cyrus's men, but he now remembered that Walsh had bought sufficient dynamite to destroy the whole town.

Only some of it was set out before the saloon and, as the blast in the station house had not been massive, he might have other surprises in store. Dalton reached the saloon without reprisals and then hunkered down inside the door.

Cyrus was obviously unaware that only one man had launched an attack on him as he gathered his men by the newly arrived wagon where they hunkered down and looked in all directions.

Dalton added to his woes by firing a couple of quick shots. They both clattered into the back of the wagon, but they made the gunmen scurry around the other side, which placed them in Walsh's firing line.

Several men peered over the top of the wagon at

the saloon and so before they could fire at him, Dalton hammered rapid shots that sliced into the wood, forcing them to drop down. Then he slipped away from the door and into the saloon.

While he reloaded gunfire rattled, but he didn't hear the shots hitting the saloon. When he looked through the door, it was to find that Walsh had made his presence known.

Gunfire reports came from a window in the mercantile, and Walsh had picked his targets well as first one man and then another threw up their arms in pain before dropping to the ground.

Cyrus shouted orders and the rest of his men went to their knees and then scurried along beneath the wagon to get away from Walsh's gunfire. They didn't emerge on the other side and instead took the only available cover of the wheels.

Some men lined up to face Dalton and the others faced Walsh, suggesting that they had now worked out these were the only directions from which they might get attacked. Dalton didn't think it likely that Doctor Wainwright would have returned along with Walsh, so he concentrated on working with Walsh to keep the gang pinned down.

So, when Walsh stopped firing Dalton laid down steady gunfire at the wagon, and the moment he stopped Walsh started firing. He and the lawman both had cover that was more effective than the wagon and, after trading gunfire for another minute, Dalton hit a target for the first time.

148

He slammed lead into one man's shoulders, making him roll to the side and, with a clearer target, he dispatched the injured man with a shot to the head.

This had an unexpected result when a gunman edged out from beneath the wagon to drag back his dead associate, giving Dalton a clear target. Dalton sliced lead into this man's chest, dropping him without effort.

After that success the others stayed down and, with them not returning fire, Walsh and Dalton both held their fire.

A tense stand-off ensued with neither side making an aggressive move. After several minutes Cyrus gathered his men's attention and, with muttered comments and gestures, they clearly hatched a plan.

The result of these deliberations came when two men swapped positions behind the wheel nearest to the saloon. One man adopted a position where Dalton couldn't see him and, when he fired, Dalton flinched away from the door.

Dalton didn't hear where the shot landed and, as he didn't think he was the target, he moved back into the doorway. When the man fired again, Dalton saw that he was aiming at a stick of dynamite that was lying propped up against the corner post with the fuse prominent.

The man continued to fire at regular intervals and it was clear that he was aiming carefully. Dalton could see splinters kick up as the gunman closed in on his target.

Dalton still didn't think the gunman would be able to ignite the fuse and he figured if Cyrus's plan was to wait until the gunman succeeded before he fled in the ensuring chaos, his best course of action was to avoid panicking and to sit it out.

Two shots later the fuse ignited.

The success was clearly unexpected as the gunman fired again and several moments passed before another gunman whooped with delight. Cyrus got everyone's attention and then, in a surge of movement, they came up from under the wagon.

Two gunmen stood together to hammer lead at the mercantile while another two men joined ranks to fire at the saloon doorway. While Cyrus directed operations from beneath the wagon, the last man hurried for the wagon seat.

Walsh fired at the wagon, but before Dalton could help him, lead peppered around the doorframe. Dalton jerked backwards and pressed his back to the wall.

From his position he couldn't see the wagon, although he heard Cyrus urging everyone to act on his orders and he could see the fizzing fuse. He judged that he had around thirty seconds.

Running to the back of the saloon would get him to safety, but only if the blast didn't ignite the rest of the dynamite lying along the front of the saloon.

Ten seconds of his remaining time had elapsed when the volley of lead being directed at the saloon died out. So Dalton kicked off from the floor and, with his head held low, he ran out from the saloon along the boardwalk.

He had covered half the distance to the dynamite before the gunmen started firing. The lead clattered into the saloon wall and then the boarded window behind him.

The sounds were getting closer and so, three paces from the corner post, Dalton dived. He hit the board-walk on his chest, slid along, and with an outstretched hand he gathered up the dynamite. Then, as fast as he was able, he scrambled past the corner post to kneel down on the hardpan.

He had planned to turn the tables on his opponents by throwing the dynamite at the wagon and, when he drew back his arm, he saw that the wagon had started rolling. But Walsh had sown confusion amongst Cyrus's men.

The two gunmen who had faced the mercantile were lying face down in the dirt and the men who had been firing at the saloon were skirting around the back of the wagon. Cyrus was running across the main drag for the chest containing the money and so, making a quick decision, Dalton hurled the dyna-mite at the chest.

The fuse spluttered in the night air, looking like a shooting star as it rose up and then dropped down towards the chest. Cyrus kept running until at the last moment he saw that the throw would be accurate.

Cyrus skidded to a halt and then pounded back towards the wagon. He had yet to reach it when

Dalton judged that the blast was imminent and he hugged the dirt.

A moment later Thurmond Bryce's fortune lost the last of its value.

When Dalton looked up the chest had been obliterated and the most expensive fire Dalton had ever seen was raging. As the burning bills spread out in all directions, Cyrus stared at them in horror before, with an angry shake of the head, he turned round to face Dalton.

Dalton got up on his haunches while swinging his gun up, but before he could take aim, Cyrus fled. He disappeared behind the wagon, passed the two gunmen who were now eyeing the mercantile, and joined the driver on the seat.

Walking sideways Dalton edged away from the saloon. He along with Walsh had taken a heavy toll on Cyrus and he now had only three gunmen.

The two standing men glanced at their colleagues' bodies and, as the wagon lurched to a start, with resigned shrugs they appeared to accept that retreat was the most sensible course of action. They hurried round to the back and with lithe movements vaulted into the wagon.

From the mercantile Walsh fired at them, but his shots clattered into the side of the wagon and they didn't goad the men into raising themselves. Dalton moved on to stand behind the wagon to watch it leave town, but after only a dozen turns of the wheels Cyrus took the reins and swung the wagon around.

Dalton stopped and trained his gun on the wagon as he waited to get a clear view of Cyrus. Despite everything that had happened, he resolved to let him leave if he took the wagon towards the rail tracks, but once the wagon faced the station house, Cyrus continued to turn it.

As the wagon surged past the ruined station house, the two gunmen rose up from the back to fire at the mercantile. Walsh fired back and with his second shot he caught one of the men in the side, making him stumble to his knees.

A second shot made him keel over to lie over the tailboard before he tumbled down to the ground. The second man ducked down and then scurried to the back where as Cyrus continued to turn the wagon he faced the mercantile.

Dalton then stopped waiting to get a clear shot at this man as it became clear that Cyrus was directing the wagon towards him. He edged away from the saloon while moving lightly on his feet, and within moments the horses faced him.

With alarming speed they bore down on him, but Dalton continued to move away from the saloon. When he was sure Cyrus had committed himself to a course, he dug in a heel and ran in the opposite direction.

Even so, the horses loomed over him and he had to leap aside to avoid them. He rolled twice and came to rest on his back, only to be confronted by the sight of a gunmen leaping off the seat with his arms spread so that he could pin him to the ground.

With a jerk of his shoulders Dalton bucked himself from the ground while twisting, and he managed to roll onto his side, leaving the man to slam to the ground on his chest with a pained grunt. Dalton gained his feet and looked up at the other gunman, who was training his weapon on him over the back of the wagon.

The man fired, but Cyrus was slowing the wagon down and that made him jerk around. The shot sliced into the ground at Dalton's feet, but Dalton had no such problem and, with his feet planted firmly on the ground, he trained his gun on the man's chest and fired.

The slug hit its target with deadly accuracy, making the man flinch upright before he stumbled and tipped over the side of the wagon. Dalton then turned back to the other man, who was on the point of getting up and freeing his gun arm.

He didn't even get to aim at Dalton as Walsh dispatched him from the mercantile with an accurate shot that sliced into his forehead.

And that left only Cyrus.

The wagon was coming to a halt at the back of the stable and even though Dalton couldn't see Cyrus, he trained his gun on the seat. Without checking he figured Walsh would be doing the same and, bearing in mind the lawman's accuracy, Dalton wasn't surprised when Cyrus stayed down low.

A minute passed and with Cyrus still not making a

move, Dalton walked towards the back of the wagon. He didn't reckon Cyrus could have moved away from the wagon without either himself or Walsh noticing. Even so, the wagon had stopped in an area where the light was poor.

Dalton narrowed his eyes as he looked for even the slightest movement and when he detected nothing he stopped two paces away from the back. He waited and a creak broke the silence, alerting him a moment before Cyrus loomed up, clutching another murderous spike.

Cyrus hurled the spike down at Dalton and only the earlier warning ensured Dalton reacted quickly. He leapt aside, but the spike still sliced down into the ground so close to him that he felt the metal brush his hip.

He landed on his knees where he shook off his shock and then looked up to find Cyrus leaping down from the wagon at him. With only a moment to act, he reached for the spike and it came to hand.

Cyrus hit him, sending Dalton sprawling on to his back. While he gathered his breath Dalton looked up at Cyrus's snarling expression.

He put a hand to Cyrus's shoulder and tried to push him aside, but he couldn't move him. Then he noticed Cyrus's fixed and glazed expression.

With a groan of disgust Dalton saw that when he had grabbed the spike he had raised it just high enough for Cyrus to impale himself on it. Like Abraham on the night that his battle with Cyrus had begun, the spike had entered his chest and it was now poking out of his back.

'That was for Abraham, Lawrence and all the rest,' Dalton said in Cyrus's ear.

Cyrus snarled as he breathed out. He did not breathe in again.

CHAPTER 15

'Obliged that you came back to help me,' Dalton said.

'Doctor Wainwright wasn't pleased about it,' Marshal Walsh said through gritted teeth. 'But when I heard the shooting I had to do whatever I could. At least now I'll never again have to worry about people holing up here.'

Dalton nodded. When he had joined Walsh to offer his thanks, one of the burning bills from the chest had reached the saloon and then moved on to set light to the dynamite.

In an instant the saloon had been destroyed and by the time they had started to move down the main drag, the flames had reached the next-door stable.

Dalton judged that with many of the buildings being close together, most of the town would burn down tonight.

He looked to the edge of the circle of light cast by the flames. The doctor had stopped the wagon on the edge of town because the horses would not move any closer.

Cyrus's horses had bolted in the other direction, so he offered Walsh his hand, but Walsh waved him away.

Walsh then embarked on a slow and faltering walk. Dalton reckoned that if he could walk he would be fine and so he hurried back to Lawrence.

His friend lay where he had fallen and the heat blasting out from the saloon meant he couldn't move him in any dignified way. So he grabbed his shoulders and dragged him backwards.

Once he was away from the worst of the heat he hoisted his friend up to a standing position and, with Lawrence's feet dragging along the hardpan, he followed Walsh. The marshal's pace was slow, so he moved past him and Wainwright hurried on to meet him.

Sadly, with only a quick glance, the doctor declared Lawrence beyond his help. Then he moved on to Walsh, who was beginning to stagger, and this time the lawman didn't refuse the offer of help.

At the wagon Dalton hoisted Lawrence's body up on to the back and then stood back. By the time Walsh and Wainwright arrived, he had decided that he had had enough of Sawyer Creek and so he wouldn't be returning to town with them.

He helped Walsh up onto the back. Then he tipped his hat to him and Wainwright.

'I'll be moving on now,' he said. 'The train's due

tomorrow morning and I'm overdue to be on it.'

Walsh offered him a pained look, but now that he had completed his duty he was struggling to stay conscious. He accepted Dalton's decision with a quick nod before lying down in the wagon.

Wainwright wasted no time in clambering up onto the seat and in short order he moved on. Dalton watched them go.

Then he turned back to the burning town, figuring with a rueful smile that he would probably enjoy a warmer evening than his first night here. He watched the flames, trying to judge which building was the most likely to stay intact.

Before he could make a decision, movement at the edge of his vision caught his attention and, when he turned to it, an object fluttered across the ground. As it passed, he trapped it beneath a boot and he smiled when he saw that it was a dollar bill.

The bill was singed around the edges, but he judged that it was still intact enough to be valid, provided it was one of the legal ones.

'Everyone connected to Thurmond Bryce's treasure has either left town or is dead,' he said to himself as he pocketed the bill. 'So I guess this treasure is now all mine.'

He looked into town and noted other fluttering bills. Most of them were burning or had already burnt to ash, but he moved on into town to search for more.

By midnight, he had salvaged a small pile and by

the light of the burning town he had picked out several that he reckoned were legal tender. When he got to wherever the train would take him, these few dollars would be enough for a meal and a couple of whiskeys.

He figured the rest were helping to keep him warm.

Süddeutsche Zeitung | Bibliothek

Bibliografische Information Der Deutschen Bibliothek
Die Deutsche Bibliothek verzeichnet diese Publikation in der
Deutschen Nationalbibliografie;
detaillierte bibliografische Daten sind im Internet über
http.//dnb.ddb.de abrufbar.

Lizenzausgabe der Süddeutsche Zeitung GmbH, München
für die Süddeutsche Zeitung I Bibliothek 2004
© Suhrkamp Verlag Frankfurt am Main 1957
Titelfoto: Scherl/SV-Bilderdienst
Autorenfoto: Jerry Bauer/Suhrkamp Verlag
Umschlaggestaltung und Layout: Eberhard Wolf
Satz: vmi, J.Echter
Druck und Bindearbeiten: Ebner & Spiegel, Ulm
Printed in Germany
ISBN 3-937793-08-9

Der Roman enthält nicht ein einziges Porträt irgendeines bestimmten Zeitgenossen, aber es ist die Hoffnung des Verfassers, er sei Zeitgenosse genug, dass seine von der Wirklichkeit ermöglichten Erfindungen den oder jenen wie eigene Erfahrungen anmuten.

M.W.

Wie Hans Beumann nach seinem Studium »ins Leben tritt«: Er zieht nach Philippsburg in ein Zentrum ungekränkten westdeutschen Wirtschaftswunders. Er verkehrt mit Anwälten, Chefredakteuren, Runfunkintendanten, Industriellen – mit Menschen, die sich selber ihr kleines Privatglück inszeniert haben. Den kritischen Zustand dieser bereits wieder restaurativ stabilisierten Gesellschaft zeigen die Ehen der Erfolgreichen. Keine ist in Ordnung, die eine wird durch Ehrgeiz, die andere durch Gewohnheit, eine dritte nur dadurch zusammengehalten, dass die Gesellschaft eine Scheidung als Skandal empfinden würde. Der zunächst noch kritische Neuling Beumann verwandelt sich sehr schnell in einen erfolgreichen Aufsteiger. Sich anpassend gerät er ins Mischmasch trüber Geschichten.

Walsers erster Roman erschien 1957, erhielt sogleich den Hermann-Hesse-Preis und wurde von Kritikern und Publikum hoch gelobt und heftig kritisiert: »Martin Walser attackiert nicht, sondern er trifft. Was könnte man Positiveres sagen?« *Karl Korn, Süddeutscher Rundfunk.*

Martin Walser, 1927 in Wasserburg (Bodensee) geboren, lebt in Überlingen. 1957 erhielt er den Hermann-Hesse-Preis, 1962 den Gerhart-Hauptmann-Preis und 1965 den Schiller-Gedächtnis-Förderpreis. 1981 wurde Martin Walser mit dem Georg-Büchner-Preis und 1998 mit dem Friedenspreis des Buchhandels ausgezeichnet.

I

Bekanntschaften

1.

In einem überfüllten Aufzug schauen alle Leute aneinander vorbei. Auch Hans Beumann spürte sofort, dass man fremden Menschen nicht ins Gesicht starren kann, wenn man ihnen so dicht gegenübersteht. Er bemerkte, dass jedes Augenpaar sich eine Stelle gesucht hatte, auf der es verweilen konnte: auf der Zahl, die angibt, wieviel Personen der Aufzug tragen kann; auf einem Satz der Betriebsordnung; auf dem Stück Hals, das einem so dicht vor den Augen steht, dass man das Geflecht aus Falten und Poren noch nach Stunden aus dem Gedächtnis nachzeichnen könnte; auf einem Haaransatz mit etwas Kragen daran; oder auf einem Ohr, in dessen unregelmäßigen rosaroten Serpentinen man allmählich der kleinen dunklen Öffnung zutreibt, um darin den Rest der Fahrt zu verbringen. Beumann dachte an die Fische in den Hotelaquarien, deren reglose Augen gegen die Scheiben stehen oder auf der Flosse eines Schicksalsgefährten, der sich offensichtlich nie wieder bewegen wird.

Die mit ihm fuhren, mochten Abonnenten und Annoncenvermittler sein, Journalisten, Photographen und Beschwerdesüchtige, die zum »Abendblatt« in den unteren Stockwerken, zum »Philippsburger Tagblatt« in den Stockwerken vier bis acht oder ganz hinauf wollten, in die oberen sechs Stockwerke, in denen, wie der Fahrstuhlführer bekanntgab, die »Weltschau« untergebracht war: im obersten, im vierzehnten Stockwerk erst, residierte der Chefredakteur der »Weltschau«, Harry Büsgen. Beumann musste einen Augenblick verschnaufen, als er oben ankam, musste das Kitzeln in der Magengrube verreiben und das Prickeln auf der Rückenhaut und im Gesicht verrinnen lassen, das ihn befallen hatte angesichts dieses Riesenturmes aus Stahl und Glas, in dessen

Rückgrat er mit dem Aufzug in ein paar Sekunden hochgeklettert war, mühelos, geräuschlos, so leicht, wie eine Quecksilbersäule im Thermometer steigt, wenn die Temperatur plötzlich ungeheuer zunimmt.

Im Vorzimmer von Herrn Büsgen tändelten zwei Mädchen mit Schreibmaschinen. An ihren waagrecht schwebenden Armen hingen leicht wie Blüten die Hände, und von diesen hingen noch leichter die Finger herab, die auf den Tasten der Maschinen tanzten. Zwei Gesichter drehten sich gleichzeitig ihm zu und lächelten das gleiche Lächeln. Eine fragte ihn und wies ihn dann in die Tür, die von diesem Vorzimmer in ein anderes Vorzimmer führte, in dem nur noch eine Frau saß, eine ältere schon, kleingliedrig, gelbgesichtig, schwarzhaarig und mit großen, etwas schrägliegenden Augen, die sie ihm entgegenhob, während sie fragte, was er wünsche und ob er angemeldet sei. Er gab ihr den Brief, den sein Professor an den Chefredakteur geschrieben hatte. Sie drückte auf einen Knopf, sagte vor sich hin, dass ein Herr Beumann da sei, empfohlen von Professor Beauvais vom Zeitungswissenschaftlichen Institut der Landesuniversität. Ein Lautsprecher antwortete, Herr Beumann möge seine Philippsburger Adresse dalassen, man gebe ihm Bescheid, jetzt im Augenblick könne er leider nicht empfangen werden. Beumann sagte, eine Philippsburger Adresse müsse er sich erst beschaffen. Aber um ja nichts falsch zu machen, ließ er dann doch die Anschrift von Anne Volkmann im Vorzimmer des Chefredakteurs. Das war eine in Philippsburg beheimatete Studienkollegin. Sie hatte ihr Studium nicht beendet. Wahrscheinlich wohnte sie jetzt bei ihren Eltern. Er hätte sie sowieso früher oder später aufgesucht, um zu sehen, was aus ihr geworden war.

Es war schon fast Mittag, und die Stadt hatte ihr Morgengesicht eingebüßt, als Beumann durch die Glasschleusen des Hochhauses hinaus auf die Straße trat, auf das Trottoir nur, denn die Straße war jetzt eine wahnsinnig gewordene Blechschlange, die mit gleißenden Gliedern vielhöckrig vorbeiraste, die heiße Luft hin und her zerteilte und sie den Passanten auf dem Trottoir ins Gesicht schlug. Der heiße Anhauch aus Asphalt, Gummi, Benzin und Staub fiel wie eine Plage über die Passanten her, die jetzt mit vorgesenkten Köpfen ihre Richtung hinflohen, um der glühenden Schlucht Hauptstraße so rasch wie möglich zu entkommen. Beumann wehrte sich bald nicht mehr gegen die verbrauchte Luft, er wehrte sich auch nicht mehr gegen die Berührung mit anderen Fußgängern, sein Hemd hatte er schon auf dem Weg zum Hochhaus durchgeschwitzt, seine Hände waren vollends klebrig geworden, seine Lungen hatten sich an die Luft, die es hier gab, gewöhnt; wahrscheinlich reichte die Luft an einem solchen Tag nur bis neun Uhr vormittags, dann müsste eigentlich die Nacht anfangen, der Verkehr aufhören, die Straßen müssten sich leeren, dass die Luft sich wieder erneuern könnte. Beumann dachte, als die Straßenbahnen an ihm vorbeikreischten, die die steife Rückenflosse des Blechungetüms Straße bildeten: am schlimmsten muss es in diesen glühenden Schachteln sein, die Leute beobachten einander beim Schwitzen und strecken noch ihre Hände zu den Halteringen hinauf, dass man, wohin man sich auch dreht, die Nase in eine weit aufgeklappte Achselhöhle streckt.

Beumann bemerkte, dass er in eine Seitenstraße eingebogen war. Er hatte es also doch nicht länger ausgehalten. Die neue Straße führte aufwärts. Beumann setzte sich erst, als er ein Gartencafé erreicht hatte. Heiß war es auch hier. Die Gäste hingen auf den Stühlen herum wie Ballone, die einen Teil ihrer Gasfüllung eingebüßt haben. Die Kellnerinnen klebten an den Rinden der Kastanienbäume und atmeten rasch und hörbar. Ihre Augen lagen auf den unteren Lidern und starrten reglos in den Kies. Beumann wagte es lange Zeit nicht, um Bedienung zu bitten, weil er Angst hatte, dass dem Mädchen, das er anrufen würde, vielleicht die Augen gänzlich aus den Höhlen fallen würden, vielleicht versagten ihr dann auch die Knie endgültig den Dienst und sie rutschte am Kastanienstamm abwärts, auf der Rinde eine feuchte Spur hinterlassend, in den heißen Kies. Er war ja auch nicht gekommen, sich als Gast aufzuspielen; er hatte den Garten gesehen, die Kastanienbäume, die Stühle, da war er leise eingetreten und war auch kaum bemerkt worden. Da und dort hatte das Auge eines Gastes sich mit ihm bewegt, wie das Auge eines Fisches, der auf dem Sand liegt und schon keine Kraft mehr hat, sich klarzumachen, dass diese Lage kein gutes Ende haben kann.

Dann hatte sich Beumann doch an eines der von der Hitze gekreuzigten Mädchen gewandt, sehr vorsichtig und gewissermaßen unabsichtlich. Das Mädchen löste sich vom Stamm, taumelte ein bisschen, er griff nach ihr und bewahrte sie vorm Sturz. Vorsichtig bohrte er jetzt einen Strohhalm durch die kleinen Eisballen, um den Kaffee durch sie hindurchsaugen zu können. Er war allmählich in der Lage, seine Erschöpfung zu genießen. Er spürte, dass so ein heißer Tag viele Schranken wegschmilzt. Es ist wie bei einer Katastrophe, dachte Beumann. Die Leute kommen sich näher, weil sie alle unter dem gleichen Geschehen leiden. Nun fehlen bei dieser Hitze glücklicherweise die traurigen Begleitumstände einer richtigen Katastrophe, die Einigkeit der Menschen untereinander aber nimmt doch zu. Er hatte das in den Augen der Kellnerin gesehen. Er hätte sie küssen können, sie hätte sich wahrscheinlich nicht gewehrt. Und die anderen Gäste hätten höchstens gelächelt. Waren nicht alle Kragen so weit geöffnet, dass die Kragenspitzen lasch auseinanderhingen wie die Flügel getöteter Möwen? Und wenn einer Frau die Bluse verrutschte, so griff sie nicht gleich danach, um die Ordnung wiederherzustellen.

Beumann wollte diesen Tag nützen. Das war ein Tag, sich in Philippsburg sesshaft zu machen, ein Tag, der wie kein anderer geeignet schien, Gesellschaft zu bekommen. Aber es schien nur so. Niemand bat um seine Hilfe. Sosehr er die Leute anschaute, keiner bot ihm an, »du« zu sagen, keiner lobte den Schatten, den man gemeinsam genoss; Beumann blieb allein trotz der Hitze, die die ganze Stadt in ihren Zähnen hielt. Die Abstände wurden nicht kleiner. Wen hätte er auch erreichen sollen? Seine Vorstellungen von einer besseren Ordnung waren zu sehr auf ein paar seiner persönlichen Bedürfnisse zugeschnitten, für deren Befriedigung er selbst wenig tun konnte. Ihm zuliebe gewissermaßen hätte sich die ganze Welt ändern sollen. Was er der Welt zuliebe tun konnte, wusste er noch nicht. Ein heißer Tag eben. Hirnblasen, nichts weiter. Eine der Temperatur besonders angepasste Traurigkeit. Wäre es klirrend kalt, so würde er vielleicht die Menschheit in eine öffentliche Tanzgesellschaft verwandeln wollen oder ein Kleidungsstück fordern, in dem mehrere Menschen gleichzeitig Platz und Bewegungsmöglichkeit hätten. Iss dein Eis, Hans Beumann, und such dir ein Zimmer, in dem du bleiben kannst. Denn hier bleiben würde er vorerst. Schließlich gab es immer mehr Gründe, irgendwo zu bleiben als von irgendwo fortzugehen.

Er fand ein Zimmer in der Oststadt, in einer kurzen, stumpfen Querstraße, die nur auf einer Seite bebaut war. Das Zimmer war ein schmaler Schlauch. Die Straße war mit einer einzigen, inzwischen schwarzrot gewordenen Backsteinzeile besetzt, so dass man die Häuser nur nach den Nummern voneinander unterscheiden konnte, die über die meterbreiten Vorgärten hinweg über den engen Türen deutlich zu lesen waren. Die Nummernschilder fielen in dieser Straße mehr auf als irgendwo anders, weil die Haustüren so dicht aufeinander folgten; aber wahrscheinlich wussten nur die, denen die Häuser gehörten, wo das eine aufhörte und das nächste anfing. Frau Färber, seine Hausfrau, war stolz auf den düsteren Schlauch, in den sie ihn führte, weil alles so sauber war, wenn auch dunkel und kahl.

Ihr Mann – sie zeigte auf sein Bild, das in einem Aluminiumrahmen auf der Kommode stand, und Beumann sah in den eckigen Zügen dieses mageren Gesichts, dass sein Vermieter ein Mann mit falschen Zähnen war, ein Magenkranker mit einer runden Nickelbrille vor den tiefliegenden Augen, mit spärlichem Stehhaar, ein Mann, der zum Jähzorn neigte und sehr fleißig war, ein Fanatiker seines kleinen Fortkommens, aber ohne jede Kraft zum Widerstand gegen das Unvorhergesehene, da würde er wahrscheinlich immer gleich aufbrausen, gereizt bis zur letzten Zelle –, ihr Mann gehe jeden Morgen um halb fünf ins Werk, er sei Vorarbeiter in einer Edelmetallfabrik; dass ihr Mann mit Edelmetall zu tun hatte, sagte Frau Färber mit besonders stolzer Betonung; er komme gegen fünf Uhr nachmittags heim. Und da sie, wenn sie ein-

mal sprach, offensichtlich nicht gleich wieder aufhören wollte, erzählte sie noch, dass der älteste Sohn, der fünfzehnjäh-
rige, in einem Karosseriewerk arbeite, als Hilfsarbeiter, leider
ja, er sei zwar sehr begabt, habe Genie im Praktischen, aber
sie könnten es sich nicht leisten, ihn etwas lernen zu lassen,
weil sie sich doch das Häuschen aufgebaut hätten, und als
Lehrling arbeite er drei Jahre fast umsonst, während er als
Hilfsarbeiter jetzt schon fünfunddreißig Mark in der Woche
heimbringe, darauf könnten sie zur Zeit nicht verzichten, obwohl ihr Mann fast alles selbst aufgebaut habe, obwohl er die
Eisenteile selbst aus dem Alteisenhaufen der anderen Straßenseite herausgesucht habe; der gehöre Sporers von Nummer
24, Alteisen, Lumpen, Papier; so müsse man sich eben nach
der Decke strecken, ehrlich, ganz ehrlich, nicht wie die Sporers, bei denen heute wieder die Polizei gewesen sei, weil der
alte Sporer immer noch bei Altmetalldieben kaufe, ja nicht
einmal davor zurückschrecke, gestohlene Bundesbahnbatte-
rien auszuschlachten, vielleicht habe er seine Finger sogar in
... Frau Färber wagte die schlimmen Beziehungen ihrer Nachbarn kaum auszuflüstern, so dass Hans Beumann ein be-
stürztes Gesicht machen musste, ohne etwas verstanden zu
haben. Er schaute dabei von seinem Fenster hinüber auf die
unbebaute Straßenseite, auf die rostigen Alteisenberge, zwischen denen winzig wie ein altes Fräulein ein Dreiradwagen
stand, der wahrscheinlich diese Berge auf seinem Rücken
hierhergetragen hatte. Frau Färber war sofort mit Erklärungen zur Hand. Die ärmliche Baracke gehöre nicht mehr Sporers, sondern dem Vater des Mannes der ältesten Sporertochter, der habe diese Baracke vom alten Sporer übernommen
und fabriziere jetzt mit seinem Sohn, der Sporertochter und
seiner Geliebten (von seiner Frau habe er sich vor einem Jahr
getrennt) Kunststeine. Im hinteren Teil der Baracke wohne
er seit neuestem mit seiner Geliebten, und diese wage es jetzt
auch schon, am hellen Tag die Fenster aufzumachen, weil sie
sich eine neue Couch und zwei Sessel angeschafft hätten. In
der anderen Baracke, in der stattlicheren, produzierten zwei
Studenten, ein Chemie- und ein Musikstudent, in ihrer Frei-
zeit Fensterkitt. Die Baumstämme aber, die Zementröhren,

Ziegelstapel, dreibeinigen Eisensilos und Großlagerschuppen, die den größten Teil der anderen Seite bedeckten, gehörten einer mächtigen Baumaterialienhandlung, deswegen könne man sich auch nicht gegen den Lärm und Staub wehren, den die Verladearbeiten dieser Firma oft bis tief in die Nacht hinein machten. Ihrem Mann, der um fünf Uhr heimkomme, sei dann der ganze Feierabend verdorben. Ja, und sie selbst müsse jetzt bald gehen, um vier Uhr fange sie im Polizeigebäude mit Putzen an und erst um elf Uhr nachts sei sie zurück. Aber so lange hüte ihr Mann ja die zwei Kleineren; das Fünfjährige nehme sie jetzt schon manchmal zur Polizei mit, weil es gegen neun Uhr selbst heimgehen könne. Der Leutnant habe übrigens nichts dagegen, dass das Fünfjährige mitkomme, er habe ihr sogar erlaubt, es in seinem Büro, das zu putzen von jeher zu ihren Vorrechten gehört habe, während die anderen die Wachtmeisterstuben, die Gänge und Treppen zu säubern hätten, in des Leutnants Büro also dürfe sie ihre Monika mitnehmen und sie auf dem Teppich spielen lassen.

Beumann ließ sich nicht abschrecken. Das Zimmer entsprach seinen finanziellen Möglichkeiten. Mehr als vierzig Mark konnte er vorerst nicht ausgeben. Vor ihm habe vom Varieté eine Dame in dem Zimmer gewohnt, ja, eine Dame, er könnte sich das schon vorstellen ...

Horst, der Zweijährige, Elsa, die Dreijährige und die fünfjährige Monika musterten den neuen Onkel, zupften an seinen Hosenaufschlägen, boten ihm Spielzeug an, klammerten sich an seine Knie; Monika lehnte sich an seine Schenkel und fuhr mit ihren kleinen Fingernägeln seine Bügelfalte nach. Horst, der Kleinste, hatte sich rittlings auf seinen rechten Fuß gesetzt, in die Beuge, wo der Schuh aufhört. Beumann spürte, wie seine Socken und dann sein Fuß warm und feucht wurden, er versuchte, sich freundlich zu wehren, gab vor, dass eines der Kinder sich weh tun könne an ihm, dass Elsa, wenn sie sich um sein Knie wand, das Gesicht irgendwo in der Kniekehle vergrabend, gar ersticken könne; aber die Mutter Färber, eine zerarbeitete Vierzigerin, mit Wulstlippen, die immer aufgeklappt waren, inseitig sichtbar bis dahin, wo sie ins vorgewölbte Zahnfleisch übergingen, so dass ein schartiges Zahngehege die Mundhöhle nach außen hin decken musste, was nicht überall möglich war, diese gute und arbeitsame Frau hatte gar keine Angst um ihre Sprößlinge, im Gegenteil, sie ermunterte die Kleinen, während sie mit Beumann verhandelte, immer wieder, sie sollten sich mit dem neuen Zimmerherrn rasch befreunden, der neue Onkel verdiene es, sie sollten ihm zeigen, wie sehr sie sich über seinen Einzug in ihre Wohnung freuten.

Ein bisschen zerknittert trat Beumann gegen vier Uhr mit Frau Färber und Monika auf die Straße. Elsa und Horst wurden eingeschlossen. Herr Färber würde sie, wenn er heimkam, wieder befreien, würde ihnen die Hände, die Hälse und die Gesichter waschen, ihnen zu essen geben, für ihre Abendunterhaltung sorgen und sie zu Bett bringen, um dann selbst noch im Keller eine Mauer zu reparieren, den Holzverschlag mit einer neuen Türe zu versehen oder die drei Quadratmeter Garten tief aufzugraben, weil man doch endlich einen Rosenstock vor dem Haus haben wollte. Frau Färber und Monika verabschiedeten sich überaus herzlich und laut; es war, als wollten sie den auf Kisten in den Vorgärtchen hockenden Großvätern der Nachbarn und den spärlich gekleideten Nachbarinnen, die in den Fenstern hingen und putzten oder auf Stühlen am Fenster saßen und nähten, als wollten sie allen, auch noch den Großmüttern, die in den Tiefen der Zimmer im farblosen Dämmer lagen, bekanntgeben, dass sie einen neuen Untermieter gefunden hatten, auf den sie stolz sein durften: einen jungen Mann, da schaut ihn euch an, die Haare frisch geschnitten und ordentlich zurückgekämmt, und so hochgewachsen, und doch gar nicht hochmütig, schaut, wie er freundlich die Schultern hängen lässt, wie er den Kopf ein wenig vorgesenkt trägt, mit schrägem Nacken, weil er immer mit den Leuten Berührung haben will, darum schlenkern seine Hände an den langen Armen auch bei jedem Schritt ein bisschen vor und zurück, unregelmäßig, gegen den Rhythmus der Schritte, er hat halt gar nichts Starres, nichts Hartes und übermäßig Entschlossenes, dieser neue Untermieter, er ist ein Schlacks und ein Gemütsmensch, und seine vollen, kurz vor den Rändern wieder aufwärts und abwärts sich rundenden Lippen zeigen deutlich, dass er gern lacht und Witze macht und wahrscheinlich auch gut küssen kann. Und er ist ein studierter Mann. Er schreibt in der Zeitung. Ihr werdet es bald lesen, hier in eurer Straße.

Ja, so stolz etwa dürften Frau Färber und ihre Kinder gewesen sein. Frau Färber tat sich auf ihre Menschenkenntnis etwas zugute. Sie war bei ein paar richtigen Herrschaften in Stellung gewesen vor ihrer Ehe, vormachen konnte ihr keiner was! Der Reinfall mit der Dame vom Varieté, dass die überhaupt ins Haus gekommen war, das war ihrem Mann zuzuschreiben, der hatte sie reingelassen, zwischen fünf und sieben abends hatte er die Sache perfekt gemacht, war dem Luder unterlegen. Nicht so weit, wie die Nachbarinnen wissen wollten. Das wusste sie besser. Aber weichgemacht hatte ihn das Luder, das war nicht wegzustreiten. Und sie, die Hausfrau, hatte sieben Monate gebraucht, bis sie die parfümierte Brünette, die im Karls-Varieté die Nummern über die Bühne trug, wieder draußen hatte. Das waren harte Monate gewesen, Monate, in denen Eugen und sie mehr Krach gehabt hatten als in all den Jahren ihrer Ehe überhaupt. War vielleicht doch etwas gewesen zwischen Eugen und der Tänzerin (so hatte man das Nummerngirl in der Straße genannt)? Sie hatte es der Tänzerin einmal geradewegs ins Gesicht hinein gesagt, dass sie jetzt wisse, dass sie, die Tänzerin, ihren Mann herumgebracht habe. Da war die in einen Lachkrampf verfallen, den Frau Färber hatte anschauen müssen, dann hatte die Tänzerin sich wieder beruhigt, hatte sich aufgerichtet, und gut gewachsen war sie ja, das musste man ihr lassen, und hatte ganz langsam und von oben herab gesagt: »Liebe Frau Färber, bilden Sie sich doch keine solchen Schwachheiten ein! Ich und Ihr Mann?! Ihr Mann (dabei hatte sie die Nasenflügel gebläht wie ein Pferd), der ist mir einfach zu dünn, verstehen Sie! Einfach zu dünn!« Das hatte Frau Färber tief getroffen. Aber sosehr es sie schmerzte, dass ihr Mann für zu dünn befunden wurde, so war sie doch von diesem Augenblick an ganz gewiss, dass er mit der Tänzerin nichts gehabt hatte. Und als sie ihrem Mann erzählt hatte, dass er der Tänzerin zu dünn sei, da änderte auch er seine Meinung über diese Person. Und nach vierzehn Tagen war sie draußen.

Mit dem jungen Herrn werde sie besser auskommen, sagte Frau Färber, als sie Hans Beumann alles über seine Vorgängerin erzählt hatte; er liege ihr auch mehr als der Arbeitslose, der die Dachkammer über ihm bewohne; mit dem sei nicht viel los. Klaff heiße er, Berthold Klaff, ein Arbeitsloser, der den ganzen Tag schreibe und oft auch noch in der Nacht; gar kein gesprächiger Mensch, ein Sonderling, obwohl kaum dreißig Jahre alt, irgend etwas stimme nicht mit dem, das werde sie schon noch herausbringen. Kein Wunder, dass dem sogar die Frau entlaufen sei. Hals über Kopf habe sie zusammengepackt, viel habe sie ja allerdings nicht zu packen gehabt, und sei ausgezogen, ohne sich zu verabschieden. Und der Herr Klaff habe es bis heute noch nicht für nötig gehalten, ihr, der Hausbesitzerin, eine Erklärung über diese Vorkommnisse abzugeben. Man friere, wenn der einen bloß anschaue. Aber allzulange werde der ja nicht mehr hier wohnen, er sympathisiere nämlich mit Sporers; ein ganz verdächtiger Mensch, ungehobelt und voller Heimlichkeiten, und dazu noch arbeitsscheu. Den müsse er gar nicht erst kennenlernen, sagte sie und strahlte Hans an; sie sehe ja schon, dass er Hans, nicht zu dem passe, deshalb wisse sie auch, dass sie mit ihm so gut fahren werde.

Und die neugierigen Blicke der Nachbarn bestätigten ihr jetzt schon, dass sie einen guten Griff getan hatte. Ganz abgesehen davon, dass der junge Herr ohne Zögern bereit gewesen war, vierzig Mark Miete zu bezahlen, während die Tänzerin sich erst nach langem Handeln entschlossen hatte, fünfunddreißig zu geben. (Das erfuhr Hans allerdings erst sehr viel später von einer Nachbarin.) Unter den prüfenden Blicken der Bewohner verließ er die Traubergstraße, in der er jetzt ein Zimmer sein eigen nannte. Er war froh, so schnell ein Zimmer gefunden zu haben, und hätte sich am liebsten gleich hingelegt, ein bisschen auszuruhen, aber er hätte dann allein bei den Kindern in der Wohnung bleiben müssen, und wenn die etwas anstellten, wenn sie sich verletzten, dann musste er einspringen, diese Vorstellung war ihm unangenehm. Und dann würde um fünf Herr Färber kommen, nichts ahnend würde er eintreten, Beumann müsste alles erklären, nein, da wartete er schon lieber; bis um elf die Frau zurück war, die sollte ihrem Mann die Neuigkeit selbst überbringen, dann genügte es, wenn er eintrat, sich kurz vorzustellen, seine Ruhebedürftigkeit in einem Satz zu erklären, und er konnte sich in sein Zimmer einschließen und schlafen.

Als Beumann am nächsten Vormittag die Färbersche Wohnung verließ, rann ihm ein wohliges Gefühl durch alle Glieder; er war zufrieden mit sich, weil es ihm gelungen war, Frau Färber ein für allemal – und dies ohne sie zu verletzen – davon zu überzeugen, dass er ein Mensch sei, der das Frühstück hasse, in jeder Form, jetzt und in Ewigkeit. Natürlich hatte er ein bisschen lügen müssen, mein Gott, wie anders hätte er Frau Färber das beibringen können. Mit ihr und den Kindern zu frühstücken – der Mann verließ das Haus ja leise und mit einer Thermosflasche noch zu nachtschlafender Zeit –, das war ihm nicht möglich. Gerede, Berührungen, Gelächter am frühen Vormittag, wenn er noch gar keine frische Luft geatmet hatte, diese Aussicht hätte ihm jeden Mut zum Aufstehen genommen. Er musste zuerst ein paar Schritte gehen, dann konnte er sich in die Ecke eines Cafés setzen, dem Ober mit dem Zeigefinger auf der Karte andeuten, was er zu sich zu nehmen wünschte, wortlos konnte er dann auch sein Frühstück beenden und die Stimmbänder, die Lungen, seinen ganzen Körper allmählich den Anforderungen des hellen Tages aussetzen.

Eigentlich wäre er gerne sitzengeblieben in dem Café, in dem er das Frühstück eingenommen hatte, bis zum Mittag wenigstens, es war so gut aufgeräumt, der Boden spiegelte, alle Tischtücher waren frisch, er fast der einzige Gast, die Ober voller Zurückhaltung, ihn nur aus den Augenwinkeln vom Büfett her dann und wann beobachtend, und draußen, durch die Stores gemildert, die immer lauter und rascher vorbeifließende Straße: aber er musste doch Anne Volkmann besuchen, er hatte sich das so fest vorgenommen, er musste ihr sagen, dass der Chefredakteur Büsgen anrufen würde, um ihn zu einem Besuch einzuladen. Die Vorstellung, dass Büs-

gen bei Volkmanns anrufen und nach ihm verlangen würde, Anne aber (oder eine Hausangestellte) wüssten überhaupt
nicht, dass er in der Stadt war, Missverständnisse, Befrem-
den auf beiden Seiten, so dass schließlich dem Chefredakteur nichts übrigblieb, als den Hörer verärgert aufzulegen
und diesen unzuverlässigen Bewerber ein für allemal aus seinem Gedächtnis zu streichen, diese Vorstellung beunruhigte
ihn und trieb ihn bald auf die Straße hinaus, hinüber zu dem
breitesten Villenhügel von Philippsburg, wo ganz oben, hinter hohen Mauern und dazu noch in einem von alten Bäumen
behüteten Garten die Volkmannsche Villa lag.

Frau Volkmann selbst führte ihn hinauf in Annes Zimmer und präsentierte ihn ihrer Tochter wie eine freudige
Überraschung. War das eine lebhafte Frau! Und wie gekleidet! Schwarze Hosen, deren Beine bis zu den Fesseln hin immer enger wurden, so eng, dass Hans gerne gefragt hätte, wie
man in solche Hosen überhaupt hineinschlüpfen könne; und
einen hauchdünnen Pullover trug sie, lilafarben und tief ausgeschnitten, dass man die weiße Haut ansehen musste; eine
so weiße Haut hatte Hans noch nicht gesehen, phosphores-
zierend weiß, so weiß, dass man glauben konnte, sie schim-
mere ins Grünliche; und über alles fiel, hart glänzend und
voll, das pechschwarze Haar.

Hans zögerte. Sie aber griff ihn an der Hand wie einen alten Spielkameraden, »ein Studienfreund«, rief sie (obwohl er
gesagt hatte, er sei ein Studienkollege von Anne), »kommen
Sie, kommen Sie, Anne wird sich freuen«. Dann sprang sie
vor ihm her, wie eine Tänzerin, immer mindestens zwei Stufen mit einem Satz nehmend. Hans kam außer Atem oben an.
Anne saß auf einem alten Stuhl mit geschnitzter Lehne – un-
bequemer konnte man in diesem Zimmer nicht mehr sitzen,
das sah er sofort – und strickte. Sie sah auf. Das laute Wesen
ihrer Mutter schien ihr peinlich zu sein. Sie lächelte ein bisschen, ging Hans entgegen und begrüßte ihn mit ihrer leisen,
viel zu hohen Stimme. Ihr Mund nämlich war breit, allerdings schmallippig, das schwarzbraune Haar stand in dicken
kräuseligen Nestern bewegungslos um ihr weitausladendes
Gesicht, die Glieder waren kräftig und schienen ein bisschen

zu schwer zu sein für dieses Mädchen (er erinnerte sich, dass sie sich immer nur langsam bewegte, als mache es ihr Mühe): deshalb war man überrascht, dass ihre Stimme so hoch war, hoch und schwach; Hans dachte: eigentlich piepst sie. Vielleicht war ihm das jetzt nur deshalb aufgefallen, weil die Mutter, die einen ähnlichen breiten Mund hatte, sonst aber viel feingliedriger war, mit einer tiefen, ein wenig angerauten Stimme sprach; wahrscheinlich rauchte sie sehr viel. Hans wusste, dass er, solange Frau Volkmann im Zimmer war, keinen rechten Satz hervorbringen würde. So ging es ihm immer, wenn er von jemand vorgestellt oder eingeführt wurde, der rasch und viel sprach. Ließ man ihn nicht gleich in den ersten Minuten zu Wort kommen, geschah es gar, dass das Wort zwischen den anderen Anwesenden mehr als zweimal hin und her wechselte, ohne dass er Einlass in das Gespräch gefunden hatte, so schlug das Schweigen über ihm zusammen, seine Kehle wurde trocken, sein Mund versteinte, er wurde zu einem stummen Zuhörer, von dem die anderen keine Äußerung mehr erwarten durften, weil sie ja das Wort schon übernommen hatten, gewissermaßen für immer; es müsste in solchen Situationen hinter dem Rücken aller Anwesenden schon etwas ganz Schreckliches passieren, Feuer ausbrechen oder noch Schlimmeres, und er müsste es als einziger entdecken, das würde seinen Mund vielleicht für einen einzigen Schrei entsiegeln. Anne schien ihn zu verstehen. Vielleicht litt auch sie zuweilen unter der Redseligkeit ihrer Mutter. Sie begann, ihre Mutter, während die noch sprach und sprach, zur Tür hinauszudrängen. Dann schloss sie die Tür, bot Hans einen Platz an, setzte sich und strickte weiter. Rasch und anscheinend gefühllos wie eine Lohnstrickerin klapperte sie mit den Nadeln, dass es aussah, als haste sie, die zwei Knäuel Wolle, der eine tiefbraun, hellbeige der andere, in eine gemusterte Fläche zu verwandeln; aber das Stricken sieht ja immer hastig aus, wenn die Strickerinnen auch ganz ruhig sind und dem blitzenden Gefecht der beiden Nadeln zuschauen, als ginge es sie gar nichts an.

Es war spät am Abend, als Hans die in die Erde eingelassenen Steintreppen hinab zur Straße ging. Er hatte das Mittagessen und den Nachmittagskaffee und das Abendessen und noch eine Bowle, die extra ihm zu Ehren zubereitet worden war, einnehmen müssen; Herrn Volkmann hatte er kennenlernen müssen und Annes Vergangenheit und Gegenwart; ihre allmählich vom Horizont sich herschiebende Zukunft konnte er sich jetzt selbst ergänzen. An der Hochschule war Anne ganze vier Semester gewesen. Er hatte sie damals nicht näher kennengelernt. An ein paar Nachmittage erinnerte er sich, an Nachmittage in riesigen Hörsälen, an die träge rinnende Stimme eines Professors, die sich einen Weg durch die schräg einfallenden Sonnenbahnen zu den Ohren der Studenten suchte, an Nachmittage auf heißen Kieswegen im Hochschulgarten; sie waren vom Hören müde gewesen, ohne Interesse für die Wissenschaft, Anne hatte vorgeschlagen, an den Fluss zu gehen, ihm war es zu anstrengend gewesen, er war aber doch mitgegangen, und nach einer durchzechten Nacht hatte er sie heimgebracht, hatte sie sogar geküsst, einfach weil das dazu gehörte, wenn man getanzt hat, so, wie man eine Tür abschließt, wenn man nachts als letzter ins Haus kommt. Als er aber heute in Annes Zimmer getreten war, war es ihm plötzlich eingefallen: sie würde niemals einen Mann bekommen. Sie saß wie eine Sechzigjährige, aufrecht und unbequem und eifrig, gegen alle Natur, eine alte Jungfer, trotz der modernen Farben, die sie trug. Vielleicht war ihre Mutter schuld daran. Aus Protest gegen sie schien Anne eine alte Jungfer werden zu müssen. Natürlich wollte sie einen Mann, das war nicht zu überhören gewesen. Aber vor allem wollte sie nicht so sein wie ihre Mutter. Sie hatte ihm erzählt, dass sie sich jeden Tag nach dem Frühstück in ihr Zimmer zurückziehe, um nicht mit ihrer Mutter sprechen zu müssen. Sie hasste die freundschaftlichen Angebote ihrer Mutter, die ihr immer wieder vorschlug, ihr alle Sorgen mitzuteilen, lange Gespräche zu führen, ihre Freundin zu werden. Anne hatte keinen Sinn für die mütterliche Kameraderie. Sie wusste, dass ihre Mutter stolz war auf ihre Haltung der Tochter gegenüber. Berta Volkmann wollte von ihrer Tochter wie eine ältere Schwester behandelt werden. Anne aber schämte sich.

Hans hätte sich diesen Enthüllungen gerne entzogen. Aber Anne hatte niemanden, dem sie das sagen konnte. Die Philippsburger Freundinnen stammten alle aus Familien der Gesellschaft, mit der man es zu tun hatte, ihnen gegenüber durfte sie sich nicht offenbaren. Hans aber war fremd, ihm konnte sie alles erzählen. Sie lasse es sich gerne gefallen, hatte sie gesagt, dass ihre Mutter ihr beweise, wieviel moderner sie, die Mutter, sei, wieviel jünger auch als die Tochter. So verschlossen wie Anne, so wenig gesprächig, was die heiklen und doch so wichtigen Probleme des beginnenden Lebens angehe, sei man vor fünfzig Jahren gewesen, und wozu das geführt habe, das wisse man ja: zu Verklemmungen, zu unglücklichen Ehen, zum Schattendasein der wahren Empfindungen, zur Pflege quälend aufrechterhaltene, ganz hohler Fassaden! Berta Volkmann war, das hatte er ja gesehen, eine feurige Frau, eine Rednerin mit schönen Händen; aber ihre Tochter hatte keinen Sinn für die Schönheit ihrer Auftritte; sie saß und starrte mit einem aller Beherrschung und Aufmerksamkeit entglittenen Gesicht vor sich hin, während ihre Mutter wahrscheinlich hinter ihr und vor ihr auf und ab ging, mit ihren Händen immer wieder die Haare an den Schläfen zurückstrich und immer wieder versuchte, der Tochter begreiflich zu machen, dass sie glücklich sein dürfe, eine Mutter zu haben, mit der sie über alles so freimütig sprechen könne, eine Mutter, die nicht von konventionellen Vorstellungen eingeengt sei, die weder den Zwang kleingemünzter Religion noch die lächerlichen Fesseln bürgerlicher Scheinmoral anerkenne, die vielmehr lebe und urteile in tiefem Einverständnis mit höhere, gewissermaßen nicht kodifizierbarer Religiosität und Moral. Anne aber wollte sich dieser schön vorgetragenen Liberalität nicht auftun. In störrischer Versunkenheit saß sie und ließ ihre Mutter reden und zeigte durch keine Bewegung, durch keine Antwort, ob sie noch zuhörte.

Anne sagte, ihre Mutter sei vor ihrer Ehe fast eine Künstlerin gewesen. Bilder aus dieser Zeit hingen in kostbaren Rahmen in allen Zimmern der Volkmannschen Villa. Hans hatte einige davon gesehen. Meist waren es Darstellungen von Blumen, nicht in fröhlichen Farben, nicht die schönen Jahreszeiten in sich sammelnd, nein, Berta Volkmanns Blumen sahen aus, als wären sie alle im Winter gewachsen, bei Föhneinbruch allerdings, aber doch in einer Jahreszeit, in der man um eine Farbe ringen musste, in der man eigenes Blut zugeben musste, um ein Rot auf die Leinwand zu bringen. Nie waren die Blumen allein auf diesen Bildern. Sie füllten zwar den Vordergrund, fett, schwer, von keinem Wind zu bewegen, immer ohne Stiele, nur die Köpfe, die wie im Tod gekrümmte Leiber übereinanderlagen, immer in fahlen und düsteren Farben, Chrysanthemen, deren Blütenblätter bleichen Fleischwürmern glichen, Astern, die man hätte für Wundrosen halten können; aber hinter diesen Blumen starrten zwei Augen aus der braunschwarz grundierten Fläche, zwei Augen, oder eine Hand, oder der fahle Rücken einer Frau, oder das aufgeklappte Gebiss eines Pferdes, das zu grinsen schien, oder eine Priesterhand, die um ein Kreuz gekrallt war, nicht um zu segnen, sondern um zuzuschlagen mit diesem Kreuz, über die Blumenköpfe hinweg, dem Betrachter ins Gesicht. Dann hatte die gegen ihr Dasein malende Frau den Chefingenieur Volkmann kennengelernt, nach dem Krieg hatte der sich selbständig gemacht, war Fabrikant geworden, das Hauswesen hatte sich vergrößert, die gesellschaftliche Geltung hatte zugenommen, Frau Volkmann hatte ihrem immer noch pechschwarzen Haar eine fahle Stirnlocke eingefärbt, so zeigend, dass sie immer noch jung genug war, mit dem Alter ein scherzhaftes Modespiel treiben zu können.

Hans hatte einige Male versucht, Anne zu unterbrechen, hatte auch versucht, ihre Mutter in Schutz zu nehmen, anstandshalber, weil es ihm immer peinlicher geworden war, so tief in das Leben dieser herrschaftlichen Villa, die er gestern noch gar nicht gekannt hatte, hineingezogen zu werden. Aber Annes breiter Mund war hart geworden, ihre Halssehnen schnitten durch die fahle Haut, sie hielt eine lang unterdrückte Rede. Hans musste zuhören. Er lernte Herrn Volkmann, den ehemaligen Chefingenieur und jetzigen Fabrikanten kennen, ehe er ihm beim Abendessen vorgestellt wurde. Ein Mann, der es verstanden hatte, aus den wirtschaftlichen Möglichkeiten der Nachkriegszeit und aus seiner Sachkenntnis in der Rundfunkgeräteindustrie eine Fabrik zu schaffen. Er hatte deshalb nicht mehr soviel Zeit, sich auch noch um seine Frau, sein einziges Kind und sein Innenleben zu kümmern. Kein Wunder, dass dieses, nach dem Urteil seiner Frau, verkümmert und zurückgeblieben war. Frau Volkmann, die Künstlerin, hatte andere Bedürfnisse, höhere, sagte Anne. Sie spielte eine Rolle in der lebenslustigen Philippsburger Gesellschaft, sie lud gastierende Virtuosen und matineenspendende Schriftsteller in ihre Villa und verlangte von Anne, dass auch sie teilnehme an den Verfeinerungen des gesellschaftlichen Lebens. Anne aber zog offensichtlich den Ingenieursgeist ihres Vaters vor, sie konnte nicht so laut lachen, wie es der pointensichere Erzähler bei einer Cocktailparty von seinen Zuhörern erwarten durfte, sie verfügte nicht über jene federleichten Sätze, die man wie Bälle nimmt und gibt, wenn man mit einem Glas in der Hand vom Salon auf die Terrasse hinaustritt, sie war auch nicht fähig, die Konversation mit einem Mann durch reizvolle, interessierte, dämmende oder verstärkende Bewegungen ihrer Glieder zu begleiten, was einen Mann ja erst zum Weiterreden befähigt, weil seine Wirkungen in solchen Bewegungen wie in einem verschönenden Spiegel sichtbar werden. Anne war, zum Leidwesen ihrer Mutter, ein stilles, schwergliedriges Mädchen geblieben, das den Veranstaltungen ihrer Mutter misstrauisch zusah. Sie sagte es mit einer für Hans geradezu schmerzlichen Offenheit, dass ihre Mutter ihren Vater betrüge. Mein Gott, sagte Hans, das sei auch eine Art Notwehr, er wusste nicht mehr weiter; jeder müsse sich eben helfen so gut es gehe, sagte er. Frau Volkmann sei eben eine Frau, die mit einer ungewöhnlichen Phantasie begabt sei, und Phantasie zu haben, heiße immer, Bedürfnisse haben, einer ungewöhnlichen Phantasie entsprächen wahrscheinlich auch ungewöhnliche Bedürfnisse. Und tatsächlich erschien ihm jetzt die Hausfrau wie ein weißhäutiges Tier, eine Hindin vielleicht, grünäugig, nackt und kräftig und in phantastischen Dschungeln äsend, misstrauisch umherwitternd, ob nicht schon wieder irgendwo ihr Mann in Gestalt eines Roboters auftauche, um sie mit seinen nach technischen Formeln gebauten Armen zurückzuholen in seine für minderwertige Zwecke funktionierende Betriebswelt. Zu Anne sagte er lächelnd, das sei der Kampf

Picassos gegen Gauguin oder sonst ein Kampf, das sei nun einmal so, in jeder Ehe. Für die Kinder sei es natürlich am schlimmsten, weil sie sich wohl oder übel allmählich zu einer Partei schlugen, obwohl sie doch beiden Parteien gleich nahestehen müssten.

Nach dem Mittagessen hatte sich Anne geschämt, weil sie ihm am Vormittag soviel erzählt hatte. Wahrscheinlich hatte sie auch gespürt, dass sie Hans noch viel zuwenig kannte. Jetzt hatte sie ihn an einem einzigen Vormittag zu einem alten Freund gemacht. Erst auf dem Heimweg empfand Hans, wie eng Anne sich mit ihm verbunden hatte durch ihre Eröffnungen. Gewaltsam hatte sie ihn zu ihrem Vertrauten gemacht. Er musste wiederkommen. Ob er wollte oder nicht. Nach solcher Vertraulichkeit wäre es eine grobe Unhöflichkeit gewesen, etwa gar nichts mehr von sich hören zu lassen.

Nirgends konnte er sich aufhalten, ohne gleich in irgendeine blutwarme Gemeinschaft hineingerissen zu werden. Kaum war er einen Tag in dieser Stadt, krochen ihm schon die Färberkinder in den Hosenbeinen hoch, kitzelten ihn, bohrten sich mit Köpfen und Händen in seinen Bauch, Frau Färber selbst redete stundenlang auf ihn ein, wollte alles von ihm wissen und ihm alles sagen. Was war bloß an ihm, dass jetzt auch Anne, kaum dass sie sich begrüßt hatten, gleich begonnen hatte, ihren jahrelangen Kampf gegen ihre Mutter zu schildern? Hatte er das herausgefordert? Sicher nicht. Aber er hörte zu, hielt, weil ihm nicht in jeder Sekunde etwas Neues einfiel, den Kopf schräg nach vorne gesenkt, suchte in den Teppichmustern oder an den Schuhspitzen nach einem Gesprächsstoff, die anderen jedoch waren immer schneller, für sie war seine Haltung wahrscheinlich eine Aufforderung, sich aufzutun, endlich einmal zu sagen, was sie so lange hatten verschweigen müssen. Ob er gerne zuhörte oder nicht, das schien den anderen gleichgültig zu sein. Auch beim Abendessen in der Villa Volkmann war es wieder zu solchen Peinlichkeiten gekommen. Überhaupt dieses Abendessen! Hans hatte noch nie in einer großstädtischen Fabrikantenvilla zu Abend gegessen und war deswegen völlig unvorbereitet gewesen. Um sieben Uhr hatte die gnädige Frau auf der Terrasse den Gong geschlagen. Dreimal. Das hieß, noch eine halbe Stunde bis Essensbeginn, bitte fertigmachen, Make up, Toilette, was auch immer der einzelne vorzubereiten hatte. Hans wusch sich die Hände und schämte sich, weil er keinen dunklen Anzug hatte. Kurz vor halb acht rauschte eine schwarze Limousine die steile Auffahrt von der Straße herauf, ein baumlanger Chauffeur stürzte aus der vorderen Tür an die hintere und entließ ein kleines Männlein aus dem riesigen Fond des Gefährts, das war Herr Volkmann. Dann tönten von der Terrasse fünf Gongschläge. Es war soweit. Hans betrat das Esszimmer an Annes Seite, die Handflächen hatte er zusammengelegt und dann gleich wieder auseinandergenommen, weil er merkte wie heiß seine Hände waren, und jetzt würde er wahrscheinlich soundso vielen Gästen vorgestellt werden. Aber er war überrascht, dass nur die gnädige Frau, Anne und er im Zimmer waren. Fünf Gongschläge, war das nicht ein bisschen viel? Mit den drei vorbereitenden Schlägen waren es sogar acht, und mit Herrn Volkmann zusammen würden sie allem Anschein nach nicht mehr als vier Personen sein, und er der einzige Gast!

Herr Volkmann war eingetreten, was Frau Volkmann zu dem Ausruf. »So!« veranlasste, ob fröhlich oder bloß laut, konnte Hans nicht entscheiden, auf jeden Fall hörte das beziehungslose und für alle peinliche Herumstehen auf, Hans wurde rasch und energisch als ein Studienfreund Annes und als junger Journalist (er wollte sich wehren, aber wie?) vorgestellt; Herr Volkmann, der mit kleinen, eckig bemessenen Schritten und einem wahrscheinlich seit Jahren nach vorne gesenkten Gesicht hereingekommen war, am ganzen Kopf kurzes, milchweißes Haar (da und dort war auch eine gelbliche Strähne dazwischen), oben gerade so lang, dass es zu einem undeutlichen Scheitel reichte, Herr Volkmann hob sein Gesicht um ein winziges, drehte aber vor allem seine Augen nach oben, um den Nacken nicht so sehr gegen alle Gewohnheit aufrichten zu müssen, murmelte rasch ein »Sehr angenehm«, winkelte den rechten Arm kurz an, ohne den Oberarm zu bewegen, und tatsächlich erschien von unten eine Hand, sie hing matt und schlaff an einem kurzen Unterärmchen, Hans ergriff sie rechtzeitig, drückte sie, erschrak, weil er fürchtete, Herrn Volkmanns Fleisch quelle ihm zwischen den Fingern durch, so weich, so widerstandslos war diese Hand, sofort ließ er sie los, schaute ihr nach, wie sie wieder nach unten fiel und während dieses Falls Gott sei Dank wieder ihre alte Form, die durch den Händedruck für einen Augenblick zerstört worden war, zurückgewann. Unten schlenkerte sie noch ein wenig hin und her. Da Herr Volkmann sein Gesicht schon wieder in die bei ihm normale Vorlage gebracht hatte und überdies schon am Tisch saß, konnte Hans nicht sehen, wie der Hausherr seinen Händedruck aufgenommen hatte; um ihm ins Gesicht sehen zu können, hätte er schon neben ihm niederknien müssen. Seine Frau und seine Tochter hatte der Fabrikant mit raschen, nur mit Mühe wahrnehmbaren Bewegungen begrüßt. Frau Volkmann bediente eine kleine Tischglocke, sofort eilten zwei gleichgekleidete Mädchen herein und trugen die Suppe auf. Spargelcremesuppe. Frau Volkmann aber spann mit Hans und Anne eine Unterhaltung an, laut, sorglos und von Anfang an ganz deutlich auf sie selbst, Hans und Anne beschränkt. Herr Volkmann hielt sein Gesicht über die Suppe und löffelte regelmäßig. Der Löffel schien riesig in seinen kleinen Elfenbeinhändchen, riesig auch, wenn er sich dem zarten, kaum sichtbaren, schräggehaltenen Gesicht näherte. Wahrscheinlich war Herr Volkmann längst daran gewöhnt, dass seine Frau am Abend Gäste hatte, mit denen sie sich über Dinge unterhielt, die ihn nicht interessierten. Er kam zum Essen und hatte wohl seine eigenen Gedanken. Mochte seine Frau ihre Unterhaltung mit den Gästen fortsetzen, zumal sie ja diese Unterhaltung schon weiß Gott wann, vielleicht schon am Vormittag begonnen hatten. Wie sollte man sich da als Gast verhalten? Hans suchte verzweifelt nach einer Gelegenheit, den Hausherrn ins Gespräch zu ziehen. Sie unterhielten sich der Reihe nach über Filme, Schauspieler, Bücher, Ausstellungen, Architektur, Konzerte, Moment, das war eine Möglichkeit, Schallplatten, Rundfunk, Apparate, Gott sei Dank, er hatte das Gespräch, wo er es haben wollte, Apparate, jetzt aber wie, Volkmannapparate, er hatte keine Ahnung, wie die Geräte dieser Firma hießen, aber ein Kompliment, zum Kuckuck, ein Königreich für ein Kompliment für Herrn Volkmann, für seine Radioapparate, aber gleich, sonst treibt das Gespräch weiter, die gnädige Frau ist eine herrische und von sprunghaften Einfällen heimgesuchte Gesprächspartnerin, es ist schwer, sie länger als eine Minute bei einem Thema zu halten, ja vielleicht kommt sie später wieder darauf zurück, sicher sogar, sie kommt ja immer wieder auf die paar Themen zurück, also warten wir, die erste Chance ist schon verpatzt, wir sprechen schon wieder vom Realismus in der Kunst, sie lehnt ihn ab, Gott sei Dank, dann kommen wir rascher weg davon, zugegeben, gnädige Frau, bitte, was halten Sie von moderner Musik, plumpe Frage, aber ich brauche sie, diese Frage, Musik, jawohl, jetzt aber Herr Volkmann, Gott sei Dank, ja, was ich sagen wollte: »Die moderne Musik ist den Ingenieuren zu ungeheurem Dank verpflichtet«, das war der erste Satz, den Hans in Richtung auf Herrn Volkmann zu starten vermochte. »Die Erschließung der Ultrakurzwelle, die Herstellung der UKW-Apparate ...« Hans wusste nicht mehr weiter, aber auch Frau Volkmann sah ihn nur erstaunt an und ließ ihn hängen, wahrscheinlich, weil sie spürte, dass er ihren Mann ins Gespräch ziehen wollte, dafür sollte er nun ganz schön büßen! Anne aber – und Hans hätte sie dafür gerne geküsst – vollendete die angefangene, aber kläglich auf halbem Weg in der Schwebe hängengebliebene Brücke zu ihrem Vater hinüber und sagte: »Da hat Papa sich große Verdienste erworben. Er hat als einer der ersten UKW-Apparate gebaut.« Herr Volkmann, der inzwischen – er hatte ja nichts anderes getan – sein Essen beendet hatte, lehnte sich so weit im Stuhl zurück, dass sein Gesicht sichtbar wurde, ohne dass er seinen Kopf hätte aufrichten müssen, dann ließ er sich tatsächlich in die Unterhaltung verwickeln. Seine Frau hätte das vielleicht noch gerne verhindert, sie versuchte zumindest mit ziemlich heftigen Sprüngen das Thema Musik und Radio zu verlassen, aber weil weder Anne noch Hans ihr folgten, sah sie sich gezwungen, wieder zurückzukehren: von ihrem Gatten wurde sie dabei mit einem kleinen boshaften Lächeln empfangen. Herr Volkmann schien überhaupt ein Mensch zu sein, der – wie man jetzt sah – zu trocken-ironischen Kommentierungen neigte. Nie sagte er mehr als zwei, drei Sätze hintereinander, aber Hans musste sich eingestehen, dass jeder dieser Sätze ein Lächeln hervorrief, ein behagliches Gefühl, weil alles so gut formuliert war und alles ohne Heftigkeit geäußert wurde, immer mit dem freundlichsten Abstand. Er schien sich selbst ebensowenig ernst zu nehmen wie die Dinge, über die er sprach. Des öfteren entschuldigte er sich auf die zweideutigste Weise, dass er, der bloße Ingenieur und Kaufmann, es überhaupt wage, sich in ein Gespräch zu mischen, das in den Gefilden zu Hause sei, über die seine Frau herrsche; sie sei die Priesterin der Kunst, er baue nur die Kirche, weit übertrieben, mit der Kunst direkt habe er ja gar nichts zu tun, sondern bloß mit der Priesterin, deren Hausmeister oder doch Hausdiener er sich nennen dürfe. Sein kleines Gesicht, jetzt ein einziges Schmunzeloval, drehte er dabei seiner Frau zu, die mit skeptisch herabgelassener Unterlippe die Sätze ihres Gatten prüfte und sie diesmal sogar für so gut befand, dass sie ihm mit ihren schmalen langen Händen, die durch die kostbare Einlegearbeit der roten Fingernägel noch viel länger wurden, über das milchige, weißgelbe Haar strich und »mein guter Arthur« sagte.

Hans hätte sich am liebsten gleich verabschiedet, aber im Nebenzimmer servierten die Mädchen schon die Bowle. Herrn Volkmann gestattete die gnädige Frau, sich zurückzuziehen, Hans musste bleiben, musste trinken. Volkmann hatte noch, bevor er gegangen war, ein paar Sätze über Harry Büsgen gesagt, weil Anne von Hans Beumanns Bewerbung erzählt hatte. Ja, Büsgen, Herr Volkmann hatte sein lippenloses Lächeln gezeigt, bei Büsgen könne man viel lernen, er sei ein kleiner Monarch, ein Illustriertennapoleon, dessen Parfüm man auch noch rieche, wenn man bloß eine Photographie von ihm sehe, aber lernen könne man bei ihm; die Kunst, Erfolg zu haben, beherrsche er wie kein anderer. »Er ist der König von Philippsburg«, sagte Herr Volkmann.

Hans trug diese Sätze mit in die Stadt hinunter, als er endlich gehen durfte. Es war fast schon Mitternacht, die Straßen waren leer, er schwankte, hätte eigentlich singen oder tanzen müssen, denn er hatte zuviel getrunken. Wenn er jetzt in die Traubergstraße ging, in sein enges Zimmer, er würde sich verletzen in diesem schmalen Schlauch, der angefüllt war mit eckigen Möbeln, er brauchte Platz, große Räume, menschliche Stimmen, Frauen wären natürlich am besten, Schwestern von Frau Volkmann, jünger und nicht so klug, nicht so auf Niveau pochend. Sie hatte sich ja recht ausgelassen benommen, und ihre Bluse war noch tiefer ausgeschnitten gewesen als der Pullover am Vormittag, aber Anne! Und dann war sie ja eine Dame, es war sinnlos, daran zu denken, aber sie hatte ihm zu trinken gegeben, hatte ihn gezwungen, mit Anne zu tanzen, sie hatte gefährliche Gespräche inszeniert, das Licht zum Zwielicht gemacht, sie hatte ihre Bilder interpretiert, hatte sich an den Flügel gesetzt, Liszt gespielt und Rachmaninoff, dass Hans fast ertrank, jetzt war ihm bald nichts mehr peinlich, aber dann war Anne aufgestanden, hatte ihre Mutter gebeten, nicht mehr weiterzuspielen, hatte fast geschrien, dem Weinen nahe, hatte »Gute Nacht« gesagt und war hinausgelaufen. Er hatte der gnädigen Frau die Hand geküsst, hatte mit ihr zusammen Anne nachgelächelt, als wäre er ihr alter Komplice, dann war er gegangen. Die Nachtluft war verständnislos kühl, die Nachbarvillen dösten in ihren Gärten, er war froh, als er in der Stadt drunten war, in dem Viertel, wo jetzt alles noch lebendig war, wo man das Vergnügen rasch und hastig einbrachte wie eine Ernte auf einem Kornfeld, über das sich eine hagelgelbe Wolke schiebt: die Drohung des kommenden Tages peitscht in die Lokale hinein, denn der Tag beginnt schon tief in der Nacht, obwohl er doch nie mehr, nie mehr beginnen dürfte: darum Musik, laut und rasch, Blendlichter; vielfarbig, und Getränke: gegen den Tag, den neuen ... Und um vier Uhr erlosch alles, um vier Uhr zogen die Mädchen ihre Hände ein, falteten ihre Gesichter zusammen, bogen ihre Münder zurück, dass kein Lächeln mehr blieb, und die Kellner bauten sich steil vor den Gästen auf, schrieben Urteile auf kleinen Blöckchen aus, reichten sie zettelweise dem ängstlich heraufstarrenden Gast hinab, und die Kapelle fror ein, dass die Instrumente augenblicks starben und auch gleich – sie wehrten sich nicht – in zerstoßenen Koffern wie Dinge beerdigt wurden.

Draußen wartete Hans noch. Aber er erkannte niemanden mehr. Die gleißenden Uniformen des Vergnügens und die Schultern und Schenkel und überirdischen Gesichter: der eine Uhrenschlag hatte sie alle gefressen, jetzt eilten sie, unterschiedslos, in hartem Zivil, auseinander. In was für Wohnungen wohl und zu welchem Schlaf? Polizeistunde, dachte Hans und fror. Dann schleppte er seine Bleifüße mit schmerzenden Schenkeln in die Oststadt, Traubergstraße 22. Der Himmel. Rosa und grau. Dreckige Unterwäsche. Hoffentlich regnet es bald.

Als ihm Straßenbahnen begegneten, richtete Hans sich auf, tat so, als habe er ein Ziel, weil er sich schämte, als er sah, dass die Wagen angefüllt waren mit Menschen, die dünne Aktenmappen trugen. Sie saßen einander gegenüber, nebeneinander, starre Puppen, die man eingeladen hatte, die nur vom Fahren ein bisschen schwankten. Geplagte Gesichter, die den Träumen, die sie nicht hatten austräumen dürfen, nachhingen und sie jetzt nicht mehr erreichten. Der Schaffner ruderte rücksichtslos durch sie hindurch und warb für den Tag. Hans bewunderte ihn.

Fast auf Zehenspitzen ging er in der Traubergstraße auf die magere Fassade des Färberschen Häuschens zu und erschrak, als die Haustüre – er bog gerade durch die niedere Gartentür, hatte noch die zwei Meter Vorgarten zu passieren bis zur Treppe – aufging und der Mann herauskam, dem er vorgestern abend noch vorgestellt worden war, Herr Färber mit runder Nickelbrille, falschen Zähnen, eingefallenen Wangen und tiefliegenden Augen, die jetzt auf Hans herabschauten. Hans wollte etwas sagen, wusste nicht was, wäre lieber auf die Straße gerannt, hätte sein Zimmer und seine paar Habseligkeiten gerne ein für allemal im Stich gelassen, aber nicht einmal weglaufen konnte er, Herrn Färbers Blicke nagelten ihn auf die Steinplatten des Vorgärtchens, und jetzt kam er auch noch auf ihn zu, »Guten Morgen, Herr Beumann«, sagte er. Hans zog, um irgend etwas zu tun, den Hausschlüssel, den ihm Frau Färber augenzwinkernd überreicht hatte, aber er berief sich nicht auf dieses Augenzwinkern, obwohl es doch nur für solche Situationen gedacht gewesen sein konnte. »Guten Morgen«, sagte Herr Färber noch einmal und war schon an ihm vorbei.

»Guten Morgen, Herr Färber«, sagte Hans viel zu spät und ging ins Haus.

2.

Als Beumann wieder mit dem Aufzug ins vierzehnte Stockwerk des Weltschau-Hochhauses hinaufschoss, überlegte er sich, was den mächtigen Chefredakteur wohl bewogen hatte, seine Residenz in diese Höhe zu verlegen. Büsgen soll sehr klein an Gestalt sein, hatte er gehört.

Die beiden Schreibmaschinenmädchen hoben ihm die Köpfe entgegen wie bei seinem ersten Besuch. Die Hitze, die immer noch ihre glühende Seide über Philippsburg ausgespannt hielt, konnte den beiden offensichtlich nichts anhaben. Ihre Blusen waren so leicht, aber auch so unvorsichtig geschnitten, dass Hans fürchtete, sie müssten ihnen bei der geringsten Bewegung von den Schultern gleiten.

Büsgen sei zur Zeit verreist. Darum schrieben sie heute nicht. Aber vielleicht wolle er mit Fräulein Birker, der Chefsekretärin, sprechen, vielleicht einen Termin ausmachen oder sich zumindest wieder vormerken lassen. Quick und hell kamen die Vorschläge abwechselnd aus den zwei Mündern. Jetzt sei ja Sauregurkenzeit, wenn er es jetzt nicht schaffe, Büsgen zu sprechen, in einem Monat sei es zu spät. Oder ob er einen der anderen Redakteure besuchen wolle. Sonst sei er ganz umsonst heraufgefahren.

Hans lernte die beiden unterscheiden. Sie sahen zwar beide aus wie Filmschauspielerinnen, aber eine hatte ein breiteres Gesicht und noch hellere Haare; mein Gott, sind das Mädchen, dachte er, aber die gehören ja sicher dem großen Chefredakteur. Die mit dem breiteren Gesicht hieß Marga, das hatte er schon aufgeschnappt, ihre Bluse war ochsenblutrot, ihre Haut mehr als weiß (wie schützt sie sich bloß vor dieser schrecklichen Sonne?) und ihre Fingernägel hatten die Farbe der Bluse; jetzt schauten ihn beide an, er musste sprechen, natürlich, sie begannen schon zu lächeln, Margas breiter Mund dehnte sich immer weiter, wollte kein Ende nehmen, ja also, er habe sich bloß wieder zeigen wollen, um nicht ganz in Vergessenheit zu geraten, eine Philippsburger Anschrift habe er jetzt auch, ja ein eigenes Zimmer, die Hitze sei furchtbar, er scheue sich, irgendeinem Menschen die Hand zu geben bei dieser Hitze, obwohl gerade jetzt jeder zweite den Eindruck mache, als falle er gleich in Ohnmacht und man müsse ihn stützen, aber die Fräuleins hätten bestimmt viel zu tun, er wolle nicht länger stören.

Sie lachten ihn aus, zeigten ihm – er hatte dafür noch keine Augen gehabt –, dass sie doch gerade Kaffee tränken, ob sie ihn einladen dürften, im Hochhaus sei es immer noch am besten auszuhalten, dank der Klimaanlage, bitte, er möge doch Platz nehmen. Aber da kam auch schon Fräulein Birker und zerschnitt mit ihren Blicken die Kaffeerunde säuberlich in drei Teile, einen Teil, nämlich Marga, nahm sie mit sich in ihr Büro. Herrn Beumann vertröstete sie auf die Rückkehr des Chefredakteurs.

Als hätte er nichts von der Abwesenheit Büsgens gehört, war er am nächsten Tag wieder im vierzehnten Stock. Und am übernächsten wieder. Hoffentlich hielt man es seinem Eifer zugute. Er war jetzt zwar völlig uninteressiert an seiner Bewerbung, tat aber so, als habe ihn nun eine große Unruhe hinsichtlich seines beruflichen Fortkommens erfasst. Er wagte es sogar, die beiden Mädchen einzuladen. Sie sagten zu. In einem Gartencafé wollten sie sich treffen. Hans war schon eine Stunde früher da und legte sich einen Vorrat brauchbarer Redensarten an. Er wollte nicht um Marga werben, er wollte ihr nicht sagen: ich finde Sie schön oder gut oder reizend oder sonst etwas, das konnte er nicht, aber er wollte sich selbst so benehmen, dass Marga auf ihn aufmerksam werden musste. Er stellte in seinen Gedanken eine Reihe von Männern auf, die Marga bisher begegnet sein mochten, die sie bisher geliebt hatte, dann studierte er die Merkmale dieser Männer. Wahrscheinlich waren es Journalisten gewesen, drei Journalisten vielleicht: ein Bildreporter, ein festangestellter Redakteur und ein Storyschreiber, dann vielleicht noch ein Referendar, ein Schauspieler und ... nein, mehr durften es nicht gewesen sein, sonst konnte er es nicht mehr übersehen, fünf reichten wirklich aus für eine Zweiundzwanzigjährige, wenn sie überhaupt schon so alt war. Aber weniger als fünf waren es sicher auch nicht gewesen, in dieser Umgebung, ach, und der Chefredakteur selbst, wie hatte er den vergessen können, der war der Gegner Nummer 1. Dieser zu klein gewachsene Ehrgeizling, dieser parfümierte Illustriertennapoleon mit dem rechteckigen Gesicht und dem pomadigen Haar. Er hatte in der »Weltschau« Bilder von Harry Büsgen gesehen. Ob Marga ihn immer noch liebte? Wahrscheinlich war sie ihm verfallen, hörig, untertan. Er sah das Gesicht des Chefredakteurs vor sich. Es sah aus, als wäre es unter einem ungeheuren Druck entstanden. Zwischen den wie mit grauer Fettkreide gezogenen Augenbrauen und dem dichten Haaransatz war kaum Platz für die rechteckige, ganz senkrechte Stirne, die Backenknochen drückten von unten her und auch das Kinn wirkte übermäßig angehoben, heraufgepresst, ließ vom Mund nur einen Strich übrig, in den die Nase wie eine Klinge schnitt. Nur die Augen hatten sich dem Druck entzogen, sie schwammen in den Höhlen wie weiche, gefühlvolle Wesen, verletzlich, immer zum Weinen bereit, vielleicht waren es die Augen, die Marga liebte, obwohl Hans fand, dass Mitleid hier eher am Platze war als Liebe. Aber Frauen bringen eben alles durcheinander. Hans gab es auf, über die anderen vermutlichen Verehrer Margas nachzudenken. Bevor er den Chefredakteur nicht geschlagen hatte, musste er sich denen gar nicht erst zuwenden. Und was hatte er Harry Büsgen entgegenzusetzen? In welches Licht konnte er sich stellen, um dessen Bild in ihr zum Erlöschen zu bringen? Am liebsten wäre er aufgestanden und heimgegangen, hätte Frau Färbers endlose Erzählungen über sich ergehen lassen oder mit den Kindern gespielt, ja vielleicht wäre es noch besser gewesen, zu Anne zu gehen, sich an deren Kümmernissen zu trösten. Er hatte sich seit Tagen nicht mehr sehen lassen in der Volkmannschen Villa; seit er im vierzehnten Stockwerk seinen Berufseifer zu beweisen hatte. Er hatte Anne gegenüber ein schlechtes Gewissen, obwohl, das bewies er sich mit peinlicher Genauigkeit, dazu nicht der geringste Grund vorlag.

Wenn sie ihn mit Marga sähe? Es würde sie verletzen. Zweifellos. Aber warum bloß? Sie waren doch kein Liebespaar. Er war ihr Studienkollege, basta! Trotzdem ...

Rasch wischte sich Hans die Hände noch einmal ins Taschentuch, am Eingang erschienen die Mädchen. Sie kamen auf hohen Absätzen durch den hellen Gartenkies, dass es weithin und ohrenbetäubend knirschte. Sie kamen auch kaum vorwärts. Mit jedem Schritt, den sie taten, wobei sie Sohle und Absatz gleichzeitig aufsetzten, schienen sie wieder stehenzubleiben, eine halbe Sekunde nur drehten und mahlten ihre Schuhe im Kies, hin und her, und gingen weiter, nein, es war gar kein Stehenbleiben, es war der ruhigste Punkt in diesem Schreiten, der Punkt, wo sich das Gewicht des Körpers den vorgesetzten Beinen nachschiebt, über die Beine gelangt und wieder zurückfällt, weil die Beine inzwischen schon wieder weitergegangen sind. Er hatte noch nie Mädchen so gehen sehen. Die Schenkel führten den Gang an, vor allem bei Marga; die Füße und der übrige Körper wollten immer wieder zurückbleiben. Schwanken und ganz gebändigte Stärke in einem, das war ihr Gang, der ihn zum bewegungslosen Zuschauer machte.

Mit was für verschiedenen Gedanken doch drei Menschen um einen Tisch herumsitzen! Hans watete noch in seinen Erinnerungen an den Chefredakteur. Der übrige Teil seines Bewusstseins kaute an dem Auftritt der beiden Mädchen herum, die jetzt aufrecht und höflich lächelnd vor ihm saßen. Sein Mund aber bediente sich selbst so gut es ging. Hans versuchte eine Einigung in sich herbeizuführen, er musste sich konzentrieren, wollte er nicht gleich in der ersten halben Stunde den ganzen Abend verlorengeben. Was hätte er darum gegeben, eine Sekunde hinter eine dieser Mädchenstirnen sehen zu können. Aber da saß man, dachte das Wort Menschenkenntnis, dass ich nicht lache, Fixsterne kennen einander millionenmal besser als ein Vierundzwanzigjähriger eine Zweiundzwanzigjährige. Ob sie sich schon langweilten bei ihm, ob sie dachten, ein ganz passabler Mann das, ob sie sich fragten, warum er sie eigentlich eingeladen hatte, wenn er jetzt doch nichts Gescheites zu reden wusste, ob sie dachten, dass er eine von ihnen vorziehe, ob sie sich vorher über ihn unterhalten hatten? Ein einziges Dunkel, tiefer als der Weltraum, unerhellbarer, und er ein Wandere, der mitten hineinmarschiert, der jetzt sprechen soll, vielleicht sogar handeln, souverän, getragen von eindrucksvoller Sicherheit, ein Mann, der weiß, was man an einem Sommerabend zu sagen hat, der mit Worten eine Brücke bauen kann von einer Einsamkeit zur anderen, dass man sich darauf treffen kann, um sich wenigstens die Hand zu geben. Und was tat er? Er trieb auf einer Eisscholle ins unergründliche Meer, das kalt und rätselhaft rundum aufschwappte. Die Mädchen aber machten Gesichter, als sei die ganze Welt ein süßes Speiseeis. Hans trank einen langen Schluck seiner Weißweinschorle und genoss den prickelnden Schmerz in seiner wundgerauchten Mundhöhle. Ein bisschen was hatte er schon gesagt. Gott sei Dank hatte Gaby, so hieß Margas Freundin, jetzt das Wort ergriffen. Er versuchte zuzuhören. Trank noch einmal und noch einmal, bestellte eine Flasche Weißen und trank. Und ihm wurde besser. Sein Mund war zwar pelzig geworden, er spürte es kaum mehr, wenn seine Lippen sich beim Sprechen trafen, aber ihm fiel jetzt wenigstens etwas ein, er konnte erzählen; und er hatte das Gefühl, dass es sich lohnte, ihm zuzuhören, er sah sich auch nicht mehr genötigt, gar alles, was er dachte, zu verbergen, immer nur Umwege zu machen. Gott, wie hatte er sich schon geärgert, dass ihm immer nur Sachen einfielen, die man nicht aussprechen durfte. Das war überhaupt sein größter Kummer in jeder Gesellschaft, dass er immer einen Dolmetscher in sich aufstellen musste, auf dass der eine fade und meistens recht unzutreffende Übersetzung gebe von dem, was er eigentlich meinte. Aber jetzt ging es ganz gut. Er hatte sich in diesen Abend verliebt, in den Kies, in die dicken Baumstämme, zwischen denen sie saßen, es war eine Lust zu sprechen. Und die Mädchen lachten und lachten. Sie waren für ihn ein ganzes Orchester an Bewegung und Klang, sie steigerten ihn so, dass er sich Mühe geben musste, nicht ins Singen zu verfallen. Er konnte allmählich die unscheinbarsten Begebenheiten erzählen, die Mädchenaugen hingen an ihm, die Köpfe bogen sich unter seinen Worten wie Blu-

men im Wind, die Körper schienen schwerelos zu ihm hin-
zuwehen, o Gott, wenn er jetzt bloß nicht versagte, das war
endlich das Tor zu den Menschen, ganz normale Mädchen,
die man nicht bezahlen musste, bei denen man sich nicht
selbst etwas vormachen musste, um sie verehren zu können.
Nicht daran denken, dass jetzt überhaupt noch etwas schief-
gehen könnte! Wie die lachten, Gaby mehr als Marga, aufpassen Hans, rief er sich zu, Marga wird ruhiger, sie lacht ja
gar nicht mehr, sie schaut dich bloß noch an, wenn er bloß
die Schleier hätte zerreißen können, die ihm vor den Augen
flatterten, er sah alles wie durch die verschmutzten Scheiben eines rasenden Schnellzugs. Marga mischte sich mit Gaby, Blondschöpfe bogen sich durcheinander, aber Margas ruhig gewordenes Gesicht wurde jetzt immer deutlicher, er grub
seine Fingernägel in seine Schenkel, war Gabys Lachen schon
Spott und Margas Gesicht bloß noch Verachtung? Er verfing
sich, sein Mund zerfiel, die Kehle brannte scharf und trokken,
ein paar Worte kullerten noch aus ihm heraus, verendeten
mitten auf dem Tisch, er schämte sich, weil er plötzlich bemerkte, dass er schweißtriefend vor den beiden Mädchen saß,
Gaby kicherte noch. Aber es fiel kein Wort mehr. Und jetzt
sah Hans Beumann auch, dass die Gäste an den umliegen-
den Tischen zugehört hatten, sie hatten sich sogar umgedreht,
saßen ihm zugewandt, als wäre er der Conferencier, der für
diesen Abend die Späße zu machen hatte, gleich würden sie
mechanisch applaudieren; auch zwei Bedienungen standen in
der Nähe und schauten auch jetzt noch – ungeniert zu. Marga sah vor sich hin. Er winkte mit einem Geldschein zu den
Bedienungen hin. Dann verließ er, von Marga und Gaby begleitet, den Garten. »Wo wohnen Sie?« fragte er.

Gaby antwortete zuerst. Gott sei Dank, dachte er, sie
wohnt näher. Aber den Mund würde er nicht mehr aufbrin-
gen, den hatte Marga mit ihren Blicken zugenäht, für immer. Er konnte sich nicht vorstellen, dass er je wieder ein
Wort sagen würde, stumm, stumm, stumm, dachte er, ich
bin ein Stein, an dem sie sich stoßen sollen, nie wieder ein
Wort, nie wieder mit Menschen sprechen, lieber im Straßen-
graben liegen bei den anderen Steinen, wenn der Regen fällt

und ein kleiner Bach über die Steine hinnuschelt, eintönige Geschwätzigkeit, an der man teilhat, ohne sich beteiligen zu müssen. Aber wie oft war es ihm schon so ergangen! Waren nicht alle seine Versuche, die Entfernungen zwischen den Menschen zu überbrücken, in eben diesen Abgrund gefallen, hatte er sich nicht jedesmal wieder vorgenommen, von jetzt an auf alle Annäherungsversuche zu verzichten? Und kaum hatte er den zerstoßenen Kopf wieder erhoben, hatte wieder einen Menschen gesehen, war er ihm wie ein Hund nachgerannt, hatte mit Winseln und Augenaufschlag um einen Blick gebeten und Worte gemacht ...

Gaby verabschiedete sich heiter und sagte, es sei ein hübscher Abend gewesen. Dass sie so leicht die Tür aufschließen konnte und ohne jede Mühe Abschied nahm, ärgerte ihn. Sie hatte also gar nicht mehr erwartet. Dann würde auch Marga nichts erwarten, würde gute Nacht sagen, sich umdrehen, den Schlüssel mit einem Griff platzieren, die Tür aufmachen, sich nicht einmal mehr umsehen und so ruhig die Treppen hinaufgehen, als habe sie gerade einen gleichgültigen Verwandten zur Bahn gebracht.

Er trottete an ihrer Seite weite, bereit, alles hinzunehmen, was sie über ihn verhängen würde. Ihren Gute-Nacht-Gruß wollte er nur mit einem Kopfnicken beantworten, um sie wenigstens noch im letzten Augenblick darauf aufmerksam zu machen, dass sie einen Unglücklichen verlasse. Seine Trauer umschloss ihn jetzt wie ein gut sitzendes Gewand. Es tat wohl, so traurig zu sein, der ganzen Welt und besonders diesen beiden Mädchen Vorwürfe machen zu können und sich verkannt fühlen zu dürfen. Stieß man ihn so hinaus, hatte auch er keinerlei Verpflichtung, er konnte sich fallenlassen, wohin er wollte, jawohl, und die sollten seinen Stürzen noch einmal schaudernd zuschauen, dann würden sie es vielleicht bereuen, ihn nicht aufgenommen zu haben.

Hans wartete auf eine Frage Margas. Ihr würde er seine Düsternis preisgeben. Sofort hätte er sich von seinen schwarzen Felsen geschwungen, wäre hinabgerannt wie ein Kind, dem die Mutter ruft, wenn Marga ihm nur die geringste Gelegenheit geboten hätte. Ganz wortlos konnten sie ja diesen

Weg nicht zu Ende gehen. Sie hatten doch miteinander getrunken, es war gelacht worden, sie hatten sich sogar flüchtig mit den Händen berührt, als er ihr Feuer gereicht hatte; noch vor einem Jahr, wenn er in dieser Lage gewesen wäre, hätte er sie einfach angeschaut, hätte seine Hände um ihre Hüften gelegt, und dann wäre es doch mindestens zu einem Kuss gekommen! Hatte er denn alle diese Fähigkeiten seiner Jugend eingebüßt, sollte er dieses Mädchen, das, vorsichtig geschätzt, drei oder vier Männer geliebt hatte, so ohne jede Berührung in einen dunklen Hausgang entwischen lassen, um dann seinen Kopf an der zäh und langsam aber unwiderruflich sich schließenden Türe zu zerschlagen? Nein, nein, rief er sich zu und spürte doch gleich, wie wenig er tun konnte, wenn Marga ihm nicht entgegenkam. Ob ihr dies Schweigen nicht auch zuviel wurde, ob es sie nicht auch marterte, wie es ihn durch und durch marterte?

Aber da blieb sie schon stehen, sah ihn an, lächelte breit und endlos, holte den gefürchteten Schlüssel aus der Tasche, dieses winzige, böse blinkende Schwert, das jetzt alles auseinanderschlagen würde, was die letzten Stunden gewoben hatten, und so ruhig und so unaufhaltsam, wie es sich nicht einmal er vorgestellt hatte, öffnete sie jetzt die feindlich glänzende Tür eines hellen neuen Hauses, dann gab sie ihm die Hand, streckte sie weit her und starr, er musste zugreifen, sie sagte gute Nacht und drehte sich um, ob er geantwortet hatte, wusste er schon nicht mehr, und immer noch lag ihr Gesicht in diesem breiten Lächeln, die Tür begann sich zu schließen, auf ihn zu, er wartete, wartete, die Stille sott in seinen Ohren, bis es leise aber hart knackste, ein Laut mit einem schlürfenden Vorschlag, die Tür war zu. Irrsinnig pfeifend, ein Mörder ohne Waffen, das lächerlichste Wesen, das die Erde trägt, ging er abwärts, der Traubergstraße zu, und legte sich unter dem Getöse der durch die dünnen Wände von allen Seiten her atmenden Familien in sein karges, widerlich krächzendes Bett.

Draußen, die ärmliche Ziegelsteinfassade entlang, über die Fensterbänke aus mürbem Sandstein hinweg, huschten die Nachtspinnen, die die Träume tragen, von Haus zu Haus, oft eine gewaltige Last für die winzigen Füße. Hans dachte ihnen nach, darum mieden sie sein Fenster, ließen ihn hängen in den schneidenden Netzen seiner Gedanken, Nachtgedanken, gegen die nur noch der Morgen helfen kann, da doch Menschen und Schlaf ihn verlassen hatten. Vielleicht wurde in einem Laboratorium noch ein Frosch gequält von weißleinenen Wissenschaftlern, sicher starb jemand in dieser Nacht, sicher wurde geliebt während er dachte; sein Anteil an allem war klein. Er kniete am Schlüsselloch zu allen Türen, und wenn kein Schlüssel steckte, war es für ihn schon ein Triumph.

Hans warf die Decke von sich. Über ihm klopften noch Schritte. Herr Klaff. So spät noch wach. Hin und her und wieder hin. Hans verstand, dass dieser Zimmerherr, der einem nächtelang durch den Schlaf marschierte, Frau Färber unheimlich war. Dabei trat er nicht mit beiden Füßen gleich stark auf. Eine Prothese vielleicht. Manchmal blieb er stehen, aber man vergaß ihn nicht, man wartete darauf, dass er seinen Gang wieder aufnahm: tag-takk-tag-tak-tag-takk ... In einer entfernten Wohnung schrie ein Kind. Die Hitze des Tages hatte sich von den Dächern tief in die Wohnungen gesenkt. Das Kind schrie erbärmlich. Für Hans war das schrille Gequake ein Gruß. Jetzt würde sich aus dem fauligen Ehebett die warmgeschlafene Gattin lösen, um ihr Kleines zu übertölpeln. Aber das Geschrei stieg immer noch an. Und ein zweiter Säugling nahm's auf, antwortete und gab's weiter. Ein dritter Schreihals öffnete sich und weckte fort und fort. Hans trat ans Fenster, beugte sich weit hinaus und versuchte zu zählen, aber die Stimmen zu vieler Kinder waren jetzt ineinander verstrickt, und links und rechts flammten erschreckt Lichter auf und warfen die Fenster grell auf die Straße; in den hellen Fensterflächen zählte er die pendelnden Schatten der mürrisch-besorgten Mütter. Nun standen also die Erwachsenen der ganzen Straße ratlos in dem immer noch steigenden Kindergeschrei. Polizei oder Ärzte, an wen sollte man sich wenden? Hans beteiligte sich an den Überlegungen aller Familien. Da zog eine Schreistimme hoch über die anderen hinaus, und die folgten wie ein geübter Chor. Aber es war bei Gott kein Gesang. Man hörte nicht gerne zu, hielt den Atem an, dachte, jetzt müsse doch endlich ein Höhepunkt erreicht sein, jetzt, jetzt, aber immer weiter stieg das Geschrei, wer hätte es gewagt, sich einfach die Ohren zuzuhalten, einfach unter der Bettdecke das Ende abzuwarten! War das nicht eine Vorbereitung für etwas, das sich nun gleich ereignen musste? Aber sosehr auch alle zuhörten, es blieb bei dem bloßen Geschrei, das schließlich doch schwächer wurde. Später hörte es sogar ganz auf. Die Familien fielen in ihre Betten zurück. Ein Licht verlöschte nicht mehr. Vielleicht, dachte Hans, ist eines der Kinder gestorben. »Komm doch«, sagte die Hauswirtschaftslehrerin auf Nummer 24.

»Ach was«, sagte der Mann.

Hans hatte von Frau Färber längst alles erfahren, was es über die Nachbarn zu erfahren gab. Die Hauswirtschaftslehrerin hatte sich einen Mann gewonnen, der schlief jetzt bei ihr. Heiraten konnte er sie nicht, weil er nicht genug Geld hatte, um seine Frau und seine drei Kinder zu unterhalten und selbst noch einen neuen Hausstand zu gründen. Seine Frau sei im Sanatorium, Tb, eines der Kinder habe auch schon Schatten, hatte Frau Färber gesagt. Er sei Anzeigenwerber für Telefonbücher.

»Hast du was gegen mich«, hörte er die Lehrerin fragen.

»Lass mich doch schlafen«, sagte der Mann.

»Bei der Hitze«, sagte sie.

Er: Ich bin müde.

Sie: O Fred! (nach einer Pause) Du hast Anna besucht.

Er: Nein.

Sie: Sag doch die Wahrheit.

Er: Ich habe sie nicht besucht.

Sie: Du hast sie besucht.

Er: Du spinnst.

Sie: Ich habe die Fahrkarte gefunden.

Er: Wo?

Sie: In deiner Brieftasche.

Er: Ich hatte geschäftlich dort zu tun.

Sie: Und du warst nicht im Sanatorium?

Er: Nein.

Sie: Du kannst es mir doch sagen. Sie ist ja deine Frau. Bitte Fred, sag es mir, ich bin dir nicht böse, ich will es nur wissen, ich halte es nicht aus, wenn du mich anlügst, alles, Fred, bloß nicht lügen, bitte sag es mir.

Er: Lass mich jetzt schlafen.

Sie: Du hast sie angerufen?

Er: ja.

Sie: Warum sagst du mir das nicht?

Er: Hab' ich's dir nicht gerade gesagt.

Sie: Zu spät. Jetzt kann ich dir nichts mehr glauben.

Er: Bitte, wenn du meinst.

Sie: Fred!

Er: Lina, ich bin müde, ich kann nicht die ganze Nacht Gespräche führen, bitte versteh das doch, was kommt denn dabei heraus, wir schreien zur dunklen Zimmerdecke hinauf, sehen uns nicht, geraten ganz auseinander, ich kenn' das, Lina, ich hab' das schon einmal mitgemacht, verschieb es auf morgen, Liebste, ja!

Was sie antwortete, verstand Hans nicht, dann raschelten Bettzeug und Nachtgewand, Schluchzen dazwischen, und endlich die Geräusche mechanischer Vereinigung. Kurz vor dem Erlöschen noch ein Augenblick wirklicher Bewegung. Dann verstärkten auch die Atemzüge dieser beiden das Atemgetöse, das von überall durch die dünnen Wände drang.

Wie die Hauswirtschaftslehrerin Lina wohl aussah? Er hatte bis jetzt bloß ihren Motorroller vor dem Haus stehen sehen. Wahrscheinlich trug sie einen flaschengrünen Ledermantel und eine lindgrüne Motorradhaube, wenn sie aus dem Haus trat. Sie mochte zweiunddreißig sein und so begierig, einen Mann für sich zu haben, dass sie immerzu weinerlich bangte, ihn zu verlieren, weshalb sie ihn dann auch umso rascher verlor.

Hans fühlte sich jetzt wohlig eingebettet in die Schicksale der Familien, die in diesem Backsteinriegel hausten. Er hörte die einzelnen Großväter durch sechs Wohnungen von links und durch sechs Wohnungen von rechts husten. Da jede Wohnung mindestens einen Großvater beherbergte, hörte er andauernd etwa zwölf Großväter husten. Daneben natürlich Gespräche, Zärtlichkeiten, Zwiste und Schreie aus vielen Familien.

Im Haus Nummer 16 wohnte Johanna, rothaarig und reich an Bögen und Mulden; er hatte ihr jedesmal, wenn er sie sah, lange nachgeschaut; natürlich nur, wenn er sicher war, dass ihn niemand beobachtete. Den Kopf drehte Johanna meistens ganz langsam. Das sah aus, als öffnete sich ein großes, schweres Tor. Ihr bis auf die Schultern fallendes Haar bewegte sich dabei nicht im geringsten. Wenn er Johannas Lachen auf der Straße hörte, fuhr er zusammen. Es klang heiser, mehr nach Wolfshusten und Stiefelscharren als nach Mädchenlachen. Frau Färber hatte gesagt, Johanna sei heiser, seit man sie kenne. Am Anfang habe es ihretwegen Streit gegeben. Eine Ehefrau hatte ihren Mann aus Johannas Bett gezogen. Seitdem vermied es Johanna, Kundschaft aus der Straße anzunehmen. Das war ein großer Jammer. Hans träumte manchmal davon, wieder vierzehn Jahre alt zu sein, in Johannas Zimmer zu rennen und sie um ihre Liebe zu bitten. Vielleicht an einem Samstagnachmittag, wenn sie sich gerade fertig zum Ausgehen machte. Sie würde in ihrer seidenen Hauswäsche auf dem Tisch sitzen, mit ihren langen Fingern spielen, als gehörten sie ihr nicht; wenn er sie in seiner vierzehnjährigen Empörung anrufen würde, musste sie ihn an sich ziehen, ihn im Handumdrehen zufriedenstellen, und er würde ihr ewige Treue schwören, weil sie ihn angenommen hatte, obwohl er einer aus der Straße war. Bezahlen wollte er sie wie ein Erwachsener, das konnte er sich nicht nehmen lassen. In Raten allerdings, denn dreißig Mark hatte er nicht auf einmal flüssig. Sie würde ihm den Schwur abnehmen, dass er keinem in der Straße je etwas von dieser Angelegenheit verrate. Er würde diesen Schwur leisten und ihn halten, sosehr es ihn auch juckte, seinen Altersgenossen endlich einmal aufzutischen, dass er es mit der rauhkehligen und feinhäutigen Johanna gehabt habe. Er würde zumindest in den Formulierungen schwelgen, in denen er das mitteilen könnte, dieses, neben der Erstkommunion, größte Ereignis seines Lebens. Aber hatte Johanna nicht gesagt, sie würde ihn kaltmachen, wenn er auch nur ein Wort ausplauderte, ja, kaltmachen, hatte sie gesagt, und ihre Augen hatten ihm bewiesen, dass sie dazu imstande war ...

Sicher war es für die Zwölfjährigen, für die Dreizehn- und Vierzehnjährigen eine arge und süße Plage, in einer Straße zu wohnen, in der Johanna ihr Lager aufgeschlagen hatte. Ob sie nicht doch geheime Kundschaft aus der Straße annahm? Ob sie diesen Pakt nicht bloß den Ehefrauen zuliebe eingegangen war, um ihre Ruhe zu haben? Hatte Frau Färber doch erzählt, dass ein paar Frauen sogar froh waren, Johanna in der Straße zu wissen! Jene Frauen, deren Männer, wie Frau Färber sagte, zuviel verlangten.

Wahrscheinlich waren die Kinder, die in der Traubergstraße wohnten, in der Schule den Kindern aus anderen Straßen in gewisser Hinsicht überlegen. Wahrscheinlich hörten sie dort Ansichten, über die in der Traubergstraße selbst ein Kind nur noch lachen konnte. Hier wurde doch beim Mittagessen von Johanna gesprochen wie anderswo vom Wetter. Besonders am Sonntag, bevor sich Vater und Mutter zurückzogen, fiel immer wieder Johannas Name. Und allzu weit konnte sich in diesen Wohnungen sowieso niemand zurückziehen. Die Familie, bei der Johanna in Untermiete war, hatte es natürlich am schönsten. Die bekamen für jeden Herrn, den Johanna mitbrachte, fünf Mark. Dass sie sich mit Johanna gut stellten, kann man verstehen, wenn auch neidische Nachbarinnen die fünf Mark als ein Sündengeld bezeichneten. Streit gab es nur, wenn Otto (das war das Oberhaupt jener Familie) am Morgen behauptete, Johanna habe in der vergangenen Nacht fünf Herren im Bett gehabt, sie aber nur von drei oder vier Herren die fünf Mark abliefern wollte. Aber man einigte sich immer wieder. Am meisten schienen die Nachbarn Johannas Mieterfamilie um die Nachmittage mit Johanna zu beneiden, das war in Frau Färbers Erzählungen nicht zu überhören. Am Vormittag schlafe sie ja, entfernten sich doch die letzten Herren oft erst im Morgengrauen. Aber so um zwei, drei, halb vier Uhr nachmittags, je nachdem, da stehe sie auf, werfe ihren rostroten prächtigen Morgenmantel über ihren bloßen Leib, verlasse ihr Zimmer, benütze die Toilette und dann das Bad. Otto, das Familienoberhaupt, war Flaschner-meister, er war der einzige in der Straße, der sich etwas ein-richten konnte, was man, zumindest in der Traubergstraße, ein Bad nannte. Diesem Umstand hatte er es ja auch zu dan-ken gehabt, dass Johanna bei ihm eingezogen war, denn oh-ne Bad, habe sie gesagt, könne sie es nicht machen. Dann ba-dete sie also. Lang und laut. Es sei eine Freude, ihr zuzuhören. Aber – und jetzt neigten sich die Köpfe der Erzähler und ih-rer Zuhörer geradezu andächtig zueinander, nicht aus Scheu, sondern aus Innigkeit und Teilnahme, und auch Frau Fär-ber rückte näher, wenn sie darauf zu sprechen kam – danach komme sie in die Küche, zur Familie. Da setze sie sich auf den Tisch, stelle die Füße auf einen Stuhl, die Füße steckten bar-fuß in weinroten Pantöffelchen, und dann lasse sie auch ihren Morgenmantel weit offen, grad wie es sich gebe. Und was sie alles zu erzählen wisse! Von den verschiedensten Herren! Wie die sich bei ihr aufführten, davon könne sie stundenlang be-richten, erfahre sie doch jede Nacht Neues dazu. Klatschzir-kel bildeten sich in Ottos Wohnung, Erna, seine Frau, war ein gesprächiges Wesen und sonnte sich in Johannas Ruhm. Oft ziehe Johanna dann ihren Morgenmantel ganz aus, um den versammelten Frauen an ihrem Körper mit der und jener Ein-zelheit und Spur zu belegen, was sie gerade erzählt hatte. Und wenn man sich dann sattgehört habe und mit heißem Kopf die Ottosche Wohnung verlasse, stolpere man über die Kin-der, die in Trauben an der Wohnungstür hingen, um auch ein bisschen was zu erfahren oder wenigstens Johannas Stimme zu hören. Frau Färber versäumte es nie, darauf hinzuweisen, dass ihr Mann mit Johanna noch nichts gehabt habe und nie etwas haben werde. Hans sah Herrn Färbers gelbliches Ge-sicht vor sich und glaubte an die Unantastbarkeit der Färber-schen Ehe. Herr Färber hatte ja auch so viel mit seinem Häus-chen zu tun, immer war etwas zu reparieren, auszubauen oder zu vernageln, manchmal schien es, als wolle Herr Färber sich für alle Lebenszeit über die Treppen, Fugen, Kanten und Leis-ten seiner Wohnung neigen, um durch Betasten, Streicheln und Beschwören alles zu heilen, was etwa durch Gebrauch und Zeit schadhaft geworden war. Und trotzdem spielte Johanna wahrscheinlich auch in dieser Ehe eine Rolle, wie sie ja vielleicht für die ganze Straße eine Kraft bedeutete, eine Art unterirdisches Meer von dem manches Wässerlein unter Sonne und Mond zehrte, ohne es wahrhaben zu wollen. Sie war für die Bewohner der Straße nichts anderes als eine etwas nähergerückte platonische Idee, in Gedanken an sie fanden Verwirklichungen statt. Und der Moral genügten die Trauberger doch weit mehr als die, die Johannas eigentliche Kundschaft stellten; das waren ganz sicher zum allergeringsten Teil Bewohner dieser Straße, da sich ein Mann, der hier wohnte, eine solche Ausgabe alle Schaltjahre wirklich nur einmal leisten konnte. Dreißig Mark nur so fürs Bett, nein, das hätte das hausväterliche Gewissen dieser Männer nicht zugelassen, und ihre Weiber hätten mit Recht darauf hingewiesen, dass man das, in etwa wenigstens, doch auch viel billiger haben könne. Wäre dieses finanzielle Hindernis nicht gewesen, vielleicht hätten dann alle Pakte, die Johanna mit den nachbarlichen Ehefrauen geschlossen hatte, nichts genützt, so aber mochten sie schon ihre Wirkung haben. Wer aber die Tugend, die nur dem Mangel an Gelegenheit ihre Existenz verdankt, schmähen will, dem muss gesagt werden, dass es auf der Erde schon genug ist, wenn überhaupt Sünde unterbleibt, nach den Gründen soll man da gar nicht mehr lange fragen. Der Mensch tut nun einmal Böses, solang er dazu Gelegenheit hat, und hat er keine, so muss er wenigstens die Genugtuung haben, sich seiner Tugend rühmen zu dürfen. Tugend ist also nichts anderes als Mangel an Gelegenheit, dachte Hans und empfand tief, wie sehr diese Einsicht ihn selbst betraf. Das sind meine Einsichten, dachte er, meine Erfahrungen mit mir selbst und mit der Traubergstraße. Bestimmt gibt es viel bessere Menschen: droben in den Villenvierteln vielleicht. War nicht Frau Volkmann ein Beispiel für höhere menschliche Lebensart? Sie sprach immer nur von Kunst und von Künstlern, besuchte Ausstellungen und Museen und Konzerte, ereiferte sich für Fragen des Stils und des Geistes, und selbst wenn sie weitausgeschnittene Pullover trug, so konnte das bei ihr doch gewiss kein Bekenntnis zu bloßer Lust sein, wahrscheinlich war das eine Demonstration für irgendeine höhere Unabhängigkeit vom Fleisch und seinen Versuchungen, eine Demonstration, die er natürlich noch nicht zu würdigen wusste, weil er sie noch nicht verstand, weil er nur das Fleisch sah und nicht die Freiheit oder sonstwas, was damit gemeint war. Und wenn Frau Volkmann ihren Mann betrog – war Betrug hier überhaupt das richtige Wort? Sicher wusste ihr Mann davon, sicher war das nur Annes zurückgebliebene Ausdrucksweise –, so betrog, oder besser, so ersetzte sie ihn ja nicht durch gemeine Menschen, sondern durch Männer von erlesener Beschäftigung, denen es wiederum nicht auf bloßes Amüsement ankommen konnte, sondern auf Erzeugung höherer, ihm noch nicht zugänglicher Stimmungen. Wahrscheinlich – so beschloss er, traurig geworden, seine Überlegungen aus Rausch und Schlaflosigkeit –, wahrscheinlich würde er, vom Lande gebürtig und mancher Gier verfallen, die feineren Regungen der städtischen Gesellschaft nie ganz begreifen, geschweige denn, dass es ihm je gelingen könnte, selbst solcher Regungen teilhaftig zu werden.

Ins Hochhaus mochte er die nächsten Tage nicht gehen, obwohl es ihn allmählich doch interessiert hätte, ob der große Chefredakteur ihn überhaupt noch zu empfangen gedachte. Aber lieber hätte er, um in Büsgens Büro zu gelangen, das vierzehnte Stockwerk in der prallen Mittagshitze über die Fassade erklommen, als jene Türe zu öffnen, Marga und Gaby gegenüberzutreten, ihnen die Hand zu geben und mit gleichgültiger Miene nach dem Chefredakteur zu fragen. Die Mädchen hatten sicher über ihn gelacht, hatten es wahrscheinlich sogar Fräulein Birker erzählt, wenn nicht gleich der ganzen Weltschau-Redaktion. Geld hatte er noch für acht Tage.

In planloser Verdrossenheit wanderte er ins Villenviertel hinauf. Frau Volkmann streifte gerade in Floridakleidung, mit ihren Pudeln spielend, durch den Park. Er hätte gerne weggeschaut, um ihr Gelegenheit zu geben, ein bisschen was umzutun, aber sie fühlte sich offensichtlich voll bekleidet und stürzte munter auf ihn zu, grüßte ihn wie einen langjährigen Freund und rief überlaut nach Anne. Die tauchte langsam, das Strickzeug in den Händen, auf ihrem Balkon auf, legte das Strickzeug sogar weg – was sie bloß mitten im Hochsommer zu stricken hatte! –, winkte herunter und bat ihn hinaufzukommen. Aber so leicht ließ sich die Mutter den jungen Mann nicht entreißen. Anne möge sich gefälligst herunterbemühen, es sei auch am kühlsten unter den Bäumen.

»Papa wird sich freuen, dass du da bist«, sagte Anne, »er hat schon zweimal nach dir gefragt!«

»Nach mir«, sagte Hans und errötete.

»Ja, ich glaub', er hat was vor mit dir«, sagte Anne.

»Das sagt er uns nicht«, sagte Frau Volkmann und lächelte großzügig; das hieß, dass sie ihrem Gatten die kleine Geheimnistuerei nicht übelnehme. Darum ergänzte sie auch: »Es muss etwas Geschäftliches sein.« Also etwas, über das in ihrer Gegenwart auch besser nicht gesprochen wurde. Um Gottes Willen, Geschäftliches, Ingenieurskram und Kaufmannswurst! Hans sah, wie sie schon litt, wenn sie nur an diese tödlichen Sachlichkeiten dachte. Der Roboter und die Hindin!

Als Herr Volkmann dann endlich kam, war Hans sehr neugierig auf das, was man mit ihm vorhatte.

Herr Volkmann schien übrigens keine Notiz davon zu nehmen, dass die Luft weiß war vor Hitze und der Himmel seit Tagen aussah wie eine Brandblase. Er trug Anzug und Krawatte und hatte alle Knöpfe, die zu schließen waren, geschlossen. Die Frauen schickte er weg. Anne ging rasch und freiwillig, Frau Volkmann aber betonte zuerst noch, dass sie sowieso nicht dageblieben wäre, dann zog sie sich, mit ihren Pudeln spielend, in die grüne Tiefe des Gartens zurück.

Herr Volkmann hob sein Gesicht, lächelte Hans eine Zeitlang an und schabte mit einem weichen Zeigefinger in seinem Gesicht herum, dass sich der Zeigefinger, obwohl er kaum auf Knochen stieß, nach allen Richtungen abbog.

Hans bewunderte diesen Mann, dieses schüttere Männlein, das es sich leisten konnte, zu schweigen, zu lächeln und einen anzuschauen. Für wen lebte der eigentlich? Vielleicht würde er, fragte man ihn, antworten: für meine sechstausend Arbeiter, für meine Fabrik! Vielleicht würde er sogar sagen: für meine Familie, für Anne. Hans ließ sich von einer Schnake ablenken, folgte ihrem Getanze mit der Hand, schlug zu, verfehlte sie, schaute schräg nach oben in die grünschattige Wirrnis der Volkmannschen Parkbäume, hörte plötzlich, als hätte es erst jetzt eingesetzt, das harte Gezeter der Vögel, die man nicht sah, so dass man hätte glauben können, die Äste, die Blätter vollführten diesen stets gleichbleibenden, fast maschinellen Lärm. Gott sei Dank hatte ihn Herr Volkmann jetzt lange genug fixiert; er begann zu sprechen. Hans' Gesicht wurde heiß, er spürte seine Brauen, seine Lippen, seine Nase bis in die äußersten Enden: Herr Volkmann wollte für den Industrieverband, dessen Präsident er war, einen Pressedienst einrichten, und Hans sollte diesen Pressedienst herausgeben, das habe er ja doch bei seinem zeitungswissenschaftlichen Studium gelernt! Hans sah sich in der Hauptstraße gehen, sah sich in den gläsernen Schleusen eines kühlen Bürohauses, sah sich im Aufzug, sah sich, nach allen Seiten grüßend, einen Gang entlanggehen, eine Tür öffnen, zwei Sekretärinnen stürzten auf ihn zu, eine nahm ihm die Tasche, die andere Hut und Mantel ab, tatsächlich, er trug einen Hut, einen weichen grauen Sommerhut, leichthin schlenderte er durch die offene Tür in sein Büro, setzte sich an den riesigen schwarzen Schreibtisch, der auf schlanken Beinen frei im Raum stand; zwei Telefone gleißten ihn an, da surrte auch schon eins, kein grelles Geklingel, sondern ein angenehmes Surren, das ihm ins Ohr streichelte, dass er fröhlich nach dem Hörer griff und die höfliche und respektvolle Anfrage des anderen mit ein paar klugen, ohne jedes Stocken vorgebrachten Sätzen freundlichst beantwortete. Er wurde gebraucht! Zum ersten Mal in seinem Leben wollte ihn jemand haben. Zum ersten Mal war es nicht er, der sich zögernd und vor Erregung unregelmäßig atmend einer böse geschlossenen Tür näherte, dreimal ansetzte bis er zu klopfen wagte, zum ersten Mal tat sich die furchtbare Geschlossenheit dieses Häusermeers auf, um ihn einzulassen, und ein Mann trat hervor und sagte: Sie werden erwartet. Er hätte Herrn Volkmann umarmen mögen! (Aber er dachte an seine Erfahrungen beim ersten Händedruck.) Er würde nicht länger an den Hauswänden entlangpendeln, nicht länger eine ziellose Bewegung sein. Und ob er annahm! Ja. Ja. Ja. Aber – und jetzt flutete die Welle zurück – war er denn fähig, ein solches Büro zu leiten? Die Last künftiger Verantwortung krümmte seine Schultern. Die Herren vom Industrieverband würden allzu genau nachrechnen, ob durch diesen Pressedienst die Umsätze tatsächlich so sehr steigen würden, wie sie das erwartet und wahrscheinlich auch sehr genau vorauskalkuliert hatten.

Herr Volkmann sagte am Ende der Unterredung: »Wir sind auch bloß Menschen.« Dabei schmunzelte er.

Und Anne sollte seine Mitarbeiterin werden. Sie wusste es schon. Sie hatte nichts verraten, weil sie nicht sicher war, ob er annehmen würde. Was diese reichen Leute sich alles vorstellen können! Die können sich sogar vorstellen, dass einer ein Angebot ablehnt. Ein Hans Beumann, der zeit seines Lebens zwischen Fakultäten herumirrte; der immer ein Zuschauer war; der jeden bewundern musste, der eine Hantierung hatte, über die er sich beugen konnte; der jeden beneidete, der seiner Nützlichkeit so sicher war, dass man es ihm noch auf der Straße ansah. Und da fragte Anne noch, ob er es sich auch genau überlegt habe. Sein Geld reichte noch für acht Tage, und von seiner Mutter durfte er nichts mehr nehmen. Eine als Pressedienst getarnte Industriewerbung, na und? Sie kenne ja seine politische Einstellung nicht, sagte Anne. Hans sah sie an. Ach so, politisch. Jaja, das sei etwas anderes. Aber dann sprach er lieber von den nächsten Dingen.

Politische Einstellung! Natürlich war er gegen die Fabrikanten, gegen die reichen Leute, die ein schönes Leben haben, bloß deswegen, weil sie Reichtümer ererbt hatten oder doch die Fähigkeit, Reichtümer zu erwerben. Wer hat denen das Recht verliehen, ihre spezielle Fähigkeit, die Fähigkeit mit Geld umzugehen, zum allgemeinen Lebensgesetz zu erheben, zur unerlässlichen Bedingung menschenwürdigen Daseins? Die hatten einfach alles an sich gerissen und die Tüchtigkeit zur höchsten Tugend gemacht. Wer ihren Bedingungen nicht genügte, konnte draußen herumstehen und zuschauen oder Handlanger werden, Bediente, dem man betörende Namen verlieh und ein paar Rechte, um ihn fromm zu erhalten. Hans war ein Nörgler, obwohl er wusste, dass man mit Leu-

ten seines Schlages keine Straßenbahnlinie unterhalten konnte, von einem größeren Gemeinwesen gar nicht zu reden, obwohl er wusste, wie unnütz er war, wie überflüssig auf dieser
wohlorganisierten Welt, obwohl seine Vorstellungen von einer anderen Verfassung der Gesellschaft kaum mehr ergaben
als den einen Satz: »Allen soll es gleich gut gehen.« Er glaubte, dass mit gleichem Recht die Maler oder die Bildhauer ihre Fähigkeiten zum Lebensgesetz hätten machen können, so
etwa, dass jeder, der nicht in der Lage war, Farben und Li-
nien und Flächen ausdrucksvoll zu komponieren, keinen Anspruch auf gesellschaftliche Geltung und Wohlstand haben
sollte; warum sollten nicht die Musiker oder die Bergsteiger
oder die Mathematiker oder die Schauspieler ihr Metier zum
Maßstab erheben dürfen, warum denn bloß die Geldleute?
Aber Herr Volkmann war ein gütiger Mensch, und die Volk-
mannsche Villa war mit Sitzgelegenheiten ausgestattet, die
lange Gespräche erlaubten und so die Pflege genussreichen
gesellschaftlichen Umgangs förderten. Und wenn drunten in
der Stadt Menschen und Straßen und Häuser zu einem kleb-
rigen, unangenehmen Teig zusammenschmolzen vor Hitze,
dann ging man hier leichten Fußes durch die kühlen, hal-
lengroßen Räume oder schaukelte sich unterm schattenden
Blätterbaldachin frische Luft ins Gesicht und ließ die Hand
vom überaus gepflegten Rasen streicheln. Diese Menschen
schwitzten weniger, deshalb war es leichter, ihnen die Hand
zu reichen. Und war es denn seine Sache, die Villenhügel dem
Erdboden, der Asphaltsohle drunten gleichzumachen? Er sah
das Lächeln der Wirtschaftsexperten wie Wolken über sich
schweben. Das sei 19. Jahrhundert! Revolution, Aufregung,
Klassenkampf, Menschheitsaufwallung und starke Herzen!
Damals habe es vielleicht noch genügt, einen heißen Kopf
und ein starkes Herz zu haben, heute müsse man Bescheid
wissen, Fachmann sein, um Arbeitslosigkeit und Inflationen
zu verhindern! Er konnte nicht einmal den Börsenbericht in
der Zeitung lesen. Zwischen dem Bericht »Die Zahlungsbi-
lanz steht auf solidem Fundament« und seinem Wunsch, dass
es allen Menschen gleich gut gehen möge, klaffte ein Abgrund, über den es keine Brücke gab. Also musste er es denen

überlassen, für das Wohl der Menschen zu sorgen, die auf der internationalen Weizenkonferenz mitreden konnten, die über die Konvertierbarkeit einzelner Währungen unterrichtet waren, denen, die das Sozialprodukt errechneten und nach ihrem Gutdünken Genuss und Mühsal zuteilten. Rousseau, käme er heute zur Welt, müsste schon Verfassungsjurist oder Bankfachmann sein, wollte er es wagen, seine Bücher noch einmal zu schreiben; aber wahrscheinlich werden diese Bücher heute nicht mehr geschrieben, weil die Rousseaus dieses Jahrhunderts Fachleute sind. Und ein Fachmann ist ein Mensch, der seiner Phantasie nur Vorstellungen erlaubt, die sein Verstand in Wirklichkeit verwandeln kann. Also wird nur noch das Allermöglichste gedacht. Das Nicht-sofort-Mögliche ist das Unmögliche. Und das Unmögliche zu denken ist dem Fachmann lächerlich. Natürlich hatte Hans ein schlechtes Gewissen, wenn er auf der Volkmannschen Terrasse saß und dickflüssige kalte Fruchtsäfte trank. Natürlich war ihm die Unterwürfigkeit einer ältlichen Bedienerin peinlich, weil sie ihn an seine Mutter erinnerte oder an eine seiner Tanten. Aber was sollte er tun?

Er, das uneheliche Kind einer Bedienung, das im Dorf aufgewachsene, familienlose Einzelkind! Seine Mutter hatte er von zwei bis drei, während der Zimmerstunde, für sich gehabt: eine Stunde überfließender Zärtlichkeit, Tränen jeden Tag; und er, das Gesicht von ihren Küssen feucht, war allein zurückgeblieben, wenn sie das weiße Schürzchen wieder umband, vor dem Spiegel noch hastig das Haar ordnete, um gleich wieder hinunter in die Wirtschaft zu rennen, den breit herumsitzenden Bauern das Bier aufzutragen; er war dann vorsichtig auf die Straße hinausgegangen, hatte sich so lang um die einzelnen Höfe herumgedrückt, bis man ihn irgendwo mitmachen ließ, im Stall, im Stadel oder in der Mosterei; ein Geschenk für ihn, wenn man ihn einlud, Hand anzulegen, wenn man mit ihm sprach oder gar mit ihm lachte; er hatte sich nie vorstellen können, dass man ihn irgendwo brauchen würde. Auf die Zukunft hatte er immer hingesehen wie auf eine unabsehbare rand- und grenzenlose Eisfläche, die in der Ferne verschwamm, eben, spiegelglatt, ohne ein Geländer, ohne einen Weg, zwar voller Möglichkeiten, wie es schien, gab es doch keine Begrenzungen! Aber wie sollte er den Fuß auf diese glatte Fläche setzen und in welcher Richtung gehen, wo doch der Blick überall auf nichts stieß, also eine Richtung eigentlich nicht existieren konnte; nur sein Bild schimmerte aus dem dunklen Eis herauf, das war das einzige, was es gab, er und sein Bild, das in der Eisfläche vor ihm herwanderte, wenn er sich bewegte. Die freundliche Empfehlung, die ihm Professor Beauvais für den großen Chefredakteur geschrieben hatte, war die erste Unterbrechung dieses gestaltlosen Zukunftspanoramas gewesen, aber es hatte sich dann doch bald herausgestellt, dass der Chefredakteur keine besondere Lust hatte, ihn zu empfangen; Hans hatte das eigentlich erwartet, viel mehr jedenfalls, als den entgegengesetzten Verlauf, dass nämlich Büsgen ihn gleich empfangen haben würde, um sich mit wirklichem Interesse anzuhören, was Hans Beumann vorzutragen hatte.

Und er sollte nun eine solche Stellung ausschlagen? Er sollte jetzt wohl den Aufrechten spielen, ganz privat und ohne Zuschauer sollte er jetzt seine Zukunft opfern, sollte zurücksinken in die lebenslängliche Ungewissheit, eine edle Chance fürwahr, aber wer lohnte diese Entscheidung? Wem nützte er damit? Ob die Industrie vom Übel oder nicht vom Übel war, er konnte es ja nicht einmal richtig beurteilen, und wenn er abschlüge, so war es für Herrn Volkmann eine Kleinigkeit, für diesen Posten einen anderen zu finden: der Posten also würde auf jeden Fall besetzt werden, das Büro würde arbeiten, also konnte er nichts verhindern, wenn er ablehnte, also nahm er an.

In seinem Kopf spielten zehn Orchester gegeneinander, und er war der einzige Dirigent, der sie zum Einklang bringen sollte. Dass etwas von ihm abhing, dass er sich entscheiden konnte, oder wenigstens so tun konnte, als habe er die Wahl, so oder so zu entscheiden, das machte seinen Kopf heiß und seine Augen feucht, er spielte mit sich selbst ein pathetisches Spiel; er fühlte, wie seine Person Gewicht bekam, und er wollte diese Schwere auskosten, auskosten und noch einmal auskosten, er wusste ja nicht, wie lange sie bei ihm blieb, ob er sie nicht schon im nächsten Augenblick wieder verlieren würde, ob er nicht schon gleich wieder der ziel- und richtungslose, leichthin pendelnde Zuschauer sein würde, der er bis jetzt gewesen war.

Und sollten ihm ein paar Studienfreunde, Kleinbürgersöhne und Proletarier wie er, hungrige Lesewölfe, die ihr Studium selbst hatten finanzieren oder fünfmal im Jahr um Stipendien bitten müssen (wobei sie sorgfältig ihr Gesicht im Zaum zu halten hatten, weil die Stipendiengewährer mit Nadelaugen auf sie herabschauten), sollten diese Freunde, mit denen er auf unbequemen Stühlen nächtelang Feuerreden entfacht hatte, ihn verachten, bitte, wer weiß, wo sie jetzt waren, wer weiß, ob nicht auch sie eingesehen hatten, dass man das, was man nachts redet, nur redet, weil man es am Tag nicht vollbringen kann; wahrscheinlich hatte jeder einzelne seiner Freunde den gleichen Verrat begangen wie er, jeder für sich, still und praktisch, einen Messerschnitt, mit dem die Vernunft die Jugend abtrennte vom Leib seines Lebens, so dass die zurückblieb, sich auflöste und Erinnerung wurde, Traumnahrung für ein ganzes Leben. Mein Gott, das war doch eine sattsam bekannte Biographie in Mitteleuropa, ein schon stereotyp gewordener Verlauf, vielfach formuliert und ins Bild gebracht, dieser Verrat, der den Jüngling zum Mann macht. Ja vielleicht wurden diese Lebensläufe absichtlich propagiert, zur Verführung weiterer Jünglinge zum gleichen Verrat, bitte, selbst wenn es so war, er konnte nicht anders handeln, er war allein.

Inzwischen war Frau Volkmann wieder aus der grünen Tiefe ihres Gartens aufgetaucht, zähnebreit lachend und immer noch in jener spärlichen Kleidung, die ihr vielerorts nicht mehr recht festes Fleisch ungeschützt preisgab; die Pudel trotteten jetzt mit hängenden Köpfen und, wie es schien, missmutig hinter ihr her; wahrscheinlich hatte ihre Herrin sie durch allerlei leidenschaftliche Spiele bis an den Rand ihrer zarten Pudelnaturen erschöpft; vielleicht waren sie aber auch dieser Spiele – obwohl sie dazu geboren, zumindest jedoch geschoren schienen – längst überdrüssig und sehnten sich nach einem wirklichen Buben, der einen Stein zu werfen verstand.

Frau Volkmann beglückwünschte Hans zu seinem Entschluss (als ob er sich überhaupt hätte entschließen müssen, als ob er hätte auch nein sagen können, in welchen Freiheiten diese Leute bloß leben!) und arrangierte sofort eine kleine Feier; eine »Party«, sagte sie; wahrscheinlich gab es nichts, woraus Frau Volkmann nicht eine Party hätte machen können.

Er trank also mit den Damen Fruchtsäfte mit Gin und schließlich Gin ohne Fruchtsäfte und ging dann mit Säulenbeinen und turmhohen Schuhsohlen in die Stadt hinab, schaute entschlossen nach links und nach rechts, schnalzte einige Male laut mit den Fingern, pfiff bekannte Melodien absichtlich falsch, aber gerade nur so falsch, dass die anderen Passanten die Melodien noch erkennen konnten und ärgerlich zu ihm herschauten; worauf er noch schriller weiterpfiff und auch kaum der Versuchung widerstehen konnte, an der nächsten Straßenkreuzung den Schupo von seinem runden Elefantenpodestchen zu stoßen, um sich selbst in die Mitte des Gedränges zu stellen, sei es, um den Verkehr bewunderungswürdig sicher und fließend zu regeln oder ihn ganz zu stoppen und der fragend zu ihm aufstarrenden Menge eine Rede über Kompromiss und Karriere zu halten, eine Rede, wie man sie in Philippsburg noch nicht gehört hatte. Gott sei Dank gelang es ihm, ordentlich zu bleiben und seinen bitterfröhlichen Überschwang bis in die Traubergstraße zu tragen, wo er ihn unter dem Gelächter und Gestöhne der nachbarlichen Familien in seinem grobleinenen Bettzeug vergrub.

3.

Das beste wäre gewesen, wenn Hans sein gutes Hemd und seine Krawatte in ein kleines Köfferchen gepackt hätte, um sich erst droben in Volkmanns Haus fertig anzukleiden. Dreißig Minuten Straßenbahnfahrt bei dieser Hitze und anschließend noch zehn Minuten zu Fuß, von der Haltestelle bis zur Villa, da war kein Hemd mehr so sauber, dass er es bei einem Sommerfest in der Volkmannschen Villa noch tragen konnte. Aber er hatte nur eine Aktentasche und seinen zerstoßenen Riesenkoffer; den kleinen Gentlemankoffer, den er jetzt gebraucht hätte, hatte er nur in Filmen oder im D-Zug gesehen, wenn er aus Versehen durch ein Abteil erster Klasse gegangen war, wo derartige Koffer (und noch ganz andere) über schönen und bedeutenden Gesichtern in den Netzen lagen und schimmerten. Wenn er eine Taxe nähme? Er hatte ja sein erstes Monatsgehalt in der Tasche, aber was würde seine Mutter sagen, eine Taxe, bloß so, um irgendwohin zu fahren, das war Hochstapelei, und wer weiß, wie lang er zum nächsten Taxenplatz gehen musste, nein, es blieb wahrscheinlich nichts anderes übrig, als das Hemd so vorsichtig wie möglich anzuziehen, den Kragen offen zu lassen und sich im übrigen so langsam zu bewegen, dass der Hals den Kragen nicht berühren konnte, bevor er droben angelangt war. Er vermutete nämlich, dass bei diesem Fest recht wenig Rücksicht darauf genommen werden würde, dass die Gäste ihren Anmarsch zur Villa durch eine Hitze zu machen hatten, die von allen Kundigen als die schrecklichste seit siebenundzwanzig Jahren bezeichnet wurde. Selbst wenn eine kleinere Zeitung geschrieben hatte, dass lediglich seit zweiundzwanzig Jahren so etwas nicht mehr zu erleiden gewesen sei, dann doch nur deshalb, weil eine kleinere Zeitung eben kein so weit zurückreichendes Gedächtnis hatte wie eine große, wie das »Philippsburger Tagblatt« zum Beispiel, wie der »Philippsburger Kurier« oder das »Philippsburger Abendblatt«. Und aus den Mitteilungen dieser Blätter und den Erzählungen der Greise und Greisinnen in der Traubergstraße, die, wenn sie davon sprachen, nach innen schauten, als zählten sie an ihren Jahresringen nach, welcher von den achtzig es gewesen sei, der durch eine ähnliche Hitze in seinem Wachstum geschmälert worden war, wusste er, dass er, der Vierundzwanzigjährige, in diesem Sommer die höchsten Temperaturen seines bisherigen Daseins auszuhalten hatte. Seit er dies wusste, zuckte er zusammen, wenn er bloß die Klinke an der Gartentür anfasste; brach bei der geringsten Bewegung in Schweiß aus und atmete nur noch mit halbgeöffnetem Mund. Andererseits wunderte er sich, dass er sich doch noch so gut bewegen konnte, dass er noch in der Lage war zu denken, sich Telefonnummern zu merken und seine Schuhe anzuziehen. 38 Grad im Schatten, das waren Temperaturen, die er nur aus Filmen kannte, Temperaturen, in denen nur noch weißgekleidete, von Ventilatorenflügeln und Jalousienstäben schraffierte Menschen lebensfähig waren, und auch die meistens nur unter Verlust ihrer sittlichen Würde, was dann im Verein mit Alkohol zu Exzessen in jederlei Genuss führte, zu Hasardspiel, Vergewaltigungen und Mord. In Philippsburg aber benahmen sich die Menschen bewunderungswürdig, fast sogar bedauerlich gut und sittsam. Sie gingen ihren Geschäften nach, hielten ihre Gesichter im Zaum, schwitzten natürlich, dass man es weithin sah, aber sie arbeiteten weiter, sie verlangsamten ihr Tempo kaum, wenn es sie auch die doppelte Anstrengung kostete, ihr normales Pensum zu bewältigen. Läge Philippsburg nicht in Deutschland, sondern in Marokko, Ägypten oder Persien und wäre doch von Philippsburgern bewohnt, so wäre der Beweis erbracht, dass nicht das Milieu den Menschen, sondern der Mensch das Milieu bestimmt: die würden nicht herumlungern und die Fliegen im Gesicht spazierengehen lassen; die Temperatur und das Klima, die aus Philippsburgern ein nachlässiges Südvolk machen könnten, gibt es gar nicht. Natürlich fielen auch hier ein paar Schwächere ab, wurden gewissermaßen entlarvt durch diesen ungeheuren Sommer, aber die waren – würde man genau nachforschen, es würde sich exakt beweisen lassen – wahrscheinlich gar keine echten Philippsburger, sondern Zugereiste, Leute untüchtiger Abkunft, Landlose, flüchtige Existenzen, die in Philippsburg nur schmarotzten, nicht aber zu jenem Stamm der Bevölkerung gehörten, der dieser Stadt selbst in Deutschland, wo die Tüchtigen wachsen wie das Unkraut, zu besonderem Ansehen seiner Tüchtigkeit wegen verholfen hatte. Die Wasserspülung, die Kläranlagen, die Straßen- und Parkreinigung und die Verkehrsmittel funktionierten ausgezeichnet, wie hart auch die Sonne die Thermometer traf. Und trotzdem erzählten sich die Leute, wo immer mehr als zwei beisammen waren, mit angenehmem Gruseln, welche Rekorde zu erleben sie in diesem Sommer Gelegenheit hatten. Der regenärmste Sommer seit achtzehn Jahren, der heißeste seit siebenundzwanzig, der wolkenloseste seit vierzehn, der gewitterärmste seit zwölf Jahren, und der Wasserstand im Stadtsee soll gar seit zweiunddreißig Jahren nicht mehr so niedrig gewesen sein. Frau

Färber konnte alle diese Zahlen und einige Sondervergleiche aus ihrem Haushalt dazu – die Haltbarkeit der Milch, Abortverhältnisse und ähnliches betreffend – rasch und auswendig hersagen, so dass Hans diesen Rekordsommer allmählich zu würdigen wusste und ihn nun wie einen Zehntausendmeterläufer beobachtete, der während seines Laufs einen Kurzstreckenrekord nach dem anderen bricht, was von Mal zu Mal ungläubiges und bewunderndes Raunen bei den Zuschauern auslöst, und die Frage sich erhebt, was man da wohl noch alles zu erwarten habe.

Die, die in solchen Sommern verreisen, meinen ja immer, wenn sie sich inmitten der Touristenheere ihren sonnigen Zielen zuwälzen und in den entferntesten Breiten nicht fertig werden, wieder und wieder Bekannte und Erzbekannte zu grüßen, dass die heimatlichen Städte jetzt leer und verlassen unter der Sonne lägen; aber wer zu Haus bleibt, weiß, dass die Straßenbahn nicht weniger voll ist als zwei Tage vor Weihnachten. Es sind immer und überall so viele Menschen vorhanden, um Platzmangel, Gedränge und den Eindruck, dass es zu viele sind, hervorzurufen.

Zur Zeit, als das Fest hei Volkmanns stattfinden sollte – steigen sollte, hatte Frau Volkmann gesagt, Hand und Blick anmutig nach oben werfend, als sehe sie einem Sektpfropfen nach, der sich in einer gewissen Höhe in eine bunte Illumination verwandelt und feuerregnend in Gestalt eines riesigen Schirms wieder herunterschwebt –, zu dieser Zeit hätte der Sommer eigentlich schon altern und die Sonne ihr Ungestüm bändigen sollen, dem Kalender nach und nach den Erwartungen, die man nach so langer menschlicher Erfahrung doch auch in die Regelmäßigkeit der Jahreszeiten setzen möchte; es war schon Mitte September, die Zeit, da man sonst anfängt, der Sonne nachzulaufen und sich an südliche und westliche Hauswände lehnt, um das Gestirn zu kurzer Begegnung zu zwingen, aber in diesem Jahr hatten dazu nicht einmal die Greise in der Traubergstraße Lust.

Frau Volkmanns Party – um das Fest endlich gebührend zu benennen – war denn auch geplant als ein Anti-Sommerfest, eine Art Hitze-Kehraus, eine Verbrennung des Sommers, eine

Liquidation, durch die Frau Volkmann sich und ihren Freunden beweisen wollte, dass höhere Lebensart auch in dieser Hinsicht unabhängig geworden sei von der baren Natur.

Für Hans sollte die Party den Eintritt in die Philippsburger Gesellschaft bedeuten. Das hatte Anne gesagt, und sie wollte es auch übernehmen, ihn den Leuten, auf die es ankam, vorzustellen. Auch Harry Büsgen wurde erwartet. Der sei jetzt ihr Gegner, hatte Anne ihm erklärt, weil er dem Zeitungskonzern angehöre und deshalb Gegner eines zukünftigen Werbefernsehens sei. Warum, hatte Hans gefragt. Weil durch das Werbefernsehen die Industriewerbung in den Zeitungen des Molle-Konzerns, zu dem auch die »Weltschau«, das »Philippsburger Tagblatt«, das »Abendblatt« und einige zehn andere Zeitungen gehörten, zurückgehen würde; das seien für den Konzern Millionenverluste, deshalb wehrten sich Büsgen und sein Kreis gegen die Einführung des Werbefernsehens. Die Geräteindustrie jedoch sei daran interessiert, weil das Werbefernsehen ein zweites Programm bringen würde, ein leichteres, gefälligeres als das der Fernsehanstalten, und das könne natürlich den Apparateverkauf erheblich »anheizen«. Ah, hatte Hans gesagt und bei sich festgestellt, dass er jetzt also der Gegner des Mannes geworden war, dessen Mitarbeiter er hatte werden wollen. Anne hatte er bewundert, weil sie all diese Zusammenhänge so gut kannte und weil sie gesagt hatte, der Apparateverkauf würde »angeheizt« werden. Warum man dann Büsgen überhaupt eingeladen habe, wenn er doch ein Gegner sei? Anne lächelte. Auf dem Radioapparatemarkt sei er ein Verbündeter, weil er in seinen Programmzeitschriften für die Verbreitung der UKW-Geräte und für die Erweiterung der UKW-Programme eintrete; dafür werde er allerdings auch mit ersprießlichen Werbeaufträgen der Geräteindustrie für die Zeitungen des Molle-Konzerns belohnt.

Hans versuchte auf dem Weg ins Villenviertel, diese Zusammenhänge noch einmal zu rekapitulieren, aber ganz verständlich wurden sie ihm nicht; er war froh, dass er in Anne eine Mitarbeiterin hatte, die diesem Katz-und-Maus-Spiel der Mächtegruppen ein fanatisches Interesse entgegenbrach-

te. Er schrieb lieber die Kurzartikel, in denen er die Radio-
und Fernsehprogramme kritisierte, die nicht dazu angetan
waren, die Leute zum Kauf von Geräten zu reizen; sogar die
Artikel über besondere technische Leistungen der Industrie
und die Porträts der Konstrukteure und Wirtschaftsführer
(Männer, die alle aus Wagemut, Erfindungsgabe, seelischer
Harmonie und menschlichem Verantwortungsbewusstsein
bestanden) schrieb er mit größerer Freude als die Kommentare zu diesem wirtschaftspolitischen Techtelmechtel. Zum
Glück legte Herr Volkmann den größten Wert darauf, gerade
diese Kommentare selbst schreiben zu dürfen. Er sei so glücklich, diesen Pressedienst zu haben, sagte Anne. Früher habe
er alles hinunterschlucken müssen, jetzt aber könne er endlich einmal vom Leder ziehen und sein volkswirtschaftliches
Glaubensbekenntnis in aller Öffentlichkeit ablegen. Anne
vermutete, dass Herrn Volkmanns Wunsch, ein Sprachrohr
für die eigene Meinung zu haben, die eigentliche Ursache für
die Gründung der »programm-press« (so hieß Hans' und
Annes Funk- und Fernsehpressedienst) gewesen sein dürfte.
Hans dachte: auf jeden Fall hat er mich nur deshalb eingestellt, weil er von einem Anfänger am wenigsten Widerstand
zu befürchten hat.

Hans war der erste Gast. Noch huschten die Serviermädchen durch die Zimmer, die für die einzelnen Stadien des Festes vorbereitet wurden, und trugen Schälchen, Gläser, Blumen und Aschenbecher hin und her, wobei sie sich halblaut
Befehle zuriefen; jede schien die Verantwortung für das Gelingen der Party ganz allein tragen zu wollen, was die Mäd-
chengesichter zu Masken unmäßigen Ernstes verzerrte. Wenn
sie an Hans vorbeirannten, bemühten sie sich, geheimnisvoll
zu lächeln, so als steckten sie mit ihm zwar unter einer Decke, wüssten aber trotzdem den gebotenen Abstand zu wahren. Er wagte es nicht, nach den Angehörigen der herrschaftlichen Familie zu fragen. Wahrscheinlich tänzelten die in
verschiedenen, jetzt ganz fest verschlossenen Zimmern hin
und her, bückten sich in Schubladen und Schränke und reck-
ten und drehten sich vor vielteiligen Spiegeln, um ihrer Rüs-
tung die letzte Vollendung angedeihen zu lassen. Hans stot-

terte in der Eingangshalle herum, bestaunte die Bar, die hier zum Willkommenstrunk aufgebaut war, dann stapfte er, einer Gewohnheit folgend, die breite Treppe zum ersten Stockwerk hinauf, strich oben die Balustrade entlang, die wie eine Theatergalerie die Halle umlief, bewunderte das Arrangement von oben, wagte sich hinaus auf den Balkon und wieder zurück und verspürte allmählich Beklemmungen, weil er ahnte, dass die Serviermädchen ihn heimlich belächelten, wenn er sich jetzt noch länger wie ein Oberkellner zwischen den Tischen und Sesseln herumtrieb, als habe er alle Vorbereitungen noch einmal zu überprüfen. Aber was sollte er tun? War es nicht unschicklich und höchst lächerlich, wenn er, der einzige wahrscheinlich, der zu Fuß kam, schon so früh herumstand, mit einem hungrigen Gesicht gar, als könne er den Beginn der Party nicht mehr erwarten? Schließlich klopfte er, kopflos geworden, an Annes Tür, hörte wie sie aufschloss, sah ihre nackte Schulter und das halbe Gesicht durch die handbreit sich öffnende Tür, erschrak, wollte sich entschuldigen, wurde aber von Annes unbekleidetem Arm hineingezogen in das Zimmer, dessen grelle Blumentapete ihn noch nie so verwirrt hatte wie in diesem Augenblick, da er seine Blicke auf die tiefroten Rosenmuster nagelte, um nicht den Eindruck zu erwecken, er wolle Anne anschauen, die noch im Unterrock war.

Sie sagte, er könne ihren Toilettentisch benützen, wenn er noch etwas an sich zu tun habe, sie sei so gut wie fertig, lediglich das Kleid ... Hans hörte sie kaum, so toste das Blut in seinen Ohren und im Hals, sprechen konnte er schon gar nicht, Wünsche wurden in ihm wach, er hielt sich am Bettgestell, an der langen Bambusleiste, die das niedere breite Bett abschloss. Wie hatte sie ihn bloß einlassen können! Dachte sie jetzt, dass er in voller Absicht so früh gekommen sei, um sie beim Ankleiden zu überraschen? Sie lachte ihn aus, weil er an die Wand starrte. Die Erregung des anbrechenden Festes flirrte in ihrer hohen Stimme. Er musste sich umdrehen, musste sie ganz ruhig anschauen, wie sie da im Unterrock auf und ab lief, dabei war dieser maisgelbe, steife Unterrock auch noch halbiert, reichte nur bis zur Taille, aber Anne wollte heute offensichtlich auch freigeistig leben, und er hatte jetzt mit ihr zu sprechen, als saßen sie in Wintermänteln in der Straßenbahn; er spürte, dass das Blut, das ihm heiß ins Gesicht schoss, ihn puterrot färbte, auch Anne war jetzt nicht mehr ganz so unbeschwert wie sie scheinen wollte, sie gackste, er stotterte, versuchte eine gelangweilte Geste, ein harmloses Lachen, dann machte er sich endlich am Waschbecken die Hände nass, seifte sie ein und wusch sie mit einer Gründlichkeit, als habe er gleich eine schwierige Operation auszuführen. Als er sich wieder umdrehte, war Anne Gott sei Dank in Schale und eben dabei, einen aus vielen winzigen Teilen bestehenden Schmuck um den Hals zu legen und dem Gehänge den Platz auf ihrer Brust anzuweisen. Dann ging's hinunter, Hans immer eine Handbreit hinter Annes Schulter, mit Absätzen aus Blei und Händen, die nirgends unterzubringen waren. Hemdkragen und Hals waren nach ein paar Schritten, als er die ersten Gäste in der Halle sah, zu einem nicht mehr auseinanderzuhaltenden Teig verschmolzen, und von seinen Achselhöhlen lief der Schweiß in kleinen kalten Bächen auf die Hüften hinunter, wo er sich zu fröstelnden Flecken sammelte und Gänsehaut ausstrahlte. Anne steuerte auf die Bar in der Halle zu, da hing schon ein größerer Klumpen Gäste, Hans konnte kaum die Männer von den Frauen unterscheiden, sie lachten alle, sie sprachen alle, sie hielten alle kleine Gläser in der Hand, und in allen diesen Gläsern schwammen kleine runde Früchte; aber da begann auch schon die Vorstellung, er hatte gerade noch Zeit, seine Handfläche an der Hose abzuwischen, da musste er sie schon in den Klumpen fröhlicher Gäste hineinreichen, wo sie einer dem anderen weiterreichte; Hans hatte lediglich bei jedem neuen Händedruck seinen Namen zu flüstern und ein »Angenehm« anzuhängen, Anne besorgte die Namensnennung laut und deutlich; trotzdem kannte Hans nach Beendigung dieses Vorstellungszeremoniells keinen einzigen der Herumstehenden mit Namen. Er war viel zu sehr mit seiner immer feuchter werdenden Hand beschäftigt gewesen: es war nicht allein seine Schuld, da waren auch unter den Gästen, die seine Hand genommen hatten, ein paar Hände gewesen, die hatten seine Rechte noch rutschiger gemacht, so dass es allmählich eine Kunst geworden war, diese schlüpfrige schmale Hand in Empfang zu nehmen, zu drücken und weiterzugeben, ohne dass sie einem beim Druck wie ein Fisch entschlüpfte und hoch in die Luft sprang, gar einem der Umstehenden ins Gesicht.

Gott sei Dank beschäftigten sich die Leute gleich mit Anne. Die Herren neigten ihre Köpfe schräg zu ihr, legten den Mund in ein leicht beizubehaltendes Lächeln und forderten an der Bar ein Glas für Anne. Hans sah es zu spät, zu spät bemerkte er, dass er das hätte tun müssen. Sollte er sich jetzt auch eins besorgen? Das wäre peinlich gewesen. Da rief aber Anne dem für dieses Fest verpflichteten Mixer zu, er möge eins für Hans (»für meinen Freund«, sagte sie) herüberreichen; die Köpfe der Gäste kreisten zu ihm hin, um auch ihm ihr Lächeln zu zeigen, weil Anne ihn ihren Freund genannt hatte. Hans nahm das Glas in Empfang, was aber sollte er mit der Frucht machen, die da im kristallenen Getränk schwamm? Sah aus wie eine Olive. Ob man sie aß? Er wollte zuerst beobachten, wie die anderen, geübteren Partybesucher mit dieser Olive fertig wurden. Einige ließen sie tatsächlich im Munde verschwinden, andere ließen sie auf dem Grunde des Glases zurück. Welche hatten es nun recht gemacht? Hans war überzeugt, dass sich entweder die einen oder die anderen eine Blöße gegeben hatten, denn es war unvorstellbar – soviel hatte er doch schon von städtischen Manieren gehört –, dass man diese Frucht behandeln konnte grade wie man wollte. Entweder war es schicklich, sie zu schlucken, oder es war lächerlich und unfein. Hans nippte von dem Getränk. Es schmeckte bitter. Das brachte ihn auf den Gedanken, das Glas mit der Frucht halbvoll auf eines der vielen Tischchen zu stellen und dort stehenzulassen, das war eine Lösung, die ganz sicher nicht gegen den Brauch verstieß. Inzwischen hatte sich der Klumpen, dem er vorgestellt worden war, mit Anne von der Bar wegbewegt, er trieb jetzt frei in die Halle hinein, wo da und dort kleinere Klümpchen standen, Gläser in der Hand und das Lächeln im Gesicht, das er schon von der Bar her kannte. Leichtfüßig huschten die Serviermädchen hin und her, spähten dabei sorgfältig in alle Gesichter, die sie passierten, ob nicht in dem oder jenem Blick ein Wunsch zu bemerken wäre, den sie mit ihren Tabletts erfüllen könnten. Die einen trugen vielerlei Gebäck, die anderen mehrere Arten von Getränken.

Hans bemerkte, dass man nie lange auf einem Punkt stehenblieb, er sah auch, dass man sich in regelmäßigen Abständen umzuschauen hatte, ob man nicht jemandem den Rücken zeigte; das schien ein ganz unerträglicher Zustand zu sein, man hatte dann sofort so viele Schritte rückwärts zu tun, dass man an die Seite dessen kam, dem man gerade noch den Rücken zugewandt hatte. Aus diesen und ähnlichen Regeln ergab sich eine ruhig hin und her flutende Bewegung in der Halle, in die Hans aber trotz all seiner Bemühungen keinen rechten Einlass fand. Er tat manchmal ein paar schnelle Schritte, blieb unvermittelt stehen, wich aus, sah sich um, heftete seine Blicke auf die überall aus großen Vasen strahlenden Blumen, wandte sich besonders den Bodenvasen zu, weil in ihnen die schönsten und größten Blumen standen, Blumen, wie er sie noch nie gesehen hatte, die er aber jetzt, sosehr er sie anstarrte, leider gar nicht sah; er musste trachten, möglichst nahe an der Wand zu bleiben, an der Wand entlang zu gehen, weil er da am wenigsten in Berührung kam mit den vielen fremden Leuten, und dann hingen an den Wänden doch die Bilder von Frau Volkmann, die er anstarren konnte, als interessierten sie ihn ungeheuer. Anne war mit ihrem Klumpen weiter in die Halle hineingeschwommen. Wahrscheinlich hatte sie ihn vergessen. Wie lange sollte das bloß noch so weitergehen, dieses Hinundherpendeln mit flüsterndem Gerede, das dann und wann durch ein rasch aufglucksendes Frauenlachen unterbrochen wurde? War das die Party? Und Frau Volkmann? Sie war noch gar nicht da. Aber Herr Volkmann, oje, der steuerte gerade auf ihn zu, einen großen hageren Herrn mit sich schleifend, wer war dieser flattrige Hüne bloß? Ja, kein Zweifel, sie hatten es auf ihn abgesehen, rasch die Hände an der Hose abgewischt, ganz unauffällig, und das Lächeln ins Gesicht, er hatte ja zu Hause vor dem Spiegel ein Gesicht ausprobiert, das ihm passend schien für eine vornehm-gesellige Veranstaltung, er hatte es so lange geübt, bis er es ohne Spiegel, nur nach den Spannungsempfindungen in den einzelnen Gesichtspartien, zustande gebracht hatte; dieses Lächelgesicht stellte er jetzt her und sah den Herren entgegen. Ach, und eine Frau hatten sie auch noch dabei. Wieder eine Vorstellung, aber diesmal ging es schon besser. Dr. ten Bergen und seine Frau. Rundfunk- und Fernsehintendant. »Sehr angenehm. Sie sind also der neue Kritiker«, sagte Herr ten Bergen und sah Hans mit großen, fast ganz weißen Augen an. Das wenige Blassblau seiner Pupillen verschob sich beim Sprechen so häufig unter die oberen Lider, dass man es auch dann kaum mehr bemerkte, wenn es einmal in Normallage war. Die kleine Frau an seiner Seite lächelte und sagte, mit einem Kritiker müsse man trinken. Herr Volkmann und Herr ten Bergen lachten, Hans versuchte es auch. »Ich darf Sie also Ihrem Gegner überlassen«, sagte Herr Volkmann und trippelte rasch weg. Nun begann ein Gespräch, das Herr ten Bergen ganz allein bestritt. Seine Rede war ein pausenloser nasaler Gesang, den er mit schräggestelltem Kopf ohne jede Mühe von sich gab. Ein einziges Legato von Anfang bis Ende. Luft holte er nicht nach einem Wort oder gar nach einem Satz, sondern während er ein Wort aussprach, teilte er es, stieß den letzten Rest der noch vor handenen Luft mit dem Wortanfang heraus und sog mit dem nächsten Vokal wieder neue Luft ein. Eine wahrhaft artistische Leistung. Am Wendepunkt vom Aus- zum Einatmen war allerdings ein kleines Röcheln nicht zu vermeiden. Sonst aber rauschte einem dieser Gesang wohlig ins Ohr, vermochte jedoch nie bis ins Innere des Kopfes zu dringen. Es waren Wellen, die hoch aufschlugen, eine glitzernd aufschäumende Brandung; sie erreichte aber den Strand nicht, von dem aus man ihr entgegensah, die Wogen schlugen vorher über sich selbst zusammen und gebaren aus sich neue Wogen, die den gleichen Lauf nahmen. Hans beschloss, regelmäßig zu nicken. Plötzlich erhob sich ein Gewisper in der Halle, ein »Psst« von allen Seiten, die Köpfe suchten nach der Ursache und entdeckten sie auch gleich, Frau Volkmann kam die Treppe herunter, nein, sie schritt die Treppe herunter, eine Hand lose auf dem breiten Holzgeländer mitschleifend; bei jedem Schritt abwärts knickte sie in den Knien ein bisschen ein, so dass ihr Gang etwas Onduliertes, Schwebendes bekam, ein großer Vogel in weinroter Seide, der von den Gästen mit vielen Ahs und Ohs gewürdigt wurde. Herr ten Bergen verstummte natürlich sofort und war einer der ersten am Fuß der Treppe, der sich über den Handrücken der gnädigen Frau beugen durfte. Frau ten Bergen folgte ihm langsamer und erlaubte Hans mit einer Handbewegung, sie zu begleiten.

Jetzt also würde die Party beginnen. Frau Volkmann führte die Gäste in die erste Etage und bat, man möge doch Platz nehmen, in den drei großen Räumen oder auf der Terrasse, »zwanglos«, sagte sie, wie es jedem beliebe. Herr ten Bergen flüsterte Hans auf dem Weg nach oben zu, Hans möge ihn doch einmal besuchen, sich die Studios anschauen und seine Mitarbeiter kennenlernen. Möglichst noch in dieser Woche. Auf jeden Fall müsse er zum nächsten Presse-Tee kommen. Hans bedankte sich. Droben sah er den Intendanten auf einen anderen Herrn zusteuern, sah ihn eine Rede halten, sie beenden, sah ihn auf den nächsten zusteuern, eine Rede halten, sie beenden; die ganze Party über schien der Herr Intendant ein anstrengendes Programm erledigen zu müssen; hin und wieder zückte er einen winzigen Terminkalender, ohne dabei jedoch seine Rede zu unterbrechen. Als Anne sich wieder um Hans kümmerte, bat er sie um die Namen der Leute, mit denen sich der Intendant jeweils beschäftigte. Das war Professor Mirkenreuth von der Technischen Hochschule, nebenbei Rundfunkrat, der nächste Helmut Maria Dieckow, ein Schriftsteller, nebenbei Rundfunkrat, dann Dr. Albert Alwin, Rechtsanwalt, nebenbei Rundfunkrat, dann Direktor Frantzke, Konservenfabrikant, nebenbei Rundfunkrat, und dann Harry Büsgen, tatsächlich, das war der große Chefredakteur, der kurzbeinig im Sessel lag, den Kopf weit nach hinten gelegt, die Augen geschlossen, mit seiner Brille spielend, während ten Bergen auf ihn einredete wie ein Diener, der seinen toten Herrn wieder lebendig machen will. Manchmal lächelte Büsgen. Manchmal hob er den Kopf, sah den Intendanten an, zog die Augenbrauen hoch und ließ den Kopf wieder sinken. »Er benimmt sich unmöglich«, flüsterte An-

ne. »Und wer ist der junge Herr neben Büsgen?« fragte Hans.
»Das ist Loni«, sagte Anne und lächelte. »Büsgen ist doch
schwul und geht auf keine Party ohne einen seiner Jünglinge.« »Ach«, sagte Hans und fühlte sich peinlich berührt, weil
Anne »schwul« gesagt hatte. In diesem Wort war nach seinem
Empfinden der Sachverhalt, den es bezeichnete, zu gut ausge-
drückt, als dass eine Frau sich dieses Wortes noch bedienen
könnte. Eine richtige Frau hätte – und das noch mit Zögern
– statt dessen »homosexuell« gesagt. Aber dann dachte Hans
an Marga und ärgerte und freute sich in einem. Büsgen hat
also bestimmt nichts mit Marga gehabt, und damit wäre der
Hauptgegner schon aus dem Weg geräumt. Hans beschloss,
morgen im Weltschau-Hochhaus anzurufen. Er hatte jetzt
doch schon einige Gläser getrunken. Er konnte sich vorstellen, dass er morgen den Mut haben würde, Marga anzurufen.
Ja, hier Beumann. Wie geht's. Nein, ich komme jetzt nicht
mehr ins Hochhaus. Ich habe einen anderen Job. Der Büsgen
kann mich gern haben. Was der sich einbildet, mich warten
zu lassen. Andere reißen sich um mich. Dieser schwule Knopf.
Basta! Ein für alle Male. Der ist bei mir unten durch. Aber
Sie, Fräulein Marga, Sie hätte ich gerne wieder einmal gesehen. Aber allein. Ohne Gaby. Ganz ohne Gaby. Überhaupt
ohne andere Leute. Ich liebe Sie nämlich. Ja, lachen Sie doch
nicht so ... bitte ...

»Soll ich dich dem Büsgen vorstellen«, fragte Anne.

»Ich weiß nicht«, sagte Hans und hatte Angst. »Mir wäre es lieber, ich käme irgendwann im Lauf der Party in seine
Nähe und es ergäbe sich von selbst.«

Dass dieser berühmte Mann jetzt auch noch anders herum war, machte ihn für Hans noch geheimnisvoller. Er hätte ihn gerne sprechen hören. Aber einstweilen langweilte sich
der Illustriertennapoleon noch demonstrativ unter den Reden
des Intendanten. Dass dieser doch mindestens fünfzigjähri-
ge Herr sich nicht genierte, auf einen Menschen einzureden,
der ihm einfach nicht zuhörte! Seine Frau saß aufrecht neben
ihm, unterhielt sich zwar nach ihrer freien Seite hin, aber sie
nahm doch mit verkniffenem Gesicht an dem Kampf ihres
Gatten teil. Sie war so hager wie er, aber weil sie klein war

und ihr spärliches Haar so kurz trug, dass es kaum die Ohren berührte, wirkte sie karg; ihren harten, dunklen, immerzu hin und her schießenden Augen sah man jedoch an, dass sie eine Kämpferin war an der Seite ihres Mannes, gewohnt, seine nie ruhenden Feldzüge zu begleiten, ihn abzuschirmen, ihm Waffen zu reichen und ihn zu neuen Aktionen anzustacheln. Trost allerdings, wenn es einmal galt, Niederlagen einzustecken, dürfte er von ihr kaum zu erwarten haben.

»Wahrscheinlich braucht er Büsgens Unterstützung für seine Wiederwahl«, sagte Anne, als sie sah, dass Hans immer noch den Chefredakteur beobachtete. »Ist die Industrie für ihn«, fragte Hans. »Nein«, sagte Anne, »er hat einen Kulturfimmel. Er überfüttert die Leute mit historischem Quatsch und so, macht den ganzen Tag Nachtprogramm, da kauft doch kein Mensch Apparate.« »Er wird also nicht wiedergewählt«, sagte Hans. »Wenn ihn Büsgen auch noch fallenlässt, nicht«, sagte Anne.

»Aber der ist doch gar nicht im Rundfunkrat.«

»Aber er hat Einfluss. Hinter ihm steht der Konzern.«

Jetzt bedauerte Hans den Intendanten. Am liebsten wäre er zu Büsgen hingegangen und hätte ihm ins Gesicht geschrien: Helfen Sie doch dem armen Mann!

»Wer wird dann Intendant«, fragte Hans.

»Vielleicht Knut Relow, der, der sich jetzt so freundlich mit der Frau Intendant unterhält. Er ist zur Zeit Programmdirektor. Ein ehemaliger Tanzkapellmeister.«

»Der mit dem zitronengelben Smoking?«

»Genau der.«

»Er hat schöne Zähne.«

»O ja. Und einen wunderbaren Sportwagen. Spezialkarosserie, Alemano Turin. Er ist bei den Mille Miglia schon dreimal unter den ersten Zehn seiner Klasse gewesen, einmal sogar Zweiter. Da kommt übrigens seine Exgeliebte. Ich muss dich vorstellen.« Hans lernte also Alice Dumont kennen, eine fleischige Brünette, deren Hüften ihr allmählich unter die Schultern zu wachsen schienen; das Gesicht maskenhaft starr; es hatte wahrscheinlich viele Operationen über sich ergehen lassen müssen; die Augen, die ihn jetzt heftig anglänzten, ta-

ten ihm weh. Später erzählte ihm Anne, Alice Dumont sei
süchtig. Alice brach über die bisher eher schweigsame Tischrunde wie ein Orkan herein, Hans schaute auf die Flüssigkeit
in den Gläsern, weil er fürchtete, die müsse jetzt überschäu-
men unter diesem Anprall von Worten und Gelächter. Alice
begann unaufgefordert sofort von einer Tournee zu erzählen,
die sie gerade hinter sich gebracht hatte. Zehn Künstler, darunter zwei Sängerinnen, der Agent sei ein Esel: sie zusammen mit der Margit Brede zu verkaufen! Aber der hatte sie's
besorgt in diesen sechs Wochen. Alle Männer hatte sie ihr
weggeschnappt, und wenn die sich muckste, hatte sie ihr auch
noch ihre Gags weggenommen. Sie hatte sich nämlich ausbe-
dungen, dass ihr Auftritt im Tourneeprogramm vor dem der
Brede lag, dann machte sie einfach die Mätzchen, die man
der Brede eingelernt hatte, schon in ihrem Auftritt, und der
blieb nachher nichts anderes mehr übrig, als ihr Liedchen zu
singen und ein paar hilflose Bewegungen zu machen. Das geschieht ihr ganz recht, überhaupt diese ganzen Nachwuchs-
sängerinnen, Gänse, eine wie die andere, die hatten doch alle
ihren Stil gestohlen, schließlich hatte sie, Alice Dumont, als
erste auf amerikanisch gemacht, sie hatte als erste die Kehl-
töne entdeckt und die Zwischentöne und die über mehrere
Töne akzentlos wegschleifende Stimme, und jetzt produzierten sich diese halbmusikalischen Singschicksen mit dem, was
sie schon vor zehn Jahren gemacht hatte. Was Anne zu ihrer
neuen Nase meine? Sie sei selbst nicht recht zufrieden. Aber
jetzt könne sie nicht schon wieder daran herumsäbeln lassen.
Ob Anne zum Filmball komme im Oktober. Übrigens könne
die »programm-press« allmählich auch einmal eine Meldung
über sie bringen. Über die Brede habe Anne sicher in jeder
zweiten Nummer was drin. Und sie, Alice Dumont, verhand-
le schließlich auch mit amerikanischen Schallplattenfirmen.
Wer denn nicht?! Und ein Angebot zu einer Nordafrika-Tour-
nee von Dezember bis Februar liege auch vor. Hans und Anne
müssten sie unbedingt in den nächsten Tagen besuchen. Sie
habe schicke Bücher. Und eine Fondue Bourguignonne könne sie zubereiten, so was hätten die zwei noch nicht gegessen.
Die Anwesenheit Alice Dumonts zog etliche Herrn in Hans

und Annes Ecke. Dr. Alwin, den fetten jungen Rechtsanwalt, einen jungen Maler den alle Claude nannten, und sogar den riesigen Konservenfabrikanten Frantzke.

Alice trug wohl das kühnste Kleid dieser Party. Es spannte sich so eng um ihre pralle Figur, dass Hans befürchtete, es müsse jeden Augenblick platzen. Vielleicht erwarteten das die anderen Herrn und musterten sie deshalb so wohlgefällig. Ihre Brüste waren fast bis zur Hälfte sichtbar, und wäre der messerscharfe schwarze Schattenstrich, der bezeichnete, wo sie gegeneinandergedrängt wurden, nicht gewesen, so hätte man in diesem Fleischberg jede Orientierung verloren. Alice trank viel und hastig und forderte mit grellem Gelächter auch die anderen immer wieder zum Trinken auf.

Sie schien sich immerfort in einer ungeheuren, aber völlig ziellosen Eile zu befinden, und immerzu suchte sie Gefährten für ihre Hetzjagden, die ewig nur im Kreise herumführten. Bleiben Sie doch da, rief sie jedem zu, der weggehen wollte, nicht allein lassen, bitte, ich kann nicht allein in einem Zimmer sein, nie, höchstens zum Make up, aber schon zum Ankleiden brauche ich jemanden, der mir zuschaut, vom Entkleiden gar nicht zu reden, da brauche ich sogar Hilfe. Die Männer schmunzelten, insbesondere der fette junge Rechtsanwalt, am wenigsten Claude, der knabenhafte Maler, der ein altes Gesicht zur Schau trug. Dann erzählte Alice von den Qualen ihrer letzten Schrotkur und vom Grafen von Greifen, der ihr einen Heiratsantrag gemacht habe. Aber soweit sei es noch nicht. Frantzke küsste ihr darauf die Hand und wollte sie nicht mehr loslassen, das aber gestattete Dr. Alwin nicht, zumindest möchte er dann die andere Hand, und schon hatte er sie und begann an ihrem Arm herumzugreifen (wie ein Bassist, der einen Lauf nach oben greift), und Alices Arm war unbekleidet hinauf bis zur Schulter. Claude sah missbilligend zu. Alice sagte: »Claude, befreie mich. Du bist ein Künstler, wir gehören zusammen.« Anne zeigte ein verdrossenes Gesicht. Sie schien nicht mehr sehr glücklich zu sein über Alices Gegenwart. Und mit Recht. Seit Alice da war, spürte man Anne gar nicht mehr. Hans bemerkte das und nahm sich ihrer an. Aber es gelang ihm nicht einmal, mit ihr zu sprechen.

Alice zog alle seine Sinne auf sich. Er fühlte sich zugedeckt von ihr, sie füllte ihm Augen und Ohren, am liebsten hätte er sie dem Rechtsanwalt und dem Konservenfabrikanten entrissen, hätte sie hinaus in den Park begleitet, um sich in ihren riesigen Fleischpartien aufzulösen, auf Nimmerwiedersehen. Er versuchte, mit Claude und Anne zusammen einen kleinen Kreis zu bilden. »Wenn das Ihre Frau sieht, Doktor!« rief Alice auf dem Sofa. »Die ist bei Büsgen gut aufgehoben«, sagte Rechtsanwalt Dr. Alwin, und alle lachten. Claude fing an, von Alice zu sprechen. Er musste nicht einmal leise sprechen, der Rechtsanwalt und der Konservenfabrikant wurden immer lauter. Auch sonst war das flüsternde Geplauder längst zu einem fast schreienden Lärm geworden. Irgendwo war auch Musik eingeschaltet worden. Claude schien sich verpflichtet zu fühlen, Hans und Anne das Benehmen Alice Dumonts zu erklären. Sie sei eben eine Künstlerin, und jetzt sei sie zweiunddreißig (Hans erschrak, er hatte nicht über ihr Alter nachgedacht, aber dass sie erst zweiunddreißig war, das erschreckte ihn), es gehe abwärts, das spüre sie und sie wehre sich dagegen. Diese Bürger nützten sie nur aus, wollten mit ihr schlafen, ihr aber sei daran nichts gelegen, sie gebe sich nur so frei, weil sie glaube, das sichere ihr noch ein paar Stunden Aufmerksamkeit. Sie könne nur leben, wenn alle ihr zuschauten, sie bewunderten und begehrten, das sei eine Berufskrankheit. Aber das verstünden die Bürger eben nicht, die suchten bei ihr nur Frivolität und Exzesse, eben das, was sie unter Künstlerliebe verstünden; die verzweifelten Versuche Alices, noch etwas zu gelten in der Gesellschaft, hielten diese Herren immer gleich für eine Aufforderung, mit ihr ins Bett zu gehen; wie unglücklich Alice sei, bemerke keiner von denen. Es sei traurig, das mit ansehen zu müssen. Alice sei eine hilfsbereite und bis zur Aufopferung ihrer eigensten Interessen selbstlose Freundin, deshalb werde sie auch von allen ausgenützt.

Claudes Augen wurden feucht, als er dies erzählte. Hans hätte ihm gerne die Hand gedrückt. Er beneidete ihn. So gut hätte er Alice auch kennen mögen. Aber er war eben kein Maler. Kein Künstler. Er hätte es nicht gewagt, in der blauen Bluse, die Claude trug, bei einer so vornehmen Party zu erscheinen. Dem sah man wahrscheinlich alles nach. Alice hatte nach ihm gerufen, und jetzt kam von der Terrasse her schon wieder eine Dame, die offensichtlich auch seinen Schutz suchte. Ein eleganter, etwas klein gebliebener Herr redete mit kurzen runden Händchen auf diese Dame ein. Seine dicken Augen waren weit aus dem rosigen Gesicht getreten. Seine kerzengerade nach vorne in die Stirn hineingekämmten Haare waren verrutscht, einige hatten sich sogar übereinandergelegt, obwohl es doch gerade das peinlich genau zu beachtende Prinzip dieser Haartracht war, dass kein Haar über das andere zu liegen kam, dass alle sorgsam nebeneinander ausgebreitet wurden und alle eine Fingerbreite tief in der Stirn aufhörten; durch dieses Nachvornekämmen wusste man ja nie genau, wo die Stirn begann, so dass es auf jeden Fall aussah, als habe der Träger dieser Haartracht eine so hohe, so gewaltige Stirn, dass er gut und gerne einen Teil davon unter seinen Haaren verbergen konnte. Die Dame schien seiner Unterhaltung überdrüssig zu sein, er aber war offensichtlich von der Wichtigkeit seiner Ausführungen so überzeugt, dass er ihr nicht gestatten konnte, sich ihm zu entziehen. Sie machte wieder eine hilfesuchende Bewegung zu Claude hin. Der rief dem Herrn zu, sich doch ein bisschen herzusetzen. Alice war übrigens kurz zuvor in den Salon nebenan gezogen worden, von dort hörte man sie jetzt singen. Ein Klavier begleitete sie.

Der redelüsterne Herr wurde vorgestellt, das heißt, Claude stellte Hans ihm und der von ihm beredeten Dame vor. Sie wurde einfach als Cécile bezeichnet, auch Hans sollte sie nur Cécile nennen, da sie für alle Angehörigen der Philippsburger Gesellschaft so heiße, ihr Kunstgewerbegeschäft in der Philippsstraße sei ihm bestimmt schon aufgefallen, jedem Menschen von Geschmack müsse es auffallen, das schicke »chez Cécile«, und sie sei die Inhaberin, seine Chefin übrigens, Claude lächelte Cécile breit und kindlich an, ja, vom Malen könne er nicht leben, und Cécile sei eine gute Chefin. Die so Vorgestellte strich Claude, der um einen Kopf kleiner war als sie, über das dunkle lange Haar. Sie war schön und groß und wirkte gleichzeitig mächtig, voll gewachsen und doch zart und fast durchsichtig. Ja, und der Herr, das sei Helmut

Maria Dieckow, der Dichter von Philippsburg; Claude gab dem »der« eine Betonung, die besagen sollte, dass die Dichterschaft dieses rosigen kleinen Herrn, der sicher noch keine Vierzig war, alle anderen Anwärter auf diese Würde von vornherein ausschloss. Helmut Maria Dieckow schloss seine ungestalten und unerkennbar im Gesicht verschwimmenden Lippen, neigte den Kopf kaum merklich und betrachtete Hans eine Sekunde lang aus winzigen Pupillen, so dass sich unter Hans' Füßen augenblicklich der Boden öffnete und er in unendlicher Geschwindigkeit versank und den Kopf immer weiter in den Nacken pressen musste, um noch zu Herrn Dieckow aufschauen zu können. Glücklicherweise begann der Dichter jetzt gleich wieder zu reden; er setzte seine Rede an Cécile ohne jede Scheu vor aller Ohren fort; dank dieser Rede konnte Hans beginnen, aus seinem Abgrund wieder nach oben zu klettern, ganz langsam, Schritt für Schritt und vorsichtig, denn wurde Herr Dieckow noch einmal auf ihn aufmerksam, traf ihn noch einmal dieser nadelspitze Blick, so würde er wahrscheinlich für immer aus diesem Salon versinken, hinab in die Abgründe seiner eigenen Nichtswürdigkeit. Herr Dieckow sprach von seiner Herkunft, einer einfachen Herkunft fürwahr, und darauf sei er stolz, denn alle Menschen würden gleich geboren, erst die Kraft, die einem innewohne, schaffe dann die Abstände. Gesellschaftlicher Rang gelte ihm nichts, rief er aus und legte seine Daumen hinter die seidenen Schalkragenrevers seines azurblauen Jacketts. Er bete Cécile an und ertrage es nicht länger, dass sie immer die schlichte Handelsfrau vorschütze, die geschäftstüchtige Ladenbesitzerin, die eines Dichters nicht würdig sei. Lächerlich, ein Dichter, er könne das Wort nicht mehr hören, diese Bürgererfindung! Er sei ein Mann des Wortes, und seiner sei jeder würdig, der menschlich intakt sei. Intakt, sagte er und sah prüfend in die Runde. Hans sah schnell auf seine Fingernägel hinab und hob dann seine Augen vorsichtig bis in das großflächige Gesicht Céciles. Sie hörte demütig zu, mit angeatmeten Nasenflügeln und fromm geschürztem Mund. Ob sie schon dreißig war? Sicher nicht. Hans hätte sie gerne sprechen hören, aber daran war vorerst nicht zu denken. Helmut

Maria Dieckow war durch die vermehrte Zuhörerschaft in große Erregung geraten. Er halte nichts von heimlicher Anbetung und Minnesängerei. Mit glasklarem Bewusstsein gebe er sich Rechenschaft über seine Empfindungen, und er sehe nicht ein, warum er aus irgendeiner seiner Empfindungen ein Geheimnis machen solle, im Gegenteil, Äußerung sei sein Metier, und wenn er die Frau des Oberbürgermeisters liebe, was ihm übrigens niemals, auch nicht im Traum, passieren könne, da er diese affektierte Gans – und wieder schaute er in die Runde, um den Lohn für seine schrankenlose Offenheit zu kassieren, denn er war, wie Hans später hören konnte, ein Protektionskind der Oberbürgermeisterfamilie und hatte ihr viel zu danken – einfach nicht leiden könne, aber selbst wenn er sie lieben würde, er sagte es frei heraus am Tisch jeder noch so feinen Gesellschaft, auch in Gegenwart seiner eigenen Frau! Und wenn da jemand meine, er müsse über ihn, den Mann des Wortes, lächeln, weil er seine Liebe zu Cécile so hinausposaune, dann gestatte er diesem Lächler jede Freiheit; über einen Künstler könne man leicht lächeln, allerdings auch nur dann, wenn man selbst von traurigster Machart sei. In seinem letzten Roman »Schwertfisch und Mond« habe er es übrigens einigen Lächlern heimgezahlt.

Claude flüsterte Hans zu, das habe Dieckow tatsächlich getan. Er habe Philippsburger Persönlichkeiten ziemlich krass dargestellt und dafür viel Beifall erhalten. Man nehme ihm in dieser Stadt nichts übel, weil man erpicht darauf sei, als kunstverständig zu gelten.

Hans wagte kaum mehr zu atmen. Er hatte noch nie eine Versammlung so eigenartiger Menschen erlebt. Wie unfähig und ärmlich war er, verglichen mit der Gesellschaft, in der sich Frau Volkmann und Anne so selbstverständlich bewegten. Er hätte es nicht wagen dürfen, hier auch nur den Mund aufzutun. Alles, was er in seinem Leben bisher gedacht und gesprochen hatte, nahm sich in dieser Umgebung so dürftig aus, so flach und eindeutig, so leicht zu begreifen und ohne Hintersinn. Am besten wäre es, er würde heimfahren nach Kümmertshausen, zu seiner Mutter, würde ihr eingestehen, dass die Studiengelder umsonst ausgegeben worden

waren, dass der Sprung von Kümmertshausen nach Philippsburg zu groß war, um innerhalb einer Generation bewältigt
zu werden. Sollte er nicht gleich aufstehen, zu Herrn Volkmann hinrennen, um ihm mitzuteilen, dass er sich nicht imstande fühle, auch nur noch eine einzige Nummer der »programm-press« herauszugeben. Er hatte zwar nächtelang auf
seinem Bett gelegen und in Hörspieldramaturgien herumge-
blättert, auf seinem Nachttisch, auf dem Stuhl und auf dem
Bettvorleger lagerten ganze Stapel Fachliteratur, aber das Lesen war ihm schwergefallen; mit unsäglicher Mühe hatte er
sich ein Vokabular zusammengekratzt, mit dessen Hilfe er
seinen Funk- und Fernsehkritiken einen fachmännischen An-
strich zu geben hoffte.

Die Firma Volkmann hatte doch sofort nach seiner Unterredung mit Herrn Volkmann zwei riesige Glanzkommo-
den in sein Zimmer transportieren lassen, einen Radio- und
einen Fernsehapparat; Leitungen waren gelegt worden, und
auf dem ärmlichen Dach war eine Antenne aufgeschossen:
ein hell schimmernder Aluminiumrost auf einem hohen, un-
glaublich dünnen Mast. Die Großväter hatten sich von ihren
Kistchen in den Vorgärten erhoben, die Töchter und Schwie-
gertöchter waren herbeigelaufen, Scharen von Kindern mit
den Händen wegschaufelnd, um selbst näher zu kommen,
und Frau Färber war vor das Haus getreten, hatte sich an-
staunen und ausfragen lassen, hatte die Neugier und die Bewunderung der Nachbarn genossen und hatte vielleicht gedacht, dass von diesem Augenblick an die käufliche Johanna
nicht mehr der interessanteste Gesprächsgegenstand in der
Traubergstraße sein würde! Hans hatte sich am Fenster anschauen lassen, hatte aber getan, als bemerke er die Menge
nicht, die die Installation des ersten Fernsehapparates in der
Traubergstraße beobachtete; die Leute sollten ruhig glauben,
dass er immer schon mit solchen Riesenapparaten gewohnt
habe. Vor den Technikern der Firma Volkmann aber hatte
er sich geschämt, weil sein Bettgestell alt und hässlich war,
weil auf dem wackeligen Waschtisch ein rundum beschädig-
tes Waschlavoir stand, weil er kein Zimmer mit fließendem
Wasser bewohnte und weil dieses Zimmer in einer dürftigen

Backsteinzeile lag. Als sie abzogen, gab er ihnen ein Trinkgeld, dass sie noch einmal stehenblieben, ihn anschauten, das
Geldstück musterten und ihn wieder anschauten.

Hans war froh, dass Frau Färber abends bis elf Uhr im
Polizeigebäude putzen musste. Sie hätte sich so gern jeden
Abend das Fernsehprogramm angesehen. Herr Färber hatte zum Glück kein Interesse. Und dann gab es ja an seinem
Häuschen immer noch etwas zu verbessern. Hans verbrachte die Abende im verschlossenen Zimmer vor seinen Appara-
ten, sah und hörte und notierte, lobte und verwarf und suchte
sich vorzustellen, was dem Publikum am meisten gefiel, denn
danach hatte er seine Kritiken zu schreiben, wenn auch, wie
ihm Herr Volkmann zugestanden hatte, ein »gewisses Niveau« nicht unterschritten werden sollte. Für Herrn Volkmann waren die Programme ein volkswirtschaftlicher Fak-
tor. Sie hatten so auszufallen, dass immer mehr Leute sich
Apparate wünschten und immer bessere Apparate, denn nur
so konnten die Umsätze gesteigert, der allgemeine Wohlstand
erhöht und Arbeitslosigkeit und schlimmere politische Katastrophen vermieden werden. Das sei eine sittliche Aufgabe für
die Programmgestalter, dazu müsse man sie durch Kritik erziehen, weil sie immer dazu neigten, irgendwelche verschro-
bene Ideen in ihren Programmen realisieren zu wollen. »Es
kommt doch auf die Leute an«, sagte er immer wieder, »nicht
auf die Künstler.« Dann lächelte er Hans an, und wenn kein
Widerspruch kam, sagte er: »Auf dem Papier können sie ja
machen, was sie wollen. Aber Radio und Fernsehen sind für
alle da. So was gehört in die Volkswirtschaft. Das muss geplant werden können, auf Jahre hinaus. Da kann man sich
nicht auf vage Experimente einlassen, verstehen Sie!«

So hatte denn Hans allmählich recht deutliche Maß-
stäbe bekommen. Herr Volkmann betrieb eine hartnäcki-
ge Erziehung mit ihm. Er ließ ihn immer wieder kommen,
kontrollierte jeden Artikel, jede Reportage, sorgte für In-
formationsmaterial und dafür, dass Hans die Fabriken ken-
nenlernte; versuchte, ihn zu Diskussionen zu reizen, war
ärgerlich, wenn Hans zuwenig widersprach, weil er alle Ge-
genargumente hören wollte, um sie aus dem Feld räumen

zu können. Hans lernte diesen Mann immer mehr bewundern. Eine winzige Präzisionsmaschine war er, mit tausend feinen Rädchen und Gliedern ausgestattet, die von morgens bis abends Einfluss produzierten, Einfluss auf Reißbretter in der Konstruktionsabteilung, Einfluss auf Werbeaktionen, auf Fließbandgeschwindigkeiten, auf Betriebsratswahlen, auf Kommunalpolitik, auf Parteibüros, auf Rundfunk- und Zeitungsredaktionen, Einfluss nach allen Seiten, und immer auf eine leise und kaum merkliche Art. Überall konnte er klar und knapp sagen, worauf es ankam, was zu verbessern war, weil sein Ziel so leicht zu benennen war: der geplante Wohlstand. Beim Wort Freiheit zuckte sein Gesichtchen schmerzlich zusammen. Alle gegen alle, sagte er, das ist Freiheit.

Hans wollte ihm mit seinen Kritiken gefallen. Er wollte von diesem Mann gelobt werden. Dafür las er auch die langweiligsten Fachbücher und wehrte sich bis tief in die Nacht hinein gegen den Schlaf, mit dem seine gesunde Natur auf diese Lektüre reagieren wollte.

Cécile, Claude, Alice ... was waren das für Menschen! Und dieser Herr Dieckow, ein Dichter! Hans dachte an Berthold Klaff, der die Dachstube über ihm bewohnte. Warum war der nicht hier? War das nicht eine Rechtfertigung für sein eigenes Versagen in dieser Villa? Er dachte an die Nacht, in der Klaff zu ihm ins Zimmer gekommen war. Es war schon nach Mitternacht gewesen. Frau Färber war heimgekommen und hatte ihrem Mann noch einen Streit geschildert, der unter den Kolleginnen Putzfrauen ausgebrochen war; eine hatte was mit einem Wachtmeister angefangen, die hatten sie an diesem Tag zur Rede gestellt, im Kellergang, zu acht hatten sie sie an die Wand gedrückt – Hans hatte die graugesichtigen Weiber vor sich gesehen, die in ihren farblosen Arbeitsmänteln und den wüst um den Kopf geschlungenen Tüchern um die eine herumstanden, die einzige vielleicht, die noch seidene Strümpfe trug und einen Büstenhalter, die einzige Frau wahrscheinlich unter diesen Putzgespenstern, die alle dem notwendigen Stundenlohn zuliebe jeden Tag für sechs Stunden untergingen, verschmolzen mit ihrem Putzgerät, auf den

Knien die dämmrigen Treppen herunterrutschten und mit krummen Rücken und blicklosen Augen die endlosen Gänge schrubbten – sie hatten der Sünderin links und rechts eine heruntergehauen, hatten sie angespuckt und ihr gedroht, dass sie ihre Entlassung erwirken würden, wenn sie, die vierzigjährige verheiratete Frau, sich nicht schäme, mit einem jungen Wachtmeister was anzufangen, und noch dazu während der Arbeitszeit mit ihm im obersten Stock zu verschwinden. Jawohl, man habe sie beobachtet. Pfui Teufel! Aber der hatten sie's gegeben! Frau Färber war erregt gewesen. Ihr Mann hatte nach Einzelheiten gefragt. Er hätte gerne gewusst, wie die Frau aussah, wie lange man sie schon beobachtet habe, vor allem, was man alles gesehen habe. Frau Färber gab so genaue Schilderungen, dass auch Hans zuhören musste. Darauf war es bei Färbers noch zu einer Art ehelicher Aufwallung gekommen. Dann waren Färbers endlich eingeschlafen. Die Stille hatte Zeit zu wachsen. Die wenigen Geräusche, die es jetzt noch gab – Atemzüge der Nachbarn, ein Stöhnen, jemand drehte sich im Bett um, dass die Matratzen sangen, ein Auto schwand in der Ferne vorbei und zerrte einen immer höher werdenden Ton hinter sich her, ein Lokomotivenpfiff, der unerlöst hängenblieb, die ungleich hin und her tickenden Schritte, mit denen Herr Klaff über Hans' Kopf die Nacht durchmaß: diese Geräusche wurden furchtbar in der Stille, die sich immer dichter um die Schläfen des Wachenden schloss, die in seinen Ohren lag wie eine Brandung, die auf einem einzigen Ton stehenbleibt. Je mehr die Stille zunahm, desto verletzlicher wurde sie. Hans konnte sich, wenn er so bis tief in die Nacht hinein gelesen hatte, oft kaum mehr dazu bringen, noch einmal aufzustehen, sich auszuziehen; oft sogar wurde ihm schon das Umblättern seines Buches zur Qual, weil ihm das Rascheln wie ein Schwert in die Ohren fuhr; wenn er gar aufstand und bis zum Schrank ging, hatte er das Gefühl, als öffne sich hinter ihm die Wand, als gehe jemand hinter ihm her, weil seine Schritte so grell tönten, dass er sich nicht mehr einzureden vermochte, es seien seine eigenen. Dann schaute er sich um, verursachte so erneut Getöse, dass er noch einmal zusammenfuhr und jetzt zu Stein erstarrte und wartete, bis die Stille sich wieder wie ein dröhnender Ring um seinen Kopf schloss und seine Ohren mit dem rauschenden Anprall füllte, der weder tief noch hoch war, sondern nur spürbar als ein gleichbleibender Druck, der ihn ganz durchzog, der ihn hielt und nicht verlorengehen ließ in dieser nach allen Weltenden offenen Nacht; sosehr er aufgehoben war in diesem Druck der Stille, sosehr musste er der nächsten Explosion entgegenfürchten.

Dann diese Schritte dicht vor seiner Tür! Es klopfte. Sein Blut schlug mit Hämmern gegen seine Schläfen. Er schluckte zweimal, richtete sich langsam auf und sagte mit äußerster Anstrengung: »Ja, bitte.« (Er war bereit zu sterben.)

Ein junger Mann stand unter der Tür, ein paar Jahre älter als Hans, ein schwerer Körper, rund, ohne jede Gliederung, eine wüste Windjacke hing über allem, kein Hals, ein riesiger Kopf direkt auf den sich hochwölbenden Schultern, die farblosen Haare lagen überall auf, wuchsen schon wieder aufwärts, und das Gesicht hörte nirgends auf. Diese Körpermasse war nicht Wohlgenährtheit. Hans sprang auf. Der andere trat näher. Mit ungleichen Schritten. Hob er den rechten Fuß, so machte das ihm so viel Mühe, dass der Oberkörper nach vorne knickte. Also Herr Klaff. Da sagte er es auch schon: »Berthold Klaff«. Hans nannte seinen Namen und räumte die Bücher vom Stuhl, verteilte sie aber so auf die anderen, dass der Besucher nicht mehr erkennen sollte, mit welcher Art Lektüre Hans die Nacht hinbrachte. Klaffs Augen zeichneten, bevor sie einen Augenblick in Hans' Gesicht Ruhe fanden, Blitzlinien durchs Zimmer. Sie fuhren im Raum herum wie der Strahl eines Leuchtturmscheinwerfers, der immer hastiger nach einem Ertrinkenden sucht, der in der Nähe des Turms mit den Wellen kämpft. Es war schwer, Berthold Klaff gegenüberzusitzen. Hans tat, als schmerze ihn einer seiner Handrücken, als müsse er mit mikroskopischen Augen nach der Ursache dieses Schmerzes forschen. Klaff hatte keine Einleitung gesucht. Er habe gehört, dass Hans einen Pressedienst herausgebe. Er sei Schriftsteller. Natürlich habe er auch schon als Journalist gearbeitet. Vielleicht brauche Hans einen Mitarbeiter. Vielleicht einen Kritiker für den Funkteil.

Er höre jeden Tag Radio. Seinen Job als Pförtner beim Staatstheater habe er verloren. Nun habe er Zeit. Und beim Funk habe er bis jetzt ein einziges Manuskript verkauft. Die wollten nichts mehr von ihm.

Klaff bat nicht. Er schlug vor, forderte fast, ließ Hans keine Wahl. Er pries sich nicht überschwenglich an, dazu waren seine Sätze viel zu trocken, vor allem viel zu kurz. Aber Hans schien es, als habe er gar keine andere Möglichkeit als ja zu sagen. Klaff hatte so gesprochen, dass die Vorstellung, es folge jetzt eine freundliche Ablehnung mit langatmigen Begründungen, gar nicht erst auftauchen konnte. Dieses fahle, fast bläulich schimmernde Gesicht hing vor Hans, als entferne es sich nie wieder. Forderung, Endgültigkeit und Schwere, das war Klaff. Und seine Forderungen begründete er damit, dass er nicht freiwillig gekommen sei. Er habe alles versucht.

Hans würde mit Herrn Volkmann sprechen. Auf die Dauer konnten er und Anne sowieso nicht alles allein schreiben.

Klaff empfahl, Hans möge in den nächsten Tagen sein Hörspiel anhören, das ein Dramaturg aus Versehen angenommen habe. Vor Jahren schon. Der arme Mann sei natürlich inzwischen längst geflogen; wenn einem auch solche Versehen passierten! Sie hätten's auch immer wieder hinausgeschoben, aber jetzt komme es tatsächlich. Im Nachtprogramm natürlich. Hans versprach, eine Kritik über Herrn Klaffs Stück zu schreiben. Klaff lächelte. Hans kam sich so leicht vor, dass er fürchtete, er müsse gleich wegfliegen, ein Luftballon, der an der Lampe zerplatzen würde.

Ihm waren einige Bedenken gekommen, als er sich vorgestellt hatte, dass er Herrn Volkmann Klaffs Kritiken vorlegen sollte. Die erste Klärung erfolgte, als Herr Volkmann die Kritik las, die Hans über Klaffs Hörspiel geschrieben hatte. Wenn er schon Nachtprogramme kritisiere, dann müsse er dies auch richtig tun und diesen »Schwärmern nach zehn« (so nannte er alle, die mit Nachtprogrammen zu tun hatten) einmal zeigen, wie sie sich bei Tageslicht ausnähmen. Hans hatte einen Hymnus auf Berthold Klaff geschrieben. »Die Kleider eines Herrn« hieß das Stück. Ein reicher Mann hat Feinde, erfährt von einem Anschlag, der auf ihn geplant ist, geht in die Vorstadt, holt einen Bettler von der Straße, lädt ihn in sein Haus, bewirtet ihn einen ganzen Tag fürstlich, erfüllt ihm jeden Wunsch, lässt ihn abends sogar mit seiner Sänfte heimtragen, kleidet den Armen dazu auch noch in seine eigenen, des reichen Mannes Gewänder, die schenke er ihm zur Erinnerung an diesen Tag. Die Träger bekommen den Auftrag, den Weg zu nehmen, den der Herr selbst hätte heute nehmen wollen, den Weg, auf dem ihm, wie er erfahren hatte, aufgelauert werden sollte. Die Mörder töten den Bettler. Der Reiche verlässt noch in der gleichen Nacht die Stadt und das Land und bringt sich und seine Habseligkeiten in Sicherheit.

Es war die längste Kritik geworden, die Hans bis jetzt geschrieben hatte. Herr Volkmann wollte sie nicht haben. Hans begann sich zu verteidigen, zum ersten Mal widersprach er Herrn Volkmann mit seiner ganzen Person. Herr Volkmann lächelte, strich ein paar Zeilen, in denen Hans geschrieben hatte, dass es auch heute noch so sei ... dann gab er nach. Hans war froh, dass ihm so wenigstens Gelegenheit gegeben war, Klaff öffentlich zu feiern, und verzichtete deshalb auf die paar Zeilen. Aber als er dann Herrn Volkmann Klaffs kritische Proben vorlegte und gar davon sprach, dass er ihn als ständigen Mitarbeiter beschäftigen wolle, da erfroren die Schmunzelfältchen in Herrn Volkmanns Gesicht, und er lehnte rundweg ab. Herr Klaff sei ein Künstler und habe also keinen Sinn für die Notwendigkeiten des wirklichen Lebens. Herr Klaff könne allenfalls zum Ausdruck bringen, was ihn selbst bewege und was er leide; das sei ihm gegönnt, bitte, aber ein solcher Einzelgänger, der wahrscheinlich überhaupt keine realisierbare Vorstellung von einer besseren Verfassung der Gesellschaft habe, der könne nicht zum Kritiker taugen ...

Eine so lange Rede hatte Herr Volkmann noch nie gehalten. Hans sah, dass vorerst nichts zu machen war. Er würde Klaff unter einem anderen Namen anbieten, vorher aber mit ihm sprechen, ihn bitten, nicht gar so schroff zu urteilen, nicht gar so sehr auf sich selbst zu bestehen, weil er ihm sonst beim besten Willen keinen Verdienst verschaffen könne.

Hans gestand sich ein, dass er Herrn Klaff diesen Misserfolg ein bisschen gönnte. Er selbst hatte sich ja auch beugen müssen. Er hätte ja auch manchmal Lust verspürt, zu sagen und zu schreiben, was er dachte, aber man war schließlich nicht allein auf der Welt, und es war schon ein bisschen naseweis und hochmütig, wenn man immer nur sich selbst zum Maßstab machte und die anderen für zurückgebliebene oder korrupte Dummköpfe hielt, deren Schädel besser zur Wohnung für Insektenvölker als zur Beherbergung eines menschlichen Gehirns taugen würden. Da wäre ja jeder; der sich fügte, der sich Zwang auferlegen ließ, ein Idiot, wenn andere jede Freiheit für sich beanspruchen durften! Natürlich bewunderte er Herrn Klaff, natürlich wollte er ihm helfen, diesem undurchdringlichen Dachstubenbewohner, der zwar ihm nicht so unheimlich war wie der Frau Färber, aber Freundschaft war zwischen ihnen auch nicht möglich; Klaff war kalt, hatte nichts übrig für andere; Hans bewies sich, dass Klaff für ihn nicht das getan hätte, was Hans mit ehrlichem Willen zumindest für Klaff zu tun versucht hatte. Klaff war ein Wesen, das mehr Wärme brauchte als es abgab. Hans spürte, dass Klaff ein Recht auf Hilfe hatte; ob man ihn nun mochte oder nicht, ob einem seine kränkliche Dickleibigkeit, seine bläulichfahle Gesichtsfarbe Mitleid oder Schrecken einflößte, ob man den klirrenden Hochmut, der in der Selbstverständlichkeit lag, mit der er forderte, ob man den liebte oder hasste, man musste Klaff doch helfen: es war nicht zu übersehen, dass Klaff nicht ausgerüstet war für diese Welt; an ihm war vieles vergessen worden, anderes war auf eine besonders eigentümliche Weise ausgebildet: manchmal wirkte er wie ein Fisch, dem die Flossen fehlten, weshalb er dann allen Strömungen hilflos preisgegeben ist, und dann wieder – und das war häufiger der Fall – war er Abkömmling großer, einsam in weglosen Gebirgen lebender Raubvögel; aber ihm waren die Flügel nicht verliehen worden, die in diesen von den Jahrtausenden geschliffenen Felswelten voller Klüfte, Krater, Türme und Grate durch nichts zu ersetzen sind; so hüpfte er denn mit seinem schweren Körper und den schwächeren Beinen recht verlassen herum in der äußersten Unwegsamkeit. Hatte natürlich eine viel genauere Kenntnis der Stoffe, die die Erde bilden, hörte die Winde ganz anders als die Genossen, die sich ihnen fliegend anvertrauten, aber er kannte die Weite nicht, die die Hoffnung jedes Lebens ist; den Raum, den zu erfahren uns mit dem unwiderruflichen Verlauf der Zeit versöhnen mag, würde er nie kennenlernen; ihm rasselte die Zeit im engen Gelass seiner selbst ihre bösen Uhrwerke ab. Er hüpfte um sich herum und hatte deshalb auch sonst mancherlei Sorgen, die seine beflügelten Brüder wahrscheinlich nicht einmal dem Namen nach kannten.

Hans schreckte hoch. Cécile war aufgestanden. Sie wollte gehen. Mit Claude. Hans erhob sich schon, um sich zu verabschieden, ihm war jetzt alles gleichgültig, sollten sie doch alle gehen, für ihn war die Party vorbei, er dachte an Klaff, aber auch das beruhigte ihn nicht mehr, weil er wusste, wie fern er Klaff war. Er gehörte nicht dorthin. Hierher auch nicht. Und nach Kümmertshausen auch nicht.

Da spürte er Annes Hand auf seinem Arm. Sie zog ihn auf das Sofa zurück, auf dem er neben ihr gesessen hatte. Jetzt werde es doch erst gemütlich, sagte sie, die älteren Herrschaften seien endlich verschwunden.

Claude, der auf den ersten Wink Céciles sofort aufgestanden war, setzte sich auch wieder, als er sah, dass Cécile noch bleiben würde. Obwohl er doch offensichtlich älter war als Cécile, schien sie ihn völlig zu beherrschen. Sie sprachen jetzt von Dieckows letztem Roman, der mit dem Literaturpreis der Stadt Philippsburg ausgezeichnet worden war. Cécile sagte: »Ich habe ihn nicht gelesen.« Dieckow blieb der Mund offenstehen. Cécile sagte: »Ich habe ein schlechtes Gewissen, aber ich kann so selten lesen.« Als Claude ein paar vermittelnde Worte anbringen wollte, sagte sie: »Nein, nein. Vielleicht habe ich zuviel mit mir selbst zu tun.« Das regte den Dichter zu einem längeren Exkurs über die Funktion der Literatur an. Er sprach vom »Sein«. Hans hatte also Zeit, Cécile ausgiebig zu betrachten. Obwohl sie tief in ihrem Sessel saß, reichten ihre Oberschenkel doch bis zur Kante des kleinen Tisches. Wenn sie bloß ein einziges Mal zu ihm hergesehen hätte, er hätte ihr das demütigste Hundegesicht der Welt hingehalten, um ihr verständlich zu machen, wie sehr er sie verehrte. Mehr als Alice Dumont. Auch mehr als Marga? Ja, auch mehr als Marga. Sie war nicht bloß ein Mädchen, das war sie auch, aber sie war auch eine Frau, eine bis in den Himmel reichende Landschaft, ein Gestirn, strahlend und geheimnisvoll und so selbstverständlich wie das Wasser, das man sich im Sommer an einem Dorfbrunnen übers Gesicht laufen lässt. Aber sie schaute ihn nicht an. Wenn sie nicht auf ihre Finger schaute, die lang und dünn waren wie Stricknadeln aus Elfenbein, die sie zu zerbrechlichen Geflechten verschlang und dann langsam wieder löste, dann sah sie Herrn Dieckow an, freundlich, geduldig, mit einer Spur von Bewunderung, die doch nicht ohne Abstand war, ja vielleicht lag sogar Spott darin.

Wäre die Runde ungestört geblieben, der Dichter wäre die ganze Epoche hindurch nicht müde geworden, seinen gesellschaftskritischen Roman zu interpretieren, angeregt durch immer neue Zuhörer, die sich ringsum setzten, behutsam einen Stuhl oder Sessel heranzogen, um den Dichter nicht zu stören, der ihnen gerade wieder einmal in seiner, wie er sagte, unverblümten Metaphernsprache die Leviten las und ihre Aufmerksamkeit gnädig bemerkte. Er trank dabei so rasch und heftig, wie es vorher Alice Dumont getan hatte. Die weit über das Erträgliche hervortretenden Augen des immer wütender um sich beißenden und so elegant gekleideten Dichters hatten sich gerötet, das gab seinen Ausführungen etwas Wildes, Böses und Bedrohliches; die Stimme wurde immer heiserer. Die Zuhörer kuschelten sich trotz der Sommerhitze in ihren Sesseln und genossen umso mehr die fröstelnden Gänsehäute, die seine flammenden Ausbrüche hervorriefen. Manchmal kam es bis zu offenem Applaus. Darauf verneigte sich der Dichter ganz kurz nach der Seite, auf der der Beifall sich erhoben hatte, dann fuhr er fort, stolz und verächtlich.

Schließlich aber wankte Alice Dumont herein, gestützt von Frau Volkmann, oder stützte die Sängerin die Hausherrin? Beide waren offensichtlich in exzessiver Laune Sie lachten so laut (wären's nicht sie gewesen, man hätte gesagt: ordinär), dass der Bann, den der Dichter über die Anwesenden verhängt hatte, sofort gebrochen war, und ein paar Zuhörerinnen auch gleich mitzukichern begannen. Darunter eine, die dicht neben Hans saß, der er erst jetzt, nachdem wieder Äußerung möglich und erlaubt war, vorgestellt werden konnte. Sie saß mit ihrem Mann in dieser Runde. Dr. Benrath und Frau, besonders enge Freunde von Anne. Anne sagte: »Ihr bleibt, bis die anderen fort sind.« Dr. Benrath sah seine Frau an und sagte: »Das kommt auf Birga an.« Birga sagte: »Das kommt auf Alf an.« Endlich begann Anne wieder lebendig zu werden, endlich schien sie sich von der übermächtigen Gegenwart gewisser Gäste erholt zu haben, vielleicht war es auch Frau Benraths Verdienst, dass sie jetzt gleich so lebhaft wurde. Frau Benrath war nämlich ein stilles großäugiges Wesen, dem die straffen schwarzen Indianerhaare von allen Seiten ins Gesicht wuchsen, ein dunkles Traummädchen; dass sie mit diesem bulligen Arztathleten verheiratet war, berührte Hans schmerzlich. Die Gesellschaft rund um ihn war wieder in Bewegung geraten, einzelne verabschiedeten sich, andere zogen einander an den Händen hinaus auf die bequemen Sitzgelegenheiten der Terrasse, wieder andere saßen immer noch in den Ecken der einzelnen Zimmer und schienen wichtige Gespräche zu führen. Er sah Herrn Volkmann lange mit dem Chefredakteur verhandeln, dabei gestattete sich Büsgen allerdings nicht, so nachlässig und unaufmerksam im Sessel zu liegen, wie bei dem Gespräch mit dem Intendanten, obwohl er auch jetzt noch immer das hochmütigste Gesicht der ganzen Party zeigte. Hans hätte gerne ein paar Worte zu Cécile gesagt, noch lieber hätte er gerne viele Worte von ihr gehört, aber sie lag weit zurückgelehnt in ihrem Sessel, und auf ihr Ohr hinab flüsterte jetzt Dr. Benrath. Hans sah eine Weile zu, sah, wie sich Cécile unter den Worten dieses gut gewachsenen Arzttieres wand, auflachte, dass ihr breiter Mund auseinandersprang und die Zahnreihen in einem einzigen Blitz sich entblößten. Birga, seine Frau, wurde von Anne ausgefragt, die jetzt plötzlich alles mögliche über die Ehe wissen wollte. Hans spürte, wie er in der Ferne versank, er konnte nicht einmal mehr rufen. Er hatte keinen Mund mehr, die Glieder waren mit Blei ausgegossen, er wusste, er hatte auf dieser Party versagt. Sein Eintritt in die Philippsburger Gesellschaft hatte sich unbemerkt vollzogen.

Anne Volkmann hatte ihn einige Male dem oder jenem, von dem sie behauptete, er sei wichtig für ihn und für die Pressearbeit, vorstellen wollen, er war nie bereit gewesen, er hatte jedesmal um Aufschub gebeten, hatte sich geniert, einfach auf einen Menschen zuzugehen, ihm keine Flucht zu gestatten, ihm den eigenen Namen und das dazugehörige Lächelgesicht aufzudrängen. Er brachte es nicht über sich, Leute, denen er nichts bedeutete, für die er nicht existierte, zu belästigen. So war es dann zu keiner der geplanten Bekanntschaften gekommen; mit einer Ausnahme: er hatte immerhin den Philippsburger Rundfunk- und Fernsehintendanten kennengelernt. Der schien allerdings zur Zeit alle, auch die Ohnmächtigsten gebrauchen zu können, um seine Wiederwahl zu betreiben. Hans nahm sich vor, ihn bald zu besuchen, ihn zu unterstützen, wo immer er es vermöchte. Er fühlte sich ihm näher als allen anderen. Ob jedoch der mächtige und hochbezahlte Intendant ihn, den hilflosen Journalisten, den auf Industriekommando funktionierenden Redakteur, fünf Minuten nach seiner Wiederwahl noch genauso freundlich ansprechen würde?

Aber auch Anne gegenüber hatte er versagt. Ihm war nichts eingefallen zu ihrer Unterhaltung. Er hatte sie zwar in eine Zimmerecke begleitet, aber dann hatte er vor sich hin gesehen, hatte sein Taschentuch von einer Hand in die andere gegeben, hatte die Wolkenformationen studiert, die vor den breiten Fenstern am glühenden Himmel über Philippsburg hinzogen, und hatte über seinen eigenen Kram nachgedacht. Gott sei Dank waren immer wieder Gäste gekommen, die ihm die Verantwortung für einige Zeit abgenommen hatten. Er hätte mehr trinken müssen. Am Anfang hatte der Alkohol ein paar Minuten lang gewirkt in ihm, aber dann war alles eingefroren, je mehr Leute er angesehen hatte, je leichter und sicherer diese Leute sprachen und lachten, desto unfähiger war er geworden. Irgend etwas musste ihm noch einfallen, bevor die Party zu Ende ging, das war er Anne schuldig. Sie hatte so viel für ihn getan. Aber wer nachdenkt, ist schon verloren. Und Hans dachte noch nach, als sie schon beim Abendbrot saßen. Auf der Terrasse. Das Ehepaar Benrath, Herr und

Frau Volkmann, Alice Dumont, Anne und er. Der Dichter Dieckow, der als einziger die Tür noch nicht gefunden hatte, lag in einem Sessel und schimpfte vor sich hin. Frau Volkmann hatte ihm im Vorbeigehen die Stirne geküsst und gesagt: »Der Musensohn leidet an der Welt. So ist's recht.«

Die Volkmannsche Villa lag jetzt wie ausgestorben. Die Stille schmerzte in den Ohren. Gott sei Dank huschten wenigstens noch die Serviermädchen durch die Zimmer und räumten auf. Das grelle Lachen, in das Alice Dumont und Frau Volkmann dann und wann ausbrachen, machte die Stille noch krasser. Manchmal lehnte Alice ihren Kopf an Frau Volkmanns weiße Schulter, sagte ihr Zärtlichkeiten und nannte sie ihre einzige Freundin. Das Gespräch trudelte alle Augenblicke wie ein in der Luft an Atemnot sterbender Vogel in den Abgrund; noch ein paar Flügelschläge, da hielt sich sogar noch eine einzelne Feder, eine Sekunde oder auch zwei, und das Gespräch war wieder erstickt. Das Schweigen dröhnte in allen Ohren. »Dann muss ich doch noch ein paar Geschichten aus meiner Praxis erzählen«, sagte Dr. Benrath plötzlich und schonungslos in die Stille hinein. Da stand Herr Volkmann auf, schmunzelte die Runde an, als wären sie alle seine überaus geliebten Enkel, hob seine zarten Schultern und sagte, wobei sein Gesicht liebenswürdige Wehmut spielte: »Ich würde im Augenblick nichts so gerne über mich ergehen lassen wie gynäkologische Anekdoten, aber ich darf nicht, ich kann nicht, mein Tyrann ruft (und er klopfte mit dem Zeigefinger auf die Stelle, wo er das Terminkalenderchen trug), der Sklave hat zu gehorchen. Seien Sie mir nicht böse meine Herrschaften, bemitleiden Sie mich lieber, ich habe heute abend noch mit einem Konstrukteur über neue Chassisformen zu sprechen! Bemitleiden Sie mich vor allem deshalb, weil ich mich auf so was auch noch freue!« Mit einem Achselzucken und einer kleinen Verbeugung drehte er sich um und trippelte weg. Anne zerrte ein Gespräch herbei, sie brachte die Rede auf einzelne Gäste der heutigen Party. Wahrscheinlich hatte ihr die Drohung mit den Geschichten aus der Praxis des Frauenarztes den Mund entsiegelt.

Und tatsächlich, die Partygäste, das war das erste Thema seit Beginn des Essens, an dem sich alle, außer Hans natürlich, beteiligten. Allerdings konnte Anne nicht verhindern, dass das Gespräch in jener freimütigen Weise geführt wurde, die sie anscheinend auch nicht liebte. Alice nannte die Frau des Rechtsanwalts Dr. Alwin eine adlige Ziege, die nicht einmal imstande sei, diesen Fettkloß zu befriedigen. Dr. Benrath gab dazu einige sachliche Erläuterungen über die geschlechtlichen Möglichkeiten einer mageren Frau einem dickleibigen Mann gegenüber. Die Potenz eines solchen Mannes bestehe vor allem im Willen, nicht impotent zu sein, sagte er, und diesem Sachverhalt müsse die Frau ihre erotische Draperie anpassen. Andererseits sage die körperliche Dürftigkeit einer Frau nichts über ihr Schlafzimmervolumen aus; unter den Frauen sei gerade das körperliche Proletariat oft mit den rosigsten Phantasien gesegnet ... Dr. Benrath sagte keinen Satz, der nicht mit verblüffenden Anschauungen operierte. Feinstes lateinisches Fachvokabular flocht er unvermittelt mit brutalstem Gassenjargon zusammen und hüllte so seine Zuhörer in gleichzeitig klinisch und obszön duftende Redewolken. Seine Frau, das dunkeläugige Wesen, sah ihm fast ängstlich auf den Mund, so als fürchtete sie sich vor jedem weiteren Wort. Auch Alice, Frau Volkmann und sogar Anne hörten auf zu essen, wenn er sprach, und drängten ihre Augen zu ihm hin, wobei sie Hals und Kopf in eine sanfte Aufwärtskurve bogen und so einen restlos geöffneten Eindruck machten. Dr. Benrath kannte seine Wirkungen offensichtlich sehr genau. Er blieb ganz ruhig sitzen, geriet nicht in die geringste Eile oder Erregung, im Gegenteil, je gewaltiger und greller er seine Sätze mit Bildern belud, mit Bildern, die einem mit der Vehemenz eines tropischen Sturzbaches durch alle Adern fluteten, desto leiser sprach er, desto unabsichtlicher entließ er die Sätze aus seinem Mund. Dabei hantierte dieser braungebrannte Koloss aus Muskeln und Sehnen äußerst zart und sicher mit dem Fischbesteck und legte die in Weingelee servierte kalte Forelle so rasch und geradezu anmutig auseinander, dass man sich am liebsten sofort hingelegt hätte, um sich von ihm operieren zu lassen. Als man die Liste der Partygäste um einige Personen weiter durchgekämmt hatte, sagte Anne, es sei schade, dass Cécile nicht zum Essen geblieben sei. Hans bemerkte, wie Dr. Benrath einen Augenblick starr zu Anne hinsah. Weil niemand sprach, hörte man das klanglose Ticken der Bestecke auf den Tellern. Dann fragte Frau Volkmann: »Malen Sie eigentlich noch, Alf?« Dr. Benrath sagte: »Nur noch im Urlaub.« »Ja, man verkommt immer mehr«, sagte Frau Volkmann und starrte in den dunklen Park hinaus. Alices Mund platzte lachend auseinander.

Nach dem Essen legte man sich zurück, starrte zum Himmel hinauf und trank wieder. Plötzlich ächzte Alice hoch: »Wir müssen was tun. Ich wecke den Dichter.«

»Bitte nicht«, sagte Dr. Benrath, federte hoch und wirkte jetzt vor dem dunklen Himmel riesiger denn je. Frau Volkmann sagte: »Wir müssen mehr trinken. Das Essen hat uns nüchtern gemacht.« Sie prostete auch gleich rundum und ließ nicht ab, bis jeder sein Glas in einem Ansatz in den Mund geschüttet hatte. Aber sosehr sie sich bemühte, das zu erzeugen, was sie »Stimmung« nannte, vorerst wurde nichts daraus. Alice fluchte und sagt, es gäbe keine Männer mehr. Frau Volkmann gratulierte ihrer Freundin zu dieser Feststellung. Hans fror und stürzte ein weiteres Glas in seine Mundhöhle, um es von dort in erträglichen Portionen durch den Schlund zu pressen. Dr. Benrath gab einige Erläuterungen zu dem irreversiblen Prozess der Feminisierung der Smokingmännchen, der Männer der besseren Gesellschaft also.

Hans wäre glücklich gewesen, wäre er Benraths einziger Zuhörer gewesen. In dieser Gesellschaft aber kam er nicht zum Genuss dieser ihm so wunderbar erscheinenden Sätze. So einen Freund wenn er hätte! Wenn er jeden Tag so zuhören könnte! Um wieviel wichtiger war ihm das, was Benrath sagte, als alle bloß wissenschaftlichen Gelehrsamkeiten, die man auf der Universität über ihn ausgegossen hatte. Alles was Benrath sagte, klang, als habe er es selbst erlebt, als wachse es ihm direkt aus seinen Adern heraus. Das war eine Fakultät! Wenn er an seine Zeitungswissenschaft dachte, hatte er das Gefühl, als habe man ihm drei Jahre lang durch ein farbloses Kunststoffröhrchen ein ebenso farb- und geruch- und geschmackloses Pulver in den Kopf rieseln lassen, zerfallenes Papier oder zermahlene Hüllen von Insektenlarven, ein Material auf jeden Fall, das nicht einmal ein Geräusch machen konnte. Darum konnte er jetzt auch nicht mitreden. Auch das, was er in den philosophischen und literaturwissenschaftlichen Vorlesungen hatte anhören müssen, war so aus Staub und trockenem Nebel gemacht, dass er außer einigen Biographien nichts hatte behalten können. Nun war er sich natürlich seiner besonderen Unfähigkeit durchaus bewusst, der Dichter Helmut Maria Dieckow lieferte ja den Beweis, dass auch aus solchen Fakultäten ein Aufstieg möglich war.

Dr. Benrath sprach immer noch von den Männchen. Hans schwitzte, bohrte seine Augen in die Schwärze der Parkbäume, als könne er so seine Gegenwart verbergen. Sosehr er diesen Frauenarzt bewunderte, aber es waren doch Damen da! Welcher Lauterkeit mussten die alle teilhaftig sein, welcher unanfechtbaren Reinheit, dass sie sich in so gleichgültigem Ton über Dinge unterhalten konnten, die ihm das Blut in Wirbeln durch die Adern jagten. Er spürte, wie seine Lenden heiß wurden, wie das, wofür er keinen Namen hatte, anschwoll und hart wurde, um Gottes willen, so hört doch bitte auf! War er denn allein so zurückgeblieben oder so böse und verdorben, dass er die Worte, die da leicht hingesprochen wurden, nicht trennen konnte, von dem, was sie bezeichneten. Er trank wieder ein Glas mit einem Schluck aus, staute es diesmal nicht in der Mundhöhle, sondern leerte es hinunter durch den geöffneten Schlund, fast ohne zu schlucken. Warum hatten denn die Menschen für alles auf der Welt Namen erfunden, Namen sogar für das, was es gar nicht gab, bloß für jenen weichen, zarthäutigen Fleischwulst, der jetzt warm von seinen Schenkeln wegwuchs, hatten sie nichts erfunden, was man mit Anstand gebrauchen konnte. Ein paar Abstrakta, die ebenso widerlich klangen, wie das, was man an allzu handfesten Wortbildungen kannte. Das Herz hat man doch auch benannt, und man hat eine Vorstellung, wenn man es beim Wort nimmt, ohne dass man gleich an das ganze, besonders blutige Fleischstück denkt, das in der Brusthöhle aufgehängt ist. Den Verstand hat man benannt, und man denkt dabei an mehr als an die paar Millionen Ganglien, und das Blut ist nicht bloß ein roter Saft, den man bei Verwundungen kennenlernt. Das, was diese Dinge sind, und das, was sie dem Menschen bedeuten, dafür hat man Worte gefunden. Das da drunten aber ist jenseits der Worte geblieben, ist eigentlich bis heute noch unbenannt und darum unheimlich, denn Liebe ist nicht sein Wesen, Sexualität auch nicht, diese Aufteilung hat die wissenschaftliche Barbarei besorgt, jetzt ist ein Unwesen daraus geworden, ein Tier zwischen den Schenkeln eines jeden, etwas, das man unter Kuratel stellen muss, etwas, das übel riecht und den unabhängigsten Geist gemein macht, etwas, das man bewirtschaften will, wie das Wasser für die Turbinen, denn die Turbinen seien ein stolzes Geistwerk, Sublimierungsanlagen der Ingenieure, die die Urkraft, die unverstandene, zu bändigen wissen, dass eine Kraft daraus wird, die man kühl einkalkulieren kann in die Gesamtrechnung ... Hans trieb auf seinen Wildwassergedanken hin, ein heftig schwankendes Boot, jeden Augenblick in der Gefahr, zu kentern oder an einem Felsen zu zerschellen. Die blumige Deutlichkeit dieses sehnigen Frauenarztes marterte ihn. Noch nie hatte er Anne so verehrt wie in dem Augenblick, als sie – wahrscheinlich auch ein bisschen beschädigt von diesem argen Gespräch – eine Atempause Dr. Benraths benützte, um zu sagen: »Die Hitze heute lässt nicht mehr nach.«

Ihre Mutter sah mit halb herabgelassenen Lidern langsam zu ihr hin und sagte: »Das ist meine Tochter.« Darauf lachte Alice greller als je zuvor. »Die Gute«, sagte Dr. Benrath und prostete Anne zu. Hans dachte, ich muss gehen. Frau Volkmann hasst ihre Tochter. Sie will mit dem muskulösen Gynäkologen schlafen, Alice auch, Anne stört, ich störe, vielleicht wollen sie sich auch bloß unterhalten, ich bin zu schwer zu allem. »Und du mein schwarzes Kind«, sagte Dr. Benrath und drehte den Kopf seiner Frau mit einem leichten Klaps gegen das Kinn steil nach oben. »Sie ist ein Engel«, sagte Frau Volkmann. »Ja, ich schäme mich auch«, sagte Alice und explodierte in ein nicht enden wollendes Gelächter, das aus Atemnot und Erschöpfung schließlich in ein jaulendes Gestöhne überging. Hans dachte: das ist die Gelegenheit, Anne zu helfen. Und er stand auf und sagte: »Anne, gehen wir doch in den Park, ein bisschen Bewegung ...« Mehr musste er zum Glück nicht sagen, Frau Volkmann stimmte ein, umarmte ihn, beglückwünschte ihn, ja, wir gehen alle in den Park, man spürt sich gar nicht mehr, wenn man so lange sitzt, großartig. Am Dichter vorbei, er war inzwischen eingeschlafen (»gleich ruft seine Frau an und kommandiert ihn heim«, flüsterte Frau Volkmann), stolperte der Rest der Party in den Park hinaus, Alice und Frau Volkmann hatten sich an den Gynäkologen gehängt. Hans ging zwischen Frau Benrath und Anne. Ein paar Minuten tapste man durcheinandersummend in die schwarze Mauer des Dunkels hinein. Da schimmerten irgendwo helle Gartenmöbel auf. Alice stürzte darauf zu, riss Dr. Benrath mit sich und rief: »Berta, lass Sekt servieren!« Und da in dieser Villa nichts unmöglich schien, wurde Sekt serviert, und die Trinkerei ging in noch flacheren, noch bequemeren Sitzgelegenheiten weiter. Und weil man sich nun nicht mehr sah, weil nun jeder allein auf der schaukelnden Bahn seiner Vorstellungen weiterrannte, unbeobachtet, nur von seinen Wünschen und vom Sekt befeuert, wurden die Reden noch kühner. Hans dachte durch seine immer dichter werdenden Schleier hindurch: vielleicht ist das eine Orgie. Er hatte schon davon reden gehört. Dr. Benrath leitete das Gespräch. Jetzt löste er sogar seiner Frau die Zunge, befreite Anne von ihrer Schwere und wusste schließlich auch Hans mit Hilfe geschickt gezielter Komplimente, die zugleich Aufforderungen waren, in die Runde einzubeziehen. Dabei schien er selbst so ruhig und nüchtern zu bleiben, wie er es beim Zerlegen der kalten Forelle gewesen war. Sein Beruf hatte ihm offensichtlich eine grauenhafte Sicherheit gerade da verliehen, wo alle anderen unsicher oder doch zumindest anfechtbar waren. Vielleicht weil er wunschlos war, wo alle anderen wünschten, aber nicht eingestehen wollten, dass sie und wie sehr sie wünschten. Und das schlechte Gewissen seiner Umgebung verlieh ihm alle Kraft. Oder war Frau Volkmann genauso kalt? Und Alice? War nur er der Bürger, der sich hier Genuss erschleichen wollte, aber nicht den Mut hatte zu genießen? Er dachte an das, was Claude erzählt hatte. Und jetzt forderte Frau Volkmann alle auf, miteinander auf »du« zu trinken, sich zu küssen und noch einmal zu küssen, sie nannte das das »Doppel-Du«, das auch am nächsten Tag und an allen folgenden Tagen noch Bestand haben sollte. Wie weit wollte sie das Spiel noch treiben, diese mänadische Romantikerin? Er forderte jetzt sein Recht, wenn sie's wissen wollten, bitte, er hätte es ihnen jetzt vielleicht sogar sagen können! Er war keine Schaufensterpuppe, die man in jede beliebige Stellung zur Partnerin Schaufensterpuppe biegen konnte! Er rutschte hinüber zu Anne, ließ sich in ihren Sessel fallen und suchte ihren Mund. Anne kam ihm so sehr entgegen, dass er erschrak. Von ferne hörte er noch Alice quieksen und Frau Volkmann rauh auflachen, einen Augenblick dachte er auch noch daran, dass Dr. Benrath jetzt vielleicht von diesen beiden zerfleischt wurde, während seine zartgliedrige Frau daneben saß und ihre dunklen Augen in einer von keinem Menschen bemerkten Trauer auf die Geräusche richtete, bitte, sollten sie sehen, wie sie das überlebten, sie hatten es sich selbst zuzuschreiben, ihn ging das nichts mehr an, das Dunkel und der Sekt hatten eine Mauer zwischen ihm und den anderen errichtet, die nicht mehr zu übersteigen war! Vielleicht waren sie auch wieder ins Haus gegangen, er hörte nichts mehr. Seine Hände suchten Anne ab, taten so, als irrten sie fiebrig und ziellos an ihr herum und registrierten doch jedes Nachgeben, jede Regung des Einverständnisses auf das genaueste, bis sie schließlich waren, wo sie von Anfang an hingewollt hatten. Hans sammelte alle Schärfe seines Bewusstseins, deren er noch fähig war, auf einen Punkt, um zu beurteilen, was sich da vollzog. Aber während er zu denken versuchte, während er sich einredete, dass er jetzt ganz klar und mit vollem Bewusstsein noch einmal prüfe, ob er tun dürfe, was zu tun er im Begriffe war, da war die Entscheidung schon gefallen, ohne ihn, über ihn hinweg, eine Hinrichtung vollzog sich, bei der er Henker und Delinquent in einer Person war.

4.

Als die Hitze auch noch das letzte Blau des Himmels mit ihrem fahlen Weiß befallen und zersetzt hatte, als sie die letzten Wolkenschleier zerrissen und aufgezehrt hatte und sich gerade anschickte, ihren bösen Baldachin für alle Zeit über Philippsburg aufzuschlagen, da schob sich von Westen gelbgraues Gewölk herauf; es war, als nahte sich ein ungeheurer Widder, von dem man bis jetzt nur die Kopfwolle sah, die höher und höher aufwuchs, der Kopf selbst blieb unsichtbar, aber die Wolle löste sich, flog hoch und stampfte in riesigen Knäueln über Philippsburg hin, ganze Knäuelgeschwader waren es, die jetzt mit Blitz und Donner über der zusammengeduckten Stadt explodierten und mit Hagel erst und dann mit Regen auf die ausgeglühte Steinwüste hinabschlugen; allzu schwer beladenen Schiffen gleich, waren die Formationen angekommen, jetzt aber, nachdem sie ihre Lasten herabgeschleudert hatten, wurden sie leicht, lösten sich auf in tintige Schleier, stürmten hoch und eilten, den versehrten Himmel mit ihren tiefen Farben zu tränken: und von ihrem Überfluss regneten sie tagelang auf die Stadt hinab.

Hans saß an seinem Schreibtisch. Ihm gegenüber Anne. Schreibmaschinengestotter aus dem Vorzimmer. Und von draußen die Zimbelmusik des Regens, der jetzt ohne Gewalt niederging. Hans tat, als baue er aus seinen Notizen eine Reportage. Am Vormittag hatten silbrige Herren in dunklen Anzügen an einem Rednerpult, aus dem die Mikrophone wie eine Saat bleigrauer Tulpen ragten, die »Große Landesausstellung der Rundfunk- und Fernsehgeräteindustrie« eröffnet. Aber Hans kritzelte nur Worte aufs Papier. Sinnlose Einzelworte. Er spürte, dass Anne ihn ansah, dass sie herüberlächelte über die zwei Schreibtische und wartete, bis auch er sie ansehen würde, hinüberlächeln würde zu ihr. Cécile, dachte er, Marga ... Anne war so vergnügt heute. Bei jedem zweiten Satz quiekste sie, kniff ihre Augen zusammen, war mindestens schon fünfmal um beide Schreibtische herumgerannt, um ihm mit Mund und Zunge im Gesicht herumzuradieren.

»Was tun wir heute abend?« hatte sie gefragt.

Er müsse die Reportage fertigschreiben. Morgen sei Redaktionsschluss für die nächste Nummer.

Anne sagte, der Pressedienst schlage ein! Papa sei sehr zufrieden.

Alles, was Anne heute sagte, klang wie eine Aufforderung. Hans suchte einen freundlichen Satz zusammen, probierte ihn einmal in Gedanken und sagte ihn. Anne war glücklich. Er hätte sie gerne geliebt. Aber sie war keine Frau wie Cécile oder Marga. Sie war ein altes Mädchen.

Anne holte was zum Essen, holte Wein und blieb, bis er die Reportage beendet hatte; sie setzte sich auf seine Schenkel, sie suchte wieder in seinem Gesicht herum, bis er so erregt war, dass er sie nett fand und wiederholte, was er im Park getan hatte. Von mir aus, dachte er; sie liebt mich wenigstens, sie lacht nicht so unverständlich, sie weiß, wer ich bin, ich muss nicht andauernd auf den Zehenspitzen herumtanzen, um mich ein bisschen größer zu machen, als ich bin, und schließlich ist eine Frau eine Frau, basta!

Von seinem zweiten Monatsgehalt kaufte sich Hans ein türkisgrünes Hemd, weinrot besetzte Manschettenknöpfe und eine honigbraune Krawatte, eine italienische Krawatte war es, auf einem winzigen Stoffstreifen stand seta pura, Hans sprach es auf dem Heimweg vor sich hin, vertonte es und sang es in vielen Variationen, bis er Frau Färber sah. Sie sollte ihn nicht singen hören. In seinem Zimmer stellte er fest, dass das, was er unter seiner Oberkleidung trug, den Namen Wäsche nicht mehr verdiente. Sofort rannte er noch einmal in die Stadt und kaufte sich weiße Unterwäsche, rannte zurück in sein Zimmer und probierte alles gleich an. Es war das erste Mal in seinem Leben, dass er allein und mit eigenem Geld und so viel auf einmal gekauft hatte. Das Geld, das er sich während der Semesterferien als Volontär bei Provinzzeitungen verdient hatte, hatte er zum Studium gebraucht, seine Kleider hatte immer noch seine Mutter bezahlen müssen. Sie war nirgends lieber hingegangen mit ihm als in die Kreisstadt (oder noch lieber in die dreißig Kilometer entfernte, benachbarte Kreisstadt, wo sie ganz unbekannt waren), um den ganzen Tag durch die Geschäfte zu schlendern und für ihn einen Mantel, einen Anzug oder auch nur ein Paar Handschuhe oder ein Kleid für sich selbst zu kaufen. Auch Hans war eitel und wusste, was er wollte, was zu ihm passte, aber seine Mutter fand rein gar kein Ende beim Auswählen, Wählen, Wiederverwerfen, Weitersuchen, Auswählen und Wählen … Alles probierte sie ihm gleich an, trat zwei Schritte zurück, neigte den Kopf nach rechts, nach links, wieder nach rechts, winkte mit der Hand ab, nein, das ist nichts, zu hell für dich, da verschwimmst du, bist zuwenig eingefasst … Und wenn sie dann etwas gefunden hatten, zogen sie per Arm ins Café, aßen vielschichtige Torten, flüsterten sich ironische Bemerkungen über die anderen Gäste zu, lachten laut auf und stießen sich an, dass man hätte glauben können, sie seien ein junges Paar, das gerade Verlobung gefeiert hatte.

Hans bedauerte, dass der Spiegel in seinem Zimmer so klein war. Noch nie hatte er so eng anliegende, so schmiegsame Unterwäsche gehabt, er sah sich im Zirkus, in der Arena, am Fuß der Leiter, die hinauf zum Trapez führte, mit einer Hand griff er schon zu, dann huschte er katzenschnell die Sprossen hinauf, oben ein kleines Muskelspiel, das Trikot saß hautdicht, war überhaupt nicht zu spüren, er konnte abfedern, sich hinauswerfen, der schwingenden Stange entgegen …

Und erst das Hemd, es floss an ihm hinunter wie Engelshaar! Die Krawatte machte ihn ernst. Die Manschettenknöpfe beflügelten seine Hände. Er dirigierte ein unübersehbares Orchester, aber er sah die Partitur nicht, er sah keine Musiker mehr, er sah nur noch seine Hände, die schmal und lang aus den Ärmeln stachen, und die tiefroten goldgefassten Manschettenknöpfe, die im Licht der Puttlampe funkelten: wahrscheinlich schauten auch die Musiker längst nicht mehr in ihre Notenblätter, hatten deswegen auch ihre mürrischen Beamtengesichter verloren, sie und der ganze Saal hinter ihm hingen wie er nur noch am Spiel der Hände, deren Weg durch die Luft vom Gefunkel der Manschetten besät wurde.

So gewappnet fuhr er mit der Straßenbahn ins Funkhaus. Jawohl, mit der Straßenbahn. Davon würde er vorerst noch nicht abgehen, sooft er auch bei seinen neuen Bekannten das Wort Taxe oder Chauffeur hörte.

Intendant Dr. ten Bergen gab seinen Presse-Tee. Hans hatte gleich nach der Party einen Antrittsbesuch im Philippsburger Funkhaus gemacht; Dr. ten Bergen war verreist gewesen und hatte ihm hinterlassen, Hans möge unbedingt und sofort nach des Intendanten Rückkehr wiederkommen. Hans war durch die Funk- und Fernsehstudios geführt worden. Der Pressechef des Intendanten, ein gemütlicher älterer Herr, der stets ohne die geringste Mühe lächelte, aber keine halbe Stunde ohne einen Drink lebend überstanden hätte – eine Berufskrankheit, hatte er gesagt, man müsse eben immer und dann tue man's schließlich auch ohne Zwang –, der war mit ihm durch die bunten Räume gegangen, in denen weiße Mäntel herumsaßen und auf kleine Metallkapseln einredeten; durch enge Kabinen, in denen gelangweilte Mädchen ihre Hüften gegen lackierte Kommoden lehnten, auf denen sich was drehte; diese Mädchen wandten die Köpfe in einer langsamen Kreisbewegung der Tür zu, wenn man eintrat, wie jene feineren Pferde, die die Bauern nur noch zum Reiten benützen oder vor den leichten Rennwagen spannen, weshalb diese hochbeinigen Renner und Traber dann die ganze Woche über im Stall stehen und sich in stumpfer Erwartung jedem Öffnen der Türe entgegendrehen, in den schläfrigen Augen die Frage: ob immer noch nicht Sonntag sei? Und ähnlich wie der Bauer, wenn er einen Besucher werktags zu seinen Lieblingspferden führt, diese dann liebkosend auf die Kruppe tätschelt, so klopfte auch der heitere Pressechef den Mädchen da und dort wohlwollend auf ihre besten Partien. In die Studios durften sie nur durch die Scheiben sehen; im ersten standen fünf, sechs erwachsene Männer und schrien heftig gestikulierend auf ein winziges Mikrophon ein. Im zweiten saß eine alte Frau ganz allein. Sie schien der Metallkapsel ihr Leid zu klagen, weinte gar, hob die Hände, ließ den Kopf nach vorne fallen, holte ein Taschentuch, klagte und klagte; aber die Metallkapsel hatte offensichtlich kein Erbarmen. Da wurde ihr Gesicht zornig, blähte sich, dass alle Falten verschwanden, die Augen traten aus dem Kopf, aus ihren runden Klagehänden wuchsen Krallen, die auf die Kapsel losfuhren, der Mund öffnete sich zu einem Schrei, blieb offenstehen, sie selbst verharrte wie vom Schlag gerührt in dieser Haltung, bis eine Tür aufging, ein Herr, dem die Zigarette erbärmlich schief im Munde hing, zu ihr hintrat und sagte (man hörte es durch die geöffnete Studiotür bis auf den Gang heraus): »Zuviel Saft, Eva, müssen wir noch einmal machen.«

Im letzten Studio, das sie besucht hatten, saß gar ein geistlicher Herr vor dem Allerheiligsten dieses Hauses, vor der winzigen Kapsel. Sein Gesicht wogte in freundlichen Falten. Er schien der Kapsel Trost zuzusprechen. (Da man diese Menschen ja nur durch dicke Scheiben hindurch sah und kein Wort von dem, was sie sagten, hörte, meinte man, die Kapsel, auf die sie einredeten, verschlinge alles, was den Menschen aus dem Mund kam, so ungeheuer rasch, dass auch nicht ein Buchstabe davonkam und sich etwa in ein menschliches Ohr retten konnte.) Der geistliche Herr hob jetzt einen strengen Zeigefinger und schüttelte ihn heftig in der Luft, als habe er der Kapsel Vorwürfe zu machen, jawohl, nicht gar alles stehe zum Besten mit ihr, das dürfe sie sich nicht einbilden! Aber dann siegte anscheinend doch seine rundliche und hilfsbereite Natur, und er beschloss seine Rede an die Kapsel mit einem Lächeln, das er ihr so deutlich zeigen wollte, dass er sie fast mit den Lippen berührt hätte. Und, um Gottes willen, was tat er da, er faltete die Hände und betete die Kapsel jetzt auch noch an!

Hans hatte gerne eingewilligt, vor der Besichtigung der Fernsehstudios einen »Drink« zu nehmen. Dann war er in die Regiezentrale geführt worden: die Fernsehleute sprachen – das war der Unterschied zum Rundfunk – nicht in eine, sondern in viele Kapseln hinein. Und in allen möglichen Räumen saßen, lagen und liefen Leute umher, die kleine Knöpfe in den Ohren trugen und jeweils das taten, was ihnen diese Knöpfe sagten. Das Wichtigste war, dass auf dem Radioapparat mit der Glasscheibe immer ein Bild war, das man erkennen konnte. Viel mehr hatte Hans nicht verstanden, obwohl der Pressechef, der hier auch kapitulierte, mindestens fünf Herren herbeigerufen hatte, von denen jeder einen Sektor dieses Geheimnisses erklären konnte, aber es gelang Hans nicht, diese einzelnen Sektoren zusammenzusetzen. Wahrscheinlich wusste jeder von diesen fünf Herren auch nur seinen Teil, und das Ganze war bis jetzt noch unbekannt. Die Hauptsache war ja auch, dass das Bild auf der Scheibe lächelte ohne zu zucken. Manchmal zuckte es nämlich. Dann herrschte große Bestürzung und alle schrien so lange in die Kapseln hinein, bis es wieder ruhig lächelte. Als sie die Regiezentrale verließen, lächelte das Bild. Gott sei Dank, dachte Hans.

Hans war froh, diese erste Begegnung mit der Praxis hinter sich zu haben, als er zum Presse-Tee fuhr. Der Redakteur der »programm-press« musste seinen Kollegen von der Tagespresse doch wenigstens ein bisschen praktische Einsicht voraushaben.

Der Pförtner im Funkhaus hatte von allen Lächeln, die er bis jetzt in Philippsburg gesehen hatte, das freundlichste. Er saß hinter seiner Glasscheibe, wie in der Badewanne. Hans sagte nur: »Presse-Tee«, da sagte der Pförtner sofort: »Dritter Stock, Empfangssaal.«

Der Messeraum einer Weltraumstation. Gewellte Wände, die Decke eine große S-Bewegung, mehrfarbig, das Licht wuchs überall heraus. Die Formen der Tische schienen ihre Entstehung der Explosion eines Onyxfelsen zu verdanken, lediglich in der Dicke der Tischplatten hatte man sich phantasielos mit einem einzigen Maß begnügt. Die Beine dagegen waren verschieden dick und gleißten auch in den krassesten Mustern und Farben. Die Aschenbecher schienen erstarrte Tiefseetierchen zu sein. Die Sessel mussten teils von Gynäkologen, teils von Karosseriebauern, bestimmt aber von Exhibitionisten entworfen worden sein. Die Bezüge waren in den ernsten Farben alter Kirchenfenster gehalten. Der Bodenbelag war so, dass man versucht war, die Schuhe auszuziehen. Die anderen Pressekollegen waren wahrscheinlich schon so oft hier empfangen worden, dass sie nicht mehr erschreckt werden konnten. Ob sie einander alle kannten? Ob außer ihm vielleicht noch ein Neuer dabei war? Er hätte sich vorstellen sollen. War Dr. Abuse nicht da, der Pressechef? Doch, da stand er, natürlich ein Glas in der Hand. Wenn der ihn vorgestellt hätte! Aber sich, seinen Namen und seine Hand zwanzig bis dreißig Herren anzubieten, die herumstanden, in der einen Hand das Glas, in der anderen die Zigarre oder Zigarette, wie hätten sie ihm die Hand geben sollen? Der Eintritt des Intendanten enthob ihn dieser Sorgen. Ein lilafarbener Anzug flatterte heute um seine hagere Gestalt. Hinter seinen ausgreifenden Schritten trippelten zwei winzige Sekretärinnen her; sie schleppten Papier und ganze Bündel neuer Bleistifte mit sich. Der Intendant selbst war flankiert von zwei jungen Herren, deren Haare auf die Kopfhaut gemalt zu sein schienen, so glatt lagen sie an. Als sich alles gesetzt hatte, stellte sich heraus, dass der Intendant, seine zwei Herren, der fröhliche Pressechef und Programmdirektor Relow, der heute einen gletscherfarbenen Anzug trug, am größten Tisch an der Stirnseite des Saales Platz genommen hatten. Schräg hinter ihnen die Sekretärinnen, die jetzt ihre Bleistiftspitzen in Millimeterhöhe über dem Papier hielten und mit gesenkten Köpfen wie Hundertmeterläuferinnen auf den Startschuss warteten.

Früher, dachte Hans, wäre der Intendant bestimmt Erzbischof geworden.

Der Intendant begann: er hätte es vor seinem Gewissen nicht verantworten können, wenn er nicht regelmäßig den Herrn von der Presse, die gleichzeitig Vertreter und Bildner der öffentlichen Meinung seien, Einblick gegeben hätte in seine Pläne; er messe dieser heutigen Sitzung, was sage er, Sitzung, davon habe er sonst mehr als genug, Sitzung, das sei der Tod der künstlerischen und publizistischen Arbeit, nein dies sei für ihn keine Sitzung, sondern ein freundschaftliches Treffen mit den Herren, die ihn in der Zeit seiner Tätigkeit, in all diesen schweren und schönen Jahren begleitet und gefördert, ja, gefördert hätten, und da sei er wieder beim Anfang: dieser heutigen Zusammenkunft messe er eine besondere Bedeutung bei, weil es gelte, Bilanz zu ziehen, Abrechnung zu halten über Verlust und Gewinn; ob er nun wieder einziehe in dieses Haus nach der Wahl oder nicht, darauf komme es am wenigsten an, aber die Rechnung müsse gemacht werden, Ordnung müsse sein in einem so großen Haus, und die Öffentlichkeit, deren Gelder hier verbraucht würden, habe ein Recht darauf, Einblick zu erhalten in alles.

Es war eine bewegende Rede. Und das nasale Filter gab die melancholisch-seriöse Färbung, die heute mehr am Platze war denn je. Alles wurde für die Öffentlichkeit getan, auf alles hatte die Öffentlichkeit Anspruch, die Öffentlichkeit war es, für die die Geschäfte geführt worden waren, das Interesse der Öffentlichkeit war sein Leitstern gewesen und würde sein Leitstern sein ... Die Öffentlichkeit? Wer ist das bloß, dachte Hans, spricht er von ihr nicht wie von einer teuren Toten, deren Nachlass er zu verwalten hat, zu verteidigen auch gegen allerlei Erbschleicher?! Ja, die Öffentlichkeit musste gestorben sein, es musste Streit gegeben haben unter ihren Erben, Streit schon darüber, was ihr Interesse sei, was ihr eigentlicher letzter Wille, Streit auch darüber, wer von sich behaupten dürfe, ihr Sachwalter zu sein, und ein ganz waghalsiger Streit darüber, ob man ihren Äußerungen wirklich trauen dürfe, ob man wirklich alle ihre Wünsche zu erfüllen habe, da sie ja, gestehen wir's uns doch ein, manchmal recht belächelnswerte Wünsche geäußert habe. Umso wichtiger sei es aber, das echte Interesse der Öffentlichkeit zu erkennen und zu wahren, ihr wohlverstandenes Interesse! So ist es immer, dachte Hans, wenn reiche, aber recht schrullige oder simple alte Damen sterben. Wer weiß, was sie eigentlich wollten? Und haben sie denn überhaupt etwas gewollt?

Der Intendant hatte seinen Statistiker mitgebracht, es war einer der glatten jungen Herren, der hatte die schwerdurchschaubare Dame Öffentlichkeit auf Herz und Nieren und auf noch viel mehr geprüft und konnte Kolonnen von Zahlen aufmarschieren lassen, mit denen man alles beweisen konnte, was der Intendant für beweisenswert hielt. Der zweite junge Herr, sein persönlicher Referent, ein Soziologe, trug nach dieser statistischen Diagnose vor, was der Herr Intendant als Therapeut geleistet hatte.

Darauf las der Statistiker wieder Zahlen vor, die bewiesen, dass der Intendant den wahren Willen der Dame Öffentlichkeit tatsächlich erkannt hatte, dass er ihre Klagen gehört und richtig eingeschätzt hatte und dass er dann auch die einzig wirksamen Besserungsmethoden angewandt hatte. Die Öffentlichkeit selbst – das machten die Zahlen deutlich – hatte es ihm dankbar bestätigt. Aber nicht als ihr Sklave habe er gehandelt, sondern nach eigenster Einsicht und Verantwortung.

Wunderbar, dachte Hans. Ein unangreifbarer Bericht. Eine Diskussion erhob sich. Hans dachte, was gibt es denn da noch zu reden? Der Intendant ist ein kluger Mann. Viel klüger als ich. Er hat die alte Dame Öffentlichkeit, die nie recht wusste, was sie wollte, mit List und Klugheit behandelt, also gebt ihm doch euren Segen. Aber der Saal war voller Zweifler und Nörgler. Ob das Funkhaus nicht doch im Leeren treibe! Ob die Herren hier nicht doch allmählich spürten, dass sie von ihren Hörern nichts wüssten? ...

Der Intendant gab alles zu und widerlegte alles. Ein prachtvoller Mann. Sobald einer etwas gegen seine Ansichten sagte, rief er: »D'accord! Völlig d'accord, aber ...« und dann sagte er das Gegenteil.

Die Presseleute hörten offensichtlich nicht gerne zu. Sie waren allem Anschein nach nicht hergekommen, um etwas zu erfahren, sondern um ihren bis an den Rand vollen Redekropf auszuleeren. Es gab bedächtige Herren unter ihnen, die die Sätze langsam aus dem Mund streichen ließen, endlose Sätze, die im Raum herumhingen wie Rauchfahnen bei Windstille; diese Redner wurden wahrscheinlich nur deswegen nicht unterbrochen, weil ihnen schon lange keiner mehr zuhörte. Endeten sie dann, so dauerte es einige Zeit, bis man bemerkte, dass die Stimme endgültig versiegt war. Allein der Intendant hörte diesen Reden noch auf merksam zu, aufmerksam und geduldig und geradezu aufmunternd dem Redner zulächelnd; wenn der dann vielleicht bemerkte, dass alle anderen nicht mehr zuhörten, dass nur noch der ihn mit Aufmerksamkeit honorierte, den er gerade anzugreifen im Begriffe war, dann wurde er wahrscheinlich milder und milder. Der Intendant fasste schließlich das zähe Gewoge von Sätzen rasch zusammen. Bei seinen Entgegnungen benützte er Wendungen aus dem Wortschatz seines Vorredners, mischte überraschende Fremdworte wie Blumen dazwischen, bog alles ein bisschen zurecht, tat aber so, als zitiere er: man hatte den Eindruck, als umarmten sich zwei Reden, während die Redner selbst ganz ruhig sitzen bleiben konnten.

Programmdirektor Knut Relow sagte während all dieser Diskussionen nicht ein einziges Wort. Er saß bewegungslos wie eine Schaufensterpuppe, die einen Anzug zur Geltung zu bringen hat. Sein Kopf war fast immer von Rauchwolken eingehüllt, und wenn die sich lichteten, sah man ein Gesicht, das deutlich zeigte, wie schnell alle Probleme gelöst gewesen wären, wenn sich dieser Mund auch nur ein einziges Mal geöffnet hätte. Wenn er sich aber öffnete, dann nicht zum Sprechen, sondern um Rauch zu entlassen; manchmal stieß er diesen Rauch aus dem fischartig starr aufgeklappten Mund mit der Zunge so jäh heraus, dass sich Rauchringe bildeten, die langsam durch den Raum schlingerten und schwebten, sich endlich auf einen der Tische niederließen und dort zähe auf der Platte hin und her wogten (einem sterbenden Reptil gleich, das sich von der Erde wegkrümmt), bis sie sich schließlich doch auflösen mussten. Herr Relow sah diesen Agonien interessiert zu. Es gelang ihm auch einige Male, mit seinen kunstvollen Rauchringen die Augen fast aller Anwesenden von dem unentwegt weitersprechenden Intendanten abzuziehen.

Hans schrieb über diesen Presse-Tee einen Bericht, der von Herrn Volkmann um die Hälfte gekürzt wurde. Alles, was Hans zugunsten des Intendanten eingefallen war, wurde gestrichen. Zu seinem Erstaunen las Hans auch in der Tagespresse, deren Vertreter er bei dem Presse-Tee noch kennengelernt hatte, fast nur negative Kommentare über die Tätigkeit dieses Intendanten. War am Ende des Empfangs nicht der Intendant Sieger geblieben? Hatten nicht seine Argumente das Feld behauptet? Alle Fragen hatte er beantwortet, alle Einwände widerlegt, die Journalisten hatten es selbst zugegeben, und dann waren sie heimgegangen und hatten ihre Einwände, als wäre nicht darüber gesprochen worden, zu Artikeln gegen Dr. ten Bergen ausgewalzt. Dieser Intendant schien wirklich verloren zu sein. Hans sah ihn reden, sah ihn Besuche machen, reden und reden, Zahlenkolonnen marschierten aus seinem Mund heraus und direkt in die freundlichen oder gelangweilten Gesichter seiner Zuhörer hinein; er konnte alles auswendig, was für ihn sprach, er hatte Belege, er meinte es gut, er appellierte, versprach, bog seinen Graukopf tief auf seine Brust, er schmeichelte, beschwor die Vergangenheit und die Zukunft herauf, wurde wahrscheinlich allmählich unruhiger, die Termine häuften sich, das winzige Kalenderchen wurde strapaziert wie noch nie, sein Chauffeur kam nicht mehr zum Schlafen, die Bleistifte seiner Sekretärinnen zitterten, und die glatten Gesichter seiner zwei jungen Ordonnanzen mussten in diesen Tagen zusehends verfallen, vielleicht musste sogar Dr. Abuse auf seinen halbstündlich notwendigen Drink verzichten in der wachsenden Erregung vor dem Tag der Wahl. Und dann war es soweit: die Räte wählten und Dr. ten Bergen fiel durch. Mit einer großen Mehrheit von Stimmen wurde Professor Mirkenreuth von der Technischen Hochschule zum Intendanten gewählt.

»Sehen Sie«, sagte Herr Volkmann, »wir hätten uns blamiert, wenn wir ten Bergen gelobt hätten. Und jetzt müssen Sie als erster ein Interview mit Professor Mirkenreuth machen.«

In Hans' Vorstellung erschien Frau ten Bergen, sie stand am Fenster und gab keine Antwort auf die Fragen ihres Mannes; der saß im Sessel, die Fäuste in die Augen gestützt.

Als Herr Volkmann gegangen war, sagte Anne: »Du ... jetzt ist es schon zum zweiten Mal ausgeblieben.« Hans erschrak, sagte aber leichthin: »Das gibt sich schon wieder.« »Und wenn es sich nicht gibt?« fragte Anne. Hans dachte an seine Mutter, dachte an seinen Vater, den er nie gesehen hatte, der nie mehr von sich hatte hören lassen. Vier Wochen war er im Dorf gewesen, der Herr Vermessungsingenieur, hatte im Gasthaus gewohnt und abends den runden Tisch freigehalten, hatte sogar den Wirt ins Bett geschickt; er und Lissi könnten allein Schluss machen; für Umsatz und genaueste Abrechnung verbürge er sich! Er war sehr beliebt gewesen im ganzen Dorf, die Frauen hatten ihm nachgeschaut, und Lissi Beumann, die junge Bedienung in der »Post«, war die Auserwählte gewesen, für ein paar Wochen, dann war er abgereist; später, als sie ihn gebraucht hätte, als sie ihm immer heftigere Briefe geschrieben hatte, war er auch in Philippsburg nicht mehr zu erreichen gewesen; Lissi Beumann war selbst in die Stadt gefahren, hatte die Wohnung des Ingenieurs gesucht, hatte mit den Hausleuten gesprochen und zu hören bekommen, dass der Herr Ingenieur nach Australien ausgewandert sei, um dort Land zu vermessen. Von der Regierung selbst habe er ein Angebot erhalten. Seitdem hätten sie nichts mehr von ihm gehört. Schließlich hatte Lissi Beumann erfahren, dass in der Kreisstadt ein Eisenbahnarbeiter helfen könne; der war allerdings nur übers Wochenende zu sprechen. Aber sie hatte es fertiggebracht, ihren freien Tag ausnahmsweise an einem Samstag zu bekommen, und war in die Stadt gefahren. Es war noch gar nicht so lange her, dass sie das Hans alles erzählt hatte.

Der Eisenbahner sei im Krieg Sani gewesen, aus jener Zeit habe er noch Tabletten, einen Spiegel und ein paar Sonden gehabt, sauber gepflegtes Handwerkszeug. Er habe gleich, als sie in die niedere Stube getreten war, seine Frau und die Kinder hinausgeschickt und habe ihr erzählt, dass er es an den Rotkreuzschwestern gelernt habe. Was er verlange, hatte ihn Lissi Beumann gefragt. Oh, darüber könne man noch reden, sie solle sich zuerst einmal ausziehen, ganz, jawohl ganz und gar. Und dann habe er etwas von ihr verlangt, was ihr unmöglich gewesen sei, auch unter diesen Umständen unmöglich. Sie sei aufgesprungen, habe sich so rasch angezogen wie noch nie in ihrem Leben, er habe gelächelt und ihr nachgerufen: sie könne es sich ja noch einmal überlegen, das gehöre bei ihm nun einmal zum Preis, und alle, die zu ihm kämen, bezahlten ihn auch, wenn nicht beim ersten Besuch, dann beim zweiten. Aber Lissi Beumann war nicht mehr gekommen. Die Ärzte, zu denen sie noch gerannt war, hatten ihr von der Würde der Mutterschaft vorgeschwärmt, hatten sie beglückwünscht und gleichzeitig getröstet. So war denn Hans Beumann doch geboren worden. Aber das ganze Dorf war von Anfang an gegen ihn gewesen. Alle hatten Lissi Beumann ihr Verhältnis mit dem Ingenieur missgönnt. Und er war die Frucht dieses Verhältnisses gewesen.

Hans sagte: »Ich verstehe nichts davon. Was soll ich tun?« Anne sagte was vom Heiraten. Hans erschrak wieder. Er hatte noch nie daran gedacht. Er redete auf Anne ein. Listig wand er ihr Sätze um den Kopf, als wären's Girlanden. Heiraten ja, aber doch nicht unter Zwang, doch nicht unter solchen Umständen, das wirke sich aus, später, wenn die geringste Uneinigkeit auftauche, wenn es Schwierigkeiten gäbe – und wo gäbe es die nicht! – dann zanke man sich, mache sich Vorwürfe, weil man sich ja gegenseitig gezwungen habe; die Ehe werde zu einer unaufhörlichen Buße für diese paar schönen Wochen, die Ehe werde ein Gefängnis, für den Mann zumindest, der einfach nur leben könne, wenn er das Bewusstsein habe, alles, was ihn bestimmte, frei gewählt zu haben ...

Anne widersprach bald nicht mehr. Vor allem, als Hans ihre Mutter erwähnt hatte und die Augen der Philippsburger Gesellschaft; als er ihr vorrechnete, wie man diese Eheschließung kommentieren würde; dass sie in den Ruf kommen würde, sie habe Hans nur deswegen geheiratet; und er würde verdächtigt werden, er habe Anne in voller Absicht in diesen Zustand gebracht, um sie zu bekommen, er, der mittellose und unbekannte Journalist die reiche Fabrikantentochter: das würde sein Ansehen ein für allemal vernichten. Heiraten könne man später immer noch, wenn sie wolle, wenn ihre Eltern einverstanden seien und er sich als ein Mann bewährt habe, der eine Familie gründen dürfe ...

Anne stimmte endlich ganz zu. Hans musste Professor Mirkenreuth besuchen. Anne wollte zu Dr. Benrath gehen, der ja Gynäkologe und gleichzeitig Freund der Familie war.

Professor Mirkenreuth bot Kaffee an und Cognac und Zigaretten, sorgte für Bequemlichkeit und breitete behaglich seine Biographie vor Hans' Bleistift aus. Hans lernte einen musterhaften Mann mit einer musterhaften Biographie kennen. Der Professor war früher selbst Journalist gewesen, sogar beim Rundfunk hatte er schon gearbeitet, Schulfunk, ja, und dann war der Krieg gekommen, den er als Kriegsberichterstatter an allen Fronten kennengelernt hatte. Bis auf den heutigen Tag existierten noch seine berühmt gewordenen Schilderungen von Luftkämpfen auf Tonband. Er spielte Hans eines davon vor. Er selbst war in einem »Jäger« mitgeflogen, hatte den ganzen Kampf aufgenommen, auch das, was über die Kehlkopfmikrophone laut wurde: die Atemzüge der Flugzeugführer, der feindlichen und der eigenen, die

Beschimpfungen, in die sie während des Kampfes ausbrachen, die Flüche, die Warnungen, die sie den Staffelkameraden zuriefen, wenn ein Gegner sich von rückwärts aus dem toten Winkel heranpirschte, und schließlich sogar noch die letzten Schreie der abgeschossenen Flugzeugführer, der tonlose Schrei: ich brenne; der gurgelnde Fluch: damned; das Röcheln, das in Geprassel unterging, bis zu dem Klick, dem Geräusch, das den Augenblick festhielt, in dem Mirkenreuth sein Aufnahmegerät wieder abgeschaltet hatte. Gegen Ende des Krieges waren seine Reportagen verboten worden, er hatte Innendienst tun müssen, dafür aber hatte ihn die Besatzungsmacht sofort rehabilitiert, er war beauftragt worden, die Volkshochschulen im Lande aufzubauen, für Verbreitung demokratischer Gesinnung zu sorgen, und schließlich hatte er sogar an der Technischen Hochschule einen Lehrstuhl für Pädagogik und Philosophie erhalten; nie aber war in all der Zeit seine Sorge für den Rundfunk eingeschlafen, als Angehöriger des Rundfunkrates hatte er Einfluss genommen und gebessert, was er zu bessern vermochte.

Ja, und dann seine Programmkonzeption: der Rundfunk müsse zum Herzen sprechen und dürfe nicht dem Intellekt oder niederen Instinkten dienen! Mancher Verantwortliche sei darüber schon gestolpert. Nicht Instinkt, nicht Intellekt, sondern Herz! Denn der Rundfunk sei die Sonne des Familienlebens in der heutigen Zeit. In den Ameisenwohnungen der Großstadt, in dieser Zeit, in der alles der Zerstreuung oder der Spezialisierung diene, da die Familie den zersetzenden Kräften geschäftstüchtiger Libertinisten ausgesetzt sei, da müsse der Rundfunk Erbauung und Belehrung so verbinden, dass die Familie einen neuen Schwerpunkt erhalte ... Hans stenographierte mit klopfenden Schläfen. Dieser Bekanntgabeton öffentlicher Männer erregte ihn immer wieder. Er verschmerzte den Sturz des alten Intendanten jetzt leichter. Hier war ja doch wieder ein Mann, der es gut meinte. Hans bedankte sich und trug seine Notizen ins Büro.

Anne wartete schon. Sie lächelte wie eine Kranke im Frühling. Dann gräbt sie aus ihrer Handtasche ein paar Schachteln und Fläschchen. Dr. Benrath habe sie untersucht. Sie gehe in den dritten Monat. Ein Fläschchen Partergin, eine Schachtel Chinintabletten und einen Zettel voller Verhaltungsweisen hat sie mitgebracht. Alle halbe Stunde eine Tablette, nach der vierten halben Stunde ein paar Tropfen, gleichzeitig solle sie sich viel bewegen und sehr viel Wein trinken. Die Bäder übrigens so heiß, dass sie es gerade noch erträgt.

Anne begann ihre Kur sofort und setzte sie eine Woche lang fort. Übelkeit, Erbrechen, Krämpfe, aber kein Resultat. Ein paar Tropfen Blut. Beim nächsten Besuch musste Hans mit. Es war fünf Uhr nachmittags, Dr. Benrath schickte seine Sprechstundenhilfe heim. »Ich wusste, dass es mit diesen Mitteln wahrscheinlich nicht gelingen würde. Dazu ist es zu spät. Jetzt hilft nur noch ein Eingriff.«

Anne und Hans sahen ihn unterwürfig an. Dr. Benrath machte ein tragisches Gesicht. »Ich kann das nicht tun. Ich kann Ihnen eine Orastinspritze geben, aber die bleibt genauso wirkungslos wie die Wehenkur.« Er sprang von seinem Stuhl, ging im Raum auf und ab, umkreiste die Apparate und Möbel und atmete heftig. Hans dachte: er spielt uns was vor.

Sein Bruder sei Staatsanwalt, er selbst sei im Ärzteausschuss zur Bekämpfung der Abtreibung. Seine Krankenbetten stünden in der Elisabethenklinik, die von katholischen Schwestern betreut würde. Wenn er es Anne zuliebe tue, so sei am nächsten Montag sein Sprechzimmer voll. Hans und Anne wehrten ab. Versicherten ihre Verschwiegenheit. Es sei ja in ihrem eigenen Interesse. Dr. Benrath wischte ihren Schwur mit einer Handbewegung weg. In diesen Sachen gäbe es keine Diskretion bei Laien. Anne habe Freundinnen, Hans Freunde, wenn die in Not seien, genau wie jetzt Anne und Hans selbst, was würden sie tun, sie würden zu Anne und Hans kommen, und die mussten ihnen, ihren liebsten Freunden, einen Arzt nennen, »der es macht«. Und dann fülle sich das Sprechzimmer mit Frauen, und wenn er es einmal gemacht habe, könne er es keiner mehr abschlagen, weil er erpresst werden würde. Der Gewissensdruck wächst, was tut man, man nimmt Morphium, kommt herunter, wird ein Kloakenarzt, endet im Gefängnis oder im Zuchthaus.

Obwohl Dr. Benrath diese Entwicklung mit allen Anzeichen der Erregung vorgetragen hatte und Anne und Hans dabei angesehen hatte, als seien sie die Zerstörer seiner in voller Blüte befindlichen Ärztekarriere, obwohl diese Geschichte einer ruinierten Ärztekarriere jeden Hilfesuchenden weich machen und zum Mitleid stimmen musste – wie arm war doch der Arzt dran und wie gering war dagegen das Elend, um dessentwillen man ihn aufgesucht hatte –, Hans glaubte dem Arzt kein Wort. Er war so durchdrungen vom Willen, Annes Zustand zu beenden, dass er einfach nichts hörte und auch nichts gehört hätte, wenn Dr. Benrath noch ergreifender gesprochen hätte – was allerdings nicht mehr möglich war. Wahrscheinlich hatte man schon den Studenten an der Universität diese Morphiumgeschichte als eine Modellgeschichte erzählt und sie zur Abwehr der in Not Befindlichen den jungen Medizinern mit auf den Lebensweg gegeben.

Von seinem Bruder, dem Staatsanwalt, wisse er, trommelte Dr. Benrath in heftiger Selbstverteidigung weiter, dass die Behörden jeden Arzt kannten, der es mache, man brauche ja eine Kloake in der Stadt, man dulde sie auch, aber nur bis zu dem Augenblick, da irgend jemand Anzeige erstatte, dann greife man zu: der Arzt wird verhaftet, man tut entrüstet, tut, als habe man jeden anderen, nur ihn nicht bei solchen Machenschaften vermutet. Und einen Neider habe jeder, eine ganze Menge sogar, die nur darauf warteten, einen Makel zu finden, einen Anhaltspunkt, ihn anzuklagen, zu ruinieren. Und wo sollte er es denn machen? Hier in der Praxis vielleicht? Ob sie sich darüber im klaren seien, dass es sich dabei um eine regelrechte Operation handle? In die Elisabethenklinik könne er Anne erst recht nicht legen lassen. Die Schwestern seien so hellsichtig und misstrauisch, sie legten sofort die Instrumente aus der Hand und träten schon vom Operationstisch zurück, wenn er bloß Fäden verlange, um einer Frau die Tuben abzubinden, sie zu sterilisieren, weil sie gerade den dritten Kaiserschnitt hinter sich habe und keine weitere Geburt mehr überleben könne. Mit den Schwestern sei da nicht zu spaßen, die seien stockkatholisch.

Hans und Anne entschuldigten sich tausendmal dafür, dass sie überhaupt gekommen waren. Hans sah ein, dass Dr. Benrath niemals auch nur einen Versuch machen würde. Beim Abschied nannte er ihnen noch den Namen und die Anschrift eines Arztes, zu dem er schon mehrere Patienten geschickt hatte. Seiner absoluten Verschwiegenheit könnten sie übrigens sicher sein.

Von diesem zweiten Arzt kehrte Anne freudestrahlend zurück. Das ist ein Mensch! Mindestens sechzig, weißhaarig, milde Augen, sogar einen kurzen weißen Kinnbart trägt er, ein richtiger Opa. Das Wartezimmer ist zwar klein und traurig, und aus dem Sprechzimmer hört man jedes Wort, auch jedes Stöhnen. Als sie endlich eintreten darf, räumt der alte Herr gerade eine Schüssel voll Blut weg. Sprechstundenhilfe hat er keine. Er will nicht einmal ihren Namen wissen. Sie muss sich ganz ausziehen, er führt einen Wattebausch mit einer ätzenden Tinktur ein und eine Tablette. Wenn sich etwas verändert, soll sie wiederkommen. Anne geht im Lauf der Wochen neunmal in dieses alte Haus, wartet im traurigen Wartezimmer, bangt, dass eine Bekannte eintrete, ist froh, wenn sie endlich in das Sprechzimmer darf, um wieder mit ein bisschen mehr Hoffnung heimgehen zu können. Jeder Besuch kostet zehn Mark. Jedesmal muss sie sich ganz ausziehen. Aber an ihrem Zustand ändert sich nichts. Hans wird misstrauisch. Er lässt sich alle Gespräche erzählen, jedes Wort, das der Arzt sagt. Annes Gesicht ist in den letzten Wochen eingefallen. Die Lippen sind ohne Farbe. Ihr dunkles Haar glanzlos und strähnig. Hans muss oft stundenlang auf sie einreden, um sie zu einem weiteren Besuch zu bewegen, denn die Tinkturen werden immer ätzender, die Untersuchungen immer schmerzlicher. Aber Hans lässt nicht nach. Er denkt an seine Mutter. Ein uneheliches Kind! Denn heiraten kann er jetzt nicht. Nicht unter diesen Umständen. Er liebt Anne jetzt mehr als früher. Vielleicht liebt er sie sogar wirklich. Er ist an sie gebunden. Ihr Befinden ist das seine. Er leidet ihre Krämpfe mit und spürt die Sonden, mit denen sie gequält wird. Ist das Liebe? Ja. Nein. Ja …

Auf jeden Fall muss zuerst alles wieder in Ordnung sein. Da kommt Anne nach ihrem neunten Besuch zurück. Sie weint. Der alte Arzt, der mildäugige, der richtige Opa, der hat sie heute wieder betastet, ihre Brust befühlt, und dann hat er sich an sie gepresst; ihre Figur erinnere ihn an Botticelli, ja, er wisse bloß nicht mehr an welches Bild. Hans fiel ein roter Schleier über die Augen. Jetzt liebte er Anne. Sie durfte dieses Haus nicht mehr betreten. Als sie sich von diesem Besuch wieder erholt hatte, schickte er sie noch einmal zu Dr. Benrath. Vielleicht wusste der noch einen Arzt, einen, der es ohne solche Versuche machte. Hans dachte an den Eisenbahnarbeiter, und Anne war ihm näher als je zuvor. Als sie zurückkam, war sie schon bei einem neuen Arzt gewesen. Der sei nun wirklich vertrauenswürdig. Er behandle nur in Gegenwart seiner Frau. Er habe sie gleich untersucht. Aber im vierten Monat könne er nichts mehr machen. Anne saß reglos. Sie schien völlig erschöpft zu sein. Sie hatte es offensichtlich aufgegeben. Hans schwieg vorerst. Er musste warten. Sie selbst musste den Entschluss fassen, jenen Arzt doch noch einmal aufzusuchen. Würde er auf sie einreden, reizte er sie bloß zum Widerstand. Ihre Kraft war zu Ende. Sie weinte beim geringsten Anlass. Sie konnte nichts mehr essen. Nachts schlief sie nicht. Ihre Mutter sprach stundenlang auf sie ein, um zu erfahren, was ihr fehle, bot ihr alle Freundschaft und Kameradschaft an und alles Verständnis, aber gerade ihrer Mutter wollte Anne nichts sagen. Jedem anderen lieber, bloß nicht dieser verständnisvollen, freisinnigen Mutter, die über alles eine Rede halten konnte. Bei Hans weinte sie sich aus. Zitterte und schluchzte an seinem Hals, krallte sich in seine Haut, klammerte sich an ihn, als sei sie in Gefahr zu ertrinken. Hans saß dann aufrecht im Sessel, streichelte mechanisch über ihr Haar, sah auf die gegenüberliegende Wand und versuchte in ihre verzweifelten Ausbrüche ein paar Worte einzuschmuggeln; aber es dauerte Stunden, bis sie ihn überhaupt bloß hörte. Erst wenn sie ganz fertig war, wenn sie mit rotgeweinten Augen neben ihm lag und ihre Atemzüge wieder länger wurden, erst dann konnte er sprechen. Er wusste nicht, was er sagen sollte. Er hatte nur noch den Willen, ihren Zustand zu beseitigen. Er stammelte ihren Namen vor sich hin. Einmal weinte er sogar. Richtige Tränen rollten ihm übers

Gesicht. Er war selbst erstaunt. Er konnte sich nicht erinnern, wann er zum letzten Mal geweint hatte. Wenn sie jetzt aufgab, war alles verloren. Er murmelte wieder ihren Namen vor sich hin. Er war verzweifelt, aber er sah sich doch zu dabei, er dachte, ich muss ihr jetzt etwas vorspielen, etwas, was sie so beeindruckt, dass sie zu diesem Arzt geht. Ich darf nicht sagen: Du musst zu diesem Arzt gehen. Ich muss eine Melodie spielen, die sie zwingt, aufzustehen und dorthin zu gehen. Sie muss es von sich aus tun. Ihm fiel noch immer nichts ein, immer noch murmelte er ihren Namen vor sich hin. Dann sagte er gar nichts mehr. Anne sah auf. Er tat, als bemerke er es nicht, sah weiterhin auf die gegenüberliegende Wand. »Soll ich es noch einmal versuchen?« fragte Anne. Er zuckte mit den Schultern, tat, als sei ihm jetzt alles gleichgültig. »Du willst, dass ich es noch einmal versuche«, sagte sie. Hans gab keine Antwort. Dann sagte Anne: »Morgen gehe ich noch einmal hin. Ich muss zuerst mein Geld abheben.«

Am nächsten Abend besuchte er sie. Sie lag im Bett. »Ich muss in ein Hotel«, sagte sie. »Morgen kann ich nicht mehr heimkommen. Er hat angefangen.«

Hans besuchte sie jeden Tag in dem Vorstadthotel. Anne hatte dem Arzt tausend Mark gegeben. Darauf hatte der die Fruchtblase gesprengt und Wehenmittel gespritzt. Zwei Tage geschah nichts. Hans rannte im Regen herum. Anne lag im zweiten Stock des Vorstadthotels. Ihr Zimmer ging auf den Hof hinaus. Hans hielt es nie länger aus als eine Stunde in diesem Zimmer. Am dritten Tag blieb Anne vier Stunden im Haus des Arztes. Sie wurde angeschnallt. Die Frau des Arztes gab ihr Spritzen. Dann begann der Arzt die Frucht herauszuschneiden. Anne schrie. Die Betäubung wirkte nicht. Der Arzt sagte: »Das kommt gleich. Wir haben Ihnen eine schicke Narkose gegeben.« Er trug jetzt eine dunkle Gummischürze. Drei Stunden schnitt und riss er mit Messern und Zangen in ihr herum, förderte blutige Fleischstücke zutage, die er alle in eine große weiße Schüssel warf. Dann und wann rief er seine Frau, die Annes Kopf zu halten hatte, zu sich hin, zeigte ihr ein Stück Fleisch, tuschelte mit ihr, fragte sie etwas, sie zuckte mit den Schultern, kehrte zu Annes Kopf zurück, während er die Metzelei fortsetzte. Wenn Anne die Augen auch nur für eine Sekunde schloss, stieß die Arztfrau sie sofort heftig ins Gesicht und sagte: »Was ist los mit Ihnen! Sie! Die Augen auf, he!« Sie schien große Angst zu haben. Da wusste Anne, dass man ihr gar keine Narkose gegeben hatte, dass sie bei vollem Bewusstsein alles über sich ergehen lassen musste. Anne sagte: »Ich habe geglaubt, ich sterbe.« Eine Narkose wäre zu gefährlich gewesen. Nie mehr, Hans, nie mehr. Ich kann es nicht erzählen. Es ist das Schrecklichste. Als er fertig war, legten sie mich ins Hinterzimmer. Es blutete immer noch. Er sagte: wenn es jetzt nicht aufhört, müssen Sie in die Klinik. Ich sagte: ich will nicht in die Klinik. Er hat mich angeschrien. Ich sagte: ich will nicht in die Klinik. Lassen Sie mich hier liegen. Sie verbluten, schrie er mich an. Ich rufe jetzt einen Wagen. Aber wenn die in der Klinik fragen, von welchem Arzt Sie kommen, sagen Sie ja keinen Namen. Sagen Sie kein Wort von mir. Die Schwestern werden Ihnen drohen, sie werden sagen: wir lassen Sie ausbluten, wenn Sie den Namen nicht sagen. Lassen Sie sich nicht einschüchtern. Die müssen Sie behandeln. Ich weinte. Ich bat ihn, mir noch eine Stunde zu geben. Wenn es in einer Stunde nicht aufgehört habe, könne er mich in die Klinik einweisen. Er sah mich an, er schwitzte im ganzen Gesicht, fluchte und ließ mich liegen. Eine Stunde lag ich und dachte: ich darf nicht mehr bluten, nicht mehr bluten, nicht mehr ... nicht mehr ...

Als er nach einer Stunde kam, hatte es aufgehört, da grinste er mich an. Er sagte: Sie haben Schwein gehabt. Die in der Klinik sind nicht sehr freundlich, wenn ein krimineller Abort eingeliefert wird. Dann kam seine Frau und wusch mir das Gesicht.

Anne lag noch drei Tage in dem Vorstadthotel. Dann holte Hans sie mit einer Taxe ab. Das war zum ersten Mal in seinem Leben, dass er eine Taxe benützte.

Ihrer Mutter erzählte Anne, sie habe sich bei ihrer Freundin, bei der sie all die Tage zu Besuch gewesen war, eine Fischvergiftung geholt.

Hans blieb in dieser Nacht bei Anne. Sie erzählte ihm immer wieder von vorn, was mit ihr geschehen war. Immer wieder sagte sie: ich kann es nicht erzählen. Hans schlief ein, hörte, dass sie immer noch sprach, schlief, wachte wieder auf, Anne sah ihn an, lächelte, legte seine Hand auf ihre große schwere Brust und zeigte ihm, dass schon Milch kam. Hans sagte: »Später! Das kommt alles wieder.« Anne sagte: »Ich weiß nicht einmal, ob es ein Junge oder ein Mädchen gewesen wäre, so kaputt haben sie alles gemacht.«

Hans dachte: das hat sie alles mir zuliebe getan. Wir sind einander sehr nahgekommen. Wahrscheinlich muss ich sie jetzt heiraten …

II

Ein Tod muss Folgen haben

1.

Dr. Benrath saß Cécile gegenüber. Bei seinen früheren Besuchen hatte er sich immer so bald als möglich neben sie auf die Couch gesetzt, hatte schon während des Teetrinkens das laute Sprechen zum Flüstern herabgestimmt, um den Raum klein zu machen, so klein, dass er zu einer Nussschale wurde, in der sie sich beide eng aneinander drängen mussten. Jetzt schwieg er, Cécile schwieg auch. Sie starrten in ihre Teetassen, starrten auf das Mosaiktischchen, das sie trennte. Die Mosaikplatte war in Messing gefasst. Selbst die Tischbeine waren aus Messing. Drei scharfkantige, kalt glänzende Kurven, die sich heraufbogen, die Tischplatte zu tragen. In diesem Zimmer war alles aus Stein, aus Messing, aus Kunststoff und Leinen; vielfarbig, glänzend, handgewebt, Stilgefühl verratend und Konsequenz. Selbst die Luft, der bloße Raum in diesem Zimmer, schien von kühlen Kurven und schneidenden Geraden durchzogen zu sein, ein abstraktes Gespinst, das einem die Augen zerschnitt. Cécile hätte es nicht nötig, so deutlich zu zeigen, dass sie Geschmack hat, dachte Benrath, das tun ja meistens nur die, die keinen haben. Aber sie war eben dazu verpflichtet, weil sie das Kunstgewerbegeschäft besaß. Als er zum ersten Mal dieses Zimmer betreten hatte, war er erschrocken. Er hatte befürchtet, Cécile gehöre zu denen, die ängstlich alles vermeiden, was nach einem sogenannten Stilbruch aussehen könnte; wer aber Geschmack hat, das heißt, wer sich seiner selbst auch nur halbwegs bewusst ist, der kann seine Wohnung und sein Leben einrichten, wie er will, ohne sich an kalten Stilkonsequenzen wie an einem Leitseil entlanghangeln zu müssen. Benrath verglich sein Leben mit Céciles Wohnung. Eine Religion oder auch nur so etwas wie eine Moral zu haben, das erleichtert das Dasein genauso, wie der Gehorsam einem vorgegebenen Stil gegenüber das Einrichten einer Wohnung leicht macht. Man erspart sich die Mühe, sich selbst entdecken zu müssen. Man bezieht das Leben fix und fertig aus dem Reglement. Warum hatte er sich dann nicht an das Leitseil einer moralischen Ordnung gehalten? Dann säße er jetzt nicht in der Wohnung seiner Geliebten. Aber er war sich zu wichtig gewesen. Er hatte nicht auf sich verzichten wollen. Er hatte alle seine Möglichkeiten kennenlernen wollen, alle Spiegelungen seiner Person in einem zweiten Menschen. Wie er in seiner Frau erschien, hatte er gewusst, allzubald, er hatte nicht mehr hinschauen müssen. Das war ein Land, das er kannte, das seinen Fuß nicht mehr erschütterte, wenn er es betrat. Und er brauchte Erschütterungen, weil es sonst nicht auszuhalten war, Sprechstunde, Klinik, Visite, Geburten, Operationen, Geburten, die andächtigen Augen der Patientinnen, ihre hässlichen Leiber, ihre tierische Dankbarkeit. Und wenn ihre Männer kamen, schämten sie sich ihm gegenüber für diese Männer; am Anfang hatte ihn das getragen, wie der Wind einen Vogel trägt, er hatte die Unterwürfigkeit in allen Formen genossen, er war ein Übermann geworden, weil er mit desinfizierten Händen und geschulter Sachlichkeit hantieren konnte, wo die Frauen sonst nur Begier, Anbetung, Gewinsel und Kopflosigkeit gewohnt waren; aber dann waren seine Triumphe Gewohnheit geworden, Geld war eingegangen, die Tage hatten sich hingeschleppt, woher sollte noch Post kommen? Birga besorgte das Hauswesen und bat um Kinder, die er noch nicht haben wollte.

Er wollte einen Schluck Tee trinken. Der war kalt geworden und schmeckte bitter. Auch Céciles Tasse war noch voll. Seit Benrath eingetreten war, war kaum ein Wort gefallen. Sie hatte manchmal aufgesehen, hatte sein Gesicht beobachtet, als sei er ein Bote, der im nächsten Augenblick Wichtiges mitteilen müsse. wahrscheinlich hatte sie wieder lange auf ihn gewartet, bis zur Ratlosigkeit, und jetzt hoffte sie auf ein Wort von ihm, das alles erleichtern würde. Benrath hatte geschwiegen. Er hatte nichts zu sagen. Und als er dann zu sprechen begann, da wusste sie, dass er auch heute nichts Neues mitzuteilen hatte. Es hatte sich nichts entschieden. Es würde sich nie etwas entscheiden. Und trotzdem erwarteten beide, dass etwas geschehe. Sie taten, als habe sich ein Gericht zur Beratung zurückgezogen, als hätten sie nur noch die Rückkehr der schwarzen Herren abzuwarten, die würden dann das Urteil bekanntgeben, das Urteil, das alle Quälereien beenden, das eine geradezu überirdisch anmutende Lösung enthalten würde. Und doch wussten sie, dass alles bei ihnen lag. Dass nirgends auf der Welt beraten wurde über sie.

Benrath sagte, er liebe Cécile. Wie ein nicht ganz zugedrehter Wasserhahn dann und wann einen Tropfen entlässt, der dann klirrend in die Stille fällt, so fiel dieser Satz, der Schwere gehorchend, aus Benraths Mund, Céciles Lippen bewegten sich: eine Gardine, die sich kaum merklich rührte, wenn irgendwo im Haus eine Tür geöffnet wird. Benrath stand auf, ging im Raum hin und her, tat, als gebe es noch etwas zu überlegen; aber er suchte nur eine Möglichkeit, sich unauffällig neben Cécile auf die Couch setzen zu können. Sie begannen einander abzutasten, fast mechanisch. Es war deutlich, dass beide an etwas anderes zu denken versuchten, dass beide so taten, als bemerkten sie nicht, was ihre Hände da vorbereiteten, diese Hände, die wie vom Hunger betäubte Tiere über das Fleisch glitten und doch nirgends zu verweilen wagten. Cécile entzog sich plötzlich und begann zu sprechen, sagte, was sie schon so oft gesagt hatte. Sie halte es nicht mehr aus, sich nachmittags hinter geschlossenen Vorhängen rasch ins Bett werfen zu lassen, jeden Augenblick eine Störung, eine Entdeckung befürchten zu müssen, weil doch jeder, der draußen vorbeigehe, sich wundern müsse über die geschlossenen Vorhänge; sie halte es nicht mehr aus, Benrath wie einen Verbrecher hinauslassen zu müssen, ihm auf Zehenspitzen vorauszugehen, das Treppenhaus zu erkunden und die Straße und die Fenster der Nachbarn. Aber Benrath war ein stadtbekannter Arzt, hatte eine Abteilung in der Elisabethenklinik, Frauen aus der besten Gesellschaft waren seine Patientinnen, er hatte auf seinen Ruf zu achten, als Frauenarzt mehr als jeder andere, und Cécile musste das verstehen, und sie verstand auch, aber sie hielt es nicht mehr aus. Und scheiden lassen konnte er sich nicht. Von Birga nicht. Er hatte keinen Grund. Birga war gut. Das wussten sie beide. Und eine Scheidung hätte die Gesellschaft gegen ihn aufgebracht. Die Männer wären neidisch gewesen, die Frauen empört.

Benrath dachte, ein Mann, der seine Frau betrügt, ist das lächerlichste Wesen, das man sich vorstellen kann. Er wollte keine Geliebte haben. Er hasste dieses Wort. Er wollte sich nicht gemein machen mit den lüsternen Männchen, die sich in entlegene Zimmer schleichen, um sich hinter geschlossenen Gardinen ein paar Stunden gütlich zu tun. Wenn er keine Hoffnung mehr hatte, Cécile ganz für sich zu bekommen und für immer, dann wollte er sie nicht mehr besuchen. Warum kam er dann immer noch? Die Zeit des ersten Überschwangs, als sie noch mit Schwüren übereinander hergefallen waren, war doch längst vorbei. Jetzt war sie doch seine Geliebte! Nichts anderes als seine Geliebte! Ein Verhältnis! Und er war auch so ein Männchen, das durchs Treppenhaus schleicht, eintritt und gleich aufs Ziel lossteuert. Ein bisschen über die eigene Frau klagen, sich bemitleiden lassen, bis es dann soweit ist. Dann wieder hinausschleichen, heimkommen und feststellen, dass man alles übertrieben hat, dass es sich zu Hause eigentlich ganz gut leben lässt. Aber morgen wird er, der wahre Schizophrene, trotzdem wieder jenen lächerlichen Schleichweg betreten.

Benrath kannte diese Männchen. Und seit er sie kannte, hatte er sich geschworen, dass es nie so weit kommen sollte mit ihm. Wenn dies einem Mann zum ersten Mal passiert, sind ihm kaum Vorwürfe zu machen. Er wird, aufgeblasen wie ein Aprilwind, sich so sehr im Recht fühlen, dass mit ihm gar nicht zu diskutieren ist. Er wird heimkommen und nichts bereuen. Im Gegenteil. Alles wird ihm jetzt zu Hause so erscheinen, wie er es der anderen ins Ohr geflüstert hat. Aber bei der zweiten Geliebten, bei der dritten und fünften, da fällt es ihm auf, dass er immer wieder die gleichen Klagen vorbringt, dass er sich bis in den Satzbau, bis auf die Weise des Vortrags einfach wiederholt. Er kann jetzt seine Ehemisere schon auswendig, aber er fühlt sich der jeweiligen Geliebten gegenüber verpflichtet, seine Erzählungen, die ihn doch zu dem, was er gleich tun will, berechtigen sollen, mit heißem Atem vorzutragen, mit so ursprünglicher Gewalt, als entstünden diese Gedanken, diese Klagen jetzt im Augenblick zum ersten Mal, weil es doch sie, die Geliebte sei, die ihm erst durch ihr Dasein bewiesen habe, dass er auf die und die Weise unglücklich sei mit seiner eigenen Frau.

Obwohl jede Geliebte sich von der vorhergehenden unterscheidet, die Rechtfertigungen bleiben die gleichen. Erstaunlich aber ist, dass die Geliebten, die ja immer schon Geliebte auch anderer Ehemänner gewesen sind, dass sie die Klagen jedesmal wieder zum ersten Mal zu hören glauben, obwohl auch sie sie schon längst auswendig können müssten, da ja nicht nur jeder einzelne dabei immer wieder das gleiche erzählt, sondern alle Ehemänner der Welt nur eine einzige Klagemelodie haben, die sie in immer die gleichen Ohren auf die gleiche Weise singen. Es wird also nicht bloß die Ehefrau betrogen. Diese Männchen sind anständig genug, auch sich selbst zu betrügen, und die, mit denen sie betrügen, dazu.

Und von dieser lüsternen Gesellschaft hätte sich Benrath – dazu war ihm jedes Argument recht – gar zu gerne unterschieden gesehen. Und auch Cécile sollte sich unterscheiden von jenen hinter Vorhängen ausgehaltenen Frauen. Sie war keine Geliebte. Und doch wurde sie es in dem Augenblick, in dem er keine Hoffnung mehr hatte, sie heiraten zu können. Und er hatte keine Hoffnung mehr.

Er sagte: »Ich will nicht mehr mit dir schlafen, wenn es dich quält.« Cécile sah ihn dankbar an. Benrath sagte: »Aber ohne dich sein kann ich auch nicht mehr.« Cécile nickte. Benrath glaubte, was er sagte. »Was sollen wir tun?« fragte Cécile. Benrath drängte mit den Händen. Aber er sagte noch einmal, er wolle nicht mit Cécile schlafen, wenn er wisse, dass sie nachher noch trauriger sei, noch elender. Als er dies gesagt hatte, freute er sich so sehr über seine edle Haltung, dass ihm fast die Augen feucht wurden. Es war, als spielte in seinem Rücken ein Streichorchester, viele Bratschen waren dabei und schmerzliche Celli. Gleich kam er sich wieder lächerlich vor, weil er wusste, dass es ihm mit seinen Worten nicht so ernst gewesen war, wie Cécile jetzt glaubte. Warum hielt er denn seine Hände nicht zurück? Er hatte sich das doch bloß vorgemacht, dass er Cécile nur kurz besuchen wolle, ohne sie zu berühren. Er hätte sich doch eingestehen müssen, dass auch dieser Besuch im Bett enden würde. Ob Cécile danach noch trauriger sein würde, noch elender, daran würden sie beide, wenn es erst einmal soweit war, nicht mehr denken. Er würde danach wieder in Selbstbezichtigungen ausbrechen, würde Cécile alles, aber auch gar alles auf der Welt versprechen und anbieten, mit der einen Ausnahme, sich scheiden zu lassen; und Cécile würde jämmerlich vor sich hin sehen, weil ihr alles, auch gar alles auf der Welt nichts, aber auch gar nichts nützte, weil ihr nur eines hätte helfen können, nämlich Benraths Frau zu werden, öffentlich und gesetzlich, ohne Vorhänge und niederdrückende Heimlichkeit.

Jetzt hatten sie sich schon ineinander verkrallt, ihre Körper hatten sich gefunden, widerstrebend zwar und ohne Freude. Benrath bemerkte es und schaltete sich ein. Er trug Cécile hinüber in das Zimmer, das außer ihm kein Besucher betreten durfte. Es war nach Céciles eigenem Geschmack eingerichtet, nicht nach Stilkonsequenzen, die sie in ihrem Wohnzimmer befolgte, weil sie ihren Besuchern, die auch ihre Kunden waren, zu demonstrieren hatte, dass auch sie selbst in jenen Formen und Materialien lebte, die sie in ihrem Geschäft propagierte. In diesem zweiten Zimmer war das versammelt, woran sie Freude hatte. Die Sessel waren schlank und schmal, mit überhohen Rückenlehnen, und hatten zartgeschwungene Beine; das Tischchen war aus dem vergangenen Jahrhundert; als Bett diente eine quadratische, ganz flache Couch, tiefgrün bezogen, mit mattfarbigen Kissen bedeckt; der Toilettentisch und der Schrank waren Imitationen fein verästelten Rokokos; nur die Vorhänge, die man ja auch von außen sehen konnte, repräsentierten die Kunstgewerblerin, die sie in ihrem Geschäft sein musste; jenen Geschmack also, mit dem die Leute der Gesellschaft und die Ehrgeizigen, die in die Gesellschaft hineindrängten, sich als moderne Menschen auszuweisen beliebten. Céciles Laden war dank ihrem klugen Einfühlungsvermögen zu einem gesellschaftlichen Mittelpunkt von Philippsburg geworden. Sie hatte die erste Espressomaschine in die Stadt gebracht, weil sie die Sehnsucht aller Philippsburger, die ihre erste und zweite Italienreise hinter sich hatten, nach dem schwarzgrünen öligen Kaffeegetränk kannte; größer noch als die Sehnsucht mochte der Wunsch sein, sich mit dem Bedürfnis nach diesem Getränk als ein alter Italienkenner aufzuspielen. Cécile gab den Espresso gratis, weil ihre ganze Kundschaft aus Stammkundinnen bestand; sie hatten gewissermaßen keine Möglichkeit abzuspringen. Hatten sie sich einmal zu diesem Stil entschlossen, so konnten sie ihren weiteren Bedarf, wollten sie nicht Gefahr laufen, von dem oder jenem Bekannten eines Stilbruchs oder gar einer Geschmacklosigkeit geziehen zu werden, nur noch bei Cécile decken; alles, was Cécile führte, passte zusammen, und das machte das Einkaufen bei ihr so leicht.

Und weil sich die Gesellschaft nicht nur gern an Italien erinnert, sondern sich ebenso gern an Paris orientiert, weil dort, wie nirgendwo sonst, Geschmack und Klugheit und Lebensart zu lernen sind, und weil jeder gern durch Geschmack, Klugheit und Lebensart sich auszeichnen will, deshalb hatte Cécile ihren Namen, den sie erhalten hatte, weil ihre Mutter so geheißen hatte – eine Straßburgerin, die immer gern für eine Pariserin gegolten hätte –, deshalb hatte sie diesen Namen zur Firmierung ihres Ladens verwendet, und zwar in der einladenden, an den Boulevard St. Germain erinnernden Fassung: chez Cécile. Wobei sie immer großen Wert darauf gelegt hatte, das »chez« mit einem kleinen Buchstaben beginnen zu lassen.

Cécile liebte ihren Namen, aber sie machte daraus kein Prädikat, wie es ihre Mutter, die Straßburger Putzmacherin, getan hatte, die ihr ganzes Leben zwar in Straßburg verbracht hatte, aber so, als habe sie immer gerade eine Fahrkarte nach Paris gekauft. Natürlich wäre auch Cécile nicht damit einverstanden gewesen, ihren Namen nun einfach in Zäzilie umzustülpen; sie war als Backfisch verliebt gewesen in die gerade noch angehauchte Endsilbe ihres Namens, hatte sogar einige stürmische Frühlinge hindurch die Fähigkeit, ihren Namen auszusprechen, zum entscheidenden Kriterium bei der Auswahl ihrer Freunde gemacht, aber es war doch bei einer spielerischen Verliebtheit in den zärtlichen Laut geblieben, sie wollte nicht im Ernst für eine Pariserin gelten, dazu war sie sich selbst zu blond, zu breitgesichtig und vielleicht auch ein bisschen zu schwerblütig.

Ihr zweites Zimmer, das auf liebenswürdige Art überladene, von starken Parfums duftende Privatgemach, nannte sie das »Katzennest«. Dass Benrath sie jetzt dahinein trug, stand zwar in unvereinbarem Widerspruch zu allem, was er, seit er eingetreten war, gesagt hatte, aber es war die notwendige Folge all dessen, was sich unausgesprochen, absichtlich verschwiegen, entwickelt hatte, was ihre Hände und Körper über sie hinweg beschlossen hatten. Und sie fügten sich. Benrath stellte dies in seinem Bewusstsein ausdrücklich fest. Er formulierte es in Gedanken: er wolle sich nicht alles zerstören lassen von den misslichen Umständen! Er dachte, wenn wir uns schon nicht zueinander bekennen dürfen, wenn schon alles mehr ein Unglück ist als irgend etwas anderes, dann soll wenigstens dieses Letzte nicht auch noch zersetzt werden von Skrupeln und Tränen. Er war wieder so weit, dass er sich solche Redensarten eine ganze Zeitlang glaubte. Es folgten ein paar Augenblicke geradezu fröhlicher Benommenheit. Benrath tat ein übriges und erinnerte noch einmal daran, dass er es nicht wolle, wenn er dadurch Céciles Unglück vergrößere; aber jetzt waren es wirklich bloß noch Worte, sinnloses Getön, das ihn selbst wärmen sollte. Cécile verbot ihm auch gleich, so zu sprechen. Aber er trachtete weiter nach Rückversicherung. Er brauchte etwas, auf das er sich nachher berufen konnte. Er musste gedeckt sein, wenn Cécile ihn nachher ansehen, wenn sie ihm die Hand geben würde. Er wusste ja, dass er danach zufrieden aufstehen würde, dass er heimgehen würde zu seiner Frau, zu seiner Arbeit, Cécile aber würde zurückbleiben, den ganzen Abend, die ganze Nacht. Viele Abende. Und alle Nächte. Er musste etwas für sie tun, er musste ihr danken für das, was er im Bett in diesem Augenblick von ihr empfing, er musste etwas erfinden, wenn es nichts gab, mehr als Worte, etwas Wirkliches; aber sosehr er sich bemühte, seine Schuld ließ sich unter keinem Mäntelchen mehr verbergen. Die Scheidung war nicht möglich, und alles andere war sinnlos, und auch die Scheidung wäre sinnlos gewesen, das wussten sie doch längst, weil sie sich ihr Leben nicht dadurch erkaufen konnten, dass sie Birgas Leben zertrümmerten; Cécile hatte ihm schon oft – wie eine Bäurin die Hände zusammen in den Schoß legend – gesagt: »Das würde uns kein Glück bringen.« Also gab es nur eine einzige Möglichkeit, etwas für Cécile zu tun, eine einzige Möglichkeit, alle Quälereien und Halbheiten zu beenden, und das war – er gestand es sich jetzt nicht zum ersten Male ein, aber er sprach es zum ersten Male vor Cécile aus: Birgas Tod. Cécile sagte: »Daran habe ich auch schon gedacht.« Natürlich dachte sie nicht an Gewalt, aber in diesem jahrelangen Dilemma war auch ihr diese Lösung als die einzige erschienen, eine überirdische Lösung, an die man nur denken konnte, wobei man dieses Denken mit hartem Willen zu bewachen hatte, dass es auch nicht für den Bruchteil einer Sekunde sich zu einem gefräßigen, alle Selbstachtung zersetzenden Wunsch auswachsen konnte.

Als Benrath sie so ruhig sagen hörte: »Daran habe ich auch schon gedacht«, war er einen Augenblick lang unentschlossen, ob er in Céciles Geständnis einen Eingriff in sein Leben sehen sollte, den er auch ihr nicht zugestehen durfte, oder ob er es als einen Beweis für das Schicksalhafte ihrer Beziehung zu ihm auffassen sollte. Ehe er sich noch recht besann, hatte er sich schon für die zweite Möglichkeit entschieden. Céciles Geständnis hatte ihn wie ein Sturm erfasst und ihn noch tiefer in dieses Dilemma gestürzt, das sie seit Jahren wie ein Gefängnis teilten, aus dem es keinen Ausbruch gab; in dem aber auch nicht Luft genug war, ein ganzes Leben darin zu atmen.

Cécile blieb liegen, als er sich ankleidete. Er hörte sich wieder reden. Er überhäufte sie wieder mit nichtswürdigen Angeboten, versprach seinen Schutz, seine Sorge, beteuerte, dass er ja mit ihr verheiratet sei, da seine Ehe ja nur noch eine Scheinehe sei ... Wahrscheinlich hörte Cécile nicht zu. Warum auch! Was er jetzt noch von sich gab, waren wieder nur Worte, hervorgebracht von seinem schlechten Gewissen Cécile gegenüber. Eine Scheinehe! So etwas gibt es nicht. Sie wussten es beide. Ein Mann ist mit der Frau verheiratet, mit der er die meiste Zeit verbringt. Ob glücklich oder nicht, ob in Liebe oder im Hass, das wiegt nicht viel. Glück und Liebe sind leichtfertige Worte, Konfektionsware des Gefühls, kleine lächerliche Schutzwehren gegen die Wirklichkeit, die in Sekunden abläuft und unwiderruflich ist und zum Ende führt. Was wiegt, ist die Zeit, sind die täglichen vierundzwanzig Stunden, die einen Mann und eine Frau zusammenwachsen lassen. Alles andere ist Amüsement. Cécile wusste wahrscheinlich recht gut, dass ihr Leben so lange dem Amüsement verfallen war, solang Benrath nur zu kurzen Besuchen kam und sie die übrige Zeit allein ließ.

Benrath hörte auf zu sprechen. Er musste gehen. Birga wartete. Wenn er jetzt kam, war er noch nicht zu langen Erklärungen verpflichtet. Mit jeder Minute, die er später kam, würde es schwieriger werden. Er machte eine hilflose Handbewegung. Cécile lächelte und sagte: »Ich weiß, du musst gehen.« Sie zog sich rasch an, dann konzentrierte sie sich auf die Aufgabe, Benrath einen unbemerkten Abgang zu verschaffen. Dabei veränderte sich ihr Gesicht. Benrath sah, dass sie nun wieder trostlos zurückbleiben würde. Wahrscheinlich würde sie weinen. Sie vermochte trotz aller sichtbaren Anstrengung ihr Gesicht kaum in Ruhe zu halten, es zuckte und arbeitete; Benrath dachte, es ist, als hätte sie Wehen. Er würde sich der Geburt entziehen. Er konnte nichts mehr nützen. Das einzige, was ihm übrigblieb, war, dass er sich vornahm, nie mehr wiederzukommen! Im Augenblick glaubte er es wieder einmal. Er bemühte sich, in seinem Gesicht möglichst viel Unglück, Trauer und Wut zum Ausdruck zu bringen, dann umarmte er sie noch einmal, zog sie an sich, als wolle er sie nie mehr loslassen; tat, als habe er im Augenblick den Entschluss gefasst, ganz und für immer bei ihr zu bleiben, ließ dieses Gefühl wie ein Narkotikum durch seine Adern rinnen und bereitete dann den Fluch vor, mit dem er sich lösen würde, mit einem Fluch auf die gegenwärtige Welt- und Gesellschaftsordnung, der er rasch die Schuld für alle Ungelegenheiten zuschob,

Cécile sagte: »Du solltest nicht mehr kommen.« Benrath nickte. Dann brach sie noch einmal aus. Es war, als wollte sie ihm, bevor er jetzt ging, noch möglichst viel sagen, dass sie's nachher nicht allein vor sich hin sagen musste.

»Diese Heimlichkeit würgt mich ab. Ich kann niemanden mehr ansehen. Ich fürchte mich vor jedem Laut. Ich bin nicht dafür geschaffen. Überall sehe ich Verfolger, Aufpasser, die kontrollieren, ob ich nicht auf dem Weg zu dir bin, ob ich nicht im Gesicht verrate, dass ich an dich denke. Ich komme mir vor wie die schlimmste Verbrecherin. Und wenn das Telefon geht, wage ich nicht mehr, den Hörer abzunehmen. Alf, ich kann nichts mehr essen. Nachts wache ich auf an meinen eigenen Schreien. Im Geschäft, ich kann nicht mehr mit den Leuten sprechen, weil ich sie nicht mehr anschauen kann, ich glaube immer, dass sie mich prüfen, dass sie etwas herausbringen wollen. Und Birga, sie darf nicht mehr kommen. Verbiete ihr auf irgendeine Art und Weise, dass sie ins Geschäft zu mir kommt. Sie ist so freundlich zu mir. Das bringt mich um. Ich möchte am liebsten hinausrennen, wenn sie eintritt. Bitte, Alf, komm du auch nicht mehr. Ich halt' es nicht aus. Ich wäre gerne deine Geliebte geworden, weil das andere nicht möglich ist, aber ich eigne mich nicht.«

Benrath erinnerte sich daran, wie oft sie schon so an der Wohnungstür gestanden hatten, wie oft Cécile das schon gesagt hatte, was sie jetzt gerade wieder sagte. Er erinnerte sich auch daran, wie oft er in den vergangenen Jahren versprochen hatte, nicht mehr zu kommen, und immer war er wiedergekommen, immer wieder hatte sich alles genauso abgespielt wie heute, immer wieder ein bisschen anders, aber im großen und ganzen war immer das gleiche Uhrwerk der Hoffnungslosigkeit abgelaufen, ohne dass ihr gemeinsames Unglück durch die Vorhersehbarkeit des jeweiligen Verlaufs mechanischer und dadurch milder geworden wäre. Céciles Entschlossenheit allerdings schien gewachsen zu sein. Ihre körperliche Verfassung zeigte mehr als alle Worte, dass es höchste Zeit war. Also nahm er sich's ganz ernst vor, nicht mehr zu kommen. Bei wem sollte er es schwören? Was sollte er tun, um sich einen weiteren Besuch einfach unmöglich zu machen? Unmöglich auch dann, wenn er wieder von einer anderen Stimmung befallen werden würde. Unmöglich auch, wenn er bewusstlos zu ihr hinlaufen wollte. Er hätte am liebsten laut hinausgeschrien, dass er nicht mehr kommen werde, an die Häuserwände hätte er's malen sollen, in der Zeitung veröffentlichen! Gab es denn nichts, gar nichts gegen ihn selbst? Gegen den unbesiegbaren Wunsch, in diese Wohnung zu rennen? Was sollte er jetzt für Versprechen abgeben, wenn er sich im gleichen Augenblick an all die gebrochenen Versprechen erinnerte, wenn er bis zum Hals in den Trümmern seiner Vorsätze stand und vor Ohnmacht hätte jaulen können. Ihm war doch nicht mehr zu trauen. Er würde wiederkommen, und wenn Cécile am Boden herumkriechen würde vor Schwäche, wenn das Elend ihr Gesicht zergraben haben würde, er würde rücksichtslos eintreten, seinen Genuss suchen und finden mit Hilfe körperlicher Überlistung, dabei stand ihm seine ärztliche Kenntnis wie keinem anderen zu Gebote, auch wenn Cécile ein hysterisch zuckendes Bündel sein würde. So lange eben würde er wiederkommen, als Cécile noch nicht völlig zugrunde gerichtet war, so lange eben, als er sich hier noch amüsieren konnte ...

Benrath schrie sich diese Prognose ins Gesicht, er bat sogar einen Augenblick um Hilfe von oben, ja, Gott sollte ihm helfen, einen Damm zu errichten gegen sich selbst. Und es war sehr lange her, seit Benrath zum letzten Male das Wort »Gott« auch nur gedacht hatte.

Sonst hatte er immer, trotz aller Versprechen, die er unter Céciles Drängen abgab, mit einem durch nichts zu erschütternden Gleichmut eine äußerste Gewissheit aufrechterhalten, dass er nämlich gar keine Möglichkeit habe, sich zu entscheiden, dass sich in seiner Beziehung zu Cécile Schicksal zeige, so deutlich wie nie zuvor in seinem Leben. Und er war nicht gewohnt, dem, was er als Schicksal erkannte, zu widersprechen. Letzten Endes war er dann doch immer mit einer Handbewegung gegangen, die alles noch einmal aufschob, ins Ungewisse verlängerte. Ob sich jetzt endlich, endlich, endlich etwas ändern würde? Vorstellbar war es nicht. Er konnte es einfach nicht denken. So, wie er als Fünfzehnjähriger, wenn er zum Beichten gegangen war und einen festen Vorsatz fassen sollte, um die Absolution zu erlangen, so, wie er sich damals vergeblich bemüht hatte, sich in seinen Kopf hineinzuhämmern, dass er jetzt nie mehr lügen würde, nie mehr Unkeusches denken würde, nie mehr Unkeusches tun würde – er hatte diese bis zur völligen Erschöpfung seiner Willenskraft fortgesetzte Bemühung dann meist mit einer Betäubung seines Bewusstseins beendet, er hatte so getan, als würde er all das nicht mehr tun, aber er hatte doch gewusst, dass er wieder einmal, und sei es erst in zehn Jahren, lügen würde und Unkeusches denken würde –, so trieb er jetzt den Vorsatz, nicht mehr zu Cécile zu kommen, wie Nägel mit allen Hämmern seines Willens in sein Gehirn. Konnte man sagen, es sei ihm nie Ernst gewesen mit seinen Vorsätzen? Wenn der Weg zur Hölle mit guten Vorsätzen gepflastert war, warum mied man sie dann nicht? Aber welche Möglichkeit der Besserung, der bloßen Gesundung gab es, wenn nicht den Vorsatz, mit dem Übel zu brechen?

»Du musst jetzt aber wirklich gehen«, sagte Cécile. »Sonst wird Birga misstrauisch.«

Immer war es Cécile, die dafür sorgte, dass Birga nichts merkte, immer stellte sie sich selbst zurück, erniedrigte sich, verzichtete, um Birga nicht zu beunruhigen, nicht zu kränken. Gerade das zog Benrath so zu Cécile hin, machte sie jedes Opfers wert. Jedes, bis auf das eine.

Benrath ging mit unsicheren Schritten bis in die kleine Gasse, in der er sein Auto geparkt hatte. Am Anfang hatte er sein Auto immer sorglos vor dem Haus stehenlassen, in dem Cécile wohnte. Er konnte es sich im Augenblick nicht mehr gestatten, seinen Gedanken an Cécile nachzuhängen. Ringsum war Feindesland. Er musste eine Erklärung bereit haben, falls er einem Bekannten begegnete, er musste überlegen, was er Birga antworten würde, wenn sie inzwischen in der Praxis oder im Elisabethenhaus angerufen haben sollte, wenn ein Freund sich nach ihm erkundigt hatte, wenn morgen oder übermorgen jemand in Birgas Gegenwart fragen würde, was er um diese Tageszeit in diesem Stadtviertel getan habe, und so weiter.

Benraths Hirn arbeitete mit der Präzision eines Chirurgenmessers. Er legte alle überhaupt möglichen Fragen vor sich hin und präparierte für jede Frage eine Antwort, versehen mit eventuell notwendigen Ergänzungsantworten; es konnte sich ja über eine Antwort eine ganze Diskussion entspinnen. Sein Hirn tat diese Arbeit ohne Anstrengung und ohne Freude. Es war diese Arbeit seit Jahr und Tag gewöhnt. Birga hatte natürlich gemerkt, dass sich in ihrer Ehe etwas verändert hatte, aber Alf hatte es immer verstanden, ihr dafür Gründe anzugeben, die nichts mit einer anderen Frau zu tun hatten. Er hatte auch alle Mittel unmerklicher Überredungskunst eingesetzt, um in Birga nicht das Gefühl aufkommen zu lassen, als hänge die zunehmende Entfremdung zwischen ihnen mit Birgas Krankheit zusammen. Birga litt nämlich seit Jahren an einer Haarkrankheit; diese Krankheit war zwar nicht leicht zu heilen, aber sie war weder schmerzlich noch verunstaltete sie Birga so, dass es irgend jemand hätte bemerken können. Alles, was sie bisher an Verheerungen zustande gebracht hatte, waren zwei nicht einmal fünfmarkstückgroße haarfreie Stellen am Hinterkopf; und die Behandlung garantierte, dass dieser Ausfall kaum weiter um sich greifen würde. Und dann war ja Birgas Haar so dicht und stark, dass die zwei lichten Stellen kein Mensch je entdecken würde. Dennoch hatten sie sich angewöhnt, von »Birgas Krankheit« zu sprechen. Er hatte trotz seiner mit System betriebenen Beeinflussung nicht verhindern können, dass Birga sich krank fühlte, dass sie sich im Laufe der Zeit auch die Gewohnheiten einer Kranken aneignete, und er spürte, wenn er ins Zimmer trat, jenen unheimlich ruhig brennenden Beobachterblick, den der für immer Erkrankte auf den Gesunden heftet. Alf musste sich eingestehen, dass dies nur zum geringsten Teil eine Folge der harmlosen Haarkrankheit war, wenn auch eine Haarkrankheit, und sei sie noch so ungefährlich, auf eine Frau besonders verheerend wirken musste. Dass Birga sich aber ganz in ihre Krankheit zurückgezogen hatte, dass sie diese Krankheit nährte und sich gleichzeitig ganz von ihr verzehren ließ, das war Alfs Schuld. War es nur seine Schuld? War nicht Birgas Herkunft daran beteiligt? Jeder Tag, den sie in ihrem Elternhaus verbracht hatte, in jener orangefarbenen Villa, die umstanden war von schwarzgrünen Thujen und ebenso melancholischem Nadelgewächs. Ihr Vater, an der

Universität ein herrischer Professor der Medizin, zu Hause stets schwankend zwischen gereiztem Aufbegehren und fast weinerlicher Hilflosigkeit, hatte die Erziehung ganz der Mutter überlassen, einer Schwärmerin für religiöse Kunst, die die Villa gern zum Museum für Altarbilder gemacht hätte, die sich zeit ihres Lebens in übertrieben weite Gewänder gekleidet hatte und ihrer Tochter die Welt am liebsten für immer vorenthalten hätte. Ein Mann sollte kommen, der sollte Birga aus den hohen Zimmern der Villa direkt und ohne böse Zwischenstationen hinüberführen in ein ebenso ruhiges und von Traumbäumen beschütztes Haus. Benrath, der Assistent des Herrn Professors, war von der Frau Mutter für würdig befunden worden, weil er die Musik liebte, und sogar malte. Er selbst war in diesen frühen Jahren dem Reiz dieser hellen Villa zwischen den dunklen Bäumen verfallen, dem Ernst der hohen Räume, der düsterleuchtenden Pracht der Bilder und der Inbrunst, mit der die Frau Professor ihr Leben in der Verehrung dieser Kunstwerke aufgehen ließ, in tadellosem Einvernehmen mit ihrem Mann, der in seinen Forschungen lebte und sich nur dann und wann an die Welt seiner Frau und seiner Tochter erinnerte. Ja, und am meisten war der seinem Professor ergebene Assistent dem dunkeläugigen Wesen Birga verfallen, das, als er das erste Mal durch das schmiedeeiserne Tor getreten war, bewegungslos unter einem Baum lehnte, herüberstarrte, sich rasch von der Rinde löste, mit der es erst wie verwachsen schien, und unter den tief herabhängenden Ästen einer Thuja verschwand.

Nun war Birga über alle Erziehung hinaus ein scheues Wesen. Wahrscheinlich wären ihre Augen um nichts kleiner geworden, wenn sie nicht in der im toskanischen Stil erbauten Villa ihre Jugend verbracht hätte, ihre Bewegungen wären um nichts zielstrebiger, ihre Erwartungen keineswegs irdischer geworden, wenn sie in einem elefantengrauen Mietshaus aufgewachsen wäre. Ihr Wesen war so sehr aus absoluten Empfindungen gebildet, dass die Welt sie nicht ändern, sondern allenfalls verletzen konnte. Und das hatte sie denn auch hinreichend getan. Alf gestand sich ein, dabei der Welt eifrigster Handlanger geworden zu sein. Birga war von ihm abhängig geworden, wie eine Pflanze vom Licht abhängig ist. Mit der ruhigen Selbstverständlichkeit einer Pflanze hatte sie sich im neuen Erdreich, das er bereitet hatte, niedergelassen. Jede Art von Ausbildung war ihr verhasst gewesen, jede Bindung an Gegenstände, an Menschen oder Vergnügungen war ihr fremd. Nachdem sie Alf hatte, wollte sie nur noch Kinder. Alles andere war ihr Ablenkung und Störung. Und wenn sie Alf anschaute, lag in ihrem Blick eine unmenschliche Bereitschaft, für ihn dazusein, aber eine ebenso ungeheure Bedürftigkeit, die nur von ihm zufriedengestellt werden wollte. Alf hatte erst lang nach seiner Heirat begriffen, wie ausschließlich Birga von ihm lebte. Und als er es begriffen hatte, wusste er auch, dass Birga durch ihn unglücklich werden musste. Unglücklich in einem lebensgefährlichen Ausmaß. Er hatte seinen Beruf und seine Ablenkungen. Im Sommer segelte er, im Winter fuhr er Ski. Er brauchte den Stachel vielköpfiger Gesellschaft. Er brauchte Zuhörer. Ein einzelner vermochte nicht, ihn in Fluss zu bringen, vermochte nicht, ihn bis zur Erschöpfung, bis zum Überdruss auch, bis zur Entbindung aller Kräfte zu bewegen, wie er es für das, was er bei sich selbst »psychischen Stoffwechsel« nannte, nicht entbehren konnte. Wie hätte ihm, der mit den Jahren immer leutegieriger wurde, Birgas glühende Stille, ihr ganz auf inwendigen Einklang, auf wortlosen gegenseitigen Verzehr angelegtes Wesen genügen können! Gesellschaft war für ihn Abenteuer, fast das einzige Abenteuer, dem sich ein Mann in diesem Jahrhundert noch ergeben konnte. Sechs, acht Menschen, die gelangweilt herumsaßen, sich von Gesprächsthema zu Gesprächsthema schleppten, plötzlich in Zuhörer zu verwandeln, das befriedigte ihn. Diese Zuhörer mussten sich selbst vergessen, wenn er sprach, er musste sie mit seinen Worten lenken können, wie man ein Pferd mit leisem Schenkeldruck lenkt, oder, wenn es nicht gehorcht, auch mit den Sporen dirigiert. Herausfordern, ja sogar beleidigen musste er, um Widerstand zu spüren, um sich selbst für ein paar Augenblicke ganz zu empfinden.

Birgas Augen umschatteten sich allmählich, ihre Bewegungen verloren ihre absichtslose Vollkommenheit. Sie, die für keinen Kampf geschaffen war, begann sich zu wehren. Weil sie nicht verstehen konnte, dass ihre Erwartungen von geradezu überirdischer Natur waren, vermutete sie, dass eine andere Frau Alf daran hindere, ihr jenes absolute Gefühl entgegenzubringen, das für sie so selbstverständlich war. Wenn sie sich darüber unterhielten, lief ihr Gespräch immer im gleichen engen Kreis herum, aus dem es keinen Ausweg fand. In die Zeit dieser rotierenden Gespräche fiel der Beginn ihrer Haarkrankheit. Birga wurde noch verletzlicher. Dann erst sah Alf Cécile. Sie war für Alf lange Zeit bloß die Inhaberin des Kunstgewerbegeschäfts gewesen, in dem alle seine Bekannten und auch Birga ihre Festtagsgeschenke, ihre Teetassen, ihre Vorhänge, ihre Kunstdrucke und ihre Tischbesen kauften. Birga verbrachte viele Nachmittage in jenem Laden, den er schon der Firmenbezeichnung wegen nicht gerne betrat. Er teilte die Vorliebe seiner Bekannten für diese Geschmacksrichtung nicht. Die Ausschließlichkeit, mit der die Anhänger diesen Geschmack verfochten, und die Firmenbezeichnung, die ihm affektiert erschien, verdarben ihm die Freude, die er an diesem oder jenem Stück hätte haben können. Birga kaufte viel in diesem Geschäft; nicht wahllos, nicht im Vertrauen darauf, dass das, was Cécile führte, immer auf der Höhe des Geschmacks sei, nein, sie hatte einen ganz eigenen, weiträumigen Sinn, der Gegenstände der verschiedensten Herkunft zueinander brachte, dass sie nachher in der Wohnung zusammen einen tiefen Ton ergaben, der reich an dunklen Echos war. Mit Birga war er verschiedene Male bei Cécile gewesen, hatte sie aber erst in der Gesellschaft richtig kennengelernt; bei den vor Ernst öden Veranstaltungen der Philippsburger literarischen Gesellschaft; bei den Bällen im Hause des Konservenfabrikanten Frantzke, die dessen Frau am liebsten auf eine bloße Vorführung ihrer jeweiligen Garderobe beschränkt hätte; dann nämlich hätte sie an einem Abend einen ansehnlichen Teil ihrer Kleider zeigen können; während eines richtigen Ballabends jedoch konnte sie sich allerhöchstens zwei- oder dreimal umziehen (mit der Begründung, das erste Kleid habe sich doch als zu warm erwiesen: »das ist eben Duchesse!« Über das zweite Kleid habe ihr leider so ein Tölpel, einer vom Ministerium, ein Beamter natürlich, ein Glas Rotwein geschüttet, schade um den Hermelinbesatz!). Bei einer Party in der Villa Volkmann hatte er zum ersten Male mit Cécile getanzt. Dann war sie auf seine Bitte in den Segelclub eingetreten. Er war eifersüchtig geworden, weil man Cécile umwarb. Er hatte jede ihrer Bewegungen beobachtet, auch die beiläufigsten, die alle gleichzeitig gelöst und voller Spannung waren und tierhaft geschmeidig; und dabei war sie selbst von heiterem, fast kindlichem Wesen.

Vielleicht schlummerte in ihr etwas, das bei all diesen Veranstaltungen nicht zum Vorschein kam. Er war neugierig geworden und dann böse, weil sie immer diesen jungen Maler mit sich herumschleppte. Der kokettierte damit, dass er Deutsch-Franzose sei. Angeblich war er in Paris aufgewachsen. Er malte sinnlose, aber schöne Bilder, trug ein allzu ebenmäßiges Gesicht mit einer etwas hakigen Nase, die ihn sehr männlich erscheinen ließ und gleichzeitig die Ebenmäßigkeit der übrigen Gesichtspartien noch mehr hervorhob. Er war doch viel zu klein für Cécile, viel zu zartgliedrig. Dass er einfältig war, ließ ihn in den Augen der Damen charmant erscheinen, aber Dr. Benrath hoffte, Cécile würde das unterscheiden können. Konnte sie das nicht, dann hatte er sich eben getäuscht in ihr. Sie musste doch bemerken, dass dieses Bürschlein seine Erscheinung bis auf die Bewegung seiner zarten Hände effektsicher berechnete.

Wahrscheinlich hatte der auch entdeckt, dass sein wohlgeformtes Gesicht am besten wirkte, wenn er es ein bisschen mit Leiden und Bitternis überzog, seitdem machte er ein melancholisches Gesicht; auch wenn er lächelte, und das tat er sobald ihn jemand ansprach.

Er war Céciles rechte Hand. Ihn schickte sie als Einkäufer nach Paris. Und als sie bemerkte, dass die meisten ihrer Kunden in den Ferien nach Spanien und Afrika zu reisen begannen, schickte sie ihn nach Sevilla und nach Algier, um ihre Farben und Formen um eine neue Nuance modischer Folklore zu bereichern. Und dann nach Jugoslawien, nach Griechenland und Ägypten. Claude war den Philippsburger Touristen immer um eine Nasenlänge voraus; er wusste, wie weit die Fremdenführer die Touristen eindringen ließen, und ging immer noch um ein paar Straßen tiefer ins Eingeborenenviertel, um die Kollektionen für Philippsburg zusammenzukaufen. In Gesellschaft erschien Cécile fast nie ohne ihn. Man sagte, er sei ihr Geliebter. Dr. Benrath, der Claude einmal als ein »Halbmännchen« bezeichnet und damit vor allem den Beifall der Männer eingeheimst hatte, fand keine Ruhe bei dem Gedanken, dass eine Frau wie Cécile diesem Claude gehören sollte, der auch als Fünfzigjähriger noch halbwüchsig aussehen würde.

Benrath hatte begonnen, Gedankengespräche mit Cécile zu führen. In diesen Gesprächen war er ihr als ein überlegener Mann gegenübergetreten. Es waren dies Übungen zur Stabilisierung seines Selbstbewusstseins, die er sonst nicht nötig hatte. Seine beruflichen Fähigkeiten hatten ihn zu einem angesehenen Arzt gemacht; nun waren aber diese Fähigkeiten nicht bloß auf sein Fach beschränkt, auf sein Wissen etwa oder auf sein handwerkliches Können; wenn man von ihm sprach, das wusste er, konnte niemand trennen, konnte keiner sagen, er ist ja ein ganz brauchbarer Arzt, aber sonst ist nicht viel mit ihm los. Was er als Arzt war, das war er auch dank seiner Gabe, jeden Sachverhalt in überraschende Sätze zu fassen, Sätze, die so eigenartige Bilder mit sich führten, dass auch Zuhörer aufhorchten, die sich sonst für dieses oder jenes Thema gar nicht interessiert hätten. Seine Diagnosen überreichte er seinen Patienten wie Sträuße phantastischer Blumen, seine Gespräche an den Krankenbetten waren funkelnde Gebilde, die die Kranken noch andächtig bewahrten, nachdem der Herr Doktor schon längst zum nächsten Bett weitergegangen war. Er war in jedem Augenblick der erfahrene Arzt und der Formulierer Erstaunen machender Sätze; der sehnige, fast zwei Meter große, immer braun gebrannte Sportler; der Dreiviertelkünstler, der Bilder malte, die dem Auge schmeichelten, ein bisschen traurig, aber immer noch elegant; und dazu spielte er noch Klavier, alles aus dem Kopf, und war fähig, jeden Stil zu imitieren. Da Dr. Benrath wusste, dass jede einzelne seiner Begabungen jedem Mitglied der Philippsburger Gesellschaft bekannt war, konnte er allen Begegnungen mit Ruhe entgegensehen; was waren denn all diese gesellschaftlichen Veranstaltungen anderes als ein einziger Bilderrahmen, der sein Porträt zu fassen hatte! Und trotzdem hatte er sich nicht auf seine Begabungen verlassen wollen, als er sich vorgenommen hatte, einmal mit Cécile zu sprechen. Er hatte geübt wie ein kleiner Abiturient, der zum ersten Mal ein Rendezvous verabredet hat. Und als er dann den Mut gehabt hatte, seine Gedankengespräche vor der wirklichen Cécile zu wiederholen, da war ihm tatsächlich von allen seinen Übungen nichts Verwendbares mehr eingefallen. Cécile hatte ihn durch ihre Unterwürfigkeit sprachlos gemacht. Er erkannte, was alles durch das gesellschaftliche Brimborium verschüttet werden kann. Sie war eine Frau, der nichts auf der Welt so wichtig war wie ein Mann, den sie lieben konnte. Benrath atmete auf, als er erfuhr, wie wenig sie sich mit ihrem Kunstgewerbe identifizierte, wie wenig sie mit Claude zu tun hatte. Ja sie hatte mit ihm geschlafen, ein einziges Mal. Benrath war zusammengefahren, als er das hörte. Diese Mitteilung, obwohl er es doch schon gewusst hatte, aber diese Mitteilung aus ihrem Mund war zum auslösenden Moment geworden: seine Neigung zu Cécile brach aus wie eine Krankheit. Aber er hatte sie fast gewaltsam seinen Wünschen unterwerfen müssen. Die Scheu vor dem stadtbekannten Arzt, die Achtung vor seiner Ehe, die Achtung vor Birga auch, die sie mehr als andere Kundinnen schätzte, und die Ahnung, dass sie Alf mehr lieben würde als jeden anderen vor ihm, das alles hatte sie seine Gesellschaft mehr fliehen als suchen lassen. Aber Benrath konnte nicht mehr zurück. Seine Überlegenheit war dahin. Er brillierte nicht. Er spielte sich nicht auf. Er bat so gewaltsam, dass Cécile nachgeben musste. Dann unterwarf er sich. Sie hätte mit ihm nach Belieben verfahren können. Aber auch sie wollte nichts, als ihm unterworfen sein. Tage, Wochen voller Offenbarungen folgten. Wie anders wird doch ein Mensch, wenn die Wortdecke abfällt von ihm, wenn er sein darf, wie er ist, wenn er nicht in jedem Augenblick einen gedachten Anspruch zu erfüllen sich müht!

Und wie sehr war sie ihm jetzt überlegen. Sie war stärker als er, weil sie mehr litt, als er je leiden konnte. Denn schon nach wenigen Tagen gestanden sie sich ein, dass sie gemeinsam ein Unglück heraufbeschworen hatten, ein Unglück, das irgendwann einmal öffentlich sichtbare Gestalt annehmen musste, da sie ihre Beziehung zueinander als unaufhebbar empfanden.

Birga hatte er nichts sagen können. In jahrelanger sorgfältiger Bemühung hatte er ein Netz feingesponnener Lügen zwischen Birga und der Wirklichkeit aufgespannt. Er hatte begonnen, jene verzweifelt rotierenden Gespräche planvoll zu benützen, um Birga, wie er es nannte, »allmählich zu desillusionieren«. Er wollte ihre wilde Verträumtheit, ihre absoluten Erwartungen auf ein irdisches Maß zurückführen, wollte ihr nach und nach beibringen, dass es auf der Erde unmöglich sei, so absolute Gefühle zu bewahren und sie von anderen zu fordern, dass es sogar Ehen gäbe, die in völliger Abwesenheit von Liebe existierten. Nicht, dass er eine solche Ehe wünsche, aber Birga müsse wenigstens die Möglichkeit einer solchen anerkennen. Er wusste, dass er sich nicht trennen konnte von Birga, auch wenn er es wünschte, auch wenn er manchmal nach Cécile schrie und sich den Kopf wund stieß an den Umgrenzungen, in die er sich im Laufe seines Lebens gebracht hatte. Es war, als hätte er mit Birga die Verpflichtung übernommen, in diesem so ganz anderen Jahrhundert einen letzten Hort absoluter Empfindung zu schützen, als hingen alle Ehen der Welt von seiner Kraft ab, mit Birga weiterzuleben. Sich von Birga zu trennen, das wäre ihm vorgekommen, als zerstöre er die Ordnung in ihrem letzten, sowieso schon arg beschädigten Kern. Birga würde eine Trennung auch nicht einen Atemzug lang überleben. Er wäre zum Mörder geworden. Das wusste er. Und das wusste auch Cécile.

Als er jetzt sein Auto durch die übervölkerten Straßen des frühen Abends heimwärts steuerte, als er die vielen Gesichter sah, die übers Steuer gebeugt ihren Weg suchten, und die, die vor seinem Kühler noch schnell die Straße überquerten und ängstlich Kontakt mit ihm suchten, um sich rasch noch zu vergewissern, dass er ihre Absicht auch bemerkt habe, als er die immer wieder haltenden und immer wieder anfahrenden Autos sah und die mechanische Geschäftigkeit der Motorradfahrer, die sich überall durchdrängten, als er die Anstrengung bemerkte, die jeder aufbrachte, um sein bisschen unglückliche Haut heil nach Hause zu bringen, da hörte er auf, sich an seinen Begrenzungen zu verletzen, da fühlte er sich aufgehoben im Strom der Hastenden, deren Krankheiten er kannte, deren Sorgen die seinen waren.

Vielleicht bricht übermorgen ein Krieg aus, dachte er, dann fliehe ich mit Cécile. Aber nicht einmal das würde er tun. Später stirbt man ja, so oder so, dachte er. Das ist die einzige Gewissheit, die man im voraus haben kann. In allem anderen war er ein Mann nachträglicher Feststellungen. Eines Tages hatte er festgestellt, dass er Birga geheiratet hatte, dass er eine Praxis in Philippsburg hatte und eine eigene Abteilung im Elisabethenkrankenhaus. Und als er bemerkt hatte, dass er Cécile brauchte, da war es schon zu spät gewesen, da glaubte er, nicht mehr verzichten zu können. Sein Leben bestand, genau besehen, darin, mit diesen immer nachträglich festgestellten Tatsachen auf seine Weise fertig zu werden. In seinem Beruf war er – wie hätte das anders sein können – unbeirrbarer Anhänger der konservativen Schule der Geburtshilfe; das sind jene Ärzte, die im Gegensatz zur aktiven Schule den Akzent nicht auf das Wort »Hilfe«, sondern auf das Wort »Geburt« legen, die von der gebärenden Mutter mehr erwarten als vom technischen Zugriff. Er war bekannt dafür, dass er auch in den kompliziertesten Situationen fast nie zu den Zangen griff und auch dann manchmal – das muss gesagt werden – zu spät. Und doch war er ein guter Arzt geworden, er konnte heilen, sein Wesen beförderte Gesundung. Er war Arzt geworden, weil sein Vater Arzt gewesen war. Von einer anderen Möglichkeit war nie gesprochen worden. Dann war er neugierig gewesen auf die Entwicklung, die er nehmen würde. Genauso neugierig war er im Grunde genommen auf die Entwicklung seiner Beziehung zu Cécile. Alle aktiven Einfälle, Fluchtphantasien, die kraftvollen Aufwürfe gegen das, was einmal wirklich geworden war, alles Revoltieren war das, was er »physiologische Notwendigkeiten« nannte, Angelegenheit des Kreislaufs, rasch auflebend und wieder versinkend, zurückgenommen von einer nach unbeeinflussbarem Plan wirkenden Natur. Zu den physiologischen Notwendigkeiten gehörte auch sein Bedürfnis nach gesellschaftlichem Umtrieb. Er war bei alldem nicht heiter, nicht ausgelassen und fröhlich. Wenn ihm das Wort »glücklich« nicht so gänzlich wider die Natur gegangen wäre, so sehr, dass er es als ein Primanerwort abtat, als ein Wort recht vorläufiger Lebenserfahrung oder allzu leichtfertiger Beurteilung irdischer Verhältnisse, dann hätte er sich einen »unglücklichen Menschen« genannt; aber die Redlichkeit des Denkens verbot ihm, die negative Version eines Wortes auf sich anzuwenden, dessen Stamm er als eine Missbildung empfand, eine Blume des Irrtums im menschlichen Sprachgarten.

Bei einer Party hatte er einmal einem neugierigen Mädchen, das ihn gefragt hatte, ob er in seinem Beruf glücklich sei, geantwortet: »Ich bin weder glücklich noch unglücklich, sondern achtunddreißig Jahre alt.«

2.

Während seine Hände das Gartentor öffneten, suchten seine Augen die Vorderseite des Hauses ab, streiften von Fenster zu Fenster, ohne dass er den Kopf sichtbar hinaufgedreht hätte. Er musste den Anschein erwecken, als suche er nichts, als sei alles nur eine ganz mechanische Bewegung seines Kopfes, eine Bewegung ohne jede Absicht, da ja seine Aufmerksamkeit den Händen zugewandt sei, die das Gartentor öffneten. Aber seine Augen brannten, sein Blut stampfte in den Schläfen, jedes Fenster fixierte er genau: die Vorhänge, die Scheiben, war da ein Schatten, beobachtete Birga seine Ankunft, stand die Tür offen, hatte sie ihn nicht gehört, hatte er den ersten Satz noch im Kopf, den er sich zurechtgelegt hatte, hatte er zu deutlich zum Haus hinaufgeschaut und sich dadurch schon verraten, dann musste er noch nachlässiger vom Gartentor wegtreten, sich noch bequemer und erschöpfter ins Auto zurückfallen lassen, obwohl alle seine Muskeln starr waren, als bewege er sich im Strahl eines riesigen

Scheinwerfers und aus allen Fenstern beugten sich Beobachter! Langsam schob er sich bis zur Garagentür. Hektors Hütte war leer. Die Garagentür öffnen, nicht hastig, allenfalls ein bisschen überdrüssig, weil man das jeden Tag tun muss; aussteigen, aufmachen, wieder einsteigen, reinfahren, aussteigen, zuschließen ... Keine Unsicherheit zeigen. Eine Lüge ist umso wirksamer, je weiter sie von der Wahrheit abweicht, je krasser sie sich behauptet, je sicherer sie auftritt. Schlimm sind die Halbwahrheiten. Sie sind die Hölle. Für den Lügner und für den Belogenen. Die Halbwahrheiten sind voller Löcher und durchsichtiger Stellen, überall grinst die Entlarvung heraus, Beschämung und Ekel im Gefolge. Die Lüge aber, die perfekte, die die Wahrheit ausschließende Lüge, sie kann, wenn man sie nur lang genug und immer wieder mit der Leidenschaft eines ganzen menschlichen Daseins speist, wirkliche Häuser tragen und ein Leben aufnehmen und behüten. Der Lügner muss eine Art Künstler sein, ein Erfinder zumindest, ein Baumeister, ja sogar ein Schöpfer, eine Variation Gottes, denn er muss der bestehenden Wirklichkeit eine zweite hinzufügen, eine komplette Welt, die Bestand hat, Wärme und Nahrung. Er ist natürlich von allen Sündern der schlimmste. Jedes anderen Sünders Werk ist gegen das seine eine Verherrlichung der bestehenden Welt als einer göttlichen Schöpfung. Der Dieb riskiert Ehre und Freiheit, um aus dieser Welt etwas für sich zu gewinnen, so hoch schätzt er sie ein. Der Mörder riskiert sein Leben, um die Ordnung wiederherzustellen, die für ihn solange gestört erscheint, als der, den er töten will, noch lebendig umhergeht. Dass der, den man einen Sexualverbrecher nennt, die Schöpfung wie kein anderer feiert, bedarf keiner weiteren Erklärung. Es ist wirklich allein der Lügner, der Gott negiert und sich an seine Stelle setzt, sich zumindest neben ihn setzt, um die Welt zu entwerfen, die er gerade für notwendig hält ...

Dr. Benrath pfiff vor sich hin, als er am Haus entlang auf die Treppe zuging. Er pfiff wie ein Kind, das in den Wald hineingeht. Mit ein paar leichten Sätzen sprang er die Treppe hinauf, schlenkerte den Schlüsselbund am Zeigefinger der linken Hand, tat, als sei er ganz ohne Gedanken, ganz ohne besondere Erwartungen, nur ein Mann, der abends heimkommt, sehr müde und ein bisschen froh, ein Mann, der den ganzen Tag hindurch so viele Weisungen zu geben hatte, so viel Ordnung aufrechtzuerhalten, der so viel Ruhe und Zuversicht ausströmen musste und so viel Verantwortung tragen, dass er beanspruchen durfte, am Abend nicht mit allzu vielen Fragen behelligt zu werden, dass er ein Recht hatte, ein bisschen einsilbig zu sein, ein bisschen mürrisch auch und zerstreut. Benrath indes war gar nicht müde, gar nicht überanstrengt, das war er fast nie, aber er hatte sich diese Stimmung immer wieder angeeignet, weil sie es ihm erlaubte, Birga abwartend entgegenzutreten und sie bei der Begrüßung zu beobachten, um zu sehen, ob sie irgendeinen Argwohn hegte, ob ein Anruf gekommen war, ob irgendeine Stelle im Netz seiner Lügen in Gefahr war, brüchig zu werden. Ich bin doch noch ein fast anständiger Mensch, dachte Benrath, sonst wäre ich jetzt nicht so aufgeregt, sonst würde ich mit kalter Frechheit vor Birga hintreten, ohne Skrupel, ohne tiefinneres Zittern und Angst. Dass er seine Augen immer wieder hastig über seine Kleidung hinflattern ließ, ob auch nirgendwo Spuren zurückgeblieben waren – aber Cécile passte ja so gut auf! –, dass er gar kein Routinier in all den Jahren geworden war und heute ein so schlechtes Gewissen hatte wie eh und je, das beruhigte ihn fast, stimmte ihn ein bisschen zärtlich und mitleidsvoll sich selbst gegenüber, er streichelte sich, tat sich leid und honorierte sich mit Hochachtung und mit dem Zuspruch, dass er eines Tages sich doch noch zum Guten hinwenden werde.

Er war ein Ein-Mann-Theater.

Er war der Autor des Stückes, hatte gleichzeitig den unverbesserlichen Schurken, den Edelmenschen und den noch zu rettenden Schurken zu spielen, dazu noch den weise kommentierenden älteren Verwandten und den zynisch-jugendlichen Freund und den alles beobachtenden Lüstling und noch das ganze vom Saal aus zuschauende Publikum, das einmal stürmisch applaudierte und ein anderes Mal pfeifend und schreiend protestierte. Und alle Rollen hatte er so ernst und intensiv zu spielen, als sei die jeweilige Rolle seine einzige, seine Lebensaufgabe. Wenn er jetzt verzweifelt den Flur entlangging, dem Wiedersehen mit Birga entgegenbangend, wenn er sich schwor, dass er alles, alles, alles daransetzen werde, einen solchen Gang nicht noch hundertmal tun zu müssen, weil er sich nicht mehr stark genug fühlte, die erlogene Welt und die wirkliche auf seinen Schultern zu tragen, dann füllte ihn seine Verzweiflung ganz aus, und es war kein Platz mehr für etwas anderes, oder doch? Lobte er sich nicht schon wieder dafür, dass er verzweifelt war, dass er das noch sein konnte? Sah er sich nicht selbst schon wieder zwischen einzelnen mimischen Möglichkeiten, welches Gesicht seine Verzweiflung am besten auszudrücken vermöchte? Es war doch alles Theater. Aber deswegen war es nicht leichter. Er schrie sich das zu. Nichts sei leichter deswegen, die einzelnen Rollen brannten ihm nicht weniger auf dem Leib, sie forderten nicht weniger Kraft, bloß weil er in mehreren Personen existiere. Im Gegenteil, es sei noch viel schmerzlicher, weil er andauernd seinen eigenen Augen ausgesetzt sei. Auf jeden Fall beanspruche er das Recht, in dieser Verzweiflung, die ihn jetzt ausfülle – ja ausfülle! –, den einzigen Anlass zur Hoffnung zu sehen, zu der Hoffnung, dass er später einmal, wann, das könne er jetzt, vor der Tür, nicht bedenken, aber irgendwann einmal werde er wieder als ein anderer heimkommen, vielleicht als eine; der zu singen beginnt, wenn er durchs Gartentor fährt, zu singen oder auf jeden Fall fröhlich zu pfeifen.

Je näher er der Tür kam, hinter der er Birga vermutete – wahrscheinlich las sie oder schrieb einen Brief –, desto intensiver versuchte er sich einzureden, Birga sei es doch wert, dass er sein Leben mit ihr verbringe, mehr wert als Cécile.

Aber sofort schämte er sich, hätte am liebsten kehrtgemacht, wäre zu Cécile gefahren, um sie um Verzeihung zu bitten. Es war lächerlich, die beiden Frauen zu vergleichen. Noch lächerlicher war es zu denken, dass diejenige, die mehr wert sei, ihn eher verdiene. Ich bin immer noch zu eitel, dachte er. Vielleicht ist das sogar die Wurzel allen Elends, und nicht nur des meinigen. Ich will nicht auf mich verzichten. Ich will mich aufspielen, ganz gleich, was dabei herauskommt. Weil wir keinen Gott und auch sonst nichts haben, dem zuliebe oder dem zum Gehorsam wir verzichten, schießen wir ungehemmt in die Höhe, wachsen wie wir wollen, Unkraut in einem herrenlosen Garten, ranken uns durcheinander, bis wir uns alle doch wieder zu Boden ziehen, bis noch rücksichtslosere Gewächse über uns hinwegwachsen, worauf wir in ihrem Schatten verfaulen.

Dicht vor der Wohnzimmertür blieb er stehen und bewegte sein Gesicht grimassierend, um es zu lockern und bereit zu machen, Birga jenen abgespannten Mann vorzuspielen, der ein Recht auf Nachsicht und Schonung hat. Er drückte die Klinke nieder, bemerkte noch, dass aus dem dunklen Gang Hektor aufsprang und hinter ihm durch die Tür schlüpfte, dann blieb er stehen. Birga lag rücklings auf dem Wohnzimmerteppich. Zu einem Halbkreis gekrümmt. Die Hände weit ab auf dem bemusterten Velours. Die Finger auseinandergespreizt. Er konnte nichts dafür, aber eine Sekunde lang dachte er, als er ihre Finger sah: Grünewaldchristus, und: Violinvirtuose. Auf dem Tisch ein Glas. Halbleer. Sie hatte sich also vergiftet. Hilfe war nicht mehr möglich, das sah er sofort. Er fiel in den nächsten Sessel. Sprang noch einmal auf, jagte Hektor weg, der in Birgas Gesicht herumschnüffelte, trieb ihn hinaus und schloss ab. Dann saß er. Wagte nicht mehr, sich zu bewegen. Gedanken hatte er keine. Der Druck der Stille. Das nächste Geräusch musste ihn zerreißen. Als er sich atmen hörte, hielt er sofort den Atem an, ließ die Luft, die er noch in den Lungen hatte, ganz langsam und unhörbar aus den Mundwinkeln streichen, holte ebenso langsam und unhörbar gerade soviel Luft, als er unbedingt brauchte, um nicht ohnmächtig zu werden. Wenn die Kraft seines Willens ausgereicht hätte, nicht mehr weiterzuatmen, sich selbst an Atemnot sterben zu lassen, er hätte es getan. Aber immer, wenn die letzte Luft aus seinen Lungen gewichen war, wenn er spürte, wie der Druck in seinen Schläfen, in seiner Kehle wuchs, das Blut sich tosend staute, dann verriet ihn sein Mund, ließ ihn im Stich, japste weit auf nach dem nächsten Happen Luft, und die Lungen sogen sich voll bis zum Bersten, wieder und wieder, er konnte nichts dagegen tun.

Auf einen Zettel schrieb er die Anschrift des Hotels, in das er dann fuhr, um zu übernachten. Vom Hotel aus wollte er die Polizei anrufen und einen Freund, einen Kollegen. Die sollten alles erledigen, was zu erledigen ist, wenn der Tod in dieser Gestalt in ein Haus hineingreift. Auf dem Hotelbett sitzend überlegte er, welchen seiner Kollegen er anrufen konnte. Er war froh, dass das eine langwierige Überlegung notwendig machte, weil er dann an nichts anderes denken musste.

Drei Kollegen kamen in Frage, die drei, die wie er Betten im Elisabethenhaus hatten. Aber welchen konnte er anrufen? Torberg vielleicht? Der hatte drei Ehen hinter sich und lebte jetzt allein. Allerdings hatte keine seiner Ehen so geendet. Benrath bemühte sich, ganz fest an Torberg zu denken, an nichts als an Torberg, die massige Gestalt seines Kollegen wuchs vor seinen Augen auf, wuchs, bis sie das ganze Zimmer ausfüllte. Der Körperverehrer Torberg, der von April bis Oktober auf seinem Balkon schlief (den er zu diesem Zweck mit feingliedrigen Campingmöbeln bestückt hatte), der zweimal in der Woche in die Sauna ging und zweimal zum Masseur, um sich Schmeicheleien über seinen so gut erhaltenen Körper sagen zu lassen, der nicht wahrhaben wollte, wie tief er schon im climacterium virile steckte, der sich einen rassigen Sportwagen nach dem anderen kaufte, sich von Fachleuten die feinsten technischen Zutaten einbauen ließ, aber trotz allem keinen seiner Wagen richtig ausfahren konnte (nach einem Jahr waren sie kaputt, weil er sie nur in den kleinen Gängen herumquälte), der zu den entferntesten Stiftungsfesten fuhr, um sich von den ehemaligen Kommilitonen bestätigen zu lassen, dass er sich am besten gehalten habe. Nein, Torberg konnte er nicht anrufen, der war zu eigensinnig, zu rechthaberisch, er war ein Kind geblieben, das immer nur von sich selbst redet.

Und Kinsky, der für Volkstum schwärmte und alle seine Anzüge mit Trachtenrequisiten verzierte, kleine Hörner und Geweihe an der Krawatte trug, Knöpfe nur aus Hirschhorn und, wo es möglich war, aus grünem Stoff geschnittene Eichenblätter, und an jeder Hose zwei grüne Streifen. Ein Sehnsüchtler und Waldgieriger, Almen als Orte natürlichen Lebens verehrend, der naiv-robuste Frauenarzt, wie er im Buche steht, der seinen Patientinnen, wenn sie über Durst klagten und nicht trinken durften, seine eigenen Kriegserlebnisse aus der Sahara erzählte, der jede Patientin schon unter der Tür damit beruhigte, dass er weder Staatsanwalt noch Pfarrer sei, so den Sonderbereich der Medizin moralisch ausklammernd. Nein, Kinsky war zu einfältig, er würde sich wichtig machen, wenn man ihn einschaltete, würde alle Einzelheiten am Akademikerstammtisch weitererzählen, glücklich darüber, dass er endlich etwas hatte, womit er Eindruck machen konnte. Blieb nur noch Rennert, der Unverheiratete, mit dem keiner der Kollegen, auch Benrath selbst nicht, mehr als das Nötigste sprach. Der einzige der im »Elisabethenhaus« arbeitenden Ärzte, der sich noch der Forschung widmete: er hatte sich ein histologisches Labor eingerichtet, Geld hatte er ja als der Sohn einer alteingesessenen Familie. Wahrscheinlich war Rennert homosexuell. Die Oberhebamme der Klinik, die Gräfin Tilli Bergenreuth, hatte sich bei Benrath über den stillen Rennert ausgeklagt. Er sei ein Feigling, hatte sie gesagt. Fünfzehn Jahre arbeite sie mit ihm zusammen, anfangs habe sie gedacht, er werde sie heiraten, aber nicht einmal geschlafen habe er mit ihr. Tilli von Bergenreuth war eine knochige Expertin, die kein Blatt vor den Mund nahm. Hatte sie schon keinen Mann bekommen, so wollte sie denen wenigstens ihre Meinung sagen.

Dem kleinen Rennert habe man auf der Universität ein völlig verrücktes Frauenbild eingepflanzt. Seitdem laufe er herum, um die unverstandene, vom Mann enttäuschte »frouwe« zu entdecken und ihr mit seiner kraftlosen Medizin zu dienen. Das habe ihm der Professor Balduin Mozart, der auch so ein komischer Heiliger gewesen sein müsse, eingeredet; bei dem habe er studiert, der habe ihn wahrscheinlich auf dem Gewissen. Dieser senex loquens, wenn sie den noch in die Finger kriegen könnte, dem würde sie sein Frauenidol austreiben. Aber den guten Rennert, den habe der völlig geliefert. Ein anständiger Arzt sei er ja, kein solches Ferkel wie der ... na, sie nenne lieber keine Namen, aber manchmal wisse sie nicht, ob ihr nicht doch ein Ferkel lieber wäre als so ein lendenlahmer Medizinapostel.

Benrath entschied sich für Rennert. Vielleicht verstand der ihn am besten. Noch mehr würde er wahrscheinlich Birgas Entschluss verstehen. Rennert antwortete, nachdem ihm Benrath mitgeteilt hatte, was vorgefallen war und um was er ihn bitte, nicht sofort, dann sagte er: »Natürlich, ich verstehe.«

Benrath nahm ein starkes Schlafmittel und legte sich in das Hotelbett, das er angenehm empfand, weil die Decke überaus weiß und leicht war, und weil das Zimmer, in dem es stand, keinerlei menschliche Spuren aufwies. Es gab hier nur Gebrauchsgegenstände, und die waren von klinischer Beschaffenheit. Wären nicht da und dort Anzeichen eines bestimmten Stils sichtbar gewesen, man hätte denken können, der Zeit völlig entgangen zu sein. Auf jeden Fall gab es keinen Ort, der einen so von aller Wirklichkeit trennen konnte, von jener Wirklichkeit, in der man Gegenstände und Menschen mit Namen benannte und sorgfältig darauf achtete, dass sie sich ihrem Namen entsprechend benahmen. Er wünschte sich eine Zigarette ohne Markenbezeichnung, eine weiße, namenlose Zigarette, die an nichts erinnerte. Über diesem Wunsch schlief er ein.

Am nächsten Morgen stellte er fest, dass die Straßenbahn, die unten vorbeikreischte, in seinen Träumen eine Rolle gespielt hatte. Auch das Geflacker der Lichtreklame musste sich eingemischt haben, denn ihm war die ganze Stadt als eine riesige Schmiede erschienen, in der alles der Bearbeitung unterlag, in der es keinen Unterschied mehr gab zwischen Werkstück und Schmied, alles war zugleich Werkstück und Schmied, jeder und jedes wurde bearbeitet und bearbeitete selbst, ein Ende dieses Prozesses war nicht vorgesehen; der Bearbeitungsprozess registrierte keine Stufe der Vervollkommnung, selbst wenn es eine Vollkommenheitsstufe in diesem Prozess gab, so funktionierte alles ohne die geringste Unterbrechung weiter, die Vollkommenheitssekunde ging ganz mechanisch über in die Periode der Zerstörung, denn selbstverständlich hielt kein Material und kein Mensch diese Bearbeitung für alle Zeit aus. Menschen und Werkstücke arbeiteten aneinander als Glieder eines Prozesses, der nichts bezweckte als die Vernichtung allmählich unterschiedslosen

Materials, ein Ende war in vorstellbarer Zeit nicht abzusehen.

Das Kopfweh, das Benrath verspürte, als er aufstand, führte er auf die starke Dosis Schlaftabletten zurück. Dem Portier sagte er, er werde noch ein paar Nächte bleiben. Als der Portier ihn in den Frühstückssaal treiben wollte, floh er. Ihm genügte es, durch die spaltbreit geöffnete Tür die brötchenkauenden Gesichter wohlausgeschlafener Geschäftsleute zu sehen, die vielen weißen Serviettenklekse, die unter den Gesichtern hingen, und die Frauen, die die ersten Morgenstunden hindurch nicht verleugnen können, dass die Hotelumgebung, die tadellosen Betten, das gelbe Licht und überhaupt das Gefühl, auf einer Reise zu sein, ihre männlichen Begleiter während der letzten Nacht zu besonderen Liebesbezeigungen befähigt hatten. Benrath wäre es bestimmt schlecht geworden, wenn er inmitten dieser nach Geschäftigkeit und Sexualität riechenden Hotelherde hätte frühstücken müssen. Er war am Vormittag verletzlich wie zu keiner anderen Tageszeit. Er hatte nichts einzuwenden gegen reisende Geschäftsleute oder Tagungsbesucher, die ihre oder fremde Frauen in sauberen Hotelzimmern auf eine besonders ergiebige Weise beschliefen; er selbst hatte mit Birga, und auch mit Cécile, viele Hotelnächte hinter sich gebracht, er wusste, welche Steigerung es bedeutete, sich mit einer Frau nach dem Entkleiden in einem neuen Spiegel zu sehen, neue Betten zu spüren und sich am Morgen das Frühstück ans Bett bringen zu lassen; ja, er hatte das Frühstück immer im Zimmer eingenommen, wenn er mit Birga oder Cécile auswärts genächtigt hatte, er hatte sich geweidet an der Schüchternheit der Serviermädchen, wenn sie ins Zimmer getreten waren, in dem er gerade noch geliebt hatte: aber er hätte es nie über sich gebracht, seine Frau oder Cécile so kurz nach dem Aufstehen den Blicken der anderen Hotelgäste im Frühstückssaal vorzuwerfen und selbst die matten Bewegungen mit anzusehen, mit denen sie die Frühstücksbrötchen strichen.

In seinen frühen Studentenjahren hatte er es nicht einmal über sich gebracht, mit einem Mädchen in ein Hotel zu gehen. Die Vorstellung, in einem Haus zu übernachten, in dem sich in fünfzig oder zweihundertfünfzig Zimmern der gleiche Akt vollzog, begleitet von wahrscheinlich den gleichen Bewegungen und Redensarten und sicher auch nicht sehr unterschiedlichen Gefühlen, diese Vorstellung hatte ihm damals Brechreiz verursacht. Aber allmählich hatte er sich mit der Tatsache abgefunden, dass er ein Mensch war wie alle anderen, dass er zu den gleichen Handlungen gezwungen war wie alle anderen, dass es nichts nützte, sich etwas vorzumachen; er hatte – und das war ihm schwer genug gefallen – lernen müssen, alles, was er tat, im Bewusstsein zu tun, dass es im gleichen Augenblick hundert Millionen andere genauso taten. Er hatte sich an die großen Zahlen gewöhnen müssen.

Früher war er sehr empfindlich gewesen allen öffentlichen Bekenntnissen gegenüber, die sich auf die Nachtseite des Menschen bezogen. Aber sein Studium hatte ihn dann täglich gezwungen, in Gemeinschaft mit anderen, diese Nachtseite zu erfahren, ihr gegenüberzustehen als einer Sache, die sich nicht unterschied von anderen Sachen. Und allmählich hatte er es gelernt. Heute brüstete er sich sogar da und dort mit seiner Kaltblütigkeit und liebte es, so zu formulieren, dass seine Zuschauer erröteten. Er erinnerte sich an das Sommerfest bei Volkmanns, an den jungen Journalisten, dem er arg zugesetzt hatte mit der medizinisch-metaphorischen Privatdiktion, die er zu seinem und seiner fortgeschritteneren Zuhörer Spaß ausgebildet hatte.

Wenn er so verwegen in eine Tischrunde hineinformulierte – es mussten natürlich Leute sein, die er zumindest dem Namen nach kannte –, wenn er seine Sätze ritt wie ein Husar sein Pferd, dann beobachtete er jede Reaktion seiner Zuhörer, weil er sie durch nichts besser kennenlernen konnte. Er hatte daraus geradezu eine Methode entwickelt, die es mit anderen Methoden, Menschen kennenzulernen, durchaus aufnehmen konnte.

Aber gegen Frühstückssäle spürte er immer noch einen Widerwillen. Seit er einmal einen Frühstücksgast auf die Frage des Kellners, ob er zum Frühstück ein Ei servieren dürfe, in unverschämter Offenheit hatte antworten hören, der Kellner möge ihm bitte drei Eier servieren und die im Glas, da er sich, wie er sich ausdrückte, »in der vergangenen Nacht völlig verausgabt« habe – und dabei hatte er seine Begleiterin mit listigem Augenzwinkern angeschaut, und beide hatten laut gelacht –, seitdem hatte Benrath Hotelsäle, in denen gefrühstückt wurde, nur noch betreten, wenn es sich gar nicht vermeiden ließ. Er bezeichnete diesen Widerwillen als ein atavistisches Trauma in seinem Seelenhaushalt, denn im allgemeinen war er wirklich unempfindlich geworden diesen ehemals so heiklen Dingen gegenüber. Aber dieses Trauma pflegte er mit Sorgfalt, in ihm verkörperte sich für ihn eine Jugend voller natürlicher Geheimnisse und Ängste, seliger Ängste, von heute aus gesehen.

3.

Benrath setzte sich in sein Auto und führte umständlich, als fahre er zum ersten Mal, alle Bewegungen aus, die nötig sind, ein Auto in Gang zu setzen. Langsam bog er in den schon recht turbulenten Vormittagsverkehr ein und ließ sich von der Hast der anderen Fahrzeuge treiben, über ein paar Kreuzungen hinweg, immer weiter, ohne dass er wusste, wohin er wollte, ließ sich überholen, bog hinter einem langsamen Lieferwagen in eine Seitenstraße ein, ohne es zu merken, blieb an dem Lieferwagen hängen, bis dieser plötzlich vor einem Gemüsegeschäft anhielt und Leute begannen, flache Tomatenkistchen abzuladen. Benrath stoppte und stellte den Motor ab. In der Klinik würde ihn Dr. Rennert vertreten, die Praxis konnte geschlossen bleiben, die Polizei würde ihr Geschäft erledigen, Rennert wusste hoffentlich besser als er selbst, was alles nötig war zur bürgerlichen Abwicklung eines Selbstmordfalles vom Augenblick der Entdeckung bis zum Begräbnis. Benrath nahm sich vor, eine kurze Beschreibung anzufertigen, in der er schildern würde, wie er Birga angetroffen hatte. Diese Beschreibung würde er Dr. Rennert übersenden oder noch besser einem Rechtsanwalt, Dr. Alwin zum Beispiel, das war überhaupt die beste Lösung; den hätte er gleich anrufen sollen, natürlich Alwin, der war zwar ehrgeizig wie ein Hahn, aber wahrscheinlich war er in diesem Fall eher am Platz als Dr. Rennert. Vielleicht mischte sich die Staatsanwaltschaft ein, wer konnte das wissen? Seinen Bruder, der Erster Staatsanwalt in Philippsburg war, mochte er gar nicht erst verständigen, der würde ihn sofort aufsuchen, um ihm kluge Vorträge zu halten, die anzuhören er jetzt nicht in der Lage war. Sein Bruder war schlimmer als eine sechsstöckige Behörde. Und Behörden aller Art machten Benrath hilflos. Schon einen Antrag auszufüllen, beanspruchte ihn bis an den Rand seiner Kräfte. Die Fragen auf den Formularen verstand er nicht. Sie waren für ihn in Fremdsprachen geschrieben, die einer außereuropäischen Sprachenfamilie angehörten. Sein Studium hatte er ganz gegen die herrschende Gewohnheit, an einer einzigen Universität absolviert, weil er sich den bürokratischen Anforderungen, die eine Exmatrikulation und eine erneute Immatrikulation mit sich brachten, einfach nicht gewachsen fühlte. Reisevorbereitungen, Zimmer- oder Wohnungssuche und Umzüge gehörten ebenfalls zu jenen Leistungen, an die er nicht denken konnte, ohne sich einen baldigen Tod zu wünschen, der ihm all diese Geschäfte abnehmen möge.

Als er sich nun besann, was alles zu tun sei und wie er sich zu der Tatsache, dass Birga tot war, verhalten solle, da stellte er fest, dass er zu keinem Gefühl fähig war. Er saß in seinem Auto, und dieses Auto stand in einer winzigen Querstraße hinter einem grünen Lieferwagen, von dem immer noch kleine Obstkistchen abgeladen wurden, die so flach waren, dass die Tomaten prall und rot über die hellen Seitenbrettchen hinwegleuchteten. Jetzt noch Tomaten? Aus dem Süden wahrscheinlich. Ein Mädchen und eine Frau stapelten die Kistchen im Inneren des Gemüseladens. Sie taten dies mit so flüssigen Bewegungen, mit solcher Eile und Gewandtheit, beugten sich vor, nahmen ein Kistchen in Empfang, schnellten hoch, stellten es auf die immer höher wachsenden Stapel, so rasch, als benötigten sie für ihre hin- und herfahrenden Hände und Körper gar keinen Atem; ihre Gesichter waren fröhlich bei ihrem Geschäft, von mundoffener Anstrengung und Ermüdung keine Spur. Die Frau brachte es sogar fertig, jedes Kistchen, das sie unter der Tür in Empfang nahm, mit einem einzigen Blick kritisch zu mustern, eine etwa schon angefaulte Tomate mit diesem einzigen Blick aus fünfzig gesunden herauszusehen und der schon nach oben schwebenden Kiste noch rasch die verdorbene Frucht zu entreißen, um sie für eine nachherige Abrechnung mit dem Lieferanten auf den Ladentisch zu legen, wo schon andere Makelfrüchte übersichtlich zum Nachweis aufgereiht waren; und dann waren ihre Hände wieder so rechtzeitig an der Ladentür, dass sie der nächsten Kiste mit ein paar spielerischen Fingerbewegungen befehlen konnten, rascher heranzukommen. Die zwei Männer, die den Lieferwagen entluden, hatten kaum Zeit, während ihrer Gänge von der Ladentür zum Wagen zurück mit einer Ärmelbewegung den Schweiß von der Stirne zu wischen, so hielten die Frau und das Mädchen ihre Lieferanten im Trab.

Er hatte mit dem Geschäft, das hier ablief, nichts zu tun, er konnte zuschauen, getrennt von der Wirklichkeit durch die makellose Scheibe seines Wagens und durch die vier Reifen, die ihn gleichzeitig auf der Straße hielten und ihn auf die erträglichste Weise von ihr trennten. Er konnte sich von diesem Auto in jede Straße der Stadt bringen lassen, konnte überall zuschauen und brauchte, wenn er nur die Verkehrsregeln sorgsam beachtete, keinem Menschen Rechenschaft zu geben. Nie hatte er sich in seinem Auto so wohl gefühlt wie an diesem Vormittag. Er stellte den Motor an und bog aus der Gasse wieder in die Hauptstraße ein. Das erforderte gerade jenes Maß an Aufmerksamkeit, das er noch aufbrachte. Zugleich hinderte ihn diese Aufgabe daran, etwas gegen die Lähmung zutun, die ihn beim Anblick Birgas befallen hatte. Er konnte nichts Besseres tun als Auto fahren, ganz gleich wohin, nur möglichst im regen Verkehr bleibend, um die wenige Kraft, die ihm zur Verfügung stand, mit Kuppeln, Bremsen, Schalten und Beachten der Verkehrsordnung zu beschäftigen. Er ließ sich ansaugen von gleißenden Stoßstangen, fuhr dicht an sie heran, heftete sich an sie, verfolgte sie durch viele Straßen hindurch, als hänge sehr viel davon ab, den Wagen mit dieser Stoßstange nicht aus dem Auge zu verlieren; bis dann einer der Verfolgten so plötzlich auf einen Parkplatz einbog, dass Benrath es erst merkte, als er auch schon auf dem Parkplatz war. Da blieb ihm nichts anderes übrig, als sich auch eine Parklücke zu suchen, weil er fürchtete, es falle jemandem auf, wenn er den Parkplatz gleich wieder verlasse. Er fuhr deshalb seinen Wagen mit großer Vorsicht in eine ganz enge Lücke, stellte den Motor ab, blieb aber am Steuer sitzen. Links und rechts von ihm eine ruhige Versammlung blinkender Autoschnauzen. Er begann zu zählen. Aber immer nach dem zehnten, elften oder zwölften Wagen begann ein Kühler unterschiedslos in den anderen überzugehen. Er zählte noch einmal, kam wieder bis zum zwölften. Das nächste Mal nur noch bis zum neunten. Seine Augen schmerzten, und das Kopfweh vom frühen Vormittag kritzelte ihm wieder unter der Schädeldecke herum. Ohne besonderen Entschluss stellte er den Motor wieder an, schob sich nach rückwärts aus der Reihe, in der er geparkt hatte, in der er nicht mehr hätte bleiben können, ohne dem quälenden Zwang zu verfallen, die blinkenden Kühler nach links und nach rechts immer wieder abzuzählen.

Als er gerade am Manövrieren war, rauschte ein großer Sportwagen auf den Parkplatz herein, bremste scharf neben ihm, Frau Volkmann winkte fröhlich mit »Hallo Doktor« zu ihm herüber. Anne saß neben ihr, sie sagte: »Guten Tag, Herr Dr. Benrath.« Er grüßte zurück. Sie wussten also noch nichts. Woher auch! Frau Volkmann forderte ihn auf, mit den Damen einen Aperitif zu trinken. Er lehnte ab. Dann wenigstens ein paar Plauderminuten von Auto zu Auto, das sei auch ganz amüsant.

Anne gehe es wieder besser. Er bemühte sich, ein überrascht fragendes Gesicht zu machen. Ja, sie habe sich doch eine abscheuliche Fischvergiftung geholt bei einer Freundin. Aber sie sei ja so eigensinnig, sei einfach nicht zu bewegen gewesen, einen Arzt aufzusuchen, obwohl sie, die Mutter, immer wieder geraten habe, Dr. Benrath anzurufen. Benrath sagte: »Fischvergiftung? Da wäre ich wohl nicht ganz der richtige Arzt gewesen.« »Ach, Doktor«, sagte Frau Volkmann und warf ihre Hand weg, als wäre sie eine Bananenschale, »Sie können doch überall helfen.«

Benrath erkaufte sich gegen das Versprechen, bald wieder einmal hinaufzukommen, einen raschen Abschied. Die Damen wollten Herrn Beumann aus dem Büro holen, zum Essen. Der Junge arbeite wirklich zuviel. Anne hatte während des ganzen Gesprächs kaum einmal herübergesehen zu ihm. Wahrscheinlich war sie böse, weil er ihr nicht geholfen hatte. Er war froh, dass er es abgelehnt hatte. Eine Volkmanntochter hat wirklich Geld genug, sich das von einem Arzt besorgen zu lassen, der das täglich macht, der diese Art von Risiko gewohnt ist. Und er hätte nicht einmal Geld verlangen dürfen von der Tochter einer befreundeten Familie.

Wenn die erst wüssten, dass Birga ... die und alle anderen, ganz Philippsburg. Er erinnerte sich an einen Zeitungsbericht, der in der Gesellschaft lange diskutiert worden war. Ein Ehemann hatte die Wohnungstür hinter sich zugeworfen und seiner Frau zugerufen: ich komme nie wieder zu dir zurück. Die Frau war ihm mit dem Kind ins Treppenhaus nachgerannt und hatte ihm nachgeschrien: wenn du mich verlässt, passiert etwas. Am anderen Tag fand man sie und das Kind, sie lagen auf dem steinernen Fußboden in der Küche, Zyankali. Der Mann wurde für schuldig am Tod seines Kindes befunden. Er hätte wissen müssen, dass dem Kind Gefahr drohe, nachdem er seine Familie verlassen hatte. Der Fall war bis vor das Bundesgericht gebracht worden. Die eine Instanz entschied so, die nächste anders. Der eine Richter wollte dem Mann die Schuld am Tod seiner Frau zuschieben, der andere sprach ihn völlig frei. Das Bundesgericht hatte dann das Urteil des ersten Gerichts bestätigt. Die armen Richter, dachte Benrath.

Wie sie da den Unterschied zwischen dem Tod der Frau und dem Tod des Kindes herausgearbeitet hatten! Wo käme man hin, wenn jeder mit Selbstmord und Gewalttat drohen dürfte, hatten sie festgestellt. Aber dem Kind drohte Gefahr, das hätte der Mann bedenken müssen. Was also hätte der Mann tun sollen? Sitte und Religion hätten ihm geboten, sagten die Richter, die zerrüttete Ehe als Hausgemeinschaft fortzusetzen. Diese Forderung aber könne man nicht mit den Mitteln des Strafrechts durchsetzen. Das wäre ein unzumutbarer Eingriff in die Freiheit der Persönlichkeit, ein unvertretbares Hemmnis der erlaubten Rechtsausübung eines Menschen! Also durfte er, nach dem Recht, gehen. Nur sein Kind hätte er nicht der Gefahr aussetzen dürfen! Dann hätte er also doch nicht gehen dürfen? Ja. Nein. Ja. Nein. Sitte und Religion und positives Recht. Die armen Richter, dachte Benrath. Ihn würden sie freisprechen. Birga hatte nie gedroht.

Aber er wollte doch nicht mehr an Birga denken. Ihre Eltern, musste er nicht wenigstens ihre Eltern verständigen? Per Telefon. Nein, ein Brief war einfacher als ein Telefongespräch. Und ein Telegramm einfacher als ein Brief. Also ein Telegramm. Aber wie sollte er es formulieren? Ob die Schwiegereltern sofort herfahren würden? Birga war ihr einziges Kind. Und jetzt Selbstmord.

Er fuhr in die Straße, in der Dr. Alwin seine Kanzlei hatte. Er wurde sofort vorgelassen. »Sie überraschen mich, Herr Benrath, seit Jahren betreibe ich hier meine Praxis und jetzt, da ich im Begriff bin, sie aufzulösen, besuchen Sie mich. Darf ich fragen, ob ich in Ihnen gar einen Klienten sehen darf?«

Benrath fühlte sich verpflichtet, zuerst seinerseits den Überraschten zu spielen und den Rechtsanwalt zu fragen, warum er seine Praxis auflöse. »Ich gehe ganz in die Politik«, sagte Herr Dr. Alwin und strahlte übers ganze Gesicht. »Ich gehöre seit acht Tagen dem Landesvorstand der »Christlich-sozial-liberalen Partei Deutschlands« an, CSLPD, eine Neugründung, ich bin ziemlich tief drin, und bei den nächsten Wahlen wird man ja sehen, ob man ohne uns auskommt! Die Idee ist folgende, Doktor Benrath, das dürfte Sie interessieren, eine Idee, die ich, wäre ich an ihrer Konzeption nicht so eng beteiligt, geradezu als genial bezeichnen möchte, denn, verstehen Sie, es geht ja nicht so weiter, diese künstlichen Regierungskoalitionen, was schart sich da alles zusammen, bildet eine Regierung, die von Anfang an kriselt, dem Volk macht man Tinneff vor, kittet ein Programm zusammen, vergeudet Zeit und Geld und die Begeisterungsfähigkeit des Volkes und kommt vor lauter Hin und Her zu keinem Entschluss. Das werden wir ändern, zuerst einmal auf Landesbasis, wir sind eine Partei, die jeden Wähler aufnehmen kann, CSLPD, bei uns kann jedes Interesse seine Heimstatt finden, und wir sind einig, sind eine Partei mit einem Apparat, für die Regierung prädestiniert, wir sind handlungsfähig und kranken nicht an falschen Kompromissen, verstehen Sie, Doktor!«

Benrath gratulierte. Der Rechtsanwalt hastete weiter.

»Ja, wissen Sie, als Amateur kommt man da nicht weiter. Entweder ganz oder gar nicht. Und ich bin nun einmal Praktiker. Was soll die Rechtsverdreherei, das ganze Pi-Pa-Po, nichts als Ehescheidungen und Testamentsanfechtungen und Mietstreitigkeiten. Das hängt mir hier heraus. Ich danke. Man ist der Kehrbesen für die Leute, die saubere Finger behalten wollen, nein hören Sie, das ist kein Leben mehr, Rechtsanwalt Nummer Soundsoviel, im Gerichtssaal schauen, wenn's hoch geht, vierzig Leute zu, da reden Sie für die Luft, haben keinen Einfluss, das macht auf die Dauer keinen Spaß. Man will doch auch ein bisschen vorwärts, will sich regen, wozu hat man denn die Ellbogen, na, Herr Doktor, für irgendwas sind die doch vorgesehen in unserer gut geplanten Anatomie! Dafür vielleicht, dass man sich abwechselnd auf dem Schreibtisch und auf der Anwaltsbank die Ärmel durchscheuert? ...«

Benrath hörte gehorsam zu. Dr. Alwin drehte sich auf seinem Stuhl hin und her, warf seine kurzen Ärmchen in die Luft, steckte dann und wann einen Zeigefinger in den Kragen, um seinen überquellenden Hals wieder für ein paar Sekunden von dem Druck des Kragens zu befreien, und schüttelte seinen Kopf während seiner Rede so heftig hin und her, dass seine fleischigen Backen, den Gesetzen der Fliehkraft gehorchend, weit im Kreise herumflogen, sich geradezu vom Gesicht zu lösen schienen, wie die Sitze eines Kettenkarussells, wenn die Drehung ihre höchste Geschwindigkeit erreicht hat. Endlich schien er Benraths Anwesenheit wieder zu bemerken. Benrath sagte, was ihn hergeführt habe. Der runde Rechtsanwalt brachte seine Massen einen Augenblick lang zu völligem Stillstand. Dann sprudelte aus seinem Mund eine Beileidserklärung heraus, die man ohne jede Veränderung auf der Lokalseite des »Philippsburger Tagblattes« hätte abdrucken können. Benrath vertiefte sich unterdessen in Dr. Alwins Gesicht: es war längst nach allen Seiten über die Ufer getreten, die auch bei ihm wahrscheinlich vor Zeiten durch den Knochenbau bezeichnet gewesen waren; davon war nichts mehr zu sehen; eine Flut von Fleisch und Fettsäcken schwamm durcheinander, und der Mund, der nicht mitgewachsen war, wirkte winzig, war eine kleine unanständige Öffnung geworden, die unablässig zappelte, um von den umgebenden Massen nicht gänzlich verschlungen zu werden.

Dr. Alwin gab zu erkennen, dass er sich geschmeichelt fühle; er sehe in Benraths Besuch einen Beweis freundschaftlichen Vertrauens. Bei den flüchtigen Begegnungen auf gesellschaftlichen Veranstaltungen lerne man sich ja kaum kennen, so flüchtig seien die Kontakte, und doch spürten natürlich die paar Leute von Niveau sofort ihresgleichen heraus aus der Menge der Gäste. Auch er habe in Benrath immer einen Mann gesehen, mit dem man rechnen müsse und rechnen könne, das sei das Erfreuliche. Die Zeit werde es ja zutage bringen, in wem was stecke und wer zur Spreu gehöre. Ob da sich einer nun der Politik verschreibe, um Verantwortung zu übernehmen, oder ob er sich dem Kampf gegen die Krankheit widme, Qualität bleibe Qualität. Und er werde selbstverständlich gern Benraths Angelegenheiten in die Hand nehmen. Obwohl da ja nicht viel zu tun sei. Er verstehe, dass Benrath jetzt zuerst einmal verreisen wolle, weg aus der Stadt, weg vom Gerede, von den falschen Mitleidsmienen der Sensationslüsternen. Auch die Verständigung der Schwiegereltern, natürlich, das besorge er. Er wünsche gute Reise. Gute Erholung. Und gute Rückkunft. Man brauche jeden guten Mann.

Ja, Benrath hatte gesagt, er wolle verreisen. Das war ihm bei Dr. Alwins Beileidserklärung eingefallen. Dieser auf Bestätigung versessene Rechtsanwalt, der ihn benutzt hatte, die erste Wahlrede seiner politischen Karriere zu halten, würde alles erledigen, was zu erledigen war. Nachdem Benrath ein paar Vollmachten unterschrieben hatte, verabschiedete er sich mit aller Dankbarkeit, die zu zeigen er imstande war. Ins Hotel wollte er noch nicht. Zu Cécile? Nein. Nicht jetzt. Vor einem Kino hielt er an. In der riesigen Glashalle stand ein Menschenhaufen, der wartete, bis die gerade laufende Vorstellung zu Ende war. Benrath löste eine Karte, stellte sich zu den Wartenden, die mit demütigen Gesichtern oder unruhig hochgereckten Hälsen dem Einlass entgegensahen. Einen Augenblick lang musterten ihn die, die schon länger anstanden, die sich vielleicht schon seit einer Viertelstunde an den Armen oder an den Schultern oder an Hüften und Schenkeln berührten, die ihm, dem Neuling, wie ein Haufen Blutsverwandter oder Verschworener erschienen. Aber als dann ein weiterer Kinogänger sich dem Haufen näherte, da sah ihn Benrath genauso über die Schulter hinweg an, wie er gerade noch angeschaut worden war. Da fühlte er sich aufgenommen. Und von jetzt an zuckte er nicht mehr bei jeder Berührung zusammen (ein »Entschuldigung« murmelnd), jetzt schmiegte er sich berührungsbereit ganz in die warme, auf die Einlasstür hinatmende Herde hinein. Er spürte, dass das Kino zu den wirklichen Naturereignissen gehörte. Man suchte es auf, wie man an einem heißen Sommertag den Schatten eines Baumes aufsucht, wie man im späten Winter in ein Quadrat Sonne tritt und den Körper der Wärme hinhält.

Dann durften sie endlich hineingehen. In den Gesichtern derer, die aus der gerade beendeten Vorstellung herausströmten oder -taumelten, las Benrath, was ihn erwartete. Die Gesichter waren weit geöffnet, maskenlos, durchsichtig, für jeden Einfluss empfänglich, aufgeblüht unter den Wirkungen der Leinwand. Benrath dachte: ich würde mich ein bisschen genieren, mein Gesicht in solcher Verfassung auf die taghelle Straße hinauszutragen. Hoffentlich konnte er sein Gesicht in den Tüchern der beginnenden Dämmerung bergen, wenn seine Vorstellung zu Ende war.

Noch bevor alle ihre Plätze erreicht hatten, schmolz das Licht an den Wänden über ein düsteres Rot ins Schwarze. Es ist wie in der Kirche, dachte Benrath, viele Leute sitzen nebeneinander und schauen nach vorne. Der Vorhang gab die Leinwand frei, und die begann auch sofort lebendig zu werden. So lebendig, dass Benrath, der nicht jede Woche ins Kino kam, keine Sekunde mehr an sich selbst denken konnte, auch gar keine Gelegenheit mehr hatte, in eine Zwiesprache mit sich selbst zu kommen, um über das, was dort leuchtend geschah, zu urteilen; die Leinwand diktierte; eine Auseinandersetzung, ein auch nur flüchtiger Abstand war nicht möglich. Er konnte nicht einmal mehr zuschauen; so lächerlich die Handlungen waren, es waren seine Handlungen geworden, er wurde hineingerissen von den Bildern in eine Welt, die letzten Endes doch eine prächtige Welt war.

Als alles zum Ausklang sich neigte, als der Vorhang sich über der noch einmal aufrauschenden Schlussmusik schloss und sie und die Leinwand in seinem dunklen Purpur begrub, da dauerte es einige Zeit, bis Benrath zu sich kam. Noch stand er schwankend auf einem Fixstern voller Palmenwälder und Beaches, und er erinnerte sich nicht, jemals so weit von der Erde entfernt gewesen zu sein, von jener Erde, deren Luft man Wirklichkeit nannte, eine chemische Verbindung, deren Elemente niemand genau kannte. Und dahin sollte er nun zurück. Die Leinwand war tot, eine Leiche hinter einem Vorhang, das Tor dorthin geschlossen. Warum hatte er nicht mit in jenes Boot springen können, das in die Bucht hinausgefahren war, die Guten an Bord, die Bösen tödlich getroffen am Strand zurücklassend! Er rieb sich die Schläfen. Er erinnerte sich an die Wartenden vor der Tür. Er musste eilen, noch im Haufen hinauszukommen und nicht als deutlich anschaubarer Einzelgänger. Er musste sein Gesicht in seine Gewalt bekommen, bevor er der Herde für die nächste Vorstellung in die Hände lief.

Im Hotelzimmer dachte er dann: es war gut, diesen Tag auf viele Stellen zu verteilen. Er musste etwas haben, was sich zwischen den Augenblick, da er Birga gefunden hatte, und die Gegenwart stellen ließ; möglichst viele Gegenstände und Menschen und Häuser und Bilder mussten sich in kurzer Zeit in ihm sammeln, um jenen Augenblick im Wohnzimmer zur Vergangenheit, zu immer tieferer Vergangenheit werden zu lassen. Er wollte Birga nicht vergessen; auch jenen Augenblick nicht. Aber er wollte Birga in einer abgekapselten, ruhig zu betrachtenden Vergangenheit sehen. Das Kino war gut, dachte er, das hat mir geholfen, da hätte ich eine weite Reise unternehmen müssen, um soviel Landschaft, so viele Häuser und Gesichter hinter mich zu bringen. Eine Art Märchen war es, schön und unwahr, wie die Gedanken, die man sich über das Leben macht. Birga ist tot. Tot. Birga ist tot ... Ein Satz. Drei Worte. Zum Auswendiglernen. Zum Begreifen. Zum Nachsagen. Birga ist tot. Tut das weh? Und wo? In der Magengrube? Es radiert in der Herzgegend. Zieht in den Venen, als verlöre man Blut. Aber es ist nicht so schlimm, wie man sich das vielleicht vorstellt. Es ist unbegreiflich. Zahnschmerzen bohren heftiger. Es ist der Kopf an der Wand. Der Eigensinn muss bluten. Diese Wand gibt nicht nach. Sie hat kein Muster, kein Ende, und sosehr man seinen Kopf dagegenschlägt, sie gibt keinen Ton. Man begreift gerade noch, dass der Kopf immer schon an dieser Wand war. Birgas Tod hat einem die Augen geöffnet. Jetzt sieht man die Wand, sieht bei jedem neuen Sturz auf sie zu, wie sie näher kommt, spürt den Aufprall schon vorher, schreit nicht mehr, weil ja hier kein Laut möglich ist, stürzt eben hin, weil man begreifen will und auch schon eingesehen hat, dass einem das versagt ist oder nicht gelingt, und trotzdem sucht man sich nach jedem Aufprall wieder zusammen, richtet sich auf zum nächsten Sturz auf die Wand zu, weil ein Mensch ja nicht nichts tun kann ...

Sollte er Schlaftabletten nehmen? Nein. Er war gestern zu ängstlich gewesen. Ganz bestimmt wäre er auch gestern ohne Tabletten eingeschlafen. Er hatte geglaubt, er sei es sich schuldig, sich und einer allgemeinen Vorstellung von Anstand, dass er nach einem solchen Ereignis nur mit Hilfe einer starken Dosis Tabletten einschlafen könne. Er hätte sich Vorwürfe machen müssen, wenn er ohne jede künstliche Betäubung eingeschlafen wäre. Aber jetzt würde er keine Tabletten mehr nehmen. Er würde sich keine Vorwürfe machen. Er selbst machte sich ja eigentlich nie Vorwürfe. Die Stimmen in ihm stritten sich, die einzelnen Rollen seines Seelentheaters. Heute war es schon eher ein Parlament. Er war auf der Zuhörergalerie, nein, auf der Pressetribüne, er hörte zu und registrierte sachverständig. Er hatte nicht zu urteilen, sondern lediglich einen Bericht zu schreiben. Gerne hätte er in all den Stimmen seine eigene entdeckt. Aber er existierte ja nicht als Einzelstimme. Er war ein konfuser Stimmenschwall, und es bedurfte schon ganz stiller, ganz aktions- und ereignisloser Zeiten, wenn er die Stimmen einzeln abhören wollte. Ein Ereignis, über das er sich Klarheit verschaffen wollte, musste vergangen sein, abgeschnitten von allem Gegenwärtigen – und das ist nie ganz der Fall –, dann konnte er mit der Lese seiner Stimmen beginnen. Birgas Tod, das war eine Brandung aus Zorn, Eifer und Scham. Was hatte er auf diesen Tod zu antworten? Was würde er tun? Er musste jede Antwort verweigern. Er wusste nur, ein solcher Tod muss Folgen haben. Er würde sie erfahren.

Am nächsten Morgen schnitt ihn das schrille Telefon aus seinen Traumgewändern heraus. Es war Dr. Alwin. Birgas Eltern hatten sich für den nächsten Tag angesagt. Birga sollte übermorgen überführt werden, um in dem Dorf, zu dem die Villa im Voralpenland gehörte, beerdigt zu werden. Benrath sagte, er wisse noch nicht, wo er morgen sei. Dr. Alwin sagte, die Staatsanwaltschaft habe selbstverständlich keinen Grund gesehen, Ermittlungen anzustellen. Die Leiche sei freigegeben worden. Dann rief Benrath noch Dr. Rennert an und teilte ihm mit, dass er verreisen werde. Dr. Rennert möge bitte die noch liegenden Patientinnen übernehmen. Dafür, dass Neuaufnahmen unterblieben, sei gesorgt. Benrath war froh, als er den Hörer auflegen konnte. Er konnte sich nicht vorstellen, dass er die Klinik je wieder betreten würde. Mit einem Arzt zusammenarbeiten zu müssen, dessen Frau Selbstmord begangen hatte, das wollte er den Leuten im Elisabethenhaus nicht zumuten. Die Schwestern wussten es sicher schon. Und wenn er wieder arbeiten würde und die Schwestern würden den Patientinnen erzählen, dass die Frau des Doktors ... das würde auf die Wöchnerinnen, die in den Tagen um die Niederkunft ohnehin animalisiert sind, recht üble Wirkungen haben.

Bevor er das Zimmer verließ, schrieb er noch rasch – er stand dabei – eine Karte an seine Schwiegereltern. Er könne jetzt nicht kommen. Wahrscheinlich könnten sie ihm nicht verzeihen. Das verstehe er. Dann bezahlte er seine Hotelrechnung, hinterließ keine neue Adresse und reihte sich mit seinem Wagen in den schon wieder recht lebhaften Vormittagsverkehr ein.

An diesem Vormittag brach Benrath sein Versprechen, Cécile nie in ihrem Geschäft aufzusuchen. Sie machte ihm keine Vorwürfe. Sie wusste schon, was geschehen war. Dreimal war sie angerufen worden. Von Freundinnen. Benrath sah seine sämtlichen Bekannten auf Telefone zustürzen, in Telefonschnüre verstrickt, die auf und zu klappenden Münder dicht an den Muscheln. Wahrscheinlich wollte es jeder jedem mitteilen, jeder wollte der erste sein, der besser Informierte. Cécile hatte gut daran getan, allen drei Anruferinnen gegenüber – denn selbstverständlich war es das Vorrecht der Frauen, die Nachricht durch die Telefonleitungen in möglichst viele Häuser hineinzuflüstern – die Überraschte zu spielen, so hatte sie doch jeder die Freude bereitet, es vorher gewusst zu haben. In lange Gespräche war sie nicht verwickelt worden, weil die Damen in Eile gewesen waren, möglichst rasch den nächsten Bekannten anzurufen, umso oft wie möglich die Laute der Bestürzung, der Überraschung, des Erstaunens, des Mitleids oder gar der nur schlecht verhüllten Genugtuung zu genießen. Benrath hatte das Gefühl, die Nachricht raschle unter seinen Füßen durch, in den Erdleitungen, in den Kabelbündeln, ein zischendes Getier, das voll Eifers in die Häuser drang, durch die Telefonhörer in die Ohren, in die Hirne, um sich festzusetzen, um ins Blut einzugehen und sich dem ganzen Körper als eine Empfindung mitzuteilen, die der Mund dann in Form eines Urteils in endloser Vervielfältigung weitergeben konnte ...

Cécile sollte ihn anschauen. Aber sie ordnete Bastdeckchen nach Farben, schichtete sie zu einzelnen Stapeln, trug diese zu einem schwarzgebeizten Regal, stieß die schon Gestapelten wieder um, einzelne Deckchen segelten hastig schwappend zu Boden, Cécile bückte sich, sammelte geduldig auch das letzte Deckchen wieder ein, tauchte mit gerötetem Gesicht auf, strich sich die Haare aus der Stirn, drehte sich rasch wieder zum Regal, dann bat sie ihn plötzlich – er hatte bis dahin nichts getan, als ihr schweigend zugesehen –, den Laden zu verlassen, weil er doch alle Kunden kenne, weil sie ein-

fach nicht die Kraft habe, wenn jetzt jemand käme, zu dritt
ein Gespräch zu führen über das, was vorgefallen sei. Benrath bat, sie möge den Laden schließen und mit ihm in ihre
Wohnung gehen. Sie lehnte ab. Ganz sicher würden im Lauf
des Tages einzelne Damen aus dem gemeinsamen Bekanntenkreis sich in ihrem Geschäft einfinden, um das Ereignis zu
besprechen. Was würden die denken, wenn Céciles Geschäft
geschlossen wäre! Ein Trauerfall in der Familie, was! Oder
Flucht? Ein Verdacht schieße schnell auf. Und überhaupt ...
Cécile verstummte. Benrath spürte, dass er jetzt etwas sagen musste. Jetzt musste er den Ton angeben, in dem sie von
dem Vorgefallenen, sprechen konnten. Noch war nichts entschieden, noch hatten es beide absichtlich vermieden, ihre eigene Meinung zu sagen. Und der Ton, in dem sie davon sprechen würden, würde gleichzeitig die Entscheidung enthalten
über ihre Beziehung zueinander. Darum sag etwas, Alf! »Und
überhaupt ...«, hat Cécile gesagt. Sie hat nicht weitergesprochen. Ist das Absicht? Will sie dir den Vortritt lassen? Fordert
sie dich damit auf, kundzutun, was nun werden soll? Oder
kann sie einfach nicht weitersprechen, wenn sie daran denkt?
So wie Benrath selbst es seit vorgestern abend so gut wie nur
möglich vermieden hatte, das zu berühren, was man am besten in Zukunft vielleicht »den Vorfall« oder »jenen Vorfall«
nennen sollte!

Er hatte nichts zu sagen. Cécile schaute ihn immer noch
an.

Da trat fast unhörbar, wahrscheinlich weil er Bastschuhe trug, Claude ein und grüßte. Durch die in der Mitte gespaltene, dunkelgrüne Matte, die den Ladenraum vom Lager
trennte, glitt er herein, als ginge er gar nicht, als werde er auf
winzigen Rädchen hereingerollt; die Hände hatte er in den
Taschen vergessen. Wenn er Benrath sah, wurde sein immer
trauerbereites Gesicht noch um eine Spur trauriger als sonst.
Benrath versäumte auch keine Gelegenheit, den Maler mit
lauter Stimme, so dass möglichst viele Leute es hören konnten, in ein Gespräch zu verwickeln, das nur ein Ziel hatte:
Claude zu einem halbwüchsigen Buben zu machen, von dem
weder in der Kunst noch in irgendeinem anderen Bereich et-

was zu erwarten sei. Benrath wurde ganz gegen seinen Willen so laut bei diesen Unterhaltungen mit Claude. Ihn reizte dieses Gesicht und alles, was er von dem Kerl wusste, ihn reizte der leise, vor Höflichkeit fast winselnde Ton der Antworten, die der zarte Maler vorsichtig aus seinem schönen Mund entließ. Hoffentlich schickte ihn Cécile jetzt endlich hinaus. Gerade heute konnte er ihn nicht ertragen. Der hatte doch offensichtlich gar nichts zu tun im Laden, war nur so hereingeschlichen, um auch dabeizusein, um sich zu weiden, um etwas zu hören!

Und tatsächlich machte sich Claude auch nicht zum Schein irgendwo zu schaffen. Es war, als biete er seine Hilfe an, wage es aber nicht zu sagen. Und vielleicht um die Stille, die sich jetzt schon so lange zwischen ihnen ausbreitete, ein bisschen aufzulockern, setzte er sich mit einem leichten Sprung auf einen Tisch, schlenkerte mit den Beinen und schaute Benrath und Cécile hilfsbereit und unterwürfig an. Benrath zuckte heftig mit den Schultern. Eine einzige, jähe Bewegung. Dann sah er, dass Claude zu lächeln begann. Der schöne Mund begann zu fließen. Benrath trat rasch auf die Tür zu, riss sie auf, winkte Cécile und trat hinaus, um mit abgewandtem Gesicht zu warten, bis Cécile neben ihm auftauchen würde. Cécile folgte. Beide aber hatten gleich das Gefühl, dass sie nicht lange vor dem Geschäft stehenbleiben konnten. Es kamen zuviel Leute vorbei, die von Benrath in diesen Tagen alles andere erwarteten, als dass er mit der stadtbekannten schönen Kunstgewerblerin auf offener Straße in den Vormittag hineinplauderte.

Er verlangte den Schlüssel zu ihrer Wohnung. Cécile zögerte. Benrath schob sich auf sie zu, dann sahen sich beide erschrocken um, ein Herr war freundlich grüßend vorbeigegangen, Céciles Augen hasteten herum, unter der gewölbten Handfläche reichte sie ihm den Schlüssel hin, Benrath bemerkte, dass Claude vom Laden aus zugesehen hatte. Er gestand sich ein, dass er diesem Maler unterlegen war. Er hatte seinem Vorgänger bei Cécile herablassend begegnen wollen. Nicht anschauen, einen Gemeinplatz im Vorbeigehen, aber um Gottes willen keine Aktion, keine Eifersucht wegen dieser

einen Nacht – und wie harmlos war die gewesen, Cécile hatte
es ihm genau schildern müssen –; aber seit er überhaupt davon wusste, hatte dieser Maler etwas in der Hand gegen ihn.
Er machte keinen Gebrauch davon, umso schlimmer, denn
dann hätte Benrath ihm entgegentreten können, hätte er ihm
seinen Trumpf aus der Hand schlagen können, ihm zu beweisen, wie wenig die Karte wert war, aber der Bursche rührte sich nicht, das war es, der wich aus, machte milde Augen,
schürzte den Mund, und Cécile beschützte ihn, erzählte lachend, wieviel Frauen durch des Malers Hände gingen; auch
das tat Benrath weh, weil er es nicht ertrug, dass Claude Cécile so leicht verschmerzt hatte, dass es fast aussah, als habe
er Cécile verlassen und nicht sie ihn. Cécile war durch diesen Maler eine unter vielen geworden, das verzieh ihm Benrath nicht. Cécile hatte immer nur gelacht, wenn Benrath sich
deswegen ereifert hatte. Sie kam sich nicht lädiert vor. Benrath gestand sich auch bisweilen ein, dass er sich Claude gegenüber wie ein Sechzehnjähriger benehme, aber er konnte
seiner Ohnmacht der Vergangenheit gegenüber nicht anders
Herr werden.

Cécile sagte noch: »Sei vorsichtig«, dann drehte sie sich
rasch um und ging in den Laden zurück.

Würde er es fertigbringen, allein in Céciles Wohnung einzudringen, die Blicke aller Nachbarn auf seinen Schultern
über den Gartenweg und die Treppe bis unter die Haustüre zu tragen? Keine himmlische Last! Und dann in den Ohren aller Hausbewohner die Treppen bis zum vierten Stockwerk hinaufzusteigen! Der Bruder einer Köchin in der Klinik
hatte in der Straße, in der Cécile wohnte, einen Milch- und
Käseladen. Dieser Bruder kannte Benrath, grüßte ihn durch
die offene Ladentür, wenn er ihn vorbeigehen sah, erzählte
es auch jedesmal seiner Schwester, der Klinikköchin, dass er
den Herrn Doktor wieder gesehen habe. Und die Köchin erzählte es – auch sie wahrscheinlich ohne alle Absicht – den
Schwestern: ja, der Bruder kenne den Herrn Doktor auch,
er habe ihn erst gestern wieder gesehen; und dann gab es
niemanden mehr, der nicht wusste, dass Benrath am Sound-
sovielten nachmittags oder abends oder gar nachts in der

Stresemannstraße gewesen war, mit oder ohne Wagen, mit dunklem Mantel, aber ohne Hut.

Und wenn je noch eine Unklarheit aber Benraths Wege geherrscht hätte, dann wäre rasch Bruder Kleinlein, der Pfleger, herbeigeeilt, hätte gefragt, um was es sich handle, ach, um den Dr. Benrath, na, keine Sorge, arbeitete doch sein Sohn in der Garage, in der der Doktor seinen Wagen pflegen ließ! Und ein Reparaturmeister dieser Garage hatte ein Häuschen in der Stresemannstraße! Und er kannte nicht nur Benraths Auto, sondern auch ihn selbst, und darüber hinaus war er ein gemütlicher Mensch, der mit jedem seiner Kunden gern ein bisschen plauderte, auch außerhalb der Garage, wenn er einen traf, zum Beispiel den Herrn Dr. Benrath vom »Elisabeth«, das war ihm sogar eine Ehre.

Benrath hatte all die Jahre hindurch diese beiden Entdeckungsmöglichkeiten – vielleicht gab es noch andere, die er gar nicht kannte – in sein Lügennetz einbeziehen müssen. Er hatte alle möglichen Wege zu den verschiedensten Tages- und Nachtzeiten ausprobiert, um entweder dem Milchhändler oder dem Reparaturmeister zu entgehen, oder beiden zugleich. War er vor sechs Uhr abends in die Straße gekommen, hatte er den Weg am Häuschen des Reparaturmeisters vorbei genommen, weil sich der ja um diese Zeit noch in der Garage befinden musste. Nach sechs Uhr ging er am Milchladen vorbei, weil der um halb sieben schloss. Aber das war nie ganz sicher.

Und heute? Birga ...

Ja, er würde auch heute den Weg nehmen, den er sich für die Zeit vor sechs Uhr ausgedacht hatte. Und dies nicht nur aus Gewohnheit. Die Umwelt war für ihn auch jetzt noch eine Ansammlung von Augen, Ohren, flüsternden Zungen und vorgestreckten Hälsen. Und doch hätte er es vielleicht zu Birgas Lebzeiten wahrscheinlich nicht gewagt, schon am Vormittag in die Stresemannstraße einzudringen, vorbeizugehen an allen Küchenfenstern, die um diese Zeit weit offenstanden, in denen in jedem Augenblick die Büsten der Hausfrauen erscheinen konnten, die seinen Weg mit den Augen notierten, um beim Mittagessen ihren Männern zu berichten, dass der Dr.

Benrath vorbeigegangen sei, ja, der Frauenarzt aus dem »Elisabeth«, bei dem die Frau Reptow entbunden habe und die ...

Benrath zog zuerst alle Vorhänge zu in Céciles Wohnung. Keines der Zimmer war aufgeräumt. Er setzte sich auf die niedere quadratische Couch, die noch mit Bettzeug überworfen war. Der Pyjama lag noch da. Er griff danach. Ließ ihn durch die Hände gleiten. Schob den Aschenbecher, der voller Stummeln war und auf dem Boden stand, unter die Couch. Plötzlich sah er im Spiegel, dass er nicht rasiert war. Auch gestern hatte er sich nicht rasiert. Zum Glück hatte er bei Cécile immer einen Rasierapparat gelagert. Und Hektor! Ob ihn die Schwiegereltern mitnahmen! Hektor war Birgas Hund gewesen. Ganz und gar Birgas Hund. Die Schwiegereltern wussten das. Sie würden hoffentlich nicht auf den Gedanken kommen, eine polizeiliche Untersuchung zu verlangen, weil der Mann ihrer Tochter nicht da war. Für sie musste die Nachricht ganz unbegreiflich sein. Birga hatte ihren Eltern nie etwas erzählt über ihr Unglück mit ihm, das wusste er. Das hatte ja einen guten Teil ihres Unglücks ausgemacht, dass sie niemanden hatte, niemanden haben wollte, dass sie ihr ganzes Dasein ausschließlich von Benrath abhängig gemacht hatte; sogar ihre Mutter war ihr fremd geworden. Man hatte den Eltern wie der übrigen Welt eine glückliche Ehe vorgespielt. Und jetzt hatte sich Birga das Leben genommen, und der Schwiegersohn ließ sich nicht mehr sehen, kam nicht einmal zur Beerdigung, mussten sie da nicht misstrauisch werden? Aber würde ein Mörder sich so benehmen? Einer, der mit der Waffe oder mit Gift mordet, benimmt sich nicht so. Der würde zur Beerdigung gehen und mehr weinen als alle anderen. Aber einer ...

Benrath stockte. Er wollte doch nicht an Birga denken. Es waren Häuser zwischen ihm und ihr. Tage und Nächte schon, viele Atemzüge, und jene Schwelle, die sie überschritten hatte. Aber er musste selbst etwas aufrichten zwischen ihr und ihm: Dr. Alwin, das Kino, der Lieferwagen mit den Tomatenkistchen, die eins nach dem anderen in den Laden schwebten. Céciles Pyjama roch gut. Nach ihrer Haut, die sich so eng um ihren Körper spannte, dass man sich immer wieder wunderte, wie gut sie sich doch darin bewegen konnte. Er lächelte über diese Vorstellung. Er lebte doch noch. Céciles Wohnung war heruntergekommen, das fiel ihm zum ersten Mal auf. Cécile hatte alles verfallen lassen. Diese Art von Ordnung war ihr nicht mehr wichtig gewesen. Aber auch Cécile lebte noch. Sie hatte durchgehalten. Er auch. Birga. Ihr Tod hatte vor langer Zeit begonnen. Nicht zur Beerdigung. Nicht einmal zur Beerdigung. Die weißgrauen Augen seines Schwiegervaters. Diese Villa der Ruhe, der wie auch immer erkauften, aber doch durch Jahrzehnte hin aufrechterhaltenen Ruhe. Und die Schwiegermutter, die so schnell weinte. Tränen, die nicht bloß wie Wasser in den Augen standen, sondern wie Öl. In dieser Villa gab es keine Entschuldigung, kein Wort der Erklärung. Er war ein Mörder. Der war er ja auch. Aber wozu Gerichte aufsuchen. Wozu Ankläger herausfordern. Er kannte die Anklage, er kannte das Urteil. Kannte er das Urteil? Es lautete wie die Anklage: Mörder. War das Urteil genug? Das würde sich zeigen. Er würde es erfahren. Wozu also zur Beerdigung gehen. Um es denen, die ihn anklagen wollten, leichter zu machen? Um ihrem Bedürfnis nach Gerechtigkeit entgegenzukommen? Gerechtigkeit ist das, was ohne das Hinzutun einzelner geschieht. Das, was sich von selbst vollzieht. So war's ihm recht. Er legte sich immer alles so zurecht, dass er selbst einigermaßen glimpflich davonkam. Deswegen war das auch keine Flucht, wenn er in Céciles Wohnung gelaufen war. Es diente der Zukunft. Mit Birgas Eltern hätte er nur über die Vergangenheit streiten können. Ein unendlicher, durch nichts mehr zu schlichtender Streit. Also hatte er doch vernünftig gehandelt.

Warum werde ich mir selbst eigentlich nicht widerlich, dachte er.

Cécile trat ein, ohne ein Wort zu sagen, drehte sich um und ging wieder hinaus, in das Wohnzimmer hinüber. Als er hörte, dass sie sich setzte, stand er auf, folgte ihr, setzte sich auch an den kühlen Tisch aus Stein und Messing und wanderte mit seinen Augen über das Mosaikmuster hin, fand eine Linie, die das Ganze zusammenhielt, folgte ihr, so mühsam es war, sie in all den Spiralen und Ellipsen im Auge zu behalten, verlor eine Sekunde lang die Konzentration, und schon hatte sich das Muster verwirrt, seine Augen schwammen über den Tisch hin, fanden keinen Halt mehr, bis sie drüben, auf der anderen Seite, auf Céciles Knie fielen und dort liegenblieben, an der Stelle, wo der enge schwarze Rock wie ein kleines straffes Vordach über die dicht aneinanderliegenden Knie vorstand, unbeweglich, als wäre er aus Stein. Dann schoben sich Céciles Hände her, die Knie streckten sich, Cécile zog den Rock tiefer. Alf sah sie an und sagte »Es ist nicht leicht, Cécile, jetzt etwas zu sagen.« Alf hatte gesehen, dass Céciles Hände zitterten. Jetzt sah er, dass ihr Gesicht verzerrt war, als habe ein Krampf es befallen, die Gesichtszüge durcheinandergeworfen und sie dann in gänzlicher Verwirrung zurückgelassen. Es bewegte sich nichts mehr. Die Augenbrauen hingen starr und eingefroren tief über den Augen, herabgepresst. Die Backenknochen stachen weiter aus dem Gesicht als je und schienen die matte, des Aushaltens müde Haut gleich endgültig zertrennen zu wollen. Die Lippen hatten alle natürliche Form eingebüßt, waren einfach entgleist, überworfen, weil die Zähne sich aufeinandergebissen hatten und sich nicht mehr – nie mehr, so sah es aus – zu lösen vermochten.

Alf hatte schon einige Male Atem geholt, um etwas zu sagen. Es gelang ihm nicht. Wer hat diesen Unterschied geschaffen auf der Welt! Was war er gegen Cécile, gegen Birga? Er schaute zu, wenn die litten. Er genoss, wenn die lebten. Er räsonierte, wenn die starben. Sie waren ganz andere Wesen. Es gab keine Gemeinsamkeit. Er würde für alle Zeit der Nutznießer ihrer Leiden sein. Er würde sich Gedanken machen, würde sich auch selbst zu verurteilen haben, dann und wann, aber es würde immer ein luftiges Gericht bleiben, eines, das man wegblasen konnte, wenn es gar zu bedrohlich wurde; aber es würde ja nie so bedrohlich werden, da er sein eigener Verteidiger war und es auch ganz in seiner Hand hatte, wie törichte Argumente er dem Staatsanwalt in den Mund legen würde, nicht gar zu törichte; es musste schon der Anschein gewahrt werden, als gehe er mit sich ernsthaft ins Gericht, er musste sich nach der Verhandlung, wenn er wieder einmal davongekommen war, doch freuen über den Ausgang, er musste das Gefühl haben, es hätte auch anders ausgehen können. Obwohl es natürlich niemals anders ausgehen konnte. Aber die Frauen, die sprangen immer gleich mit Haut und Haaren in die Messer hinein, mit denen er spielte. Für die gab es nur Ernst. Welch ein Unterschied! Und wie sehr zu ihrem Nachteil waren diese Wesen auf der Welt. Ein Mann hat eben so gut wie kein Gewissen. Er lügt auch dann noch, wenn er glaubt, er spreche die Wahrheit. Frauen aber sagen die Wahrheit, selbst wenn sie zu lügen glauben.

Er hatte immer noch jonglieren können, hatte Fähigkeiten ausgebildet, die es ihm möglich machten, Reden zu führen, die für Cécile eine ganz andere Bedeutung hatten als für die anderen Anwesenden, ihm hatte es zuweilen sogar Spaß gemacht, so doppelzüngig aufzutreten und die Täuschung bis zur Perfektion auszubilden. Er hatte Anlagen zum Virtuosen. Cécile aber errötete, wenn sie ihm in Gesellschaft die Hand reichte, sie zuckte zusammen, wenn er einen Raum betrat, sie war ihrer selbst nicht mehr mächtig und musste Erklärungen über Erklärungen finden, die ihr oft recht seltsames Benehmen rechtfertigen sollten.

Und jetzt erlitt sie Birgas Tod. Er sagte sich, ein Eiterzahn tut auch weh. Ja, soll die ganze Welt gleich vor Entsetzen aufschreien wegen dieses Vergleichs, es ist doch so, weh tut alles, was wirklich ist. Was wirkt, kann nur durch Schmerz auf uns wirken. Und wenn nicht nichts ist, ist Schmerz. Jeder Eindruck, alles, was überhaupt empfunden wird, ist Schmerz. Das war seine Erfahrung. Und jetzt Birgas Tod. Es schmerzt, solang man daran denkt. Cécile schmerzte ihn genauso.

Aber wie sollte er das sagen! Einer Frau kann man das nicht sagen. Er hatte Cécile immer wieder ihr schlechtes Gewissen abnehmen wollen, hatte sie zu überreden versucht, alles seiner Verantwortung zu überlassen, Cécile hatte gelächelt. Er hatte ihr nie helfen können. Er hätte sich von ihr trennen müssen, das wäre die einzige Hilfe gewesen. Einmal hatte sie zu ihm gesagt: das einzige, was du für mich tun kannst, ist, dich von mir zu trennen. Benrath atmete alle Luft aus, die in ihm war, presste seine flachen Hände gegen seine Rippen und atmete dann ganz langsam wieder ein. Er musste Übungen machen gegen die Erinnerung. Er konnte jenes Ereignis nicht wie eine Tafel in sich hineinstellen, auch wenn er deren Aufschrift nie zu lesen gedachte. Oder würde er doch versuchen müssen, diesen stillen und einfachen Tod von vorgestern nachmittag irgendwann einmal zu begreifen? Alles zu vergessen, ohne darüber nachzudenken, wäre das Beste gewesen.

Cécile saß vor ihm. Und er musste nicht heim. Musste nicht auf seine Kleidung aufpassen, musste keine Systeme von Lügen mobil halten. Hatte es da noch Sinn, Birgas Tod auf eine besonders menschliche Weise verdauen zu wollen? Natürlich spürte er eine Art Verpflichtung, Birgas Tod gerecht zu werden. Aber wie? Natürlich wusste er, dass man ein solches Ereignis als eine Art Aufgabe mit sich tragen sollte. Es gab da eine ganze Reihe bekannter Verhaltungsweisen, abendländischer Verhaltungsweisen. Aber warum sollte er darüber nachdenken? Warum sollte er sich einreden, dass man sich in einer solchen Lage menschlichem Hörensagen nach so und so zu verhalten habe? Seine erste Regung, als er festgestellt hatte, dass Birga nicht mehr lebte, war gewesen: Cécile, jetzt! Und dieser ersten Regung würde er folgen. Alles Hin- und Herdenken und alles Hinaufschielen zu den Tafeln, auf denen das Allgemeinrichtige zu lesen war, das würde ihn vielleicht erheben, würde aus ihm ein Erz machen mit einem geradezu feierlichen Klang, eine Zeitlang, bis er es satt hätte, sich selbst zu beweihräuchern, dann würde er zurückfallen in die Mitte seiner selbst. Und selbst wenn sein Entschluss, Birga und ihren Tod zu vergessen, falsch sein sollte, wenn Verhängnis daraus entstünde, dann trug er wenigstens an dem von ihm selbst verschuldeten Verhängnis und nicht an dem, das von recht weit entfernten Tafeln her bewirkt worden war.

»Cécile?«

Sie schaute ihn an.

Benrath dachte, hoffentlich antwortet sie nicht. Er konnte nicht mit ihr sprechen. Er sah es ein. Sie waren zu weit auseinandergeraten. Unglück entsteht immer dann, wenn Männer so tun, als verstünden sie eine Frau; gar wenn sie dann einer Frau zuliebe handeln, Leben einrichten ihr zuliebe,

Häuser und Familien gründen. Was ein Mann einer Frau zuliebe tut, hat keine Dauer. Er fällt ab. Er kann nur sich selbst zuliebe leben und handeln. Benrath dachte es, als er Céciles entstelltes Gesicht sah, als er in ihren Augen den ihm seit langem vertrauten Ausdruck ihrer Verzweiflung wahrnahm, der diese Augen noch nie so starr gemacht hatte wie heute.

Etwas in ihm wollte ins Bewusstsein dringen, etwas Ungeheuerliches, er floh, er wollte es nicht wahrhaben, jetzt nicht, nicht solange er Cécile gegenübersaß, er hatte zwar sein Gericht, das über ihn zu befinden hatte, gut in der Hand, aber vielleicht gab es da eine Grenze, vielleicht fiel da irgendwann einmal ein Urteil, das er nicht vorformuliert hatte. Er konnte Cécile nicht mehr anschauen. Sie war hässlich. Trostlos. Er war überflüssig. Aber aussprechen durfte er nicht, was hier zerstört worden war. Das durfte nicht einmal gedacht werden. Jahrelang auf dieses leuchtende Ziel zu. Keine Zerstörung hatte er gescheut. Und jetzt, da er frei war, jetzt ...

Seine Augen waren nicht mehr seine Augen. Cécile war nicht mehr Cécile. Hier saßen zwei jämmerliche Wesen in einer verrotteten Wohnung. Saßen einander gegenüber, ohne sich auch nur ein einziges Mal länger als eine Sekunde anschauen zu können.

Benrath versuchte diese Stimmung in sich zu fördern. Er versuchte, mit Cécile in einer gemeinsamen Ohnmacht zu verbleiben. Er wollte zumindest so tun, als trügen sie alles gemeinsam. Er versuchte, dieses Schwert zu unterdrücken, das in sein Bewusstsein dringen wollte, diese gleißende Helle, die von allen Seiten hereinschwang, diesen Ruf, der sich nicht mehr abweisen lassen wollte; bitte nicht jetzt, bitte erst, wenn ich draußen bin, erst in der Bahn, nicht solange ich bei Cécile sitzen muss, sitzen will, ich liebe sie doch, das war doch nicht umsonst, all die Jahre, Cécile, sie antwortet nicht, am besten wäre es, aufzustehen und zu gehen, auf später zu verweisen; keinesfalls darf sie merken, dass sie allein ist, dass sie allein trägt, was geschehen ist.

Er wusste jetzt, dass Cécile schon in die Vergangenheit glitt. Sie war zusammengekettet mit Birga. Und Birga hatte sie mitgerissen. Er hatte nichts dazu getan. Er hatte es festgestellt. Mit der schwerelosen Grausamkeit eines Männerhirns hatte er festgestellt, dass er allein weiterging. Cécile blieb zurück. Bei Birga. Er würde ihr schreiben. Es war unwirklich, aber er stand auf und ging hinaus, ohne Lärm zu machen. Es wurde ihm nicht schlecht. Er litt nicht an Atemnot. Kein Auto überfuhr ihn. Und der Beamte, der ihm die Fahrkarte nach Paris aushändigte, lächelte sehr freundlich.

Hätte er seine Einsicht unterdrücken sollen? Hätte er lügen sollen? Cécile zuliebe. Natürlich machte ihn diese plötzliche Einsicht nicht fröhlich. Er würde weder Cécile noch Birga vergessen. Es wäre lächerlich, das auch nur zu versuchen. Birga und Cécile waren zusammengekettet. Zwillinge können sich nie so nahekommen. Er blieb allein. Gewissermaßen frei. Für was?

Dass er Céciles Wohnung so rasch hatte verlassen können, war ihm selbst unbegreiflich. In ihm handelte jemand, der ihm voraus war, der schon sehr viel älter war, vielleicht schon alles hinter sich hatte, der ihn nachzog, Schritt für Schritt, und er hatte zu folgen, hatte die Stufen zu betreten, wenn sie sich unter seine Füße schoben. Gelogen hatte er wahrscheinlich in der Zeit, in der er gesagt hatte, es sei ihm unmöglich, sich von Cécile zu trennen. Und doch: er hatte damals nicht gelogen. Erst jetzt war es möglich geworden. Er hätte gerne jeden Stern einzeln vom Himmel herunter und zum Zugfenster hereingezogen, um ihn zum Zeugen anzurufen, dass er Birga und Cécile nie vergessen werde, dass er sogar sein ganzes künftiges Leben ...

Sein Theater spielte. Er agierte in allen Rollen. Er pfiff sich aus. Klatschte Beifall. Glaubte sich kein Wort. Bewies sich, dass alles nur gesagt werde, um die Flucht vor Cécile zu entschuldigen, den Verrat an ihr, den zweiten Mord.

Dann wieder: wenn ich bei Cécile geblieben wäre, hätte ich Birga vergessen müssen. Cécile wusste selbst, dass das ein lächerlicher Versuch geblieben wäre, Cécile wusste, dass Birga uns getrennt hat. Ich wollte es mir nicht eingestehen. In Céciles Gesicht stand es.

Er schlief ein, nachdem er glaubte, lange genug über alles nachgedacht zu haben. Eine Schlaftablette wäre überflüssig gewesen.

III

Verlobung bei Regen

1.

Herr Dr. Alwin hupte zweimal, dreimal, obwohl er wusste, dass Ilse ihn ohnedies herfahren hörte, aber er hupte noch einmal, sie sollte glauben, er sei übermütig und voller Freude, sie wiederzusehen, und noch einmal hupte er und bog dann mit so viel Schwung von der Straße auf den Gartenweg ein, dass der regennasse Kies aufrauschte und gegen den Wagen prasselte. Mit einem Sprung war Dr. Alwin bei der Garagentür, dann fuhr er den Wagen rasch, aber mit großer Ruhe und ohne Angst um seine Kotflügel in die Garage und fing ihn eine Handbreit vor der Stirnmauer ohne Ruck und Härte ab. Dass es Menschen gab, die mit Autounfällen zu tun hatten, verstand Dr. Alwin nicht, überhaupt Unfälle! Alwin lächelte. Stümper! Und wenn man über Tote hätte lächeln dürfen, dann hätte Alwin über jene Toten gelächelt, die durch Verkehrsunfälle ums Leben gekommen waren. Herr Dr. Alwin hob sich aus seinem Sitz, freute sich, dass er nirgends anstieß, dachte, dass die Welt froh sein konnte, dass es noch Männer wie ihn gab, schloss die Wagentür, langte mit der linken Hand hinter sich, um – wie immer – die Liebkosungen seines Hundes Berlioz entgegenzunehmen. Seine Hand griff ins Leere. Dr. Alwin verlor einen Augenblick das Gleichgewicht, weil er so daran gewöhnt war, sich mit der linken Hand nach hinten auf den Hals des Hundes zu stützen, ihn zu kraulen, seinen Kopf heraufzudrehen, um die Treue und Anhänglichkeit auszukosten, die ihm aus Berlioz' Augen jeden Tag mit gleicher Stärke entgegenschienen.

Aber heute stand Berlioz draußen, vor der Garage, mitten im kalten Regen stand er, so, als wolle er zwar zu seinem Herrn, könne aber nicht; sein Kopf zog den Rumpf weit über die Beine hinaus, dass die zurückblieben, schräggestellt, wie angewachsen, angenagelt, und der Kopf streckte sich noch einmal, dehnte den Hals kläglich in die Länge, die Schnauze klappte auf, dass die Zunge herausfiel, aber Berlioz stand draußen, blieb draußen stehen, sosehr Alwin ihn auch anschaute. Alwin war überrascht. Er trat hinaus vor die Garage und sah Berlioz an. Weiter würde er ihm nicht entgegengehen. Lieber erschieße ich ihn, dachte er. Der Regen rann ihm in den Nacken. Ob er pfeifen sollte? In die Hände klatschen? Die übliche Willkommenszeremonie erzwingen? Der Regen staute sich am Hemdkragen, weichte ihn auf, sickerte weiter. Warum hatte er nicht gleich gepfiffen? Warum hatte er nicht gleich etwas getan, Berlioz zu versöhnen? Alwin ärgerte sich, dass er daran überhaupt dachte! Er hatte das Recht, böse zu sein! Berlioz hatte den Brauch verletzt! Er aber, Dr. Alwin nämlich, hatte allen Grund und das Recht, hier an der Garagentür zu warten, bis Berlioz auf allen vieren herankriechen würde, um sich, die Schnauze im nassen Kies schleifend und elend winselnd, bei ihm, dem Herrn, zu entschuldigen. Der Regen staute sich, wie er es am Hemdkragen getan hatte, jetzt am Saum des Unterhemdes, auch von den Schultern her wurde es allmählich feucht, Alwin aber stand an der Garagentür und schaute Berlioz an und sagte sich zweimal, dreimal vor, dass er im Recht sei, dass er zornig sein dürfe über Berlioz' Verhalten und dass Berlioz den ersten Schritt tun müsse. Wo kämen wir da hin! Und: das wäre noch schöner! Und: Sauköter, sagte Dr. Alwin, aber er glaubte nicht, was er sagte, obwohl er im allgemeinen niemandem so viel Glauben schenkte wie sich selbst. Berlioz hat etwas gewittert. Dieser Satz schob sich durch alles, was er sich gerne vorgesagt hätte, hindurch und ließ sich nicht mehr vertreiben. Berlioz hat etwas gewittert. Nein, der Regen hat ihn verrückt gemacht, der Regen, der schon seit Tagen niedergeht auf Philippsburg, der ist schuld, der hat seine Witterung ertränkt, hat sie zumindest so verwirrt, dass er mich nicht mehr kennt. Berlioz hat etwas gewittert. Nein. Na und wenn schon!

Alwin schaute Berlioz an. Du kannst ja nicht reden! Und wenn du reden könntest, wollen sehen, ob Ilse dir mehr glaubt als mir. Und überhaupt, gib's doch zu, du hast nichts gewittert! Parfum vielleicht? Na und? Das schlägt sich so an einen hin im Lauf eines Tages, wenn man mit Publikum zu tun hat! Aber was Spezielles, was Verfängliches hast du nicht gewittert!

Alwin gab sich energische Kommandos und marschierte dann nach diesen Kommandos ins Haus, Berlioz in weitem Bogen umgehend. Ilse erwartete ihn. Alwin pfiff, bis er Ilse die Hand gab, grüßte und pfiff gleich wieder und verfiel wie unabsichtlich sogar ins Singen.

Hoffentlich hatte Ilse nicht beobachtet, wie er mit Berlioz gekämpft hatte. Was sollte er sagen, wenn sie ihn gleich fragte? Na, sie wird schon nicht fragen. Bloß jetzt nicht gleich unsicher werden, nur wegen dieses regentollen Hundes, er, Herr Dr. Alwin, und unsicher, dazu war er zu gut trainiert, dazu gehorchte ihm einfach sein Blutkreislauf zu gut. Er musste Ilse ja nicht gegenübersitzen, das wäre schwieriger, jetzt ein ruhiges Gespräch mit ihr; aber sich umziehen, den Kopf in den Schrank stecken, sich in alle Schubladen selbst hineinbücken, weil man sich von einer Frau wie Ilse einfach nicht bedienen lässt – und das Dienstmädchen hat sicher wieder ihren freien Tag, wie immer, wenn man es braucht –, Ilse zur Eile zu mahnen, da sie doch beide in einer halben Stunde schon zu einer wichtigen Party mussten, Verlobung der Volkmann-Tochter mit dem jungen Journalisten, mit dem, na wie heißt er gleich, ist ja auch egal, aber die Party ist wichtig, Ilselein, dass du mich nicht warten lässt, ja, das half immer am besten, ihr kleine Vorwürfe machen, keine ernsten, keine bösen, nur kleine, schützende Vorwürfe! Eile, Aufregung und Vorwürfe klug durcheinandergemischt, wie hätte Ilse da noch fragen können, warum er nicht früher heimgekommen sei, gerade heute …

Als sie dann nebeneinander im Wagen saßen, von ihren feinen Kleidern wohl behütet, den Reifen nachhörend, die in regelmäßigen Abständen durch die Pfützen zischten, da summte Alwin eine Melodie und wiegte seine breite Brust zwischen den durch das Steuerrad fixierten Armen hin und her und dachte, dass er das Menschenmögliche getan habe, um Ilse vor allem Unschönen zu bewahren. Er durfte es

sich hoch anrechnen, dass er Ilse nicht mit allem behellig-
te. Es gab Ehemänner in seinem Bekanntenkreis, die wussten nichts Besseres zu tun, als zu ihren Frauen heimzuren-
nen, um loszuheulen und zu beichten und alles auf die armen
Frauen abzuladen! Da war Herr Dr. Alwin schon ein anderer
Kerl! Er sagte sich immer wieder: Alwin, das musst du ganz
allein tragen. Nicht einmal seinem engsten Freund, wenn er
einen gehabt hätte, hätte er je etwas von Vera erzählt; von
Vera nicht und nicht von denen, die er vor Vera gekannt hatte. Er hatte immer alles allein getragen. Ihm wäre es wahr-
haftig auch manchmal leichter gefallen, wenn er sich hätte
einem Freund an den Hals werfen können, um dem alles zu
erzählen; um endlich auch einmal ein bisschen renommieren
zu können, sich beneiden zu lassen, von Frantzke zum Beispiel, dem protzigen Fabrikanten, der keinen Hehl aus seinen Liebschaften machte, auch wenn er seine Frau dadurch
bloßstellte. Und dem Dr. Benrath, dem hatte es jeder angesehen, dass in seiner Ehe nicht alles stimmte, was dann ja auch
durch den Selbstmord der armen Frau hinlänglich bestätigt
worden war. Wahrscheinlich hatte der auch nichts Besseres
zu tun gewusst, als seine Frau in alles hineinzuziehen. Alwin
aber schonte seine Frau. Er würde sie nie so bloßstellen und
blamieren. Lieber ließ er sich als ein allzu braver Ehemann
bespötteln, lieber duldete er es, dass sie ihm im Nachtlokal
»Sebastian« über alle Tische hinweg zuriefen, ob ihn seine
Frau eine halbe oder eine ganze Stunde beurlaubt habe. Diese
aufgeblasenen Junggesellen, die dort allabendlich herumsaßen! Er ging bloß hin, weil einige einflussreiche Journalisten
dort verkehrten, ein paar Politiker auch, und weil Cordula,
die Besitzerin, eine charmante Frau war, rothaarig und gebildet; ihn schätzte sie besonders, das hatte sie ihm mindestens
schon fünfzigmal über die Theke herüber zugeflüstert. Meistens setzte er sich nämlich an die Bar und wandte den Tischen den Rücken zu. Er hasste den Hochmut der Junggesellen, die auf alle Ehemänner wie auf Krüppel herabsahen und
ihnen mit einem geringschätzigen Mitleid begegneten. Ihm
trauten sie überhaupt nichts zu. Wahrscheinlich weil er dick
war, weil er kein Sportsmann war, keine Schwimmlehrerfi-

gur zur Schau trug, ja ja, wenn die wüssten, was der bemitleidete, der bespöttelte Ehesklave Alwin, der dicke Alwin, wie er auf der Universität genannt worden war, was der schon an Liebesleistungen hinter sich gebracht hatte! Aber er hatte sich alle Erzählungen, alle Mitteilungen versagt. Getreu seinem Grundsatz: was meine Frau nicht weiß, das geht auch keinen anderen etwas an.

Die Augen wurden ihm feucht, wenn er daran dachte, wie sehr er doch seiner Frau die Treue hielt, auf was er ihr zuliebe alles verzichtete. Seit Jahren saß er still am Tisch oder an der Bar und hörte zu, wenn die Junggesellen und bedenkenlosen Ehemänner von ihren Eroberungen wie von Heldentaten berichteten, und was hätte er da alles zu vermelden gehabt! Aber nein, er hatte geschwiegen, hatte höchstens da und dort einen Einwand gemacht, ein Detail hinzugefügt, eine kleine Korrektur angebracht, um den Herren Junggesellen und bedenkenlosen Ehemännern zu beweisen, dass auch ein schweigender Ehemann manchmal mitreden kann. Über Andeutungen war er allerdings nie hinausgegangen. So treu war er Ilse. Und um dieser Treue willen brachte er große Opfer. Was hatte er denn von seinen zahlreichen Abenteuern, wenn er keinem Menschen davon erzählen durfte?

Oft war es doch eine rechte Mühe, bei Frauen ein Held zu sein, und die wäre eigentlich erst belohnt gewesen, wenn seine Taten im Ruhm hätten dauernde Auferstehung feiern können, wenn er im Nachtlokal »Sebastian«, wo er ja Stammgast war und Schlüsselherr (denn das Sebastian war eine Schlüsselbar, exklusiv also im ganzen Sinn des Wortes, und die Schlüsselherren waren fast ein Orden), wenn er im Sebastian hätte beginnen können: Hört Freunde ... und dann hätte er in die vor Respekt und Erstaunen schweigende Runde hineinerzählt: ja, da habe ich doch in Hamburg, oder war es in Stuttgart, ich weiß es nicht mehr, ich sprach da auf jeden Fall mit einer Dame und lud sie dann auch zu noch näherer Bekanntschaft ein, und was, ratet einmal, sagt die zu mir: mein Herr, ich bin verheiratet! Na und ich darauf, ohne auch nur ein Quentchen Luft zu holen: das trifft sich ja ausgezeichnet, Madame, ich auch! Dass danach natürlich die Ampel auf

Grün sprang, brauche ich wohl nicht mehr zu sagen. Wie ja überhaupt jede Frau zu haben ist, wenn man es wirklich darauf abgesehen hat, aber auch jede. Bitte, manchmal will man ja gar nicht, da gibt man auf, freiwillig, aber wenn man will, dann kommt einem keine aus! Bitte, ich will keinem zu nahe treten, ich urteile da nur nach meinen ureigenen Erfahrungen, vielleicht sind die nicht übertragbar, das mag sein, so was kann man ja schlecht beurteilen. Ja, was ich noch hinzufügen muss, damit ihr mich nicht für einen dummen Optimisten haltet (wie die meisten Optimisten genierte sich auch Dr. Alwin, einer zu sein), ich weiß auch, dass die Liebe nicht bloß eine rosige Angelegenheit ist, in der man von Erfolg zu Erfolg schreitet. Ich müsste weniger Erfahrungen hinter mich gebracht haben, als es Gott sei Dank oder leider – ich schwanke hier wirklich, was ich sagen soll – der Fall ist, um nicht zu wissen, dass jede neue Affäre ein Griff nach dem Unmöglichen ist und den Keim der Enttäuschung schon von Anfang an in sich trägt. Ich sage euch eines, Freunde (hier würde Dr. Alwin die ganze Runde noch einmal prüfen, gewissermaßen um zu sehen, ob sie würdig sei, die Quintessenz seiner Erfahrungen zu vernehmen): die Frau, die wir lieben, ist immer ein Ersatz für eine, die wir noch nicht haben, oder (Alwin würde die Stimme senken und zweimal schlucken) oder nie haben werden ...

Aber all das durfte er sich ja nicht gestatten. Wenn er seine Frau wenigstens hätte wissen lassen können, wie treu er ihr in dieser Hinsicht war! Das war leider ganz unmöglich. Er hätte, um ihr seine Treue in der Wahrung eines einwandfreien Familiengesichtes rühmen zu können, auch alles andere, gerade das, womit er sie nicht behelligen wollte, verraten und ihr auf den Hals laden müssen. Und so schwer es war, anständig zu sein, ohne dass ihn jemand dafür bewunderte, Ilse zuliebe brachte er es fertig und blieb diskret.

Aber sie sollte ihn jetzt bald um anderer Eigenschaften willen bewundern. Und nicht nur sie! Wenn seine politische Laufbahn erst einmal in die Höhe führen würde (er hatte dabei unwillkürlich die Vorstellung von einer marmornen Straße, die aus einer Gasse aufsteigend über die höchsten Häuser der Stadt hinwegführte, feierliche Leuchter zu beiden Seiten, triumphale Architekturen), dann würde er sich nicht mehr im Dunkel herumplagen müssen wie bisher, dann würde er auch Ilse ein anderes Leben bieten können. Bisher war er nichts gewesen, ein kleiner Anwalt, von Terminen gehetzt, stundenlang vor Klienten sitzend, um deren schlecht formulierte Reden anzuhören, Tag für Tag unterwegs wegen Testamentsanfechtungen und Mieterzwist! Jetzt aber würde er aus der christlich-sozialliberalen Partei eine Führungspartei machen, ein Machtinstrument für seine Interessen. Ilse musste noch ein wenig Geduld haben. Die Zeit, da er keine anderen Bestätigungen mehr nötig hatte, würde kommen, und das würde dann ihre Zeit sein, seine und ihre Zeit, der Beginn eines neuen Lebens, das jeden Morgen mit einem ausgedehnten zärtlichen Frühstück auf einer Sonnenterrasse gefeiert werden sollte! Er war sich der Liebe zu seiner Frau so sicher, dass er sich kaum bemüßigt fühlte, sie dann und wann einmal nachzuprüfen. Er trug sie gewissermaßen in einer fest verschlossenen Kapsel mit sich herum und verehrte die Kapsel für ihren Inhalt. Die Zärtlichkeit, die er all die Jahre hindurch für seine Frau aufgebracht hatte, die ihn, wenn sie aufbrach, ganz übermannte, die ihn rührte, die er sich hoch anrechnete, weil er sie als eine edle menschliche Leistung empfand (sie drängte ja, da er das auswärts hatte, auf nichts Körperliches hin, war reine Zuneigung), diese Zärtlichkeit war für ihn zum Statthalter der künftigen Liebe geworden: es war eine zelebrierte Zärtlichkeit, rituell und regelmäßig, bereichert durch Zufälle, Anschwemmungen des Klimas, der Jahres- und Tageszeiten, der wechselnden Temperaturen (und wie gesagt, kaum Bettaufbrüche dabei), Demonstrationen halt, die er sich selbst und dem Familienbewusstsein zuliebe veranstaltete, um zu beweisen, dass das gemeinsame Leben von den rechten Gefühlen getragen sei. Und dann war diese Zärtlichkeit auch ein Racheakt gegen seine Geliebten. Es war Zorn in dieser Zärtlichkeit, Zorn gegen die Geliebten. Es sollte ihnen damit bewiesen werden (in Herrn Dr. Alwins Bewusstsein), dass es keiner von allen gelingen werde, ihn daran zu hindern, seiner Frau das tägliche erotische Brot zu verabreichen, und war's auch bloß Brot und keine fette Suppe, es war doch ein dauerhaftes und regelmäßiges Brot, und aus ihm – das rief er der ganzen Welt und insbesondere der vor ihm stehenden Reihe seiner vergangenen und gegenwärtigen Geliebten zu –, aus diesem Brot, dessen Name Dauer ist, würden dereinst die ... die... Dr. Alwin musste scharf bremsen, weil ein Fußgänger die Straße nicht rasch genug geräumt hatte. Das brachte ihn um den glanzvollen Schluss seines Satzes, den er gerade der Welt hinzuschleudern im Begriff gewesen war. Auf jeden Fall war Ilse besser als alle anderen. Sie saß neben ihm, er war stolz, im eigenen Wagen, eine Abendfahrt, Lichter oben, quer und längs und im nassen Asphalt, das Gezirpe der braven Scheibenwischer, die er für so zuverlässig hielt wie sich selbst, nur war's bei denen selbstverständlich, sie konnten nicht anders, waren Apparate, aber er, ein Mann von seiner Phantasie, dass er zuverlässig und, im Grunde genommen, doch einer einzigen Frau treu war, das war schon etwas, an das er nicht denken konnte, ohne dass ein Prickeln seine Haut überfuhr, etwas Großes, in die Zukunft Weisendes, Beifall bitte ... Dr. Alwin lächelte. Warum sollte er den Mund nicht auch einmal etwas voller nehmen dürfen, er war immer zu bescheiden gewesen, aber wenn er schon mit Ilse durch die Stadt fuhr, so festlich gekleidet, eingeladen zu einer Verlobungsparty, zu der nicht jeder geladen wurde, das war schon eine Freude, die einem den Mund füllen durfte. Eine Freude auch, dachte Alwin, und eine milde Trauer breitete sich wohltuend in ihm aus, eine Freude, die er gerne seiner Vera gegönnt hätte! Aber leider, leider – so beschränkt sind des Menschen Möglichkeiten – konnte er das Glück, ihn zu dieser Party begleiten zu dürfen, nur einer Frau bescheren, und das war natürlich, bei aller Verliebtheit in Vera, doch Ilse! Und doch, wenn er mit Vera im Grünen Salon bei Volkmanns erscheinen würde, das wäre ein Auftritt! Und wenn er sie vorstellen würde, der Hausfrau zum Beispiel, dieser affektierten Gans, die sich bewegte wie ein italienischer Tenor, der in einer ihm unverständlichen Fremdsprache eine Rolle singt, von der man ihm gesagt hat, dass sie tragisch ist. Und was würde Büsgen sagen, und erst Frantzke, wenn Vera ihn begrüßen würde: Guten Abend, Herr Frantzke, mit ihrer Stimme, so tief wie ein Fluss in der Nacht. Und ihre Augen erst! Der Frantzke würde staunen, wenn der dicke Alwin mit einer Frau käme, der die Augen ganz schräg im Gesicht lagen, und groß waren wie Hummeln, sie waren überhaupt wie trunkene Hummeln, wenn ihm ein so ausgreifender Vergleich gestattet war. Ja, Vera verdiente schon, dass er sie liebte. Die Schöpfung machte ihn in Vera mit Eigenschaften bekannt, die er wahrscheinlich sonst nirgendwo mehr antreffen würde, und das war für ihn eine Aufforderung, diese Nuance der Kreatur nicht unbesehen der allgemeinen Vernichtung zutreiben zu lassen. Und dann ihre Ergebenheit! Sie verehrte ihn so, wie er sich selbst verehren würde, wenn er in einer zweiten Person auftreten könnte. Solange er noch keinen über alle Häuser der Stadt hinwegstrahlenden Namen hatte, war ihm die Bewunderung und Verehrung, die ihm nachts in den Zimmern seiner Geliebten zugeflüstert wurde, so wichtig wie die Nahrung am Tage. Später, wenn einmal die Leute nach links und nach rechts auseinandertreten würden, wenn er irgendwo erschien, wenn sie seinen Namen mit vorgehaltener Hand ihrem Nachbarn zuraunen würden, stolz darauf, dass sie ihn kannten, der Nachbar aber noch nicht, später, wenn solche Spaliere der Bewunderung seine Wege säumen würden, dann wollte er nur noch Ilse lieben, dann war die Zeit des Ausgleichs und der Belohnung gekommen: Ilse allein sollte die Bewunderung an seiner Seite genießen, mit einer noblen Handbewegung würde er alle Aufmerksamkeit auf sie lenken, ihr gewissermaßen so sein Lebenswerk und den strahlend aufgehenden Ruhm widmend. Sie allein sollte angeschaut werden mit ihm, und die Geliebten würden hinter Vorhängen hervor neidisch herunterspähen, um sich dann fluchend und weinend ins ungemachte Bett zu werfen. Das würde seine Rache an den Geliebten sein, weil die sich heute einbildeten, er liebe sie mehr als seine eigene Frau. Alwin gestand sich ein, dass er in gewissen Augenblicken immer wieder zu weit ging, er wurde zu weich, sagte mehr, als er wollte. Aber diese Frauen waren selbst schuld, wenn sie ihm glaubten! Die hatten doch Erfahrung. Keine Geliebte ist zum ersten Mal Geliebte, auch wenn sie's noch so beteuert, sie hat immer schon einem anderen oder vielen anderen den gleichen Gefallen getan, also musste sie doch wissen, dass man auf die Worte eines hastig atmenden Ehemanns nicht allzuviel geben kann. Jawohl, das konnte man von ihnen verlangen! Mein Gott, und er nahm sich doch wirklich in acht, er ließ sich nie gar zuweit ein mit diesen Mädchen und Frauen. Abgesehen von den wenigen Sekunden, in denen er hechelnd überfloss und fast alles zu verraten und zu versprechen bereit war, hatte er seine Geliebten immer spüren lassen, dass sie Mannequins, Tontechnikerinnen, Sekretärinnen, Sprechstundenhilfen oder Platzanweiserinnen waren. Er hatte ihnen beigebracht, dass er, der Rechtsanwalt Dr. Alwin, der sich jetzt sogar ganz der Politik verschrieben hatte, um eine große Karriere zu absolvieren, dass er es eigentlich gar nicht nötig hätte, sich eine Geliebte aus dem mittleren oder gar unteren sozialen Milieu zu wählen. Auch konnte er seinen Geliebten gegenüber immer wieder betonen – und er versäumte das nie –, dass er ja glücklich verheiratet sei, dass Ilse eine hochachtbare und ganz liebenswerte Frau sei, dass er also gewissermaßen grundlos, vielleicht sogar aus Mitleid oder Gutmütigkeit oder allenfalls, weil er ein Übermann war, weil ihn seine Vitalität treibe, aus der belle étage seiner glanzpolierten Ehe herunter ins Parterre der Geliebtenzimmerchen steige. (Nur im Vergleich, nur in Alwins sozialen Abmessungen war das ein Heruntersteigen, in der Wirklichkeit dagegen war es meistens ein mühsames Hinaufklettern in schrägwandige Mansarden.)

Zu Vera ging er nun schon über ein Jahr. Keines seiner früheren Verhältnisse hatte er so lange dauern lassen. Die Damen wurden zu anspruchsvoll, wenn sie merkten, dass man sich nicht gern von ihnen trennte, sie glaubten dann, man brauche sie, und das nutzten sie aus: sie begannen die Regelmäßigkeit der Besuche zu fordern, wussten einem Bedürfnisse der verschiedensten Art unaufdringlich mitzuteilen, und das kostete mehr Geld als Alwin für diesen Bereich seines Lebens ausgeben wollte. Vor allem empfingen ihn dann die Geliebten allmählich mit einer Selbstverständlichkeit, die von keiner Ehefrau übertroffen werden konnte, das Abenteuerliche, das den Besuchen ehedem angehaftet hatte, wurde von dem immer häuslicher, immer familiärer werdenden Gebaren der Damen nach und nach mit Schürzen, festen Zeiten, geblümtem Geschirr und Strickarbeit erstickt.

Ein untrügliches Zeichen diente Alwin immer als Signal zum Aufbruch, zur endgültigen Trennung: die Aufforderung, beim Spülen des Kaffeegeschirrs zu helfen. Dieser Aufforderung gingen meist mehr oder weniger verhüllte Andeutungen über Alwins Frau voraus, über seine Ehe, ob er denn immer bei Ilse bleiben wolle ... dann wusste er Bescheid, dann wurde er sicher beim nächsten oder übernächsten Besuch aufgefordert, beim Abspülen zu helfen, die Häuslichkeit auszudehnen, über Sonntag zu bleiben ... Ja, Alwin war auf der Hut, er ließ sich nicht fangen. Im rechten Augenblick abzuspringen, das war nach seiner Ansicht das wichtigste Gebot, das ein Ehemann im Umgang mit Geliebten zu beachten hatte. Und doch lief er jetzt schon so lange zu Vera. Aber das lag an Vera. Sie war nicht wie die anderen. Noch nicht ein einziges Mal hatte sie vom Heiraten gesprochen, nicht ein einziges Mal hatte sie ihn aufgefordert, beim Geschirrspülen zu helfen, und nicht ein einziges Mal hatte sie ihn gebeten, übers Wochenende zu bleiben. Sie sprach nur immer davon, dass sie sich seiner nicht würdig fühle, dass sie nie wagen würde, seine Frau zu werden, dass sie es als ein reines Geschenk betrachte, ihn dann und wann bei sich empfangen zu dürfen. Sie hatte ihr Auskommen als Platzanweiserin im Kino und hätte von ihm nie etwas erbeten, ja sie weigerte sich sogar, Geschenke anzunehmen. Da sie ihn so sehr von allen Verpflichtungen entband und sich trotzdem immer nur als die Beschenkte fühlte, sah er keinen Grund, mit ihr zu brechen. Vera brachte Alwins Ehe jenen Respekt entgegen, den Alwin von seinen Geliebten zu fordern gewohnt war. Nur sich selbst gestattete er in den wenigen Sekunden der völligen Vereinigung, seine Frau und seine Ehe zu vergessen oder zu verleugnen. Die dem Bett vorausgehenden Kaffee- oder Cognacgespräche aber durften seine Ehe nicht verletzen, das musste er sich ausbedingen, das war er Ilse und seinem Gewissen schuldig. O ja, Dr. Alwin war nicht bedenkenlos, er verlor sich nicht so leicht, und er war stolz darauf, dass er seiner Frau auch noch in der verborgensten Kammer Achtung verschaffte und ihr auf seine Weise auch hier die Treue hielt. Wenn er es Ilse bloß hätte sagen können! Sie wusste ja gar nicht, was sie für einen Mann hatte! Wenn er daran dachte, wie andere ihre Frauen preisgaben, schon in den Armen einer Prostituierten! Prostituierte kamen für ihn überhaupt nicht in Frage. Das würde er Ilse nie antun. Und sich selbst auch nicht. Auch noch Geld ausgeben für etwas, was er anderswo umsonst haben konnte! Aber es gab auch noch andere Gründe, die gegen Prostituierte sprachen, hygienische Gründe und vor allem psychische, jawohl, denn diese bezahlten Frauen brachten ihm nicht jene Verehrung, jene dienende Hingabe entgegen, die er von seinen Geliebten verlangte. Er hatte das schon in seinen Studentenjahren erfahren. Seitdem wusste er, dass er einfach zu sensibel war, um das rohe Geschäftsgebaren dieser Straßenmädchen zu ertragen. Und dann konnte die ja jeder haben, während er sich bei seinen Geliebten schmeicheln durfte, der Eroberer zu sein, der einen anderen aus dem Feld geschlagen hatte, oder doch einer, der alle seine Vorgänger übertraf. Bei jeder Frau, die er für sich gewann, fragte er nach seinen Vorgängern und ließ sich bestätigen, dass er sie alle bei weitem übertreffe. Wo diese Bestätigung ausblieb, machte er sehr schnell Schluss. Er ertrug es nicht, einer unter anderen zu sein. Was die Öffentlichkeit noch nicht wusste, was sie aber bald erfahren würde, wenn der jetzt Fünfunddreißigjährige nach den nächsten Wahlen in den Landtag einziehen würde und später vielleicht sogar in den Bundestag, was die Öffentlichkeit dann erst erkennen würde, dass Dr. Alexander Alwin ein Besonderer war, eine Kraftnatur, ein Herrschermann, das sollten seine Geliebten jetzt schon wissen, sollten es ihm bestätigen und sollten ihn darum lieben und bewundern. Hatte eine keine Augen dafür; bitte, das war ihre Sache, dann konnte er ihr nicht helfen, dann hatte es auch keinen Sinn, dass er sie auch nur noch ein einziges Mal sah. Schmachten, nein danke, Dr. Alwin nicht! Er war gewohnt zu siegen. Vitalität, das war sein Schlüsselwort, mit Vitalität würde er Politik machen, einen neuen Stil der politischen Laufbahn kreieren. Andere mochten klug sein, wieder andere erfinderisch, raffiniert oder vorsichtig, er war vital, das konnte ihm keiner bestreiten, und mit Vitalität würde er seinen Weg machen.

Dann sagte er plötzlich laut vor sich hin, so als hätte er die ganze Zeit über nur diesen einen Gedanken gehabt: »Ilse, du bist besser als alle anderen.« Über seinen Rücken spürte er prickelnde Schauer laufen bis hinunter, wo er saß, wo der Druck, den sein Gewicht auf seiner Haut erzeugte, die Schauer nicht mehr weiterlaufen ließ. Ilse sagte: »Danke schön.« Sie lächelte herüber. »Du bist so vernünftig. Du kannst warten«, sagte Alwin. »Aber allmählich wäre es doch Zeit, dass wir Kinder kriegten«, sagte Ilse, »und zwar zwei hintereinander, dann hat man die Arbeit nur einmal, und sie wachsen zusammen auf, erziehen sich gegenseitig, und wir sparen viel Geld.«

»Ja, ich glaube auch, es ist Zeit«, sagte Alwin und war sehr stolz bei dem Gedanken, dass Ilse die einzige Frau sei, die von ihm Kinder kriegen würde. Seine Geliebten hatten sich immer verpflichten müssen, aufzupassen, dass nichts passierte.

Der Regen trommelte aufs Auto, und Alwin war glücklich, dass er Ilse unter dem prasselnden Regen hindurch trocken und warm einer Abendgesellschaft entgegenfahren durfte. Wenn sie an einer Kreuzung auf das Grünlicht warten mussten, genoss er die Blicke der Fußgänger, die aus schräg nach vorne gestellten Gesichtern ins Auto hereinschauten. Fast weidete er sich an ihrer Hast, mit der sie unter dem Regen hinflohen, ohne ihm zu entgehen, er dachte daran, wie hässlich die Frauen sein würden, wenn sie feucht nach Hause kamen, in ihren Kleidern und in ihren Haaren den faden Regengeruch und die stärkere Ausdünstung der Stoffe und der von der Eile aufgewärmten Körper, denn nichts weckt die in Stoffen und Körpern und Straßen schlummernden Gerüche mehr als der Regen. Aber seine Frau saß warm und trocken neben ihm, ihr Haar war kunstvoll gelegt, zu einer glatten, goldglänzenden Haube, die das zarte Vogeloval ihres Kopfes nachformte; im Nacken lief es zu einem zweiten, kleineren, aber die Kopfform spielerisch wiederholenden Oval auf, zu einem kleinen Knoten, der absichtlich sehr tief gelegt war, um den Kopf aufrecht, nach oben gereckt erscheinen zu lassen und gleichzeitig ihrem etwas langen und fast ein wenig hageren Hals eine Art optischer Stütze zu geben, eine Ablenkung auch. Saß sie nicht neben ihm, als säße sie Tee trinkend in einem Salon! Und war das nicht ein fröhlich stimmendes Erlebnis, wenn man seine Frau so durch den recht unangenehmen spätwinterlichen Regen kutschieren konnte, während die sich draußen unter Regenschirmen drängen und in Mantelkragen hineinducken mussten, dass man die Männer kaum von den Frauen unterscheiden konnte! Wahrscheinlich bewunderten ihn jetzt alle Fußgänger, weil er einen Smoking anhatte und eine Frau an seiner Seite, deren Kopf, deren schmales weißes Gesicht ihre vornehme Herkunft verrieten, deren Perlenschmuck – er schloss sich in drei dicht aneinander liegenden Kränzen eng um den schlanken Hals – Zeugnis seiner beginnenden Erfolge war, seines wohlaufgebauten Lebens, das geschützt war gegen Unrat, Katastrophen und Elend; so sehr geschützt, als Menschenkraft es vermag, dachte Alwin eifrig hinzu, denn er wollte nicht überheblich werden, er wollte sich nicht zu weit hinaufturnen in der Pyramide seines seligen Stolzes, nur so weit, als es erlaubt war; nur nicht den Neid oder den Unwillen irgendwelcher Mächte herausfordern, weiß der Teufel, vielleicht gab es sogar einen Gott, dann hatte es der bestimmt auch nicht gerade gern, wenn da drunten einer gar so sehr auf seiner Kraft bestand; das konnte den eventuellen Gott doch reizen, dem da drunten zu zeigen, wo die Kraft zu Hause ist, ja, es war schon besser, noch ein bisschen zurückzuhalten mit sich selbst, gab es Gott, dann war es sogar notwendig, gab es keinen, so schadete es auch nichts.

2.

Mit übertriebener Sorgfalt reichte er Ilse seine Hand, es konnten ja aus den hell erleuchteten Räumen der Villa oder aus dem dunklen Portal Gäste, die früher eingetroffen waren, zuschauen, dann sollten sie sehen, wie er seine Frau behandelte, sogar dann, wenn er ihr an einem regnerischen Spätwinterabend aus dem Wagen half und anscheinend kein Mensch in der Nähe war; unter dem leichten Modeschirm führte er sie bis unters Vordach der Volkmannschen Villa, rannte zum Auto zurück, schloss es ab, prüfte nach, ob es auch richtig verschlossen sei, rannte wieder zur Villa, wo er sich jungenhaft prustend und lachend den Regen von Kopf und Schultern schüttelte, dann schritt er mit Ilse, aber so, dass er ihr um einen halben Schritt voraus war, quer durch die Halle und die weit ausgebogene Treppe hinauf zum ersten Stock. Den Schirm hatte er in der Halle gelassen, bei den Garderobenständern, die schon über und über beladen waren mit Pelzen, Shawls, Mänteln und Hüten. Ilse hatte ihre Pelzstola nicht abgelegt. Alwin war damit sehr einverstanden. Mäntel liebte er schon deshalb nicht, weil man sie überall an der Garderobe lassen musste. Den Weg nach oben nahm er übrigens auffallend schnell und ohne jedes Zögern. Sollten Neulinge ihn beobachten, mussten sie schon an seiner Gangart – und Ilse verfiel instinktiv in die gleiche – erkennen, dass so nur ein Gast durchs Haus eilte, der sich genau auskennt, der genau weiß, wo die Gesellschaft sich heute einfindet, der also zum alten Bestand der Freunde dieses Hauses gehört.

Die Türen aller Salons im ersten Stock standen offen. An der Balustrade, die die Halle in der Höhe des ersten Stockwerkes umlief, lehnten Gästegrüppchen. Durch die offenen Türen schoben sich Damen und Herren mit langsamen Bewegungen hinein und heraus. Noch hatte nichts begonnen. Keiner hatte Platz genommen. Serviermädchen reichten Aperitifs. Wohin sollte er sich zuerst wenden? Zuerst einmal die Bewegungen verlangsamen, sonst rannte er oben in das noch unaufgetaute, halb verlegene Hin- und Hergeschiebe der noch nicht recht raumsicheren Gäste hinein. Auf jeden Fall würde er mit Ilse gleich in den mittleren Salon gehen, in den sogenannten »Grünen«, das Herzstück der Volkmannschen Villa, da würde man am schnellsten erfahren, wie sich die Gnädigste den Verlauf der Verlobungsparty wünschte. Und im »Grünen« war denn auch alles versammelt, was Dr. Alwin wichtig war. Bei der Serie der Begrüßungen, die jetzt ihren Anfang nahm, beobachtete er sehr genau, wer ihm und Ilse mit wirklicher Freude die Hand reichte, wer dabei zerstreut im Raum herumsah oder gar ungeduldig die Hand nur rasch herreichte, als versäume er durch diesen unwichtigen Händedruck einen ihm ungleich wichtigeren Gast, wer dabei besonders aufmerksam und erfreut tat, aber gerade durch sein allzu deutlich gezeigtes Wohlwollen die Alwins zu Leuten minderer Bedeutung stempelte, zu Leuten, denen gegenüber man herablassend herzlich sein muss, weil sie davon zehren.

Alwin notierte unaufhörlich mit in seinem Gedächtnis und maß jedem sofort Lohn oder Strafe zu, je nachdem, wie Ilse oder ihm selbst die Hand gereicht wurde, wie Augen und Mund des jeweiligen Gegenübers sich benahmen. Die Zeit, die ihn ermächtigen würde, diesen freundlichen oder unfreundlichen Gespenstern – mehr waren sie ja alle zusammen nicht – Lohn und Strafe zuteil werden zu lassen, musste kommen, sie musste! Der Empfang, der ihm hier von der Philippsburger Gesellschaft bereitet wurde, bewies es ihm. Und wenn es zehn und fünfzehn Jahre dauern sollte, er würde arbeiten, hinauf, hinauf, Ruhmtreppen hinauf, durch alle Stockwerke des Erfolgs, Glanz, tausendäugige Bewunderung, immer mehr, er war fünfunddreißig, und die hier waren schwerhörig und kurzsichtig genug, nicht zu spüren, dass mitten unter ihnen der Mann stand, der ihnen einmal ... sie würden es ja selbst sehen, sie würden seine Musik rechtzeitig zu hören bekommen, er wollte es gnädig machen mit allen, jawohl, bloß keine Raserei, sie können ja nichts dafür, dass sie keine schärferen Augen haben, kein Gespür für den Sitz der Kraft; wie sagt der Dichter, Verwandtes klingt Verwandtem an, so heißt es doch, bitte, hier war eben keiner ihm verwandt, darum ganz ruhig bleiben, Alwin, setz dich in die letzte Ecke, sprich nicht viel, lass sie spüren, dass du gar nicht ganz da bist, schau zerstreut auf, wenn dich einer anspricht, so als habe er dich aus wichtigen Gedanken aufgescheucht, hier hast du keinen Freund, hier nicht und nirgendwo sonst, keiner ist dein Freund, Alwin, kein einziger, du bist einsam, du hast nur Ilse, drück ihr heimlich die Hand, dass sie das Bündnis spürt, das euch zusammenschließt gegen die ganze Welt, was brauchst du auch einen Freund, das ist Ballast, das hängt sich an dich, hemmt dich, du aber musst weiter, du hast keine Zeit, Freunde mitzuschleppen, Abende zu vertun, das war einmal, und es war zu nichts nütze, je mehr man sich selbst findet, desto weniger findet man Freunde, die Unterschiede sind zu deutlich geworden, alle sind deine Gegner, das zu wissen genügt, sie geben dir nur, was du ihnen abzwingst, und du wirst sie zur Bewunderung zwingen, und alle ihre Frauen werden Ilse darum beneiden müssen, dass sie deine Frau ist, und alle Männer werden dich beneiden müssen, dass du Ilse zur Frau hast ...

Dr. Alwin tröstete sich im Augenblick damit, dass im »Grünen« und in den Salons nebenan keiner war, der nicht wusste, dass seine Frau eine geborene von Salow war. Kein Schmuck im Raum war so alt wie die Ringe, die Ilses Finger zierten. Und wenn er sich und Ilse inmitten dieser Philippsburger Gesellschaft sah, dann hatte er das Gefühl, als sei er ein Graf von Salow, so sehr waren seine Frau und er all diesen Leuten überlegen. Er hatte zwar, seit er denken konnte, betont, dass er vom Adel nichts halte, dass vererbliche Privilegien nichtswürdig seien und eine Gesellschaft, die solche anerkenne, nur noch des Untergangs wert. So zu denken, war ihm seit eh und je schon von seinem Vater beigebracht worden, der als Turner zeit seines Lebens ein Erzdemokrat gewesen war. Sein Vater hatte es vom Kassenwart eines Vorstadtvereins zum Präsidenten des Landessportverbandes gebracht, aus dem ehrenamtlichen Abrechner war ein professioneller Funktionär in der immer mächtiger und wichtiger werdenden Sportadministration geworden, und das hatte Herr Alwin senior nur seinen eigenen Muskeln und später auch seinem Geist zu verdanken gehabt. Wenn da aber jemand überheblich genug sein sollte, die Fähigkeiten, die ein Turner haben muss, um in der Sportadministration bis in den Landesverband aufzusteigen, nicht als geistige Fähigkeiten gelten zu lassen, so waren es auf jeden Fall menschliche Qualitäten und eine kluge und mit Führereigenschaften gesegnete Persönlichkeit, die ihn zu solchem Aufstieg geeignet machten. Obwohl also Alwin aus einer geradezu leidenschaftlich demokratischen Familie stammte, der Vater ein

Turner, die Mutter jahrzehntelang Garderobiere im Philippsburger Staatstheater – beide sogar in ihrem Beruf der Zahl ergeben, der korrekten, durch keine Privilegien zu vertuschen-
den Maß- und Erkennungszahl, auf dem Sportfeld und in der
Garderobe –, obwohl Alwins Geist (und bei ihm von Geist
zu sprechen, dürfte in der Geschichte dieser Familie wirklich
nicht mehr verfrüht sein) also von Kindheit an geeicht worden war, nur das gelten zu lassen, was ihm einer messbar in
Zahlen vorweisen konnte, so war er doch stolz darauf, dass
es ihm gelungen war, eine von Salow zu heiraten. Vielleicht
war die Tatsache, dass Ilse eine geborene von Salow war, sogar ausschlaggebend gewesen für seinen Entschluss, die junge Rechtsanwältin zu heiraten. Und da er kein Duckmäuser
sein wollte vor sich selbst, und da er noch zu Lebzeiten seines Vaters geheiratet hatte und der ihn hätte vielleicht fragen
können, warum denn gerade eine Adelige, wo wir doch unsere demokratische Tradition so hochhalten, mein Sohn, eine deutsche Turnerfamilie, die da lebt frisch-fromm-fröh-
lich-frei, warum jetzt das (der Vater hatte aber nicht gefragt,
denn er war sehr stolz gewesen, als er von der Wahl seines
Sohnes gehört hatte und noch stolzer, als diese Wahl dann
mit allen Zutaten traditionsreichen Adelsgepränges in einer
teuren Hochzeit realisiert worden war), ja, weil da immerhin von irgendwoher, aus ihm selbst oder von außen, Gewis-
sensfragen hätten gestellt werden können, hatte Dr. Alexander Alwin diese Heirat dem demokratischen Denken seiner
Familie durch eine kluge Auslegung versöhnt. Er hatte sich
gesagt, bei allem ererbten Fürstenhass, bei allem angestamm-
ten Kampf gegen falsche Anmaßung und Wappenhochmut
(hatte doch die Familie Alwin ihren Ursprung im Alemanni-
schen!) muss man zugeben, dass eine solche Adelsfamilie ein
Produkt aus Natur und Geschichte ist, ja in einer solchen Familie verbinden sich Natur und Geschichte so sichtbar, so lebendig wie nirgends sonst, das muss der aufgeklärte Geist anerkennen, das ist eine Tatsache, die von keiner bürgerlichen
oder bäuerlichen Ideologie geleugnet werden kann. Nun ver-
bietet unser demokratisches Denken den Fortbestand der Privilegien, gut, einverstanden, das ist ja gesichert, und er, Dr.

Alexander Alwin, war der letzte, der diese Privilegien wieder zum Leben erweckt sehen wollte, aber eine Tochter heiraten, in der sich eine alte Familie verkörpert, eine Summe geschichtlicher Erfahrung, das war doch nichts anderes als die Eroberung eines Stück kostbaren Landes, die Besteigung eines besonders hohen Gipfels! Er wollte ja keine der undemokratischen Tugenden der Adelsfamilie übernehmen; warum aber sollte man die wirklichen Werte, die in diesen alten Familien zu Hause sind, die gewachsen sind durch die Jahrhunderte, warum sollte man die einfach ableugnen, warum sollte er ein Bilderstürmer sein wie irgendein farbenblinder Fanatiker? Mit Ilse erwarb er Zeit. War sie seine Frau, so hatten alle seine Unternehmungen Hinterland, Tiefe, Geräumigkeit und Herkunft. Reich waren sie gar nicht, die von Salows, nun ja, für Alwins Begriffe natürlich schon, aber was die Reichen noch reich nannten, nein, das waren sie sicher nicht. Ihr Besitz war nicht so sehr fassbar in Gutsbesitz oder in Fabriken als eben in ihrem Familienbewusstsein, in ihrem Einfluss, den sie dadurch hatten, dass in vielen Ämtern und in mächtigen Positionen der Wirtschaft von Salows saßen. Mein Gott, natürlich spekuliert da ein junger Jurist auch ein bisschen und freut sich, dass ihm Protektion winkt, aber auch ohne dass er an die Vorteile dachte, die ihm durch die Verbindung mit einer so schicksalsreichen und weitverzweigten Familie in den Schoß fallen konnten, hatte ihn der Geist dieser Familie beeindruckt, gefangengenommen sogar, wenn Ilse von ihren Verwandten und Vorfahren erzählte. Die Vergangenheit selbst hatte sich ihm aufgetan mit einem Spalier von Namen, die ihn durch Ilse hautnah berührten, die ihn eintreten ließen in einen Bereich, den er bis dahin nur vom Buchstaben her gekannt hatte, flach und abstrakt, ohne Raum und Licht, während er jetzt in einen Dom Einzug hielt, gebildet aus Zeit, aus Geschichte, aus Leistung eines Geschlechts. Und dafür hatte er Sinn, er spürte die Ehrfurcht körperlich, als ein Gefühl, in dem sich Kühle und Wärme eigentümlich mischten und ihm Gänsehäute verursachten.

Als ihm Ilses Vater zum ersten Mal einen Cognac eingeschenkt hatte, war es für ihn wie ein Ritterschlag gewesen.

Ilses Vater war Generaldirektor in der Automobilindustrie, ein Mann, dem gegenüber man sich kein überflüssiges Wort gestattete, in dessen Gegenwart man unabweisbar den Anspruch verspürte, etwas zu leisten, um seiner würdig zu werden. Dass dieser Mann ihm seine Tochter zur Frau gegeben hatte, war für Alwin ein Beweis dafür, dass er berufen war, weiter, höher zu kommen als je einer aus seiner Familie vor ihm. Das allein wäre indes nicht allzu schwer zu erreichen gewesen, schon mit seiner Promotion war er für seine Verwandten zu einem Gestirn geworden, zu dessen Ruhm und Preis man sich samstags in den Vorgärtchen traf, wobei der am meisten bestaunt wurde, der Alwin zuletzt persönlich gesprochen hatte! Er wusste auch, dass es Vettern und Basen gab, die parallel mit ihm vorwärtsmarschierten, die eifersüchtig herüberschauten nach den Wegmarken, die seine Laufbahn bezeichneten. Deren Väter und Mütter führten alles, was Alwin bis jetzt erreicht hatte, auf plumpe Protektion zurück: sein Vater (ihr Bruder und Schwager also) habe sich hochgestrampelt in den Landessportverband, der sei ein Präsident geworden, wie, das bleibe für immer verborgen, denn in der Schule sei er ein rechter Faulenzer, ein Tunichtgut und ein miserabler Rechner gewesen. Immerhin, der habe es mit seiner Sportlerei geschafft, aus dem Dreck hinauszukommen, und nachdem er einmal mit den hohen Herren verkehrt habe, da habe er eben den Alex gleich nachgezogen, habe ihn studieren lassen und habe die Professoren wissen lassen, dass der Alex rasch vorwärtskommen müsse; das sei für den ersten Sportler des Landes natürlich eine Kleinigkeit gewesen, wo er doch oft und oft in der Zeitung gekommen sei und auf den Bildern immer den höchsten Herren die Hand gegeben habe.

Alex kannte jenen Teil der Verwandtschaft recht gut, der übelwollend sein Leben nach Makeln untersuchte, um eine Entschuldigung für die eigenen Kinder zu haben, denen das Vorwärtskommen nicht so leicht von der Hand ging wie dem Vetter Alwin. Alle anderen aber, die unverheiratet gebliebenen Tanten und Großtanten insbesondere, die unglücklich verheirateten Tanten und die in ärmlichen Verhältnissen lebenden Onkel, die auf dem Rangierbahnhof, in der Kohlenhandlung oder im Zementwerk arbeiteten, die strahlten, wenn sie von ihm sprachen; an die musste er denken, wenn er seine Wege in die Zukunft absteckte, denn ihre Enttäuschungen waren Wünsche und Erwartungen geworden, die sie seinem Leben mitgegeben hatten. Was ihnen ganz und gar misslungen war, wollten sie durch ihn gelingen sehen: und wenn er an sie dachte, wurden ihre verhärmten Gesichter zur reinen Kraft, ihre gescheiterten Hoffnungen begleiteten ihn, nährten ihn, so, wie die Verpflegungslager eines vor dem Nordpol, dem Ziel seines Lebens, umgekommenen Forschers dem Nachfolgenden zugute kommen, wie dieser die Aufzeichnungen des Gescheiterten zu seinem Heil benutzen kann, wie der traurige Anblick des auf der Strecke Gebliebenen ihn mit einer schöpferischen Wut erfüllt gegen die Bedingungen, die den Unglücklichen zu Fall brachten, dass er sich schwört, alles daran zu setzen, Sieger zu bleiben, durchzukommen und mit dem eigenen Sieg gleichzeitig alle Niederlagen der anderen zu rächen.

Dabei dachte Alwin mehr als an alle anderen an seine Mutter, die Garderobenfrau im Philippsburger Staatstheater. Als er noch in die Schule ging, war er stolz gewesen darauf, dass seine Mutter die Hüte, Mäntel und Pelze der Theaterbesucher zu bewachen hatte. Er hatte sich dadurch, dass sie allabendlich ins Theater ging, jenem riesigen, noch über die Kirche hinwegragenden Durcheinander von Tempelbauten und Fabrikfassaden, die zusammen das Philippsburger Staatstheater bildeten, geradezu familiär verbunden gefühlt. Sie war immer durch die Tür gegangen, die die Künstler benutzten; Schulter an Schulter mit diesen berühmten Menschen, denen man auf der Straße nachschaute, hatte sie ihre Arbeitsstätte betreten, war freundlich gegrüßt worden und hatte sich herunter gedient von den Garderoben der oberen Ränge, in denen nur Mäntel und Hüte abgegeben wurden, wie sie sie zur Not auch noch selbst hätte kaufen können, herunter bis zur Garderobe für die Logen und die Orchestersessel der Philippsburger Gesellschaft.

Als ihr Mann noch ehrenamtlicher Vereinskassierer gewesen war und als Buchhalter beim Elektrizitätswerk für ein kümmerliches Gehalt gearbeitet hatte, da war sie schon eine Stadtberühmtheit geworden durch ihr wunderbares Gedächtnis. Hätten alle Garderobefrauen auch nur ein halb so gutes Gedächtnis besessen wie Alwins Mutter, man hätte die umständliche Methode, nummerierte Garderobemarken für jedes Kleidungsstück auszugeben und dieses Kleidungsstück nur gegen diese Marke wieder auszuhändigen, längst entbehren können; dann begänne nicht nach jeder Vorstellung in sämtlichen Theatern der Welt die lästige Sucherei aller Theaterbesucher nach den Garderobemarken, die sie vor der Vorstellung, schon ganz konzentriert auf das Erlebnis des Stückes, das sie jetzt gleich sehen würden, achtlos von der Garderobenfrau in Empfang genommen und irgendwohin gesteckt hatten. Bloß wohin, vielleicht in die Handtasche der Frau, es ist auch zu ärgerlich, und hinter einem warten hundert andere, die auch zu ihren Mänteln wollen, der Eindruck des Stücks, das nachschwingende Erlebnis, alles wird elend erwürgt von dieser Sucherei. Aber Alwins Mutter war berühmt gewesen dafür, dass sie nie die Nummer der Marke brauchte, um ein bestimmtes Kleidungsstück, und sei es auch der gewöhnlichste und unauffälligste Regenmantel, seinem Besitzer aushändigen zu können, wenn er auf die Garderobe zueilte. Als sie fünfzehn Jahre gedient hatte, war das im »Philippsburger Kurier« erwähnt worden und dabei auch ihr erstaunliches Menschen- und Zahlengedächtnis. Den Artikel, es waren sieben Druckzeilen, hatte Alwin bewahrt, er hatte ihn damals allen seinen Freunden gezeigt, weil von denen kaum einer eine Mutter aufzuweisen hatte, über die etwas in der Zeitung stand. Seine Mutter hatte oft erzählt, wie hohe und höchste Persönlichkeiten ihre Gäste mit ins Theater brachten und mit ihnen dort das Gedächtnis jener Garderobenfrau auf die Probe stellten. Einmal hatte der Oberbürgermeister sogar einen Minister mitgebracht, dem Alwins Mutter nach der Vorstellung wie jedem anderen seinen Hut und seinen Mantel reichte, bevor er noch seine Marke hätte zeigen können. Der Minister, der das auf seine Popularität zurückgeführt hatte, wollte es nicht glauben, dass die Garderobenfrau seine Nummer noch im Gedächtnis gehabt haben konnte, obwohl sie ihn für einen beliebigen Gast gehalten hatte. Darauf veranstaltete der Verwaltungsdirektor des Philippsburger Staatstheaters, der ein Mann mit humorigen Einfällen war, eine kleine Demonstration: er bat alle Theaterbesucher, die der kleinen Diskussion wegen, die es unter den Prominenten gegeben hatte, stehengeblieben waren, sie möchten doch ihre Mäntel und Hüte und Schals untereinander austauschen, so dass keiner mehr in Händen habe, was ihm eigentlich gehöre und was zu ihm passe. Dann bat er Alwins Mutter, sie möchte von jedem abnehmen, was er jetzt an Garderobe biete, und ihm dafür eine Nummer geben. Danach sollte Alwins Mutter die Kleidungsstücke an die zurückreichen, denen sie gehörten, was sie dank ihres unbestechlichen Gedächtnisses noch wusste, weil diese Kleidungsstücke an diesem Abend ja schon einmal von ihren wirklichen Besitzern abgegeben und wieder abgeholt worden waren. Und sie bestand die Probe, ohne auch nur einen einzigen Fehlgriff zu tun. Das brachte ihr viel Ruhm und zehn Mark Trinkgeld ein. Fünf Mark von ihrem Chef, dem Verwaltungsdirektor, und fünf Mark von dem jetzt auch erstaunten Minister. Im »Philippsburger Kurier« war ein Bericht erschienen über diesen Vorfall, aber in diesem Bericht war weniger über Frau Alwin zu lesen gewesen als über die leutselige Art des Ministers und über den mit jovialen Einfällen gesegneten Humor des Verwaltungsdirektors Dr. Mauthusius. Alwins Mutter war sehr stolz auf diese Probe.

In den Wochen und Monaten nach diesem Ereignis wollte sie immer wieder davon erzählen. Keinem Besucher blieb eine ausführliche Schilderung ihrer Gedächtnisprobe erspart. Dem jungen Alwin war es nicht recht wohl gewesen beim Gedanken an dieses Ereignis. Ihn wunderte, dass seine Mutter jetzt gar so viel Aufhebens von ihrem Gedächtnis machte. Früher hatte sie höchstens darüber gelacht, wenn jemand ihr deswegen ein Kompliment gemacht hatte, oder es war ihr gar selbst nicht recht gewesen, wenn allzuviel davon gesprochen worden war. Alwin begann sich zu schämen für das, was die Herren mit seiner Mutter veranstaltet hatten. Ihm kam es jetzt vor, als hätten sie sich etwas Unanständiges erlaubt mit ihr, er wusste selbst nicht, warum er jetzt so darüber dachte, er spürte bloß, dass ihm seine Mutter widerlich wurde, wenn sie davon zu erzählen anhob, wenn sie zu prahlen begann; sie, die früher nicht daran erinnert sein wollte, sie prahlte jetzt, zitierte die lobenden Sätze der Herren und beschloss ihre Schilderungen jedes Mal mit der sinnlosen Aufforderung, dass ihr das zuerst einmal jemand nachmachen solle. Heute wusste Alwin, warum er sich damals für seine Mutter geschämt hatte. Die Herren hatten aus seiner Mutter eine zoologische Sensation gemacht, eine Schaunummer, eine Jahrmarktsunterhaltung, eine Kollegin der Dame ohne Unterleib und der Flohbändigerin, und sie hatten sich amüsiert, weil sie mit ihrem Hundegehirn alle Kleidungsstücke brav apportiert hatte, auch nicht ein einziges hatte gefehlt.

So hatte Alwin im Laufe der Zeit den Ruhm seiner Mutter anders einschätzen gelernt. Ein Ansporn war ihm dieser traurige Ruhm geworden, ein Ansporn wie die auf der Strecke des Lebens frühzeitig gescheiterten Verwandten. Er war froh, dass seine Mutter nicht mehr lebte. Um dieses elenden Ruhmes willen war er froh, weil sie, je älter sie geworden war – auch als sie schon lange nicht mehr in der Garderobe arbeitete, auch als sie schon lange Frau Präsidentin geworden war weil sie immer noch auf jenem Ruhm bestand und bei jedem Anlass, insbesondere bei Sportfesten, in der lächerlichsten Art und Weise an ihre Leistungen erinnerte, an ihre große Zeit, so, als wolle sie den anwesenden Sportheroen und anderen hervorragenden Festgästen sagen, dass sie ja auch einmal eine Art Spitzensportlerin gewesen sei oder gar eine Künstlerin, eine Virtuosin. Es war zu einer Manie geworden und am Ende sogar zu einer Art Geisteskrankheit.

Alwin wollte seine Herkunft nicht vergessen. Er hielt es sich immer wieder wie einen Ausweis, wie eine Photographie vor seine Augen, dass er ein Emporkömmling war: Buchhalter war sein Vater ehedem gewesen; und weil er in diesem Stand in eine wohlgegründete und rechte Karriere keinen Eingang fand, hatte er – weil das seinen Anlagen entsprach – im Sport eine Möglichkeit gesucht, nach oben zu kommen. Auf keine andere Weise hätte Alwins Vater bei seiner Bildung und bei seinen Fähigkeiten ein Präsident werden können. Aber er hatte damit immerhin ein Signal gegeben. Er hatte mit seinem Leben auf die Familie Alwin aufmerksam gemacht, hatte einen Hinweis gegeben, dass in dieser Familie Energien ruhten, das war genug. Und dann hatte er auch noch seinen Sohn protegieren können. Allerdings nicht so, wie die ungebildeten Verwandten das gern darstellten, so mächtig war er nie gewesen. Aber in den Rundfunkrat war Dr. Alwin gewählt worden: als Vertreter der Interessen des Sportverbandes. Dieses erste politische Amt seines Lebens hatte er tatsächlich dem Einfluss und Ansehen seines Vaters zu verdanken, denn er hatte zum Sport keine Beziehung außer der, dass er der Sohn des Landesverbandspräsidenten war.

Er wusste, dass er, um vorwärtszukommen, mit anderen Mitteln würde arbeiten müssen als etwa ein von Salow. Nicht dass er abgleiten würde ins Ungesetzliche, aber er musste mit sich selbst und mit den Menschen, die seinen Weg kreuzten, härter umgehen, als ein von Salow es vielleicht getan hätte. Er konnte nicht warten, bis sein Wesen, seine Tüchtigkeit von selbst erkannt und anerkannt werden würden, er musste sich prägen wie eine Münze und musste diese Münze anbieten, sie rasch in Umlauf bringen, in möglichst vieler Leute Hände.

Gott sei Dank verstand ihn Ilse. Sie war sehr schlank, eher mager, und sie dachte rasch und ohne Umwege. Sie war zwar eine geborene von Salow, hatte Zeit im Rücken und viel Sicherheit, aber sie verstand ihn so sehr, dass er manchmal verwundert meinte, vielleicht seien die Unterschiede zwischen denen von Salow und einem Alwin doch nicht gar so groß, wie er geglaubt habe. Seine Frau trieb ihn nämlich an, so schnell wie möglich zu beweisen, dass sie, die geborene von Salow, ihn zu Recht geheiratet habe. So kam es denn, dass das Ehepaar Alwin Schulter an Schulter vorwärtsdrängte, mit zusammengebissenen Zähnen, die Halssehnen bis zur Zerrung angespannt, weil das Kinn energisch den hohen Zielen entgegengereckt werden musste. Manchmal machten die beiden auch den Eindruck von Hundertmeterläufern, die zu zweit auf einer einzigen Bahn gestartet sind, um einander besser anspornen und unterstützen zu können gegen die

Konkurrenten, die, jeder für sich, auf den anderen Bahnen laufen; so sehr drängten sich die beiden bei diesem Lauf auf einer Bahn, dass es schon ein rechtes Wunder war, wie wenig sie sich gegenseitig behinderten. Bei Unterhaltungen in der Gesellschaft wirkte sich das oft so aus, dass sie beide gleichzeitig, und ohne dass es verabredet sein konnte, genau dasselbe sagten, weil sie beide Angst hatten, der andere würde vielleicht nicht rechtzeitig sagen, was in diesem Augenblick um des gemeinsamen Ansehens und Vorankommens willen gesagt werden musste.

»Siehst du, was ich gesagt habe: es gibt nichts zum Essen«, flüsterte seine Frau ihm zu, nicht ohne dabei rasch ihren spitzen Ellbogen auszuscheren und ihn in Alwins Rippen zu stoßen, nicht böse, nicht so kräftig, dass es hätte schmerzen können, nur um ihrem Mann die Tatsache, dass ihre Voraussage wieder einmal eingetroffen sei, so nachhaltig wie möglich im Gedächtnis zu verankern. Sie liebte solche Gedächtnishilfen, weil sie ihr ganzes Eheleben auf eine Art Punktsystem aufgebaut hatte; das heißt, es wurde sehr genau gezählt und im gemeinsamen Gedächtnis bewahrt, wer wann in welcher Sache recht und wer unrecht gehabt hatte. Weil sie weit vorsichtiger in ihren Urteilen war als ihr oft recht ungestümer Mann, führte sie in der allmonatlichen Auszählung regelmäßig mit großem Punktabstand. Und dieser eheliche Zweikampf war nicht bloß eine Spielerei, er war für Frau Alwin ein Mittel, ihren Mann für die Außenpolitik der Familie zu schulen, ihn zur Mäßigung, zur Klugheit und zum richtigen Einsatz seiner Talente zu erziehen. Zweifellos liebte sie ihn, aber noch enger fühlte sie sich ihm als seine Lehrmeisterin verbunden, als die Quelle seines Selbstbewusstseins, die Trainerin für den Lebenskampf, als Waffenschmiedin und Königin zugleich, der zuliebe er alles zu vollbringen hatte. Frau Alwin lebte ökonomisch, das war ihr hervorragendster Zug. Sie hatte vor ihrer Ehe Psychologie studiert, hatte sich dabei aller Illusionen entledigt – viele hatte sie nie gehabt –, war dann zur Juristerei übergegangen, weil sie diese Wissenschaft für noch nützlicher hielt. Die menschliche Natur glaubte sie durchschaut zu haben. Deshalb war sie immerzu selbstsicher und von lächelnder Überlegenheit all denen gegenüber, die von Träumen, Farben oder von Musik sprachen und sich bis zur Atemnot einem Erlebnis hingaben. Frau Alwin wollte sich nicht verzehren, Begeisterung und Rausch verachtete sie. Alwin war stolz darauf, dass seine Frau, wenn sie gerade einen Film gesehen hatten, schon im Aufstehen und Hinausgehen – wenn alle anderen noch befangen sind, verschämt die Augen wischen und einander nicht anzusehen wagen – sofort anfangen konnte, laut und ungeniert harte Urteile über das Gesehene zu formulieren. Ihre immer wache Lust zur Ironie hatte ihr den Ruf eingetragen, eine geistreiche Frau zu sein. Ihr Mann förderte diesen Ruf, wo immer er konnte, weil er glaubte, die Qualitäten seiner Frau eines Tages für seine politische Laufbahn einsetzen zu können.

Dr. Alwin hatte die Verlobungsgesellschaft, die allmählich in den Grünen Salon eingeströmt war, mit einem einzigen Blick überflogen, gemustert und taxiert. Er würde sich heute abend vor allem mit Harry Büsgen unterhalten, der mächtige Chefredakteur war von allen Anwesenden der wichtigste Mann für ihn. In eben dem Augenblick, da er dies dachte, fühlte er auch den Ellbogen seiner Frau an seiner Seite, und mit einer nach allen Seiten lächelnden Miene flüsterte sie ihm scharf, fast zischelnd zu: »Büsgen ist da.« Er nickte bestätigend, drehte sich gleichzeitig in die Richtung, in der Büsgen stand, hielt sein Sherryglas in halber Höhe so lange vor sich hin, bis Büsgens Blick zufällig zu ihm herfiel, hob dann rasch sein Glas vor den Mund, tat einen Augenblick überrascht und erfreut, flüsterte (so dass es Büsgen deutlich sehen konnte) seiner Frau zum Schein die Neuigkeit zu, dass er Büsgen entdeckt habe, worauf auch sie zu Büsgen hinschaute und eine fröhliche Überraschung im Gesicht auffahren ließ. Alwin setzte an, dem Chefredakteur über alle hinweg zuzuprosten, schüttelte dann aber den Kopf, das sei doch zu unwürdig, das könne er sich und dem verehrten Chefredakteur nicht antun, rief seiner Frau, von der er sich schon entfernte, laut zu, dass er noch einen lieben Freund begrüßen müsse, und steuerte mit energischen Bewegungen auf Büsgen zu. Zuvor hatte er sich aber noch vergewissert, dass der Herr und die Dame, mit denen Büsgen am Fenster stand, für den Chefredakteur nicht so wichtig sein konnten, dass er Alwins Einmischung etwa hätte übel aufnehmen können. Natürlich entschuldigte er sich trotzdem für sein Hinzutreten und benutzte diese Entschuldigung gleichzeitig zu einem Kompliment für Büsgen: er bringe es nicht über sich, selbst auf die Gefahr hin, unhöflich zu sein oder zu scheinen, die Anwesenheit eines Mannes wie Harry Büsgen nicht zu würdigen, der Versuch, mit ihm in ein Gespräch zu kommen, sei ihm jeder Mühe und jedes Risikos wert. Er richtete seine Entschuldigung auch an die einzige Dame des kleinen Kreises, den er störte. Hätte Alwin nicht gewusst, dass der Chefredakteur die Männer den Frauen vorzog, er hätte es nie riskiert, ihn im Gespräch mit dieser Dame zu stören, denn diese Dame war Cécile. Einen einflussreichen Mann in einem Gespräch mit ihr zu stören, wäre für den Störenden eine große Dummheit gewesen. Alwin war jetzt sogar einen Augenblick lang unsicher, ob Büsgen ihm sein Erscheinen nicht doch verübelte. Es war immerhin denkbar, dass Cécile sogar einem Büsgen das Blut wieder in die rechte Richtung trieb. Dass Cécile ihm sein Eindringen nicht übelnahm, glaubte er sicher zu wissen. Er küsste ihr die Hand, richtete sich auf und ließ sein Gesicht überströmen vor Zuneigung und Verehrung und zeigte Cécile, dass er ihr alles, was er hatte, zu Füßen lege, seine Gegenwart und seine Zukunft, vor allem seine Zukunft! Verstand sie ihn? Spürte sie, dass er ihr zuliebe alles tun würde? Er genierte sich nicht, ihr die deutlichsten Blicke ins Gesicht zu bohren. Warum auch! War sie nicht eine Art Künstlerin! Sie trug kühne Kleider. Farben, die auf ihn wie Bekenntnisse wirkten. Und von ihren Ohren baumelten heute wieder Gehänge, die sie in seinen Augen aus dieser Gesellschaft heraushoben, sie zur Gesetzlosen machten, zur Wilden! War sie nicht eine böse Verführerin? Das trug sie doch nicht umsonst! Das hat doch alles seinen Sinn, seine Bedeutung. Wahrscheinlich nimmt's die nicht allzu genau. Bitte, ihn konnte sie haben, sie musste es doch bloß mit den Augen andeuten, nur eine winzige Bestätigung geben. Warum hatte sie ihn noch nicht besucht oder wenigstens angerufen, sie musste doch wissen, dass er Benraths Anwalt war, genierte sie sich, wollte sie nicht zugeben, dass sie mit dieser Sache was zu tun hatte, Kinder, Kinder, so naiv konnte diese Frau nicht sein, das hatte sich doch herumgesprochen, und man wusste ja aus Erfahrung, dass jedes Gerücht eine Wellenbewegung war, ausgelöst von einem wirklichen Stein ...

Alwin, der Gécile an diesem Abend beobachtete, wo immer er konnte, der seine Augen immer wieder in die ihren bohrte, um sich zu ihr hinzudrängen, sie auf sich aufmerksam zu machen, Alwin bemerkte allmählich, dass in Céciles Gesicht eine Veränderung vorgegangen war: ein Zucken ihres linken Mundwinkels machte ihn darauf aufmerksam. Ohne jeden Anlass, gewissermaßen mechanisch, zuckte dieser Mundwinkel immer wieder nach oben, rasch hintereinander, ohne dass diese Zuckung in irgendeinem anderen Teil des Gesichts eine Entsprechung gefunden hätte. Plötzlich blieb der Mundwinkel dann eine Weile hochgezerrt stehen, man sah unwillkürlich hin, verlangsamte seine Worte, wenn man mit ihr sprach, unterbrach sogar den eigenen Redestrom, um ihr Gelegenheit zu geben, ihr Gesicht wieder in Ordnung zu bringen (so wie man im Reden innehält, wenn sich der Gesprächspartner die Nase putzt, oder wenn er niesen muss, weil man weiß, dass der andere in diesem Augenblick nichts hört): sie aber schien es überhaupt nicht zu bemerken, wenn der Mundwinkel so lächerlich in die linke Gesichtshälfte hinaufragte und nicht mehr zurückwollte. Es war, als gehöre ihr dieser Mundwinkel nicht mehr, als sei das ein Tier, dem sie es vor so langer Zeit schon gestattet habe, in ihrem Gesicht sein Wesen zu treiben, dass sie es inzwischen schon vergessen hatte. Plötzlich fiel dann der Mundwinkel wieder in seine normale Lage zurück. Aber, wenn man einmal auf dieses Zucken aufmerksam geworden war, konnte man seine Augen nur noch unter Aufbietung großer Willenskraft von dem Mundwinkel wegbringen, man war einfach versucht, auf diese Stelle hinzustarren, um zu sehen, wann die Zuckung den Mund wieder hinaufreißen würde. Obwohl das übrige Gesicht von diesen Zuckungen verschont war und nichts davon zu wissen schien, so litt doch Céciles Mund unter diesem

Übel. Die Zuckungen schienen es nicht bei dem linken Mundwinkel bewenden lassen zu wollen, sie hatten es auf den ganzen Mund abgesehen. Dieser ehedem so schöne Mund, diese volle fleischige Schwelle, die das ganze Gesicht in einer gleichzeitig ruhe- und schwungvollen Waage gehalten hatte, dieser Mund würde kentern, und zwar schon bald; und dann würde nicht nur der Mund kentern, sondern mit ihm würde das ganze Gesicht aus seinem schönen Gleichgewicht in eine grässliche Unordnung stürzen, die dann nicht mehr beim Gesicht haltmachen konnte.

Fast freute sich Alwin einen Augenblick seiner Einsichten über Céciles Zukunft. Er schwebte hoch über Cécile, schraubte sich in immer enger werdenden Kreisen auf sie zu, Geierfreuden im Blick; wenn das Opfer seinen Zustand erst einmal erkannt hatte, würde es sich nicht mehr wehren ...

Geduld, Alwin! Ein Geier muss warten können. Mehr nicht.

Gewaltsam wandte er sich dann wieder Herrn Büsgen zu, um dessentwillen er überhaupt zu der Gruppe getreten war. Ein bisschen auch wegen Cécile, gestand er sich jetzt ein. Der mächtigste Mann und die schönste Frau auf einem Platz, der Abend konnte nicht besser begonnen werden. Wenn die Herrschaften wüssten, wo er vor noch nicht zwei Stunden gewesen war! Was er mit Vera ... na ja, die hatten keine Ahnung von ihm.

Claude, den dritten im Kreise, in den er eingedrungen war, begrüßte er sehr kurz, fast ohne ihn anzuschauen. Der kam nicht in Frage. Nie. Und dann sollte er auch noch Céciles Geliebter sein. Das machte ihn in Alwins Augen zu einem Feind. Andererseits stimmte es ihn hoffnungsvoll. Claude war nicht größer als er selbst, bitte, wenn Cécile, die um einen Kopf größer war, diesen langhaarigen Filou angenommen hatte, dann hatte auch er Aussicht. Hoffentlich wirbt Büsgen nicht um Claude, fiel ihm plötzlich ein. Das wäre noch schöner, dann hätte er ja doch die Dummheit gemacht, den Chefredakteur in der Verfolgung erotischer Pläne zu stören. Alwin wusste aus eigener Erfahrung, dass sich einer, der sich um unsere Gunst bewirbt, durch nichts so unbeliebt machen kann als dadurch, dass er uns in diesem Bereich in die Quere kommt. Aber Claude galt doch als ein viel umworbener Frauenheld. Er hatte die Gestalt eines Knaben, das Gesicht eines Mannes und die Augen einer traurigen Südländerin. Vielleicht hatte sich Büsgen tatsächlich in ihn verliebt. Büsgen war heute ohne seinen blonden Jungen erschienen. Alwin beschloss, Claude ein paar freundliche Blicke zuzuwerfen.

Die drei waren übrigens recht einsilbig geworden, seit Alwin bei ihnen stand und sein Sherryglas unentschlossen vor der Brust wiegte. Mit seiner Entschuldigungsrede hatte er nur ein mühsames Lächeln auf den drei Gesichtern erzeugt. Er fühlte, dass es nun höchste Zeit wurde, sein Eindringen durch eine Frage oder durch eine Mitteilung, die sich mit einem Anschein von Wichtigkeit versehen ließ, zu rechtfertigen. Alwin ertappte sich dabei, dass er immer noch befriedigt bei der Feststellung verweilte, Claude sei auch nicht größer als er selbst. Ja sogar Büsgen war nicht um einen Zentimeter größer als er. Cécile allein überragte sie alle drei. Wen würde sie zu sich hinaufheben? Büsgen nahm die schwere flaschengrüne Hornbrille aus seinem rotbraunen Gesicht. Jetzt wiegte er sich in den Hüften, hob sich auf die Zehenspitzen, sah auf den Boden vor Alwins Schuhen, sah wieder auf zu Alwin, zog die Winkel seines lippenlosen Mundes abwärts, ließ gleichzeitig sein eckiges Kinn wie einen Schiffsschnabel auftauchen (man meinte, gleich müsse das Kinn die schmale, scharf über dem Mundstrich hängende Nase berühren), zeigte in seinem ganzen Gesicht jene Art von Erwartung, mit der der Professor einen Kandidaten anschaut, der auf die letzte Frage schon seit Minuten die Antwort schuldig bleibt, so dass in jedem Augenblick damit zu rechnen ist, der Professor werde das lautlose Explodieren der Sekunden nicht mehr länger ertragen, und dann wird der Kopf des Professors aus seiner kühlen, aber noch immer beobachtenden Schräghaltung allmählich in ein bedeutungsvolles, die Prüfung endgültig abschließendes Schütteln übergehen: ein Kopfschütteln, das der Kandidat durch keinen noch so flehentlichen Blick würde wieder rückgängig machen können. Jetzt bog Harry Büsgen seine flaschengrüne Hornbrille schon zu einem Halbkreis, Alwin sah es staunend, bog sie noch weiter, jetzt berührten sich schon die äußeren Enden des Gestells, die Ecken, von denen die Bügel abgehen, gleich musste es ein hartes Geräusch geben. Aber das brutale Spiel der kleinen Hände hörte noch nicht auf. Das Brillengestell musste aus unzerbrechlichem Material sein. Büsgen ging jetzt dazu über, den Kreis, zu dem er das Gestell verbogen hatte, zu zerquetschen, schon lagen beide Gläser dicht nebeneinander und der Steg zerbrach nicht, plötzlich ein hartes Klicken, Büsgen hatte seine Finger gelöst, das Gestell war zurückgesprungen in seine normale Form. Alwin atmete auf. Auch Cécile und Claude hatten zugesehen. Alwin bemerkte, dass Büsgen die Brille jetzt streichelte und dann daran ging, sie nach der entgegengesetzten Seite zu verbiegen. Alwin riss seine Augen hoch und sah Büsgen ins Gesicht. Der lächelte.

Den Atem, der sich vor Aufregung und momentaner Ratlosigkeit (und keiner kann so ratlos werden wie der, der gefallen will und bemerkt, dass ihm das nicht gelingt) in seinen Lungen gestaut hatte, ließ er ruhig und unhörbar aus seinen Mundwinkeln streichen: zuerst musste er seines Körpers Herr werden. Er musste handeln wie ein Segelschiffkapitän, dem ein Sturm die Segel zerfetzt hat und dessen Schiff von Sturzseen so überspült wird, dass die Luken undicht werden und die Laderäume sich mit Wasser zu füllen beginnen: bevor er daran gehen kann, Notsegel zu setzen, um das Schiff wieder manövrierfähig zu machen, muss er die Wassermassen, die im Schiff hin- und herrollen und es zum Kentern bringen könnten, hinauspumpen lassen. Alwin gab sich selbst Kommandos, stellte die Disziplin in sich wieder her und verbot es sich vor allem, das verwirrende Spiel zu beobachten, das die Hände des Chefredakteurs mit der Hornbrille trieben. Dann war er soweit, dass er etwas sagen konnte. Er gratulierte Herrn Büsgen zur Erwerbung der Anteile an der »Weltschau«. Das sei die einzig würdige und legitime Form, wenn der Chefredakteur nicht bloß ein Funktionär sei, sondern mindestens die Hälfte der Anteile des Blattes besitze, das er leite. Damit habe Büsgen in einer Zeit, in der die Besitzenden die Verantwortung immer mehr den Funktionären überließen, ein Beispiel einer gewissermaßen patriarchalischen Vereinigung von Besitz und lebendiger Verwirklichung dieses Besitzes gegeben.

Das Auseinanderklaffen von Potenz und deren Aktualisierung, die Teilung in Besitzende und solche, die mit Besitz wirken, müsse zu einer Schizophrenie der Gesellschaft führen! Alwin freute sich über diesen letzten Satz, da er annahm, Herr Büsgen werde als Journalist einen Sinn haben für dieses Bild, das ihm, wie er glaubte, sehr gut gelungen war.

Ob Büsgen auch wirklich glaubte, dass diese von Herzen stürmische Gratulation ehrlich gemeint sei, darüber brauchte sich Alwin keine Gedanken zu machen. Was war die Gesellschaft anders als eine freiwillige Vereinigung wohlhabender Leute, die einander angenehme Sätze sagten. Alwin, der nicht mit solchen Redensarten aufgewachsen war, war am Anfang sehr verwundert gewesen darüber, dass Leute, von denen man wusste, wie wenig sie einander schätzten, sich mit allerfreundlichstem Lächeln Schmeicheleien sagten. Jeder schien die Schmeichelei des anderen für bare Münze zu nehmen, obwohl er selbst, wenn er sein Kompliment machte, genau wusste, wie wenig ernst es ihm damit war. Was einem Körper der Sauerstoff, das sind der Gesellschaft die kursierenden Komplimente, das hatte Alwin bald erkannt und hatte sich danach verhalten. Und doch ertappte er sich auch selbst immer wieder dabei, dass er dem und jenem wohlgesonnen war und ihn bei anderen lobte oder, wenn es nötig war, auch verteidigte, bloß weil der ihm besonders angenehme Sätze gesagt hatte. Auch der Skeptiker und der kalte Zyniker können sich diesem Naturgesetz nicht entziehen, selbst ihnen streut ein biederes Kompliment goldenen Sand in die Augen.

Büsgen lächelte immer noch. Alwin hatte den Eindruck, als betrachte ihn Büsgen wie ein Zoologe ein Tier betrachtet, das er zum ersten Mal in greifbarer Nähe vor sich hat. Alwin entnahm diesem Blick, dass Büsgen an ihm interessiert sei. Wahrscheinlich war Alwin für den Chefredakteur jetzt interessant geworden, weil er ein Mitgründer der CSLPD war. Aber gerade, als der Chefredakteur den Mund öffnete, um auf Alwins Gratulation zu antworten, sah er zu der rundbogigen Holzpforte hinüber, die vom Grünen Salon in die Volk-mannsche Hausbar führte, und lenkte auch die Blicke der an-deren dorthin: Frau Volkmann war erschienen und mit ihr das Verlobungspaar und ihr Mann.

Die Gäste reagierten mit einem deutlichen Raunen, ström-ten zur Bar und bildeten einen großen Kreis: manche applau-dierten sogar leise, ließen aber, weil sich die Mehrzahl der Gäste nicht anschloss, ihre Hände wieder sinken. Alwin war auf dem Weg zu den Gastgebern wieder zu seiner Frau ge-stoßen. »Ich habe mit Mauthusius gesprochen«, flüsterte Il-se. Alwin nickte anerkennend. Mauthusius war Verwaltungs-direktor der Philippsburger Staatstheater und ein christlicher Politiker. Alwin hätte seine politische Laufbahn eigentlich lieber in offener Konkurrenz zu den bestehenden Parteien begonnen, hätte gerne öffentliche Reden gehalten gegen die führenden Männer dieser Parteien, aber Ilse hatte ihm be-wiesen, dass es bei weitem vorteilhafter sei, sich den Kredit der Herrschenden zu sichern, sich als ein Mann zu geben, der zwar in dieser oder jener Einzelheit eine eigene Meinung hat, der aber doch ein Demokrat ist, ein Mann also, dem man Vertrauen entgegenbringen darf, auch wenn er eine neue Par-tei gegründet hat. Ilse hatte gesagt: sie müssen dich für eine Spielart ihrer selbst halten, für einen Mann, den man viel-leicht sogar noch gewinnen kann. Das sei, wenn die neue Par-tei »nicht ziehe«, und damit müsse man auf jeden Fall auch rechnen, die beste Möglichkeit, seine politischen Pläne wei-ter zu verfolgen. Deshalb hatte Ilse empfohlen, man müs-se mit den Herren der anderen Parteien Bekanntschaft ma-chen und dauernde Verbindungen schaffen. Alwin scheute die rückhaltlose Offenheit, mit der Ilse über seine politische Laufbahn sprach. Sie machte keinen Hehl daraus, dass es ihr gleichgültig sei, welche Partei Alwin benütze, um nach oben zu kommen, während er es vorgezogen hätte, auch zu Hause so zu sprechen wie er es in der Öffentlichkeit tun musste. Er wäre am liebsten auch vor sich selbst als ein Mann dagestan-den, dem es um eine Idee zu tun war, der eine Vorstellung von einem besseren Zustand aller irdischen Verhältnisse hatte, ei-ne Vorstellung, die er als Politiker zum Wohl aller verwirklichen musste. Eine solche Vorstellung, nährt man sie nur lange genug und mit allen Kräften, beflügelt das Bewusstsein, wird zu einer übermächtigen Musik, nach der man selbst tanzen und die übrige Welt tanzen lehren kann. Für Ilse waren das Umwege, Sentimentalitäten, sie liebte nüchterne Überlegungen und zielstrebiges Handeln. Für sie war Mauthusius eine Figur auf einem Schachbrett, eine klar umrissene Möglichkeit, die man in die eigenen Pläne einsetzen konnte, für ihn aber war der Verwaltungsdirektor der Philippsburger Staatstheater der ehemalige Chef seiner Mutter, der Mann, der ihr fabelhaftes Gedächtnis entdeckt hatte, der sie seinen prominenten Gästen als das zoologische Wunderwesen präsentiert hatte, dem man im Vorbeigehen auf die Schulter klopfte und beifällig zulächelte und sich einen Augenblick überlegte, ob man ihm besser ein Stück Zucker oder ein Trinkgeld zusteckte; man entschied sich dann aber doch für das Trinkgeld und erzählte es nachher, wenn man unter sich war, als ein Beispiel dafür, wie zerstreut man doch sei, ein Zuckerstück für die gedächtnisstarke Garderobenfrau, aber sie stehe auch hinter ihrem Tisch, schaue einen an wie einen im Zoo die Vierfüßigen anschauten ... Mit diesem Herrn sollte er vernünftig sprechen! Sollte sich in ein gutes Licht stellen, sich empfehlen! Wieviel lieber hätte er an ihm vorbeigesehen, hätte den Tag abgewartet, da der zu ihm kommen musste, sich durch drei Vorzimmer filtern lassen musste, um zu ihm, dem mächtig gewordenen Politiker vorgelassen zu werden. Aber sicher hatte Ilse recht. Er musste vergessen, wer Herr Mauthusius war, auch wenn der ihn anschauen würde, als wollte er sagen: ach ja, Sie sind doch der Sohn meiner Garderobenfrau, natürlich, na, wenn Sie auch so ein Gedächtnis haben, dann können Sie's ja zu was bringen ...

Frau Volkmann hatte zu sprechen begonnen. Begrüßungsworte für die Gäste und eine kleine Rede zur Verlobung ihrer Tochter mit Hans Beumann, den sie einen »jungen Publizisten« nannte und »ein aufstrebendes Talent«, das sich in Philippsburg schon viele Freunde erworben habe. Sie sei glücklich, ihn mit dieser Verlobungsfeier gewissermaßen offiziell in die Philippsburger Gesellschaft einführen zu dürfen, der er ja durch seine urbane Denkweise und seine liebenswürdige Art schon von Natur aus angehöre. Alwin dachte: ich hätte mich mehr um diesen Beumann kümmern müssen. Als er zum ersten Mal auf einer Party auftauchte, da hätte ihm keiner angesehen, dass er innerhalb eines Jahres die Volkmann-Tochter angeln würde. Er ist größer als ich, aber dick ist er auch. Ein bisschen verschlafen sieht er aus. Macht ein Gesicht, als ginge ihn die Verlobung am wenigsten an. Und der alte Volkmann zwinkert mit seinen Äuglein wie immer. Der tut immer, als freue er sich über etwas, was die anderen noch nicht wissen. Na ja, vielleicht taugt der Schwiegersohn wirklich was. Publizist, hm, ein Journalist halt, der mehr sein will, als er ist, aber vielleicht ist was zu machen mit ihm. Man muss jede Möglichkeit ins Auge fassen, als wäre sie die einzige, sagt Ilse immer. Als Ilse diesen Beumann zum ersten Mal gesehen hatte, hatte sie gesagt: der ist nicht ganz bei sich, Komplexe hat er auch. Nun hatten nach Ilses Urteil fast alle Leute Komplexe. Wenn Wollen und Können nicht im rechten Verhältnis stehen, bilden sich Komplexe, sagte Ilse. Deshalb war es ihr so wichtig, alles, und vor allem die eigenen Kräfte und Absichten, kalt und klar einzuschätzen. Menschen mit Komplexen verachtete sie.

Die Männer reichten den Damen die Aperitifgläser, um die Rede der Hausfrau mit gehörigem Beifall quittieren zu können. Die Damen hoben die Hände mit den Gläsern (sahen dabei aus wie Vögel, die die gestutzten Flügel heben, mit denen sie nicht mehr fliegen können) und zeigten mit Gesicht und Händen, dass sie mindestens ebenso zum Beifall bereit, wenn auch leider nicht fähig seien, wie ihre laut klatschenden Männer. Dann sagte Herr Volkmann, ohne dabei, wie es seine Frau getan hatte, einen Schritt vorzutreten, er habe nicht die für solche Ereignisse wünschenswerte blumige Redegabe seiner Frau, die den Gästen für ihr Erscheinen gedankt habe, deshalb begnüge er sich damit, seiner Frau dafür zu danken, dass sie das Notwendige so schön gesagt habe; dem etwas hinzufügen zu wollen, sei nur erlaubt, wenn man's noch besser machen könne, und das würde er als Ehegatte nicht einmal dann unternehmen, wenn er es vermöchte.

Dr. ten Bergen hob die Hand in den Beifall, der den schüchtern schmunzelnden Herrn Volkmann umbrandete. Die Damen hatten ihre Gläser den Herren gereicht, denn jetzt waren sie an der Reihe, Beifall zu spenden. Herr Volkmann selbst dämmte den Beifall und schaffte Ruhe für das, was Dr. ten Bergen sagen wollte. Der begann damit, dass er beteuerte, er sei ein alter Freund des Hauses, mehr hörte Alwin nicht. Er konnte dieser immer in der gleichen Nasal-Melodie auf und ab singenden Stimme nicht zuhören. Er hörte nur das melodische Geräusch, das sich immer wieder steigerte und wieder verlor; wahrscheinlich waren weder Crescendo noch Decrescendo durch den jeweiligen Inhalt der Rede veranlasst, sondern lediglich von einem regelmäßig wiederkehrenden Bedürfnis des Redenden, doch noch weiterzureden, auch dann, wenn er in Gefahr war, an der Eintönigkeit seiner Melodie selbst einzuschlafen.

Der hat sich ganz schön entlarvt, dachte Alwin. Zuerst Mordsreden halten gegen das Werbefernsehen, dann durchblicken lassen, dass er, falls man ihn noch einmal zum Intendanten wählen würde, durchaus geneigt sei, das Werbefernsehen mitzumachen, und nachdem man ihn hatte durchfallen lassen (und Alwin schmeichelte sich, dass er daran nicht unbeteiligt gewesen war), hat er sich sogar zum Direktor des neugegründeten Studios für das Werbefernsehen machen lassen. So ist das eben, dachte Alwin, aber man muss vermeiden, dass es so deutlich wird. Früher hat der auf jeder Party seine gefürchteten Reden für die Reinerhaltung der Kultur gehalten, wobei er es immer verstanden hatte, alle Zuhörer spüren zu lassen, dass außer ihm niemand mehr wisse, was die Reinerhaltung unserer Kultur bedeute, wie wichtig sie sei und wie gefährdet. Man hatte ihn reden lassen, hatte halb zugehört und hatte sich gedacht, ihm zuhören zu müssen, sei eine Art Strafe, die man verdient habe, weil man nichts für das getan hatte (und wer außer ihm hatte je etwas dafür getan), was er die Reinerhaltung unserer Kultur nannte. So war es vor seiner Wahl zum Direktor des Werbefernsehens gewesen. Jetzt hielt er eine Rede, so viel hörte Alwin ohne zuzuhören, so viel fiel ihm einfach in die Ohren, weil man die ja leider nicht wie die

Augen schließen kann, jetzt hielt er seine Rede (die seine Rede sein würde, solange er diesen Job innehaben würde) zum Preis des Werbefernsehens als der einzigen Macht, mit deren Hilfe es gelingen könne, die Kultur reinzuerhalten. Er nannte Zahlen. Er hatte ja auch früher schon Zahlen genannt und mit diesen Zahlen immer bewiesen, was zur Reinerhaltung der Kultur bewiesen werden musste. Diese Reinerhaltung war sein ad majorem dei gloriam, war seine Lebensmelodie, die er jetzt als Werbemanager variierte. Er sang ein ergreifendes Lied davon, dass unsere Kultur nur noch mit Geld reinzuerhalten sei, und zwar mit viel, mit sehr viel Geld, und dieses Geld sei am besten durch das Werbefernsehen aufzubringen, dadurch also – so tönte es listig aus seinem Munde –, dass man der Wirtschaft Gelegenheit gebe zum indirekten Mäzenatentum. Eine opportunitas clara sagte Dr. ten Bergen, der keinen Satz aus dem Munde entließ, ohne ihm ein leuchtendes Fremdwort wie eine Fahne aufzusetzen; und es waren fast immer Fremdworte, die man nicht jeden Tag hörte, die im einheimischen Sprachgebrauch noch keine abgenützte Heimstatt gefunden hatten, sondern noch fremdartig schön und zum Teil unverständlich den Zuhörern im Ohre rumorten. Bis vor einem Jahr noch waren es vor allem Blüten aus der lateinischen und französischen Sprache gewesen, mit denen Dr. ten Bergen seine Reden garniert hatte: der und der habe ein droit moral; zu optima fide sei hierorts kein Anlass; er fühle sich außer Obligo; tant mieux, wenn der Gegner consentiere; im übrigen verachte er diese Pseudo-Connaisseure; all diese Usancen seien höchst ridikül ... Seit er aber seine Amerikareise hinter sich hatte, ließ er – was er früher verachtet hatte, denn das Englische war ihm zur Aufnahme in seinen Sprachgarten einfach zu grob gewesen, einen Seemannsdialekt hatte er es genannt –, jetzt ließ er seine ganze Reisebeute in seine Reden einströmen. Natürlich nicht »allright« und »o. k.«, sondern Ausdrücke wie: muddle-through als Methode sei ihm zuwider; public relations seien eine conditio sine qua non; seine Arbeit gelte nicht nur den happy few; er wisse von seinen Freunden, und darunter seien einige big wheels, dass sein approach auch in der Politik Beachtung gefunden habe;

er werde sich niemals der oder jener pressure-group beugen; auf snob-appeal lege er keinen Wert, er mache auch nicht in understatement um jeden Preis ...

So wie ein anderer Zündholzschachteln sammelt und mit nach Hause bringt oder verpackte Zuckerstücke, Postkarten, Wimpel, fremde Blumen oder Schmetterlinge, so schien Dr. ten Bergen Worte aufzuspießen, um sie seinem Sprachschatz einzuverleiben; und er hatte es nicht nötig, vor jedem fremden Brocken zu sagen: der Lateiner, der Franzose sagt. Nahtlos verschmolz er das Fremde mit dem Eigenen. Dr. Alwin bewunderte ihn um dieser Fähigkeit willen, denn er selbst konnte sich beim besten Willen keine fremden Worte merken. Niemand empörte sich übrigens darüber, dass Dr. ten Bergen diese Verlobungseinladung dazu benutzte, seine Rede zu halten. Benutzten doch auch Staatsmänner einen Stapellauf oder die Einweihung eines Kraftwerkes dazu (und eine Verlobung in der Philippsburger Gesellschaft ist damit durchaus vergleichbar), ihre politischen Reden zu halten, die sich dann, von ein paar Einleitungs- und Schlussformeln abgesehen, mit keinem Wort an die braven Werftarbeiter oder Maurer wenden, die mit andächtigen und stolzen Augen zur leibhaftig erschienenen Prominenz aufschauen und ein Lob von so hohem Besuch erwarten (warum sonst denn sollte der zu dem feierlichen Akt gekommen sein!); aber die hohen Herren sprechen nicht für die tausend Ohren, sondern für die zwei oder drei kleinen Mikrophonkapseln, die vor ihnen aus den Blumen ragen, und sie lächeln nicht für die tausend Augen, die an ihrem Mund hängen, sondern für die Kameras und Photoapparate, die ihre dunkel schimmernden Mäuler heraufrichten, jedes Lächeln sorgfältig konservieren und es hinaustragen vor die Augen einer größeren Welt, für die es bestimmt ist. Wahrscheinlich hatte auch Dr. ten Bergen das Gefühl, dass man von ihm, wenn er einmal gekommen war, eine Stellungnahme zu seinem neuen Amt erwartete. Deshalb durfte er den Anlass missbrauchen, unterschied er sich doch von den ähnlich handelnden Staatsmännern immerhin noch dadurch, dass er fast ausschließlich zu den Anwesenden sprach und sie nicht zu Photostatisten und zur Geräuschkulisse herabwürdigte.

Fast ausschließlich, nicht ganz, denn er durfte ja annehmen, dass seine Stellungnahme nicht in diesem Kreis untergehen würde, sie würde in Philippsburg zirkulieren als eine authentische Interpretation seines neuen Standortes.

Es ist schwer zu sagen, wann Dr. ten Bergen seine Rede freiwillig beendet hätte. Das ist deshalb so schwer, weil fast niemand ein natürliches Ende einer seiner Reden je erlebt hat. Immer wieder fand sich ein Mutiger, der es wagte, und der auch einen entsprechenden Einfall hatte, diese Reden zu unterbrechen, sie auf eine gerade noch höfliche Art und Weise zu beenden. An diesem Abend war es wieder einmal Harry Büsgen, der plötzlich in die Hände klatschte und nicht aufhörte, bis einige den Mut fanden, sich ihm anzuschließen, worauf denn ein langes Geklatsche anhob, das Dr. ten Bergen vergeblich durch ein@emspI4;paar bescheiden abwehrende Handbewegungen beizulegen suchte. Zuerst ließ er den Beifall mit gesenkten Augen, in gewissermaßen andächtiger Haltung über sich ergehen, so, als werde ihm der Beifall zugefügt, als sei es sein Schicksal und er ergebe sich darein. Dann, als der Beifall immer noch nicht enden wollte, er aber wahrscheinlich schon die Sätze zur Fortsetzung seiner Rede im Halse spürte (sie schoben sich herauf, herauf, bildeten sich wie Speichel in seinem Munde, wollten überfließen, sie wieder hinabschlucken durfte er nicht, es wäre zu schade gewesen um sie), was sollte er da bloß tun, er musste dem Beifall Einhalt gebieten! Aber er kam nicht an gegen die Kraft dieser Kundgebung. Männer und Frauen hatten alle Gläser weggestellt, denn bei diesem Beifall durfte keine Hand fehlen Zweimal, dreimal öffnete er den Mund und schloss die Augen, ein Zeichen, dass er gleich sprechen würde, das wussten alle, die ihn kannten, aber jedesmal, wenn er diese Anstalten machte, stopfte ihm prasselnder Beifall sofort wieder den gerade geöffneten Mund. Aber so konnte man ja nicht eine Ewigkeit über ihn wachen! Herr Volkmann vollendete deshalb, was Harry Büsgen begonnen hatte, trat schmunzelnd auf Dr. ten Bergen zu, griff nach dessen Hand und schüttelte sie und dankte und setzte so einen unübersehbaren Schlusspunkt unter die Rede. Dr. ten Bergen mochte einsehen, dass er diese

Wirkung auch durch noch so gute Sätze, wie er sie jetzt heftig in den Hals zurückschlucken musste, nicht mehr würde steigern können, und so ließ er es denn gut sein und gestattete, dass man ihn feiere. Dem Chefredakteur aber dankte wahrscheinlich mancher der Zuhörer dafür, dass er in den traurigen Akkord, den des Redners Nasal mit dem draußen niedergehenden Spätwinterregen bildete, so munter hineingeklatscht hatte. So viele gab es gar nicht, die das hätten wagen können. Alwin zumindest gestand sich ein, dass er so was nicht gewagt hätte. Aber Harry Büsgen konnte sich das leisten. Der hatte sogar eine gewisse Routine im Töten von nicht endenwollenden ten-Bergen-Reden. Alwin erinnerte sich an ein Bonmot, das Dr. Benrath zugeschrieben worden war: kein Gastgeber, dem das Wohlbefinden seiner Gäste etwas gelte, dürfe es wagen, Dr. ten Bergen zu einer Party einzuladen, wenn er nicht die Gewissheit habe, auch Büsgen für diese Party zu bekommen.

Kaum war es gelungen, Dr. ten Bergen zum Schweigen zu bringen, als dicht neben Alwin ein beleibter Mann den Kreis durchbrach, mit zwei Schritten in die Mitte vordrang und ebenfalls die Hand hob, zum Zeichen, dass er sprechen wolle. Es war der Verwaltungsdirektor Mauthusius. Der Hausherr beugte zustimmend sein silbriges Köpflein, zog den langen ten Bergen hinter sich aus dem Kreis hinaus, um die Aufmerksamkeit der Gäste ungeteilt Herrn Mauthusius zu opfern. Der schien in solchen Auftritten große Übung zu haben. Über sein rundes Gesicht, das nach oben durch keinen Haarwuchs mehr abgeflacht wurde, glitt ein dauerhaftes Lächeln vom Mund zu den Ohren und von dort zu den eigentlich kleinen Äuglein und wieder zurück zum Mund, wo es sich verstärkte, um in fröhlichen Fältchen weiterzuwandern. Er wartete ohne das geringste Zeichen der Unruhe oder gar Verlegenheit, bis die Gäste sich zum Anhören seiner Rede gesammelt hatten. Seine rechte Hand spielte an der goldenen Uhrkette entlang, die von der linken Westentasche durch ein Knopfloch bis zur rechten Westentasche lief und so den Bauch des stattlichen Mannes als eine leuchtende Girlande zierte. Alwin sah ihm, eingedenk der Empfehlungen seiner

Frau, vom ersten Augenblick an mit geradezu demütiger Erwartung ins Gesicht, obwohl er Mauthusius hasste und diese Reden hasste, weil sie ihn an der Verfolgung seiner Pläne auf dieser Party hinderten. Er war ja schließlich nicht hergekommen, um anderen zuzuhören, sondern um selbst zu sprechen, wenn auch nicht als Redner mitten im Kreis. Er hatte sich für diesen Abend drei Herren vorgenommen, Büsgen, Relow und Mauthusius. Nun, solange Mauthusius sprach, konnte er wenigstens durch ein vor Aufmerksamkeit glühendes Gesicht beweisen, wie sehr er ihn schätzte. Das war zumindest eine gute Vorbereitung für das Gespräch.

Aber als es gerade so ruhig geworden war, dass Mauthusius hätte sprechen können, gerade als er sich deshalb dankend verneigte und den Atem für seinen ersten Satz schon geholt hatte, da schlug mit einem Male die Tür, die vom Grünen Salon hinaus auf die Terrasse führte, mit beiden Flügeln ins Zimmer, und der wütende Wind, der sie hereingedrückt hatte, trieb eisige Regenschauer über die aufkreischenden Gäste hin. Das war für die Philippsburger Gesellschaft ein großes Erlebnis. Die Damen rafften ängstlich ihre Stolen, ein paar mutige Herren, voran Knut Relow, der Rennfahrer und Sportsmann und Kavalier und Programmdirektor des Philippsburger Senders, stürzten auf die unzuverlässige Tür zu, packten sie und schoben sie mit vereinten Kräften gegen den Regenwind, um sie zu schließen. Herr Volkmann stand dabei, um im rechten Augenblick alle Riegel vorzuschieben, aber er sah verwundert, dass die Riegelstange, die in Boden und Decke griff, durch die Gewalt des Windes verbogen war. Sie würde dem Druck des Sturmes nicht mehr standhalten. Flüsternd teilte man sich diese Entdeckung mit. Noch standen vier Herren, zwei an jedem Flügel, und hielten die Tür mit ihrer ganzen Kraft gegen den anstürmenden Wind geschlossen. Aber so konnten sie sich ja nicht den ganzen Abend dagegenstemmen.

Der Kreis der Gäste löste sich von Mauthusius, der blieb einen Augenblick unschlüssig allein zurück, ließ alle an sich vorbeiströmen, versuchte, sein dauerhaftes Lächeln auch jetzt noch aufrechtzuerhalten, ließ es aber dann doch zerfallen, weil alle Blicke sich jetzt auf die Tür und die Männer richteten, die sie hielten, und schließlich ging er als letzter zum Ort der kleinen Katastrophe, begleitet von Alwin, der bis jetzt erwartungsvoll ausgeharrt und ungeduldige und ärgerliche Blicke zur Tür geworfen hatte. Herr Volkmann entschuldigte sich bei den Gästen. Der Sturm müsse eine ungeheure Kraft entwickelt haben, wenn er solche Eisenstäbe verbiegen könne. Die Gäste tuschelten, gingen zu den Fenstern, hoben vorsichtig, als verberge sich dahinter ein Ungeheuer, die Vorhänge und sahen den Regenmassen zu, die gegen die Scheiben polterten und sie jeden Augenblick zu zerbrechen drohten. Hoffentlich hatten sie in ihren Villen die Fenster zugemacht! Na ja, das war ja zu erwarten gewesen. Nach einem solchen Winter, ich bitte Sie! Zwei Monate geradezu sibirischen Frostes. Veränderungslos. Und dann vor ein paar Tagen, genau am ersten März war es gewesen, da war plötzlich alles schwarz geworden. An einem Vormittag war die makellose Schneedecke gealtert. Gerade war sie noch glatt gewesen, weiß, strahlend, mehlig und hart, und dann wurde sie in einer einzigen Stunde großporig, schattenhäutig wie eine alte Frau, die Bäume dunkelten, und am Nachmittag und in der Nacht fielen Winde herab, warfen sich gegeneinander mit Getöse und Heulen, trugen Regen heran, spitze Wasserpfeile, die sie auf den Schnee hinunterschossen und ihn dadurch vollends zerfetzten, auflösten und wegschwemmten. Raben und Amseln, die wochenlang nur noch in den Schneedünen herumgehüpft waren, als erwarteten sie ihr baldiges Ende, warfen sich wieder in die Winde, ließen ihr steifgefrorenes Gefieder aufreißen vom Ungestüm des Regens, ließen sich auf und nieder werfen und schrien in das tagelange Brausen hinein. Fünf Tage geht's jetzt schon so zu. Und an diesem Abend schien der wütende Regen nun endgültig zum Sturm geworden zu sein. Die Gäste erschraken ein bisschen, als sie sahen, dass draußen jetzt Schnee vorbeitrieb. Waagrecht rasten dickflockige Schneemassen vorbei, so, als seien sie gar nicht für die Erde bestimmt, als würden sie nirgendwo niedergehen, sondern wieder zurückgetrieben in ihren Ursprung, weil sie zu spät geliefert worden waren und nun nicht mehr angenommen werden konnten. Aber das Erschrecken der Gäste war nur ein sanftes Prickeln, ein fast angenehmes Gefühl, das sie wie ein Abenteuer genossen, als einen Reiz, der diese Party schmückte, man würde davon auf späteren Veranstaltungen erzählen, im Mai etwa, wenn man wieder auf der Terrasse saß. Ja, die Natur, das ist schon etwas Geheimnisvolles! Ob es wohl mit den Atomversuchen zusammenhängt? Ein solcher Winter und dann dieser wütende Zusammenbruch! Heutzutage ist ja alles aus den Fugen, auch das Wetter ... Herr Volkmann machte die vier Herren, die immer noch ihren Ritterdienst an den Türflügeln versahen, darauf aufmerksam, dass der Wind seine Richtung geändert hatte, er habe es an den vorbeitreibenden Schneeflocken gesehen. Und tatsächlich, als die Herren sich von der Tür lösten, folgte sie ihnen nicht, sie blieb geschlossen, obwohl die Riegelstange verbogen war. Um ganz sicher zu gehen, ließ Herr Volkmann das Klavier aus dem Salon nebenan hereinrücken und vor die Terrassentür schieben. Der Transport des Klaviers wurde zu einem großen Ereignis. Jeder wollte mit Hand anlegen, wollte den Befehl übernehmen und besser wissen, wie man am besten verfahre. Frau Volkmann, als die eigentliche Besitzerin, übernahm schließlich das Kommando und begleitete den Transport mit einem leidenden Gesicht, um jedem zu zeigen, wie sehr sie mit diesem Instrument (wenn es auch nicht ihr Flügel war, nicht ihr Lieblingsinstrument) verbunden war. Keinesfalls konnte sie dulden, dass das Klavier mit seiner bloßen Rückwand gegen die Tür gerückt wurde. Schnell ließ sie Wolldecken und einen verblichenen Wandteppich herbeischaffen, um das Klavier gegen etwaige Einflüsse böser Witterung durch die Tür hindurch zu schützen.

Das Verlobungspaar und Herr Mauthusius waren darüber vergessen worden. Und als das Klavier endlich seinen Platz vor der Tür gefunden hatte und den Salon vor weiteren Launen des Sturmes schützte, da verlor sich die Gesellschaft erstaunlich rasch in die einzelnen Ecken, in die Hausbar und die Nebensalons, so dass der Hausherr sich gezwungen sah, Herrn Mauthusius für seinen guten Willen zu danken; zu so vorgerückter Stunde könne er die Gesellschaft leider nicht mehr zum Anhören einer Rede versammeln. Alwin, der dabei stand – er hatte sich die ganze Zeit über in Mauthusius' Nähe gehalten –, konnte ein untröstliches ,»das ist sehr schade« nicht unterdrücken. »Ja«, sagte Herr Volkmann, »so ist das nun einmal, ein Abend hat sein Gesetz, er blüht auf, reift und geht zu Ende. Was im ersten Stadium erlaubt und geradezu notwendig ist, das ist im zweiten schon verboten und im dritten ganz einfach unmöglich. Der dumme Zwischenfall mit dem Wind hat uns aus dem ersten Stadium herausgerissen, und nun befinden wir uns gewissermaßen unvorbereitet im zweiten, was sollen wir tun, Herr Mauthusius? Sie wissen, wie sehr ich es meinem Verlobungspaar gegönnt hätte, von Ihnen eine Rede mit auf den Lebensweg zu bekommen, aber Sie sehen selbst, die Uhr läuft ab, wir müssen uns fügen.«

Alwin, der sich freute, so plötzlich ins Zentrum der Veranstaltung gelangt zu sein, der sich noch mehr darüber freute, dass Mauthusius seine Rede nicht halten konnte, machte jetzt ein geradezu jämmerlich unglückliches Gesicht, so, als sei er nur hergekommen, um Herrn Mauthusius' Rede zu hören. Der selbst hatte sein Lächeln wieder hergestellt. Das sei ja nicht so schlimm, meinte er, ihm entgehe ja nichts, Reden halten könne er mehr als genug, den jungen Leuten allerdings hätte er es auch gegönnt, seine Worte zu hören, sie hätten heutzutage ohnehin wenig genug, an das sie sich wirklich halten könnten, und dann sei es einfach wichtig, dass eine solche Verlobungsfeier, die jungen Leute nennten es leider »Party«, ein Amerikanismus, eine nivellierende Schablone, die ein Tanzfest Halberwachsener nicht von einer Verlobungsfeier unterscheide, obwohl letztere doch wirklich feierlichen Charakter trage, da sie ja lebensstiftende Bedeutung und geradezu institutionelle Züge habe, ja, was er habe sagen wollen, wie wichtig es doch sei, dass eine solche Verlobungsfeier eine Feier bleibe, ein gesellschaftliches Fest, das nicht bloß eine Zusammenkunft müßiger Leute zur Unterhaltung und Zerstreuung sein dürfe, nein, es müsse ein Fest bleiben und dadurch eine Verpflichtung für alle Teilnehmenden und vor allem für die, deren Verlobung hier gefeiert werde. Dadurch werde die Verlobung wieder in den Rang eingesetzt, der ihr in einer intakten christlichen Gesellschaft zukomme ...

Zweifellos hatte auch Herr Volkmann bemerkt, dass Mauthusius nun, da ihm der große Zuhörerkreis entgangen war, seine Rede einem kleineren Auditorium zu halten im Begriffe war. Deshalb hatte er unauffällig, aber doch so, dass es auch Mauthusius sehen konnte, das Verlobungspaar herangewinkt, an das sich der Verwaltungsdirektor des Philippsburger Staatstheater und christliche Politiker Mauthusius nun mit seinen gutgemeinten Worten wenden konnte. Alwin war froh, dass Anne Volkmann und ihr Verlobter den kleinen Kreis derer, die bei Mauthusius ausgehalten hatten, vergrößerten und Hauptanspracheziel des Redners wurden, denn für ihn und Ilse bedeutete das doch eine Entlastung, sie mussten jetzt die Last des Zuhörers nicht mehr ganz allein tragen. Mochte sich auch Mauthusius, was seine Beliebtheit als Redner betraf, im Irrtum befinden, so war er, verglichen mit Dr. ten Bergen, doch ein großer Psychologe und ein erfahrener Meister in der Einschätzung der Fassungskraft seines jeweiligen Publikums. Er hörte freiwillig auf, schloss seine Rede, die eine Mahnung war, gemütlich ab und forderte seine Zuhörer auf, an der Bar das Gesprochene durch einen Umtrunk zu besiegeln. So war Alwin für den zweiten Teil des Abends zum Trinkgesellen des einflussreichen christlichen Politikers geworden.

Alwin hatte, als sie in die Hausbar gingen, im Salon nebenan einen Tisch gesehen, der mit Verlobungsgeschenken überhäuft war. Sofort teilte er es Ilse mit und forderte, sie möge das in der monatlichen Abrechnung über Recht- und Nichtrechthaben als einen Pluspunkt für ihn vermerken. Er hatte nämlich gebeten, Ilse solle ein Geschenk kaufen für das Verlobungspaar. Ilse hatte gesagt, das sei nicht nötig, so eng sei man mit Volkmanns nicht befreundet und den Beumann kenne man so gut wie gar nicht.

Alwin war anderer Ansicht. Er billigte die Gepflogenheiten, die Ilse von ihrer Familie in dieser Hinsicht übernommen hatte, ganz und gar nicht. Vor jedem Festtag begann nämlich zwischen den Gliedern der Familie Salow ein großer

Briefwechsel, der einzig und allein um das Schenken kreiste. Da schrieb Ilse ihrer Schwester Elvire, die mit einem Ministerialdirigenten verheiratet war, sie (also Elvire) möge ihr doch fünfzehn Mark schicken, da Ilse beabsichtige, ihrer Nichte (Elvires Tochter also) einen Pullover zu schenken, der dreißig Mark koste, sie wolle und könne aber bloß fünfzehn Mark für dieses Geschenk anlegen. Und Ilses Mutter hatte einmal an ihre Tochter geschrieben, beiliegend übersende sie vierzig Mark, Ilse möge ihr doch zum nächsten Weihnachtsfest jene schönen Wildlederstiefeletten kaufen, die sie bei ihrem letzten Besuch zusammen angeschaut hätten, die nach ihrer Erinnerung fünfundsechzig Mark kosteten. Schenken unterlag in der Familie von Salow einem genauen Abrechnungsverfahren. Ilse hatte ihrer Mutter zurückgeschrieben, die Wildlederstiefeletten seien vor Weihnachten nicht mehr zu bekommen, hatte sie dann aber im Winterschlussverkauf für fünfzig Mark erstanden und sie ihrer Mutter als verspätetes Weihnachtsgeschenk zugeschickt. Wie ja überhaupt alle Käufe in dieser Familie entweder im Saisonschlussverkauf oder über Großhandelsbeziehungen erfolgten. Zu normalen Ladenpreisen zu kaufen, war verpönt. Ilses Vater, der Generaldirektor in der Automobilindustrie, bekam darüber hinaus noch so zahlreiche Werbegeschenke von den Zulieferindustrien, die von seinem Wohlwollen abhängig waren, dass man diese Geschenke (Kühlschränke, Radio- und Fernsehapparate, elektrische Küchengeräte, Staubsauger, Reisetaschen und Teppiche) oft an Einzelhändler oder an Verwandte weiterverkaufen musste, da man selbst schon mit allem versehen war. Nun mag es einem einfachen Menschen ungerecht erscheinen, dass ein Generaldirektor, der sowieso schon ein hohes Einkommen hat, auch noch alles, was er braucht, geschenkt bekommt, aber das ist falsch gedacht: Alwin, der diesen Geschenksegen anfangs auch als eine Ungerechtigkeit empfunden hatte, als eine unerträgliche Bevorzugung der Reichen, als einen Kuhhandel, den die Begüterten unter sich zu ihrem Vorteil und auf steuerbegünstigte Werbungskosten betrieben, Alwin hatte schließlich eingesehen, dass es, recht besehen, keine Rolle spielte, ob ein Mann, der im Monat achttausend Mark verdiente, seinen Staubsauger selbst bezahlte, oder ob er ihn geschenkt bekam. Alwin hatte allerdings auch bemerkt, dass die von Salows trotzdem sehr großen Wert auf die Werbegeschenke legten, dass sie immer den höchst möglichen Preis dafür zu bekommen trachteten, wenn sie sie verkauften. Das war eben die Familientüchtigkeit der von Salows, dank dieser Tugend hatten sie's so weit gebracht, waren eine mächtige Familie geworden; aber im allgemeinen, bei anderen Reichen mochte es schon gelten, dass bei so großem Verdienst ein Eisschrank als Werbegeschenk nicht mehr bedeutete, als wenn ein Arbeiter einem anderen eine Zigarette anbietet. Oder waren etwa alle begüterten Leute von der Art der von Salows? Alwin wusste es nicht. Sie taten auf alle Fälle nicht so. Aber wahrscheinlich hatte man's den Anzügen des Herrn Generaldirektors von Salow auch noch nie angesehen, dass er den Stoff immer zu lächerlichen Preisen von einem befreundeten Industriellen bezog. Warum sollte er das auch nicht tun? Alwin benützte ja, seit er mit Ilse verheiratet war, die Salowschen Verbindungen auch so gut er konnte. Und trotzdem war es ihm nicht ganz wohl dabei. Darin lag eine Niedertracht, etwas Unlauteres. Er dachte an seine Verwandten, die ihr Geld im Zementwerk, im Schlachthof und in der Kohlenhandlung verdienten und die mit diesem sauer verdienten Geld die vollen Preise bezahlten, die Industrie plus Groß- plus Einzelhandel von ihnen verlangten.

Aber Ilse hätte wenigstens ein Verlobungsgeschenk kaufen können, von mir aus zum Großhandelspreis, dachte Alwin. »Diesmal habe ich recht gehabt«, zischelte er Ilse ins Ohr. »Schon wieder was gespart«, flüsterte sie zurück und lächelte listig. Er hasste sie, als er sie ansah. Ilse hatte zu Hause gesagt: »Warum sollen wir uns die Unkosten machen, so eine Party geht vorbei, die Geschenke verlieren sich, werden vergessen, keiner spricht mehr davon, also ist es egal, ob wir etwas geschenkt haben oder nicht.« Mit dieser Frau musste er's zu etwas bringen. Mein Gott, was war diese Cécile doch für eine Frau. Aber mit der ... Schluss jetzt ... die Volkmann-Tochter war auch nicht schöner, sie lachte gerade, aber mit was für einem Mund, na, das hatte sich der Beumann selbst zuzuschreiben, so ein Idiot, allein und jung in einer Stadt wie Philippsburg und dann Anne Volkmann wählen und sich verloben und noch keine dreißig Jahre alt und alles bloß, um vorwärts zu kommen, sonst könnte man sich ins Freibad legen, sich müde schmoren lassen und abends in eine kühle Bar setzen, heute mit Cécile und morgen mit Vera, keinen Namen haben, kein Ziel, keine Wohnung, bloß ein Auto und ein bisschen Geld, mein Gott, für was rackert man sich bloß ab, Frauen, das ist doch das einzige und das versaut man sich wegen der einen, und die heiratet man, weil man Ziele hat, weil man ein Idiot ist, er und Beumann, sie konnten sich die Hand reichen, der hatte wahrscheinlich genau die gleichen Gründe gehabt und deshalb machte er genau die gleichen Dummheiten, stieg in den gleichen Käfig, armer Hund ...

Alwin dachte plötzlich an Ilses Großvater, an den Tod des Geheimrats von Salow. Die Kinder hatten sich um sein Bett versammelt und hatten seine letzten Stunden auf Tonband aufgenommen. Das hatte Dr. Adrian von Salow verlangt, da er in den Tropen lebte und nicht dabei sein konnte. »Wenn es so aussieht, dass es zu Ende gehen kann innert vierundzwanzig Stunden, dann bitte ich darum, das Band nicht mehr abzuschalten«, so hatte er geschrieben, und die Familie war diesem Wunsch nachgekommen. Sie wussten, dass ihr Bruder, Sohn und Neffe Adrian diesen Wunsch geäußert hatte, weil er misstrauisch war und deshalb eine notarielle Bestätigung darüber verlangte, dass das Tonband so und so lang gelaufen war, und sie fanden, Adrian habe damit einen guten Einfall gehabt, so wusste man wenigstens ganz genau, dass im Zimmer des Geheimrats keine Beeinflussungsversuche zugunsten eines einzelnen unternommen wurden; man konnte das Sterbezimmer beruhigt die eine oder andere Stunde verlassen ... Warum musste er jetzt daran denken? Weil Ilse so gelächelt hatte? Weil dieses Lächeln auch das Lächeln seiner Kinder sein würde? Wahrscheinlich hatte er schon zuviel getrunken. Rasch streichelte er über Ilses haarigen Arm – mein goldenes Vlies, dachte er, als er über die goldblonden Haare hinstrich – und bat sie insgeheim um Verzeihung für die Kritik, die er, wenn auch nur in Gedanken, an der Familie von Salow geübt hatte. Er würde Ilse am Ende seines Lebens einen guten Teil aller seiner Erfolge zu danken haben, das wusste er. Er war zwar eine Kraft, aber sie gab die Form, sie fasste die Kraft, machte sie zur Wirkung fähig, sie waren aufeinander angewiesen, es war lächerlich, Gedanken gegen Ilse zuzulassen in seinem Kopf, das war Schwächung, war Verrat.

Alwin hob sein Glas und prostete Ilse zu. Sie kuschelte sich an ihn, sah ihn an, das Feuer der Einigkeit, der völligen Gleichgestimmtheit hatte sie beide erfasst, sie waren eine Familie, eine Front. Anne Volkmann, die neben ihnen an der Bar saß, sagte zu ihrem Verlobten laut, dass alle es hören konnten: »Wenn wir nur auch schon so weit wären.« Sie hatte die Liebeserklärung der Alwins beobachtet. Hans Beumann nickte und runzelte die Stirn, Frau Alwin sagte: »Kommt alles noch.«

Dann fragte Anne, was eigentlich Alwins Klient Dr. Benrath zur Zeit treibe, der Treulose habe seit Monaten nichts von sich hören lassen. Alwin sagte, Benrath sei von Paris nach Berlin gefahren, nach Philippsburg werde er nicht zurückkommen. Frau Alwin sagte, so könne es gehen, wenn man im eigenen Haus keine Ordnung halte. Sie habe den Dr. Benrath immer schon für eine schwankende Natur gehalten, und dass der seine Frau nach Strich und Faden betrogen habe, das habe ja jeder gewusst, eben ein Frauenarzt, und dabei habe er eine so nette Frau gehabt (Alwin erinnerte sich, dass Ilse Frau Benrath zu deren Lebzeiten ganz anders beurteilt hatte), auf jeden Fall sei Birga der Kunstgewerblerin, die ja doch irgendwie in diese Affäre verstrickt sei, bei weitem vorzuziehen. In diesem Augenblick drängten sich Frau Volkmann und Frau Frantzke in die Bar, hinter ihnen folgten, im Gespräch begriffen, Büsgen und Cécile. Frau Volkmann war anscheinend gekommen, um Frau Frantzke die neu eingerichtete Hausbar zu zeigen. »Na was sagen Sie!« rief sie. »Alles nach eigenen Zeichnungen!« Dann fragte sie die, die schon länger hier saßen, wie man sich in der Bar fühle, und erntete genussvoll die Lobsprüche ihrer Gäste. Sie begann, die Überlegungen aufzuzählen, die sie sich bei der Einrichtung gemacht hatte. Warum sie die handgedrechselten Bar-

hocker habe machen lassen, warum sie das Holz weder ge-
beizt noch lackiert habe, warum die Naturfarbe die schönste
sei und warum die Hocker nicht gepolstert, sondern mit rot-
weiß und blauweiß karierten Leinenkissen belegt seien. Sie
habe eben eine elegante Bauernbar einrichten wollen, etwas
Urwüchsiges, Ländliches, weil sie darin einen reizenden Kon-
trast sehe: Luxus und Rustikalität zur Harmonie zu bringen.
Alle Anwesenden bestätigen ihr, dass ihr das vorzüglich gelungen sei. Cécile hatte mit Büsgen auf den letzten Hockern
Platz genommen, Frau Frantzke, die ohne ihren Mann zur
Party gekommen war, hatte sich hinter die Bar gestellt, um
dem Mixer zu assistieren, den man aus der Eden-Bar für diesen Abend engagiert hatte. Frau Frantzke trug ein weinrotes
Brokatkleid. Ihre Haut war milchweiß und schien nur sehr
lose befestigt zu sein, sie floss und schwappte nämlich bei jeder Bewegung der lebhaften Fabrikantin auf und nieder und
hin und her, das sah, wenn sie den Mixbecher schwang, sehr
komisch aus, weil der Raum, den der auf- und niederfahren-
de Arm durchmaß, in jeder Sekunde ganz von der milchwei-
ßen Masse, die dem vorauseilenden Knochen nachschwapp-
te, ausgefüllt zu sein schien. Als dann Knut Relow in die Bar
trat und sich neben Cécile drängte, forderte Frau Frantzke
Ruhe, da sie etwas bekanntgeben wolle, die Anwesenheit des
Herrn Programmdirektors habe sie gerade wieder daran erinnert. Sie hatte, um die Aufmerksamkeit auf sich zu lenken,
einen ihrer weißen Arme schräg in die Höhe gestreckt, die dicken kurzen Finger bewegten sich dort oben wie Würmer, die
sich nicht wohlfühlen. Sie trug ihre Haare kurz geschnitten
und sah in ihrem roten Brokatkleid in dieser Haltung aus wie
ein Wagnersänger, der nach dem richtigen Ton sucht und ihn
nicht finden kann. Wagner war übrigens das einzige Kunst-
erlebnis ihres Lebens, und auch dazu war sie, wie man sich
in der Philippsburger Gesellschaft erzählte, auf eine eigenartige Weise gekommen: In den zwanziger Jahren hatte sie einem Freikorpsführer, einem blutbedeckten Annaberg-Stür-
mer, Unterschlupf in mehr als einem Sinne gewährt, und
dieser wackere Reichskämpe war ein glühender Wagneria-
ner gewesen, der es fertiggebracht hatte, auch in ihr eine Lie-

be zu der betörenden Musik dieses Meisters deutscher Tonkunst zu erwecken. Nun, da ihr alle zuhörten, verkündete sie, dass sie sich, mit Einverständnis ihres Gatten, entschlossen habe, einen Kunstpreis zu stiften, und zwar einen Berta-Frantzke-Preis, der jedes Jahr einem jungen Komponisten verliehen werden solle; fünftausend Mark werde der junge Komponist erhalten, der in seiner Musik am reinsten jenen Geist spüren lasse, der deutscher Wesensart Geltung in der ganzen Welt verschafft habe. Alwin musste, als er dies hörte, an die berühmt gewordenen Reden denken, die Frau Frantzke regelmäßig an die Arbeiterinnen in den Konservenfabriken ihres Mannes hielt. Besonders im Frühjahr versammelte sie ihre Arbeiterinnen um sich und warnte sie vor leichtfertigem Verkehr, da es Kinder genug gäbe und vor allem genug Arbeiterkinder, genug Elende. In Gesellschaft hatte sie schon freimütig geäußert, dass man am besten jedes uneheliche Arbeiterkind in den Kanal werfen würde, damit erspare man allen Beteiligten viel Sorgen. Herr Frantzke lächelte gutmütig zu diesen Reden seiner Frau und sagte, sie meine es ja gut. Und nun würde es also einen Berta-Frantzke-Preis geben! »Und noch einen Preis werden wir stiften!« rief jetzt die von ihren eigenen Bewegungen mitgerissene Fabrikantin. »Mein Mann wollte nicht zurückstehen hinter mir, er wird einen Preis stiften – bitte dies ist eine vertraulich zu behandelnde Mitteilung für unsere Freunde, Leo will unsere Stiftungen auf einer Pressekonferenz bekanntgeben –, er wird also einen Preis stiften, der seinen Neigungen entspricht, einen Fünftausend-Mark-Preis für den besten Sportler des Jahres! Dieser Preis wird der Leo-Frantzke-Preis heißen!« Frau Frantzke verharrte in Wagnersängerhaltung, um den Beifall derer, die sie als ihre Freunde bezeichnet hatte, entgegenzunehmen.

Hinausgeworfenes Geld, dachte Alwin. Diese Frau musste er sich einmal vornehmen, die sucht noch, aus der ist noch etwas zu machen, wenn man die für die Partei einspannen könnte! Er hörte nicht mehr hin, als sie mit Herrn Relow und Herrn Mauthusius besprach, wen man wohl am besten in die Jury, die den Berta-Frantzke-Preis vergeben durfte, berufen sollte. Er spielte sich zu Büsgen hinüber, weil er hörte, dass der Geschichten aus seiner Praxis erzählte. Alwin vermutete, dass der Chefredakteur dabei auf Zuhörer sogar Wert legte und sie keineswegs als Störung empfand. Gerade war er dabei, den Erfolg einer Serie zu rühmen, die er unter dem Titel »Menschen, die ihre Pflicht tun«, gestartet hatte. Die Idee zu dieser Serie habe die Praxis geliefert: Ein Verkäufer der »Weltschau« sei an einer Kreuzung gestanden, bei Rotlicht, ein Autofahrer habe ihm gewinkt, der Verkäufer Bammel sei hingerannt, habe die »Weltschau« durchs Autofenster gereicht, habe das Geld kassiert, inzwischen sei die Ampel auf »Grün« gesprungen, und auf dem Rückweg zum schützenden Trottoir habe den alten Bammel, der achtzehn Jahre seines Lebens die »Weltschau« verkauft habe, ein Drei-Liter-Sport erwischt: auf dem Weg ins Krankenhaus sei der Arme gestorben. Mit diesem Ereignis habe er, Büsgen, die Serie eröffnet. So was ziehe natürlich. Und mit Recht. Die Leute könnten sich identifizieren. Natürlich auch ein Bild von Bammel dabei. Ein ehrliches Gesicht, ohne Schminke und Retusche. Bald nach Bammels Tod sei eine Verkäuferin des »Philippsburger Tagblatts« an einer Mauer eingeschlafen, mitten im Winter, Nacht von Samstag auf Sonntag, natürlich erfroren. Der Vertriebsleiter habe es vor der Familie bemerkt. Das sei natürlich ein Gag. Mit dem Tod der Tagblattverkäuferin sei die Serie überm Berg gewesen. Die Leute wollten handfeste Sachen, etwas, was sie glauben könnten. Natürlich auch Stars und Luxusbildchen, aber dann eben auch wieder harte Sachen, Realismus. Cécile nickte. Alwin sah den schlanken Hals, der in der Fülle des blonden Haares verschwand, wie sich das wohl anfühlte, dieser Nacken; sein Klient Benrath, dieser raffinierte Bursche, der würde darüber Auskunft geben können; ehrlich gesagt, eine Frau, mit der es nicht mehr weitergeht, auf diese Weise loszuwerden, dem Manne kann man gratulieren, so leicht würde es ihm Ilse nie machen, dessen war er sicher, auch wenn sie sich auf den Tod hassen würden, Ilse und Selbstmord, dazu war sie viel zu klug, sie wollte ja gar nichts wissen von den Dingen, die ihr eventuell Kummer machen konnten, von Anfang an hatte sie gesagt, dass sie es nicht wissen wolle, wenn er sie je einmal betrüge, aber dann hatte sie doch manchmal gefragt, dann hatte sie doch dies und jenes wissen wollen, obwohl sie immer noch behauptete, unangenehme Tatsachen wolle sie sich fernhalten, sie kenne die Menschen, die Männer, sie wisse, dass es wahrscheinlich ganz ohne Betrug nicht gehe, bitte, das sei seine Sache, davor möge er sie bewahren: er hatte geschwiegen, auch wenn sie einmal ihr Prinzip verraten hatte und neugierig, eifersüchtig und einfach für Stunden eine richtige Frau geworden war.

Lauter als es seine Art war, betrat jetzt Dr. ten Bergen die Hausbar. Den Grund seiner Aufregung zog er hinter sich her: Alice Dumont. Er hielt sie am Handgelenk, zog und schob sie herein und ruhte nicht eher, bis alle Gespräche abgebrochen und alle Gesichter zu ihm und Alice Dumont hingedreht wurden. Alice habe eine »exceptionelle story« erlebt, eine »story«, die Büsgen sofort mitschreiben könne (was dieser mit einem Achselzucken ablehnte). »Erzählen, erzählen!« riefen Frau Volkmann und Frau Frantzke; und Alice, die wahrscheinlich keinen Augenblick daran gedacht hatte, ihre story nicht zu erzählen, setzte sich mit Hilfe ten Bergens (der sich dabei tolpatschig anstellte, denn eigentlich hatten seine langen Hände Angst) auf die Bar, stellte ihre Beine auf einem Hocker zur Schau und begann: Eine Schlagersängerin müsse heute filmen, sonst sei es aus mit ihr! Also habe auch sie sich breitschlagen lassen, habe eingewilligt, dass Probeaufnahmen von ihr gemacht würden. Probeaufnahmen, wer das nicht mitgemacht habe, könne gar nicht ermessen, was das heiße, Probeaufnahmen! Kopf links, Kopf rechts, Licht von da und Licht von dort und immer eine Höllenbatterie von Scheinwerfern mitten ins Gesicht, und zwei Maskenbildner stürzen auf einen zu, tupfen und tuschen an einem herum, eine Stimme jenseits der Lichthölle schreit dazwischen; die Maskenbildner nehmen weg, verstärken, neue Befehle, neue Kämme werden ins Haar geschoben, man lässt alles geschehen, lächelt, wenn es befohlen wird, weint, wenn es befohlen wird, nimmt die Schultern zurück und stellte fest, dass man seinen Körper nicht mehr spürt, leblos hängt man in den Scheinwerferbahnen, wird zersägt, zersiebt, wird weiß Gott was! Dann der Befehl: Zum Friseur! Es ist schon Abend, der Friseur ist telefonisch verständigt und wartet schon: die Haare müssen herunter, und der Rest wird gefärbt, tizian. Und Dauerwellen. Mit zerrädertem Kopf wieder ins Auto. Zum Zahnarzt. Man fragt, warum? Der Regisseur sei begeistert. Morgen könne man drehen. Nur noch die Zähne. Der Zahnarzt scheint geweckt worden zu sein. Ist aber freundlich. Ganz klar, sagt er: fünf Jacketkronen. Eine Spritze und noch eine und noch eine, dann zählt man nicht mehr: die Zähne müssen abgeschliffen werden, fünf gesunde Zähne! Wenn man nach einer Ewigkeit glaubt, jetzt sei es soweit, erfährt man, dass erst der erste Zahn und der nur zu einem Viertel abgeschliffen sei. Das Mühlrad fährt wieder auf den Mund zu, man schließt die Augen, das Dröhnen füllt schon die Mundhöhle und den ganzen Kopf, die Nackenmuskulatur beginnt zu krampfen, aus dem aufgeklappten Mund stäubt weißgelber Rauch, stinkt nach verbranntem Horn, der ganze Körper siedet einen einzigen Schmerz, der Aufnahmeleiter und die Assistentin des Zahnarzts greifen zu, jetzt kann man sich nicht mehr bewegen, liegt unter der glühenden Tausendtonnenlast des Schmerzes und gurgelt Schreie, die man nicht ausspucken kann, ewigkeitenlang im Hals herum oder im Weltall herum, denn wo fängt man an, wo hört man auf, alles ist Schmerz. Um drei Uhr in der Früh' ist es soweit. Im Auto findet man sich wieder. Und dann im Bett. Um zehn Uhr Drehbeginn. Um neun Uhr wird das Drehbuch ausgehändigt. Der Regisseur sagt: Der Film wird ein großer Erfolg.

»Übrigens«, sagte Alice und entblößte ihre neuen Zähne, »sie gefallen mir gut, bloß sprechen konnte ich nicht recht die ersten Tage, weil die Zunge nie am rechten Platz war, aber jetzt geht es ausgezeichnet.« Alwin hatte sie noch gar nicht beobachtet an diesem Abend. Jetzt staunte er. Ein weiß gleißender Beinvorhang hing ihr von den Lippen, sie bleckte bei der geringsten Lippenbewegung und wirkte deshalb herausfordernd, kühn, ein Wolfsweib, eine hüftenstarke Amazone, deren Zähne durch bloßes Zerkauen von Nahrung einfach nicht ausgelastet sein konnten. Man hatte das Gefühl, als müsse sie mit diesen Zähnen irgend etwas Schönes, etwas Wildes vollbringen, etwas, von dem ihr bleckendes Lächeln erst ein kleiner vorausgeworfener Schimmer war. Noch größer wirkten diese Zähne, weil man ihr das kurzgeschnittene Haar ganz eng an den Kopf gelegt hatte. Etwas Wichtigeres und Größeres als die Zähne gab es nicht mehr in diesem Gesicht, sie waren jetzt so wichtig wie Alices Busen, und der war bisher das Wichtigste gewesen. Alice erzählte jetzt von ihrer Nase, die Gott sei Dank durch die letzte Operation eine wahrscheinlich endgültige Form erhalten habe. Und seit sie filme, habe sie auch wieder abgenommen, Schrotkuren wie noch nie, aber ihr komme das sehr zustatten, sie nehme immer nur am Bauch ab und am Po und an den Hüften, der Busen bleibe gewaltig wie eh und je, das sei ihr Reservoir, das ihr für alle Zeiten eine gute Figur sichere, denn den übrigen Körper könne sie durch Kuren immer so schlank halten, dass ihr Busen enorm herauskomme ...

Alwin war erstaunt, wie freimütig Alice ihren Körper zur Diskussion stellte. Aber allmählich bemerkte er, dass in ihrer Rede nichts von Freimut war. Ihre Augen gleißten, ihre Hände fuhren hastig und mit durcheinandergeworfenen Fingern durch die Luft, sie hatte wahrscheinlich gerade ihr Gift genommen und war deshalb so hektisch und ohne jede Hemmung; ihre Stimme gellte, auch wenn sie leise sprach. Die Gäste rundum lächelten und flüsterten sich Bemerkungen zu.

Wahrscheinlich hätte man Alice Dumont auf dem Bartisch sitzen lassen, bis sie – wenn das Gift seine Wirkung verloren haben würde – in sich zusammengefallen wäre, stammelnd, den Mund voller Zischlaute und mit entgleitenden Augen: aber ein Rudel Gäste drängte plötzlich in die Bar und störte Alices Rede und rettete sie. Es waren jüngere Leute, Freunde Anne Volkmanns. Sie atmeten, als hätten sie eine große Anstrengung hinter sich, ihre Gesichter waren gerötet, in den vom Wind zerzausten Frisuren hingen gerade vergehende Schneeflocken, die als Tropfen noch eine Zeitlang glänzten. Sie baten um Asyl. Die Party müsse verlängert werden. Ob Anne und Hans nicht gleich eine Hochzeitsparty anschließen könnten, heimfahren sei unmöglich; bis sie zu ihren Autos kämen und eingestiegen wären, hätten sie keinen trockenen Faden mehr am Leib, sie würden ihre Garderoben ruinieren und sich selbst den Tod holen. Anne und Hans lächelten, Frau Volkmann sagte, sie sei dem Wetter zu großem Dank verpflichtet, da sonst die Gäste immer so unvermittelt aufbrächen und die Gastgeber allein und trostlos in den verrauchten Salons zurückließen. »Fabelhaft«, sagte Frau Frantzke, »das gibt eine richtige Katastrophe, wir übernachten hier alle miteinander.« Diese Vorstellung belebte die Gemüter wie ein Gift, sie witterten eine Sensation, eine ungeheure Abwechslung, diese Party, eine der letzten in dieser Saison, würde man nicht so schnell vergessen, sie gratulierten Anne, als habe die den originellen Einfall gehabt und das Wetter bestellt, das sie zwang, hierzubleiben. Man würde trinken, mehr als sonst, was für Freiheiten würden noch anbrechen in dieser Nacht! Frau Frantzke rief: »Wir müssen spielen.« Ja, aber was? »Dr. Alwin soll sein Roulette holen.« Diese Idee zündete. Sofort hing eine Traube knisternder Damen an Alwin, er wurde gestreichelt, spürte Hände, Schultern und Hüften, fünferlei Parfüm schlug ihm ins Gesicht, eine Heldentat wurde von ihm verlangt: bei diesem Wetter zu seinem Auto zu rennen, heimzufahren und sein Roulette zu holen; er, der einzige, der eines besaß, er allein konnte die Gesellschaft retten, denn was sollte man mit sich anfangen, bis man müde genug war, in den Sesseln und auf dem Teppich hinzudämmern, solange das Unwetter währte! Ilse flüsterte ihm zu, er solle sofort fahren. Auf ihr Betreiben hatte er sich das Roulette angeschafft, vor drei Jahren, als sie durch ihre gesellschaftliche Stellung und ihre Ambitionen allmählich gezwungen worden waren, auch Einladungen zu geben und dann und wann eine Party zu veranstalten. Ilse hatte gesagt: wenn wir jedesmal die Bank halten, kosten uns die Veranstaltungen so gut wie nichts, das spielen wir leicht herein. Alwin hatte darauf bestanden, dass mitunter auch ein Gast die Bank halten sollte, um nicht den Eindruck aufkommen zu lassen, man wolle den Gästen das Geld abspielen. So hatten sie's denn auch gehalten. Aber meist verloren die Gäste, auch wenn sie die Bank hielten, weil sie sie nie den ganzen Abend hatten und weil es einfach schwer, wenn nicht unmöglich war, gegen Alwin zu gewinnen. Das gelang eigentlich nur Ilse. Sie spielte hohe Einsätze, wagte jedes Risiko, weil das Geld, das sie verlieren konnte, ja lediglich an ihren Mann ging, der die Bank hielt. Sie war die einzige, die regelmäßig gewann und so den Gästen bewies, dass sie ja nicht deshalb verloren, weil sie nicht die Bank hielten, sie selbst spiele ja auch gegen die Bank und gewinne doch fast immer, man müsse eben Geschick haben, ein System und eine gute Portion Glück. Da bei Alwins fast nur wohlhabende Gäste verkehrten, kam es nicht zu unangenehmen Zwischenfällen. Frau Alwin lenkte die Spiellust ihrer Gäste mit großer Umsicht: sie gestattete keinem allzu hohe Einsätze, ließ es nicht zu, dass einer zuviel verlor, zahlte Verluste, die nach ihrer Meinung das Maß des Erträglichen überstiegen, nach Beendigung des Spiels wieder zurück; dabei fing ihr Mann allerdings jedesmal heftig zu klagen an, weil er ja das Geld aus der Bank zurückzahlen musste. Dieser klagende Widerspruch des Hausherrn, den er von Mal zu Mal mit den gleichen, immer geläufiger werdenden Formeln äußerte, gab der Familie Alwin die Gelegenheit, den Gästen gegenüber nobel und großzügig aufzutreten und sie unter der Tür endlich mit Wohltätermiene zu verabschieden. Während des Spiels wurden beide nicht müde, von enormen Gewinnen zu berichten, die der und jener bei ihnen gemacht habe. Vor allem Durchreisende und solche, die inzwischen aus Philippsburg weggezogen waren, hatten, nach diesen Erzählungen zu schließen, Gewinne gemacht, die die Familie Alwin bis an den Rand des Ruins gebracht haben mussten. Frau Alwin legte den allergrößten Wert auf diese Erzählungen, weil sie in der Philippsburger Gesellschaft die Meinung verbreitet wissen wollte, dass Alwins Roulette ein Zuschussunternehmen sei, das die Alwins nur zur Freude und zum Amüsement ihrer Gäste unterhielten. Nun war es auch nicht die Absicht der Alwins, mit Hilfe dieses Roulettes reich zu werden, dazu war Ilse Alwin viel zu klug, sie wollte damit lediglich die Ausgaben decken, die durch die Einladungen entstanden. Und seit das Roulette diese Gelder abwarf, bewirtete sie ihre Gäste mit den allerbesten Weinen und den erlesensten Leckerbissen, was ihr als Gastgeberin zu besonderem Ruhm verhalf.

Alwin stürzte also durch den Schnee- und Regensturm zu seinem Auto, preschte durch Nacht und Unwetter und holte sein Roulette. Eine große Spielgemeinde erwartete ihn und umringte ihn sofort, als er zurückkam, er war der Held des späten Abends. Auch Cécile hatte am Spieltisch Platz genommen. »Mesdames, Messiurs, faites votre jeu!« rief er wie ein alter Croupier, setzte sich in Positur, zupfte seine Ärmel zurück, platzierte die Jetons mit geübten Bewegungen und geschickt gezielten Würfen auf die gewünschten Felder und brauchte dazu kaum das Rateau, das er spielerisch mit zwei Fingern übers Feld dirigierte. Hier eine Transversale bitte? Jawohl! pleine? pleine, bitte! ein Finale 4/7! bitte schön, eines zu drei oder eines zu vier? zu drei! bitte schön, eines zu drei! und im gleichen Atemzug erklärte er noch, wenn ein Neuling fragte: Manque, das sind die Felder von 1 bis 18, Passe von 1 bis 36; ein Cheval, bitte hier, so, Mesdames et Messieurs, alors, faites votre jeu, und schubste gleichzeitig Scheibe und Kugel an, rief noch: rien ne va plus und genoss die atemlose Stille der Gesellschaft und das erregend harte Schlagzeugsolo, das die Kugel in der rotierenden Scheibe schlug.

Eine so große Gesellschaft und eine so muntere und wagelustige hatte Alwin noch nie um sein Roulette versammelt gesehen, vielleicht war das überhaupt sein größter Abend, seit er sich der Philippsburger Gesellschaft zugehörig fühlen durfte. Sobald der Rechtsanwalt Dr. Alwin es sich hatte leisten können, war er mit seiner Frau immer wieder nach Bad Homburg und nach Travemünde gefahren und einmal im Urlaub sogar nach Monte Carlo. Sie hatten nie mit sehr hohen Einsätzen gespielt. Tagelang hatten sie die Rot-Schwarz-Serien beobachtet, hatten sich Notizen gemacht und sich anschauen lassen, als wären sie gerissene Systemspieler, die nur den richtigen Augenblick abwarteten, um dann eine groß angelegte Spielschlacht gegen die Bank zu entfesseln. Spielen, das war Nahrung für Alwins Selbstbewusstsein, das hob ihn in die große Gesellschaft, er fühlte sich umgeben von Garcias und Kortikoffs, obwohl er doch, wenn er seine Mitspieler nur einmal vorurteilslos angesehen hätte, bemerkt haben müsste, dass die Mehrzahl der Spieler keine leidenschaftlichen Barone mehr waren, dass auch weder ein Dostojewski, noch ein Kortikoff, noch ein Garcia darunter war, überhaupt wenig selbstvergessene Leidenschaft, sondern kleinbürgerliche Spekulation auf leichtverdientes Geld. Aber er bewunderte die Mienen der wenigen Gewinner am Roulettetisch, jene Herren, die dem Croupier ihren Einsatz ganz ruhig hinreichen und die Jetons mit straffer Stimme und ohne jedes Zögern auf zwei, drei Nummern dirigieren, als seien sie ihrer Sache ganz sicher, als hätten sie ein Geheimnis im Kopf, das sie von jedem Risiko befreite. Sie überziehen das Feld mit einem magischen Netz, steuern Zahlen an, die Kugel folgt ihrem Willen, und sie kassieren den Gewinn mit fast teilnahmsloser Selbstverständlichkeit. Nur wer ganz nah bei ihnen sitzt, bemerkt, dass ihnen das Blut im Hals ein bisschen heftiger klopft, als es ihrem Alter und ihrer Konstitution entspricht. Alwin hatte am Spieltisch gelernt, sein Gesicht zu zähmen, seine Hände in seine Gewalt zu bringen und der Welt einen souveränen Mann vorzuspielen, auch wenn die Aufregung sein Blut in Wirbeln durch die Adern jagte.

3.

Bis in die frühen Morgenstunden erhitzte sich die Gesellschaft an Alwins Roulette. Jeder versuchte, dabei ein gleichgültiges Gesicht zu zeigen. Manchmal aber, wenn der oder jener glaubte, er habe ein »plein« gewonnen, Alwin ihn jedoch belehren musste, dass leider die Zahl daneben »gefallen« sei (wobei ihn Ilse eifriger unterstützte, als es der sachlichen Atmosphäre einer Spielbank förderlich ist), manchmal brandete dann eine böse Heftigkeit auf, die Alwin nur dadurch dämpfen konnte, dass er den jeweiligen Streitfall bagatellisierte und den Querulanten geschmeidig daran erinnerte, dass man doch unter sich sei, dass man schließlich nicht um des schnöden Geldes, sondern um des Spieles willen spiele. Rasch forderte er dann zum nächsten Einsatz auf, drehte die Scheibe und ließ die Kugel aus der Hand schnellen, weil er wusste, dass es nichts Schlimmeres gibt an einem Roulettetisch als den Stillstand und die Diskussion. Die Kugel muss rollen, das Glück muss unterwegs sein, die Leere, die aus einem ruhenden Roulette aufströmt, ist tödlich für die Stimmung der Spieler. Und die unantastbare, jedem Widerspruch Schweigen gebietende Autorität, die der Spielleiter in einer richtigen Spielbank verbreitet – er thront auf seinem Hochsitz mit fast priesterlicher Würde, trägt einen tadellosen Frack und verleiht den Handlungen der gelenkigen und wie Automaten funktionierenden Croupiers Sicherheit und Unanfechtbarkeit –, musste Alwin allein erbringen, durch Klugheit, Lächeln und Großmut; er musste so tun, als liege ihm überhaupt nichts an diesem Spiel, als fungiere er hier nur aus Höflichkeit, nur um den so sehr geschätzten Angehörigen der Philippsburger Gesellschaft einen Gefallen zu tun.

Als Alwin bemerkte, dass das Interesse der Gäste geweckt war, dass die Stimmen der Spieler, wenn sie ihre Einsätze diktierten, vor Erregung zu zittern begannen, so als hätten sie nicht genug Atem, als versagten ihre Stimmbänder im nächsten Augenblick ganz und gar, da bot er in regelmäßigen Abständen an, das Spiel einzustellen, es sei jetzt doch wirklich genug, man könne sich doch noch ein bisschen unterhalten, man sei ja schließlich zu einer Verlobungsparty gekommen und nicht, um die ganze Nacht zu spielen, ihm sei es auch gar nicht recht, wenn der und jener allzu kühn seine Einsätze platziere, er bitte die Damen und Herren doch um ein klein wenig Vorsicht, da er im Interesse der Gesellschaft Angst habe, dass einer größere Verluste erleide. Während er so redete, ließ er natürlich die Kugel keine Sekunde still liegen, unterbrach die Auszahlung und das Platzieren der neuen Einsätze nicht ein einziges Mal, seine Worte riefen auch jedesmal so heftige Proteste hervor, dass er sich gleich wieder lächelnd dem Spielwunsch der Allgemeinheit fügte und achselzuckend und eine weitere Phrase anfügend seine Bankhalterdienste versah.

Nachdem dann die Gewinner genug gewonnen hatten und bemerkten, dass das Glück von ihnen zu weichen begann, und als die viel, viel zahlreicheren Verlierer es zum dritten und vierten Male aufgegeben und wieder probiert hatten, ihrer Pechserie zu entrinnen, ließ sich endlich ein Mehrheits-

beschluss für eine Beendigung des Spiels herbeiführen. Nur
Harry Büsgen protestierte noch. Er hatte am meisten verloren, hatte auch wahrscheinlich mehr getrunken als alle anderen und saß nun bösen Blicks und mit geröteten Augen am
Tisch, als alle anderen schon aufgestanden waren und nur
noch Alwin am Tisch beschäftigt war, sein Spiel einzupacken
und die Jetons nach Wert und Farbe fein säuberlich zu ord-
nen. Büsgen schimpfte wie eine alte Frau, der böse Buben einen Streich gespielt haben. Da kam Knut Relow noch einmal
zurück und nahm ihn mit. Büsgen sei schließlich der reichs-
te Junggeselle von Philippsburg und mache sich lächerlich,
wenn er den paar Piepen nachheule. »Aber ich will gewinnen«, heulte Büsgen und hatte tatsächlich Tränen in den Augen. »Ein anderes Mal«, tröstete Relow und zwinkerte Alwin
zu. »Nie, nie, gar nie gewinne ich«, heulte Büsgen. »Du hast
eben zuviel Glück in der Liebe«, sagte Relow anzüglich und
küsste ihn auf die Stirn, Büsgen sah zu Relow auf und lehnte
dann seinen viereckigen Kopf an die silbern glänzenden Sei-
denrevers des Relowschen Smokings, der heute in feierlichem
Violett gehalten war. Eng umschlungen gingen die zwei. Alwin folgte und war froh, dass die meisten Gäste schon weg-
gefahren waren, als er in die Halle kam. Nur noch die Verlobten, Cécile, Claude und Ilse warteten. Alwin erkannte sofort,
dass Cécile mit Büsgen fahren wollte. Er machte sie halblaut
auf Büsgens Zustand aufmerksam und bot ihr an, sie in seinem Wagen mitzunehmen. »Vielleicht kann Herr Relow die
zwei Herren heimbringen«, sagte er laut und zeigte auf Büsgen und Claude. Büsgen dürfe man nicht ans Steuer lassen
in diesem Zustand. Dann verabschiedete man sich von den
Verlobten. Hoffentlich hätten sie es nicht gar zu übel genommen, dass man noch ein bisschen gespielt habe, aber die Leute hätten einen geradezu gezwungen dazu, ob Herr Beumann
denn wenigstens gewonnen habe, nicht, na ja, dann eben in
der Liebe, und Anne, na bitte, und so viel, das sei ja ein guter
Ausgleich zu Herrn Beumanns Verlust, eine ideale Ehe müsse das werden, hoffentlich bald, ja ja, jung gefreit, nicht wahr,
und etwas Schöneres als die Ehe gäbe es nun wirklich nicht,
also alles, alles Gute und bitte die ergebensten Grüße an die

verehrten Eltern, was, eine Übelkeit habe die gnädige Frau befallen, ach darum sei sie schon so früh gegangen, eben, man habe sich gewundert, weil sie ja sonst nicht die sei, die zuerst aufbreche, na, dann eine recht gute Besserung ...

Relow hatte es kürzer gemacht. Mit Claudes Hilfe hatte er Büsgen hinausgeschleppt. So waren Alwin und seine Frau die letzten Gäste geworden. Cécile wartete unter der Tür, bis Ilse Alwin ein Ende fand. Sie war in Abschiedsformeln schier unerschöpflich. Alwin gegenüber hatte sie einmal geäußert, beim Abschied habe man es in der Hand, welchen Eindruck man beim Gastgeber hinterlassen wolle, drei gute Sätze beim Abschied fruchteten mehr als ein ergebenes Betragen den ganzen Abend hindurch.

Auf dem Weg zum Auto flüsterte Ilse: »Wieviel?« Alwin zischte zurück: »Jetzt warte doch!« Ilse kuschelte sich an ihn und flüsterte: »Bitte, bitte, wieviel?« »Zirka hundertachtzig«, flüsterte Alwin zurück und sagte, ohne dazwischen Atem zu holen: »Hoffentlich hat Ihnen das Spiel auch ein bisschen Spaß gemacht, Cécile?«»Ja, doch, es ist sehr interessant«, sagte Cécile vor sich hin.

Rechtzeitig war Alwin am Schlag, um Cécile einzulassen, Ilse wartete an der vorderen Tür, bis Alwin ums Auto herumlief, um ihr zu öffnen. Er hatte, nachdem er Cécile zum Rücksitz geleitet hatte, schon am Steuer Platz genommen, aber das hatte sich Ilse nicht gefallenlassen wollen. Und als sie sich jetzt ins Polster fallen ließ, sagte sie: »Man muss die Männer immer wieder daran erinnern, dass Ehefrauen auch Frauen sind.« Das war Alwin peinlich. Überhaupt, was hatte er jetzt von diesem Abend, von dieser ganzen Nacht! Die Fülle aller Möglichkeiten schrumpfte zusammen, und übrig blieb Ilse. Warum konnte er nicht zuerst sie nach Hause fahren und dann erst Cécile! Ach Cécile! Wenn die wüsste! Er hätte weinen können. Sicher war der Abend ein Erfolg für ihn. Man war aufmerksam geworden auf ihn, mehr als je zuvor. Endlich war ihm auch einmal ein gesellschaftlicher Sieg zugefallen. Aber was war das alles, wenn er jetzt heim musste, wo sollte er seine Freude unterbringen, er war lebendig, war erregt vom Spiel, von den Augen, die eine Nacht lang an ihm gehangen hatten, aufs Gaspedal drücken, den Motor aufheulen lassen, hupen sollte man dürfen, ein Rennen fahren, in eine Bar gehen, mit Cécile, ja, mit Cécile, sie war frei, jetzt war sie zu haben, Benrath war fort, hatte sie zurückgelassen, dieses üble Zucken im Gesicht, wahrscheinlich war sie fertig, herunter mit den Nerven, glaubte sich schuldig an diesem Selbstmord, man musste sie beruhigen, musste helfen, ja, wirklich, ohne allen Egoismus, eine solche Frau darf man nicht einfach vor die Hunde gehen lassen, und wem würde sie in die Hände fallen, wenn er nicht eingriff, das konnte er nicht zulassen, niemals.

Ilse berichtete von ihren Beobachtungen beim Spiel. Cécile sagte während der ganzen Fahrt kein Wort. Sie saß aufrecht und starrte nach vorne in den im Scheinwerferlicht aufgleißenden Regen, der fast waagrecht auf das Auto zutrieb, eine aus einem dunklen Schlund strahlenförmig auf das Auto zuschießende Flut von Wasserpfeilen. Alwin hätte diese Fahrt gegen den anschießenden Regen gerne Cécile gewidmet, er vollführte jede Bewegung in Gedanken an sie, aber er hätte ihr das gerne auch gesagt, sie sollte es wissen. Darum suchte er ihren Blick im Rückspiegel. Vergebens. Sie rührte sich nicht. Ihre Augen starrten geradeaus. An ihm vorbei.

Ilse entwickelte unterdes eine Theorie. Sie könne jedem auf den Kopf zusagen, ob er beim Spiel gewinne oder verliere. Das gehöre mit zur Persönlichkeit und sei unabhängig von den wechselhaften Launen des sogenannten Glücks. Büsgen zum Beispiel, dieser sentimentale Kloß und brutale Chefredakteur, der müsse verlieren, weil er ein unglücklicher, zerspaltener Bursche sei, ehrgeizig, herrschsüchtig, aber im Grund genommen weich und unvernünftig. Ebenso klar sei es, dass Beumann verliere, weil er ein Träumer sei, der sich mit dem Spiel etwas erschleichen wolle, was ihm die Wirklichkeit vorenthalte, während Anne, die instinktsichere Realistin, eben gewinne.

So hechelte sie die Philippsburger Gesellschaft durch! Mauthusius habe natürlich gewonnen. »Das wird uns nutzen«, flüsterte sie ihrem Mann zu. Die Dumont, diese haltlose Person, habe selbstverständlich verloren, mindestens soviel wie Büsgen. Ja, das Spiel sei eben nicht bloß vom Zufall abhängig, in ihm komme das persönliche Schicksal jedes Spielers zum Vorschein. Wer im Spiel gewinnt, gewinnt auch im Leben, das war ihre These, die sie triumphierend vortrug. Natürlich müsse man diesen Satz in jedem Fall anders anwenden. Gewinnen, das heiße nicht nur, äußeren Erfolg haben. Gewinnen, das heiße, glücklich sein können, denn dazu bedürfe es nicht des Glücks, sondern einer spezifischen Fähigkeit. Deshalb habe sie sich sehr gewundert, dass Frau Frantzke heute nacht gewonnen habe, denn im Grunde genommen könne die nicht gewinnen, diese von Geltungssucht zerfressene Person, die habe nicht die geringste Fähigkeit, glücklich zu sein, aber dass sie doch gewonnen habe, das sei eben die Ausnahme, die die Regel bestätige.

Alwin ließ seine Frau reden. Er war ganz bei Cécile. Er fragte sie – und beobachtete sie dabei im Rückspiegel –, ob sie vielleicht zu rauchen wünsche. Sie lehnte ab, ohne ihren Blick aus den heranschießenden Regenmassen zu nehmen. Was sollte er bloß tun, um die Aufmerksamkeit dieser Frau auf sich zu lenken? Wenn bloß Ilse nicht wäre! Schneller fahren, noch schneller, wollen doch sehen, oh sie die Geschwindigkeit spürt, ob sie nicht ein bisschen Angst bekommt! Er konnte sich das leisten, Auto fahren, da machte ihm nicht so leicht einer was vor. Na Cécile, oh, jetzt hielt sie sich schon fest, sogar an seiner Rückenlehne, noch ein bisschen drauf und ganz vorsichtig mit dem Rücken auf ihre Hand zuschieben, so, jetzt, das sind ihre Finger, aber warum zieht sie ihre Hand weg, er musste ihr folgen, jetzt gab es kein Zurück mehr, jetzt sollte sie endlich erfahren, wie es um ihn stand, wenn sie ihn abwies, bitte, sollte sie, es würde ihn nicht umbringen, er hatte noch andere, aber er wollte jetzt endlich einmal Klarheit ...

Cécile schrie auf, Alwin nahm den Blick aus dem Rückspiegel, sah im Bruchteil einer Sekunde noch das Licht, das auf ihn zuschoss, dann folgten zwei harte metallische Schläge.

Er war noch auf der Straße, das Auto fuhr, hinter ihm sang ein aufheulender Kleinmotor in die Höhe wie ein Millionenheer von Schnaken, ein Kleinmotorrad, es musste umgestürzt sein, er konnte nichts dafür, nichts, nichts!

»So halten Sie doch an, halten Sie doch endlich an!« Cécile schrie ihm ins Ohr. Es blieb ihm nichts anderes übrig als anzuhalten. Als sie ausstiegen, heulte der Motor des Kleinmotorrads noch grässlicher auf, wahrscheinlich hatte der Fahrer, der regungslos zwei Schritte davon entfernt lag, das Gesicht auf der Straße, die Hände weit ab, wahrscheinlich hatte er beim Sturz den Gasgriff, ohne es zu wollen, auf Vollgas gedreht. Cécile und Alwin waren fast gleichzeitig bei dem Gestürzten, Cécile wollte sich schon bücken, den Gestürzten umdrehen, als Alwins Ruf sie zurückkriss: »Um Gottes willen, nicht anrühren, bis die Polizei kommt, alles so lassen, hier wird nichts verändert, das muss untersucht werden, Sie haben ja gesehen, wie er auf uns zugefahren ist, Sie sind Zeugin ...« Cécile unterbrach ihn, sie rief um Hilfe, dreimal, Alwin solle doch endlich den heulenden Motor abstellen, rief sie, und dann wieder um Hilfe. Da flammten auch schon Lichter auf, links und rechts, und Leute liefen heraus, ein Mann beugte sich sofort zu dem Gestürzten und drehte ihn um, Alwins Protest half nichts, der Verunglückte ersticke ja, schrie der Mann, eine Frau holte den Arzt, Cécile kniete bei dem Verletzten, Alwin bückte sich auch hinab; Ilse warf einen Blick in das Gesicht des Gestürzten, griff nach seiner Hand, die sie ruhig und wie eine Sache von der Straße aufhob, dann sagte sie: »Völlig betrunken.« »Aha!« rief Alwin aus und sprang auf und schrie es in das Motorengeheul, das eben in diesem Augenblick erstarb, so dass sein Ruf viel zu laut wurde und grell durch die Straße hallte: »Betrunken ist er. Stockvoll. Und so was fährt auf der Straße herum. Eingesperrt gehört der, hinter Schloss und Riegel ...« Die Umstehenden verboten ihm, so weiterzuschreien. Er hätte in seiner Erregung gar nicht bemerkt, dass der Motor nicht mehr heulte. Zuerst müsse einmal geholfen werden. Alwin sah wieder auf das grobe Gesicht des Liegenden hinab, die Augen starrten durch kleine Schlitze zu ihm herauf und bewegten sich nicht. Unter der Nase hatte sich ein schwarzes Gerinnsel gebildet. Einer knipste eine Taschenlampe an: die Lippen waren zerschlagen, das ganze Gesicht war zerschürft, Moment, Alwin griff zu und zog aus der Rocktasche des Ohnmächtigen eine Flasche, aha, Alkohol, Schnaps, purer Schnaps, widerliches, billiges Fuselzeug, da, bitte, riecht alle daran, der Kerl ist voll, ich bin nicht schuldig, da seht ihr es doch, der hat es sich selbst zuzuschreiben, stockbesoffen ...

Einer sagte, man müsse den Verletzten mit Alwins Auto ins Krankenhaus bringen. Alwin weigerte sich. Zuerst die Polizei! Er habe ein sauberes Gewissen. Er rühre nichts an. Zuerst müsse alles protokolliert werden. Er sei Rechtsanwalt und wisse Bescheid. Aber jetzt war der Arzt eingetroffen, der befahl den sofortigen Abtransport des Verletzten. Die Stelle, wo er gelegen hatte, markierte er mit einer Kreide. Ilse flüsterte Alwin zu, er solle sich nicht widersetzen. Alwin holte also sein Auto, schimpfte aber in einem fort gegen den Betrunkenen und dachte, obwohl er spürte, dass das nicht recht war, der Kerl beschmutzt mir auch noch mein Auto, er verbot sich diesen Gedanken, aber während zwei Männer unter Anleitung des Arztes den Verletzten in Alwins Auto betteten, kehrte dieser Gedanke immer wieder zurück. Der Arzt sagte, der Zustand des Verletzten sei sehr ernst. Als Alwin darauf antwortete, dass sich das der Motorradfahrer selbst zuzuschreiben habe, sagte der Arzt, Alwin solle sich schämen, in diesem Augenblick von Schuldfragen zu sprechen, es könne immerhin sein, dass der Gestürzte seinen Verletzungen erliege. Alwin spürte, wie ihm das Blut in den Kopf schoss, er musste sich am Auto festhalten, was sagte der Arzt da, den Verletzungen erliegen, dieser Betrunkene, der schräg über die Straße getorkelt war mit seinem Kleinmotorrad, das wäre eine schöne Geschichte, Gerichtsverhandlung, Zeitungsberichte, das konnte sein Ruin sein, etwas bleibt immer hängen, man gibt nie einem allein die ganze Schuld, schon wegen der Versicherung, und er, am Beginn seiner politischen Laufbahn, wie sollte er Wähler gewinnen, einen Mörder würden ihn seine politischen Gegner nennen, ein Politiker braucht eine saubere Weste, am Anfang vor allem, und nun musste ihm so was passieren.

Alwin spürte eine Wut aufsteigen gegen diesen Betrunkenen. Er hatte in den Rückspiegel gesehen, nach Cécile, aber er hatte doch die rechte Straßenseite nicht verlassen, oder doch?

Schnell gefahren war er ja. Ob Cécile gesehen hatte, dass er die ganze Zeit in den Rückspiegel geschaut hatte? Und wenn sie's gesehen hatte, wenn man sie als Zeugin vorlud, würde sie es sagen? Er hatte ja Kontakt mit ihr gesucht, sie hatte ihn nicht ein einziges Mal angesehen. Also hatte sie es gar nicht bemerkt! Vom Krankenhaus fuhr Alwin wieder zur Unfallstelle zurück. Die Polizei war eingetroffen und hatte alles zu Protokoll genommen. Alwin machte seine Aussagen: er war rechts gefahren, mit mäßiger Geschwindigkeit, plötzlich torkelt von der anderen Seite ein Licht auf ihn zu, er will ausweichen, das gelingt ihm auch fast, aber an der linken Wagenseite streift der Motorradfahrer doch noch, vor allem am hinteren Kotflügel, das muss ihn zu Fall gebracht haben. Wenn Alwin nicht geistesgegenwärtig ausgewichen wäre, na ja, das kann man sich schon vorstellen, was dann mit dem Betrunkenen passiert wäre. Auf die Frage, ob er schon auf größere Entfernung gesehen habe, dass auf der anderen Straßenseite ein Fahrzeug entgegenkomme, antwortete er mit ja. Nach diesem »Ja« suchte er Céciles Blick. Sie stand und schaute zu Boden; wo die Silhouette des Gestürzten von wasserfester Kreide bezeichnet war, sogar die weit nach vorne gefallenen Hände waren genau zu sehen.

Bevor Cécile und Ilse wieder im Auto Platz nahmen, breitete Alwin zwei Decken über die vom Blut des Verletzten besudelten Sitze. Er führte immer zwei Decken mit im Auto. Ilse war darüber erstaunt. Alwin sagte verlegen, man wisse nie, wozu man sie brauchen könne. Dieser ärgerliche Vorfall beweise es ja. Er ärgerte sich jetzt, weil er die Decken nicht ausgebreitet hatte, bevor der Verletzte hineingelegt worden war. Dieser Arzt hatte ihn eingeschüchtert. Mit einem tonlosen Gutnacht verabschiedete sich Cécile vor dem Haus, in dem sie wohnte. Auf Ilses und Alwins Reden gegen den Betrunkenen hatte sie kein Wort entgegnet. Alwin war dem Weinen nahe. Immer wieder stachelte er sich zu neuen Reden auf, erzeugte Wut in sich und Empörung, um das Gefühl unsäglicher Bedrückung loszuwerden, das ihn beim Anblick des Gestürzten überfallen hatte, eine Niedergeschlagenheit, die wie eine Lähmung in ihm wuchs und ihm das Wasser in die Augen trieb. Er könne jetzt noch nicht schlafen, sagte er, als sie zu Hause vorfuhren, Ilse möge bitte allein hinaufgehen. Erst als er grob wurde und sie anschrie, dass er ja nicht ihr Gefangener sei (ein ganz sinnloser Aufschrei, aber ihm fiel nichts anderes ein, er konnte jetzt einfach nicht mit Ilse in die Wohnung gehen, als wäre nichts gewesen, konnte ihre nüchternen Überlegungen nicht anhören, die vor Klugheit strotzten, aber ihn nicht trösteten), erst als er sie fast gewaltsam aus dem Auto drängte, ging sie (nicht ohne ihm zu sagen, dass sein Benehmen kindisch sei).

Er fuhr zum Nachtlokal Sebastian. Er fuhr ganz langsam. Ich kann doch nichts dafür, warum soll ich nicht weinen, warum versteht Ilse mich nicht, ich heule jetzt, es sieht mich ja keiner, dieser Idiot, dieser Vollidiot von einem Motorradfahrer, besoffen wie ein Vieh, oh, so eine Gemeinheit, Onkel Alfons hat auch ein Kleinmotorrad, aber der trinkt nicht, der fährt auch nicht nachts um drei Uhr im Regen herum, das ist doch kein Fahrzeug, verbieten sollte man diese Insekten im Straßenverkehr, wenn er jetzt stirbt, bin ich geliefert, das werde ich nicht mehr los, nie mehr, vielleicht lässt sich Ilse scheiden, von mir aus, ich brauche sie nicht mehr, ich tauche unter, weg in eine andere Stadt, genieße mein Leben, Scheißehrgeiz, warum denn, dieser Idiot, wenn ein Autofahrer betrunken ist, bitte, der hat vier Räder, fällt nicht um, wenn er gegen eine Hauswand fährt, ist er nicht gleich tot, aber mit so einem lächerlichen Fahrrad, Fahrrad mit Insektenmotor, der fällt um, wenn man ihn bloß anrührt, die armen Leute halt, so ist es, sie sind überall im Nachteil, unsereiner hat Karosserieschaden und der ist tot, wie der geschnauft hat, die ganze Nase voll Blut, geprustet, als wäre er mit dem Kopf im Wasser, dieser verdammte, ganz verdammte Vollidiot, dieser arme Hund, dem hat sein Alkohol den Strick gedreht, das hat jeder gerochen, aber das Geld, das ein feiner Mann gewonnen hat, das ihm den Kopf vernebelte, das stinkt nicht, und keiner kann feststellen, dass er nach Cécile schaute, bitte, beweise mir einer, dass ich die Augen nicht auf der Straße hatte, den möcht' ich sehen, oh, Cécile, die weiß es, aber sie sagt nichts, ihr Mundwinkel hat auf und ab gezuckt, als sie den

Gestürzten sah, die will jetzt nichts mehr mit mir zu tun haben, alles wegen dieses elenden Idioten, wegen dieses besoffenen Motorradfahrers.

Alwin hielt nicht am Sebastian. Mit verweinten Augen konnte er nicht hineingehen. Zu Vera. Natürlich zu Vera. Er kramte den Schlüssel zu Veras Wohnung aus der Kartentasche des Autos, parkte seinen Wagen in einer Nebenstraße und rannte dicht an den Hauswänden entlang durch den Regen, der mit unverminderter Heftigkeit niederging.

Atemlos kam er oben an, wurde so freudig wie noch nie empfangen, weil Vera glaubte, Alwin habe zu Hause endlich Schluss gemacht und komme nun für immer zu ihr. Er aber kam, um sich auszuweinen bei ihr, um sich trösten zu lassen. Und sie weinte mit ihm und tröstete ihn bis in den Vormittag hinein.

Als Alwin, nachdem er sich beim Friseur hatte rasieren lassen, in seiner Wohnung eintraf, sagte Ilse, gerade sei vom Krankenhaus angerufen worden, der Motorradfahrer sei gestorben.

Alwin saß den ganzen Tag und schaute vor sich hin. Ilse versuchte immer wieder, mit ihm zu sprechen, sie drängte ihn, eine widerspruchsfreie Schilderung des Unfalls aufzusetzen, die Polizei habe angerufen, dass er zur endgültigen Protokollierung in den nächsten Tagen erscheinen müsse, darauf müsse man sich vorbereiten, sagte Ilse, sonst gäbe es womöglich noch Scherereien, er sei doch Rechtsanwalt, er könne es sich nicht leisten, auch nur den geringsten Makel auf sich ruhen zu lassen, bitte, er möge doch bloß einen Augenblick an seine politische Karriere denken, an die Landtagswahlen, es hänge jetzt alles davon ab, dass er rasch und umsichtig handle, dass der Unfall richtig dargestellt werde. Alwin sagte, daran sei er jetzt nicht interessiert. Und starrte in den Regen hinaus. Und in die schwarzen Bäume. An deren längst blattlosen Zweigen rüttelte immer noch eigensinnig der Wind.

IV

Eine Spielzeit auf Probe

1.

Frau Färber hatte Herrn Klaff mit sofortiger Kündigung gedroht, aber Herr Klaff war unnachgiebig geblieben, er würde sein Zimmer selbst in Ordnung halten; er hatte Frau Färber einfach verboten, die Schwelle seines Zimmers auch nur zu berühren, solange er seine Miete bezahle; weder die Drohung mit der Kündigung noch ihre Bemerkung, dass sie darüber sofort mit ihrem Mann sprechen werde und dass der dann dem Herrn Klaff schon auf die Schliche kommen werde, nicht diese Bemerkung und auch nicht der Hinweis, dass sie Beziehungen zur Polizei habe, hatten auf Herrn Klaff Eindruck gemacht: und was war ein Untermieter für Frau Färber, wenn sie sein Zimmer nicht mehr betreten durfte, wenn sie seine Papiere, seine Photographien, seine Bücher und seine Anzüge nicht mehr berühren durfte, wenn sie nichts mehr von ihm erfuhr, wozu dann überhaupt noch Untermieter, dann konnte sie doch die Zimmer genausogut als Lager- und Abstellräume vermieten! Und wie unheimlich, ein Mensch, der im Haus wohnt, ohne mit einem zu reden!

Und alle Befürchtungen, die Frau Färber hatte, die sie nach links und nach rechts weitertrug, wurden bestätigt, ja sogar übertroffen von der Wirklichkeit. Was war dieser Herr Klaff? Ein Selbstmörder. Jawohl. Der Winter war kaum recht vergangen, noch war der Regen mit Schnee untermischt, da hatte Hans Beumann, der beste aller Untermieter, einen Brief von Herrn Klaff erhalten, der ihm anbot, mit den Papieren und Büchern, die er hinterlasse, nach Belieben zu verfahren; sonst besaß er ja nichts. Wenn dieser Brief in seine Hände gelange, habe er, Klaff, alles hinter sich. Herr Beumann, den er seinen einzigen Bekannten nennen müsse, möge doch hinaufgehen, wenn man Klaffs Überreste weggeschafft habe.

Beumann hatte Frau Färber verständigt. Hatte nicht gewagt, Frau Färber hinaufzubegleiten. Ein Auto war vorgefahren, Herr Klaff war weggebracht worden. Beumann hatte alle Bücher und Papiere in sein Zimmer schaffen lassen. Frau Färber hatte sich im Polizeigebäude für drei Tage entschuldigt, sie wollte das Zimmer gründlich reinigen.

Die vielen Bücher stapelte Beumann sorgfältig in den Ecken seines Zimmers auf. Dann nahm er die drei Wachstuchhefte aus dem großen Couvert, sie waren alle mit einer schwer lesbaren Handschrift vollgeschrieben, einer Handschrift aus sich verkriechenden kleinen Buchstaben; der Schreiber musste sich eng übers Papier gebeugt haben beim Schreiben, der Leser musste das gleiche tun. Das dem Datum nach letzte dieser Hefte trug die Überschrift: »*Eine Spielzeit auf Probe.*« Hans schlug das Heft auf. Bevor er aber zu lesen begann, ging er zur Tür, um zu prüfen, ob sie auch verschlossen sei.

Ich bin Pförtner des Philippsburger Staatstheaters geworden. Mein Chef ist der Verwaltungsdirektor des Philippsburger Staatstheaters, Herr Dr. h. c. Josef Mauthusius. Ich bin für eine Spielzeit eingestellt worden. Auf Probe, hat mein Chef gesagt. Wenn ich einen berühmten Künstler zu meinem Chef ins Büro führe, sagt mein Chef, dass er diesen Augenblick schon seit vielen Jahren herbeigesehnt habe, seit jenem Augenblick eben, da er zum ersten Mal von dem großen Meister gehört habe. Mein Chef sagt: Maestro. Dabei breitet er beide Arme aus, greift dann mit der rechten Hand nach der Rechten des großen Künstlers und legt ihm die Linke herzlich um die Schulter. Gleichzeitig bedient er sein Gesicht: hält es in strahlendem Überschwang bis dicht unter die Ohren. Ich glaube, dass er insgeheim mit seinen Ohren trainiert, um in Zukunft auch noch die Ohren in fröhlichem Begrüßungstaumel nach vorne schwenken zu können. Anzeichen dafür bemerkte ich neulich, als ich den Landesvorsitzenden einer christlichen Partei in seine Arme führen durfte. Muss übrigens ein enger Freund meines Chefs sein. (»Körperbau und Charakter«.)

Ich bin natürlich mit genauen Anweisungen versehen worden, welche Gäste ich lediglich durch das Pförtnerfenster hindurch mit der Zimmernummer zu beliefern habe und welche ich hinaufbegleiten muss. Ich liebe es nicht, mein Pförtnerzimmer am Bühneneingang des Theaters zu verlassen, weil ich nie weiß, was ich mit diesen schweratmenden Männern sprechen soll auf dem Weg von der Pforte bis hinauf in das Zimmer meines Chefs. Einen Aufzug gibt es nicht in diesem riesigen Haus. Es ist vor hundert Jahren von den ehrgeizigen Philippsburger Fürsten gebaut worden. Die Philippsburger sind zwar ein altes Geschlecht, aber sie sind nicht einmal von Napoleon zu Königen gemacht worden. Im Theater ist für ihre noch lebende Nachkommenschaft immer die alte Hausloge reserviert. Sie ist zwei-, dreimal im Jahr von zarten kleinen Menschen besetzt. Meist sind es ältere Fräuleins, brüchige Wesen, denen das Geschehen auf der Bühne nur noch mit Hilfe von großen Hörapparaten und Ferngläsern ein bisschen nähergebracht werden kann.

Ja, was soll ich den gutgekleideten Herrn erzählen, wenn ich sie die endlos lange Treppe hinaufbegleite? Erwarten sie überhaupt, dass ich etwas sage? Für hingeworfene Bemerkungen der gewöhnlichsten Art ist der Weg zu lang, weil solche Bemerkungen ja keine Antwort, also auch kein Gespräch hervorrufen; dann müsste ich auch fürchten, diese weitgereisten Herren mit so unnötigen Worten zu langweilen oder gar zu belästigen. Um aber den Grund für ein richtiges Gespräch zu bereiten, dafür ist dieser Weg zu kurz. Mag sein, dass schon einige dieser Herrn eine abschätzige Bemerkung über mich nicht unterdrücken konnten, wenn sie bei meinem Chef eingetreten waren. Leider kenne ich allmählich die Meinung meines Chefs nur zu gut, als dass ich nicht wüsste, wie sehr ihm alles behagt, was gegen mich vorgebracht wird. Man sage nicht, dass ich mich überschätze, dass ein Verwaltungsdirektor etwa keine Zeit habe, an den Pförtner am Bühneneingang zu denken; man wende nicht ein, dass ein Verwaltungsdirektor ganz andere Aufgaben habe! Er hat sie vielleicht – ich weiß es nicht –, aber er stellte sie zurück. Ich bin ihm wichtiger. Ich bin schließlich der einzige Angestellte des Hauses, der ein bisschen gegen seinen Willen eingestellt wurde. Er war dagegen, weil ich noch keine dreißig Jahre alt bin, und weil ich es nur einer Straßenbahn zu verdanken habe, dass mir das linke Bein fehlt. Der Verwaltungsdirektor ist durchaus dafür, dass sein Pförtner nur noch ein Bein hat, aber er möchte, dass das andere Bein von einer Granate weggerissen worden wäre, möglichst an einem Ort mit einem klingenden Namen, Stalingrad, Tobruk oder Narvik; vielleicht wäre er auch schon mit Odessa oder Dünkirchen zufrieden, ich aber konnte lediglich die Straßenbahnhaltestelle Bebelstraße vorweisen (auch noch Bebelstraße!), und keine mächtige Granate war bei mir im Spiel gewesen, sondern lediglich ein veralteter Straßenbahnwagen. Hätte ich versuchen sollen, Herrn Dr. Mauthusius zu beweisen, dass dieser Wagen längst aus dem Betrieb genommen worden wäre, wenn der Krieg nicht und so weiter ... dass also auch ich eine Art Kriegsopfer bin, weil ja die viel zu alte Bremse versagte!

Ich eigne mich nicht zu solchen Beweisführungen. Ich bin froh, dass es keine Granate, sondern eine Straßenbahn war, eine vorsichtige, alte Straßenbahn, die mir ganz langsam übers Knie fuhr, so, als wollte sie mich schonen. Mein Chef kann mir das nie verzeihen. Er fordert von seinen Angestellten eine andere Vergangenheit. Nicht umsonst trägt er zu jeder Jahreszeit hohe schwarze Schnürschuhe und sagt fast täglich, Deutschland sei das Herz Europas. Am Schreibtisch beginnt das Vaterland, sagt er und lässt dabei die goldene Uhrkette, die quer über seinen Bauch hängt, durch seine blauroten Hände gleiten. Diese Hände häuten sich des öfteren, dann sind die Handrücken fahl gesprenkelt.

Ich darf meinem Chef nicht sagen, was ich über ihn denke. Und ich denke oft über ihn nach, wenn ich in der Pforte sitze und auf Besuch warte. Ich bin feige. Jawohl, ein Feigling. Nur hin mit diesem Wort. Acht Buchstaben auf Papier. Ich bin ein Feigling. Ich sage keinem Menschen, was ich denke. Mein Bein habe ich durch eine blecherne Straßenbahn verloren, darum bin ich auch in den Augen meines Chefs ein Feigling. Aber wenn er erst wüsste, was ich für ein Feigling bin, wahrscheinlich würde er es gar nicht ganz begreifen, aber wenn

... mit eigenen Händen würde er mich hinauswerfen. Wehe dem Betriebsrat, der sich einmischen würde! Aber das würde der Betriebsrat auch gar nicht tun. Der weiß, was er dem Chef schuldig ist. Wahrscheinlich sind es kindische Wünsche, aber sie beherrschen mich, ich möchte am hellen Vormittag die Pforte verlassen, in das Zimmer des Chefs eindringen und dem Besucher, der sich gerade im Sessel rekelt, endlich einmal die Wahrheit sagen über diesen Betrieb. Der Besucher würde es zwar abwehren, auch nur eine Minute solche Dinge anzuhören, aber insgeheim müsste er doch zeit seines Lebens an diese Sekunde denken, da er unverdient und plötzlich von der Wahrheit betroffen wurde. Ist es die Wahrheit? Sicher nicht. Ich liebe meinen Chef nicht. Was hat das mit der Wahrheit zu tun? Keiner ist weiter von der Wahrheit als einer, der hasst. Bitte, hört sich an wie ein Zitat.

Hildegard schläft. Sie kann nicht verstehen, warum ich am Tisch sitzen bleibe. Bevor sie einschlief, hat sie vom Bett aus hergesehen. Ich nahm einen Bleistift und tat, als hätte ich Wichtiges zu notieren. Aber ich malte nur Worte (um mich vor ihr zu schützen, ich wollte nicht mehr sprechen, nicht mehr lügen). Ich malte: Nasse Straße, Himmelsschwärze und ein ängstlich flackerndes Verkehrslicht, Baustelle, Nacht, und in den Wohnungen geht es weiter, große Trennungen in allen Zimmern, aber man wohnt weiter zusammen, und der Gasmann hält sie alle für Familien, Mücken sterben an Menschen, Menschen sterben an Mücken, »zahlenmäßig erfassbar ...!«

Gott sei Dank schläft sie jetzt. Sie ist für Gespräche. Liest gute Bücher und glaubt an die Sonntagvormittage zu allen Jahreszeiten! Mitteilung alles Inneren hält sie für möglich. Sie weiß nicht, dass ich ihr nie sage, was ich denke. Wenn ich es sagte, wäre unsere Ehe erledigt. Ich bin nicht der Gasmann. Der liest ab und sagt: Diese Familie lebt gut. »Zahlenmäßig erfassbar.« Wenn wir sprechen, drehen wir das Radio laut auf. Färbers hatten kein Geld, um dicke Wände zu bauen. Am besten ist es, wenn Musik kommt. Sobald gesprochen wird, kriege ich Herzklopfen. Heute hatten wir das Radio auf Rom gestellt. Wir wechselten ein paar Worte unter dem schönen Mantel des Italienischen. Aber mit einem Mal wurde die gleitende Sprache zerrissen: Molotow, Eisenhower, Tito, John Foster Dulles. Da hilft auch das Italienische nichts mehr. Ich halte es nicht aus bei Hildegard im Bett, wenn solche Namen ins Zimmer brechen.

»Was haben Sie eigentlich gedacht in diesem Augenblick, was? Können Sie mir das sagen?« Der Chef warf bei diesem Satz gleichzeitig in einer großen Drehung seinen Körper um einhundertachtzig Grad herum, zerrte sein Gesicht in die Breite und streckte seine Finger in zehn verschiedenen Richtungen sperrig in die Luft. Das kann er. Ich überlegte, ob ich aus diesen Gebärden entnehmen sollte, dass ihm wirklich so viel daran gelegen war, zu erfahren, warum ich das Läuten des Telefons überhört hatte, oder ob er lediglich die Gelegenheit benützte, verschiedene Bewegungen zu üben, die er in allernächster Zeit für bedeutendere Zwecke einsetzen wollte. Ich entschloss mich, anzunehmen, dass es sich hier lediglich um eine Übung gewaltiger Bewegungen und Gebärden handeln könne, und lächelte. Das konnte er doch als einen willkommenen Anlass benützen, die Demonstration seiner Erregung noch weiterzutreiben; ich machte mich gewissermaßen zum Trainingspartner, zum Punchingball. Und was tat er? Er zog nach. Sein Mund geriet in rülpsende Bewegung. Wie die Geschlechtsteile eines gebärenden Rindviehs, dachte ich. Seine Schultern stiegen hoch, überstiegen schon fast den Kopf, bald mussten sie über dem Scheitel dröhnend zusammenstoßen; gleichzeitig zerrte er sein Gesicht noch weiter in die Breite, die Ohren wanderten nach hinten, ob sie sich wohl am Hinterkopf trafen?

Ich musste meine Hände zurückhalten, sonst hätten sie ihm Beifall geklatscht!

Sich so sehr durchschaut zu sehen, hätte ihn mit Recht geärgert. Ärgerlich war er ohnedies. Das sah ich an seinen roten Augen. War er gar seinen gewaltigen Bewegungen so verfallen, dass seine Stimmung von ihnen mitgerissen wurde? Das mochte ich einem Virtuosen seines Ranges nicht unterschieben.

Ich beschloss, das Zimmer zu verlassen. Er war jetzt doch so angeregt, dass er des Zuschauers nicht mehr bedurfte. Bevor ich die Türe schloss, wies ich noch mit einer schüchternen Hand zum Spiegel hin. Wahrscheinlich hat er auch das falsch verstanden. Ich hörte ihn noch schreien, als ich schon, vorsichtig gehend, unten an der Pforte angelangt war. Ich überlegte, was ich tun würde, wenn jetzt einer der gutrasierten Besucher käme und den Chef zu sprechen wünschte.

Es kamen aber – Gott sei Dank dafür – an diesem Tag nur noch Schauspieler, die nach Briefen fragten oder Briefe hinterlegten, die ich weiterbesorgen sollte. Eine Dame gab Blumen ab für den Oberspielleiter. Leider ist es mir nicht erlaubt, solche@emsp14;Geschenke zurückzuweisen, obwohl ich weiß, dass jeder Mensch Blumen verdient, nur unser Oberspielleiter nicht. Ich nahm also die Blumen an, legte sie aufs Fensterbrett, stellte mich unauffällig davor, als wollte ich aus dem Fenster sehen, und brachte im Blätter- und Blütengewirr kleine Zerstörungen an. Mehr vermag ich nicht. Um sechs Uhr wurde ich abgelöst von meinem viel älteren Kollegen Birkel (der einen Fuß – wie es sich gehört – vor Verdun verloren hat). Er sah die Blumen liegen, schüttelte den Kopf und stellte sie in eine Vase, die er dann auch gleich mit Wasser füllte.

Ich sagte auf Wiedersehen und ging.

Gestern haben sie in Indochina wieder angegriffen. Die anderen haben sich natürlich verteidigt. Natürlich? So etwas geht natürlich nicht ohne Tote ab. Natürlich. Mein Chef sagt, Deutschland sei das Herz Europas. Indochina ist das Herz … wessen? Ist mein Herz. Und Korea ist mein Herz. Und alle Soldatenfüße trampeln in meinem … na ja, eben darin herum. Soll ich das meinem Chef sagen, wenn er mich fragt, was ich von der politischen Lage halte. Ich tu' so, als gäbe es eine politische Lage, und dann sage ich, dass ich von jener Lage nichts verstünde. Ich weiß aber, dass es keine politische Lage gibt. Es gibt nur unsere Lage, eine ziemlich unerträgliche Allerweltslage. Wenn ich Vertrauen hätte. Zu Gott, zum Beispiel. Aber wie soll ich mir Gott vorstellen? Und zum blinden Vertrauen bin ich zu … zu …

»Morgen hält der Chef einen Vortrag im Bräuhaus«, sagte Herr Birkel, als er mich heute ablöste. »Da gehen Sie sicher nicht hin, nicht wahr!« Er lächelte breit. Er hätte vielleicht viel bessere Augen, wenn sie nicht durch die dicken Brillengläser entstellt würden. »Sie haben das ja nicht nötig«, sagte er, »Sie wissen ja Bescheid.« »Ach, Herr Birkel«, sagte ich und zuckte mit den Schultern.

Herr Birkel ist in der gleichen Partei wie der Chef. Der Chef sei jetzt im Landesvorstand, sagte er. Was das bei den Etatverhandlungen bedeute, brauche er mir wohl nicht erklären. Der Intendant sei bei den Sozialisten, also sei auch von der Seite nichts zu befürchten.

Herr Birkel rieb sich die dicken Hände, zog seine Stulpen über die Ärmel und begann, die Telefonnotizen zu studieren, die ich während meiner Dienstzeit gemacht hatte. Dabei entfernte er den Kopf schräg vom Papier und musterte mich einige Male missgünstig über die Brillenränder hinweg. »Was soll das nun wieder heißen?«

Ich beugte mich über das Papier und las die Zeile, auf die er seinen Finger gestellt hatte: »Mimi soll King anrufen. Hm.« »Wer ist Mimi? Wer ist King? Was heißt: Hm?« fragte Herr Birkel und ließ seine Stirne faltig drohend zur Nasenwurzel wandern. Er wusste natürlich genau, dass unsere Salondame Mimi und unser Oberspielleiter King genannt wurde, aber dass ich, der Neuling, so was schriftlich, in einer geradezu dienstlichen Notiz festgehalten hatte, erregte seinen Ärger. Ich lachte, kam ihm albern entgegen, das versöhnte ihn.

Die Straßenbahn war überfüllt wie immer um diese Zeit. Einer hielt seine Zeitung breit vor sich hin und fünf oder sechs Augenpaare verfingen sich in den tanzenden Zeilen. In der Zeitung steht jeden Tag das gleiche. Nur Namen und Orte ändern sich. Ich wollte nicht hinsehen. Aber die Zeilen und Bilder fingen mich ein. Politiker lächeln immer, wenn sie photographiert werden. Eisenhower kann's am besten. Von Ohr zu Ohr spannt sich sein quappiges Grinsen. Auch die Augen umgibt er mit Grinsefältchen. Ich träumte schon von diesem Lächeln. Zuerst sah ich einen russischen Offizier, der mit seinem Wagen aus dem Kasernentor bog und auf mich zufuhr. Er sah mich an. Seine Mütze saß waagrecht über den Augen. Der

Mund war waagrecht, und waagrecht das Kinn. Ich winkte mit der eingebeugten Linken vor der Brust, den rechten Arm warf ich weit hinaus, so spielte ich, frierend vor Ungewissheit, Verkehrspolizist, um den Offizier zum Weiterfahren zu veranlassen in die Stadt, wo ihn sicher ein Mädchen erwartete. Er aber stieg aus, kam auf mich zu, und da war es ein amerikanischer Offizier, und er lächelte. Das Lächeln á la Eisenhower. Rot triefte ihm Kaugummi in vielen Fäden aus den lächelnden Mundwinkeln. Kleine Fallschirmjäger wippten an den blutroten Gummiseilen. Divisionen kleiner Fallschirmjäger sprangen aus dem breiten Lächeln á la Eisenhower und baumelten in die Tiefe. Und alle waren tot. Die roten Gummiseile waren nicht um ihre Körper, sondern um ihre Hälse geschlungen. Und immer neue Fäden spulten sich aus dem jovialen Lächelmund ... Mein Zimmer hat keine Wände. Auch mein Schlaf hat keine Wände. Immer sind Gesichter unterwegs zu mir.

Zirkulation ohne Störung. Lügen weich eingebettet in Halbwahres. Winternachmittag in einem Zimmer, das ein bisschen zu warm ist. Widersprüche liegen faul in den Ecken und erheben sich nicht. Urteilt man nach dem, was gesprochen wird, so sind alle zufrieden. Ein glücklicher Tag also. Wenn nicht am Abend noch oder in der Nacht der Mann etwas sagt, was er denkt.

Ich bin doch ins Bräuhaus gegangen, um den Vortrag meines Chefs zu hören. Was soll ich tun, wenn ich entlassen werde? Ich rauche täglich zwanzig Zigaretten. Und Hildegard verdient in der Buchhandlung nicht mehr als ein Taschengeld. Jedem die Wahrheit sagen, das kann sich ein Raucher, der auf seine Zigaretten angewiesen ist, nicht leisten.

Birkel wollte ich auch treffen mit meinem Entschluss, in die Versammlung zu gehen. Er machte ein schlimmes Gesicht, als er mich sah. Witterte Konkurrenz. Vielleicht fürchtete er sogar, ich würde jetzt auch in die Partei eintreten. Dann hatte er mir nichts mehr voraus. Schließlich würde ich sogar auch noch sonntags vor der Kirche warten, bis der Chef an mir vorbeigegangen wäre!

Ich setzte mich so, dass mich Dr. Mauthusius sehen musste. Vornehme Herren füllten den Saal. Aber auch ein paar
Reihen Angestellter. Die saßen aufrechter als die korpulenten
Herren, streckten die Köpfe hoch und ließen ihre Gesichter
vor Aufmerksamkeit und Spannung leuchten. Wahrscheinlich mussten auch sie bemüht sein, von ihren Chefs bemerkt
zu werden. Dann und wann schoben sich modisch aufge-
machte Herren durch die Saaltür, Juniorchefs! Sie spielten
mit ihren Autoschlüsseln an den Westentaschen herum, bis
sie sich setzten. Jeder tat so, als finde er das Täschchen nicht
gleich, als könne er jetzt mit seinen Gedanken auch nicht
beim Autoschlüssel sein, weil er den Kopf um- und umzu-
wenden habe, all die lieben Freunde und Bekannten im Saal
zu begrüßen.

Das Rednerpult stand auf der Bühne, flankiert von zwei
Tischen, an denen würdige Herren saßen, rote Gesichter
meist, in denen oft auch weiße Bärte hingen.

Später trat mein Chef energisch durch die Saaltüre und
ging schnurstracks nach vorne. In den vorderen Stuhlreihen
stiftete sein Erscheinen herzliche Unruhe. Das wurde auf der
Bühne bemerkt. Im rechten Augenblick erhob sich dort einer, trat zum Pult und schüttelte eine handliche Glocke heftig durch die Luft. Begrüßung des Redners. Begrüßung der
Gäste. Und das auch mir nicht mehr unbekannte: »Wir freu-
en uns ganz besonders, heute abend ...«

Ich beobachtete während der Begrüßungsansprache meinen Chef. Er hatte sich von seinen Bekannten in den ersten
Reihen ganz weg- und ganz dem Begrüßungsredner zugewandt. Seine Haltung war pure Aufmerksamkeit. Weit rag-
te das Kinn vom Hals weg (und das will etwas heißen bei seinem Hals, der doch eigentlich gar keiner ist) zum Rednerpult
hinauf. Es war, als wolle er dem Saal ein Beispiel zuhörender
Andacht geben. Es lag darin die Empfehlung, die Anwesenden möchten sich nachher, wenn er selbst das Wort ergriffen
haben würde, ebenso ungeheuer aufmerksam gebärden. Da
der Begrüßungsredner meinen Chef mit vielen Redewendun-
gen lobte, war es nicht verwunderlich (oder doch!), dass der
den allgemeinen Beifall, den der einleitende Redner der Ge-

wohnheit gemäß erntete, mit weit ausholenden Händen vermehrte, so dem ganzen Saal zeigend, welche Vorstellung er von Beifall habe. Dann ging er hinauf. Musterte den Saal. Legte seine Hände fast segnend auf das Rednerpult. Trat so weit zurück, dass seine Arme ganz ausgestreckt waren. Es war wieder still geworden im Saal. Aber Mauthusius sprach noch lange nicht. Er ließ die Stille wachsen. Und er wusste offensichtlich ganz genau, wie gewaltig eine schon vollkommene Stille noch wachsen kann. Ins Ungeheure wuchs sie, drohte zu bersten, lautloses Getöse zu werden, da setzte er ein. Wie klug hatte er den Augenblick gewählt! Jeder empfand sein erstes Wort als eine große Erlösung. »Die Stunde der Entscheidung, das ist das Thema meines Vortrags.« Wieder ließ er Stille aufbrechen im Saal, aber er ließ sie nicht mehr dauern. Harte Sätze peitschte er jetzt in rascher Folge auf die schon ganz benommenen Zuhörer hinab. Sätze wie Windstöße, die Steine mit sich führen. Die Zuhörer mussten sich selig preisen, dass diese Sätze nicht ihnen, sondern den Feinden der Partei galten.

Mit Befriedigung stellte ich fest, dass der Chef damals, als er mich in sein Zimmer gerufen hatte, doch geübt hatte an mir. Er musste allerdings noch nächtelang weitergeübt haben, denn alle Gebärden, die er damals vor mir produziert hatte, ließ er nun im Zustand wirklicher Vollkommenheit in den Saal hineinspielen. Alle überhaupt einsatzfähigen Partien seines Körpers funktionierten jetzt zusammen. Die Zuhörer mussten den Eindruck haben, dass dieser Mann unter den bösen Erscheinungen unserer Zeit in einem schrecklichen Ausmaß zu leiden imstande war. Wenn er von der »Schwere unserer Zeit« sprach, fielen seine Schultern so erbärmlich nach unten, dass man aufspringen und ihn stützen wollte. Aber wenn er dann – und das tat er nach jedem negativ zu bewertenden Punkt – Trost auffahren ließ, dann füllten sich seine Lungen, und der Brustkorb schwoll an, dass man für die Weste fürchtete, Trost, Trost blühte auf aus seiner Gestalt, Hoffnung hob ihn schier vom Boden, und wenn er sich nicht – sich ganz zum Irdischen bekennend – am hölzernen Rednerpult festgehalten hätte, wer weiß, ob er uns nicht einfach weggeschwebt wäre. Bald hatte er alle Feinde kurz und klein geredet und hatte gleichzeitig unwiderlegbar dargetan, dass nur noch von seiner Partei das Heil kommen konnte. Jeder Zuhörer, der dieser Partei noch nicht beigetreten war, muss sich in dieser Stunde ernstliche Vorwürfe gemacht haben. Auch ich. Und noch hatten wir das Finale nicht erlebt. Es begann damit, dass er uns zurief, wir müssten uns »innerlich wappnen!« Jetzt gehe es – und sein Ausdruck wurde furchtbar – »hart auf hart«. Ich war so hingenommen, dass ich im Augenblick nicht wusste, wer oder was »hart auf hart« gehe, und ich bin auch durch nachträgliche Überlegung nicht mehr bis zu dem Sinn dieser Ausdrucksweise vorgedrungen, aber dass damit Waffen gemeint waren, scheint mir sicher zu sein. Darin bestätigt mich jener Satz aus dem Finale, der mir wörtlich in den Ohren liegen blieb. »Der unerbittliche Kampf der geistigen Waffen, getragen von der Allmacht der Liebe, wird den Sieg auf unsere Fahnen senken.« Ich bekam Herzklopfen, als ich diesen Satz hörte. Die letzten Sätze seiner Rede schleuderte mein Chef übrigens mit erhobenen Händen auf uns herab. Immer höher wuchsen diese Hände, man wusste nicht mehr, woher er diese Größe nahm (nachträglich vermute ich, dass er sich zuvor langsam und unmerklich zusammengeduckt hatte), und mit ihm wuchsen seine Sätze, wuchsen zu einem nicht mehr zu überbietenden Höhepunkt (ein allzu bescheidenes Wort für eine solche Aufgipfelung), und dann fielen die Hände herab und es war eine gewaltige Stille im Saal.

Später brach Beifall los. Der Chef verharrte zusammengekrümmt am Rednerpult und ließ uns spüren, dass er diese tumultuarische Zustimmung nur widerwillig über sich ergehen ließ. Als er zufällig einmal zu mir herschaute, wuchs auch ich ihm beifallstoll entgegen. Mit heißen Händen verließ ich den Saal. Schon unter der Tür, sah ich noch Herrn Birkel: er war zur Bühne gestürmt, mit seinem gesunden Bein auf einen Stuhl gesprungen und stand nun, weithin glänzende Tränen im Gesicht, und schlug seine großen Hände in deutlichem Sondertakt dröhnend gegeneinander. Sein Mund zuckte unheimlich rasch auf und zu und entließ dabei jedesmal ein erschütterndes Bravo. Das zu überbieten, würde mir nie gelingen.

Es geht schon auf Mitte Januar zu. Die Weihnachts- und Neujahrsbotschaften sind endgültig vergessen. Wohin verschwinden bloß die Millionen Zeitungen? Zwei, drei Tage nach ihrem Erscheinen findet man keine mehr.

Jetzt trägt die Rote Armee ihre Winterausrüstung. Die Pelzmützen ...

Hildegard war heute vor mir zu Hause. Sie empfing mich mit einem Brief meines Vaters und las ihn auch gleich eifrig vor (mit Betonungen, wie man sie bei schlechten Schauspielerinnen hört): der Landgerichtsrat ist mit mir nicht zufrieden. Das wusste ich. Warum schreibt er wieder, er hatte mich doch aufgegeben. Das Vaterherz! Ich kann ihm nicht helfen. Zu dem, was er einen »Beruf« nennen würde, habe ich keine Anlage, keine Kraft. Ich müsse doch an meine Familie denken. (Hildegard hob, als sie das vorlas, ihre Stimme fest an.) Ja, dass ich geheiratet habe, das kann man mir vorwerfen. Das durfte ich nicht. Ich hatte gehofft, die Ehe werde in mir Lust am Vorwärtskommen erwecken, Freude an der Verantwortung, überhaupt Lebensfreude. Hatte nicht jeder, der mich kannte, gesagt: das gibt sich alles, wenn Sie erst einmal verheiratet sind! Ich hatte geheiratet. Hildegard bediente in der Buchhandlung, in der ich Zeitschriften und Bücher durchsehen konnte, ohne sie kaufen zu müssen. Außer Hildegard kannte ich kaum Mädchen. Also heiratete ich Hildegard. Sie hielt mich für einen Schriftsteller mit großer Zukunft. Wir wurden beide enttäuscht. Ich wurde kein großer Schriftsteller, und sie vermochte in mir kein Interesse für das Vorwärtskommen zu erwecken.

Hildegard sagte, als sie den Brief vorgelesen hatte: »In diesem Zimmer können wir nicht ewig bleiben.« Ich zuckte mit den Schultern. Das Zimmer liegt im zweiten Stock, der zweite Stock ist in den Häusern dieser Straße allerdings eine Art Dachboden. Es gibt hier eigentlich auch gar keine Häuser (so gerne auch Frau Färber von ihrem »Haus« spricht). Die ganze Straße ist ein einziges Haus. Unser Zimmer ist durch den Eingang Nr. 22 zu erreichen. Hildegard meinte, da ich jetzt ja eine feste Stelle hätte, könnten wir uns eine richtige Wohnung suchen. Ich erinnerte sie daran, dass ich nur auf Probe eingestellt worden sei, eine Spielzeit lang. Mehr sagte ich nicht. Sie versuchte wieder, ein Gespräch über unsere Ehe in Gang zu bringen. Ob ich sie liebte? Ich sagte: Ja. Ob ich es bereute, dass ich sie geheiratet hätte? Ich sagte: Nein. So ging es weiter. Ich wage ihr nicht zu sagen, dass ich von mir enttäuscht bin, mehr als von ihr. Lieben, an einem zweiten Menschen das gleiche Interesse nehmen wie an sich selbst, das kann ich nicht. Manchmal stelle ich mir vor, dass es schön wäre, ein Mann zu sein, der »vorwärts« kommen will, der seine Frau »liebt«, Kinder will und in seiner Familie aufgeht. Aber ich darf diesem Wunsch nicht nachgeben. Das ist der Wunsch, ein anderer zu sein. Wenn ich mich ganz von diesem Wunsch durchdringen lasse, muss ich aufhören zu leben, denn ich habe keine Kraft, jener andere zu werden. Also ist der Wunsch, ein anderer zu werden, eine Versuchung, sich umzubringen ...

Mein Chef blieb heute am Schalter stehen, als er ins Haus kam, und fragte Belangloses. Er wartete darauf, dass ich etwas über den Vortrag sagen würde, ich sah es ihm an. Ich nestelte in Papieren. Wie sollte ich anfangen? Meine Lippen klebten aufeinander. Ich sah schräg hinauf durchs Schalterfenster, begegnete dem ungeduldigen Blick des Chefs, wollte die trägen Lippen endlich auseinanderreißen, da hatte er sich schon umgedreht. Kopfschüttelnd und vor sich hin pfeifend stapfte er die Treppe hinauf in sein Büro. Ich hatte noch einige Zeit zu tun, die Briefe zu glätten, die ich, während ich den Chef angeschaut hatte, ohne etwas sagen zu können, arg zugerichtet hatte.

Frau Färber sprach durch die spaltbreit geöffnete Zimmertür. Ihr Mann soll operiert werden. Sie ist sehr stolz darauf, dass der Professor selbst die Operation vornehmen will. Als Hildegard kam, drängte ich Frau Färber langsam in den Flur zurück. Dann kam noch Maria Sporer, die Tochter des Altwarenhändlers von nebenan. Sie hat Nähen gelernt. Hildegard hatte eine Bluse bestellt. Schüchtern zieht sie die Bluse aus dem Papier. Anstandshalber schaue ich erst wieder hin, nachdem Hildegard die Bluse schon angezogen hat. Hildegard ist zufrieden. Eigentlich könnte Maria jetzt gehen. Das Geld hat sie bekommen. Aber auch sie hat viel zu erzählen. Sie ist gar nicht zufrieden. Nähen hat sie gelernt, und jetzt sitzt sie zu Hause, um den Haushalt zu machen für die riesige Familie. Fünf Kinder sind es auf Nr. 24. Der älteste Bruder kommt mit dem Vater nicht aus. Er will eine eigene Firma aufmachen und nur noch Altmetall handeln. Der Vater aber bleibt, wie es auf dem Blechschild heißt, bei Eisen, Metallen, Lumpen, Gummi, Papier. Der älteste Bruder schwört auf Blei. Er hat ein paar Arbeiter von der Bundesbahn hinter sich. Die schlachten die großen Akkus der Triebwagen aus. Alles hänge von der Schnelligkeit ab, sagt Maria, da die Polizei oft Stichproben mache. Man sei ja verpflichtet, Buch zu führen über jeden An- und Verkauf. Vom Verkäufer müsse man, so laute die Vorschrift, sogar die Kennkarte verlangen. Das sei natürlich unmöglich! Der Vater bringe es nie zu was. Der sei so zimperlich. Ihr Bruder dagegen sei fast zu kühn, deshalb stehe er auch immer mit einem Fuß im Gefängnis.

»Man kann halt von dem, was die kleinen Leute aus den Ruinen graben, nur kümmerlich leben. Der Bruder aber will einen Schnelllastwagen anschaffen! Der Vater kauft eben, was er so kriegt.«

Maria sagt, immer mehr Mütter schickten jetzt allmählich ihre Kinder zum Sammeln. Für kinderreiche Familien sei das ein guter Nebenverdienst. Der Vater verkaufe das alte Eisen an den Großhändler, der verkaufe es an den Exporteur, der an den Importeur, und der an einen Aufkäufer und der an einen Konzern. Zuletzt werde aus dem alten Eisen, an dem die kleinen Leute wenig und die großen Leute viel verdient hätten, eben doch wieder Kriegsmaterial. Aber daran könnten die Mütter nicht denken. Für sie sei es ein guter Nebenverdienst.

»Man kommt zu nichts«, sagte Maria immer wieder. Jetzt hätten sie den Stiefvater der Mutter aufnehmen müssen, und mit Annas Augenkrankheit werde es auch immer schlimmer. Sie gehe jetzt schon in die Blindenschule, obwohl sie noch ein bisschen sehe, die Umstellung werde ihr dann nicht ganz so schwer fallen. Gestern sei sie dreizehn geworden. »Mit der Mutter ist es auch so was«, sagt Maria, die nicht mehr zu halten ist. »Sie liest den ganzen Tag. Die Hausarbeit bleibt liegen oder muss von mir getan werden. Die Mutter war doch früher bei den Kommunisten. Jetzt liest sie nur noch Romane. Der Vater hat keinen Einfluss auf sie. Ja, und die zwei jüngsten Schwestern sind sechs und acht, die machen auch bloß Arbeit, und der älteste Bruder will bald heiraten, jetzt sollen wir noch enger zusammenrücken, dass er mit seiner Frau, sie ist achtzehn, ein Zimmer für sich hat.«

Das müsse man auch verstehen, sagt Maria und schaut vor sich hin. Ihre Hände sind rot. Wahrscheinlich fühlen sie sich rau an. Dann geht Maria, sie ist froh, dass sie mit uns sprechen konnte. Hildegard legt sich schlafen. Ich muss versprechen, gleich zu kommen. Ich verspreche es. Sitze aber noch lange am Tisch. Ja, der Altmetallhandel, denke ich. Und im Radio hetzt eine dünne Stimme gegen Asien.

Im Jahr 1944 ist es mir zum ersten Mal aufgefallen, dass ich für diese Zeit nicht tauge. Mein Bruder war neunzehn und Unteroffizier. Er fiel. Ostfront nannte man damals die Landschaft, in der es passierte. Später kamen zwei Herren, die sagten, sie seien »Kameraden« meines Bruders. Er sei zu weit vorgefahren, sagten sie. In Nyerigihaza, in Ungarn. Als sein Panzer habe drehen wollen, oder als mein Bruder gerade das Kommando zum Drehen gab, oder als der Fahrer ... oder ... das wussten die »Kameraden« nicht genau: auf jeden Fall sei »das Fahrzeug« meines Bruders »abgeschossen« worden. Kunststück, sagten sie, aus hundertfünfzig Meter Entfernung! Dann sagte der eine, er studiere jetzt Jus, der andere sagte, er sei Mechaniker. Meine Mutter weinte natürlich. Ich sagte, da könne man nichts machen. Das sagte ich erst, als die »Kameraden« nichts mehr von sich gaben und nur noch meiner Mutter beim Weinen zuschauten. Es sei bloß gut, dass

mein Bruder noch nicht verheiratet gewesen sei, sagten sie
dann, bei Verheirateten sei es am schlimmsten. Meine Mutter sah sie ungläubig an.

Mir ist damals aufgefallen, dass ich nicht den Mut gehabt
hätte, in eine solche Ortschaft hineinzufahren. Überhaupt in
ein solches »Fahrzeug« einzusteigen! Als der Krieg zu Ende
war, freute ich mich. Den Besatzungstruppen bin ich immer
aus dem Weg gegangen. Nur keine Herausforderung, dachte
ich. Das sind jetzt die Herren. Mildere Herren als ihre Vorgänger! Das waren schöne Jahre nach dem Krieg. Ich ging
vom Trottoir, wenn Soldaten kamen. Sie lächelten geschmeichelt. Einmal spuckte einer nach mir. Was schadet das! Ku-
geln sind schlimmer.

Jetzt ist es wieder wie im Krieg. Zwei Welthälften geben
täglich viel Geld aus, mir zu beweisen, dass ich nicht tauge.
Ein Feigling ist man nicht bloß, weil man keinen Mut hat, sondern weil man nicht mitmacht! Mitmachen muss man! Entscheiden muss man sich! Und eben dazu bin ich unfähig. Ich
will überleben, nichts weiter. Arm, von mir aus. Elend, von
mir aus. Aber atmen. Wozu? Das weiß ich nicht. Aber atmen.

Im Radio sprach gestern ein beweglicher Mann aus Syri-
en. Er hatte viel zu rühmen. Achtmal soviel Baumwolle als
was weiß ich wann und fünfmal soviel Reifezeugnisse und
viel Literatur und Begeisterung und Chemie. Den Deutschen
bot er Freundschaft an, kehlig und heiß. Zum Euphrat lädt
er ein, um der Stadt Aleppo das Wasser immer noch reiner
zu machen. Nur dürften wir ja nichts mehr nach Israel lie-
fern. Alles nach Syrien. Alles in die arabische Welt. Europäi-
sche Segnungen wollen sie und sind so zufrieden mit der ersten Lieferung Hornbrillen. Der Tod gilt nichts, das ist ein
Pflasterstein, ein kleiner Einzeltod, eine Stufe nach oben!
Opfer, uniformierte Weihestunden und hündisches Getre-
te endloser Paraden, die sich vor dem Spind in Schweiß und
Fluchen verwandeln.

Bei uns geht das nicht mehr. Versucht wird's immer noch.
Bei uns ist der kleine Einzeltod alles. Es gibt keinen Tod für
etwas, weil dieses Etwas ein Schwindel ist, wenn es auch
schon ein paar tausend Jahre alt ist.

Ich bleibe am Tisch sitzen. Was mich befällt, wenn ich die Augen schließe, ist doch kein Schlaf. Träume sind es, schlimmer als Gedanken. Und am Ende halte ich es auch am Tisch nicht mehr aus. Eine Nacht ist zu lang. Ich lege mich hin und reite auf bleiernen Träumen in den Morgen hinein ...

Hildegard hat mich verlassen. Sie habe in meinen Papieren gelesen. Jetzt bin ich allein. Vor mir, auf der gelben Tapete, kreist eine Spinne. Im Radio spricht ein Professor. Alexander von Rüstow heißt er und verlangt Frontbewusstsein. Die Berliner als Vorbild. Wir sollen unverbraucht sein. Es sei alles viel einfacher. Bitte nicht so »problemzerfressen«! Granaten in befriedigend schönen Kurven zu lenken ist für ihn wahrscheinlich erlernbare Ballistik, nichts weiter. Vermisse ich Hildegard? Es ist noch leerer im Zimmer. Aber ich atme leichter. In den Augen der Welt habe ich wieder einmal versagt. In meinen Augen ist durch Hildegards Weggang mein schlimmstes Versagen korrigiert worden.

Frau Färber frägt jeden Tag nach Hildegard. Ich sagte, sie sei verreist. Frau Färber grinst. Gestern schob sie ihren Neffen herein. Er ist auf Urlaub hier. »Ich diene bei der Bundeswehr! Panzer!« sagte er. Er wollte sich nicht setzen. Wippte in einem fort von den Zehenspitzen auf die Absätze und wieder zurück, stemmte seine Fäuste in die Hüften, löste sie überraschend nach vorne, kreuzte die Arme über der Brust (wohl vom Vorgesetzten, diese Geste), legte dann das Kinn energisch in die rechte Hand, ließ seine Backenknochen eckig hervortreten und vermied überhaupt jede gemächliche Regung. Bubenhaft schlank. Ein Körper, dem man seine Zwecke ansah. Und ging zwischen uns auf und ab, so schnell und mit so großen Schritten, dass ich fürchtete, er werde die Wand durchbrechen, ins nächste Zimmer marschieren und auch dort noch die Wand durchbrechen und weitermarschieren durch alle Wohnungen der Häuserzeile. Frau Färber unternahm es, von mir gar nicht unterstützt, ihn zum Erzählen zu bringen. Er wollte nichts sagen. Ich erfuhr nur, was er alles nicht sagen dürfe. Das war so viel, dass er mein Zimmer bis tief in die Nacht hinein mit seinen Schritten erschütterte. Er gab mir auch zu verstehen, dass er von Zivilisten nicht viel halte. Ich stimmte ehrlich zu. Nachts träumte ich von einer wildgewordenen Kindereisenbahn, die in tödlichem Tempo auf dem viel zu engen Schienenkreis herumjagt.

Heute ließ mich der Chef rufen. Ich trat ein, legte ruhig den Weg über den großen Teppich zurück. Er sah mich an. »Sie gefallen mir nicht ... mehr«, sagte er. Das letzte Wort hängte er nachträglich an. Ich sah auf die von keinem Stäubchen getrübte Schreibtischplatte. »Was wollen Sie eigentlich werden?« fragte er dann. Ich sagte nichts, denn ich spürte, dass er gar keine Antwort erwartete. Er holte Luft. »Sie sind ein junger Mensch und sitzen an der Pforte herum. Das ist was für Veteranen. Nicht für Sie.«

Ich sagte nichts.

Er fuhr fort: »Ich weiß schon, dass Sie mit mir nicht zufrieden sind. Aber ich sage Ihnen: ich mit Ihnen auch nicht! Ich ertrage es nicht länger, jeden Tag durch Ihre hochmütigen Blicke zu marschieren, mit denen Sie den Weg verbarrikadieren. Ich weiß, was Sie über mich denken. Und ich halte es für ein Verbrechen, einen Mann mit Staatsgeldern zu bezahlen, der an diesem Staat so wenig interessiert ist wie Sie.« Ich nickte. Er verstand meine Zustimmung falsch. Sie war ehrlich gemeint. Am nächsten Ersten könne ich gehen. Das Ende der Probezeit müsse gar nicht mehr abgewartet werden. Der Intendant, der Oberspielleiter und er seien sich einig, sie hätten es satt, sich täglich von mir mustern zu lassen, als sei ich ihnen zum Richter bestellt. Überhaupt könne man keinen Mann an der Pforte beschäftigen, dem eine Straßenbahn den Fuß abgefahren habe, eine Kimgelingestraßenbahn, einen Mann, dem seine Frau weggelaufen sei, jawohl, er wisse Bescheid, und dass ich's nur wisse, das Mitleid mit dieser Frau habe ihn bisher immer noch abgehalten, mir zu kündigen, eine Familie müsse eben existieren, aber jetzt, jetzt habe es sich ja gezeigt, dass es bei mir auch keine Frau aushalten könne. Ich sah ihn jetzt an und sagte: »Jawohl, Herr Direktor.« Dann legte ich den Weg über den großen Teppich wieder zurück, ging hinaus, kramte meine Bleistifte zusammen, leerte meine Schublade sorgfältig in den Papierkorb und verließ das Haus. In den Parkanlagen vor dem Theater stritten sich Kinder. Ein hubscher, schlankgewachsener Junge schlug einem kleineren dreckigen Kind mit der Faust ins Gesicht. Das Kind blutete. Ich ging rasch vorbei.

Gott ist unvorstellbar ...

Traum der letzten Nacht: Ich stand unter einer weit überhängenden Felswand. Leute von der Straße riefen mir zu, ich müsse mich sofort in Sicherheit bringen, die Wand stürze gleich ein. Ich rief zurück: Wenn ich weglaufe, stürzt sie ein, ich stütze sie ja.

Das Mittelmeer muss schön sein. Aber zur Zeit üben dort Panzerkreuzer, die aus Amerika gekommen sind. Die Vl. Flotte. Das Wetter ändert sich. Ich stelle meine Prothese von rechts nach links, kratze den Stumpf, der unterm Knie aufhört, bewege mit Sehnen und Nerven die nicht mehr vorhandenen Zehen.

Zum Verrücktwerden.

2.

Hans Beumann sah einen Augenblick von der schwer lesbaren Handschrift auf. Sofort verschwammen die Zeilen zu einem abweisenden Gestrüpp, in das noch einmal einzudringen er keine Kraft mehr hatte. Für wen war das alles aufgeschrieben worden? Er blätterte weiter. Auf allen Seiten – und das Heft war nahezu vollgeschrieben – lag das gleiche wirre Netz, gehäkelt aus schwer erkennbaren Buchstaben. Wenn Hans einen Brief schrieb oder sich etwas in seinen Kalender notierte – einen Satz, den er in einem Artikel verwenden wollte, ein Thema oder auch nur einen Termin –, malte er jeden Buchstaben überdeutlich aufs Papier. Er bewunderte Leute, die Briefe in unleserlicher Schrift abzuschicken wagten, die vom Empfänger forderten, dass er den Brief mit Andacht auseinanderfalte, ihn gar vor sich auf den Boden lege, mit beiden Knien die Ecken beschwere, um sich dann weit vorzubeugen und mit schmerzlicher Anstrengung Wort für Wort aus dem Gestrüpp herauszulesen. Für ihn erhielten die Aufzeichnungen Berthold Klaffs schon eine gewisse Glaubwürdigkeit, bloß weil sie so undeutlich, in einer jeden Leser feindlich abweisenden Schrift geschrieben waren. Oder war das eine höhere Koketterie, ein Hochmut, der sich allem Verständnis entzog? Aber Klaff war tot. Ein Selbstmord, eine für Hans unvorstellbare Tat, war das nicht eine nachträgliche Legitimation für alles, was Klaff gedacht oder getan hatte? Konnte man das Leben ernster nehmen? Oder war sogar dieser Selbstmord eine hochmütige Geste? Hans verlor den Grund unter den Füßen. Einer, der sich umbringt, musste dem Lebenden gegenüber immer im Recht sein! Oder hatte er selbst schon recht, bloß weil er noch lebte? Gab es eine Wahrheit, der man um jeden Preis, auch um den des Lebens, im eigenen Bewusstsein zehrende Heimstatt verschaffen musste? Oder waren die Gedanken die richtigen, die einem erlaubten weiterzuleben? Er spürte, dass er etwas suchte, was ihn gegen Klaff schützen konnte. Mit Möglichkeiten kann man schon leben, sagte er sich, später muss man eben ohne sie weiteratmen. Hatte nicht auch er mit dem Eintritt in das sogenannte Leben sein ganzes Dasein schon verwirkt! Ein kurzer Sommer hatte genügt, und alle Möglichkeiten waren zusammengeschrumpft, zu einer kleinen Wirklichkeit, der er nicht mehr entrinnen konnte. Klaff hatte zuviel aus sich gemacht, weil er allein gewesen war! Der war ihm doch schon bei jenem ersten nächtlichen Besuch vorgekommen wie ein Vogel ohne Flügel, ein schweres Geschöpf, das sich nicht erheben kann, das sich voller Misstrauen seine beschwerlichen Pfade hinschleppt, mit den Steinen streitet und mit den Winden, ein Geschöpf, das nur von seinem Schöpfer eine Rechtfertigung seines Daseins hätte erhalten können. Aber an den glaubte Klaff nicht ... Nein, so einfach war es auch nicht mit Klaff, aber wie sollte er ihn dann verstehen können, er, dem diese Tat ganz, ganz unverständlich war.

Hans Beumann war froh, dass er nicht weiterlesen musste (wozu er sich verpflichtet gefühlt hätte, wenn er den Abend in seinem Zimmer verbracht hätte). Der Programmdirektor Knut Relow hatte ihn eingeladen und erwartete ihn im Funkhaus.

Der Pförtner grüßte ihn wie einen alten Bekannten. Hans rann es warm durch den Körper. Das sollte seine Mutter sehen, vor allem die missgünstigen Kümmertshausener, die immer bezweifelt hatten, dass aus ihm je etwas Rechtes würde, denen hätte er gerne vorgeführt, wie der Pförtner des Philippsburger Funkhauses ihn grüßte. Ja, der Herr Programmdirektor erwarte ihn schon. Hans summte die Töne des Aufzugs mit und ging dann den langen Gang zur Programmdirektion, als gehe er in seiner eigenen Wohnung bloß schnell vom Wohnzimmer in die Küche. Das Vorzimmer war um diese Tageszeit leer. Er klopfte an der Doppeltür und trat ein in das Büro, das eher ein Saal war. Ganz fern, jenseits eines messingfarbenen Teppichs, der Hans' Schritte ohne Widerstand schluckte, sah er Herrn Relow und seinen Schreibtisch. Beide schienen zu schweben. Und im Näherkommen erkannte er, dass die Wand, vor der Relow und sein Schreibtisch zu finden waren, eine einzige Landkarte war: und obwohl das Gebiet, das der Philippsburger Rundfunk mit seinen Programmen versorgte (man nannte das so, weil das Radioprogramm zu den lebenswichtigen Dingen wie Mehl und Milch und Fleisch gehörte), in Wirklichkeit viel größer war als die Wandfläche, auf der man es hier abgebildet hatte, hatte Hans doch den Eindruck, als sei diese riesige Wandkarte (übrigens keine lose Karte, die Wand war damit tapeziert) eine Übertreibung, als habe man das Philippsburger Sendegebiet hier nicht, wie es üblich ist, in einem verkleinerten, sondern vergrößerten Maßstab dargestellt; so groß – das war sicher – wie dieses Gebiet als Bedeckung einer ganzen Wand hier wirkte, war es auf keinen Fall.

Programmdirektor Relow hatte natürlich bemerkt, dass Hans die Karte bestaunte. Er stand auf – jetzt war er größer als der Schreibtisch –, nahm seine Zigarre aus dem Mund (die sein junges, leicht übersehbares Sportlergesicht noch jünger gemacht hatte, man hatte das Gefühl, wenn man ihn Zigarren rauchen sah, er tue etwas Verbotenes, zumindest aber etwas, wobei man ihm helfen, oder wovon man ihm, noch besser, abraten sollte), dann drehte er sich halb zur Karte und erklärte Hans, indem er auf rote und blaue Fähnchen hinwies, von denen das ganze dargestellte Gebiet wie von einem Aussatz überzogen war, wie weit im Augenblick die Versorgung seiner Hörer fortgeschritten sei. Auch er gebrauchte das Wort Versorgung mit Selbstverständlichkeit. Und er sagte (ebenso selbstverständlich): meine Hörer. So muss ein General oder ein König oder ein Verschwörer vor der Karte eines noch zu erobernden Gebietes auf und ab gehen, dachte Hans Beumann und war doch beeindruckt von den Worten und Bewegungen des Herrn Programmdirektors, den er fast nur als einen etwas zu gut gekleideten Mann auf Gesellschaften kennengelernt hatte. Dass dieser Mann, dem man nachsagte, er wäre besser Tanzkapellmeister geblieben oder gleich Rennfahrer geworden, dass der seine Sache so ernst und so überzeugt und mit Zahlen und Prozenten garniert vortragen konnte, hätte er nicht für möglich gehalten, da er doch Relow bisher nur um der so kunstvoll in die Luft geblasenen Rauchringe willen geschätzt hatte. »Aber wir reden hier herum und im Sebastian wartet man auf uns«, rief Relow dann plötzlich und drängte zum Aufbruch.

Der zweite Pförtner des Funkhauses, der die Ein- und Ausfahrt der Autos zu überwachen hatte, rannte zu dem silbergrauen Sportwagen, als sie den Hof betraten, und wartete mit geneigtem Kopf am Schlag, bis sie eingestiegen waren. Er war so alt wie Hans und Relow zusammen. Hans scheute sich, seinem Blick zu begegnen. Der Wagen heulte auf wie ein ganzes Flugzeuggeschwader. Während Relow sich mit erschreckenden Hupen, deren akustische Vorbilder im Schweinestall, auf Hochseeschiffen über 20 000 Tonnen und in der Hölle zu suchen waren, einen Weg durch das Gewühl des abendlichen Stadtverkehrs bahnte, rauchte er eine Zigarette; und jetzt spürte Hans noch mehr, dass die Zigarre in diesem Gesicht ein Fremdkörper gewesen war. Eigentlich erwartete man eine Pfeife.

»Hoffentlich sind Sie mit allem, was ich heute noch mit Ihnen vorhabe, einverstanden«, sagte Relow in die rasende Fahrt hinein. Hans machte ein Gesicht, als sei er einer, dem es gar nicht wild genug zugehen könne, und sagte mit einer Stimme, die nicht ganz ausreichte, das, was er sagte, glaubhaft zu machen: »So leicht wirft mich nichts um.« Er ärgerte sich sofort über den Satz. Wieviel Gläser (und welchen Weins!) hätte er getrunken haben müssen, um einen solchen Satz richtig sagen zu können! »Ich will Sie im Sebastian einführen«, sagte Relow. Das sei eine Schlüsselbar und der geselligste Ort in ganz Philippsburg; wenn Beumann sich schon einmal entschlossen habe, Philippsburger zu werden, dann müsse er auch Sebastianer werden, sonst sei es hier nicht auszuhalten, insbesondere, wenn man, wie Beumann, in Kürze ein verheirateter Mann sei. Hans bemühte sich, ein fröhlich-neugieriges Gesicht zu machen. Er wusste, dass das Sebastian ein exklusives Nachtlokal war, deshalb machte ihn Relows Anspielung verlegen.

Vor einer schwach erleuchteten Rundbogenpforte, die in eine grobe alte Mauer eingelassen war und keinerlei Aufschrift trug, auch keine Reklame wies auf sie hin, hielt Relow an, holte einen großen altertümlich gearbeiteten Schlüssel aus der Wagentasche und schloss auf. Über teppichbelegte Steintreppen, die sich wie in einem Turm wanden, kamen sie an eine Tür, die mit dem gleichen Schlüssel zu öffnen war. Dann standen sie in einem Vorraum, in dem die Garderobe untergebracht war. Ein Mädchen schlüpfte durch einen schwarzen Vorhang. Zuerst eine nackte Schulter, ein nicht endenwollender Schenkel, dann eine Flut fahlblonder Haare mit einem zarten Gesicht, das Hans nicht mehr vergessen würde, weil die Augen so eng an der Nasenwurzel und so tief in ihren Höhlen lagen, dass auch der beiläufigste und absichtsloseste Blick dieses Mädchens einen traf wie etwas ganz von innen Kommendes: es war, als schaue sie einen immer prüfend und ein bisschen traurig an. Andere müssen, um so zu schauen, den Kopf senken, dass die Augen von unten herauf uns ansehen.

Das sei Hans und das sei Marga. Um Gottes willen: Marga! Noch einmal hinschauen, Marga, die Sekretärin aus dem Weltschau-Hochhaus, Büsgens Vorzimmermädchen, die ochsenblutrote Bluse aus dem vergangenen Sommer, das Mädchen, das durch den hellen Kies auf ihn zugekommen war mit den mahlenden Schritten, das später plötzlich einen winzigen Schlüssel aus der Handtasche geholt hatte, und dann hatte sie ihn aus der Tiefe des Gangs noch einmal angeschaut, ja, das waren ihre Augen, aber so eng an der Nasenwurzel, so tief in den Höhlen waren die damals noch nicht gelegen, das Gesicht war breiter gewesen, die Haare kürzer, war die Beleuchtung schuld, oder hatte sie sich Schatten um die Augen gemalt, um ihre Augenhöhlen noch tiefer zu machen, oder war sie krank? Ihre Beine waren es noch, ja, das war ihr von den Schenkeln angeführter Gang, aber was tat sie hier? Wer hatte sie hierhergebracht? Musste er sie nicht befreien aus dieser Umgebung?

Marga reichte ihm die Hand. Fast ausgestreckt hob sich der Arm, an dem die Hand hing, vom Körper weg, hob sich langsam und schwankend, dass man hinschauen musste und einen Augenblick lang fürchtete, der Arm werde abbrechen, bevor man die Hand ergreifen konnte.

»Wir kennen uns«, sagte Marga und lächelte, dass sich ihre Zähne fast unmerklich langsam entblößten. So muss es sein, wenn in alten Theatern der Vorhang sich nach oben hebt und ganz vorsichtig, um die Augen der Zuschauer nicht zu blenden, Stück für Stück (aber nicht ruckartig, sondern in fließender Bewegung) eine prächtig glänzende Szene freigibt.

Herr Relow und Hans zogen ihre Mäntel aus und hängten sie selbst in die Garderobe. Sich dabei von Marga helfen zu lassen, wäre Hans peinlich gewesen, obwohl er jetzt erfuhr, dass Marga seit zwei Monaten im Nachtlokal Sebastian »arbeite«. Ja, sie sagte: »Ich arbeite hier.« Hans wagte nicht zu fragen, warum sie Büsgen verlassen habe und welche Art Arbeit sie hier verrichte. Er ärgerte sich jetzt, weil er Marga im vergangenen Sommer nicht festgehalten hatte. Wenn er wenigstens einen Versuch gemacht hätte. Vielleicht hätte er es sogar verhindern können, dass sie ihren Beruf aufgab. Als müsse sie sich bei ihm entschuldigen, flüsterte sie ihm zu: »Ich verdiene hier das Doppelte!« Hans nickte ihr heftig zu und machte ein Gesicht, das ihr zeigen sollte, dass er ihren Berufswechsel voll und ganz billige. Und eigentlich war es ja auch so. Er war froh, sie wiederzusehen. Er musste ihr geradezu dafür dankbar sein, dass sie ihre Stelle im Weltschau-Hochhaus aufgegeben hatte.

Durch den schwarzen Vorhang, aus dem Marga sich vorhin geschält hatte, waren sie in einen runden Raum getreten, an dessen rotschwarzes Dunkel sich Hans erst gewöhnen musste. Tief unten, wahrscheinlich zu ebener Erde (sie waren ja über die gewundene Treppe in den ersten Stock hinaufgestiegen), drehten sich auf einer matt erleuchteten Milchglasfläche drei Paare. Rund um diese Tanzfläche stiegen Terrassen auf, nicht gleichmäßig, nicht eine über der anderen, nicht jede die Tanzfläche ganz umschließend. Die eine bot für drei Tische Platz, die andere nur für einen, da waren einige mit Baldachinen überdacht, auf anderen hatte man sogar logenartige Zelte aufgerichtet, in die man wahrscheinlich nur von der Tanzfläche, und wenn sich die Gäste tiefer ins Innere der Logen setzten, nicht einmal von der Tanzfläche aus hineinsehen konnte. Auf der Höhe des Eingangs, durch den Relow und Hans gekommen waren, umlief eine der Rundung des Raumes folgende Bar das ganze Lokal, eine riesige Bar also, an der die paar Herren, die jetzt dort saßen, recht verloren wirkten.

»Cordula, darf ich dir Hans Beumann vorstellen«, sagte Relow und präsentierte seinen Gast einer mächtigen Frau, die aber recht mühelos von einem Barhocker glitt, um Hans zu begrüßen. Relow erklärte: »Cordula ist die Frau des Hauses«, (»aber gar keine Hausfrau«, warf die so bezeichnete Dame dazwischen), »das nicht«, sagte Relow, »aber der Hort der Geselligkeit und überhaupt der glänzendste Zacken in der Krone der Schöpfung.« Hans stellt sich einen Augenblick vor, welchen Umfang eine Krone haben müsste, dass diese füllige Dame in ihr noch als Zacken fungieren konnte!

Cordula sagte: »Schon viel von Ihnen gehört, junger Mann.« Hans verneigte sich, überlegte, was man darauf wohl zu sagen hätte, und war froh, dass Cordula Marga zurief: »Vier Miami, nein fünf, Marga, fünf!«

Unter einem Baldachin nahm man Platz. Hier wartete schon Helmut Maria Dieckow. Relow entschuldigte sich dafür, dass er jetzt erst komme. Er fahre eben immer noch zu langsam, sagte er lachend und schon des Widerspruchs aller Zuhörer sicher. Na ja, er langweile sich ja nie, sagte Dieckow, seinesgleichen trage bekanntlich die Werkstatt im Kopf mit sich. Der Schriftsteller streichelte dabei zärtlich die auch heute mit äußerster Sorgfalt in die Stirn gekämmten Haare. Bevor man dem Gast eröffne, was mit ihm eventuell, wenn er einverstanden sei, geschehen solle, wolle man ein bisschen trinken und plaudern, eben einen Abend, eine kleine Nacht zusammen verbringen, wie das im Nachtlokal Sebastian üblich sei. Zum Zeichen, dass die Gemütlichkeit begonnen habe, ließ sich Relow ganz in seinen Sessel sinken. Die anderen folgten. Hans bemerkte, dass im Mobiliar und im Dekor dieses Lokals einige Jahrhunderte vertreten waren; und nicht nur in Imitationen. Die Geländer, die die einzelnen Terrassen umliefen, schienen in alten Schlössern als Balustraden gedient zu haben, und zwar in den verschiedensten Schlössern, weshalb sie sehr verschiedene Formen zeigten. Oft hatte ein einziges Geländer nicht ausgereicht, so dass ein anderes, höher oder niedriger, angestückelt worden war. Von den Säulen, die die Baldachine trugen, winkten Engelsköpfe herab, zwei, drei, zu pausbäckigen Wolken versammelt, und überall ragten Kerzenhalter mit dicken gelben Kerzen. Auf einer der Terrassen war eine Figur aufgestellt, offensichtlich der heilige Sebastian, wie er mit schmerzlich auf die Schulter sinkendem Haupt sein Leben unter den heidnischen Pfeilen aushaucht. Seine linke Hand umfasste, wobei der Arm fein ausgewinkelt in die Höhe stach, den Schaft des tödlichen Pfeils, nicht um ihn aus dem Herzen zu entfernen, das sah man, sondern so, als streichle er ihn, was heißen mochte, dass er seinen Mördern verzeihe. Relow und die anderen beobachteten mit Genuss, dass Hans über das, was er in diesem Nachtlokal vorfand, verwundert war. Und Hans wiederum bemerkte sehr wohl, dass man die Unterhaltung zum Flüstern herabgestimmt hatte, um ihm Gelegenheit zum Schauen zu geben, er spürte, dass man sich an seiner Überraschung weiden wollte, und er steigerte den Ausdruck der Überraschung zur hellen, mundoffenen Verblüffung, weil er ahnte, dass man das von einem Neuling erwartete.

Relow forderte, als Hans sich wieder dem Tisch zuwandte und dabei die von ihm erwarteten Reaktionen zeigte, zuerst einmal auf, was Marga serviert hatte, auf das Wohl des Gastes zu trinken. Wenn Hans richtig gehört hatte, dann war das, was jetzt ihm zu Ehren getrunken wurde, ein Miami, also etwas, was er nur in der Zusammensetzung Miami-Beach kannte, und was allem Vernehmen nach eine Badelandschaft in Amerika bezeichnete. Indirekt bitter, anders hätte, wenn er dazu aufgefordert worden wäre, Hans seinen Geschmackseindruck nicht formulieren können. Es war, als scheue sich dieses Getränk, einen eindeutigen, unverkennbaren Geschmack zu haben, als sei ihm (oder seinen Herstellern) vor allem daran gelegen, dass es nicht sofort auf eine bestimmte Nuance festgelegt werde; deshalb entfaltete es, hatte man's einmal in die Mundhöhle gegossen, zuerst einen faden, noch gar nicht einzuordnenden Geschmack. So blieb es, bis man es, neugierig geworden oder einfach, weil man es los sein wollte, allmählich dem Gaumen zuspülte und zu schlucken begann. Da entließ es dann einen herberen Geschmack, der zwar nie eindeutig bitter wurde, aber, wenn er überhaupt zu bezeichnen war, einer etwas bedeckten, gar nicht aggressiven, ja eben einer indirekten Bitterkeit doch sehr nahe kam.

»Cordulas Erfindung«, sagte Relow und hob der Dame das Glas mit einem Rest Miami entgegen.

Hans fühlte sich verpflichtet, jetzt endlich zu sagen: »Wo haben Sie bloß all die schönen Sachen her?« »Nicht wahr, da staunen Sie«, sagten Relow und Dieckow fast miteinander, froh, dass man endlich darauf zu sprechen kam. Cordula aber faltete die nicht unbeträchtlichen Hände, die trotz ihrer ungewöhnlichen Flächenmaße gar nicht flach wirkten, gleichzeitig gab sie ihrem im dunklen Raum verfließenden Gesicht eine andächtige Fassung und sagte (eigentlich hatte man, wenn man ihre Vorbereitung zum Sprechen beobachtet hatte, etwas mehr erwartet): »Da steckt viel Arbeit drin.« Und als dann nichts mehr kommen wollte aus ihrem ebenfalls recht umfänglichen Mund (der so groß war, dass sie wahrscheinlich längst eingesehen hatte, wie unnötig es war, ihn wegen jedes Satzes ganz zu öffnen, es genügte vollkommen

– und so hielt sie es denn auch –, wenn sie ein Viertel oder allenfalls ein Drittel der zu Gebote stehenden Lippenbreite öffnete, um das, was sie zu sagen hatte, zu entlassen; natürlich öffnete sie immer jene Lippenpartie, eigentlich sollte man sagen, weil ihr Mund sich doch fast wie ein Rund durchs Gesicht zog, jenen Sektor ihrer Lippen, der demjenigen, den sie vor allem ansprechen wollte, zugewandt war; die Zuhörer, die auf der Seite saßen, auf der die Lippen fest geschlossen blieben, konnten nur an der Stimme erkennen, dass Cordula am Sprechen war), ja, als dann gar nichts mehr kommen wollte aus diesem Mund, da vergewisserten sich Relow und Dieckow zuerst einmal mit vorgestreckten Köpfen, dass Cordulas Mund rundum geschlossen war, dass also keine Partie nach irgendeiner Seite hin ein Gespräch führte (wenn sie ihre Zunge hätte spalten können, hätte sie tatsächlich den Versuch machen können, zwei Gespräche nach verschiedenen Seiten gleichzeitig zu führen), und dann polterten sie los und sagten, der Gast habe schließlich ein Anrecht darauf, ein bisschen mehr über das Nachtlokal Sebastian zu erfahren als diesen einen brummigen Satz. Und gleich fingen sie, gewissermaßen im Chor (manchmal trennten sich die Stimmen auch voneinander, sei es, dass der eine Atem holen musste oder sich etwas überlegte), zu erzählen an, als wären sie in jeder Sekunde dabei gewesen. Und Hans erfuhr, dass Cordula ein Antiquitätengeschäft betrieben habe. Sakrale Kunst war ihre Spezialität gewesen. Jahrelang sei sie in Bayern und in Tirol herumgefahren, habe mit ahnungslosen Küstern, ehrgeizigen Pfarrern und habsüchtigen Bauern gefeilscht, habe die schönen Stücke, die sie der dörflichen Nichtachtung und Zerstörung entrissen habe, in Philippsburg einem verständigeren Publikum (»Was heißt: einem verständigeren Publikum!« rief hier Relow dazwischen, weil gerade Dieckow am Erzählen war. Das habe sie sich ja erst schaffen und erziehen müssen! Ja manchmal unterbrachen sie sich ziemlich schroff, wie es eben immer geht, wenn zwei einem einzelnen etwas erzählen wollen, wobei es dann jedem Erzähler wichtiger ist, dass er zu Worte kommt, als dass der Zuhörer wirklich eine Vorstellung von dem Erzählten bekommt) ... nun gut, schaltete sich Dieckow rasch wieder ein, als er merkte, dass Relow den Faden nicht mehr aus der Hand, beziehungsweise aus dem Mund lassen wollte, auf jeden Fall habe sich Cordulas Laden für sakrale Kunst zu einem gesellschaftlichen Mittelpunkt ausgewachsen. (»Hat nie einer bestritten«, murrte Relow dazwischen.) Cordulas Geschäft habe damals die Geltung gehabt, die heute Cécile für sich erobert habe. Bitte, man sehe doch in Philippsburg in ein Haus von einigem Niveau, man finde keines, das nicht ein Stück aus Cordulas Hand enthalte, auch nicht das Haus des Atheisten Frantzke (»Frantzke ist doch viel zu dick, um Atheist zu sein«, lachte Relow störend dazwischen, weil er schon einige Sätze lang zum Pausieren gezwungen war). »Zu dick nicht, aber zu dumm«, übertrumpfte Dieckow den Einwand und riss damit gleichzeitig wieder das Heft an sich. Tja, und dann sei eben aus dem Laden für sakrale Kunst allmählich das Nachtlokal Sebastian geworden, gewissermaßen unmerklich, in einem fließenden, bruchlosen Übergang habe Cordula diese reizende Metamorphose zuwege gebracht. Schon die räumliche Anlage sei doch einfach bewundernswert, durch zwei Stockwerke gebaut und doch ein Raum, so sei ein Tempel der Geselligkeit entstanden, und Hans möge sich erinnern, ob er je einen Raum erlebt habe, der so mannigfache Möglichkeiten geboten habe, all die Terrassen und die Schlummerlogen, ja, er nenne sie Schlummerlogen, das sei seine persönliche Ausdrucksweise, die keine Anzüglichkeit enthalte, aber es sei eben so unsagbar gemütlich in diesen Logen, Beumann müsse das später einmal ausprobieren, nicht in seiner und Relows Gegenwart, sondern (»Wie wär's denn!«) vielleicht mit Marga oder gar mit Cordula selbst, es mache sich in diesen Logen eine vorzügliche Konversation. Hans sah erschrocken zu Marga hinüber, wollte den Kopf schütteln, um ihr zu beweisen, dass er sie niemals mit einem solchen Antrag belästigen würde, sie solle doch bitte nicht meinen, er werde die Umstände, unter denen er sie nach so langer Zeit wieder getroffen habe, in dieser Hinsicht ausnützen. Marga lachte, dass ihr die Haare ins Gesicht fielen. Hans wusste nicht recht, wie er das verstehen sollte.

Relow fuhr bei der nächsten Gelegenheit, die er mehr schuf, als dass Dieckow sie ihm geboten hätte, dazwischen: »Das Wichtigste ist, man ist hier ganz unter sich.« Gott sei Dank habe Cordula darauf verzichtet, auf billiges Publikum zu spekulieren. Nur Leute von Niveau bekämen Schlüssel und würden damit zu Rittern des Nachtlokals Sebastian geschlagen, zu Chevaliers de l'Etablissement Sebastian. Und diese Sebastianer brächten eben nur Freunde mit, die des Lokals würdig seien.

Hans fragte schüchtern, wer in Philippsburg sich einen Sebastianer nennen dürfe.

»Was Rang und Namen hat und einige Lebensart«, sagte Dieckow. Relow schwächte ab und sagte, ein paar Stockfische seien natürlich nicht zu vermeiden gewesen, so gehöre neben dem prächtigen Donderer (ein Philippsburger Rennfahrer) leider auch ten Bergen zum Orden, der habe tatsächlich zwei gefunden, die für ihn stimmten. Das sei die Regel, zwei Gäste müssten einverstanden sein, wenn ein Neuer aufgenommen werden wolle. Mauthusius und die Dumont hätten für ten Bergen gestimmt, wisse der Teufel, warum. Na ja, ten Bergen, den er für den humorlosesten Menschen der Welt halte, komme glücklicherweise selten und auch dann nur um der public relations willen. Ja, und dann gehörten Frantzke und der dicke Alwin dazu (Cordula hustete verächtlich, als sie Alwins Namen hörte, und Marga unterdrückte einen Lachanfall, wie es Backfische tun, wenn sie gar nicht lachen müssen, aber so tun wollen, als könnten sie sich vor Lachen nicht mehr halten), natürlich auch Büsgen, na ja, er werde hier noch manchen guten Mann treffen, leider aber auch ein paar, die nicht bloß aus lauteren Motiven ins Sebastian kämen.

Hans wagte nicht zu fragen, welche Motive man bei einem Gast des Nachtlokals Sebastian als lauter und welche man als unlauter zu bezeichnen habe. Er fürchtete, dass man die Empfindungen, die ihn plagten, wenn er die vielen Mädchen anschaute, die über die Bar hingen, vielleicht auch als unlauter brandmarken würde. Und wenn er gar Marga betrachtete, deren jetzt so schmales Gesicht immer in Gefahr war, von der fahlen Haarflut begraben zu werden, an was sollte er denn da, nach den Gesetzen dieses Hauses, denken! Aber offensichtlich war dies ein Nachtlokal mit hohem sittlichem Niveau, was ja schon der Name und die ganz aus sakralem Bereich stammende Dekoration vermuten ließ. Trotzdem saß hier, wie er im Lauf des Abends feststellte, kein Gast länger als fünf Minuten allein an einem Tisch. Kaum, dass einer Platz genommen hatte, schlüpfte eine hinter der Bar hervor, erkundigte sich nach seinen Wünschen, brachte ihm das Gewünschte und blieb dann bei ihm sitzen. Und aus den tuchverhangenen Logen schlug grelles Gelächter, wie es bei bloßer Konversation nur selten entsteht. Das Licht im Sebastian war übrigens so schwach gehalten, dass man die Gäste am Nebentisch schon nicht mehr erkennen konnte, wenn sie nicht von sich aus daran interessiert waren, gesehen zu werden, und deshalb die auf jedem Tisch bereitstehende Kerze anzündeten.

Marga hatte sich nach den Wünschen der Herren erkundigt. »Vorerst fleischlos und etwas Gutes zu trinken«, hatte Knut Relow geantwortet. Für sich bestellte er dann einen Lemon Flip. Und Hans? Auch Lemon Flip. Ihm fiel nichts anderes ein. Und weniger als das Miami-Getränk konnte ihm der ebenso unbekannte Lemon Flip auch nicht zusagen. »Hast du immer noch Sorgen mit dem Totogewinner?« fragte Relow, nachdem Marga zur Bar hinaufgegangen war, um die Getränke zu holen. Hans hatte ihr nachgesehen, so gut es das Dunkel zuließ. »Ach weißt du«, sagte Cordula und ließ eine Hand in trauriger Gebärde am aufgestützten Arm hängen, »der richtet mich noch zugrunde.« Und dann erfuhr Hans Beumann, welche Gefahr zur Zeit das Nachtlokal Sebastian bedrohte. Ein Arbeiter von der städtischen Straßenreinigung hatte im Fußball-Toto eine Summe von mehr als sechshunderttausend Mark gewonnen! Sechshundertfünfundvierzigtausend Mark! Und dieser Kerl, dreiunddreißig Jahre alt, ungebildet und ohne Manieren, wenn auch von nicht unangenehmem Äußeren, der hatte von irgendwoher einen Schlüssel zum Sebastian bekommen. Woher, das hatte Cordula trotz allen Nachforschens noch nicht in Erfahrung bringen können. Mit diesem

Schlüssel versehen, war er nun schon sechsmal ins Sebastian eingedrungen, hatte sich an den größten Tisch gesetzt, hatte alle Mädchen eingeladen, hatte sogar noch ein paar ganz üble Zechkumpane mitgebracht und hatte sich mit denen aufgeführt, dass die Stammgäste nach und nach unter Protest das Lokal verlassen hatten. Wenn eines der Mädchen seinen und seiner Kumpane Tisch habe verlassen wollen, sei es mit Gewalt festgehalten worden. Die Floor-Show, die jede Nacht von Mitternacht bis ein Uhr auf dem Milchglas-Parkett ablaufe, hätten die Burschen mit wüsten Rufen begleitet und hätten auch ganz ordinäre Worte nicht gescheut. Leider habe sie, Cordula, feststellen müssen, dass zwei der Mädchen, die fest mit seriösen Stammgästen liiert gewesen seien – und diese Stammgäste hätten die ganze Nacht auf die beiden gewartet –, dass diese zwei Mädchen es vorgezogen hätten, sich mit diesen Kerlen einzulassen; sogar auf die Straße seien sie ihnen gefolgt, freiwillig! Und weil dieser Totogewinner das Geld gar so locker sitzen habe und es in der lächerlichsten Weise verschwende, drängten sich immer mehr ihrer Mädchen um ihn, wenn er jetzt auftauche. Und so ordinär er und seine Genossen sich auch aufführten, er werfe eben mit dem Geld nur so um sich, und dann seien er und seine Genossen zusammen noch nicht so alt wie mancher der ehrenwerten Stammgäste, allein, das seien für die Mädchen schon arge Versuchungen. Die Stammgäste säßen dann allein, riefen nach ihr, der Chefin, um Rechenschaft zu fordern. Man sei ins Nachtlokal Sebastian gekommen, um sich mit Gerdi, Dagi, Uschi, Marga, Olga oder Sophie zu unterhalten und nicht um allein dazusitzen und sich die Ohren von ein paar Radaubrüdern vollschreien zu lassen. Ihr, der Chefin, mache man Vorwürfe, verlange Erklärungen, warum sie solchen Radaubrüdern Schlüssel aushändige. »Bitte, was sagen Sie dazu«, rief Cordula mit Tränen in den Augen, »ich hätte diesem ordinären Gesindel Schlüssel gegeben, das muss ich mir sagen lassen, ich, die das Nachtlokal Sebastian erfunden hat, jawohl erfunden, denn es ist ohne Vorbild, hier und andernorts! Ich habe den Philippsburgern gezeigt, was Lebensart ist, ich werde mich gerade mit dem Pack gemein machen! Na, Knut, ich bitte Sie, so was soll ich mir vorwerfen lassen! Einer, ich will keinen Namen nennen, aber wenn Sie ein bisschen nachdenken, dann wissen Sie, wer es war, der ließ sogar durchblicken, dass ich den Totogewinner geradezu eingeladen hätte, um einen Teil des Gewinnes abzusahnen, also das ist, nein, da kann ich einfach nicht mehr, so was einer alleinstehenden Frau, wissen Sie ...«

Cordula schluchzte in sich hinein. Hans hätte Relow am liebsten aufgefordert, endlich etwas Tröstliches zu sagen, eine Rehabilitierung im Namen aller wohlmeinenden Gäste. Aber Relow lächelte bloß. Ihm schien Cordulas Ausbruch nicht so nahezugehen wie Hans, der in diesem Augenblick bedauerte, kein mächtiger, einflussreicher Mann zu sein, ein Mann, dessen Bürgschaft und Zuspruch Frau Cordula wirklich hätten trösten können.

Marga brachte die Lemon Flips. Sie zog ihr Lächeln aus dem Gesicht, als sie ihre Chefin sah und presste die Lippen aufeinander wie die Angehörige einer Familie, die von einer Katastrophe betroffen wurde. Wahrscheinlich gehörte sie zu den Mädchen des Nachtlokals Sebastian, die es für unter ihrer Würde ansahen, von dem verschwenderischen Totogewinner zu profitieren. »Denken Sie nur«, sagte sie, »als die Kerle vorgestern da waren, setzten sie dem heiligen Sebastian einen Strohhut auf! Und eine Krawatte haben sie ihm umgebunden und umarmt haben sie ihn und Servus Basil gerufen! Es ist eine Schande!«

»Frühes siebzehntes«, schluchzte Cordula ergänzend dazu, um der naiv-religiösen Empörung Margas noch eine kunsthistorische Basis zu geben und damit anzudeuten, dass man ja nicht von jedem religiöse Empfindung, wohl aber Achtung vor Kulturwerten verlangen könne. Damit hatte sie endlich auch Herrn Relows Entrüstung wachgerufen. »Barbaren«, murmelte der durch seine breiten weißen Zähne und stürzte dann, als müsse er sich betäuben, den Lemon Flip in einem Ansatz hinunter. Dieckow spielte traurig mit seinen kurzen Fingern. »Und während wir hier sitzen und reden, können sie schon wieder unterwegs sein, können jeden Augenblick die Treppe heraufstürmen, den Vorhang auseinanderreißen und das Lokal besetzen.«

Cordula und Marga wirkten jetzt wie zwei Vestalinnen, die zitternd im Tempel kauern und dem nächsten Einbruch fremdrassiger Barbaren entgegenbangen.

»Von der städtischen Straßenreinigung«, sagte Knut Relow, und schüttelte sich, als sei ihm ein übelriechendes vielfüßiges Insekt vom Hinterkopf abwärts in den Kragen gekrochen. »Aber von wem können die bloß den Schlüssel bekommen haben?« fragte Hans Beumann, um endlich auch einmal etwas zu sagen.

»Der Bursche, seine Kumpane rufen ihn übrigens Hermann, muss ihn für viel Geld gekauft haben«, sagte Cordula.

»Aber von wem?« fragte Knut Relow. Fragte in einem Ton, der verriet, dass er selbst denjenigen zur Rechenschaft ziehen werde, der es gewagt hatte, den Orden der Stammgäste des Nachtlokals Sebastian für schnödes Geld an einen Straßenkehrer zu verraten.

»Wenn ich das wüsste«, sagte Cordula und sah zu ihrem heiligen Sebastian hinüber, als müsse es ihr der sagen. Vor der Sebastianfigur brannte jetzt in rotem Glas eine Kerze. Marga verabschiedete sich. Die »Show« beginne gleich. Und eben in dem Augenblick, da unten auf dem Milchglas vier Mädchen mit Hawaiikränzen um die bloße Brust auftauchten und einen schwermütigen Tanz begannen, riss oben der schwarze Türvorhang auseinander und Hermann stampfte mit seiner Horde herein. Zuerst besetzten sie die Bar, verlangten mehr mit Armen und Händen als mit dem Mund (wahrscheinlich kannten sie die Namen der Getränke nicht und zeigten deshalb auf einzelne Flaschen), was sie zu trinken wünschten, und drehten sich nach den ersten Schlucken auf ihren Barhockern, um die Tänzerinnen sehen zu können. Die Schwermut der Hawaiimädchen war vom wildschwarz-weißen Wäschegestöber einer Handvoll Can-Can-Tänzerinnen abgelöst worden. Danach wallte ein großes Ensemble aufs Milchglas, Rheintöchter wahrscheinlich, sie wanden sich umeinander, streichelten ondulierend ihre langen Strohhaare und lagen und saßen und wogten um einen fellbekleideten Tänzer und eine grünschillernde Tänzerin herum, die einander immerzu anstarrten. Die Rheintöchter aber nahmen an dem Ernst dieses Paares nicht den nötigen Anteil. Sie streichelten zwar ihre Strohhaare, bewegten Körper und Beine, als schwömmen sie in einem zähen Wasser, aber ihre Gesichter waren auch nicht zum Schein bei der Sache, die starrten, teils ängstlich, teils frech, zu den Gästen herauf. Tragische Gesichter, schmerzliche Münder, vor Wehmut schwimmende Augen, das hätte das Spiel gefordert.

Mag sein, dass Hermann und seine Begleiter einige der Mädchen verwirrten und dass sich einige genierten, aber da waren auch ein paar, die es nur darauf angelegt hatten, aufzufallen, sich vor dem und jenem Gast, mit dem sie gerade noch geplaudert hatten, jetzt schamlos aufzuspielen, dass er sie etwa gar für eine Künstlerin halte. Marga gehörte übrigens auch zu denen, die das Spiel des Chores störten. Sie, die am ganzen Körper spindelig und schlank war, führte alle Bewegungen übertrieben deutlich aus und tat überhaupt so wie eine Zwölfjährige, die bei einem Familienbesuch mit den sechs und acht Jahre jüngeren Kindern der Verwandten spielen muss; Spiele, über die sie längst hinaus ist, die sie aber, den Kleineren zuliebe, noch mitmacht; allerdings nicht, ohne der Umwelt durch parodistische Übertreibungen zu demonstrieren, dass man ihr fast ein bisschen zuviel zumute.

So gebärdete sich denn jede ein bisschen anders als die andere. Und das Solopaar, das seine Sache, die einen unguten Verlauf zu nehmen schien, ernst nahm, musste ohne rechtes chorisches Geleit in sein Schicksal hineintanzen. Als der Solotänzer sich wegwenden wollte von der Solotänzerin, das heißt, als er sie für immer zu verlieren im Begriffe war, und als er diesen schrecklichen Augenblick – wer fühlte da nicht mit ihm! – immer noch um einen Atemzug hinauszögern wollte, da schrie eine stark vom Dialekt gefärbte Stimme: »Jetzt hau doch endlich ab!« Natürlich einer der Hermann-Leute. Ein empörtes Raunen erhob sich von den Terrassen.

Die Rheintöchter hatten sich noch nicht von der Bühne gerettet, da brach durch die Pappfelsen, die gleich darauf weggeräumt wurden, eine fast unangezogene Dame mit einem Sonnenschirm, den sie rasend schnell zu drehen verstand, und sang ein Lied, das nur aus den Worten »Bon soir« bestand, die sich drei bis vier Minuten lang wiederholten. Das war natürlich für Hermann und seine Burschen geradezu eine Aufforderung, mitzusingen, da sie sich ja schmeicheln durften, den Text zu kennen. Und von diesem Augenblick an konnte keine Darbietung mehr die Milchglasbühne passieren, ohne dass sich die Störenfriede nicht sehr geräuschvoll eingemischt hätten. Am schlimmsten war es bei der Schlussnummer des Programms, die den Tod des heiligen Sebastian darstellte. Knut Relow flüsterte Hans zu, diese Nummer beschließe jedes Programm im Nachtlokal Sebastian, so etwa wie in England jede Kinovorstellung, egal ob ein lustiger oder ein ernster Film gelaufen sei, von der Nationalhymne beschlossen werde. Der heilige Sebastian, dargestellt von dem schöngewachsenen Solotänzer, wird von einer Soldatenrotte hereingezerrt, die fast nur mit Helmen und Stiefeln bekleidet ist und offensichtlich aus dem Ballett des Hauses, den Barmädchen also, rekrutiert wird. Die Soldaten machen mit übertriebenen Gebärden deutlich, wie sehr sie den Sebastian verachten. Sie binden ihn an einen rauhen Pfahl und stellen sich auf, ihn mit Pfeilschüssen umzubringen. Da rast ein Mädchen aus dem Dunkeln. Die Solotänzerin. Sebastians Geliebte. Sie tanzt vor den Soldaten, um sie von Sebastian abzulenken. Schließlich gibt sie sich, um Sebastian freizukaufen, jedem einzeln hin. Die Soldaten zeigen ihre Lust, wahrscheinlich, weil sie Soldaten sind, mit schonungsloser Offenheit. Hermann und seine Kumpane, die keinen Sinn für das schmerzliche Opfer des Mädchens hatten, die nicht empfanden, mit welchen Gefühlen der am Pfahl gefesselte Sebastian diese vielfache Schändung seiner Geliebten beobachtete, Hermann und die Seinen johlten voller Vergnügen bei dieser Szene und waren nicht zur Ordnung zu bringen durch die Zurufe von den unteren Terrassen, wo die seriösen Gäste aus Philippsburg saßen, vielleicht mit auswärtigen Geschäftspartnern und Freunden, denen sie diese kultivierte Unterhaltung als ein Gastgeschenk hatten anbieten wollen, ein Gastgeschenk, das unter dem unzweideutigen Geheul des Straßenreinigers und seiner Genossen zu einer Farce herabgewürdigt wurde. Die auf der Bühne trieben die grausame Handlung weiter, ohne sich von den Eindringlingen beirren zu lassen: die Geliebte wankt nach den grauenvollen Akten mit den Soldaten auf Sebastian zu, will ihm schon die Fesseln lösen, als die Soldaten, ihr Wort brechend, die Pfeile auf die Bogen legen und auf Sebastian zu schießen beginnen. Die Geliebte, das sehend, wirft sich vor ihn und stirbt mit ihm unter den Pfeilen der Peiniger. Knut Relow kommentierte: verschiedene Gäste hätten von Cordula für diese Szene immer wieder ein Happy-End verlangt, Cordula aber, die ja die ganze Show selbst entwerfe und inszeniere, habe solchen Wünschen Gott sei Dank immer widerstanden, nicht der historischen Wahrheit zuliebe, mit der sei sie, wie es ja auch erlaubt sei, kühn und eigenwillig verfahren, nein, um einer höheren Wahrheit willen habe sie es vermieden, die harte Szene in einem rührseligen Versöhnungsfest zerfließen zu lassen. Und Hans müsse das doch auch empfinden, die Szene habe so eine ganz andere Gewalt!

Hans sagte: »Ja, ja, das stimmt schon.« Ob ihm auch aufgefallen sei, sagte Relow, wie sehr der Tänzer der im Lokal aufgestellten Sebastianfigur ähnlich sei. Cordula selbst betätige sich um dieser Wirkung willen allabendlich als Maskenbildnerin. Hans sagte, ja, das sei erstaunlich, obwohl er von dieser Ähnlichkeit nichts bemerkt hatte. Dieckow schlug vor, eine der Logen aufzusuchen, da sei man vor dem Lärm der Hermann-Bande doch eher verschont als wenn man gerade unter den Mäulern dieser Kerle sitze.

Relow sagte, das sei Flucht. »Wir müssen den Burschen endlich einmal hart kontern! Man muss ihnen zeigen, dass sie mit uns nicht nach Belieben Schlitten fahren können!« Relow spannte sein Sportlergesicht und ließ seine breiten weißen Zähne sehen. Dieckow aber wiegte seinen runden Kopf auf seinen Schultern (weil er keinen Hals hatte, oder weil man den, falls er einen hatte, nicht bemerkte, sah es aus, als rolle der runde Kopf, von einem fetten Doppelkinn gepolstert, von der linken Schulter zur rechten und wieder zurück; da diese Schultern gar nicht breit waren, war das kein langer Weg), sein Gesicht war durch Relows aggressive Parolen beunruhigt worden: ob man nicht juristisch gegen den Burschen vorgehen könne? »Juristisch!« Relow lachte höhnisch auf.

»Ja, man muss alle Sebastianer zusammenrufen, muss ihnen die Gefahr schildern, ihnen klarmachen, dass mit der Exklusivität schlechthin die Existenz des Nachtlokals Sebastian in Frage gestellt ist ...« Dieckow redete eifrig, um Relow von seinen Selbsthilfegedanken abzubringen. Eine Saalschlacht gegen diese Straßenkehrer erscheine ihm, dem Schriftsteller Helmut Maria Dieckow, als eine Niederlage a priori, damit lasse man sich von Anfang an auf das Niveau des Gegners herabzerren, und dagegen verwahre er sich. Während nun ein richtiger Kriegsrat gehalten wurde, zu dem Cordula auch noch einige andere Sebastianer an den Tisch bat, während man die Köpfe zusammenbog und rasch und erregt trank – auch Hans konnte sich der aufflammenden Katastrophenstimmung nicht entziehen –, gebärdete sich Hermann mit seinen Leuten immer ungehobelter. Die Sebastianer mussten sich die Ratschläge, die sie einander gaben, in die Ohren schreien, um sich zu verständigen. Die neu hinzugekommenen Herren, Hans kannte nur Herrn Mauthusius, waren alle Dieckows Ansicht, was die Methode der Verteidigung anbetraf; ob es überhaupt eine juristische Möglichkeit gab, gegen Hermann vorzugehen, konnte allerdings keiner mit Sicherheit sagen. Hausfriedensbruch lag nicht vor, denn er hatte ja, wie sie alle, einen Schlüssel. Woher er den hatte, das war die Frage, die sie am meisten plagte. Wer war der Verräter unter den Sebastianern? Es war, soviel man wusste, keiner in Geldschwierigkeiten. Sebastianer sein, hieß, keine Geldschwierigkeiten kennen. Hans dachte: vielleicht hat Büsgen den Schlüssel geliefert. Wenn er den jungen Mann von der städtischen Straßenreinigung ansah, wie er hochaufgerichtet an der Bar saß, ein kühnes, braunes Gesicht, noch straffer als das von Herrn Relow, das schwarze Haar natürlich gelockt, was er aber durch kurzen Schnitt verhinderte, so dass es nur leicht gekrümmt vom Kopf abstand und sich gleich wieder zum Kopf zurückbog, ein prächtiger Kerl! Warum kommen sie nicht auf Büsgen, dachte Hans. Aber er wagte es nicht, seinen Verdacht auszusprechen.

Schließlich beendete man die Beratung mit dem Ergebnis, man werde für einen der nächsten Abende alle Sebastianer zusammenrufen, um zu einem endgültigen Beschluss zu kommen.

»Wir haben noch etwas vor«, rief Knut Relow, »und zwar mit Ihnen, Hans Beumann!« Hans erschrak.

»Jawohl«, rief jetzt auch Herr Dieckow, »sorgen wir für den Nachwuchs, dann erübrigen sich die Sorgen um diesen Straßenkehrer!« Hans erfuhr, dass er zum »Chevalier« geschlagen werden sollte, und zwar sofort. Lang genug sei jetzt in Philippsburg und habe sich als ein Mann erwiesen, mit dem was anzufangen sei. (Bloß was, dachte Hans.) Man habe ihn in verschiedener Hinsicht geprüft. Er habe die Probe bestanden. Relow und Dieckow bürgten für ihn.

Hans musste an Klaffs Wachstuchhefte denken. »Eine Spielzeit auf Probe.« Er selbst hatte also, nach der Ansicht all dieser fröhlich auf ihn einlächelnden Herren, so etwas wie eine Probe bestanden. Weil er immer freundlich gewesen war wahrscheinlich, weil er niemanden, und auch sich selbst nicht, umgebracht hatte ...

Bevor Hans sich hätte äußern können – und was hätte er auch sagen sollen, sich weigern gar? Das wäre eine Dummheit gewesen, die meinten es gut, und für ihn war es ja eine Ehre, bitte, er, aus Kümmertshausen, noch kein Jahr hier und schon im vornehmsten Club der Stadt, er konnte sich nur bedanken bei diesen wohlmeinenden Herren –, bevor er auch nur den Mund aufbrachte, war er schon zur Figur des Sebastian geführt worden: die Sebastianer bildeten einen Kreis (sie schienen alle unterrichtet worden zu sein), Cordula und Marga schleppten zwei Kerzen, ein Tablett voller Gläser, eine riesige Kette, einen Pfeil und ein schwarzes Kistchen mit glänzenden Beschlägen herbei. Relow und Dieckow hatten ihre Schlüssel aus den Taschen gezogen. »Wo bleiben die Ehrenjungfern?« rief Relow. Cordula schaute sich rasch um, erschrak und rief und riss dabei zum ersten Mal den ganzen Mund auf: »Sophie, Gerdi, was ist los mit euch!« Und winkte so energisch wie es ihr möglich war zur Bar hinauf. Dort lösten sich die beiden Mädchen mürrisch und mit Gesten, die deutlich zeigten, dass sie sich ungern stören ließen, von dem Klumpen, aus dem sichtbar nur Hermann selbst herausragte.

Sie kamen herunter und empfingen von Marga zwei Rosen, die sie sich nachlässig ins Haar steckten. Aber hinter ihnen kamen, von Hermann angeführt, die Eindringlinge. Hans wurde vor Sebastian aufgestellt, musste einen Pfeil in die Hand nehmen und sich von Cordula eine Kette umhängen lassen. Die Ehrenjungfern wurden ihm an die Seite geschoben. Sie grinsten ihn an. Cordula stand jetzt bewegungslos wie ein Standbild und trug das schwarze Kistchen auf ihren Armen, wie bei Beerdigungen Ordenskissen getragen werden. Relow und Dieckow zogen Pergamente hervor, Hans wusste nicht, wo sie die so plötzlich herbrachten, und begannen abwechselnd zu lesen. Jedem stand ein Sebastianer, mit einer Kerze leuchtend, zur Seite. Das Geflacker der Kerzen warf über die ganze Gruppe einen feierlich-düsteren Glanz. Hans musste ein paar Sätze nachsprechen, in denen davon die Rede war, dass ein Comes Sebastiensis in allen Lebenslagen zuerst ein Sebastianer sei, dass er jedem in Not befindlichen Sebastianer unter allen Umständen helfen werde, dass er, wann immer es ihm möglich sei, ins Sebastian komme, um hier gute Lebensart zu praktizieren, um hier dafür zu sorgen, dass das Leben lebenswert bleibe und wahre Fröhlichkeit eine bleibende Statt habe.

Am Ende dieses feierlichen Wortwechsels nahm Relow das Kistchen aus Cordulas Händen, diese öffnete es und überreichte Hans den Schlüssel, der darin auf samtnem Polster gelegen hatte. Pfeil und Schlüssel seien die Zeichen seiner neuen Würde, solange er sie trage, dürfe er sich ein Ritter vom Orden Sebastians nennen. Gleichzeitig reichte Dieckow ihm eine Urkunde, Marga bot ihm ein Glas an, die Ehrenjungfern neigten ihre großen Gesichter mit den schattigen Augen zu ihm hin, um ihn zu küssen, und Hände fuhren von allen Seiten auf ihn zu, um ihm zu gratulieren. Aber ehe er allen Angeboten hätte zusprechen können, drang Hermann in den Kreis und rief mit einer stahlharten Stimme: »Ich will auch aufgenommen werden!« So still wie in diesem Augenblick im Nachtlokal Sebastian war es seit Erschaffung der Welt nirgendwo mehr gewesen. Hans, der gerade ein Glas Sekt in die Mundhöhle geleert hatte, schluckte das Getränk hinunter, alle hörten es und sahen zu ihm her, auch Hermann, Hans spürte die Blicke, er war plötzlich der geworden, von dem alles abhing. Hätte er nicht gerade in diesem Augenblick seinen Sekt hinuntergeschluckt, hätte nicht er die fürchterliche Lautlosigkeit unterbrochen – denn jetzt sah es so aus, als habe er absichtlich geschluckt, als sei dieses geräuschvolle Schlucken ein Ausruf gewesen, ein Bekenntnis, ein Versprechen und eine Kampfansage –, hätte nicht er alle Erwartungen auf sich konzentriert, vielleicht wären alle Sebastianer dann wie ein Mann vorgetreten und hätten das Ansinnen des Unwürdigen zurückgewiesen, zumindest aber hätte sich vielleicht Relow aufgerafft, nun irgend etwas zu tun, was eines Sebastianritters würdig gewesen wäre. So aber lag alles bei Hans Beumann. Der sah Hermann in die Augen, schwankte noch vom linken zum rechten Auge und wieder zurück, weil man ja nie einem Menschen, dem man so nah gegenübersteht, in beide Augen zugleich sehen kann (weshalb man im kämpferischen Sprachgebrauch auch sagt, man sehe dem Feind ins Auge! Dieser Singular ist sicher eine Frucht jahrtausendealter Nahkampferfahrungen des Menschengeschlechts), und endlich war er des Hin- und Herschauens überdrüssig und bohrte seinen Blick auf die Nasenwurzel des Gegners, die von herüber- und hinüberwuchernden schwarzen Augenbrauen dicht bewachsen war.

»Ich fordere Sie auf, das Lokal zu verlassen«, sagte Hans mit einer Stimme, von der die Zuhörer annehmen mussten, sie gehöre einem Mann, der zum Äußersten entschlossen ist. Hans bemerkte, dass der Gegner lächelte und dabei eine Fülle gelber, aber stark gewachsener Zähne entblößte. Hans lernte diesen Mann in wenigen Sekunden kennen, als wäre er jahrelang mit ihm befreundet gewesen. Der war etwa gleich alt, vielleicht aus einem Dorf in der Nähe von Kümmertshausen, der Dialekt in dem einen Satz hatte ihn recht heimatlich angemutet. Hermann war sicher in einem jener Häuschen am Ende des Dorfes aufgewachsen, in denen die wenigen vom Grundbesitz ausgeschlossenen Familien hausen, vier, sechs Kinder, drei Zimmer, der Vater Taglöhner, die Mutter putzt im Schulhaus, die Söhne gehen, sobald sie die Schule hinter sich haben, in die Stadt und lassen jahrelang nichts mehr von sich hören. Kinder solcher Familien waren seine einzigen Spielkameraden gewesen, sie hatten Zeit gehabt wie er, waren nicht von bäuerlichen Eltern in jeder schulfreien Stunde mit dem Vieh aufs Feld oder mit Körben und Säcken auf die Äcker geschickt worden. Hermann hieß der, Unsicherer im Nachnamen, oder Christlieb, oder Schäfler, oder Schorer, der musste schöne Schwestern haben, und wenn die die schönen Zähne noch putzten, mit denen diese Taglöhnerfamilie gesegnet war ... ob der von seinem riesigen Gewinn auch etwas heimgeschickt hatte, sicher, er sah eigentlich nicht aus wie ein Lümmel, seine Augen waren dunkel und gar nicht hart, ja, da zuckte sogar etwas ... der hatte Angst vor ihm, natürlich, das war kein Kämpfer, so wenig wie Hans, der hatte sich bloß aufgespielt, erregt durch seinen großen Gewinn, jetzt wich er, als Hans sich auf ihn zuschob, langsam zurück, schaute geradezu flehend herauf zu Hans, denn ein paar Zentimeter war er doch kleiner als Hans, aber viel kräftiger gebaut, viel besser in Form, würde er sich von Hans tatsächlich so Schritt für Schritt aus dem Kreis hinaus und dann noch aus dem Lokal hinaus schieben lassen, nein, das konnte er nicht, zu viele schauten zu, zu weit hatte er sich vorgewagt, genau wie auch Hans jetzt nicht mehr zurück konnte, sie waren aufeinander losgelassen worden, trieben aufeinander zu, es war nichts mehr zu ändern. Hans erkannte, dass in seinem Gegner die Angst abzuflauen begann, aber sie war noch nicht ganz aus ihm gewichen, da war immer noch eine Scheu in seinen Augen vor dem besser gekleideten Herrn, den er wahrscheinlich für einen vornehmen Städter hielt, o ja, das macht was aus, Hans brauchte nur einen einzigen Blick über die vor ihm immer noch fast unmerklich zurückweichende Gestalt zu werfen, die mit rasch gekauften Kleidern behängt war, und schon stählte Verachtung seine Augen, trieb sein Blut lebhafter durch die schwergewordenen Glieder, aber der andere sammelte sich auch, maß schon den städtischen Herrn, suchte nach dem Punkt, dem der erste Schlag gelten sollte, Hans spürte, dass keine Sekunde mehr vergehen durfte, wenn er seine gewissermaßen moralische Überlegenheit, die einzige Chance zu siegen, nicht opfern wollte, und deshalb schlug er zu, zweimal. Aber weil er weder den Magen noch den Hals oder gar das Gesicht zu treffen wagte, schlug er nur gegen die vor Muskeln starre Brust seines Gegners. Der andere schlug zurück, aber Hans mit seinem größeren Gewicht warf sich jetzt einfach auf ihn, wie sich ein Verzweifelter in einen Abgrund wirft. Und dabei gerieten sie über das Plateau, auf dem der heilige Sebastian stand, hinaus und stürzten über mehrere Treppen hinunter auf eine tiefer gelegene Terrasse. Der städtische Straßenreiniger musste bei diesem von Hans' ganzem Körpergewicht und von seinem verzweifelten Willen beladenen Sturz mit dem Hinterkopf auf eine der Stufen geschmettert worden sein. Er blieb auf der unteren Terrasse bewegungslos liegen. Hans erhob sich und schaute überrascht auf seinen Gegner hinunter. Die Mädchen brachten Wasser und Lappen. Hermanns Anhänger beugten sich über ihren Anführer und versuchten, ihn ins Leben zurückzurufen.

Hans nahm die Gratulation der Sebastianer entgegen. Cordula fiel ihm um den Hals und drückte ihm ihren endlosen Mund lange ins ganze Gesicht. Aber auch Marga ergriff seine Hand und wollte sie nicht mehr loslassen. Dieckow, dem diese Szene nicht recht geheuer gewesen sein mochte (so eine Rauferei konnte ja Weiterungen haben), drängte darauf, dass Hans das Lokal verlasse, bevor der Gegner sich wieder gesammelt habe, ein Denkzettel sei ihm verpasst worden, er wisse nun, dass es auch im Sebastian Leute gebe, die ihn zu nehmen wüssten, das genüge. Überhaupt sei es inzwischen spät genug geworden. Cordula solle den Eindringlingen nachher die Tür weisen, es sei ratsam, das Feld zu räumen.

Nur Relow widersetzte sich dem allgemeinen Aufbruch. Man dürfe den jungen Sebastianritter nicht um seine zweite Runde bringen! Aber er drang nicht durch.

So ließ man denn Cordula und Mauthusius allein zurück. Mauthusius hatte sich angeboten, zu bleiben, bis die Burschen mit ihrem beschädigten Anführer das Lokal verlassen hätten. Dass sie gegen den ehrwürdigen Mauthusius und die auch schon fast ehrwürdige Cordula noch tätlich werden würden, war nicht zu fürchten.

Hans war froh, als er sich in Relows Sportwagen wiederfand. Eng neben ihm saß Marga. Man wollte noch in eine Bar. Einige der Mädchen und Herren würden nachkommen.

Und dann wurde Hans gefeiert. Alle sagten, einen solchen Einstand habe es im Sebastian noch nicht gegeben. Davon werde man noch lange sprechen. Hans war ein Held. Und Marga schmiegte sich an ihn, tanzte mit ihm und nahm ihn später mit.

Hans hatte inzwischen die Augen seines Gegners vergessen, hatte vergessen, wer dieser Gegner gewesen war. Übriggeblieben war nur das Bewusstsein, eine Tat vollbracht zu haben. Und das war ein Rausch, der ihm zum ersten Mal in seinem Leben zuteil wurde.

Es gab keine Nacht in seinem Leben, die mit dieser vergleichbar war, keine Frau, die sich mit Marga messen konnte, keine hatte sich je so aufgeführt, ach Anne, sie war eine alte Jungfer, Marga aber ... wenn bloß die Zukunft ausfallen würde, so wie ein Schultag ausfallen kann. Wie sollte er nach solchen Ereignissen noch weiteratmen in mühsam sich hinschleppenden Tagen, ausgetickt von kleinlichen Uhren! Und was noch Gegenwart war und nie enden sollte, zersprang ihm unter dem Geprassel der Sekunden, die, wie ein Fahrtwind bei rasender Geschwindigkeit, hereinstürmten in das schutzlose Zimmer, um es den fühllos prüfenden Händen eines neuen Tages auszuliefern.

3.

Hans erwachte an einem Schlagzeugsolo. Marga saß auf dem Bettrand, war schon angekleidet, rauchte eine Zigarette und machte mit einem langen Zeigefinger: »Pst« und sagte: »Gene Krupa.« Dabei bog sie die Augenbrauen vor Andacht so hoch hinauf, dass die unter den unregelmäßig in die Stirn hängenden Haare verschwanden. Als eine Trompete das Orchester durchstieß und sich nicht mehr zu den anderen Instrumenten zurückfinden wollte, sagte sie: »Harry James.« Hans machte ein interessiertes Gesicht und versuchte einen mimischen

Ausdruck zustande zu bringen, in dem sich Verständnis und staunende Bewunderung mischten. Zuviel Verständnis wollte er nicht heucheln, sonst würde sie ihn für einen Kenner halten, und er würde sich mit dem ersten Wort, das er nachher sagte, nur lächerlich machen. Marga hatte offensichtlich gemerkt, dass er kein Fan war, und setzte ihre Erläuterungen fort. »Benny Goodman, Lionel Hampton, Teddy Wilson, Helen Ward ...«

Als Hans einen vorsichtigen Blick auf die Nadel riskierte, sagte sie stolz: »Langspielplatte.« Dann legte sie sich neben ihn und ließ ihre langen Beine – sie trug Hosen mit grünroten Karos – in der Luft tanzen, hielt es nicht aus, sprang auf und ließ sich von der Musik in dem kleinen Zimmer herumtreiben. Hans lächelte wie ein alter Mann, der seinem Enkelkind beim Spielen zusieht. Um auch etwas zu tun, zündete er sich dann eine Zigarette an, obwohl es ihm eine Qual war, vor dem Zähneputzen und vor dem Frühstück zu rauchen. Unter anderen Umständen hätte er dieser Musik vielleicht gerne zugehört, aber jetzt hätte er lieber mit Marga gesprochen. Er musste ihr doch erklären, dass er es nicht bereue, mitgegangen zu sein, er musste ihr sagen, dass ... dass er sie wirklich ... ja eben, dass das alles seit gestern abend nicht bloß eine Laune, nicht bloß ein Produkt des Zufalls gewesen sei, dass er nicht mitgegangen sei, weil er zuviel getrunken hatte ... aber Marga sah ihn so geradeheraus an, strich ihm, wenn sie von der Musik vorbeigetrieben wurde, so selbstverständlich über seine Haare, als kennten sie sich seit Jahren.

Endlich hatte sich die Nadel durch alle Windungen hindurchgefressen. Es klickte. Dann war es so still im Zimmer, dass Hans kaum mehr zu atmen wagte. Marga beugte sich über ihn und sagte mit der leblosen Stimme einer Rundfunkansagerin: »Sie hörten Benny Goodmanns Jazzkonzert Nummer 2.«

Hans holte ihre Hand zu sich. Aber Marga sagte, sie müsse jetzt gehen. An die Stange. Ja, sie habe jeden Nachmittag zwei Stunden Tanzunterricht. Seit sie im Sebastian arbeite, habe sie endlich Zeit und Geld, um sich ausbilden zu lassen. Sie wolle nicht an der Schreibmaschine versauern, auch nicht im Sebastian verkommen, o nein, sie wolle – und jetzt beugte sie sich zu seinem Ohr, dass ihre Stimme ihn ganz durchfuhr – eine berühmte Tänzerin werden oder auch eine Schauspielerin, auf jeden Fall etwas ganz Berühmtes, ein großes Tier. Ein großes Tier, dachte Hans und sah ihr nach, als sie sich wegschnellte, zum Schrank lief und ihren Mantel herausholte. Dann kam sie mit Trippelschritten wieder zurück, küsste ihn, zeigte ihm den Schlüssel, der auf der Glasplatte des Nachttisches lag – er erkannte ihn wieder, aber nun nicht mehr als das winzige Schwert, das ihn von Marga trennte –, zeigte ihm die Dose Fruchtsaft und die Kekse, die sie ihm als Frühstück bereitgestellt hatte, bat ihn, sooft wie möglich ins Sebastian zu kommen, weil sie es sonst bei diesen alten Knackern nicht aushalte, dann war sie, ehe Hans hatte antworten können, schon bei der Tür und draußen.

Hans war froh, dass er sich unbeobachtet anziehen konnte. Als er sich die Hände wusch, bemerkte er seinen Verlobungsring. Ohrensausen und ein kleiner Schwindel. Er sah rasch in den Spiegel, befeuchtete seine Stirn, bis er sich wieder fest umrissen gegenüberstand. In seinem Kopf wollte sich ein Dialog entspinnen. Er würgte ihn ab. Trat zu den Bildern, mit denen die Wände tapeziert waren. Auf allen Bildern das gleiche: Instrumente mit Musikern dran. Auch ein paar Tänzerinnen: ein Körper, ein Gesicht, darunter verschiedene Namen. Eine korpulente Negerin an einem runden Fenster (das einzige Bild übrigens, das einen nicht bis zum Äußersten angestrengten Menschen zeigte), daneben der Text: »Ella Fitzgerald im Flugzeug. Sie las auf den verschiedenen Flugreisen insgesamt sieben Bücher.«

Auf einem unordentlichen Stapel bunter Magazine entdeckte Hans ein kleines Büchlein, in schwarzes Leder gebunden, mit der weißen Aufschrift: »*Mein Tagebuch.*« Er setzte sich rasch aufs Bett und blätterte, da, ein Männername, Woody Hermann, was hatte sie über den aufgeschrieben?

»Von der ersten band that played the blues bis zur heutigen boppigen Vereinigung mit ihrer spezifischen Klangbeschaffenheit ... die 40-43er Aggregation mit Billie Rogers, Cappy Lewis, Steady Nelson ...« Hans blätterte weiter. »Keith

Moon (Spitzname moondog), 25 Jahre, stammt aus Idaho, früher bei Stan Kenton ...« Hans war enttäuscht. Er hatte sich das Tagebuch eines jungen Mädchens anders vorgestellt. Eine Wut gegen diese Jazzmusiker überkam ihn. Was hatten die für ein Recht, ein junges Mädchen so weichzumachen, dass es sein Tagebuch mit Daten aus dem Leben von Männern füllte, mit denen es wahrscheinlich nicht ein einziges Wort gesprochen hatte! Oder vielleicht doch? Waren diese Herren alle schon in dem Zimmer gewesen, in dem er jetzt saß? Nein, entschied Hans, dann hätte Marga bestimmt etwas anderes zu notieren gehabt. Hans begann, jene Eintragungen zu studieren, die mit einem Datum versehen waren. Daraus würde er mehr über Marga erfahren. Vielleicht auch über Büsgen. Oder gar über Knut Relow.

Sonntag, II. IV.	L'Auberge Rouge	1.50
	Straßenbahn	–.25
	Alleine mittaggegessen	
	Kalbfleischklopse und Café	3.00
Montag, 12. IV.	Butter	–.79
	Mit Jack mittaggegessen	–
	1 Paar Strümpfe Qualität	
	»Illusion«, Farbe »Zeder«	6.9o
	Eine Schleife, weiß mit rosa Rand	7.50
Dienstag, 13. IV.	Kino mit Humphry Bo.	1.6o
	1 Nagelbürste	2. –
	Tampax, Melabon	2.35
	Hutkofferreparatur	2.10
	»Endstation Sehnsucht« und	
	»Das Wunder des Malachias«	3.90
	2 x Clo im »Bohème«	0.50

Hans konnte sich nicht losreißen von diesen Aufzeichnungen. Er blätterte das Büchlein Seite für Seite durch, überschlug alle Eintragungen über Nat Pierce, Artie Shaw, Gerry Mulligan und Konsorten, las aber, als wären es persische Liebesgedichte, die Notizen über Margas Geldverbrauch Wort für Wort und Zahl für Zahl. Und wenn dastand, »Haare schneiden: 1.6o«

oder »Stoff für Schuhbeutel: 3.76« oder gar »1 Frottier-Handtuch: 2.95«, dann konnte er sich nicht sattsehen an diesen Worten, er las sie wieder und wieder und mit allen Sinnen.

Am späten Nachmittag verließ er Margas Zimmer. Das Blut paukte in seinen Schläfen, als er die Treppe hinunterging. Wenn ihm jetzt ein Bekannter begegnete! Als er unten die helle Haustür öffnete, sah er starr vor sich hin. Er wollte keinen Menschen sehen. Hart an den Hauswänden entlang ging er mit großen Schritten zum nächsten Taxistand. Am liebsten wäre er gerannt. Er hatte das Gefühl, als beugten sich die riesigen Häuser weit vor, um ihm ins nach vorne geneigte Gesicht sehen und ihn identifizieren zu können.

Die Taxe verließ er hundert Meter vor der Traubergstraße. Als er in sein Zimmer trat, hörte er Frau Färber bei Klaff droben den Boden bürsten. Ja, Klaff ...

Drei Tage werde sie brauchen, hatte Frau Färber gesagt, dann sei das Zimmer so sauber, als hätte dieser Klaff nie darin gewohnt. Aber er hatte Klaffs Bücher. Seine Hefte. Selbst wenn er sie verbrannte, Klaff hatte gelebt. Jetzt lag er wahrscheinlich in der Philippsburger Leichenhalle. In Kümmertshausen wenigstens war das so. Die Toten, die nicht ansässig waren, kamen, bis sie überführt wurden, in die Leichenhalle.

Auf seinem Nachttisch lag ein Brief, ein Telegramm. »Wo bleibst Du bloß. Ich warte so auf Dich. Komm doch, Deine Anne.« Als er sich aufs Bett setzte, spürte er den schweren Schlüssel, das Zeichen seiner Zugehörigkeit zum Sebastiansorden, in der Rocktasche. Den Pfeil fand er nicht mehr. Den hatte er wahrscheinlich bei Marga vergessen. Er würde ja bald wieder in Margas Zimmer kommen. Jawohl. Und nicht nur einmal. Natürlich musste er sich später trennen von ihr. Aber nicht jetzt. Nicht in diesem Monat. Nicht in diesem Jahr. Ein Bergsteiger, der im Anstieg ist, lässt sich nicht dadurch abhalten, dass man ihm auf einer Photographie oder im Film vorführt, welche Aussichten sich ihm vom Gipfel aus bieten werden. Und kein Künstler verzichtet darauf, seine Vorstellungen zu verwirklichen, obwohl er weiß, dass er seinen Vorstellungen damit oft einen schlimmen Dienst erweist, eine Art Henkersdienst sogar.

Hans ging jetzt auf und ab. Seine Gedanken nahmen ihn mit. Sie waren aus Erz, dröhnten und leuchteten, er dachte Sätze, über die er noch vor ein paar Tagen gelacht hätte. Er dachte: wer dürfte eine Blüte hindern, Frucht zu werden, da sie doch nicht Blüte bleiben kann! Hans blieb am Fenster stehen und schleuderte solche Gedanken den dreibeinigen Eisensilos entgegen, die auf der anderen Straßenseite standen und finster herüberglotzten. Und auf jeden Gedanken, der ihm befehlen wollte, Marga zu vergessen, nicht mehr, nie mehr ihr Zimmer zu betreten, nie mehr diesen Körper zu spüren, jawohl Körper, Fleisch, Bewegung, Einigkeit, Vollendung, vielleicht sogar Liebe, vielleicht zum ersten und letzten Mal, darum kann ich dieses Niemehr nicht denken, ich bin mit Anne verlobt, ich werde sie heiraten, ich muss sie heiraten, ja, ja, ja, aber Marga auch! Auf jeden Gedanken, der das Niemehr aufrichten wollte in ihm, schlug er gewissermaßen mit Fäusten ein, zerbiss ihn, würgte ihn, spuckte ihn aus. Und betete, wie der heilige Augustinus gebetet hatte: »Gib mir Keuschheit und Enthaltsamkeit, nur gib sie nicht schon jetzt!«

In zwei Hälften zerrissen, saß er auf seinem Bett. Keine Hand würde er mehr rühren können, kein Wort sagen und keinen Schritt tun, ohne dieses Zerren zu spüren, das ihn in zwei auseinanderfliehende Richtungen riss, so dass er kraftlos und mutlos auf der Stelle niederfiel, um den Wolken am Himmel oder den Winden die Entscheidung darüber, was mit ihm geschehen sollte, zu überlassen.

Schlafen jetzt. Die Welt soll sich ohne mich weiterdrehen. Mit den letzten vierundzwanzig Stunden kann ich ganz zufrieden sein. Relow ist gar nicht so übel. Und Dieckow auch nicht. Und ob Relow ein guter oder ein nicht ganz so guter Programmdirektor ist, kann mir gleichgültig sein. Ein Funkprogramm bleibt ein Funkprogramm, egal, wer's macht. Und Relow hatte ihn gestern fast zum Freund gemacht. Richtig vertraulich war er am Ende geworden. Hatte ihm erzählt, warum er sich noch nicht zum Intendanten machen lasse. Dazu sei er noch zu jung. Ein Intendant werde höchstens auf sechs Jahre gewählt. Wenn er dann mit sechsundvierzig Jahren nicht wiedergewählt würde, könnte er in keinem Funkhaus mehr arbeiten. Ein Mann, der einmal Intendant war, kann nicht mehr zurück. Also warte er lieber noch ein paar Jahre. So kluge Berechnung des eigenen Lebenslaufs imponierte Hans. Und Klaff wäre von einem anderen Programmdirektor genauso abgelehnt worden wie von Relow. Klaff war ja nicht einmal als Kritiker zu gebrauchen gewesen. Ich hab's doch versucht. Nicht nur einmal. Der wollte ja nicht nachgeben. Nicht ein Komma gab der preis. Woher der bloß die Kraft hatte? Diesen Willen. Diesen viel zu starken Willen, mit dem er sich zum Schluss sogar hat umbringen können. Aber warum bloß? Stellungslos und ohne Frau war er ja schon im vergangenen Jahr gewesen. Jetzt fehlt bloß noch, dass ich schuld sein soll. Ich möchte wissen, wer sich um den je so gekümmert hat, wie ich es getan habe. Aber der ist imstande und gibt mir noch die Schuld. Vielleicht hat er was aufgeschrieben.

Hans griff hastig nach dem Heft und blätterte, bis er die letzten Eintragungen Klaffs gefunden hatte. Dann las er mit vor Anstrengung schmerzenden Augen:

Je jünger einer ist, desto schneller weiß er, wenn er am Morgen aufwacht, wo er sich befindet. Mit dem Alter steigt die Zahl der Möglichkeiten, und es kommt die ungeheure Möglichkeit dazu, dass er schon tot ist.

Wenn die Männer der Basken tanzen, springen sie in die Höhe, kreuzen dreimal ihre Beine, ehe sie wieder die Erde berühren.

Gleichgültigkeit oder Vertrauen. Mir fehlt beides. Darum sind alle Seiten, bevor ich sie noch beschreibe, schon durchgestrichen ... Der bedeutende Widerhall in der leeren Stirnhöhle.

Auf der Treppe nebenan sitzt Marias blinde Schwester.

Ich klettere an mir empor. Wie ein Affe. Um größer zu sein, als ich bin. Von oben sehe ich nur, wie klein ich bin. Ich sollte mich nicht mit mir selbst beschäftigen. Der Wunsch, ein anderer zu sein, wird dadurch stärker.

Vor Wochen ist Stalin gestorben. Ich saß, hielt den Atem an mit erhobenen Händen. Wie immer klirrte die hohe schneidende Saite.

Ich hundertäugiges Tier liege um mich herum und beobachte die Ermordung aller meiner Wünsche. Selbstmorde vor allem. Was soll's denn ...

Ich habe immer gedacht: das Leben beginnt später. Irgendwann einmal, stellte ich mir vor, werde ich aufspringen, werde nichts durch Zögern verderben, sondern hinausrennen und das Leben wie einen Hasen jagen. Mit großer Sicherheit und ganz unerbittlich werde ich seinen Zickzackkursen nachsetzen und ihn gegen Mittag erlegen. Dann werde ich ruhig und vielleicht immer noch enttäuscht (vielleicht jetzt sogar erst recht) in mein Zimmer zurückkehren. Aber es wird mir genügen, das Leben einmal in die Hände bekommen zu haben, einmal gesehen zu haben, dass es nicht mehr ist als ein struppiger, nicht ganz sauberer Hase, der keinen harten Winter mehr übersteht. Das war meine vorsichtige Hoffnung. Jetzt weiß ich, dass ich nicht einmal so viel in die Hände bekommen werde. Meine Hände bleiben leer.

Mich juckt's in den Schamhaaren, oh, ich bin eine lächerliche Figur ...

Danach folgten nur noch Zahlen. Eintragungen des Datums. Manchmal mit dem Zusatz versehen: »Ich lebe immer noch.«

Hans legte das Heft fast beruhigt aus der Hand. Er kam nicht vor in Klaffs Heft. Er hatte jetzt das Gefühl, als könne er seiner Schwierigkeiten leichter Herr werden. Den Rücken hatte er frei. Auf zu Anne. Sonst glaubte sie gar, er sei krank, und kam, um nach ihm zu sehen.

Als er auf der Straße war, verließ ihn sein Mut sehr schnell. Das linke Knie schmerzte jetzt bei jedem Schritt. Wahrscheinlich von dem Sturz mit Hermann.

An einer Telefonzelle blieb er stehen. Trat ein. Telefonieren ist einfacher, dachte er. Hoffentlich fängt sie nicht gleich wieder mit dem Hochzeitstermin an. Jedesmal, wenn er sie traf, empfing sie ihn entweder mit der Frage: »Wann heiraten wir?« oder sie sagte: »Du, ich hab' jetzt vier Stunden gestrickt, in meinen Fingern klopft alles.« »Sie wird eine bessere Hausfrau als ich«, hat Frau Volkmann gesagt. Eigentlich war er mit Frau Volkmann per du, seit jener Sommerparty, sogar Doppeldu hatten sie gemacht, aber er brachte es nicht über sich, es wäre wie eine ekelhafte Berührung gewesen, überhaupt Berührungen mit Familie Volkmann, Marga dagegen, aber er würde Anne heiraten, Anne ... er wusste keinen Namen dafür, Anne ist seit jener Geschichte runzelig geworden, eine Fülle hängender Lappen, wie eine im Regen alt gewordene Mohnblume, das wird wohl jeder so gehen, Marga auch, obwohl Marga ... es kommt eben darauf an, wie eine ist, wie sie sich aufführt, das verliert sich nicht, mein Gott, damals nach der schlimmen Geschichte mit den Ärzten, da war er bei Anne wochenlang auf winzige Knöchelchen gestoßen, Gelenkpfännchen, so klein, dass man sie kaum sah, aber so spitz und hart, dass sie sich beide wundgekratzt hatten daran, zuerst waren sie schön erschrocken, er mehr als Anne, sie hatte die winzigen Überreste, die er zutage gefördert hatte, jedesmal sorgfältig gesammelt und hatte sie in ihrer Schmuckdose beigesetzt, ja, er durfte Anne nicht enttäuschen, sie hatte mehr für ihn getan als jede andere Frau, seine Mutter ausgenommen. Und der konnte er ja durch nichts eine größere Freude bereiten als durch eine Hochzeit mit Anne. Wenn er an seine Mutter dachte, wusste er wieder besser, was er zu tun hatte. Sie hatte ja durch ihr Leben das seine schon längst entschieden. Wozu, wenn nicht, dem ihren einen Sinn zu geben, war er da? Also musste sie verstehen können, was er tat. Als er ihr geschrieben hatte, wer Anne Volkmann sei, und dass er diese Anne Volkmann einmal heiraten werde, da hatte sie zurückgeschrieben: jetzt sei sie froh.

Selbst nach Philippsburg zu kommen, hatte sie bisher noch nicht über sich gebracht. Zweihundert Kilometer seien heutzutage doch keine Entfernung mehr, sagten Volkmanns. Man könne sie, wenn sie es wünsche, im Auto herholen. Hans wusste, wie weit es von Kümmertshausen nach Philippsburg war. So weit, dass man kaum mehr zurückkonnte, wenn man den Weg einmal hinter sich gebracht hatte. Aber spätestens an seinem Hochzeitstag würde auch seine Mutter diesen Weg zurücklegen müssen ...

Hans hob endlich den Hörer von der Gabel, warf das Geld ein und wählte. Annes hohe Stimme meldete sich. Sie und Papa hätten sich schon Sorgen gemacht. Sie sei auch schon in der Traubergstraße gewesen, wo er sich denn den ganzen Tag herumgetrieben habe? Hans stotterte ein paar Worte ins Telefon, fand aber dann ziemlich rasch eine gute Ausrede. Er habe in der Landesbibliothek gearbeitet, Anne wisse doch, dass er an einem Aufsatz über die »Väter des Hörspiels« arbeite, und da in der Redaktion zur Zeit wenig los sei, habe er die Gelegenheit ergriffen ...

Hans wunderte sich über seine eigene Fertigkeit und über die Ruhe, mit der er jetzt Sätze aus seinem Munde spulte, Sätze, in denen von Dingen die Rede war, von Terminen und Erlebnissen, die es nie gegeben hatte, die in dem Augenblick, als er sie aussprach, überhaupt erst entstanden. Natürlich schlug ihm das Blut im Hals, und die Hand, die den Hörer hielt, zitterte, aber dieser Aufruhr drang nicht bis in seine Stimme; seine Stimme war schon nach den ersten paar Sätzen glatt wie Lack, und sie erschuf eine schön glänzende, von keinem Makel verunzierte Wirklichkeit. Er musste Anne allerdings versprechen, jetzt sofort und ohne Umwege in die Redaktion zu kommen, sie sehne sich so nach ihm.

Er versprach es.

Als er wieder ins Freie trat, war er fast zufrieden mit sich selbst, sogar ein bisschen stolz. Er dachte: am Telefon kann man lügen lernen.

Er würde zu Fuß in die Redaktion gehen und voller Bewegung vor Anne hintreten.

Ohne dass er es wollte, blieb er vor einem Radiogeschäft stehen, die ins Riesenhafte vergrößerten Musikerphotographien hatten ihm den Weg verlegt: ein ganzes Schaufenster voll hautnah photographierter großporiger Gesichter, die Mundstücke der Instrumente wie Geschosse in die verzerrten Gesichter gepresst; und vor jedem dieser Bilder standen

Schallplatten. Hans lehnte sein Gesicht gegen die Scheibe, um die Titel lesen zu können. Und er entdeckte auch gleich einen Namen, dem er in Margas Zimmer begegnet war: Gerry Mulligan. Er hatte keine Möglichkeit, lange Überlegungen anzustellen; schon stand er am Ladentisch und fragte ein margahaftes Mädchen, ob er ein paar Mulliganplatten sehen könne. Sie führte ihn zu einer Art Bar mit limonadenfarbenen Telefonhörern, deren Muscheln mit widerlichem Gummi gepolstert waren; er hatte soviel Geistesgegenwart, dem Mädchen klarzumachen, dass er die Platten ja zum größten Teil kenne (wie ihm das heute vom Mund ging, ihn überfuhr vor Staunen eine Gänsehaut um die andere), er wolle sich nur überzeugen, welche Titel vorrätig seien. Und mit dem fröhlich-verzweifelten Gesicht des Liebhabers, der von den vielen Platten, die er durch die Finger gleiten lässt – er kennt sie ja alle auswendig –, nur eine kaufen kann, wählte er dann mit gewissermaßen aufleuchtendem Blick die Platte mit dem Titel »Taking a chance on love«. In großer Eile verließ er das Geschäft. Es war ihm, als sei er in dem Augenblick, als ihn die Musikerphotographien in dieses Geschäft gezogen hatten, auf eine Rolltreppe gesprungen, die sich nun mit rasch zunehmender Geschwindigkeit auf ein Ziel zu bewegte. Er konnte nicht mehr abspringen. Das wollte er auch gar nicht. Er wollte weiter. Auf jenes Ziel zu. Und die Kraft, die ein solches Ziel einem Mann verleiht, fährt ihm ins Gesicht und in die Arme, er schnalzt mit dem Finger, und das genügt, dieses scharfe kleine Schnalzgeräusch, das ihm von der hochgeworfenen Hand wegspringt, das genügt, aus dem vor Straßenbahnen, Autos und Durcheinander jeder Art klingelnden, kreischenden und summenden Platz ein Auto herauszureißen, eine Taxe, die sofort geschmeidig herankurvt, eine Tür aufwirft und den Mann mit vielstimmig aufsingenden Polstern empfängt. Seine Stimmung hätte ihm jetzt nicht mehr erlaubt, mit der Straßenbahn zu fahren oder gar zu Fuß zu gehen.

Vor dem Haus, in dem Marga wohnte, hieß er den Chauffeur warten, rannte hinauf, schloss auf, trat mit großen Schritten viel zu rasch in das kleine Zimmer, legte die Platte mit beiden Händen aufs Bett, riss einen Zettel aus seinem biegsamen Taschenkalender, was sollte er schreiben, es fiel ihm nichts Rechtes ein, seine Hand aber rutschte schon ungeduldig auf dem Papier hin und her, ein Pferd, das den Startschuss nicht mehr erwarten kann, darum schrieb er einfach drauflos: »Für Dich, Marga, von Deinem H.« Mehr wurde es nicht, aber die Schriftzüge, die wie Blitze auf- und niedersprangen, zeigten zur Genüge, wie es dem Schreiber zumute gewesen war bei der Niederschrift dieser paar Worte. Hans sprang auf und rannte aus dem Zimmer. Jetzt erst zerfielen seine Bewegungen: langsam stapfte er die Treppen hinunter, das Fieber löste sich, ihn fröstelte nicht mehr noch glühte irgend etwas an ihm, er stieg in die Taxe, als warte sie seit Jahrzehnten jeden Tag genau zu dieser Zeit an dieser Stelle auf ihn, um ihn jedesmal zum gleichen Ziel zu bringen.

Als er ins Büro trat, rannte Anne auf ihn zu und wollte ihm gleich um den Hals fallen. Aber da er die letzten paar Schritte doch noch zu Fuß gegangen war – er wollte außer Atem bei Anne ankommen – und es wieder regnete in Philippsburg, deshalb war sein Mantel nass geworden. Den musste er also zuerst ausziehen – »Sonst wirst du ja nass, Anne, und am Ende erkältest du dich noch!« – schließlich musste er ihn auch noch sorgfältig über einen Bügel hängen, dann erst konnte er sich Anne zuwenden, die diesen Augenblick so sehr erwartet hatte, dass sie ihre Arme fast zu ungestüm nach ihm auswarf. Er fing ihre Arme ab, lachte ein bisschen, beugte sich vor und drückte seine Lippen auf ihre schwere kleine Hand.

Inhalt

Martin Walser
Werke in zwölf Bänden

*»Für jeden Bibliophilen ein ästhetischer und sinnlicher
Genuß und dazu natürlich ein großes Vergnügen für alle
Literaturliebhaber und alle am deutschen Kulturgut
Interessierte. Eine in jeder Hinsicht vorbildliche Ausgabe.«*

Gudrun Broch, Radio Bremen

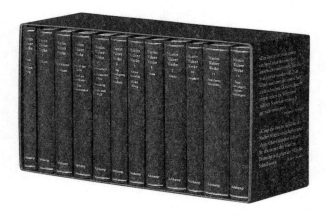

Die ersten sieben Bände versammeln Walsers Romane in der
Folge ihrer Entstehung. Der achte Band enthält kleinere
Prosawerke, der neunte Band die Theaterstücke. Der zehnte
Band enthält Hörspiele, in den Bänden elf und zwölf kommt
der Essayist Martin Walser zu Wort: Band 11 beschäftigt sich
mit den Ansichten und Einsichten des Schriftstellers; die
Leseerfahrungen und Liebeserklärungen in Band 12 sind
Aufsätze zur Literatur.

*Herausgegeben von Helmuth Kiesel unter Mitwirkung von Frank Barsch
9000 S. Leinen in Kassette. € 298,- (3-518-40875-5)
Die Schriftenbände (Bd. 11 und 12, je € 28,80) sind auch einzeln erhältlich.*

Suhrkamp